D1881778

जननायक कृष्ण

[उपन्यास]

जननायक कृष्ण

वीरेन्द्र सारंग

राजकमल प्रकाशन

ISBN : 978-93-89577-01-3

मूल्य : ₹695

© वीरेन्द्र सारंग

पहला संस्करण : 2019

प्रकाशक : राजकमल प्रकाशन प्रा. लि.
1-बी, नेताजी सुभाष मार्ग, दरियागंज
नई दिल्ली-110 002

शाखाएँ : अशोक राजपथ, साइंस कॉलेज के सामने, पटना-800 006
पहली मंजिल, दरबारी बिल्डिंग, महात्मा गांधी मार्ग, इलाहाबाद-211 001
36 ए, शेक्सपियर सरणी, कोलकाता-700 017

वेबसाइट : www.rajkamalprakashan.com
ई-मेल : info@rajkamalprakashan.com

मुद्रक : बी.के. ऑफसेट
नवीन शाहदरा, दिल्ली-110 032

JAN NAYAK KRISHNA
Novel by Virendra Sarang

इस पुस्तक के सर्वाधिकार सुरक्षित हैं। प्रकाशक की लिखित अनुमति के बिना इसके किसी भी अंश की फोटोकापी एवं रिकॉर्डिंग सहित इलेक्ट्रॉनिक अथवा मशीनी, किसी भी माध्यम से अथवा ज्ञान के संग्रहण एवं पुन:प्रयोग की प्रणाली द्वारा, किसी भी रूप में, पुनरुत्पादित अथवा संचारित-प्रसारित नहीं किया जा सकता।

जो स्वेद से अन्न पैदा करते हैं
श्रम-स्वेद से हमारे होने को जो प्रमाणित करते हैं
और वे जो हिंसा में विश्वास नहीं करते
समर्पित है उन्हें यह कृति!

हमारा कर्म और हमारा विचार ही
हमें बुद्धिजीवी बनाता है।

जननायक कृष्ण

एक

घिर आए बादल
आँगन में फैला है ज्वार

बादल अच्छे लगते हैं, जब गर्मी जाती हुई होती है। मृगशिरा की तपन कुछ अधिक थी इस बार। आज बादल घेर रहे हैं, कुछ काले कुछ भूरे। रोहिणी नक्षत्र में थोड़ी बरसात हुई थी। सनेही को अच्छी बरसात का अनुमान था। उसने बादलों को भरपूर देखा, हाथ ऊपर किए, मानो वह प्रकृति का अभिवादन कर रहा हो या जय बोल रहा हो।

असाढ़ का आरम्भ काल है। आर्द्रा नक्षत्र पूरी तैयारी के साथ अपना पहला दिन मनाने जा रहा है। प्रथम आगत का स्वागत होना चाहिए और यहाँ मयूर नृत्य कर रहे हैं। वे अपनी सुध भूल गए हैं, मेघ के अभिनन्दन में। मोरनियाँ घेर रही हैं और थक नहीं रहे हैं मयूर। गरज-चमक के साथ बादलों का बढ़ना एक चेतावनी है कि 'उपला, चारा आड़ में धर लो। मैं पूरी शक्ति के साथ आ रहा हूँ—भरपूर पानी के साथ। आज धरती जुड़ा जाएगी।'

'थोड़ी बयार बही है तो चैन मिला।' सनेही अभी भी बादल देख रहा है। धीरे-धीरे चलते-जुड़ते, ठहरते बादल!

'उमस ने बिकल कर दिया था।' पियारी बोली और खाँची में घास बटोरने लगी। घास में थोड़ी मिट्टी लगी थी, जिसे वह डंडे से पीटकर झाड़ चुकी थी।

'पेड़ की एक भी पत्ती हिल नहीं रही थी।'

'अब तो साँस आ रही है।'

'काले बादल के पीछे लगे हैं भूरे...जैसे जुड़वाँ भाई।'

'अरे नाहीं रे! हम-तुम हैं, एक के पीछे लगे हुए।'

'बताओ कौन आगे है तुम कि मैं?'

पियारी कभी मेघ निहारती कभी सनेही को देखती। उसे अभी उपला भी सैंतना था। लेकिन उसकी तिरछी चितवन का आशय सनेही समझ रहा था। कई दिन हो गए थे, वह प्रेम-मिलन नहीं कर सका था। कुछ दिन उमस में बीत गए थे आज-कल करते, और बीत गए कुछ दिन खेती की तैयारी में। अभी वह ठीक से हल भी बँधवा नहीं पाया था। बैल भी एक ही था, उसे किसी जोड़ीदार को खोजना था। लेकिन आज तो पानी बरसने के पूरे आसार हैं। पियारी की दृष्टि भी रोमांचित कर रही है। ऐसे मधुर

पल को वह व्यर्थ नहीं जाने देगा। वह प्रतीक्षा कर रहा है कि कब झमाझम पानी बरसने लगे। आज उसने यह भी सोच लिया है कि प्रेम-मिलन की वार्ता में वह खेती-किसानी की बात नहीं करेगा। कुछ और कहेगा-सुनेगा। जीवन की कई चीजें बिना बतियाए ओझल होती जा रही हैं। वह अपनी कल्पना में न जाने क्या-क्या तय कर रहा है। लेकिन तय नहीं कर पाया, और पियारी के नयन आमंत्रित कर रहे हैं।

'आज गाय-बैल-बकरियों की कोई बात नहीं होगी।' सनेही पियारी के पास आ गया।

'खेत की भी नहीं, गोबर बीज की भी नहीं।' पियारी ने कन्धे पर हाथ धर दिया। वह नटखट है, उससे प्रसन्नता अड़ती नहीं है। उसके पैर उठ रहे हैं, मानो वह नृत्य करेगी। आज बादल-बदली पानी-पानी हो जाएँगे।

'आज हम बोलेंगे नहीं, कभी आँख बन्द करेंगे कभी खोलेंगे। दाँत दिखाकर थोड़ा हँसेंगे।'

'काले बादल डराते हैं?' पियारी ने पूछा।

'मैं काला हूँ तो क्या डराता हूँ।'

'तुम अच्छे लगते हो, तुम्हारी आँखें बिल्ली जैसी लगती हैं। बड़ी-बड़ी भूरी।'

'और तुम्हारी महुआ के कोआ जैसी।'

'भूरे बादल क्या करते हैं?'

'वे बरसते हैं। काले वाले भी भूरे हो जाएँगे तब बरसने लगेंगे।' बिजली चमकने लगती है। पियारी की आँख बन्द है, वह मुँह छिपाने का प्रयास करती है।

'बिजली चमकती है तो मैं तुम्हें निहारता हूँ।'

'झूठ बोल रहे हो। मैं देखी थी तुम्हारे नयन मुँदे थे।'

'तुम बहुत सुन्दर हो। निकट आओ तो एक बात बताऊँ।'

'लो आ गई, तुम्हारी कटि भी पकड़ ली, बोलो!'

'बाजरा तो है बोने के लिए लेकिन एक भी खुरपी ठीक नहीं है। जो हैं सब भोथरी धार वाली हैं।'

'तुम तो कह रहे थे कि खेती-किसानी की बात नहीं करेंगे! मन्द हास में दाँत दिखाएँगे!'

'बिना बात के किसी काम में मन नहीं लगता। तुम रहती हो तो और बतियाने का मन करता है। जब चुप रहने का समय आएगा तो मन्द-मन्द मुसकाएँगे।'

'बहुत काम पड़ा है। गर्मी में चेत लिये होते तो आज चिन्ता न रहती। जेठ में दिन भर सोते रहते थे तुम।'

'सोना पड़ता था, रात में तुम्हारे साथ बतियाने के लिए।'

'बरहा भी टूटा पड़ा है।'

'इस बार धान खूब छींटेंगे। पिछले बरस कम पैदा हुआ था।'

'अरे! पानी बरसने लगा है।'

'तुमने ज्वार तो रख दिया है न?'

'ज्वार तो रखा है झोंपड़ी में लेकिन उपले थोड़े से रह गए हैं। गोबर हो जाएँगे।'

'होने दो गोबर, फिर से पाथ लेना।'

पियारी ने सनेही के गाल पर चुटकी काटी और सनेही पियारी के कान की ललरी जीभ से हिलाने लगा।

बादल खूब बरस रहे हैं। सिहरन हो रही है। प्रकृति में पूरी तरह दोनों परानी साथ दे रहे हैं—एक लय के साथ, एक ध्वनि-स्वर में। पियारी गाय बाँधना भूल गई है, वह सिकुड़ी पेड़ के नीचे पागुर कर रही है। हाँ, बकरियाँ जरूर आड़ में हैं, वे लेंड़ी निकाल रही हैं। जब पानी बन्द होगा, तब बकरियाँ बाहर निकलेंगी और कोई झोंपड़ी में फँसी पत्तियाँ खींचने का प्रयास करेगी तो कोई दो पैरों पर खड़ी होकर कुछ हरा-हरा खाने का।

पानी की गति धीमी हो गई है। अभी-अभी की छाई गई झोंपड़ी कहीं-कहीं से टपक रही है।

सनेही और पियारी कभी आँख खोलकर देख रहे हैं, कभी आँख बन्द कर मन्द-मन्द हास बिखेरते हैं। सनेही को पियारी के कटि-प्रदेश बहुत लुभाते हैं।

'इस बार पैदावार अच्छी हुई तो टाटी हटा कर माटी की भीत बना लेंगे।' खूब धान होगा, सनेही को विश्वास है।

'और मैं लीपती-पोतती रहूँगी, जैसे छाँगुर की मेहरी करती है।'

'भीत तो जब चाहें तब उठा दें लेकिन दो लोग और रखने पड़ेंगे, और वे भोजन तो करेंगे न! पेट धर के कोई थोड़े आता है।'

पानी बरसता है, फिर थम जाता है। इस बार प्रसन्नता कुछ अधिक ही है। लोगों को बड़ी आस लगी है। भूसे और उपले रखे जा चुके हैं। मोर का नृत्य देखा जा सकता है। सनेही और पियारी मस्त हैं, इस बार वे बादलों को खूब निहारते रहते, इन्हीं में वे बनाते चित्र—शेर, हाथी, गाय...।

तोरना का घर निकट ही है, आ रहा है वह। बरसात से मगन है पूरा गाँव। बहुत भीड़ है शिल्पियों के घर में, किसी को खुरपी ठीक कराना है तो किसी को हल। एक व्यक्ति खनित्र लिये खड़ा है। सनेही का बरहा टूटा है, वह अपने से बना लेगा। हाँ, गाड़ी का पहिया टूटा है तो बढ़ई के पास जाना पड़ेगा। शिल्पियों के घर से ध्वनि आ रही है—ठाँय-ठक, ठाँय-ठक। श्रमिक भी साध रहे हैं लय, हई-हइ, हई-हइ...।

'आज मोर नाच रहा था हमारे दुआर पर। पहिला पानी भी ठीक ही बरसा था। हमें तो आस लग गई पानी देखकर।' तोरना कहना कुछ और चाह रहा है।

'आस तो तब कहें जब बाढ़-बूड़ा आग-पानी से बचे, डाँगर की अगोर हो, सैनिकों का झुण्ड इधर से न जाए। तब तो अन्न बखरी तक जाए।'

'एक विनती करने आए हैं हम तोहरे पास।' तोरना ने हाथ जोड़ लिया—'बात ई है कि हमारी मेहरी को तीसरी बेटी हुई है, और हमारी दोनों गौएँ गाभिन हैं। उतरते सावन बियाएँगी दोनों। भँइस भी परसों टाँग उठा दी ससुरी, भँइसाई भी नहीं। मुझे एक मटका दूध चाहिए—साँझ-सबेरे।'

दूध भरपूर है सनेही के पास। अभी उसकी कोई सन्तान नहीं है। इस बार विश्वास है कि उसकी पियारी गर्भ से रहेगी। इसी बरसात में वे तैयारी कर रहे हैं।

'दूध चाहे जितना ले लो तोरना, लेकिन इस बार की खेती तुम्हारे मत्थे है।'

'बोलो तो!'

'बैल एक ही है, जोड़ीदार चाहिए। कोई हाँ कहे तो चिन्ता दूर हो।'

'बरधा-बछिया की कमी नहीं है, चार हल की खेती है। तुम चिन्ता छोड़ दो।'

तोरना और सनेही को एक-दूसरे पर विश्वास है। अब तोरना की स्त्री स्वस्थ हो जाएगी, देह धर लेगी। और सनेही लहलहाते खेत देखकर प्रसन्न होता रहेगा। दोनों एक ही मन के हैं। वैसे भी पूरा गाँव एक विचार वाला ही है। सबके घर में आग के लिए गड्ढा बना है—सुलगती रहती है आग। लवनी-मणनी के बाद खाली पड़े खेत वर्षा की प्रतीक्षा करते रहते। इसी समय पूरा गाँव छानी-छप्पर ठीक करता। कोई मिट्टी की दीवार बनाता, कोई रस्सी बरता। जोतने-बोने के अतिरिक्त सारे कार्य इसी समय निपटा लिये जाते। सनेही ने झोंपड़ी बना ली है, पशुओं के लिए आड़-बेड़ करके वह निश्चिन्त हो गया है। उसके माता-पिता आँधी में गिरे पेड़ के नीचे दब कर मर गए थे, और वे दो भाई जो फसल रौंदती सेना से उलझे थे, मार डाले गए थे। सनेही अपनी स्त्री के साथ अकेला रह गया है, अब तोरना ही उसका सब कुछ है। वैसे गाँव में उसके सम्बन्ध किसी से बुरे नहीं हैं।

'का बात हो रही है?' सनेही-तोरना को बतियाते देख छाँगुर से रहा न गया। वह पास आ गया है।

'असाढ़ में खेती-किसानी की बात! और का।' सनेही ने कहा।

'इन्दर पानी दे तो अन्न की कमी नहीं होगी।' तोरना बोला।

'अन्न अपने करम से पैदा होता है। ई इन्दर कहाँ से आ गया, आजकल बहुत सुन रहे हैं ई नाम।' छाँगुर सूचनाएँ रखता है।

'मैं तो जानता हूँ कि जिस घर में बाछा के भरोसे खेती हो और नई मेहरारू हो तो खेती घुसुर गई भीतर।' तोरना सनेही को तिरछी आँख से देख रहा है।

'मेरी मेहरी सुघराई लेकर बैठी नहीं रहती। भोर से साँझ तक काम करती रहती है। और मेरे पास पुट्टा बैल है—जनगर। भले एक ही हो।' सनेही की छाती फूल गई कि उसकी स्त्री सुन्दर है—साँवली!

पियारी आसनी ले आई। तीनों बैठ गए बतियाने। पियारी सुन्दर भी है और स्वस्थ भी। उसके कटि-कुच आकर्षक हैं, नितम्ब तो ठहर जाने के लिए आमंत्रित करते रहते हैं। कोई सनेही के घर आता तो पियारी को देखना जरूर चाहता।

'ई आछा-बाछा छोड़ो और सुनो!' छाँगुर जैसे सचेत कर रहा हो—'परसों काठी गाँव के बगल से तीर-धनुष बाँधे सेना की टुकड़ी चली जा रही थी—बीस रहे होंगे। मैं सेना से अब डरता नहीं हूँ। हाल-समाचार पूछता हूँ, पानी-दाना पूछता हूँ।'

'सनेही तुमको गिनती याद है?' तोरना ने पूछा।

'हाँ, हाथ में जितनी अँगुली है, ई हुई पाँच। पाँच गोटी चारों ओर धर दो तो ई हुआ बीसी। हमसे अधिक तो पियारी जानती है।'

पियारी जानती थी कि पाँच को एक गाही कहते हैं। लेकिन वह बोली नहीं, वह बस मुसकरा रही है।

'किसी बात को ठीक से सुनो! हमेशा हें-हें नहीं। विनोद का समय नहीं है यह। दो ठो आकर खड़े हो जाएँ तीर-भाला लेकर तो गूदा नहीं है कि सामने खड़े रहें। पुर-पुर करोगे, घिग्घी बँध जाएगी।' छाँगुर बड़ा है आयु में। दस गाँव घूमा है। सभी ग्रामणी जानते हैं। अपने गाँव का मुखिया वही है।

'सुनो! क्वार में लौटेंगे। तब खेत खाली नहीं रहेंगे। मैंने सैनिकों से बात कर ली है। इसी गाँव में दोपहर का भोजन करेंगे, पानी पिएँगे। हो सकता है नहाएँ भी। वे खेत रौंदेंगे नहीं। डाँड़-लाठ से जाएँगे।'

'बोया-जोता काँड़ देंगे तब!'

'अरे मूरख! मैंने बात कर ली है और समझा दिया है कि फसल बची रहेगी। तभी मुँह में आहार जाएगा। खाली पेट कोई लड़ाई भई है कि होगी! अन्न तो उनका भी है!'

'उनको का पड़ी है, परिश्रम तो मेरा है।'

'बाबा कहते थे, पहले सेना बार-बार आती थी।' छाँगुर छँटते बादलों को देख रहा है—'हाथी-बैल सब साथ चलते थे, चरते-चोंथते रहते थे खेत। बाढ़-सूखा से कम नष्ट नहीं करते थे ये।'

'और बोल दो तो तीर घोंप देंगे।' तोरना अँगुली अपने पेट में घुसाते हुए बोला।

'कोई सामने नहीं आता था। गोरू-बछरू सब मँड़ई में।'

'गाँव में जैसे सोता पड़ गया हो।'

'और कोई ठीक-ठाक मेहरारू देख लिये तो उठा जरूर ले जाते थे।'

'ई लड़ाई क्यों करते हैं? गौएँ काहे नाहीं पाल लेते? खेती करते तो अन्न भरा रहता। लड़ाई कोई काम है?'

'पहले देवों से बहुत लड़ाई होती थी। मार-काट मचती रहती थी। कभी देव पराजित होते कभी यहाँ के लोग। देव हमें असुर कहते हैं।' छाँगुर विज्ञ है। वह बहुत कुछ कहना चाह रहा है।

'ई देव कहाँ से आए हैं भइया?' सनेही ने पूछा तो तोरना ने उसके पीठ पर एक चपत कस के धर दी।

'मूरख न बनो, बन्द रखो मुँह। छाँगुर भइया जो कह रहे हैं सुनो।'

'देव कहीं से भी आए हों, लेकिन हैं चालाक। उजरकी गाय की तरह, हमारे रंग से अलग।...अब वे हर गाँव में देवपुरुष बसा रहे हैं। देवपुरुष हर काम-काज में टाँग अड़ाता है, अपनी हाँ करवा के ही साँस लेता है। सब के सब निपुण हैं। अब हमारी लड़ाई सीधे देव से नहीं है, सब मिल गए हैं। अपना काज-करम मनवा लिए हैं हमसे। देव जो चाहते थे, वह हो गया। अब यहाँ के लोग आपस में लड़ते हैं, देव आनन्द लेते हैं। एक देवपुरुष कह रहा था देव वहीं बसते हैं जहाँ स्त्री होती है, और उसका मान होता है। देव स्त्री-लोभी हैं, कामुक! पराई मेहरी को देख लें तो काम-कल्पना करने लगते हैं। इसलिए जहाँ मेहरी वहीं देव, उन्हें आनन्द चाहिए। पहले लड़ाई किए, अब बस रहे

हैं सुख देखकर, बिना काम-काज के भकोस रहे हैं—दुग्ध, मक्खन... । उनकी हर प्रकार की भूख मिट रही है, और हम दाँत बाए बादल की बाट जोह रहे हैं। हमारा घीव ललाट पर पोत कर चमक रहे हैं सूर्य की तरह, दही पेट में डाल कर चन्द्र की तरह शीत हैं। और हम हैं कि गोबर से चिपरी पाथ रहे हैं, करीष बटोर रहे हैं, गागर गढ़ रहे हैं।'

'काज हम करते हैं, देवपुरुष तो द्वार-द्वार घूमकर अन्न माँगते हैं।'

'हम क्यों दें अन्न ? परिश्रम हम करें और जौ उन्हें दे दें ? मूरख हम थोड़े हैं।'

'देवपुरुष समझदार हैं, हमें मूरख बनाते हैं।'

'ज्वार की लिट्टी बिना घीव के घोंटते नहीं हैं।'

देर तक छाँगुर की बात सुनते रहे तोरना और सनेही। पियारी भी कुछ-कुछ समझ रही है, लेकिन उसे घर के और काम करने हैं।

यहाँ नदी है, यहीं बनाते हैं घर

नया युग, नया विकास, नया शिल्प, नया विचार, नया कर्म, नया विश्वास। नई भावना-संवेदना, नई भाषा-बानी, नई ऋतु-सुगन्ध, नई घाघरा-चोली। कितना अच्छा लगता था एक-दूसरे से मिल जाना, सम्बन्ध बनाना, पानी पिलाना, नाचना-कूदना। लड़ाई-झगड़े भी होते थे, लेकिन जरूरत नहीं थी। व्यर्थ बातें-कुबातें भी हो जाया करती थीं, लेकिन कोई स्थान नहीं था। मानो हम नदी का जल हुए कि आओ अँजुरी भर पी लो। हम वृक्ष हुए कि आओ सुस्ता लो छाँव में, खा लो एक-दो मीठे फल। नहा लो! यह कूप तुम्हारा ही है।

बीत चुका था बर्बर युग। समाप्त हो गई थी पुरुषमेध की व्यवस्था। दास-प्रथा की यात्रा जस की तस थी। कई वर्ग बन गए थे, जैसे—सबल, निर्बल, शिल्पी, किसान, पशुपालक, सैनिक, कर्मी... । और इनमें भी छोटे-बड़े का भेद था। अधिकार बाँट दिए गए थे, राजसत्ता के विकास के साथ-साथ सीमा रेखा खींच दी गई थी। देव-असुर संग्राम अब कहीं नहीं था। हाँ, आर्यों-अनार्यों का संघर्ष छोटी-मोटी लड़ाइयों जैसा ही था, इसे गृह युद्ध कहा जा सकता था, जहाँ अनेक सामाजिक मान्यताएँ टूटती, बिखरती और जुड़ती रहती थीं। नए युग का संकेत तो था लेकिन अभी कुछ पीढ़ी प्रतीक्षा जैसे करनी ही हो। आर्य मिश्रण परोसने में विज्ञ थे। अपनी बुद्धि से उपजे ज्ञान को अनार्य परम्पराओं, संस्कृतियों में मिलाकर एक नई वस्तु बनाना आर्यों को आता था। मात्र अपने विवेक-बुद्धि पर तो वे मूर्ख ही रह जाते। और अनार्य थे कि ठहरे जैसे। खा-पीकर मस्त। अपने काम से काम। आर्य संकल्पित हो रहे थे तो अनार्य अपनी माटी के गीत गा रहे थे। खेत जोत रहे थे। गाय दुह रहे थे। अन्न और दुग्ध की अधिकता की प्रसन्नता उनके मुख पर पसरती रहती।

माँ पूजनीय थी लेकिन मातृसत्ता का पितृसत्ता में विलय हो चुका था। पिता और भाई परिवार के मुखिया हो गए—आदरणीय और विशेष भी। जहाँ सबलता थी। गठीले मांस वालों का अधिकार बढ़ गया। अब मल्ल और झल्ल प्रहरी से प्रमुख बन गए। यहाँ भी देवों ने अपनी चाल चल दी। वे पति और पिता को देव से जोड़ रहे थे—पतिदेव। भली प्रकार पिता पति को देवता मान लिया गया, जहाँ परिवार को इनका

अपराध क्षमा करना ही था। और अनार्य हाथ मलते रह गए, इन्हें भूसा ढोने से समय मिले तब न! भैंस के सानी-पानी के बाद कुछ सोच पाएँ तब न! हल जोतकर घर आने के बाद भला किसी को कुछ दिखाई दिया है? मात्र भोजन और नींद के अतिरिक्त श्रम के बाद क्या चाहिए? अनार्य नहीं सोच पाए कोई शब्द कि कहें राक्षसपति, दैत्यपति या पतिदानव। नए मुखिया का कठोर निर्णय और सभी ने किया नए पारिवारिक स्वाद का स्वागत। हाँ, परिवार में देवपुरुष का मान और बढ़ गया।

अब कोई नहीं कहता इस भू-भाग को नागद्वीप, ताम्रपर्णी, सागर से घिरा, ब्रह्मावर्त या ब्रह्मर्षि देश। आर्यों का विस्तार सरस्वती नदी से आगे बढ़कर विन्ध्य पर्वत और प्रयाग तक हो गया। साम्राज्यवाद का उदय हो चुका था। कुरु, पांचाल, मत्स्य, शूरसेन, मगध आदि कई राज्य विकसित और स्थापित हो चुके थे। अब यह पूरा भूखंड 'आर्यावर्त' के नाम से घोषित हो गया था। वैसे जो इन्द्र को अभी भी स्वीकार करते थे वे इसे इन्द्रद्वीप ही कहते थे। इन्द्र पर्वत पर रहता था। अपना भला चाहने वाला। नदी, झील, झरनों का स्वामी। इन्द्र यहाँ के लोगों को मूर्ख बनाता, भ्रम फैलाता, अन्धविश्वास बढ़ाता किसी तरह जी-खा रहा था। युद्ध की शक्ति अब उसमें नहीं थी। युद्ध के अस्त्र-शस्त्र उससे उठते ही नहीं थे, चलाने की कौन कहे। इन्द्र ने यह भी प्रचारित कर रखा था कि वह वर्षा का स्वामी है, वर्षा उसके संकेत पर होती है। अभी भी वह कहीं-कहीं प्रभावशाली बना हुआ है। उसके पास अप्सराएँ थीं, नृत्यशाला रोज जमती थी। छल-छद्म, नट-विद्या, मायाजाल, जादूटोना का इन्द्र ने ठीक से अध्ययन किया था और नियुक्त कर रखे थे धोखा देने वाले कई व्यक्ति। बरसात के समय लाल रंग के रेंगने वाले कीड़े को 'इन्द्र की गाय' और आकाश में वर्षा रुकने पर सूर्य के प्रकाश की चमक लेकर उगने वाली सप्तरंगी आकाश-धनुष को 'इन्द्र-धनुष' कह कर इन्द्र को स्मृति में बनाए रखने का भी एक उपक्रम था। यहाँ भी अनार्य अपना सम्बोधन नहीं दे पाए।

इन्द्र के पास अब कोई बड़ी सेना नहीं थी।

चलता हुआ जीवन ठहर-सा गया—'यहीं बनाते हैं घर। नदी का तट सुन्दर है, जल भी मीठा है। यहाँ नदी का घुमाव भी नहीं है।'

...और जीवन स्थायी हो गया। पानी देख कर गाँव बसने लगे। मोराँव, खेतगाँव, खुरपुर, दुधार, माहीगाँव, पीपरहाँ, कोहरावाँ, गोरसाँई आदि कई ग्रामों की नींव पड़ चुकी थी। मुखिया अपने नाम से ग्राम का नाम रखने हेतु जोर मार रहे थे। गंगा-जमुना के बीच वाले क्षेत्र में अनेक बस्तियाँ बस गई थीं। और जो राजा थे वे अपने नाम से नगर बसाने में लगे थे। हस्तिन ने हस्तिनापुर, मधु ने मधुरा जो बाद में मथुरा हुआ, कुरु ने कुरुक्षेत्र, पाँचजनों ने पांचाल बसाकर पूरी व्यवस्था पर अपना अधिकार जमा लिया था।

छाँगुर का गाँव भी मथुरा के पास ही मयूरपुर था। सनेही और तोरना जैसे मित्रों के सहारे वह विमर्श करता रहता। उसके गाँव में भी एक देवपुरुष आया था, उसके साथ एक स्त्री भी थी। स्त्री सुन्दर थी जैसे अँजोर वाली रात। ठोस। दन्त-पंक्ति दूध जैसी श्वेत। उसकी पिंडली से लगता था कि कोमलांगी है। तोरना और छाँगुर मुँह देखते

रहते थे। वह तोरना के घर आती थी। दाँत दिखाकर हँसती थी। तोरना खाँची भरकर उपला कभी पाँच अँजुरी जौ दे देता।

तोरना को छाँगुर ने चेताया था कि 'स्त्री है कपार पर चढ़ जाएगी, वह भी देवपुरुष की है। तुम्हारी मेहरिया नहीं है कि लजाती रहेगी। कुछ हो गया तो देवपुरुष छोड़ेंगे नहीं, हाथ कहीं मिलेगा पैर कहीं।' तोरना डर गया था। छाँगुर ने यह भी बताया कि उसके बाबा ऐसी ही एक स्त्री पर मोहित हो गए थे। तब वे युवा थे, जाँघ और छाती में जोर था। लेकिन हुआ क्या! हाथ-गोड़ तुड़वा कर खेत में पड़े मिले थे। कई दिन तक बकार नहीं फूटी थी। ये तो वैद्य जी की औषधि थी और बूढ़ी माई की सेवा कि वे टनाटन्न खेत जोतने लायक हो गए।

छाँगुर सबको समझाता कि 'भय की कोई आवश्यकता नहीं है। ये देवपुरुष नई-नई युक्तियाँ लगाकर पेट भरने की व्यवस्था करते हैं। कुछ वर्ष बाद भूमि अपनी बना लेंगे, जिस पर हम सब श्रमिक होकर हल चलाएँगे। इनका गोबर हम पाथेंगे। हमें बस सचेत रहना चाहिए।'

पियारी ने बच्चा जना है। बेटी हुई है। पियारी की तरह सुन्दर। गेहूँ के रंग की। छाँगुर और तोरना साँझ को आ जाते हैं, आज भी बैठे हैं। कुछ स्त्रियाँ सनेही की मँड़ई में बतिया रही हैं। सब अपने-अपने घर से कुछ न कुछ ले आई हैं। सनेही की प्रसन्नता अड़ती नहीं है।

'पियारी ने तुम्हारी गौरी गाय का दूध पिया है, इसलिए बेटी का रंग साफ है। नहीं तो मेरी तरह कलूटी होती।' सनेही छाँगुर को देख रहा है।

'ये तो गाय के दूध का असर है। और अब एक-दो पीढ़ी बाद देखना, उनके बच्चे काले और मेरे बच्चे गोरे होंगे।'

'बादल चढ़ा आ रहा है, चलो चलें अब।' तोरना को चिन्ता हो गई, उसने घुमड़ते चढ़ते बादलों को देख लिया है।

'अभी तो खेत में पकी फसल खड़ी है। बरस जाएँगे बादल महराज तो सब माटी में मिल जाएगा।'

'और कहीं गोदे से पेट भरा है!'

'बच-बचाकर अन्न घर में आ जाए तो समझो हमारा है।'

'और भूसा भी। गाय-भैंस क्या खाएँगी? दूध तो वही देती हैं।'

'बिना एक कठौता अन्न लिए मटेरू भी हल ठीक नहीं करता।'

'और खुरपी के लिए एक द्रोण अन्न।'

बादल बरसेंगे जरूर। छाँगुर, तोरना, सनेही के मुख पर चिन्ता की गाढ़ी रेखाएँ उभर आई हैं। मँड़ई में बैठी स्त्रियाँ कुछ गा रही हैं। शिशु की रोने की ध्वनि आ रही है। बादल की गर्जना से कोई दुबका नहीं है। सभी कुछ न कुछ सेंत-सहेज रहे हैं। भागती स्त्री का घाघरा जाँघों के ऊपर तक आ जाता है, वह समेटती घर भाग रही है। हवा तेज है, लगता है कि बादल कहीं और उड़ जाएँगे।

दो

आगे जाने की होड़ है
और पता लगाना है कि यहाँ पानी कैसा है

श्रम करने वालों के कई वर्ग बन गए। ये वर्ग आपस में एक-दूसरे के सहयोगी, मित्र, सहोदर जैसे। पूरा जीवन श्रम करने वालों पर ही टिका था। वार्ता से पेट भरने वालों का कोई अर्थ नहीं था। लेकिन जो मात्र वार्ता ही करते थे और उपदेश देकर कथा सुनाकर जीवन चला रहे थे, वे पहले तो आश्चर्य की दृष्टि से देखे गए, या यह कहकर कि 'ये बतकही से पेट पालता है,' लोग हँस देते थे। आगे चलकर ये कथक कहे जाने वाले आवश्यक हो गए और सम्मानित भी।

लोकपुरुष भी घूमते थे। श्रम करके पेट पालते और लोक की बातें बताते। लोक का अर्थ है जो दिखाई देता है—लौकिक। वे अपने तरह से समाज के निर्माण में लगे थे। देवपुरुष देववाद और लोकपुरुष लोकवाद की प्रशंसा करते रहते। लोकवादी प्रत्यक्ष देखकर बात करते थे। कहीं धूर्तता, न झूठ, न मूर्ख बनाने का उपक्रम। बस खेती-किसानी की बात, शिल्प के विकास की चिन्ता, भूमि को उर्वर बनाने का उपक्रम, वृक्ष की उपयोगिता, जल बचाने और एकत्र करने का सार्थक सुझाव, नए मार्ग-निर्माण पर विचार, पशुओं के पालने और दुग्ध बढ़ाने पर बल आदि ऐसे अनेक विषय होते, जहाँ लोकपुरुष सभाएँ करते। गाँव-गाँव घूमते, लेकिन श्रम जरूर करते।

देवपुरुष की बातें ठीक से समझ में नहीं आती थीं, और भोले लोग आधी-अधूरी समझी बात स्वीकार करते रहते। देवपुरुषों में एक वर्ग कथक हो गया जो कथाएँ सुनाता रहता। यहाँ के अतीत का वह अध्ययन करता, पता लगाता, विचार करता और परोस देता अपनी इच्छानुसार कुछ भी। लोकपुरुष भी अपनी कथा लेकर बैठ जाता लेकिन लुभावनी बोली-भाषा नहीं थी। वह अपनी बोली में मिलावट नहीं कर पाता था।

लोकपुरुष बहुत कम दिखते थे। देवपुरुष हर गाँव में थे, उनके माध्यम से अन्य देवपुरुष भी सभा करने आ जाते थे। छाँगुर के गाँव में एक देवपुरुष आया और सभा करने लगा। वह अमवारी गाँव का था, जो यहाँ से दस कोस दूर है। उसने अपना नाम त्यागी बताया और यहाँ के देवपुरुष उदयन के घर ठहर गया।

'आज सभा है।...वह मयूरपुर के लोगों का मस्तिष्क बदल देगा।...धो देगा सब।...और फिर अंकित करेगा अपनी इच्छानुसार।' लोग आपस में बतियाने लगे।

'मैं त्यागी, उदयन भाई का मित्र और आपके स्नेह का आकांक्षी।' वह बोला और मुस्कराकर एक दृष्टि फेरकर हाथ जोड़ लिया।

'है बहुत चतुर यह!' छाँगुर ने मन-ही-मन कहा। तोरना, सनेही, मुसई, मटेरू, सरजू, हुलासी और सभी अपने साथी-संगाती के साथ बैठे हैं।

उदयन की छाती गर्व से फूल रही है।

'छाँगुर भैया यह क्या कहेगा?' सनेही ने पूछा।

'सुनो तो पहले।'

'कुछ भी कहेंगे अपना भला ही बकेंगे।' तोरना बोला।

'और लगेगा कि हम लाभ में रह रहे हैं।'

सभी आपस में फुसफुसा रहे हैं—'मीठी बोली से रोम-रोम पुलकित हो रहा है।...उसके बैठने का ढंग आकर्षित कर रहा है। ललाट चमक रहा है।...आ रही है कोई सुगन्ध उसकी देह से!...स्वस्थ देह से कोई किरण निकलती जान पड़ती है।...ऋतु भी अच्छी है—वसन्त की। नए पत्ते आ गए हैं वृक्षों पर।...फूल भी खिले हैं। देह से मैल छूट चुकी है।...किसी स्त्री से बतियाने का मन कर रहा है।...और ई घोंचू आ गए बुद्धि से चाटने...।' तरह-तरह की बातें।

बिना क्रम के बैठे बीस से कुछ अधिक लोग।

'...हाँ, मेरे अपने सहोदर! अब कोई भेद नहीं रहा। हम-आप सब एक ही हैं। एक ही पिता रहे बहुत पहले हमारे। तो अब क्यों न एक रहें। एक बोली-बानी, एक अनुष्ठान, एक गीत, एक समझ में।'

हुलासी सब समझ रहा है कि अब यह अपनी बात में हमें लपेट लेगा। और सनेही मुग्ध हुआ जा रहा है।

'...मैं एक सच्ची कथा सुनता हूँ।' त्यागी ने गति पकड़ ली है—'बहुत पहले ययाति राजा हुए। असुर कन्या देवयानी और शर्मिष्ठा से उनका विवाह हुआ। यदु और पुरु ययाति की सन्तान थे। यदुवंश में कृतवीर्य की बहुत ख्याति हुई। आपको उन पर गर्व होना चाहिए। यदुवंश में कई प्रमुख लोग हुए—अन्धक, भोज, वृष्णि। अब तो यादव यमुना के तट पर गाँव बसा रहे हैं। खेती और पशुपालन से इस भू-भाग को अन्न और दूध से भर रहे हैं। आप भी उनमें से एक हैं। आप वास्तव में अन्नदाता हैं। आपके पड़ोस में बसा है गोपुरा, जहाँ गाएँ बहुत हैं। वहाँ का दूध मथुरा भी जाता है। आपकी भूमि श्रम करने वालों की है। आपसे ही हम भी जीवित हैं। हम आपसे थोड़ा-सा अन्न लेकर देव वन्दना करते हैं और आपके सुख के लिए प्रार्थना करते हैं तो हानि क्या है? इतने से देव आपके द्वार पर अनिष्ट करने नहीं आएँगे, इन्द्र के यहाँ से भी नहीं। कोई भी नया कार्य करें, हमें बुला लें। हम प्रार्थना करेंगे और आपका कार्य बिना विघ्न के सम्पन्न हो जाएगा। हमारे पास गाएँ नहीं हैं, तो क्या हम दूध से वंचित रहें? खेत नहीं है तो क्या बिना अन्न के भूखे सोएँ? झोंपड़ी नहीं है तो क्या आपसे फूस-बाँस न माँगें? हम आपके लिए बने हैं, आपकी उन्नति के लिए। यहाँ से भी अलग, दूर बहुत दूर कोई शक्ति है, जो दिखाई नहीं देती। वही हमें संचालित करती है। आपके माथे में पीड़ा है तो आइए! आपका माथा छूकर हम पीड़ा हर लेंगे। गोपुरा को हमारे दादा ने बसाया था। वहाँ का ग्रामणी बिरजू है। दादा ने ही बताया था कि किसकी झोंपड़ी कहाँ लगेगी और द्वार किस दिशा में होगा। आज भी वहाँ मेरा बड़ा मान है। वर्ष में एक बार कथा बाँचता हूँ।...पानी देखकर बस्ती बनाना और मिट्टी देखकर खेत बनाना चाहिए। वहाँ सब आनन्द है अब।'

'यह कौन नई बात! हमारे बाबू तो कहते ही रहे कि जलधार देख कर गाँव बसाओ। कगार की ओर माटी कट जाएगी और बखरी नदी के पेट में...। जहाँ ढलान हो वहाँ

ठीहा गाड़ो, दो कोस आगे-पीछे इधर-उधर देख लो।' तोरना अधिक बोल गया।

'और जहाँ पानी लगे मूड़भर वहाँ भी नहीं।'

'भूमि में पाथर न हो।'

'रेत में भी खेती क्या होगी!'

'आए हैं ये समझाने!'

'बतियाने का ढंग है इनका, बस!'

'अभ्यास हम कर लें तो इनसे बढ़िया बोल लें।'

'एक बात और।' देवपुरुष थक गया था—'हम सब एक प्रार्थना करेंगे। मैं बोलूँगा और आप भी मेरे साथ स्वर देंगे यह एक प्रार्थना है—हमारे यहाँ विधा वाले व्यक्ति हों। देवपुरुष का सम्मान हो। बल से युक्त पुत्र पैदा हो जो झल्ल और मल्ल में निपुण हो। गौएँ दुधारू और बैल बल से भरे हों—डिल्ल वाले। हमारे फलों में ऊर्जा हो, वे औषधि से भरे हों। सभाओं में जाने योग्य युवा हों। हमारे खेत अन्न से लदे हों। जय देव! जय समाज! जय गोपाल! जय किसान!'

देवपुरुष त्यागी वाणी को विराम दे चुका है। उदयन के संकेत पर सभी अपने घर से धान, जौ, घृत लाने के लिए चल पड़े। छाँगुर नहीं देना चाहता है कुछ भी लेकिन लाज को क्या करे? वह भी तोरना के साथ एक मनही जौ लेने चल पड़ा। बीस अँजुरी धान मनही में आता है। इसी में सनेही का भी आधा हिस्सा कर लेगा वह।

जीने की ललक में एक भिन्न प्रकार की वैचारिक गन्ध फैल रही है। लोग चिन्तन पर विवश हो जाते जब खेती-किसानी से छूटते, लेकिन कभी इधर कभी उधर में बँट जाते और थोड़ी-सी मीठी बात में लुभा जाते। वैसे छाँगुर जैसे भी हैं हर गाँव में, हर सभा में, लेकिन उनके पास जो भी है अपना है, कोई मिश्रण नहीं है। किसी-किसी के मन में यह भी चलता कि बिना नया हुए आनन्द कहाँ!

सनेही का बेटा बड़ा हो गया। अब वह गाय का गोबर टार देता। खेत पर सनेही को लिट्टी छाछ पहुँचा आता। कोई मँड़ई पर आता तो पानी पिला देता। सनेही को सहारा हो गया उसका बेटा धियानी। बेटी बड़ी थी जो पियारी के साथ लगी रहती। पियारी बेटी को मोरिनिया कहकर बुलाती थी। तीस बरस का सनेही अपने दस बरस के बेटे को देख दाँत निपोरता रहता। पियारी की देह भर गई थी, मांसल देह पर कटि में बनी त्रिवली से वह और आकर्षित करती रहती। छाँगुर बीस बरस बड़ा था सनेही से और तोरना दस बरस। जब से त्यागी देव गया है गाँव से, छाँगुर को चैन नहीं है। वह खेती भाइयों को सौंप कर घूमता-भागता रहता है। वह लोकपुरुष की तरह हो गया है और अब झगड़ जाता है देवपुरुषों से।

छाँगुर ने भी अतीत जान लिया है। भले क्रम से अपनी बात नहीं कह पाता लेकिन कहता सत्य है। प्रमाण हैं उसके पास। वह भलाई चाहता है, स्वार्थ नहीं है उसमें, खोट भी नहीं।

यह उतरती शरद ऋतु! अहा! क्या मीठी-मीठी ठंड हो गई है साँझ-सबेरे। दीप

पर्व का दिन निश्चित है, इसे छाँगुर शिल्प-दिवस कहता है। आज सन्ध्या को दीप जलेंगे। मीठा भात और भुने हुए धान का लावा सभी खाएँगे। बैठकी होगी। खेती की चर्चा और बेटे-बेटियों के सम्बन्धों पर विचार होगा।

कुम्हार ने दीये गढ़ कर सुखाकर पका दिए हैं। वे एक माह पहले से लगा रहे थे आवाँ। सबके घर दीये पहुँच गए। पाँच दीप जलेंगे—गोशाला में, घूर पर, पूर्वजों की स्मृति में आँगन में बनी बेदी पर, कूप या तालाब पर, ग्राम-पिंड के रूप में रुद्र-पिंड पर। कुछ लोग नदी के किनारे भी दीप जलाएँगे।

गाँव में एक ही कुम्हार परिवार है। झुरई कुम्हार के तीन बेटे और चार बेटियाँ। बेटियाँ अपने पति के साथ और बेटे हाथ बँटाते झुरई का। चाक चलाते, पोखरे से मिट्टी लाते, उसे रौंदते-बनाते और फिर गढ़ने लगते पात्र भिन्न प्रकार के। घर की स्त्रियाँ पानी लातीं, आवाँ लगातीं, उपले एकत्र करतीं, लेवरती-पोतती रहतीं। झुरई के घर में बड़ा काम है। वैसे तो वर्ष भर कोई-न-कोई बरतन, गगरी, मटकी के लिए आता रहता। लेकिन दियाली के समय, और जब वसन्त का होता है मध्य, जब पक जाता है जौ-गेंहूँ और होती है मातृ पूजा फसल कटने से पहले, झुरई विश्राम नहीं कर पाता। सबके घर में बरतन बदले जाते। दूध के मटके नए-नए, गागर और ढपनी भी नई। दियाली पर तो दीये का काम और बढ़ जाता, और झुरई के यहाँ दीया कम पड़ जाता।

इस बार दियाली पर अन्न से अपना कुठला भर देगा झुरई। यही उसका सहारा है। खेत बहुत थोड़ा है, वहाँ वह पात्र सुखाता है। खेती नहीं होती उसके यहाँ।

छाँगुर आज सभा करेगा। पूरा गाँव आया है बरगद के नीचे। सनेही का पता नहीं है। स्त्रियाँ भी हैं। तोरना, सरजू, हुलासी, मुसई, आगे बैठे हैं। गोपुरा से बिरझू गोप भी आए हैं। दिन चढ़ गया है लेकिन अभी पहला पहर ही है। धूप में थोड़ी गर्मी है। लेकिन स्वेद नहीं है। बरगद की छाँव राहत दे रही है।

छाँगुर ने बोलना शुरू किया—

'आप सभी हमारे सगे हैं। ये जो आया था देवपुरुष उसी की काट में हम आपके सामने आए हैं। और जब तक साँस चलेगी, हियरा धुकधुकाता रहेगा, तब तक हम आपके सामने ठीक बेला में आएँगे और बतियाएँगे। हमें भी अपने पुरखा-पुरनिया की कथा याद है, अतीत जानते हैं हम। अरे हम तो कहते हैं कि इस धरती पर तीन लोग—बरतन और हल बनाने वाले, यानी कुछ न कुछ गढ़ने वाले कुम्हार, खेती से अन्न पैदा करने वाले और दूध वाले जो गैया बहुत पालते हैं। और ई सब धूर्त, झाड़-फूँक मन्तर का नहीं है यहाँ काम।

'हम भी जानते हैं उग्रसेन के पिता का नाम आहुक था और भाई देवक। उग्रसेन के नौ पुत्र, बड़े हैं कंस। चार बेटियाँ जिनमें कंसा बड़ी है। इस मथुरा को बसाया था मधु ने, कुछ लोग अपने को माधव कहते हैं। मधु, अन्धक, सात्वत, वृष्णि, भोज, कुकुर सब यादव हैं। हम सब भी वहीं के हैं। कोई खेती में लग गया, कोई गैया चराने में। शूरसेन को भी लोग जानते हैं। आए थे देवपुरुष हमीं को समझाने!'

'उनसे अधिक गियान तो हमरे छाँगुरे में हैं।' एक वृद्ध चिल्लाकर बोला।

'दादा बैठ जाओ, जोर से न बोलो नहीं तो साँस टँगा जाएगी ऊपर!' मुसई ने वृद्ध को बैठा दिया।

'जितनी भूमि है सब हमारी है, सब भूमि गोपाल की!' छाँगुर ने इतना कहा कि सभी चिल्लाने लगे, 'सब भूमि हमारी है! हमारी है!'

'सुनो, सुनो, और सुनो धियान से, मन से, बुद्धि से सुनो! कान से नहीं।' छाँगुर बोला।

'बुद्धि से कैसे सुनेंगे?' दूसरा बूढ़ा आदमी समझ नहीं रहा है।

'अब संघ बन गया है। भले ही हमारे महाराज उग्रसेन सीधे हैं लेकिन उनका मान बहुत है। अब ऐसा नहीं है कि राजा जो चाहे कर ले—तिल से ताड़। सबकी सहमति होती है। अब समिति बनी है समिति! हम हैं ग्रामणी, हमारी जब सभा होती है तो सब बात पता होती है।

'हम भी लोकपुरुष हैं, जैसे वे हैं देवपुरुष। देव हाथ में दूध और दही लेकर चल रहे हैं। दही का टीका लगाकर, कान पर दूब धरके अन्न माँगते हैं। अन्न मिल जाए तो जय गोपाल की कहते हैं। भला इससे क्या लाभ? हमारी जय बोल देंगे वो तो का मिलेगा हमको? बताओ? हमारा कहना जो दिखाई देता है, वही मानो। बाकी गाय के गोबर में मिलाकर पाथ दो। जब तक साँस चल रही है, तभी तक तो चिन्ता है तो व्यर्थ सोचने से क्या लाभ? हम चलते रहें, काम करते रहें, देह-जाँगर ठीक रहे और क्या चाहिए हमारे को चाहे तुम्हारे को? बोलो। अपने को पहिचान लो। देवों के लाभ में दैव-दैव पुकारोगे तो गए अपने कर्म से!' छाँगुर ने साँस ली। 'अब आज इतना ही। दोपहर हो चुकी है। पर्व भी मनाना है। दीप में तेल डालना और गायों को चारा डालना है। आज चरने नहीं जाएँगी गौएँ।'

'सुन भी लिए और एक मनही जौ भी बचा।' तोरना बहुत प्रसन्न है।

'हमने बड़ी भूल की, छाँगुर की सभा में गए नहीं।' सनेही खाँचा बाँध चुका था, अब वह एक छोटी-सी टोकरी भी बनाएगा। और फिर एक दौरा भी कि पानी उलीचकर अपना खेत भर सके।

'बकरी ब्यायी थी तो कैसे जाते? छोड़कर जाते तो सियार नहीं खा जाता!' पियारी पत्तों से ढपनी बना रही है, वह स्तन ढकती है इससे। चार बन गए हैं, दो और बनाएगी।

'पत्तों में जो तिनका लगाकर ढपनी बना रही हो, वह तिनका चुभेगा नहीं?'

'मुझे तिनका लगाना-खोंसना आता है। ये देखो अच्छा है न!'

पियारी के स्तन बड़े हो गए हैं। अब ढपनी से उन्हें नीचे लटकने से रोकना है। पूरे गाँव की स्त्रियाँ ढपनी बनाती रहती हैं। कुछ बूढ़ी तो ऊपर से नंगी ही रहती हैं।

'तुम नहीं गए तो छाँगुर भाई जी को अच्छा नहीं लगा होगा।' पियारी फिर बोली।

'नहीं, वे जानते हैं कि मेरी बकरी ब्यायी है। लेकिन आज साँझ को जाऊँगा उनके घर। उनकी पत्नी को ताप है। ताप से उनकी देह टूट रही है। तोरना यही कह रहे थे।'

'मेरा धियानी भी अनमन है।'

'तो तुलसी हलदी औटाकर पिला दो। औटाए दूध में हलदी भी गरम-गरम पी ले। स्वेद से होकर सब व्याधि बाहर।'

'तुम परसों गए तो थे। उनकी पत्नी ठीक नहीं थीं क्या?'

'ठीक थीं। और हम ढेर सारी बातें करते रहे। तुम सुनोगी तो कहोगी कि हमारे छाँगुर कैसे हैं!'

और सनेही ने वह सब बताया जो वह सुना था।

'मथुरा जैसे कई नगर बसे हैं। वहाँ मांस हाट में बिकता है। धान दे दो और बकरी का मांस ले लो पकाने भर का।

'हमें भी दे देंगे।'

'हम कोई मांस खाते हैं!'

'और क्या कह रहे थे छाँगुर भाई जी?'

'यही कि हम पहले हुए, राजा बाद में।'

'और ये देव?'

'ये तो बहुत बाद में। हम जब छोटे थे तब आए थे गाँव में।'

'हमारे गाँव में जो बाबा हैं, उनकी लुगाई बहुत सुन्दर है।'

'तोरना पीछे पड़ा था लुगाई के। लेकिन दाँत निपोरता रह गया।'

सनेही अपनी पियारी से बतियाता हर दिन व्यय कर देता। लेकिन चुप नहीं बैठता, कुछ-न-कुछ करता। उसे मूर्ख बनाना नहीं आता, वह सत्य बोल देता। हाँ उसके पास एक हल की खेती हो गई थी। तीन गाय, दो बैल, एक भैंस, चार बकरियाँ। दूध-अन्न भरपूर था। इस वर्ष दो बकरियाँ एक गाय बेच देगा और अपना आँगन घेर लेगा मिट्टी से। श्रमिकों को देने के लिए अन्न जुटा लेगा इस बार।

धियानी एक गाय का दूध पी जाता है, पूरा एक छोटा मटका। सनेही उसे गोपुरा भेजेगा। बिरझू के यहाँ अखाड़ा है। वहाँ मल्ल युद्ध सिखाया जाता है। धियानी बड़ा होकर मल्ल बनना चाहता है और मथुरापति की सेवा करना चाहता है।

'धियानी को मल्ल सिखाएँगे। उसे गोपुरा भेजेंगे।'

'यहाँ भी तो सिखाते हैं हुलासी।' पियारी दूर नहीं भेजना चाहती धियानी को।

'हुलसिया घोंचू है, उससे अधिक तो मैं दाँव जानता हूँ। उसका अखाड़ा देख लो। न माटी ठीक है न छाया है। नाग-पर्व पर कई बार पटक चुका हूँ।'

'झूठ तो नहीं कह रहे?'

'नहीं रे! वह जब छोटा था तब एक बार हग दिया था, जब उसे मैं दे मारा चित।'

पियारी हँसने लगी। सनेही को उसकी हँसी अच्छी लगती है।

'क्या बतिया रहे हो? हर दिन तुम्हारा कुछ-न-कुछ घटा ही रहता है। आज तुम रस्सी बट रहे हो।' अचानक हुलासी आता हुआ बोला।

'काम में भेंड़ न डालो। बोलो क्या काम है?'

'बिना काम के नहीं आ सकते हैं क्या? और काम तो यह है कि धियनिया को हमारे अखाड़े पर भेज दो, पट्ठा बना देंगे। पाँच गाँव में नाम रहेगा।'

'तुम्हारी टँगरी तो बझती रहती है। क्या सिखाओगे मल्ल!'

'अच्छा जाने दो! तुम्हें हमारी टाँग दिखती है। अरे जिसको अँगुली छुआ देता हूँ, वह जीवनभर याद करता है। और टाँग देखनी हो तो उदयन की लुगाई की देख लो! कल बैठकी है। तोरना उदयन की लुगाई से बतियाता पकड़ा गया है—झोंपड़ी के अन्दर। कोई और नहीं था। तुम्हें आना है बैठकी में।'

सनेही आँखें फाड़ देखता रह गया हुलासी का मुँह। बकारी नहीं फूटी।

'और सुनो छाँगुर का सन्देश है कि कल माधवपुर चलना है। यहाँ से कोसभर है।'

एक गाँव बस रहा है—माधवपुर। इनके पास गाएँ हैं, बछड़े भी। भूमि बहुत पड़ी है। जितनी चाहें जोतें-बोएँ कोई मना करने वाला नहीं है। मयूरपुर का पड़ोस बस रहा है अब जानवरों का भय कम हो जाएगा। छाँगुर, सनेही, तोरना, हुलासी और भी मयूरपुर के युवा जाएँगे उनकी मँड़ई छवाने।

सनेही को समझ में नहीं आया कि उदयन की स्त्री से बतियाना क्यों मना है। उसकी पियारी तो सबसे बोलती रहती है। और मँड़ई में अकेले लुकाकर क्यों बतिया रहा था तोरना।

वह बैठकी में जाएगा पियारी को साथ लेकर।

भोले-भाले किसान और गोपाल क्या जाने आर्य विस्तार और किसी नई संस्कृति का घाल-मेल। आर्य थे कि हर विषय में, कर्म-क्रिया में, समाज में सत्ता में नई कथा रचकर, नई युक्ति लगाकर तीव्रता से आगे बढ़ रहे थे। छाँगुर जैसे थोड़े-बहुत हैं जो उछल-कूदकर रोआँ भी टेढ़ा नहीं कर सकते। लेकिन आर्यों के लिए चिन्ता तो थे ही छाँगुर। और छाँगुर जान ही न पाते कि कौन आर्य है असली। सब आपस में मिलकर एक नई पहचान में, सब एक-दूसरे के सम्बन्धी। आर्य भी उर्वर भूमि देखकर बसते थे, जैसे गोपाल। वर्ग बन रहे हैं नए-नए। देवपुरुषों को कुछ-न-कुछ देना पड़ रहा है। पहले के जीवन में प्रसन्नता थी, चिन्ता नहीं कि क्या देंगे जब आएगा कोई द्वार पर देवपुरुष। और आज बैठकी करनी पड़ रही है उदयन बाबा को। मयूरपुर में यह पहला अवसर है।

छाँगुर ने बैठकी के संचालन का अधिकार अपने हाथ में ले लिया, और मुख्य वक्ता का भी—'बोलिये जय किसान!' छाँगुर बोले।

'जय किसान!' एक साथ ध्वनि गूँजी।

'जय गोप!' फिर एक स्वर।

'जय गोप।' सबने एक साथ कहा।

'मयूरपुर में अब विवेक जाग गया है। हमारी समझ बढ़ी है। मैं इस गाँव का ग्रामणी हूँ। और अब मैं पाँच गाँव का प्रधान चुना गया हूँ। तीस बरस से आपके साथ हूँ—समाज सेवा में लगा हुआ। मैं जो कुछ भी प्राप्त किया हूँ, वह सब आपके सामने है।'

'हो! हो!...छाँगुर भैया की जय!'

'शान्त! भाषा-बोली का भी महत्त्व है। इसे भी मैंने सीखा है। आप भी सीखिए

और पाँच गाँव में बतिया आइए। मैं आपको बता दूँ कि अवश्य ही कुछ हो रहा है भीतर-भीतर। कुछ घट रहा है। यह प्रचारित किया जा रहा है कि यज्ञ होगा तो हमारी रक्षा होगी। यह कैसे? रक्षा तो हम स्वयं अपनी कर सकते हैं। प्रहरी बनकर, बाड़ लगाकर, मूसल और लट्ठ रखकर। यज्ञ का क्या अर्थ? मैंने पता किया है कि जो दूर देश पांचाल क्षेत्र है, वह विद्या का केन्द्र बन गया है और कुरुक्षेत्र संस्कृति का बड़ा स्थान। वहीं से सब संचालित हो रहा है। हमें यह देखना है कि हमारी हानि कहाँ है। जैसे यज्ञ से लाभ नहीं है। और यदि द्वार पर सुगन्धित धूम्र सूँघने की इच्छा है तो स्वयं कर लो धूम्र! लगा लो अग्नि! किसी देवपुरुष की क्या आवश्यकता है? मैं जान गया हूँ कि मंत्र क्या होता है। यह मात्र अपना भला सोचने हेतु चिन्तन की प्रक्रिया है।'

'कितना बढ़िया बोल रहे हो!' सरजू बोल पड़ा। उदयन, हुलासी, मुसई, मटेरू, तोरना, झुरई मुँह बाए निहार रहे हैं छाँगुर को। पूरा गाँव एकत्र है। बैठकी क्या यह तो पूरी सभा है।

'हमने यह भी सुना कि हम खेती वालों को वे कहते थे कि हमारे पैर उलटे हैं। उलटे क्यों न हों भाई? हम श्रम करते हैं। पैरों में बिवाई फटी है। माटी-पत्थर, काँट-कूस, गोबर-पानी में रहेंगे, दिन-भर ढेला फोड़ेंगे तो पैर क्या सुन्दर रहेंगे, चौड़े-मोटे खुरदुरे तो हो ही जाएँगे।'

'हम गोड़ की सुघराई देखें कि अपना काम।' मुसई बोल पड़ा।

'हमारे पास कोई उपानह थोड़े ही है।' मटेरू ने कहा और पाँव उठाकर दिखाने लगा।

'अरे गोड़ तो नीचे कर मटेरुआ!' सरजू ने डाँटा।

'जेठ में जब गोड़ रेत में जलता है तो तू नहीं पहनता था बाँस की सपोली रस्सी से बाँधकर!'

'ठीक है भाई! ठीक है! कभी-कभी पहन लिया करो तुम लोग भी लकड़ी की चट्टी देवपुरुष की तरह।' छाँगुर ने शान्त किया। उसे तो ढेर सारी बात करनी थी और उदयन भी व्यथित थे कि कब हमारी बात होगी।

'बूटन बढ़ई बना देंगे चट्टी।'

'एक मनही जौ में तीन चट्टी। एक मेहरिया के लिए भी।'

'हम जिस काम से एकत्र हुए हैं, वह बात तो हो जाए!' उदयन से रहा न गया।

'बोलो बाबा! क्या कहना है आपको?'

'मैं आपके गाँव में आया हूँ, जीने-खाने के लिए नहीं। सबकी बुद्धि का विकास करने और आपके सुख की कल्पना करने के लिए आया हूँ। क्या बुराई है मुझमें? आप जो दे देते हैं, वही पाकर सन्तुष्ट हो जाता हूँ। सात दिन में एक दिन कथा कहता हूँ। सूर्य हो या नदी, वृक्ष हो या पर्वत या फिर कोई देव-वरुण, अग्नि। प्रार्थना करता हूँ कि कोई अनिष्ट न हो।'

'वे आएँगे हानि पहुँचाने तो हम मार भगाएँगे।' छाँगुर बीच में बोल पड़े।

'मैं हूँ तो वे क्यों आएँगे? जहाँ-जहाँ हम हैं, कोई अनिष्ट नहीं होगा। मैं तो यह कह रहा था कि मेरी पत्नी से तोरना लुक-छिपकर क्यों बतिया रहा था, हमारी मँड़ई

में घुसकर? किसी पुरुष का स्त्री से ऐसे बात करना ठीक नहीं है।'

'बात ही तो कर रहा था, कुछ ले तो नहीं लिया न।' हुलासी ने तोरना का पक्ष लिया।

'देखो बाबा हमारे यहाँ यह बन्धन नहीं है कि बतियाओ मत।'

'बोल तोरना! काहे गया था बाबा की मँड़ई में? बिना बाबा की मेहरिया देखे साँस नहीं आती तुमको?' छाँगुर ने डाँटा।

'वही बुलाती हैं। पूरे घर-गाँव का बखान पूछती हैं। और फिर कुछ न कुछ माँगती रहती हैं—कभी दूध, कभी साग, कभी दही, कभी तिल। मैं दही देने गया था तो मँड़ई में बुला लीं और पूछने लगीं एक-एक घर की बात। हमसे कोई हानि हुई हो तो उनसे पूछ लो।' तोरना एक ही बार में पूरा सच उगल दिया।

'क्या कह रहे हो सरजू? हुलासी तुम भी बोलो! झुरई कहो क्या किया जाए तोरना का?' छाँगुर सबकी राय जान लेना चाहते हैं।

'उदयन बाबा से पूछ लो।' सुकिया काकी पहली बार बोलीं, वे आगे ही बैठी थीं।

सब उदयन की ओर देखने लगे। अब क्या बोलें वे, क्या कहें, रहना तो इसी गाँव में है, इन्हीं का दिया भोजन है। अपना निर्णय स्वयं सुनाना हो तो नानी की नानी याद आ जाएगी।

'मैं क्या कहूँ। आप जो चाहें। तोरना हमार शत्रु थोड़े है।'

'छाँगुर भाई आप ही कहो।' मटेरू ने छाँगुर पर निर्णय छोड़ दिया। प्रतीक्षा थी उस घड़ी की कि तोरना का क्या होगा।

मार तो नहीं न खाएगा तोरना! सनेही मन-ही-मन सोच रहा है।

'मेरा निर्णय यह है कि...।' छाँगुर डर रहे थे कि कहीं कुछ अनर्थ न हो जाए तोरना के साथ। कुछ ठहर कर बोले—'तोरना प्रतिदिन उदयन बाबा की गाय दुहने जाएगा।...कभी मड़ई के भीतर नहीं जाएगा कोई बुलाएगा तब भी।'

'ये हुआ निर्णय।' मुसई बोल पड़ा, और सब एक-दूसरे का मुँह ताकने लगे कि कितने झट्ट से हो गया काम। कुछ तो यह भी कहते रहे कि इसी बहाने वह उदयन की लुगाई को देख तो लेगा और बोल भी लेगा।

सभा अभी समाप्त नहीं हुई है। उदयन तो कुछ और ही चाह रहे हैं, बोले—'एक बात मेरी भी मान ली जाए। वह यह कि जो रुद्र पिंड है गाँव के बाहर, वहाँ पत्थर की बेदी बना दी जाए। मैं उसकी देख-रेख करूँगा। स्वच्छ रखने की मेरी जिम्मेदारी...बस वहाँ घड़े रखवा दिए जाएँ और उसमें पानी भर जाए।'

उदयन सोचने लगे कि अब कुछ स्थायी काम हो जाए तो मैं इसका मूल्य प्राप्त करूँ। सबसे कह दूँगा कि हर फसल में रुद्रपिंड के नाम से एक मनही अन्न रुद्रअंश का निकाल दें। कई देवपुरुषों ने ऐसा ही किया है।

'हम सबको स्वीकार है!' एक साथ स्वर गूँजा।

'और कथा वहीं होगी-बेदी पर!'

'वर्ष में एक बार वहीं खाद्य पकेगा!'

'हम सब नाचेंगे, उत्सव मनाएँगे!'

'उस दिन भी तोरना गाय दुहने जाएगा बाबा के घर!'

एक साथ सबकी हँसी फूट पड़ी।

तीन

घूम रहे हैं तीरे-तीरे
कि किस लट्ठ में शक्ति है
और गौएँ किसकी हुई जाती हैं

ब्रह्मा का अधिकार समाप्त हो चुका था, उन्हें जो ज्ञान देना था दे चुके थे। विष्णु को भी कोई पूछता नहीं था। देव अपनी अर्जित सम्पत्ति से आनन्द भोग रहे थे। उन्हें भविष्य से कोई सरोकार नहीं था।

महादेव का मान तो था लेकिन पहले वाले रुद्र की तरह नहीं। रुद्र से लेकर शिव, शंकर, महादेव और अब पशुपतिनाथ तक की यात्रा हो चुकी थी। पशुपति को अब भी लोग महादेव ही कहते थे। देव-लोक महादेव का ही था, यही कारण था कि भय बना हुआ था। इन्द्र ही ऐसे थे कि ले-देकर उत्पात मचाते रहते थे। समस्या विष्णु के पास आती थी लेकिन उन्हें बस सुख से जीना था। प्रत्यक्ष या परोक्ष में इन्द्र ही थे जो कुछ कर सकते थे। उन्होंने इन्द्रजाल भी फैला रखा था।

छाँगुर जैसे लोकपुरुष बहुत हो गए थे, जो देवपुरुषों को तंग किया करते थे। और जो अनार्य संस्कृति के राज्य थे, उनसे संरक्षण भी मिलता रहता था। व्यथित होकर प्रमुख देवपुरुषों का दल आर्य राजाओं से मिला और अपनी दरिद्रता, अभावग्रस्तता का रोना रोया। आर्य राजा इन्द्र के पास गए कि शीघ्र ही कोई उपाय न हुआ तो आर्य संस्कृति का जो विस्तार हुआ है, वह चौपट हो जाएगा। हर गाँव में लोकपुरुषों ने दृढ़ता से अभियान छेड़ रखा है।

देवपुरुष लिंग पूजा के विरोधी थे लेकिन गाँव में स्थापित पिंड की मान्यता को देखकर वे अपना अधिकार बनाने का प्रयास करने लगे। और यह उनके जीविकोपार्जन का अच्छा साधन भी बनता जा रहा था। फिर भी देवपुरुष दरिद्र होता जा रहा था। किसी अन्य के सहारे और बिना श्रम के जीवन चलाना कठिन था। वह तमाम युक्तियाँ लगाता हुआ किसी तरह भोर-साँझ कर रहा था।

एक भिन्न प्रकार का वातावरण, जैसे त्राहि-त्राहि पुकार रहा हो कोई। हर स्थान पर उत्पात हो रहा हो। कुछ न कुछ खोजा जा रहा हो, और गोपनीयता बरती जा रही हो। चारों ओर एक व्यूह की तरह—जाल ही जाल। फिर भी किसान, गोपाल अपने कार्य-व्यवहार में मगन।

मगध पहले शान्त था, अब नहीं। वहाँ और दुर्गति थी देवपुरुषों की। पहले के देवपुरुष बहुत घी, दूध खाए-बहाए। मर्दन करवाए, पेट सहलवाए और पेट फुलाकर श्रम करने वालों पर अपने भार का दम्भ भरते, ये चूतड़ में घृत पोतते, और फिर ललाट

चमका कर एक भिन्न प्रकार की देहभाषा का प्रदर्शन करते रहते। लेकिन तब जब बृहद्रथ थे। वे सहज थे, सरल थे, लोकप्रिय थे। किसी को दंड देने में संकोच करते थे। उनकी चिन्ता तो कुछ और ही थी। यौवन की पराकाष्ठा में भी वे सन्तान सुख से वंचित थे। मगध में अनार्य समाज का वर्चस्व था। और उनमें भी सूक्ष्मासुर कुल बहुत प्रभावशाली था। मगधराज बृहद्रथ भी उसकी श्रेष्ठता और महत्ता को स्वीकारते थे। परिवार में उठना-बैठना भी था। उसी कुल के एक अभिन्न मित्र से बृहद्रथ ने अपनी चिन्ता बताई। कई दिनों तक चिन्तन-मनन के बाद तय हुआ कि मुनि चंडकौशिक से सलाह ली जाए और उनके निर्देशन में औषधि का प्रयोग किया जाए।

'मुनिवर! मेरा कष्ट दूर करें।' बृहद्रथ ने कहा था।

'आप विस्तार से अपनी समस्या कहें।' चंडकौशिक बोले थे।

'बीस वर्ष से प्रयास कर रहा हूँ। कोई सन्तान नहीं है। दोनों श्रेष्ठ और रूपवती रानियाँ मुझे अब रुचिकर नहीं लगतीं। उदास बना रहता हूँ। भिन्न प्रकार के भाव में अवसाद ओढ़ लेता हूँ। ऐसी निराशा छाई रहती है कि लगता है कुछ खो गया है। बहुत स्पष्ट कहूँ तो क्रिया के पूर्ण होने के पूर्व लगता है कि पराकाष्ठा पर नहीं पहुँच पाऊँगा और धड़कन की गति ऐसे तीव्र होती है जैसे वह ग्रीवा तक आ गई हो। हृदय में शक्ति ही नहीं रहती और निढाल होकर पसर जाता हूँ—चित। पहले ऐसा नहीं था। लेकिन अब जबकि सन्तान की इच्छा हुई है तो यह एक समस्या खड़ी हो गई है।'

बृहद्रथ के साथ उनकी रानियाँ भी आई थीं। मुनि स्फुटित हुए थे।

दोनों रानियाँ आश्रम में रह गईं, और बृहद्रथ जंगल चले गए। लेकिन उन्हें सूचना होती रहती थी।

दो वर्ष बाद रानियाँ गर्भ से हो गईं। बृहद्रथ उन्हें साथ लेकर गिरिव्रज आ गए। यह मात्र संयोग ही था कि एक ही दिन एक ही समय दोनों रानियों ने पुत्र को जन्म दिया। मगधराज ने अपनी प्रिय सेविका जरा को उनके पालन-पोषण में लगा दिया। दो पुत्र एक साथ पाकर बृहद्रथ को अघा जाना ही था। आश्चर्य कि दोनों बालक एक रूप-रंग और एक जैसे स्वास्थ्य के थे। कोई जान न पाता कि कौन बालक किसका है। पहली रानी का दूध समाप्त हो जाता, बारी-बारी से पी जाते बालक। जरा को पता ही नहीं चलता कि किसको किस रानी का दूध पीना है।

बालक बड़े हो गए। एक जैसा वस्त्र, एक जैसी दाढ़ी, एक जैसी चाल, एक जैसी देह की गठन और हँसी भी एक जैसी। जरा ने मन लगा कर पाला था। और संवेदना ऐसी कि एक को चोट लगती थी तो दूसरा चिल्ला देता। बृहद्रथ ने दोनों का एक ही नाम रख दिया जरासन्ध, वे जरा को मानते भी थे और अब आभारी भी थे। बुलाने पर एक छिप जाता, और दूसरा सामने आ जाता। दोनों मल्लयुद्ध में प्रवीण हो गए। पूरे गिरिव्रज में कोई जोड़ का नहीं था। और युवा होने पर पूरे मगध में कोई हाथ धरने का साहस न कर पाता। जरासन्ध गर्व से ठहाके लगता हुआ मगधराज में सम्मानित हो गया।

लोग समझते रहे कि यह एक ही व्यक्ति है, क्योंकि जब युद्ध होता तो एक छिपा रहता, दूसरा लड़ता। और थक जाने पर लड़ने वाला छिपकर सुस्ताने लगता और जो

छिपा रहता वह लड़ जाता। जरासन्ध की गोपनीयता कोई नहीं जानता था। राज-परिवार में भी यह गोपनीयता बरती जा रही थी।

जरासन्ध मगध के सम्राट हो गए।

और मथुरा! डरी-सहमी हुई। मगध के दूत और गुप्तचर आते उत्पात मचाते, उग्रसेन को धौंस दिखाते। जरासन्ध चाहते ही थे कि मथुरा एक साधारण राज्य बना रहे। लेकिन संघ मजबूत था। यहाँ देवमंडल का प्रभाव था। नाम के आगे देव लगाने की प्रथा जैसे हो गई थी। देव लगाकर स्वयं सम्मानित समझने की मानसिकता का विकास हो चुका था।

'महाराज! आज्ञा हो तो कुछ नये समाचार कहूँ।' गुप्तचर ने उग्रसेन से अभिवादन की मुद्रा में निवेदन किया।

'कहो!' उग्रसेन के ललाट पर तीन रेखाएँ गहरी चिन्ता का संकेत हैं।

'मगध के लोग मथुरा में देखे जा रहे हैं। गुप्तचर भी हैं। एक व्यक्ति कंस जी से भी मिला है। क्या वार्ता हुई, यह ज्ञात नहीं है। और एक दूत भी आया है, वह भी कंस की अतिथिशाला में ठहरा है। आप की आज्ञा हो तो कल प्रस्तुत करूँ। दूत आपसे मिलने का इच्छुक हैं।'

'कंस के यहाँ! मगध का दूत!...ठीक है कल दोपहर के भोजन के पश्चात् उसे समय दे दो!' उग्रसेन की लम्बी साँस जैसे अपने हृदय को शक्ति दे रही हो, या फिर अटकी हुई साँस बाहर निकलकर साँस ले रही हो।

कंस के यहाँ मगध का दूत अपनी मस्ती में आनन्द भोगता हुआ—दूध, फल, मदिरा, स्त्री, जो इच्छा हो वह... ।

उग्रसेन सोचते रहे कंस।

हाँ, कंस का जन्म! रानी पवनरेखा पर उग्रसेन का कोई वश न चलता। वह रूपवती तो थी ही, काम-गुणों से पूर्ण, सदैव प्रेम की इच्छा में डूबती-उतराती हुई। फिर भी महाराज उग्रसेन के साथ उन्हें रानी का गौरव प्राप्त था।

रानी पवनरेखा का सम्बन्ध कैसे द्रमिल राक्षस से हो गया, यह कोई नहीं जानता। और अब बात आगे निकल चुकी थी कि वह जब चाहता पवनरेखा को बुला लेता। उग्रसेन द्रमिल से भयभीत भी थे। वे बिना अर्थ के कार्यों में उलझाकर राज्य कार्य को प्रभावित नहीं करना चाहते थे। उसी द्रमिल पवनरेखा के संयोग से कंस का जन्म हुआ। वैसे उग्रसेन चाहते तो द्रमिल को मार भगाते। उनका सम्बन्ध स्वरभानु कुल से भी था, यह कुल असुरों में प्रमुख था। लेकिन अब यह कुल कंस की बात मानता था, उग्रसेन से तो कोई मिलने भी नहीं आता था।

'महाराज! आपकी आज्ञानुसार मगध के दूत तैयार हैं।' गुप्तचर ने निवेदन किया।

'प्रस्तुत करो।' फिर वही चिन्ता के चिह्न उग्रसेन के मुख पर।

मगध का दूत जैसे मल्ल युद्ध का ज्ञाता हो। उसकी चाल से लगता था कि वह भूमि में पाँव धँसाता चल रहा है।

'महाराज मेरा अभिवादन स्वीकार हो! आप यादव श्रेष्ठ हैं। आपकी ख्याति पूरे भूमंडल में है। आपका संरक्षण पाकर मगध गौरवान्वित होगा।' दूत ने महाराज की प्रशंसा की।

'ठीक है, आप सीधे अपनी बात कहें। मेरे गुणों के वर्णन से वार्ता का कोई सम्बन्ध नहीं।' महाराज सोचने लगे, अवश्य यह मृदुवाणी से मेरे हृदय को भावुक बना रहा है।

'आप ऐसे हैं ही महाराज! आपको देखते ही आपके सम्मान में बोल फूट पड़ते हैं। रही बात हेतु की तो महाराज मगध की इच्छा है कि मथुरा में भैरव अखाड़े का निर्माण हो—कम-से-कम एक जनपद में एक। आवश्यकतानुसार विस्तार का विकल्प भी खुला हो।'

'हमारे यहाँ तो विधिवत् मल्ल सिखाया जाता है। मूसल भाँजने, मुगदर चलाने की कला में भी प्रवीण हैं हमारे युवा।'

'जी महाराज! लेकिन भैरव अखाड़ा में अपने घरेलू उपकरणों के अतिरिक्त नए उपकरणों में भी प्रवीणता दिलाई जाती है। अश्व-विद्या की भी योजना है।'

'मुझे अवसर दो दूत! मैं अपने अमात्यों से सलाह कर लूँ।'

'कंस की इच्छा है महाराज।' दूत के इतना कहने पर उग्रसेन की दृष्टि कंस की ओर गई। कंस का संकेत तो था ही, और यह भी लग रहा था कि यदि पक्ष में निर्णय नहीं हुआ तो मथुरा में उपद्रव हो जाएगा।

सभा समाप्त हो गई। दूत कंस के विश्राम कक्ष में नर्तकियों का आनन्द लेने चला गया।

यदु युद्ध नहीं चाहते थे। उनका शान्तिप्रिय जीवन था—अपने काम-से-काम। कार्य भी वही जो जीवन के काम आए। लेकिन यदु निर्बल नहीं थे। उग्रसेन के पड़ोस में शूरसेन राज्य था। राज्य छोटा था लेकिन अर्थपूर्ण था। सम्मान था संघ में उसका, उसकी बात मान ली जाती थी। और बात भी ऐसी जो अकाट्य हो, अर्थपूर्ण हो, सबके हित में हो।

शूरसेन और मारिषा के पुत्र वसुदेव ने कुछ जनपदों को मिलाकर एक छोटा-सा परन्तु महत्त्वपूर्ण राज्य स्थापित कर लिया था। वसुदेव का एक नाम आनक-दुन्दुभि भी था, लेकिन यह बचपन का नामकरण था। कहते हैं कि वसुदेव के जन्म के समय देवताओं ने आकर आनन्द दुन्दुभि आदि कई बार बजाया था। और वही यह नाम देकर चले गए।

शूरसेन के मित्र कुन्तिभोज ने कहा था—'मित्र! मैं भी सन्तान का सुख लूँ, लेकिन अभी तक तो कोई आशा नहीं है, विश्वास भी टूट गया है।' शूरसेन ने कहा था जो सन्तान होगी, वह आपकी होगी। और मारिषा ने पुत्री को जन्म दिया, यही पुत्री पृथा थी।

जरासन्ध के दूतों से शूरसेन भी अछूते नहीं थे। यहाँ भी भैरव अखाड़ा चल रहा था। जनता व्यथित थी।

'भाई श्री आपने भैरव अखाड़ा की अनुमति देकर अच्छा नहीं किया।' वसुदेव के भाई अष्टक ने कहा।

'तो क्या करता? जरासन्ध से युद्ध करता। महाराज उग्रसेन को सब धौंस दिखाते रहते हैं, वे कुछ बोल नहीं पाते।' वसुदेव बोले।

गहरी चिन्ता छाई है। वसुदेव के सभी भाई—देवभाग, देवश्रवा, अष्टक, ककुच्चक्र, वत्सधारक, सृंजय, श्याम, शामिक, गण्डूष बैठे हैं। श्वफल्क और गान्दिनी के पुत्र अक्रूर, उपमदु, मृदामृद, विश्वारि, गिरिक्षत्र, उपक्षत्र, शतहन, अरिमर्दन, धर्मदृक, दृष्टधर्म, गन्धभोज, वाह, प्रतिवाह भी साथ हैं। श्वफल्क के भाई चित्रक एक किनारे बैठे सुन रहे हैं। अधिकतर भ्रातागण अनुभवहीन ही हैं। वे सभी धीरे-धीरे परिपक्व हो जाएँगे।

'हमारे छोटे-छोटे नगर हैं और इनके आस-पास कुल शत से कुछ अधिक ग्राम। तो हम अकेले तो कुछ नहीं कर सकते, लेकिन जो हमारे पड़ोसी राज्य हैं, वे तो सहयोग कर सकते हैं।' देवभाग जरासन्ध का विरोध करने के पक्ष में हैं।

'मैं तो पाँचों नगर—अक्कथल, वीरथ, मत्थल, रहात्थल, यदुवर्ण की यात्रा से लौटा हूँ। प्रजा तो जानती ही नहीं कि भैरव अखाड़ा से लाभ क्या हानि क्या।'

'अखाड़े की आड़ में गुप्तचर घूम रहे हैं।'

'वे हमारे समाज का, हमारी शक्ति का, हमारे अन्न-दूध का पता लगाएँगे।'

'और सब छिन जाएगा। हम रह जाएँगे हाथ मलते।'

'वे अपने अखाड़े में मुगदर के साथ-साथ लट्ठ भी रखते हैं। बाण, तर्कश, धनुष, फरसा, कुल्हाड़ा, असि भी देखा गया है।'

'कौन मना करे?'

'जब उग्रसेन ही पसर गए तो हम क्या करें?'

'वे बुढ़ऊ निर्बल हो गए हैं, दम नहीं है उनमें। कंस से भी डरते हैं। कंस सदैव घूँसा दिखाता है, तलवार चमकाता है।'

'और उनको थूक तक घोंटते नहीं बनता।'

'तो किया क्या जाए?' वसुदेव ने सभी भाइयों की सुनने के बाद पूछा।

'आप गोपनीय यात्राएँ करें।' अक्रूर ने सुझाव दिया—'आप देखें कि कौन आपके विचार के हैं और कौन जरासन्ध या कंस से प्रभावित।

'ऐसे में तो संघ में फूट हो जाएगी। अन्धक भोज अलग, वृष्णि और अन्य अलग। हम तो शक्तिहीन हो जाएँगे।' वसुदेव को भय था कि कहीं कोई सन्देह हो गया तो हम खेती लायक भी नहीं रहेंगे। लेकिन मन में लावा फूट रहा था कि यात्रा से प्रजा के भीतर अपने प्रति आदर भर सकूँगा और छोटे-छोटे अधिपति, दसग्रामी, ग्रामणी तक पहुँच बना सकूँगा।

नारद जी यह तितलौका की तूमड़ी है

लोग चल रहे हैं, एक गाँव से दूसरे गाँव तक, एक नगर से दूसरे नगर तक। इस घर

से उस घर तक। वन, उपवन, पर्वत पार करते लोग चले जा रहे हैं अपनी बात मनवाने, अपना दुख गाने, कुछ समझने कुछ समझाने। जाने कौन-सी समस्या खड़ी हो गई है। कौन सी बेचैनी छाई है। एक होड़-सी लगी है। अपनी लाठी मजबूत करने की चिन्ता है, उपक्रम है। अपनी सम्पदा बढ़ाने पर दृष्टि है। लोग चले जा रहे हैं। गुप्तचर हैं, नागरिक हैं, व्यापारी हैं, बेटी से मिलने जाने वाले हैं, बहू को विदा कराने वाले हैं—चले जा रहे हैं। चिन्ता ओढ़े, मुसकराते, हँसते, रोते, खिलखिलाते चले जा रहे हैं एक गाँव से दूसरे गाँव तक। मानो रुकना उनके वश में नहीं है।

नदी के तीरे-तीरे चलने वाले अधिक हैं। नावें तो भरी ही रहती हैं। बैलगाड़ियाँ अन्य मार्गों से भी आ-जा रही हैं। इसी भीड़ में वसुदेव की भी यात्रा है। ग्रामीण, दसग्रामी, अधिपतियों, शतग्रामणियों के यहाँ बैठकें हैं। निमंत्रण है, भोज है, कुशल-क्षेत्र है कि क्या करना है आगे। कैसे बढ़ेगा यदुवंश, कैसे रहेगी प्रजा, कैसे प्रसन्न रहेगा किसान, कहाँ से दूध बढ़ेगा, गोप की गौएँ कैसे रहेंगी सुरक्षित? चिन्ता है तो है, बात है तो है। कुछ करना है, कुछ दिखाना है, कुछ लड़ना भी है, लेकिन बढ़ना है आगे-बहुत आगे!

उग्रसेन सरल व्यक्ति हैं और सहज भी। प्रजा चाहती है लेकिन राज्य व्यवस्था की कुछ और जिम्मेदारियाँ हैं। अनुशासन है। पड़ोसी राज्य हैं। जहाँ थोड़ा कठोर, थोड़ा धाकड़, थोड़ा क्रोध आवश्यक है। उग्रसेन की सहजता का प्रभाव झेल रहे हैं पड़ोसी। और अधिक प्रभावित तो वसुदेव ही हैं। वे चिन्ता में हैं कि क्या किया जाए।

मथुरा पर पूरी दृष्टि नारद की है। हाँ नारद, देव-लोक के प्रमुख गुप्तचर--नारद प्रमुख। उसने कई नारद सदस्य नियुक्त कर रखे हैं। मथुरा में तो स्वयं नारद प्रमुख अपने सदस्यों के साथ डेरा डाले हैं। इन्द्र ने भेजा है या यह विष्णु की आज्ञा है, अवश्य ही ब्रह्मा की अनुमति होगी। तब आर्य ऋषियों, प्रमुख राजाओं ने देव-लोक से विनती की थी। विष्णु को अपना प्रार्थना-पत्र दिया था। ब्रह्मा से गुहार लगाई थी—बचाओ! हमें यहाँ के लोग तंग करते हैं। जीने नहीं देते।

'तुम्हें रहना नहीं आता होगा। उनके खेत की फ़सल उखाड़ते होगे, दूध, दही का लोभ होगा। उनके रोपे गए पौधों पर मल त्याग करते होगे। तुम सब दुष्ट हो ही। कभी रहना नहीं आया।' ब्रह्मा ने डाँटा था।

और विष्णु सुनकर मन्दहास में सोचे होंगे कि बुढ़ऊ ब्रह्मा में भले दम नहीं है लेकिन डपटते मन से हैं।

'कुछ भी हो, हैं तो अपने। इनकी सहायता करनी चाहिए।' विष्णु ने कहा था। और सोचा था कि सब समाप्त होने के बाद भी देवविचार अभी हैं, और विचार जीवित हैं तो कुछ भी हो सकता है।

और फिर नारद को आदेश हो गया कि वह गुप्तचरों का जाल बिछाकर एक ऐसी जनश्रुति फैला दें कि आपस में मतभेद हो जाए, लोग अपनों से लड़ने लगें। अपनों को फूटी आँख न देख सकें। नारद ने आकाशवाणी नाम की समिति बनाई, जो घोषणा करती थी, भविष्य के विषय में सचेत करती थी।

चारों ओर अपनी-अपनी चिन्ता थी, अपनी-अपनी धुन, लाग-डाँट, खींचतान।

पूरा वातावरण आपाधापी की भेंट चढ़ चुका था। नारद घूमने लगे, विशेष रूप से मथुरा में। मथुरा और आसपास के यदु देव प्रभाव में थे। नारद को सुविधा हुई, वे अपनी बात आसानी से मनवाने में सफल हो रहे थे।

इन्द्र को भी ज्ञात था कि यदि संघ प्रभाव में आ गया तो बात बन सकती है। हम कुछ पीढ़ा और नृत्य-भोग का आनन्द ले सकेंगे। सुरा पीकर मस्त हो थिरक सकेंगे। अप्सराओं के आलिंगन से पुलकित हो आकाश में उड़ सकेंगे, हमारे सुख की एक ऊँचाई होगी।

'युवराज अब समय आ गया है कि आप सिंहासन सँभालें।' नारद कंस को समझाते हुए बोले—'देवक नगर देख रहे हैं। लेकिन उनकी भी निष्ठा संदिग्ध है। वे आपको पसन्द नहीं करते। उग्रसेन का अनुज होने के कारण उन पर महाराज की कृपा भी बनी है। युवराज इसी प्रकार देवक के चारों पुत्र—देवभान, उपदेव, सहदेव, देवरक्षित भी राजकार्य से अधिक अपने सुख की कल्पना में समय व्यर्थ कर रहे हैं। मैंने ठीक से सब पता कर लिया है। और आप तो जानते ही हैं कि मेरे सभी कार्य आपके हित के लिए हैं।'

'मैं क्या करूँ? क्या करूँ?' कंस व्यथित हैं, और यह भी जानते हैं कि नारद किसी के सगे नहीं हैं। कल हो सकता है उग्रसेन से मेरी आलोचना कर आएँ।

'आप सक्षम हैं, फिर भी पूछते हैं क्या करूँ?'

'कोई मार्ग नहीं है देवऋषि!'

'मार्ग होता नहीं है, बनाना पड़ता है।' नारद को कई दिनों के बाद कंस के कक्ष में वार्ता का अवसर मिला है।

कंस कुछ नहीं बोले।

'कंस! मैं आपकी चिन्ता समझ सकता हूँ।' नारद भी सोचने लगे कि कुछ कहने से पहले लगता है अवसर मुझे कम मिला सोचने के लिए। फिर भी नारद तो नारद प्रमुख हैं—'जीवन बहुत निकट आ गया कंस। और जब ऐसी स्थिति आती है तो हर क्षण महत्त्वपूर्ण हो जाता है। मथुरा का जीवन आपसे टकरा रहा है। मथुरा आपसे प्रश्न पूछ रहा है। और आप जाने-अनजाने स्वयं से लड़ते रहते हैं। आप कुछ भी करें पहले समझें, वार्ता करें, तब लड़ें, निर्णय लें। आप जब विमर्श में रहेंगे तभी जी पाएँगे, कुछ कर पाएँगे।'

कंस फिर कुछ नहीं बोले, केवल मुसकराते रहे।

नारद समझ गए कि कंस मेरी बात में हैं, और अब जो कहूँगा उसे मान जाएँगे—'सबसे पहले तो आप उग्रसेन को हटाइए और स्वयं राजकाज देखिए, चाहे जो करना पड़े।'

'उन्हें पदच्युत करना कठिन है देव।'

'कठिन है, असम्भव नहीं। मैं जानता हूँ आप कहेंगे कि जनता उनके साथ है, लेकिन सैनिक तो आपके हो सकते हैं। आपके भ्राता—न्यग्रोध, सुनाम, आनवाह्न, शंकु,

सुभूमि, राष्ट्रपाल, युद्धितुष्टि, सुतुष्टिमान तो आपके हो सकते हैं। आप अन्धक श्रेष्ठ बनिये कंस! कुछ कठोर निर्णय तो आपको लेना ही होगा।'

'क्या करूँ महाराज को बन्दी बना लूँ?' कंस ने पूछा।

'पहले सैनिक अपने हों, सुरक्षाकर्मी आपकी आज्ञा मानें, तब।'

'श्वफल्क तो पिताश्री की ओर ही हैं।' कंस की समझ में नहीं आ रहा था कि कौन-सा प्रश्न करें कि सारे प्रश्नों के उत्तर मिल जाएँ।

'श्वफल्क की आयु अधिक है। वे भी अपने कुल का भविष्य चाहते होंगे।' नारद रुके, उन्हें लगा कि कंस का ध्यान कहीं और है—'पहले आप मेरी बात ध्यान से सुनिए और शीघ्र निर्णय लीजिए।'

कंस एकटक निहारते रहे नारद को—'तो कंस! अब जो मैं कह रहा हूँ उससे श्वफल्क-वफल्क सब बिल में घुस जाएँगे, प्रसन्न भी होंगे। श्वफल्क के पुत्र अक्रूर को मथुरा संघ में एक महत्त्वपूर्ण पद दे दीजिए। वह युवा यादवों का अगुआ है, वृष्णि उसको चाहते हैं। वह पद पाकर प्रसन्न होगा, और उसके भाई—उपमदु, मृदामृद, मेजय, विष्वारि, गिरिक्षत्र, उपक्षत्र, शतघ्न, अरिमर्दन, धर्मदृक, दृष्टधर्म, गन्धभोज, वाह, प्रतिवाह भी आपके प्रभाव में रहेंगे। श्वफल्क के भाई चित्रक को भी मिलाइए। वार्ता कीजिए। भोजन पर बुलाइए। मदिरा पीने-पिलाने का चलन प्रारम्भ कीजिए। मैं देव-लोक से विशेष सुरा का प्रबन्ध करा दूँगा। जरासन्ध आपका मित्र है ही, चिन्ता किस बात की। सुना है कि वह पुत्री का विवाह भी आपसे करना चाहता है।'

नारद को ज्ञात है कि जरासन्ध से पार पाना असम्भव-सा है, लेकिन यदि कंस मेरे वश में हो जाए तो संघ मेरी मानसिकता में पलेगा, फिर धीरे-धीरे कंस क्रूर होता जाएगा। प्रजा को वह फूटी आँख भी नहीं रुचेगा। नारद यह भी जानते थे कि जरासन्ध का पश्चिमी यादवों से अच्छा सम्बन्ध है। ये यदु असुरराज वृषपर्वन की पुत्री शर्मिष्ठा की सन्तान हैं। और ये भी जरासन्ध की तरह महादेव के भक्त हैं।

'सुना तो यह भी हूँ देव कि वसुदेव यात्रा कर रहे हैं। आनन्द भोग रहे हैं। अक्रूर के स्थान पर उन्हें बुलवा लें तो कैसा रहेगा?'

वसुदेव का नाम सुनते ही नारद चौंक गए—'वसुदेव! आह! सुख मिला। भूल गया था मैं उन्हें। वसुदेव ही आवश्यक हैं। अक्रूर तो स्वयं आ जाएगा। उन्हें अपने संघ में मंत्री का पद दीजिए युवराज। वे स्त्री-प्रेमी हैं। जहाँ तक मैं जानता हूँ उनकी चार पत्नियाँ हैं—पौरवी, रोहिणी, मदिरा, भद्रा।'

'एक और स्त्री उनके गले में डाल दी जाए, आप कहें तो!' कंस हँसे।

'पूरा वृष्णि समाज आपका हुआ।' नारद ने जैसे सन्तोष की साँस ली हो।

'हम अन्धक, भोज, वृष्णि मिलकर नया समाज बनाएँगे।'

इस बार नारद मुसकराए। वे जानते हैं कि मूलरूप से कंस देवों के विरोधी हैं। लेकिन यहाँ उनकी आवश्यकता का विश्वास है।

नारद बहुत व्यस्त हैं इस समय। उन्हें अभी और देवपुरुष बनाने हैं। धर्म का एक अध्यक्ष प्रत्येक जनपद में नियुक्त करना है। नारद-सदस्य भी बनाना है। देवमंडल को आर्यमंडल में स्थानान्तरित करना है। देव-संस्कृति को पूरी तरह आर्य-संस्कृति में

स्थापित करना है। लोगों के हृदय में, स्वभाव में, व्यवहार में देवपुरुष द्वारा बताई गई नीतियाँ, व्यवहार, स्वभाव, कर्मकांड स्थायी रूप से स्थापित करना है।

नारद के पास बहुत सारे कार्य शेष पड़े हैं। वे बहुत शीघ्रता में हैं। उन्हें तूमड़ी भी बाँटना है। वे यह भी जानते हैं कि तूमड़ी बड़े तितलौके की बनती है। और एक बार हाथ में आ गई तो छूटना कठिन है।

नारद की कार्य-सारिणी में है कि तूमड़ी को सम्मान दिलाना है।

दो मुट्ठी खेत है
चलो अँजोरिया हो गई

अभी-अभी बीता है अगिन-पर्व।

कितना अच्छा लगता था वसंत के पूर्व का पतझड़। भूमि पर पसरे सूखे पत्ते हवा के झोंकों से कहीं एक जगह बटुरा जा रहे थे। लगता था कि किसी ने ठीक से बुहार कर एकत्रित कर दिया है। कुछ तो ऐसे पेड़ थे कि मानो सूख गए हों। लेकिन अब कोंपलें निकल आई हैं।

अगिन-पर्व। हाँ, यहीं से शुरू होता है वर्ष और जलते हैं 'सम्मत बाबा'। यही एक दिन है जहाँ सहमति की बैठक होती है, पूरे वर्ष के लिए चर्चा होती है और निर्णय होता है। कैसा बीता वर्ष ? लाभ-हानि और व्यय हुए का हिसाब। आपस में प्रेम-भाव का पर्व है यह, मिलने-मिलाने और द्वेष दूर करने का दिन है। यहाँ प्रेम ही धर्म है। आपसी सहयोग ही कर्तव्य है। काम खेती का हो या पशु का सभी एक-दूसरे की सहायता के लिए बिना मूल्य के आगे खड़े दिखते हैं। और फिर लहलहाती फसलें, दूध से भरे गाय-भैंसों के थन भविष्य के सुखी-सम्पन्न होने के प्रमाण जैसे लगते हैं।

सम्मत बाबा में पूरा गाँव उपला और लकड़ी डालता है और फिर एक छोटा अग्नि खंड अपने घर ले जाता है। अग्नि वर्ष भर जलाकर रखी जाती है। यह पर्व अन्न का पर्व भी है। जौ की पकी फसल देखकर प्रसन्न होने का दिन है। छाँगुर के घर खीर बनी थी। उसने खीर सनेही के घर भिजवा दी थी। तोरना ने अपनी गाय को धोकर सींग में नीम का तेल लगाया था। सनेही की पियारी धियानी को उबटन लगाया गया था और निकली मैल को सम्मत बाबा की अग्नि को समर्पित कर दिया गया था। सनेही ने भी कहा कि मुझे भी उबटन लगा दो, मैल छूट जाएगी तो तुम्हें अच्छा लगूँगा, लेकिन पियारी रुष्ट थी। सनेही ने पियारी को भिगो दिया था लेकिन टेसू के फूल गाल पर नहीं मले थे क्योंकि, इस बार तोरना फूल नहीं दे गया था। सनेही भी तोरना से अप्रसन्न था और उसने एक मटका गोबर घोलकर तोरना के कपार पर उड़ेल दिया था।

पूरा गाँव उत्साह और उमंग में था।

इस बार की सहमति बैठक में कुछ नया हुआ था।

'समय बदल रहा है। हमें बुद्धि से काम लेना होगा।' छंगुर बूढ़े हो गए थे, लेकिन ऊर्जा अभी भी युवा जैसी थी—'हमारी आप सुनें! लेकिन समझें और करें भी। हमारा धर्म कृषक धर्म है। खेतिहर और गोप हैं हम। जो भी आता है अपनी साध पूरी करके चल देता है। हम भकुआ की तरह ताकते रह जाते हैं। अब हमें नए प्रकार से हर वस्तु-विषय को सोचना होगा। किसी अपरिचित व्यक्ति के भुलावे में नहीं आना होगा। जिसे समझ में न आए कोई बात तो मुझसे बात कर सकता है।'

'हमें नया क्या करना है यह तो बताइए। मैं तो घड़ा-मटका के साथ-साथ पुष्ट पात्र भी बना रहा हूँ। दस पात्र शीघ्र ही देने हैं मथुरा को।' झुरई ने समझा कि अब कोई नया बर्तन बनाना होगा।

'आप बर्तन बनाइए खिलौने भी लेकिन आपको मूल्य उचित मिलना चाहिए। एक अंजुरी अन्न पर कोई मटका ले रहा है और सेंत में ढँपनी माँग रहा है। तो अब दो अँजुरी मूल्य पर एक मटका दो ढँपनी मिलेंगी।'

'तो क्या हम सब अन्न झुरइया को दे दें?' तोरना बोल रहा था।

'भइया गगरी तो समझो कि पलभर में टूट जाए।' मुसई के घर बर्तन बहुत फूटते थे।

सभी विरोध करने लगे थे। उनका अनाज सेंत में जाता दिख रहा था।

'यह मैं आप का विरोध देखने के लिए कह रहा था।' झांगुर ने कहा तो झुरई जो अब तक प्रसन्न था, थोड़ा दुखी हुआ।

'जैसे किसी किसी वस्तु का मूल्य बढ़ रहा है तो आप के अन्न का भी मूल्य बढ़ रहा है तो आपके अन्न और मटके का मूल्य एक ही हुआ न? क्यों एक मटके के लिए दो अंजुरी अन्न? आप अपना मूल्य समझ रहे हैं। मुझे प्रसन्नता है। हमें किसी के भुलावे में आकर अपनी वस्तु बिना मूल्य के नहीं गँवाना है। नगरवासी चाहते हैं कि दूध और अन्य सेंत में मिलता रहे। लेकिन हम श्रम करते हैं, भिक्षा नहीं माँगते देवपुरुषों की तरह। किसी को भय नहीं दिखाते। आजकल जादू-टोना भी चल रहा है। बोलो बंधुओ! क्या कहते हो?' छाँगुर चाहते थे कि हर वर्ष कोई नई बात हो और हम कहाँ फँस रहे हैं, उसकी चर्चा जरूर हो।

'लेकिन देवपुरुष तो घूम-घूमकर पता नहीं कौन सी बात समझा रहे हैं।' सरजू बोले।

'इन्द्रजाल है कुछ, वही दिखाते हैं। गाथा गाते हैं।'

'हमें तो सब मनगढ़न्त लगता है।'

'लेकिन फँस रहे हैं। मानने वाले बहुत हैं।'

जितने मुँह उतनी बातें।

छाँगुर ने शान्त किया, बोले—'हमें सोचना होगा कि क्या नया गढ़ें। कहाँ से करीष मिले और भूमि उर्वर हो। वर्षा कम हुई तो क्या खेत सूखे रहेंगे? मैंने सोचा है कि एक छोटा-सा तड़ाग खोदा जाए, जिसमें वर्षा का जल एकत्र होकर खेती के काम आवे। और सुनिए हम जौ कोदो धान तो बोते हैं लेकिन तिल भी बोएँगे। मैं परसों भौम राज जा रहा हूँ। वहाँ तिल के अच्छे बीज मिलते हैं। एक बात ठीक से जान लीजिए

कि चाहे हम हों या कोई राज-परिवार या राजा की व्यवस्था या नगर के लोग। चाहे मार्ग बने या घर, चाहे तड़ाग खोदे जाएँ या युद्ध चाहें, हम किसान-गोप ही काम आते हैं। हमारा दूध-अन्न साथ देता है। चाहे कर के रूप में चाहे श्रम का मूल्य या किसी वस्तु के बदले वस्तु। सभी गाँव नगर हमारे अन्न-दूध के बल पर मगन रहते हैं। और ये जो मथुरा के राजा का तेज है ये भी हमारे अन्न से ही है। सभी जगह हमारा ही श्रम है।'

'इस बार की बैठक में आनन्द आ गया।' हुलसी बोले।

'एक बात और कि सनेही का पुत्र धियानी कंस राजा के यहाँ मल्ल हो गया है। उसे भैरव अखाड़े में जगह मिल गई है। उसे हम सभी अपना स्नेह देते हैं।' और बैठक समाप्त हो गई थी।

मयूरपुर में उस दिन और अधिक प्रसन्नता थी।

फसल पक गई है। जिसको जब समय मिलता है जौ काट आता है। अँजोरिया होने पर रात में कटाई अच्छी होती है। सनेही, तोरना, मुसई, सरजू, हुलसी की अवस्था जौ काटने की नहीं है, पर वे जाते जरूर हैं खेत पर। पुआल भिगो कर ले जाते हैं और उसी से बोझ बाँधने के लिए पूरकर बरही बनाते हैं।

'दूई पहर रात गई रे! जागो रे! अँजोरिया उग गई रे!' सनेही अपने दूसरे बेटे मचानी को जगाने लगा। सनेही की ध्वनि दूर तक फैली। पूरा गाँव जाग गया। हँसिया, पुआल, घड़े में पानी, एक मेटी लेकर लोग चल पड़े खेत की ओर।

चर्र-चर्र की ध्वनि का संगीत श्रम के मूल्य का साक्ष्य हो जैसे।

'सुना है कि महाराज और कंस में बनती नहीं है?' मेटरू दस बोझ की बरही बना चुका है। वह सनेही से सच जानना चाहता है।

'सच पूछो तो कंस का ही राज है। और ठीक भी है।' सनेही जानता है कि राजभवन की बातें गोपनीय होती हैं। वह सँभलकर बोल रहा है। जब से उसका पुत्र धियानी मल्ल से प्रहरी हुआ है, राजभवन की बातें बताता रहता है और यह भी कहना नहीं भूलता कि किसी से कहना नहीं है। लेकिन सनेही पूरी बात पचा नहीं पाता, उसका पेट फूलता रहता है।

'देख मेटरू, मेरी बात किसी से कहना नहीं, नहीं तो हमारी नटई काटकर धर देंगे।'

और राज परिवार की गोपनीय बातें प्रजा में फैलते देर नहीं लगतीं।

हम नहीं मानते देवताओं को
कि वे कहें तो हम यज्ञ करें

इस बार बहुत आनन्द आएगा माई की पूजा में।

चैत्र मास की नवमी तिथि—माता का दिन!

हाँ, इस दिन घर की सबसे बड़ी स्त्री की पूजा होती है। उसे पुष्पों से विभूषित

कर परिवार के सभी उसका अभिनन्दन करते हैं। सम्मानित होते वक्त श्रेष्ठ स्त्री का गर्व देखते बनता है। लीप-पोत कर सुन्दर-स्वच्छ घर से भिन्न-भिन्न प्रकार के पकवानों की सुगन्ध—वाह! क्या बात है! नृत्य-संगीत के बीच बूढ़ी माताएँ परिवार के सदस्यों को एकता का सन्देश देती हैं। हँसती-खिलखिलाती युवतियों के साथ वे बूढ़ी माताएँ नवमी के दिन जैसे युवा हो जाती हैं और जितना हो सकता है वे भी थिरकती हैं।

पकवान सबसे पहले माता श्रेष्ठ को परोसा जाता है।

और इस बार तो स्थिति ही भिन्न थी। कई माताएँ श्रेष्ठ होकर बैठ गईं। वैसे भी कभी दो, कभी चार, कभी पाँच माताएँ रहती ही हैं। श्रेष्ठ माता का चयन गाँव की समिति करती है। सुखिया काकी अब रही नहीं। वह रहतीं तो कहतीं—'मेरे केश ठीक करो, पैरों को फूलों के रस से लाल-पीला रंग दो, देह में उबटन मलकर स्वच्छ बनाओ।'

'अरे ई तो बीस माई आय गई हैं!' अकलू चिल्लाकर बोला था।

नई पीढ़ी आ गई है। संकोच नहीं करती नई पीढ़ी। छाँगुर अब कहीं नहीं जाते लेकिन मान अभी भी है। उनके पुत्र लोहित ने पूरी जिम्मेदारी सँभाल ली है। यूँ कहें कि छाँगुर से बीस जौ आगे। राजकुमार कंस तक पहुँच-पकड़ है। सनेही, तोरना, मटेरू मुसई सब बूढ़े हो गए।

'यह तो ठीक ही है, बहुत माई रहेंगी तो मान रहेगा।' बूटन हँस पड़ा। बूढ़े बैठे मुँह बा रहे थे, जिनके टूटे दाँत पीढ़ी के बीत जाने का संकेत हों जैसे।

'ठीक तो है लेकिन समाधान भी है।' लोहित गम्भीर थे—'पहले भी तो कई माताएँ रहती थीं।'

काठा नहीं समझ रहा था कि इन माताओं का क्या करना होगा—कैसा इसमें समाधान? पहले अपने गाँव के लोग थे, गाँव की माई थी मयूरपुर की। अब गोपुरा, अमवारी, खुरपुर, दुधार गाँव के लोग भी हैं।

'क्यों आए दूसरे गाँव के?' सगेदू ने प्रश्न किया।

'मिलकर उत्सव मनाने में हानि क्या है?' लोहित ने बात पकड़ ली—'सम्मानित माता हमारी कुलश्रेष्ठ हैं। हम अपने गाँव की श्रेष्ठ माता को अगुआ मानकर उत्सव मनाते थे। माता की पूजा हमारी नैतिक जिम्मेदारी है।'

'छाँगुर से अच्छा बोल रहे हैं लोहित।' मचानी बोला।

'बहुत समझदार हैं और आगे तक पकड़ है, लेकिन सुनो! बीच में बोलने से तुम्हारी बुद्धि तेज नहीं हो जाएगी!'

'चाहे जितनी भी माताएँ आ जाएँ। हम सात माताएँ चुनेंगे और उन्हीं को श्रेष्ठता का टीका लगाएँगे।' लोहित चाहते थे कि लोग स्वीकृति में हाथ उठाएँ, उसने संकेत दिया कि हाथ उठाओ यदि मेरा कहा मानते हो।

'स्वीकार है! स्वीकार है!' हाथ भी उठे थे और ध्वनि भी गूँजी थी।

'और सुनिए! अगले वर्ष दो गाँव और साथ होंगे—गोरसाईं और कोहराँवा।'

'अभी का कार्य तो निपटा लो लोहित।' सनेही किसी तरह बोल पाए थे—'उत्सव तो शुरू हो। क्या हम रात भर बात में उलझे रहें? शीघ्र कोई रास्ता निकालो और आगे का नाच-गाना शुरू करवाओ।'

'मैं वही सोच कर आया हूँ काका, इस वर्ष झगड़ा समाप्त समझिए।...तो मेरे बँधुओ! सात माताएँ बदल भी सकती हैं, यदि कोई माता संसार छोड़ दे तो। अपने कुल परिवार में आप अपनी माँ को सम्मानित करें, पूजा करें लेकिन सामूहिक रूप से सात माताएँ ही रहेंगी।'

'गाँव और मत बढ़ाओ लोहित। पाँच तो हैं ही, दो और मिला रहे हो, फिर दो वर्ष बाद दो और मिल जाएँगे तो... !' तोरना को सन्देह था कि कुछ तल-विचल न हो जाए। भीड़ से विवाद न पैदा हो जाए और मयूरपुर को अपमान न झेलना पड़े।

'गोरसाईं और कोहराँवा को मैंने बात दे दी है। लेकिन काका आने दीजिए गाँव के गाँव मयूरपुर का मान ही बढ़ेगा।'

लेकिन किसी ने लोहित की बात को स्वीकार नहीं किया।

सात माताएँ चुन ली गईं। एक माई ऐसी भी थी कि वह पहले से चुनी हुई माताओं से नहीं थी। लोहित ने घोषणा की—'सुनिए! मेरे साथी मेरे श्रेष्ठ सुनिए! सात माताएँ।'

चारों ओर चुप्पी छा गई। लोहित भी ठहर गया। सब ने देखा था कि अति वृद्ध छाँगुर को दो व्यक्ति कन्धे का सहारा दिए लिए चले आ रहे हैं। छाँगुर को सहारे से बैठा दिया गया था। उनके सम्मान में सभी खड़े हो गए थे।

लोहित ने निवेदन किया, बोले—'मैं माताओं के नाम ले रहा हूँ जो चुनी गई हैं—सबसे बड़ी माता दखिनिया माता होंगी, जो अब शीतला माई के नाम से जानी जाएँगी। सबसे पहले पूरे पकवान का स्वाद वही लेंगी। उनके हाथ में त्रिशूल होगा जो हमारा रक्षक है और एक गोल चक्र जो हमारे आगे जाने का चिह्न है। माता शितलिया की जय!'

'जय माई शीतला!' एक साथ स्वर गूँजा।

'दूसरी माता हैं—करिया माई। हमारी सब माँएँ काली ही हैं। इस माई को मीठा भात पसन्द है, हम उन्हें मीठा भात खिलाएँगे। तीसरी माता—पथरिया माई, उन्हें हम शहद का स्वाद चखाएँगे। चौथी माता—गैया माई। गाय तो हमारी माता ही है। गाय को हम सम्पत्ति घोषित कर चुके हैं। हम माई को दही-मक्खन खिलाएँगे।'

'गो माता की जय!'

'इनका नाम गइया माता है, जो गाय दूध देती है वह नहीं, समझे झुरई!'

'पूरी बात तो सुन लो! जयकार बाद में करना।' लोहित झुँझलाए—'तपिया माई पाँचवीं माता होंगी और ठंडे दूध से नहलाई जाएँगी। याद रहे ये क्रोध न करें! और यदि ऐसा है तो ओस की बूँदें माता को शीत करेंगी। यह माता अंगारों के नाम से भी जानी जा सकती हैं। छठवीं माई—फुलिया माता। फुलिया माई का आप सुगन्धित पुष्प से स्वागत करें। और हमारी सातवीं माई—लोकिया माता। इन्हें हम दुलारो के नाम से भी बुला सकते हैं। लोकिया माई सबका स्नेह पाएँगी। ये माता गीत सुनाएँगी और सुनेंगी भी।'

'सातों बहन शीतला माई की जय!'

'करिया माई की जय!'

'लोकिया माई की जय!'

सभी माताओं की जयजयकार गूँज रही है। माताएँ फूली नहीं समा रही हैं। छाँगुर

कुछ कहना चाह रहे हैं, लेकिन सम्भव नहीं है जोर से बोलना। वे लोहित के कान में कुछ कह रहे हैं।

'बैठ जाइए! शान्त! अन्तिम बात जो अति आवश्यक है सुनें आप सभी! शान्त होवें सब!' लोहित के इतना कहते ही चुप्पी छा गई। सभी विश्वास में थे कि कोई नई बात होगी।

'छाँगुर श्रेष्ठ जो मेरे पिता भी हैं, आप सभी के लिए कुछ कहना चाह रहे हैं लेकिन वृद्ध होने के कारण ध्वनि मद्धिम है। उन्होंने जो कहा है मेरे कान में, उसे ठीक से कहे दे रहा हूँ—'सातों बहन शीतला माई का अभिनन्दन प्रत्येक गाँव में हो, इसका प्रचार करना है। यह भी सूचना हुई है कि किसी और की दृष्टि इस पर्व पर है, वे अवश्य ही इसमें जोड़-घटा कर पर्व हमसे छीनना चाहेंगे। याद रहे! देवपुरुष जो मान पा रहे हैं, हमसे ही सीख कर बुद्धिमान हो रहे हैं और हम मूर्ख।'

लोहित को अवसर मिल गया है, वे छांगूर की आड़ में अपनी बात कर रहे हैं—'साथियो! हम श्रम करते हैं तब खाते हैं, यही धर्म है। हम युद्ध नहीं चाहते। हमारा व्यवहार लड़ाई नहीं है। गाय ही क्यों गधा भी मेरा साथी है, बैल-कुत्ता भी। आज जो चुनाव हुआ है, हमारी जो माताएँ श्रेष्ठ हुई हैं, वह अवश्य ही आँख में गड़ेगा कुछ लोगों को।...एक बात और बता दूँ कि कई स्त्रियाँ देवपुरुषों की ओर से घूम रही हैं। नारद के सदस्य जी-जान से लगे हैं। योगिनी, सुलभा नाम की कई स्त्रियाँ संज्ञान में आई हैं। सिद्धा शिवा, दुहिता, संन्यासिनी से मैं मिल भी चुका हूँ। आप उनके मन की बात जान नहीं पाएँगे। मुँह में कुछ और मन में कुछ...। हमारे में ही बहुत लोग देवपुरुषों से मिले हुए हैं, वे बलि चाहते हैं। मांस प्रिय है उनके लिए। मद्य बनाया जा रहा है आसव के नाम पर। मैं आपको सचेत कर रहा हूँ कि हम बलि नहीं देंगे, पशु का कान काट कर छोड़ देंगे।'

'और हमारे में से जो मांस खाना चाहेगा तो?' अकलू ने प्रश्न किया।

'दूध देने वाले पशु गाय-भैंस को मारना उचित नहीं है। आप स्वयं समझदार हैं। गाय का दूध हमारे बच्चों का आहार है। हिरण, सूअर, बकरा, मछली तो आप खाते ही हैं। लेकिन मांसाहार से बचे रहेंगे तो अच्छा ही रहेगा।'

'ई पिंगल छोड़ो लोहित। असली बात बताओ।' सगेदू जोर से बोला।

'टोका-टोकी से बचूँ तो बात निकालूँ मुँह से।...दो-तीन बातें आवश्यक हैं। एक तो यह कि दीपावली के दिन प्रचार किया जा रहा है कि किवाड़ खोल दो रात-भर लक्ष्मी आएगी। और लक्ष्मी नाम की कई स्त्रियाँ घूम रही हैं। अन्न-पानी चुरा रही हैं। घी-मधु पर उनकी दृष्टि रहती है।'

'ई तो नया नाम सुना भाई!' काठा बोला।

'...लक्ष्मी से बचो! वह आएगी और आपको कंगाल करेगी। दूसरी बात—सम्बोधन बदल रहा है हम खेतिहर हैं तो हम हुए खेतीय। कृषक, अन्न पैदा करने वाले और गाय पालने वाले कृषक। अब कहा जा रहा है—क्षत्रिय। तो सुनिए जो क्षत्रिय सेना में जाएगा, उसे क्षेत्र दे दिया जाएगा और कई हल, खेत भी। वह क्षेत्र का मालिक होगा, रक्षा करेगा। आवश्यकता होने पर सेना के लिए उपस्थित। सब बदल रहा है

धीरे-धीरे। धियानी मल्ल था, अब क्षत्रिय है, सेना में है, लेकिन वह लड़ाई लड़ने नहीं जाता, वह विश्वासपात्र है, महल में रहता है।...हम खेत की बात करते हैं, और वे क्षेत्र की, और वे क्षेत्र पर अधिकार बनाते रहते हैं। आपका खेत किसी दिन किसी और का हो जाएगा। खेती करेंगे आप स्वामी होगा कोई और।'

'अरे बप्पा रे! माई रे! हे भइया! कइसे प्राण बची हो।' काठा चिल्लाने लगा।

'और अब अन्तिम बात ध्यान से सुन लीजिए।'

'लेकिन वह क्षत्रिय होगा तो मेरे ही बीच का कोई!' अकलू ने समझदारी दिखाई।

'ठीक है लेकिन देवपुरुष तो मेरे बीच का नहीं है।...हाँ अब अन्तिम बात—उग्रसेन महाराज निर्बल हो गए हैं, आप जानते हैं। कंस शीघ्र ही सत्ता सँभालेंगे। कंस हमारे लिए और प्रजा हित में भी ठीक रहेंगे। वसुदेव अक्रूर भी मथुरा की सभा-सत्ता के अंग हो गए हैं। हो सकता है कोई घनिष्ठ सम्बन्ध भी हो भविष्य में। मुझे भी कोई जन सम्पर्क जैसी जिम्मेदारी का पद मिल सकता है। हम सभी को कंस का साथ देना होगा। कंस नारद श्रेष्ठ के दबाव में तो हैं लेकिन देवपुरुषों से विरोध है उनके यहाँ, लेकिन लगता है कि नारद के सदस्य अपने जाल में मथुरा को फँसा लेंगे। नारद की गुप्तचर संस्था कई युक्तियाँ जानती है, उसके लोग हर स्थान पर तैनात हैं, और हमें पता भी नहीं है।...साथियो! सचेत होने की आवश्यकता है, जागने का समय है, एक साथ मिलकर रहने से बात बनेगी। आप कंस का साथ देंगे तो विश्वास करें कि आप कभी भुलावे में नहीं रहेंगे।...एक बार फिर से बोलिए! सातों बहन शीतला माई की जय!'

'जय शीतला माई!'

'कंस की जय!'

'जय हो कंस की!'

रात आधी से अधिक बीत चुकी है। उत्सव चल रहा है। छाँगुर की बूढ़ी आँख तोष से प्रसन्न लग रही है। वे भी सोए नहीं और बार-बार स्फुटित हो रहे हैं।

चार

मेंड़ खेत खा रहा है

चारों ओर चुप्पी है फिर भी शोर है, गूँज सुनाई देती है। कृषक अपने कार्य में लगे हैं तो शिल्पी अपने। जो दास बना लिए गए हैं, वे सेवा कर रहे हैं, गन्दगी हटा रहे हैं। पूरे वातावरण को दुर्गन्ध से मुक्त करने का काम दास कर रहे हैं। और जो गन्दगी से वातावरण को विषाक्त कर रहे हैं, वे पाँव दबवा रहे हैं, पीठ खुजलवा रहे हैं। व्यक्ति को उसके श्रम का मूल्य मिलना चाहिए, मिलता तो है लेकिन उसका कुछ भाग देवों के पास जाता है। और अब तो इस कार्य हेतु एक वर्ग भी बनता जा रहा है। स्वच्छ और चमकते देवपुरुषों के ललाट देखे जा सकते हैं। उनकी देह सुख की देह है, श्रम

की नहीं। देवपुरुष स्त्रियाँ तो और लुभाती हैं। अनार्यों को फँसते देर नहीं लगती, और सब कुछ लुटाकर भी स्वयं को सुखी और धनवान समझते हैं।

कंस को सब पता है। वे पूरी तरह व्यथित हैं। योजनाएँ असफल होती जा रही हैं। यादवों के प्रमुख सरदार वसुदेव को समझाने का बहुत प्रयत्न हुआ, लेकिन व्यर्थ। वसुदेव का विवाह कंस की चचेरी बहन जो देवक पुत्री थी, से हुआ लेकिन नारद ने सब गड़बड़ कर दिया। नारद ने आकाशवाणी बनाई जो उचित समय पर भ्रम फैलाकर, सन्देह उत्पन्न कर व्यवधान करे। फिर क्या था, कंस आकाशवाणी के जाल में उलझ गए। आकाशवाणी का सदस्य रोज कंस को सूचनाएँ पहुँचाता रहता। जब कंस के कान पूरी तरह भर गए तो आकाशवाणी ने कहा—'वसुदेव और उनका कुल आपके विनाश के लिए प्रशिक्षित हो रहा है। आप क्या कर रहे हैं? आप जब रहेंगे तभी तो राज करेंगे। प्रजा की सेवा तभी हो सकती है जब स्वस्थ रहकर जीवन जीया जाए। लेकिन यहाँ तो शीघ्र ही किसी ऐसे जाल में फँसना आपका तय है, जहाँ आपकी मृत्यु निश्चित है।'

आकाशवाणी की सभी सूचनाएँ सत्य होती थीं। यही उसकी चाल थी कि सत्य बोलकर विश्वास जीत लिया जाए। एक बार मन-मस्तिष्क पर अधिकार हो जाने पर सारे कार्य सरल हो जाते हैं और अपने अनुसार सब कुछ होने लगता है। आकाशवाणी ने यह भी कहा—'देवकी की आठवीं सन्तान को विजय के प्रतीक स्वरूप सम्मानित किया जाएगा। वही सन्तान कंस का वध भी करेगी।'

कंस की व्याकुलता बढ़ती जा रही है। अपने वसुदेव कैसे विरोधी हो गए,यही सोच रहे हैं कंस। आज वे थाह लेना चाहते हैं अपनी। ऐसी गहन चिन्ता, ऐसे विचार, जो हुआ वह भी, जो कल्पना में भी नहीं था वह भी, सब चित्रवत। पलक झपकती तो पता नहीं चलता। हवा का झोंका खिड़की से आता, कोई अनुभूति नहीं होती। प्यास लगी थी, पानी रखा था, याद नहीं कि पानी पी लें। कंस सोच में ऐसे बैठे हैं, जैसे वे सब याद कर रहे हों—'पिता बन्दी हो गए। पूरा समाज विरोध में हो गया। अब ऐसे पिता का क्या करूँ जो अपनी संस्कृति को छोड़ देव-संस्कृति का हुआ जा रहा है? नारद की हर बात सत्य हुई है। अब देवकी वसुदेव को बन्दी न बनाता तो क्या करता? मैंने तो अक्रूर को भी कारागार में डाल दिया था, लेकिन उनकी पहुँच दूर-दूर तक है। अक्रूर पर दृष्टि रखी जा सकती है, लेकिन कोई बन्धन नहीं है उन्हें। घूम रहे हैं आनन्द से मथुरा, गोकुल, और न जाने कहाँ-कहाँ। वसुदेव से मिलने कारागार में भी जाते हैं, जाएँ कौन रोकता है। लेकिन इतना है कि कारागार के सुरक्षाकर्मी, प्रहरी उन पर भरपूर दृष्टि रखते हैं। मुझे क्या! मैं तो बस इतना चाहता हूँ कि वसुदेव वंशहीन रहें। आठवीं सन्तान का वध होगा, जिसे मान लिया गया कि वह करेगा मेरा वध। मूर्ख हैं सब! भला कोई कोई शिशु किसी प्रौढ़ की हत्या कर सकता है। और मैं तो उसे जन्मते ही शिला पर पटककर मार दूँगा, कि लो अपने विजय के चिह्न को—मृत, रक्त से लथपथ।

'महाराज की जय हो! महाराज वाण और भौम पधारे हैं।' केशी ने स्वयं आकर कंस को सूचित किया।

‘कहाँ से ये आ गए। पीछे पड़े हैं। लगता है इन्हें भय सता रहा है। कितना अच्छा-अच्छा सोच रहा था और अपनी चिन्ता-व्यथा में मुसकान घोलने का प्रयास कर रहा था और ये दोनों... ।’ कंस मन-ही-मन कहा, फिर बोले—‘अतिथि गृह में ठहरा दो, और कहो कि मैं उनसे एक पहर बाद मिलूँगा।’

केशी जाने लगे। कंस ने टोका—‘रुको केशी! जलपान का प्रबन्ध कर देना, ठीक से और मदिरा का भी... ।’ केशी मुसकराए।

कंस अभी शान्त नहीं हैं। वे फिर केशी को पुकारने लगे—‘केशी!’

केशी ने सुना कि ‘लता को नृत्य के लिए भी कह देना। देखना तुम! ये मेरे मित्र अप्रसन्न न हों।’

फिर वही ठुड्डी पर हाथ रखे। पानी बरस रहा है, थोड़ी व्याकुलता कम है, लेकिन माथे पर तीन मोटी-मोटी रेखाएँ—‘खलिहान ही अन्न खाने लगे, खेत मेंड़ चर जाए, मेंड़ बिल खोद दें, नदी अपना पानी पीने लगे, आग खुद ही जलने लगे, गाय अपना दूध पी जाए तो क्या भला हो सकता? कोई चारा है, कोई अंग काम करेगा? मस्तिष्क फट नहीं जाएगा? नारद प्रमुख ने यही तो कहा था कि आप किसी पर विश्वास नहीं कर सकते। मैंने पिता उग्रसेन को बन्दी बनाया तो है लेकिन वे बन्दी नहीं हैं। आदरपूर्वक महल में रहते हैं। भोजन-शयन करते हैं। बस इतना है कि वे किसी प्रमुख व्यक्ति से या सामान्य जन से मिल नहीं सकते। राज-व्यवसाय में हस्तक्षेप नहीं कर सकते। देवकी और वसुदेव क्या दुख भोग रहे हैं! कोई और सम्बन्धी होता तो अब तक वसुदेव जीवित न रहते। सभी सुविधाओं से युक्त महल में रहना क्या सुख भोगना नहीं है! उन्हें भी पिता की तरह महल के बाहर निकलना नहीं है। कोई भी वस्तु बिना जाँच-पड़ताल के वसुदेव महल नहीं जा सकती। किसी अपरिचित व्यक्ति का प्रवेश बन्द है और जो परिचय के हैं वे भी सुरक्षाकर्मी के सामने जा सकते हैं। अक्रूर, आचार्य गर्ग, वसुदेव की अन्य पत्नियाँ तो सबकी दृष्टि में आती-जाती हैं। रोहिणी तो पक्ष भर नहीं बीतता कि चली आती हैं। अब कैसी छूट चाहिए वसुदेव को? और वसुदेव को देखो! सभी सामन्तों, ग्राम श्रेष्ठों को मेरे विरुद्ध कर दिया! वसुदेव पर हमारे गुप्तचर भी आँख लगाए रहते थे। और फिर नारद कभी झूठ नहीं बोलते, वैसे नारद मुझे पसन्द नहीं। फिर आकाशवाणी तो प्रसिद्ध ही हो चली है, वह कई बार मेरे पास आई और स्पष्ट बता गई कि वसुदेव नई पीढ़ी तैयार करने में जुटे हैं। यहाँ तक कि शिशुओं, बालकों से लेकर गर्भवती स्त्रियों पर भी उनकी दृष्टि थी। क्या मैं इतना दुष्ट हूँ? निकृष्ट हूँ? मेरी भावना कोई समझ नहीं रहा है। मैं मथुरा का हूँ, मेरी है मथुरा। मधु की बसाई यह मथुरा! मेरे प्राणों से प्यारी मथुरा! और सभी एक पिता की सन्तान। पूर्वज एक, देश एक, संस्कृति अपनी, फिर क्यों रगड़ा है? अब तो सारा भेद खुल गया तो जीते जी मक्खी निगल तो नहीं पाऊँगा। राजमोह से बड़ा मोह कोई है भला? वसुदेव की मति मारी गई। पिता भी भिन्न प्रकार के प्राणी हैं। उनके रहने पर तमाम देवपुरुष, नारद आते हैं। सेवा करवाते हैं। नृत्य देखते हैं। मीठा भात खाते हैं। दही तो इतना सरपोटते हैं कि जब तक अघा नहीं जाते तब तक खाते ही रहते हैं। और हमें मूर्ख भी समझते हैं। हम हैं ही मूर्ख कि उनकी हर बात में उलझकर अपना माथा भारी किए रहते हैं।

पिता का राज नहीं रहा, अब कोई आकर मालपुआ उड़ाए तो बताऊँ! बिना कर्म के कोई डकार मारे तो जानूँ! कर्महीनो! मैं तुम्हें देखना नहीं चाहता।

कक्ष में अनुचर आया था, चला गया। दासी आई थी, कुछ देर ठहरी कि शायद महाराज कोई आदेश दें, प्यास लगी हो तो पानी के लिए या थक गए हों तो पाँव दबाने के लिए। लेकिन कंस के संकेत से वह लौट गई। पानी बन्द हो गया था लेकिन बरसा था मूसलाधार और कंस को पानी के संगीत का पता नहीं चला। वे अभी उसी स्थिति में हैं। कभी कक्ष में टहलते हैं, कभी बैठते हैं, कभी छत निहारते—मैं चाहता था कि सभी यदुवंशी एक हो जाएँ चाहे वह भोज हो, मधु हो, अन्धक हो, वृष्णि हो या कुकुर, या सात्वत। लेकिन नहीं, आपस में लड़ेंगे, गुट बनाएँगे, एक-दूसरे पर सन्देह करेंगे। सब मूर्ख हैं, अपनी-अपनी महत्त्वाकांक्षा वाले हैं। सभी यादव एक हो जाएँ तो क्या है किसी में साहस कि सामना कर सके? मगध राज जरासन्ध से मेरे सम्बन्ध हो ही गए हैं। वे हमारे श्वसुर हुए हैं। मैं भी अघा गया हूँ अस्ति और प्राप्ति को पाकर। जरासन्ध की ये पुत्रियाँ हर प्रकार से सुख दे रही हैं। नहीं तो मैं कहाँ था कैसा था। बस राज-कर्म और मथुरा के लिए कुछ करने की ललक और व्यस्तताओं ने स्त्री-सुख से वंचित ही कर रखा था। नृत्य देखना ही स्त्री-सुख नहीं होता, क्या होता है मैंने जाना है अस्ति और प्राप्ति से। तो मगधराज मेरे हुए। वाण और भौम मेरे मित्र हैं ही। मत्स्यराज को अपनी ओर खींचने में देर न लगेगी। चेदि, शाल्व सब मेरे हैं। बस अपना यादव गणसंघ एक रहे, फिर तो हस्तिनापुर और पांचाल भी मेरी मुट्ठी में, और तब सभी आर्य मेरी मानसिकता में पलेंगे-रहेंगे। देवों को तो चुटकी बजाकर पछाड़ दूँगा। बिखरती अनार्य संस्कृति को फिर से एक करके पूरे आर्यावर्त को अनार्यावर्त बना दूँगा। लेकिन यहाँ तो अपने ही शूल लिए खड़े हैं भोंकने के लिए। मगधराज स्वयं पूरे भू-भाग के स्वामी बनना चाहते हैं। पांचाल और हस्तिनापुर भी अपने कार्य में जी-जान से लगे हैं, लेकिन ये बस कामी हैं, कर्मशील नहीं हैं। इनके विचार बहुत ओछे हैं। स्त्री-सुख के आगे सोच नहीं पाते। ये वाण और भौम हैं तो मेरे सगे मित्र, लेकिन भीतर-ही-भीतर अपनी सीमा बढ़ाने का जुगाड़ बनाते रहते हैं, और बिल खोदते रहते हैं। कोई मन से नहीं चाहता कि यादव एक हों। सबको यादव-शक्ति का ज्ञान है। मैं भिन्न प्रकार की मानसिक पीड़ा से जूझ रहा हूँ। विकल्प क्या है, यह प्रश्न तो और विचलित किए देता है।

केशी पुन: पधारे। यह बताने के लिए कि सन्ध्या हो रही है, और असुरराज वाण भौम के साथ आपकी प्रतीक्षा अभी कर रहे हैं।

'नृत्य से जी भर गया क्या?' कंस विश्राम-कक्ष में प्रवेश करते ही बोले।

'हमारे लिए नृत्य आवश्यक नहीं है। रंजन मात्र रिक्त समय के व्यतीत करने का उपक्रम है।' वाण बोले।

'या थके हों तब कि कुछ मुसकान बिखर जाए।' भौम ने कहा।

'चलो मित्र मदिरा के प्रथम चक्र की मात्रा बनाओ।' कंस दो घूँट के बाद ही अब बोलना चाह रहे हैं। इस समय उनका माथा भारी ही रहता था। मदिरा का सेवन बढ़ गया था। वे दूध-दही घृत से ऊब चुके थे। अब ठंडे मस्तिष्क से कुछ होने वाला नहीं था। उनके विचार से अब जो करना है, थोड़ी चेतना खोकर करना है।

मदिरा कई घूँट गले के भीतर गटकी जा चुकी है।

'आप मित्रों का साथ न हो तो मैं जीते जी मर जाऊँ।' कंस का कंठ खुल गया।

'आपके लिए हम सभी प्राण-प्रण से लगे हैं असुरराज!'

'अब आपको चिन्ता किस बात की, जो विरोधी थे, वे कारागार में हैं। मगधराज के और हमारे सैनिक पूरी तरह आपके साथ हैं। बस आनन्द लीजिए।' भौम ने आश्वस्त किया।

'भौम मैं जानता हूँ कि मृत्यु से कोई मुक्त नहीं है। लेकिन उसका एक समय है। पूरी आयु का सुख लेने के बाद मृत्यु आए तो कोई ऐसा न होगा जो स्वागत न करे। मैं यह भी जानता हूँ कि मोक्ष का अर्थ क्या है। भला मृत्यु से कोई मुक्त हुआ है। और मुझे सहस्त्रों बार मृत्यु से साक्षात्कार कराने का प्रयास किया गया है। भय भीतर बैठ गया है मित्र। सब जानते हुए भी मैं भयभीत हूँ किसी अपरिचित भयावह समय से। मैं यह भी जानता हूँ कि आत्मा व्यर्थ है, केवल व्यक्ति ही श्रेष्ठ है, आवश्यक है। लेकिन मैं बहुत पीड़ा में हूँ, मेरी संवेदना मर चुकी है। संवेदनहीन व्यक्ति भला जी सकता है।' मद्य की मस्ती चढ़ चुकी है, उसका पूरा प्रभाव दिख रहा है। कंस की आँखें थोड़ी बड़ी हो गई हैं।

'आप तो नारद की तरह बोल रहे हैं।'

'भाषा नारद की है, विचार नहीं।'

'देखो वाण!' कंस बहुत सहजता से बोल रहे थे। क्रोध तनाव से मुक्त, सब कुछ सत्य—'बात विचार की ही होती है, भाषा की नहीं। लेकिन हम सभी और जनता भी देवों की भाषा में उलझी है। मैं तो चाहता था कि श्रमिक, दास, शिल्पी एक होकर पूरे भू-भाग का समाज के पक्ष में निर्माण करें। बौद्धिक एक हों और अपने विचारों से समाज में बौद्धिक जागृति पैदा करें। लेकिन सब गुड़ गोबर हो गया। सारा दूध मूत में मिल गया। जैसे मीठे भात में कोई विषधर गिर जाए और उसी के साथ पक जाए।'

'आओ! केशी तुम भी बैठो! तुम तो यहाँ के सेनापति हो।' भौम ने स्वागत किया।

'महाराज की आज्ञा हो तो मैं भी वार्ता में रहूँ।' केशी ने आज्ञा चाही।

'आपके बिना कहाँ कोई कार्य पूर्ण होता है! बैठो!' कंस ने संकेत किया।

'मैं तो कहता हूँ बड़े भाई!' वाण बोले—'कि देवों को भय हो गया कि वसुदेव के सम्बन्ध होने से संघ दृढ़ हो गया है। कंस बहुत प्रभावशाली होते जा रहे हैं।'

'और जो अब तक किए हैं, पानी फिर रहा है।'

'वसुदेव का सम्बन्ध भी न होता यदि वसुदेव के चाचा शिनि का साथ न मिलता।'

'वहाँ भी देव लकड़ी लगाए थे।'

'कितने अच्छे थे वसुदेव और क्या हो गए। और अब मेरे ऊपर बोझ की तरह देवपुरुष बैठे हैं।' कंस ने दूसरी मात्रा मदिरा की गटक ली।

'कौन?' भौम का प्रश्न, मानो समझ ही न रहे हों।

'कौन! अरे वही देवपुरुष! वही...अब इनके कई नाम हो गए हैं।'

'मैंने ऐसे ही नहीं वसुदेव को बन्दी बनाया है। वे मथुरापति होना चाहते थे। राजद्रोही

हैं वे। ये कहो कि देवकी ने बचा लिया।' कंस मस्त हैं लेकिन हैं चेतना में।

'मन से बचे कहाँ वसुदेव? जिसके छह पुत्रों की हत्या हो जाए, सामने ही तो वह क्या प्राण रहते प्राणवान रहेगा?' केशी पहली बार बोले। वे सप्ताह में एक बार वसुदेव महल में,जो अब कारागार था, जाते थे।

'राजद्रोह में तो मृत्युदंड का प्रावधान है।' वाण चाहते हैं कि वसुदेव जीवित न रहें।

'अरे भाई! वे मेरे सम्बन्धी भी हैं। और तुरन्त ऐसा करने से प्रजा में विद्रोह नहीं हो जाएगा?' कंस ने समझदारी दिखाई।

कंस को पता था कि वसुदेव अपनी सन्तानों को मेरे विनाश के लिए तैयार करेंगे। वे बार-बार यह बात दोहरा भी रहे थे। और वसुदेव बार-बार यही कहते कि हम कंस का अहित नहीं करेंगे।

रात हो गई है। दीप जल उठे। कहीं छाया तो कहीं प्रकाश तो कहीं अपनी ही परछाईं। कंस भयातुर, उन्हें अपनी मूँछें लटकती लगतीं, सिर बड़ा, हाथ छोटे, पैर मोटे, और पेट बढ़ा लगता। ऐसी अपनी प्रतिच्छाया तो कभी देखे भी न थे। वाण भी देख रहे थे अपनी देह की छायाकृति कि हाथ बहुत लम्बे हैं। और भौम तो जैसे मस्त होकर औंधे पड़े हों किसी लम्बे मोटे तने की तरह।

'महाराज! देवकी का आठवाँ पुत्र यह कहकर बार-बार प्रचारित किया जा रहा है कि वह मथुरा में परिवर्तन लाने वाला होगा। प्रजा में उड़ती हुई सूचना विस्तारित की जा रही है।' केशी ने कहा।

'जो सूचना पर विश्वास करे उसे मार डालो।' कंस के माथे पर बल आ गया।

'छह पुत्रों की हत्या की सूचना आपके विरुद्ध प्रचारित हो रही है, और पूरी प्रजा का वध करना तो सम्भव नहीं है।'

'सुना है कि छह पुत्रों के नाम भी रखे थे वसुदेव ने?' भौम को जिज्ञासा हुई।

'हाँ, ' केशी बोले—'कीर्तिमान, सुषेण, उदायु, भद्रसेन, ऋजुदास, भद्रदेव।'

'याद तो ऐसे किए हो जैसे वे तुम्हारे अपने सगे हों।' वाण हँसे।

'मैं क्या, पूरी मथुरा नगरी जानती है इन मृत पुत्रों को।'

केशी आ तो गए हैं, लेकिन वे यहाँ मूसलचंद बने हैं किसी पकवान में। और अन्त में केशी चले गए। उन्हें कल प्रातः ही कारागार देखना है। प्रहरियों के कार्य का विश्लेषण करना है।

बच्चों की हत्या का समाज पर प्रतिकूल प्रभाव था। कौन है जो इस कृत्य को सही ठहराता। वसुदेव के पुत्रों की हत्या तो हो ही रही है, लुक-छिपकर वृष्णिवंशी सताए और मारे जा रहे हैं। बच्चों का अपहरण बढ़ गया है। यह अच्छा नहीं है, यह जानते हुए भी कंस विवश हैं। वे पागल हो गए हैं। वे हृदय से क्रूर होते जा रहे हैं। देवपुरुषों ने नाक में रस्सी डाल दी है। एक भिन्न प्रकार का वातावरण बनता जा रहा है। 'ये कैसा अभ्यास हो गया है, कैसा स्वभाव बन गया है, मेरी प्रकृति बिगड़ती जा रही है' कंस सोचते और माथा पीट लेते। लगता कि अनेक वृष्णिवंशी बच्चे उन्हें घेर कर पत्थर मार रहे हैं, सभी के हाथ में बड़े-बड़े नुकीले शूल हैं। कंस को कई बार आत्महत्या

का विचार भी आया, लेकिन जीवन एक बार मिलता है, जीयो और रहो यहाँ, भले कोई कष्ट हो। कष्ट दूर करना बौद्धिक व्यक्ति का कर्म है। अस्ति और प्राप्ति ने भी उनका भरपूर साथ दिया। वे कई बार मृत्यु से दूर भी हुए, विष पीते-पीते बचे। अगर अब जी गए तो जीना चाहते हैं भरपूर।

और देवपुरुष थे कि हर गाँव-नगर में उनके विचार चूल्हे तक, खेत-खलिहान तक, गीत-रीति में, हँसी-दुख में, हर कर्म में। और नगर में, विशेषकर मथुरा में वे कहते रहते हैं—'पांचाल, कुरु राजतंत्र के राज्य हैं, और हैं देवधर्मी सदाचारी, शिष्ट। पूर्व के राज्य दास बना लिए गए या बना लिए जाएँगे। दक्षिण क्षेत्र देवधर्म द्रोही है, उसका विनाश निश्चित है, बस उचित समय की प्रतीक्षा है। वाल्हीक में चोर हैं, डाकू हैं। वाल्हीक की रक्षा कोई देवपुरुष नहीं करता। आरट्ट और पंचनद के लोग कृतज्ञ नहीं, किसी दूसरे का अन्न हर लेते हैं, मदिरा बहुत पीते हैं, गुरु-स्त्री के साथ भी शयन करना चाहते हैं, भ्रूण-हत्या और कठोर वचन तो सामान्य बात है। सब पुरानी आर्य परम्परा में जी रहे हैं। तो नई व्यवस्था क्या है? यही कि गणतंत्र को तोड़ दो, विद्रोह फैला दो!'

रात घनी होती जा रही है। बात समाप्त होती है न सोचना छूटता है। घूँट-पर-घूँट!

अनुचर आया और दीये में तेल डालकर चला गया।

और कंस के मुँह निकला—'अंग और मगध के लोग देव-धर्म नहीं मानते। फिर भी देवपुरुष कहता है कि वे शिष्ट और सदाचारी हैं।'

'जरासन्ध आपके सम्बन्धी हो गए हैं, अब क्यों चिंता है?' वाण बोले।

'जरासन्ध न भी हो तो मैं बलहीन नहीं हूँ।' कंस चीख कर बोले।

'लगता है कि मस्ती सिर चढ़ गई। लो एक मात्रा और तो बात और बने।' भौम ने मदिरा चषक में उड़ेल दी।

'जब मैं ठीक था तो नारद भी आते थे, और वसुदेव तो अपने ही लगते थे। तब मेरा मस्तिष्क कितना अच्छा था।'

'आप अभी भी ठीक हैं, बस क्रोध करना कम करें। क्रूरता भाग जाएगी।' वाण बोले।

'हमें स्वयं को पहचानना चाहिए।' कंस की जैसे भूली हुई बुद्धि वापस आ गई हो—'पहचान में ही विजय है, निर्माण और विकास है। हम क्या हैं यह तो जानें, सीधी बात कि हम एक व्यक्ति हैं—एक जीवधारी व्यक्ति। हमारे पास ऐसी बुद्धि है जो अन्य जीव के पास नहीं। और व्यक्ति की बुद्धि ही श्रेष्ठ है। मेरे पास प्रकृति की गोद है, वही हमारा संरक्षण करती है, देवता नहीं। नारद कहते हैं कि देव करते है संरक्षण। कोई देव आए तो सामने! मैं मार भगाऊँ मूर्खों को।'

वाण और भौम सुनते रहे कंस को मुँह बाए, देखते रहे फैली आँखों से।

कंस फिर बोले—'मेरे पास है मुँह, आँख, नाक, कान, त्वचा, मन और बुद्धि। यही मेरे सात ऋषि हैं, क्या ये किसी देवपुरुष से कम शक्ति रखते हैं? कोई देव आकर मुझसे बात करें तो बताऊँ। न देवता पानी भरें तो कहना!'

वाण और भौम की मस्ती पूरी तरह कपार पर चढ़ गई है, वे अब लुढ़कने वाले हैं। वाण के मुँह से लार बह रही है। कंस को रोने का मन कर रहा है। वे चुप हैं, उन्हें लगा कि वे व्यर्थ शब्द खर्च कर रहे हैं। उन्हें यह भी लगा कि 'ये दोनों मेरे मित्र मूर्ख हैं, उन्हें क्या पता कि पीड़ा क्या होती है, भय किस चिड़िया का नाम है और इन्हें बताना भी व्यर्थ है। यह तो कोई मुझसे पूछे या वसुदेव से।'

और कंस ने भी सिरहाना लगा लिया। यह सोचते हुए कि कोई मनोविकार दूर करने वाला वैद्य आ जाता और पिला देता शंखपुष्पी का घोल, शतावरी चूर्ण और लगा देता पूरे माथे पर चंदन का शीतल लेप। क्रोध शान्त करने के लिए कुश को जल में डालकर भी पीना लाभकारी है, ऐसा सुना तो है।...अब जो होगा देखा जाएगा। भोर होने तक तो विश्राम कर लूँ नयन मूँदकर।

भय और चिंता के बीच में...
कि बचा रहे एक भी अंकुर

'माँ के पेट से कोई संस्कृति लेकर नहीं जन्म लेता। वह सीखता-समझता है जीना, अपने समाज से। लेकिन देवता अपना सामाजिक नियम लाद रहे हैं, अपनी संस्कृति में बाँध रहे हैं। अब तो कई गाँवों में यज्ञ हो रहे हैं। पता नहीं कौन-सा अज्ञान दूर करते हैं। उदयन बाबा का पुत्र ज्ञानदेव पूर्ण ज्ञानी हो चुका है। न जाने क्या अन्धविश्वास फैलाता रहता है। हमारे अज्ञान का उपाय क्या है? किसी भी तरह हमें दूर करना चाहिए अपने अज्ञान को। हम अपनी त्रुटियों को स्वीकारेंगे तभी समझ बढ़ेगी, फिर देव कुछ कर नहीं पाएँगे।' लोहित और धियानी यही समझाते रहते लेकिन समझ में आए तब न कुछ बात बने।

कहीं-कहीं दासों को शूद्र कहना प्रारम्भ हो गया था। दास जो सेवा करते, श्रम के सारे कार्य करते, देह मर्दन करते उन्हें सबसे नीच समझा जाता। ये कैसी मानसिकता का विकास हो रहा है! आर्य-अनार्य की शत्रुता ने कई व्यर्थ सामाजिक परिवर्तन किए हैं। लेकिन मित्रता ने कई विकास के द्वार भी खोले हैं। कंस की समस्या क्या थी कोई समझ नहीं पा रहा है। आखिर ये बैर कब से है? कोई भी किसी का अधिकार छीनेगा और क्षेत्र हथियाने का प्रयास करेगा तो लड़ाई तो होगी ही। आर्य आए और लड़ने लगे। जगह बनानी थी, घर बसाना था, रहना था सदैव के लिए। और यहाँ के लोग अपने श्रम से एक अच्छी स्थिति में थे। खेती करते और पशु पालते थे। न किसी राजा का अर्थ न प्रजा में भय। एक मुस्कान भरा प्राकृतिक जीवन। लेकिन ठीक से ये शत्रुता कृतवीर्य अर्जुन से चली आ रही है। वे देवों की किसी बात-विचार से सहमत नहीं थे। वे थे भी यादवों के प्राचीन-पूर्वज। ऋषि विश्वामित्र भी देवपुरुषों विरोधी थे, वे अपने समय-संस्कृति के प्रगतिशील थे। उनकी विरोधी सूचना से खलबली मच गई थी। महाराजा हरिश्चन्द को भी देवपुरुषों ने दबाया। ऐसा नहीं है कि अनार्य सम्मान न पाते हों। दिवोदास ने कई श्रेष्ठ अनार्यों को आर्यों में प्रतिष्ठा दिलाई। लेकिन शत्रुता का मौन बीज तो बोया ही जा चुका था। वह बात नहीं बनती जो होनी चाहिए एकता

और विकास के लिए। छँटते-टूटते-जुड़ते सम्बन्धों के बीच एक व्यवस्था का उदय हो चुका था। एक भेद प्रारम्भ हो गया था। राज्य बनने लगे थे। गणसंघ समाप्त होने लगा। राजतंत्र ने अपने पाँव पसार दिए थे। यहाँ के मूल निवासियों को भगाया जाने लगा। धनी-दरिद्र का भेद प्रारम्भ हो गया था। यह भेद सामान्य नहीं था, यहीं से उत्कोच की शुरुआत हुई और एक भिन्न शक्ति का विकास हुआ।

आर्य आए सबसे पहले, नदी, कूप, और उर्वर भूमि का पता लगाया। वे सब हथियाने लगे, किसी भी प्रकार। अब तो एक चीज और प्रचारित हो रही है कि देवपुरुष सभी वर्गों से पैदा हुआ है। यही कारण है कि उसका अधिकार सभी वस्तुओं पर है, ऐसा देवपुरुष कहते हैं, यहाँ तक कि स्त्री पर भी...। एक देवपुरुष यह कहते हुए देखा गया कि 'जो दान देने से बचा है, वह भी मेरा ही है, कहीं किसी अन्य का नहीं है कुछ भी।' कैसा जाल बुन दिया गया है!

कंस पूरी तरह व्यथित हैं और ऐसी जनश्रुति विस्तारित हो रही है कि बुद्धि ने कार्य करना ही बन्द कर दिया है। शेषनाथ नाग श्रेष्ठ तो हैं, लेकिन सब उड़ती हुई सूचना को सत्य मानकर बिखर रहे हैं। कालिया नाग और शेषनाथ में पटती नहीं। सभी श्रेष्ठ बनने के चक्कर में लड़ रहे हैं, बिखर रहे हैं, और नष्ट हो रही है यहाँ की मूल पहचान। कंस कहते हैं कि 'हमें देवों के लुभावे में नहीं आना है। वे हमारा समय नष्ट कर रहे हैं, वे अपना ही प्रचार करवाते हैं। और आप कहते हैं कि मुझे मृत्यु का भय है। तो किसे नहीं होता मृत्यु-भय? पशु हों या कीड़े-मकोड़े सभी डरते हैं मृत्यु से। और जिसे विष्णु कहते हैं, वह भी डरता है। कभी आया नहीं मेरे सामने अस्त्र-शस्त्र लेकर।'

कंस की मानसिक व्यथा बढ़ती जा रही है। और वे क्रूर से भी क्रूर होते जा रहे हैं।

ग्रीष्म और शीत में धियानी को अवकाश नहीं मिलता। बहुत आवश्यकता हुई तो विशेष अवकाश मिल जाता एक-दो दिन के लिए। वर्षा ऋतु में खेती के कार्य हेतु अवकाश बिना किसी अनुरोध के मिल जाता। यह ऋतु स्वयं में सुरक्षित मानी जाती है। मार्ग अवरुद्ध रहते हैं। और सबको रहती है खेती की चिन्ता। पीने के लिए पानी एकत्र करने का उपक्रम कि कहाँ की ताल-तलैया भरी नहीं है। कोई हल ठीक करा रहा है, कोई मेंड़ बना रहा है। लकड़ी का पैना हो, या नाधा-बरही सबकी जरूरत तो है। और दौरी भी जरूरी है खेत में पानी उदहने के लिए। मचानी बाँस के कइन की कई टोकरियाँ बना चुका है। पूरा गाँव आने वाले अच्छे दिन की आस में व्यस्त है, और लगा हुआ है खेती के कार्य-जुगाड़ में। लेकिन जब धियानी आ जाता है तब लोहित खुशी से झूम जाता है। बूटन, अकलू, सगेदू, काठा, मोरिया, मटकी, छाछी सभी उसका मार्ग निहारते रहते हैं। वह नई-नई बातें जो बताता है, और आश्चर्यजनक समाचार भी...।

लोहित के घर बैठकी जमी है।

'तुम तो विशेष हो गए हो महाराज के।' लोहित ने बोली मारी—'अब हम क्या हैं तुम्हारे लिए?'

'नहीं भैया लोहित! आठों पहर हम आपके हैं।' धियानी जैसे विश्वास दिला रहा हो।

'तो का दबाय के बात निकाल रहे हो।' सगेदू बोला।

'इतनी हलचल मची है और तुम्हरे मुँह से बोल नहीं फूट रहे।'

'राजमहल का घी जीभ पर भी जमा है का?'

'पेट तो हाँडी जस होई गा है। अब का चाहत हो कि मोटापे से मरि जाए धियानी।'

'अरे नाहीं रे! धियानी बिना हम जीयेंगे कैसे!'

'बचकुच्चन छोड़ो! जब देखो तब बिना अर्थ की बात। समय बीत जाएगा तो मूसरै हाथ लगेगा। ससुर कहीं के!' लोहित ने डाँटा तो सब मुँह ताकने लगे धियानी का। ऐसे में उलझन होती है, जब सभी एक साथ मुँह निहारने लगें, लाज आने लगती है। और धियानी अपनी उलझन छिपाते हुए लजाने लगे। अब वे क्या बोलें, कहाँ से बोलें, निर्णय ही नहीं कर पाए, लेकिन जरूरी था कुछ कहना। वे मल्ल से सैनिक और अब प्रमुख सैनिक हो गये हैं जो महल में कहीं भी आ-जा सकता है। यहाँ उन्हें अपनी प्रतिष्ठा रखनी है कि सभी सूचनाएँ मुझे पता हैं, मैं हूँ विशेष। अब आप सभी निश्चिन्त रहिए और निर्भय होकर साँस लीजिए।

'का सोचत हो धियानी?' अकलू ने जैसे नींद से जगाया हो।

'आप सभी बड़े अच्छे से हैं।' धियानी आज जता देना चाहते हैं कि मैं कितना महत्त्वपूर्ण हूँ—'देव-भक्त उग्रसेन महाराज ने सब लुटिया डुबाई है। क्या करें कंस? कोई चारा नहीं, कहीं कुछ स्वच्छ नहीं, सब गन्दा और व्यर्थ।'

'बोली तो ऐसी जैसे कोई मंत्री हों।' काठा को आश्चर्य हुआ।

'सुनो भैया! पहले सुन लो तब मुँह खोलो।' लोहित ने चुप कराया।

'बस एक निवेदन है।' धियानी थोड़ा ठहरकर बोले—'कोई बात यहाँ से जाए न, नहीं तो हमारी मूँड़ी कोल्हू में पेरा जाएगी।' धियानी जानता है कि ये लोग उसके हैं, घर जैसे लोग।

'कंस के बहुत विरोधी हैं। देवक, सात्यक देवभान, उपदेव, रोहिणी, भद्रा, देवभाग, सृंजय, अक्रूर जी, चित्रक, पृथु भी। सब देवकी के या वसुदेव के सगे-सम्बन्धी हैं। कुछ तो ऐसे हैं कि पता ही नहीं चलता कि कंस के हैं या वसुदेव के, लेकिन पक्ष में भी कम नहीं हैं। कंस का पक्ष मजबूत है लेकिन अति विश्वास अधिक है, धैर्य नहीं है। मैं तो यही सब देखता रहता हूँ कि कोई विचार ठहरता नहीं है। कौआ कान ले गया तो कान नहीं देखते, कौए के पीछे भागते हैं। कंस के पाँचों भाई पक्ष में तो हैं लेकिन उग्रसेन दादा बन्दी हुए, यह जानकर दुखी भी हैं। सभी मदिरा बहुत पीते हैं, विलासपूर्ण जीवन है, स्त्री प्रतिदिन चाहिए। पता नहीं कहाँ से चाणूर आ गए हैं। मल्ल हैं। लेकिन नाम के मल्ल हैं, कभी उन्हें अभ्यास करते नहीं देखा।'

'पूतना भी तो है।' लोहित बोले।

'हाँ वही रत्न माला। बेचारी को कोई बच्चा न हुआ, अब पूतना कहलाती है। लेकिन मैं तो राजकुमारी रत्नमाला ही कहता हूँ। उनके पति हैं प्रद्योत, वसुदेव पर आँख गड़ाए कि कहीं कोई अनर्थ न हो जाए।'

'और वह नाचने वाली?' मोरिया भी बहुत कुछ जानता है।

'वही तो सबको मस्त करती रहती है, रेखा नाम है उसका। दूसरी कनकलता है।'

'तुम भी तो युवा हो। ललचाते होगे।' लोहित ने बात मारी।

'आँख उठाकर देखने का साहस तो है नहीं, बात करते हो! लेकिन ये सब छोड़ो भाई सुनो! हाँ तो, कंस को पगलवा दिए हैं सब। प्रतिदिन उनको तनाव में डालने वाली बात होती है। वे कहते हैं कि जो हमारी पहचान, हमारी संस्कृति और राज्य पर दृष्टि गड़ाएगा वह बचेगा नहीं। और अब तो बच्चों की हत्या हो रही है। पीढ़ी समाप्त करने का उपक्रम ठीक नहीं है। जब कारागार का कार्य दिया जाता है, मैं तब जाता हूँ। वसुदेव के लोग भी आते जाते हैं। गर्ग ऋषि भी जाते हैं, हाँ पहरा कड़ा है। मैं तो आँख तक नहीं झपका पाता, जब द्वार की देख-रेख का कार्य दिया जाता है।'

'मैं तो यह भी सुन चुका हूँ कि जो देव-आर्य का साथ दे उसकी भूमि छीन लो, गाएँ भी।' लोहित ने सत्य जानना चाहा।

'सत्य कहा आपने। लेकिन हमें क्या! हम तो कृषक हैं। कार्य करने वाले हैं, हम यहाँ के हैं। हमीं को देव पकड़ कर अब शूद्र बना रहे हैं, सेवा करने वाला प्राणी। कंस को सब पता है कौन क्या कर रहा है। कहीं प्रमाण का अभाव है तो कहीं कोई साथ नहीं दे रहा है। नारद मेरे सामने कंस से एक दिन कह रहे थे कि शक्ति का घमंड होने पर विनाश होता है। विनाश, मृत्यु, नाश और न जाने क्या-क्या चिन्ता से युक्त बातें होती हैं। देवकी का आठवाँ पुत्र कंस के संहारक के रूप में घोषित है।'

'ई कइसे हो सकता है। पहिले से कोई का जाने आगे की बात?' अकलू को आपत्ति है, वह वर्तमान जानता है। लेकिन उसे क्या पता कि देव भविष्यवाणी करने लगे हैं। सौ में से कहीं-कहीं एकाध सही हो जाने पर बात प्रमाणित भी होती रहती है।

धियानी ने बताया कि कंस की बुद्धि धो दी गई है। वह बहुत विश्वास करने लगे हैं, भय पर तो और। कालीमाया को देवकी की देखभाल में लगाया गया है। लेकिन जब छह बच्चे मर गए तो वह देवकी की ओर हो गई, यह धियानी जानता है या वसुदेव। मोह जब होता है तो संवेदना अपने चरम पर होती है। और तब कुछ ध्यान नहीं रहता। कार्य संवेदना करती है। मगध का एक सैनिक भी वसुदेव का हो गया, उससे भी देखा नहीं गया। कारागार-महल के प्रहरी भी पत्थर के नहीं हैं, उनके पास भी हृदय है, आँख-कान है। क्रन्दन सुनना कितना कष्टकारी होता है यह धियानी भी जानता है। देवक, अक्रूर, नन्द, गर्ग, रोहिणी हर बालक को बचाने का प्रयास करते हैं। लेकिन सब व्यर्थ हो रहा है। कंस को मात्र मगध के सैनिकों पर विश्वास है लेकिन वे हैं ही कितने। वाण और भौम के सैनिक बिना मन के कार्य करते हैं। उनकी तलवार में जैसे जंग लगा हो। बिवाई फटी हो पैरों में। कन्धा जम गया हो और आँख कीचड़ से भरी हो।

रोहिणी को शेषनाथ ले आते हैं वसुदेव से मिलाने। बहुत बनती है शेषनाथ और रोहिणी में। वह और किसी पर विश्वास भी नहीं करती हैं। और रोहिणी के एक स्वर पर एक टाँग पर खड़े होने को आतुर शेषनाथ।

लोहित और धियानी ने बहुत-सी बातें साझा कीं। लोहित चाहते थे कि अपने मुख्य मित्रों को कुछ बताया जाए और नई योजना बनाई जाए। हम सभी कृषक ही आवश्यक हैं। धियानी कई दिन तक रहे। कल प्रात: ही प्रस्थान करेंगे। आज का समय है लोहित के पास। और आज दिनभर विमर्श होगा।

यह सुनकर कि धियानी आज भर हैं गोपुरा के बिरझू गोप भी आ गए हैं।

'धियानी भाई आधी-अधूरी सूचना रखते हैं या जानते हुए भी कह नहीं पाते। मैंने उनसे खोद-खोद पूछा तो थोड़ा-बहुत बताए।' लोहित मन भाँप जाते हैं।

'का कहना चाहते हो, वही कहो।' बूटन बोला।

'खेती का समय है। हमें अपने काम से काम रखना चाहिए। इतना तो समझ में आ गया है कि हम खेती वाले व्यर्थ के राज-जाल में न फँसें तो अच्छा है।'

लोहित बात बढ़ाना चाहते हैं, लेकिन बीच में सगेदू बोल पड़ा—'तो क्या हम यह बात भी न जानें कि हो क्या रहा है? हम भी न्याय चाहते हैं।'

'ठीक है भाई!' लोहित बोले—'लेकिन कंस क्रूर हो गए तो भोगें कष्ट, मरें, हम क्या करें? हम कंस के हैं लेकिन हमें क्रूरता पसन्द नहीं है, हम हिंसक नहीं हैं। हम जानते हैं कि देव मेरे कभी नहीं हो सकते, और आर्य तो जैसे डाह किए बैठे हैं। कंस अनीति पाद रहे हैं तो बिला जाएँ! हमें क्या! मैं तो मात्र यह कह रहा हूँ कि जो जरूरी है उसकी चाल धीमी क्यों है? अकाल पड़ा था, ब्रज में। गोप श्रेष्ठ नन्दराय आए थे कंस के यहाँ कुछ माँगने, कुछ क्षमा कराने। क्या मिला, घंटा! तो करें का हम?'

'बात सीधी करो लोहित भाई।'

'हमारी प्राचीनता है। हमने नदी मार्ग खोजा। कूप बनाए, ताल-तलैया खोदी। हम पैदा करने वाले हैं, झगड़ा नहीं चाहते हम। हमें अपने पर गर्व है। हमें देवों के भुलावे में आकर उत्तेजित नहीं होना चाहिए।' लोहित बोले जा रहे थे, कई नई बातें धियानी से मिली थीं जो पच नहीं रही हैं—'हम सभी कठिन से कठिन ऋतु में दूध और अन्न पैदा करते हैं, कोई राज-परिवार या सैनिक कर सकता है? बोलो धियानी। स्वेद तो हमारा ही गिरता है दूसरों के लिए भी। कंस हमारे घर आकर व्यवस्था नहीं करेंगे, वे अपना जान-परान बचाएँ। लेकिन हम देवों के पक्ष में नहीं हैं। हम सत्य के पक्ष में हैं। वसुदेव का सत्य उनका अपना है, कंस का अपना। सुना है कि वसुदेव पीढ़ी सुधारने और उसे सदैव के लिए अधिकार दिलाने के पक्ष में थे, बात फूट गई और बन्दी बना लिए गए। लेकिन हमारा अपना पक्ष है। हमारा पक्ष खेती का है। और हम इसमें किसी अन्य व्यवस्था को प्रवेश करने नहीं देंगे।'

'बात वसुदेव की आई तो याद आया।' धियानी को सुनना था लेकिन रहा नहीं गया—'आप जानते तो होंगे ही कि आचार्य गर्ग की सलाह से वसुदेव का विवाह हुआ था। फिर भी विवाह के दिन लड़ाई हो गई। ये कहो कि वसुदेव के चाचा शिनी ने सब सुलह करा दी नहीं तो उसी दिन कई मरे होते। कंस को भी डर था कि कहीं वृष्णि-वंशी शस्त्र न उठा लें। अब देवता बहुत प्रसन्न हैं कि चलो यादवों में फूट तो हो गई, अनार्यों में भी विद्रोह हो गया। अब देव अपना मीठा भात पकाएँगे।'

'कहाँ से इतना जानते हो धियानी?' बिरझू गोप ने पूछा।

'कोई ऐसा दिन नहीं होता कि चर्चा न हो। एक ही बात चार बार सुनने को मिलती। कोई पुरानी कथा लेकर बैठा है, कोई अपनी चिन्ता, कोई अपना उत्साह दिखाता है, किसी को भय खाए जा रहा है।' धियानी उतावले थे कि वे सब बोल दें जो जानते हैं लेकिन ठीक से याद आए तब न।

'मथुरा की सेना उग्रसेन को मानती है। भक्त है उनकी।'

'इसलिए अब घास छील रही है, गोबर पाथ रही है।

'जो कंस के साथ नहीं वह दो कौड़ी का।'

'लेकिन जो चतुर हैं वे दिखावे के लिए कंस की ओर हैं। वे हैं तो असली वसुदेव के ही।'

'सुना गया है कि कंस सभी गर्भवती स्त्रियों पर दृष्टि लगाए हैं।'

'सही सुना गया है। किसी वृष्णि-वंशी की मेहरिया ठीक से बच्चा नहीं दे सकती।' अकलू के संकेत से सभी चेहरे पर हँसी खिल गई।

'एक अन्तिम बात सुन लो आप सब!' लोहित बोले—'धियानी कल भोर में चले जाएँगे। मेरी सलाह है कि हमारा एक प्रतिनिधि मंडल कंस से मिले और कृषक के लिए चर्चा करे। खेती के विकास की बात हो। पूरे भू-लोक पर एकमात्र खेती ही सहारा है और हम उसके संरक्षक। तलवार भाँजने से पेट नहीं पलता। कोई सैनिक न रहे तो काम चल जाएगा लेकिन कृषक न रहे तो?'

'मैं सैनिक हूँ और अपनी पीड़ा अच्छे से जानता हूँ। मुझे कितनी पीड़ा देखनी होती है, आपको ज्ञात नहीं। कभी-कभी लगता है कि मैं भी एक मानसिक रोगी हूँ। आपको मेरा दुख भी जानना चाहिए।' धियानी की पीड़ा छलक आई है।

'धियानी भाई हम सब जानते हैं।' लोहित ने जैसे पीड़ानाशक लेप लगाया हो—'आपके एक स्वर पर यहाँ सहस्त्रों सिर खड़े हो जाएँगे। आप मेरे सहारा हैं। मैं तो मात्र यह चाहता हूँ कि श्रमिक का दैनिक मूल्य बढ़ जाए। हमारा अन्न व्यर्थ न हो, उसे उचित मूल्य प्राप्त हो। दूध हो या दही या घृत सही जगह प्रयोग हो। हम देवों के भय से दे आते हैं अपना श्रम—बिना मूल्य, अंडबंड लोगों को। जो पैदा किया उसे बिना कुछ लिए ही परोस देते हैं। क्या मूर्ख बनाया है देवों ने! पता नहीं कैसे विश्वास होता है, जो नहीं है उस पर—अलौकिक शक्ति पर! हमारा अर्जित धन हड़प रहे हैं देव, चाहे जिस विधि से, कहीं भय दिखाकर, कहीं लोभ, कहीं भविष्यवाणी करके। कंस भी फँस गए भविष्य के विश्वास में। हमारा पहला कार्य होगा यह जानना कि देवों की व्यर्थ शक्तियाँ कहाँ से आती हैं और उनकी सीमा क्या है। लेकिन ध्यान रहे किसी कार्य के लिए हमें अनावश्यक व्यय नहीं करना है चाहे वह श्रम ही क्यों न हो। हमारे पास जो है वह स्वेद से अर्जित किया हुआ है। बात से धन पैदा करने वाले हम नहीं हैं। हमारी सभी वस्तुएँ अर्थ से भरी हैं, कहीं व्यर्थ नहीं हम।'

'तिथि निश्चित कीजिए तो मैं महाराज कंस से समय ले लूँ।' धियानी चाहते हैं कि शीघ्र प्रतिनिधि मंडल महाराज से मिले।

'हाँ, और हम उनका भय दूर करने का प्रयास भी करेंगे। लेकिन मैं कुछ और कहना चाहता हूँ।' लोहित बात के रंग में हैं—'उनके घृणित स्वार्थ को दिखाएँगे। महाराज

कंस का व्यक्तित्व चाहे भीतरी हो या बाहरी बहुत दृढ़ है, लेकिन उनकी बुद्धि धो दी गई है। वे डर जैसी भावनाओं को अब अपने वश में नहीं कर पाते और क्रूर होते जा रहे हैं, क्रोधी भी। आँख मूँदकर समय की प्रतीक्षा हम क्यों करें। अब श्रम का मूल्य पहर की चाल से तय होगा।'

'अधिक कार्य होने पर पक्ष की चाल से।'

'हाँ बूटन, पक्ष और माह भी, धियानी जैसे कार्य में वर्ष भी। ध्यान रहे, यहाँ भी देवों का धूर्त प्रलाप प्रवेश करेगा। व्यर्थ बातें होंगी। भ्रम फैलाकर अपना स्वार्थ सिद्ध करेंगे। अनेक जो देवी-देवता बने घूम रहे हैं, उनको निकाल बाहर करने की जरूरत है। कंस यही तो कर रहे थे। लेकिन वसुदेव ने साथ नहीं दिया। कंस के यहाँ विकास की बात थी और देवों के यहाँ यज्ञ की, जिससे उन्हें कुछ-न-कुछ प्राप्त होता रहे सेंत में। अब एक बात और चर्चा में है कि पशुओं की बलि दो तो स्वर्ग में स्थान मिलेगा। पशु मारकर स्वयं खाने-पीने का उपाय है यह। भला इन्द्र के यहाँ जाने का यह कौन सा उपाय है, किसी के प्राण लेना उचित है क्या? और स्वर्ग में जाकर हम अनार्य करेंगे क्या? श्रम करेंगे उनके पात्र धोएँगे, मार्ग बनाएँगे। देवों को कोई अनार्य पचा है क्या? अब यह भी कहने का समय है कि स्वयं देव अपनी बलि दें तो उन्हें हमारे नगर में स्थान मिलेगा। यह सारी भूमि खेती वालों की है, गोपाल की है। अन्तिम बात यह कि हमें अभ्यास निरन्तर बनाए रखना है। अभ्यास से ही विकास है और हम होड़ ले सकते हैं। अज्ञानता से बहुत कुछ बिगड़ जाता है और बिना अभ्यास समझ कहाँ बढ़ेगी!'

यह तय हो गया कि महाराज कंस से वार्ता जरूरी है। सम्भवत: बात बन जाए और उनका भय दूर हो।

...और सातवीं सन्तान कन्या
कि जननी को कौन पूछता है
सभी अपने स्वार्थ की योजनाएँ बनाते हैं

बहुत बार ऐसी स्थिति बन जाती है कि ऋतु-आनन्द व्यक्ति ले नहीं पाता। वसंत बीत गया, कहीं मस्ती नहीं दिखी। कोई मदहोश नहीं हुआ। मधु पीकर भी वह आनन्द नहीं, जिसकी कल्पना थी। स्वेद चू रहा था, लेकिन ज्ञात हो तब न। गर्म हवा की अनुभूति ही नहीं थी। लुयार के लग जाने से भले कच्चा आम घोल कर पीयें, जौ का लेप लगाएँ तलवे में। वर्षा भी कई बार आई, चली गई। झींसी में भीगे, लेकिन इतराए नहीं, न नाचे, न हँसे, न खेले छपक-छपाई। शरद में कहाँ याद रहा कि मीठा भात दूध में पका कर शीत में रखें। कुछ देर स्त्री के साथ सुख भोग लें। मुसकरा कर बतिया लें। प्रेम चला गया, दुबका है किसी कोने में। हेमन्त में सी-सी करते रहे, बजते रहे दाँत लेकिन यही हेमन्त है यह पता नहीं चला। अलाव तापते हुए भी बेसुध रहे। और यह शिशिर! ओह! कितनी पत्तियाँ द्वार पर एक हो रही हैं। जाती हुई ठंडक कितनी अच्छी लग रही है। बयार चलती है तो मन करता है कहीं आड़ लेकर धूप सेंक लूँ। लेकिन यह समय

सुख लेने का नहीं है। बेचैन हैं कंस। उतावले हैं वसुदेव के लोग। कुछ प्रतीक्षा है गोकुल में। एक भिन्न प्रकार का अवसाद, एक नए तरह की पीड़ा। कब क्या घट जाएगा, पता नहीं। और सभी कल को जानने की प्रतीक्षा में बयार से ठिठुरते, ठंड से काँपते, गर्म दूध पीते, किसी अज्ञात समाचार की ओर कान लगाए।

शिशिर ने पाँव पसार दिया है। ठंडी हवा, तेज होती धूप, टूटते पत्ते, उड़ते दुपट्टे, धूल से मुचमुचाती आँखों ने आलस्य से मित्रता कर ली है। पूरा दिन ऊँघते बीत रहा है, जब देखो तब जम्हाई, मुँह न चाहते हुए भी बवा जाता है। आलस्य युक्त साँस बाहर निकल रही है। कंस ने लम्बी जम्हाई ली और रत्नमाला को शीघ्र उपस्थित होने के आदेश अनुचर को देकर फिर एक जम्हाई ली।

'अनुचर सुनो!' अचानक कंस ने पुकारा। अनुचर सिर झुकाए खड़ा है—'रत्नमाला के साथ कालीमाया को भी... !' जम्हाई ने दुखी कर रखा है। उन्होंने खुले मुँह में आगे चुटकी बनाई। फिर उन्होंने जल पीया और आसनी लगा ली। वे देर तक आँख मलते रहे, जैसे कोई कण आँखों में अटक गया हो।

कंस की समझ में यह नहीं आ रहा है कि क्या वंश नष्ट कर देने से पीढ़ी समाप्त होगी? एक अंकुर ही पर्याप्त है। विरोध का एक बीज ही वटवृक्ष होकर सहस्त्रों वृक्ष तैयार कर सकता है। लेकिन क्या करें वे? सभी दिशाएँ विरोधी हो गई हैं। जनता में आर्य गुप्तचर विरोधी स्वर को प्रचारित कर रहे हैं। उनके कई सगे अनार्य भी देवों से मिल गए हैं। कंस का विश्वास प्रजा में घटता जा रहा है। देवों की चाल शत-प्रतिशत सफल हो रही है। उनके हृदय से दया निकलती जा रही है, और वे होते जा रहे हैं क्रूर से भी क्रूर। किसी को भी चिन्ता हो जाएगी जब उसका पद छिन जाने का विश्वास हो जाएगा। और प्राण पर बात आए तो शस्त्र उठाने में देर कहाँ होती है? वाण, भौम, जरासन्ध की सेना कब तक साथ देगी? जरासन्ध कंस के श्वसुर तो हो गए हैं लेकिन हैं तो दूर। कंस के सैनिक वृष्णिवंशियों पर दृष्टि तो रखे हुए हैं, लेकिन पलक तो झपकेगी, नींद तो आएगी। छींक, खाँसी, जम्हाई, मूत्र त्याग को भला कौन रोक सकता है? कंस ढहे हुए हैं अपनी कोमल शैया पर, जहाँ सब कुछ नरम है, लेकिन आज उन्हें सब काट रहा है, चुभ रहा है, सब गर्म है, सब दुर्गन्ध से भरा है। कुछ भी अच्छा नहीं है।

'महाराज आपने बुलाया।' रत्नमाला और कालीमाया कक्ष में प्रवेश की आज्ञा माँग रही हैं।

'आओ पूतना आओ। और माया... ।' कंस ने फिर चुटकी बजाई खुले मुँह के आगे।

'आप तो न कहें पूतना। मैं आपकी रत्नमाला हूँ। पूरा मथुरा मुझे पूतना बुलाता है। कितना डरावना नाम है, और मैं कितनी सुन्दर हूँ।'

'नहीं रत्नमाला, मैं थोड़ा रंजन में था कि तनाव हलका करूँ।' कंस मुसकराए—'कारागार का समाचार कहो।'

'सब नियंत्रण में है महाराज। कालीमाया के रहते किसी को चिन्ता नहीं। दंडक, प्रद्योत भी चैतन्य हैं। केशी भी प्रति माह आते हैं और पूरी निगरानी करते हैं। रोहिणी आती है, अक्रूर भी, आचार्य गर्ग भी।'

'माह के अन्त में वैद्य जी भी देवकी का परीक्षण करते हैं महाराज।' कालीमाया ने अपनी निष्ठा प्रमाणित की—'और मैं वहीं रहती हूँ। मैं देवकी को छोड़ती नहीं हूँ। रात्रि विश्राम के समय भी मैं द्वार पर ही सोती हूँ, वह भी श्वान नींद।'

'रोहिणी के आने पर रोक लगा दो। कब अधिक बार आई थी वह?'

'सावन-भादों में। वर्षा-ऋतु रोहिणी को पसन्द है। वे अधिकतर वर्षा या वसन्त में ही आती हैं।'

कंस को लगा कि वे इन ऋतुओं का सुख मुक्त मन से किसी स्त्री के साथ क्यों नहीं ले सकते। इतने दुखों के बाद भी वसुदेव यौवन का आनन्द प्राप्त कर रहे हैं और वे हैं कि नपुंसक हुए जा रहे हैं। यौवन का सुख सभी सुखों से बढ़कर है।

'मेरे पास भी अस्ति और प्राप्ति हैं, लेकिन न कहीं वन-विहार, न पर्वत का आनन्द, न झरने में अस्ति और प्राप्ति के साथ स्नान करने की मस्ती या छत पर सावन की झींसी की सिहरन। ओ! जीवन कितनी मूर्खताओं में बीत रहा है।' कंस आज पहली बार स्वयं के बारे में सोचने लगे, लेकिन तुरन्त ही वे अपने सुख-चिन्तन से हटकर जहाँ थे वहीं ठहर गए।

'...हमारे पूर्वज मधु भी तो देव विरोधी थे, लेकिन देवों ने उन्हें छल से मारा, उनके पुत्रों को भी।' कंस को अब शिशिर की हवा का बोध नहीं था। वे वातायन से झाँकते तो आधा पहर निर्निमेष लगभग एक ही मुद्रा में—'तो क्या देव पापी हैं, दुष्ट हैं, उन्हें तो कोई दोषी नहीं मानता। देवों का छल या उनके द्वारा की गई हत्या क्या है? असुर होना अपराध है क्या? सबकी अपनी संस्कृति है। कोई भी यहाँ आएगा तो आए, रहे, जीवन भोगे, लेकिन हम क्यों उसकी संस्कृति अपनाएँ, वही क्यों नहीं हमारी शुद्ध अनार्य संस्कृति अपनाता? मेरा तो जीवन जैसे व्यर्थ हो गया। बस अपनी चिन्ता और भय के वातावरण में समय बीत रहा है। यह भी कोई जीवन है? मैं क्या करूँ, मैं क्या करूँ? सब मथुरावासी द्रोही हुए जा रहे हैं। कितनों को बन्दी बनाऊँ, हत्याएँ कराऊँ? यहाँ आकर देवों ने सब बिगाड़ दिया। पद-प्रतिष्ठा छिनने का भय तो देवों को भी है। उनके मित्र आर्य सदैव आगे बढ़ने के अभ्यास में रहे, तो क्या देवों को रुचेंगे ऐसे आर्य? कभी नहीं! देवों ने ऐसे आर्यों की लुटिया डुबा दी। चिन्तन और विकास प्रक्रिया भंग करने-कराने में देवों की विशेषज्ञता है ही। मैं भी देखता हूँ कौन आता है। मैं सबको मार डालूँगा, जो मेरे मार्ग में आएगा। हाँ-हाँ मैं विक्षिप्त हूँ, एक मानसिक रोगी हूँ!' कंस कभी हँसते, कभी रोने जैसा हो जाते, कभी माथे पर इतने बल कि मिटाए न मिटें।

'शेषनाथ आए हैं।' कालीमाया ने वसुदेव से कहा।

'शेषनाथ! और कौन है उनके साथ?' रोहिणी ने पूछा।

'अक्रूर जी, आचार्य गर्ग और सुनन्द जी।'

देवकी और रोहिणी दोनों गर्भ से हैं। अभी सातवाँ महीना लगा है। उदर देखने से ज्ञात हो रहा है कि पेट में बच्चा है, यह मोटापा नहीं है और न कोई व्याधि।

शेषनाथ वसुदेव के कक्ष में प्रवेश करते ही बोले—'वसुदेव जी समय नहीं है। रोहिणी को नन्द के यहाँ गोकुल भेजना ही उचित होगा। कब उसका मस्तिष्क घूम जाए क्या पता!'

'पूरे पागल हो गए हैं कंस।' अक्रूर बोले।

'अब सहन नहीं होता आचार्य।' वसुदेव ने गर्ग के पैर पकड़ लिए। उनकी रोनी सूरत किसी से देखी नहीं गई। कहाँ चले थे गाँव-गाँव एक व्यवस्था के विरोध में कुछ करने और क्या हो गया।

'धैर्य रखिए! हम सब आपके साथ है। दिन कट गए दुख के, अब शीघ्र ही कोई ठोस उपाय होगा। सभी आपकी आठवीं सन्तान की प्रतीक्षा में ही है।' गर्ग ने वसुदेव की पीठ पर हाथ फेरा, मानो बहुत दिनों बाद एक सार्थक सुख मिला हो, एक विश्वास जागा हो। वसुदेव हाथ जोड़ते हुए कभी कक्ष की छत निहारते कभी गर्ग को। उन्हें शेषनाथ और अक्रूर पर भरोसा था। वे जानते थे कि शेषनाथ और रोहिणी मित्र हैं। हर घड़ी रोहिणी का वे ध्यान रखते हैं। शेषनाथ के रहते रोहिणी सुरक्षित है। वे यह भी जानते हैं कि अक्रूर ही ऐसे हैं जो कंस के विरोधी होते हुए भी कंस से बात करते हैं, मानो वे विश्वासपात्र हों।

'सुनन्द भाई बाहर प्रतीक्षा में हैं, हमें जो करना है शीघ्र करना है।' अक्रूर को समय का ध्यान था—'यमुना किनारे नाव लगी है, शेषनाथ के विश्वासी पतवार थामे बैठे हैं।'

रोहिणी तैयार हो गईं। एक छोटी-सी गठरी साथ में। वे वसुदेव को ऐसे निहार रही हैं कि कुछ दिनों की बात है। हम जीतेंगे। और फिर शेष को निहारती हुई बोलीं—'अब चलो मित्र! हर सुख-दुख, आनन्द, उत्साह में तुम ही तो साथी हो!'

प्रहरी जानते हुए अनजान। मथुरा के आधे से अधिक कान में तेल डाले, मुँह बन्द किए, कहीं और निहारते हुए वसुदेव के कार्यों का चुपचाप समर्थन करते हुए जी रहे हैं।

रोहिणी शेषनाथ के साथ रथ पर बैठीं और चलीं यमुना के तट की ओर। साथ में सुनन्द है। गर्ग ने कहा था—'देखना शेष कालिय से सावधान रहना। उसके लोग मितरघाती हैं। कहीं छिपे होंगे।' शेषनाथ मुसकराकर रह गए। उन्हें पता था कि कालिय से कैसे निपटना है। यमुना के तट पर तीन नौकाएँ लगी हैं। नन्द भी हैं और शेष के विश्वासपात्र भी। नावों पर मूसल और पत्थर के टुकड़े रखे गए हैं। आक्रमण होने पर पूरा उत्तर देने की व्यवस्था है। बड़ी-बड़ी टोकरियाँ भी हैं, बाँस भी, किसी भी हालत में रोहिणी को सुरक्षित पहुँचाना ही है। रोहिणी कंस के आँख में खटकती रहती। वैसे पौरवी, मदिरा, भद्रा भी वसुदेव से मिलने आती थीं, वसुदेव को ये पत्नियाँ भी प्रिय हैं। यही कारण है कि मदिरा से कृतक, भद्रा से उपनिधि का जन्म भी हुआ था।

नाव चल पड़ी गोकुल के घाट। वृष्णिवंशियों की रानी रोहिणी को साथ लेकर।

संस्कृति बदल रही है। पुरुषों का समाज पर अधिकार हो गया है। माताएँ अब लुक-छिपकर रहने लगी हैं। आर्य अपनी व्यवस्था पूरी तरह लागू करने के चक्कर में हैं। स्त्री नाममात्र की व्यवस्थापिका है। आदेश पुरुष का ही चल रहा है। यहाँ लोहित, धियानी जैसे लोग कुछ कर नहीं पा रहे हैं। अधिकतर समाज कन्या-जन्म को अच्छा नहीं मानता। अब सबको पुत्र चाहिए। खेत नहीं बीज चाहिए, ममता नहीं क्रोध की जरूरत है, मृदु नहीं कठोर आवश्यक हो गया है। जहाँ मुसकान थी वहाँ क्रूर हँसी पसन्द आ रही है। ये कैसा समाज बन रहा है। मथुरा हो या गोकुल या पांचाल-हस्तिनापुर सबको पुत्र में ही भविष्य दिखाई दे रहा है।

देवकी को समय से पहले प्रसव पीड़ा हो रही है। वसुदेव बेचैन हैं, अब रोहिणी हैं न भद्रा, मदिरा को तो अवकाश ही नहीं मिलता। सभी चिन्ता मुक्त हैं कि अभी सातवाँ माह ही चल रहा है। दो दिन बाद आठवाँ माह लगेगा। कालीमाया ही द्वार पर बैठी हैं, अभी सोई नहीं हैं। कंस ने ऐसा घेरा बना दिया है कि किसी को भी बुलाया नहीं जा सकता, जिसकी अनुमति है वही आ सकता है। अक्रूर आते हैं तो बस संगठन को मजबूत बनाने की बात करते हैं कि गाँव-गाँव में संगठन बने और नए कार्य सम्पादित हों। इसके अतिरिक्त अक्रूर को क्या चिन्ता। आचार्य गर्ग अपनी प्रतिष्ठा बचाने में लगे हैं। शेषनाथ को कालिय से बदला लेना है, अपना वर्चस्व स्थापित करना है। नन्द को क्या वे तो घूम रहे हैं गाँव-गाँव, चौधरी जो हैं। लेकिन पीड़ा तो देवकी को है। समय से पहले की पीड़ा! जिसे सहने के लिए तैयार नहीं हुई थी देवकी। ऐसी पीड़ा कि प्राण लेने पर आ जाएँ। ऐसी पीड़ा कि जन्म देकर ही शान्त हो। क्या करें वसुदेव? क्या करे देवकी? वसुदेव को एक बार फिर अक्रूर की बात याद आई—'हमें कंस की प्रशंसा करनी चाहिए, जिससे लगे कि हम सभी भयभीत हैं।' अक्रूर और चित्रसेन ने बहुत प्रयास किया कि वसुदेव बन्दी न हों, छुड़ा लिये जाएँ। लेकिन हठी कंस की बुद्धि फिर गई है। अब वे रहें या न रहें लेकिन कंस का सर्वनाश निश्चित है। भला कोई जन-विश्वास खोकर राज कर सका है! और अब कंस की बड़ाई बखान कर भी कोई क्या कर लेगा, पानी तो सिर के ऊपर से बह रहा है।

'आप किस चिन्तन में हैं? शीघ्र कालीमाया को बुलाइए!' देवकी वसुदेव से बोली।

'बुलाता हूँ लेकिन सातवें माह में प्रसव पीड़ा!'

'मुझे भी आश्चर्य है। और मैं कहीं गिरी भी नहीं, न पेट के बल लेटी। कुछ अच्छा नहीं लग रहा था कुछ दिन पहले से, ...पेट में हलचल भी कम हुई थी शिशु की। मुझे कुछ ठीक न होने का सन्देह तो हो गया था, जब लघुशंका के समय जलन होने लगी थी। देखिए ये हाथ-पैर, मुँह, सब शोथ गया है।' देवकी कष्ट में है, फिर भी इतना बोल गई।

कालीमाया आ गई। पता चला कि अधिक रक्तस्राव भी हुआ था। लेकिन पेट पर कोई झटका नहीं लगा था। पेट में ऐंठन भी थी। कालीमाया ने ठीक से जाँच की—'पानी गरम कराइए। शिशु सम्भवत: मर चुका है। कोई गति नहीं है।'

वसुदेव दौड़कर चूल्हे के पास गए। कोई सेवक नहीं है। रात्रि का तीसरा पहर।

नींद सिर पर चढ़ बैठी है, सभी अधखुली आँखों से पहरा दे रहे हैं, कब खड़े-खड़े नींद मार लेंगे या लड़खड़ा जाएँगे, पता नहीं।

देवकी पीड़ा और आश्चर्य के बीच अपना दुख किससे कहे।

'वसुदेव जी चिन्ता न करें। इतना सहने के बाद आप बहुत दृढ़ हो चुके हैं। यह सब तनाव के कारण भी हो सकता है या हिंसा देखते-देखते मानसिक रूप से गर्भ पर प्रभाव पड़ा हो।'

कालीमाया ने बहुत देर तक यत्न किया। वसुदेव दीवार के सहारे मुँह छिपाए खड़े हैं। क्या करें वे, किससे कहें, कहाँ जाएँ?...और फिर कालीमाया ने एक मरे हुए कन्या-शिशु को देवकी के गर्भ से खींच लिया।

'ओह! लो यही जान लेने पर उतारू थी, आप ही मर गई!...अरे जी कर क्या करेगी, कोई जीने देगा तुझे।' बड़बड़ाती कालीमाया ने हाथ धोया। स्वेद पोंछा। और उसे एक वस्त्र में लपेट कर अपने कार्य से संतुष्ट हो गई।

जरासन्ध को सूचना भिजवाकर कि सभी मेरे भय से भाग रहे हैं कंस आश्वस्त हो मुस्करा रहे हैं। स्फुटन में एक भय मिला सन्तोष। एक छिपी गहरी चिन्ता। वे बार-बार कहते कि 'मेरे राजा बनने पर इतना विवाद क्यों हो रहा है। महाराज वृद्ध हैं, तपस्या करें। ठाट से रहें। चिन्तन करें। वन में विहार करें। पर्वत-पर्वत घूमें। झरनों का आनन्द लें। सागर के तट पर धूप-स्नान लें, मस्ती करें। इस आयु में भी यौवन जैसा सुख भोगें कौन मना करता है। सारी व्यवस्था कर देता हूँ। लेकिन नहीं, रहेंगे देवों के साथ! हमारे विरोधियों के साथ हँसेंगे-बोलेंगे। किस काम के पिता हैं वे! मेरे अपने मुझसे कहते हैं कि मैं ही भविष्य हूँ। मैं बीता समय नहीं हूँ, वर्तमान हूँ। व्यर्थ नहीं हूँ, सार्थक हूँ। विशेषता देखकर ही इतने बड़े सम्राट जरासन्ध ने अपनी दोनों पुत्रियाँ दी हैं, कोई परिहास नहीं किया है। सभी जानते हैं कि हम भोजवंशी ही समाज को सुधारने में लगे हैं। फिर क्यों माधव, कुकुर, वृष्णि मेरे विरोध में हैं। मैं तो उत्पात मचाऊँगा ही जहाँ आर्य या देव के पुर होंगे। मैं रहने नहीं दूँगा। हाँ रहें, मेरी संस्कृति में रहें। वे यहाँ आए हैं तो मेरी तरह रहेंगे कि मैं उनकी तरह! उन्हें मुझमें घुलना-मिलना होगा। मेरे रंग में रंगना होगा और मेरा रंग दुर्गन्धयुक्त तो नहीं! श्वफल्क, चित्रसेन, अक्रूर, केशी, प्रलम्ब, प्रद्योत, पूतना, वाण, भौम सभी से सलाह लेता ही हूँ। मैं वर्तमान देखता हूँ तो क्या मूर्ख हूँ? मुझे भी राजनीति आती है। लेकिन एक प्रश्न बार-बार उठता है कि क्या मेरा क्रोध मेरे विनाश का कारण बनेगा? मैं क्रोधी कैसे हो गया? लगता है कि मैं किसी गहरे मानसिक षड्यंत्र में फँस गया हूँ। क्या मेरी मित्रता घातक सिद्ध होगी?'

'महाराज की जय हो।' प्रहरी ने ध्यान भंग कर दिया है।

'बोलो।' कंस के तेवर चढ़े नहीं हैं, उनके माथे पर चिन्ता और तर्क की रेखाएँ स्पष्ट हो रही हैं। आँखें किसी निष्कर्ष पर पहुँचने को उतावली हैं।

'महाराज! देवकी जी ने कन्या को जन्म दिया है।'

कंस के तेवर चढ़ गए। चिन्तन माटी में मिल गया। भय और क्रोध के बीच में लटकी बुद्धि ठीक से उत्तरीय भी सहेज नहीं पा रही है। वे देवकी, वसुदेव या उग्रसेन का वध नहीं कर सकते। देवकी परिवार की है, स्त्री है और स्त्री की हत्या निन्दनीय है। लेकिन स्त्री को पूछता कौन है। दिखाने हेतु वह जननी है, माता है, पालन करती है। लेकिन वह स्त्री है। उसका अधिकार कुछ नहीं, वह दूसरे की बुद्धि के सहारे। कब उसे बहिष्कृत कर दिया जाएगा, क्या पता! और वसुदेव तो आधी जनता के नायक हो चुके हैं, उन्हें मारना अपने पैर में शूल चुभोना है।

'केशी को बुलाओ, और सुनो, कारागार में कौन-कौन है?'

'रत्नमाला जी, प्रद्योत, कालीमाया, दंडक।' प्रहरी चला गया।

'सात माह में प्रसव! कोई चाल तो नहीं है अक्रूर की?' कंस आश्चर्य क्रोध और मानसिक वेदना में जी रहे हैं—'अरे! इस अक्रूर का क्या करूँ? सुना है कि गुप्त रूप से बैठकें अभी भी कर रहा है। ऐसे सम्बन्धों का जाल बिछा है कि न इधर से आते बनता है न उधर से जाते।' कंस बड़बड़ाते, स्वयं से बतियाते रहे—'कोई अनार्य होना नहीं चाहता। अनार्य होकर भी आर्य क्यों? समझ में नहीं आ रहा है।'

'महाराज का आदेश सिर माथे।' केशी ने अभिवादन किया और आदेश की प्रतीक्षा-मुद्रा में हो गए।

'कारागार चलो! केशी तुम्हें कुछ ज्ञात है। लगता है तुम्हारी चेतना घास चर रही है—चर्रऽऽ चर्रऽऽ।'

केशी की मुस्कान बढ़ गई। हँसी रोके हैं, ऐसा राजा है कि खुलकर स्फुटित भी नहीं हुआ जा सकता—'क्या बात है महाराज स्पष्ट करें, मैं उपस्थित हूँ।'

'देवकी को कन्या हुई है।'

'कन्या!'

'इसमें आश्चर्य क्या! हम अनार्यों के यहाँ ही कन्याएँ जन्म लेती हैं। मैंने तो सुना है कि आर्य कन्या जन्म लेते ही मार देते हैं। रो-गाकर एकाध बच जाती है। किसी देव के यहाँ कन्या जन्मते सुना है, होगा भी तो अँजुरीभर जौ में एक जैसा।'

'कोई षड्यंत्र तो नहीं महाराज! हमें पता लगाना होगा।'

'हो षड्यंत्र हमें क्या! मुझसे कोई युद्ध कर नहीं सकता। तीन शक्तियाँ मेरे पास हैं। वाण, भौम और सम्राट जरासन्ध के सैनिक जंगलों में छिपे हुए रह रहे हैं। हमारे सैनिक तो हैं ही।'

'बात युद्ध की नहीं है। आपका ध्यान हटाने की है। आपको और मानसिक पीड़ा पहुँचाने की है।'

मनसिक वेदना की बात आते ही कंस का माथा भारी हो जाता। लगता कि किसी ने सिर पर दो व्यक्ति के बराबर बोझ का पत्थर रख दिया हो। गले में कोई हार नहीं सुहाता, गड़ने लगता। लगता कि गले में कोई फंदा पड़ा है। कसे वस्त्र कष्ट देने लगते। प्यास लगती लेकिन भूख नहीं। कभी-कभी शौच जाने का जी करता, मूत्र भी पता नहीं कहाँ से आ जाता मूत्र नली में और लगता कि नस फट जाएगी—'अच्छा चलो देखते हैं।' कंस बोले और कारागार की ओर चल पड़े।

दूर नहीं है कारागार।

'कहाँ है कन्या?' कंस का क्रोध सिर चढ़ गया।

'कन्या मृत है महाराज!' वसुदेव निरीह प्राणी की तरह बोले।

'मृत! ऐसा कैसे हुआ? वैद्यराज क्या अपना कार्य नहीं कर रहे हैं? प्रसव की विशेषज्ञ स्त्री को उचित समय पर उपस्थित रहने का आदेश भी है। मैं कोई ऐसा कष्ट नहीं देना चाहता जो व्यर्थ हो। बस मुझे अपने प्राण प्यारे हैं, और उसकी रक्षा में...।' कंस कहते-कहते रुक गए।

'मृत्यु पर किसका अधिकार है महाराज!' वसुदेव थोड़ा सहज हुए।

'समय से पहले जो कुछ भी होता है हमारी त्रुटियों के कारण होता है। हमें तो पुत्री पसन्द है, लेकिन जो स्वयं की मृत्यु का कारण बने वह कैसे रुचिकर हो सकता है? कहीं ऐसा तो नहीं कि इस सातवें माह की जन्मी कन्या के पीछे कोई षड्यंत्र रच रहे हों आप?'

'आपके बन्धन में हूँ फिर भी आप सन्देह कर रहे हैं।'

'आपके लोग भी कम नहीं हैं वसुदेव जी। और हाँ, आप तो देव-संस्कृति मानते हैं, वहाँ स्त्री का क्या महत्त्व? कहीं आप भी उसी प्रभाव में तो नहीं हैं? बात स्त्री की आई तो आपको बता दूँ कि देव हों या आर्य, स्त्री मात्र आनन्द की वस्तु है उनके लिए। हमारे लिए माता है, पूज्य है, सम्मानित है। हम माता की अर्चना करते हैं, स्वागत करते हैं, माता का कहा मानते हैं। अब हमारी देखा-देखी आर्य-देव भी माँ पूजते हैं—दिखावे के लिए। कहीं चर्चा नहीं होती कि उनको इतनी पुत्रियाँ हुईं। और हमारे परिवार में देख लीजिए मैं स्वयं चार बहनों का भाई हूँ, चचेरी बहनें सात हैं। आपकी भी पाँच बहनें हैं। हमारी गोपियाँ कितनी प्रसिद्ध हैं—कार्य में, व्यवहार में, नाचने-गाने में, गौ पालने में। आप देव-प्रभाव में आकर किसी कन्या की हत्या की बात सोचिएगा भी नहीं।'

'आप कैसी बात करते हैं! और यदि शिशु कन्या जीवित रहती तो भी मार ही दी जाती।'

'मर गई तो मर गई। अब आप आनन्द लीजिए, सन्तान-मोह त्याग दीजिए। देखिए कैसी हवा शिशिर की बह रही है।'

कंस अधिक बोलने लगे हैं। यह भी विक्षिप्त होने का एक प्रमाण है। वसुदेव कम बोलते हैं, यह उनकी चिन्ता का साक्ष्य है। कंस मृत कन्या शिशु को सम्मान सहित भूमि में गाड़ने का आदेश देकर चले गए। लेकिन उन्हें क्या पता कि गोकुल में रोहिणी के गर्भ में वसुदेव का पुत्र पल रहा है, जिसे शेषनाथ का पूरा संरक्षण प्राप्त है और सुरक्षा भी।

वसुदेव और कालीमाया प्रसन्न हैं कि हमारी गुप्तचर व्यवस्था सफल है। और इस पर तो और इतराना चाहिए कि लगभग सभी प्रहरी चाहते हैं कि वसुदेव की सन्तान जीवित बच जाए।

हवा का झोंका तेजी से आया और फिर गति धीमी हो गई।

पाँच

आँधी, वर्षा और भादों की अँधेरी रात कष्टों, संघर्षों से होते हुए कई विश्वासी दिन

देवकी की सातवीं सन्तान कन्या थी, मृत जन्मी। कहीं कोई हलचल हुई नहीं। ऐसी कन्याएँ प्रतिदिन जीती-मरती हैं, किसे याद है इतना। हाँ पुत्र हो तो कुछ दिन चर्चा अवश्य होती है। रोहिणी पूरा गर्भ लिए प्रसन्नता से नौ माह मुस्कराती रहीं। शेषनाथ प्राय: मिलते रहते, उनके विशेष लोग रोहिणी पर दृष्टि रखते कि कहीं ऊँच-नीच न हो जाए। और पुत्र का जन्म भी हो गया। किसी के कान पर कीड़ा नहीं रेंगा। समाचार बस नन्द के परिवार और शेषनाथ तक विस्तारित हुआ। मथुरा का कोई व्यक्ति जान न पाया। जब नामकरण हुआ तब पता लगा कि आचार्य गर्ग ने रोहिणी के बालक का नाम संकर्षण रखा है। नाम कठिन है सभी राम बुलाते हैं। प्यार से रोहिणी बलराम कहतीं। बहुत सारी घटनाएँ घट जाती हैं और बाद में ज्ञात होता है कि यह तो महत्त्वपूर्ण था। बलराम का जन्म विशेष था, जहाँ शेषनाथ का संरक्षण था। नन्द गोप-श्रेष्ठ हैं, उन्हें शेषनाथ का साथ मिल गया। उनकी शक्ति बढ़ गई। कंस के पास सेना तो है लेकिन नन्दराय के पास समाज है और समाज बढ़ता ही जा रहा है। अक्रूर हों या वसुदेव, जो लोग उनसे जुड़े हैं, वे अब सीधे नन्द के सम्पर्क में हैं। यह कम बात नहीं है कि मथुरा में पूरी तरह अपना स्थान बना लेना। और कंस हैं कि बस एक लक्ष्य लेकर बैठे हैं माथा सिकोड़े।

कंस को ज्ञात हो गया कि आठवाँ गर्भ स्थापित हो चुका है। अब नींद का बोध न स्वास्थ्य की चिंता। उन्हें यह भी लगता कि उचित समय पर तलवार भी सम्भवत: न उठे। कभी लगता कि जाँघ और भुजाएँ दुर्बल हो गई हैं, जहाँ मांस ऐंठकर अपना ठोस आकार बनाता है, वहाँ अब चर्म झूल रहे हैं। लेकिन बाद इसके भी उनके शब्दों में विश्वास भरा होता। कोई सामने दिख जाए तो वे संसार के महान योद्धाओं की अग्रिम पंक्ति में स्वयं को रखते।

'केशी! प्रहरियों को कड़े निर्देश हों कि कोई बिना आज्ञा प्रवेश न करे। पल-पल की सूचना तुम्हें होनी चाहिए। किसी प्रकार का अनिष्ट होने पर मुझे अवश्य सूचित करो।'

'आचार्य गर्ग, अक्रूर, सात्यक, चित्रक के अतिरिक्त किसी का भी प्रवेश निषेध है।'

'प्रलम्ब से सलाह लेते रहना। मेरा स्वास्थ्य ठीक नहीं है। मैं अधिक वार्ता नहीं कर पाऊँगा।'

'आप निश्चिन्त रहें महाराज! कालीमाया, दंडक, रत्नमाला, प्रद्योत के होते न तो कोई वसुदेव-देवकी से मिल सकता है और न किसी प्रकार के अनिष्ट का सन्देह।'

आठवीं सन्तान प्रतिष्ठा का प्रश्न है—किसी को मारने का तो किसी को बचाने का। लेकिन महान तो वही है, जो प्राण बचाए। लेकिन कोई आतंकी के प्राण बचाना

नहीं चाहता, जो प्राणघाती है वह जीवित रहकर क्या करेगा? कंस के लिए आठवीं सन्तान प्राणघाती है। यह कैसी भविष्यवाणी है, जिसका अभी जन्म भी नहीं हुआ उसके विषय में बात करना। कितना मूर्ख है समाज! कितना मूर्ख बनाया जा रहा है! सभी मूर्खताओं के समय में जी रहे हैं। और सभी मान बैठे हैं भविष्य—चाहे जनता, चाहे राजा, विद्वान और किसान भी विश्वास किए बैठे हैं।

'एक बात पर ध्यान देना।' कंस को कुछ सन्देह है—'शेषनाथ और रोहिणी वसुदेव से मिलने न पाएँ। मुझे लग रहा है कि शेष अवश्य मिलने का प्रयास करेगा। उसके गुप्तचर भी हो सकते हैं। शेषनाथ की कालिय से शत्रुता है। और कालिय मेरा मित्र, जो ब्रज का क्षेत्र सँभाले है।'

कभी केशी के साथ, कभी प्रलम्ब, भौम, वाण के साथ बैठकर अपने भय के विषय में वार्ता करते रहते कंस। राज्य के कितने कार्य अधूरे पड़े हैं। कोई चिन्ता नहीं। न कहीं कूप खोदा जा रहा है, न कहीं मार्ग बन रहा है और न कहीं पानी एकत्र करने की युक्ति समझी जा रही है। खेती का कार्य जस-का-तस। वन पशु गाँवों की ओर भाग रहे हैं, कोई ध्यान नहीं। एक व्यर्थ चिन्ता राज के विकास कार्य में पूरी तरह बाधक हो गई है।

देवों की चाल में शुरू से ही फँस गए कंस। पहले लगता था कि कंस का आत्मविश्वास कुछ नया करेगा। लेकिन नहीं, वह तो प्राण बचाने में ही वर्षों व्यर्थ कर चुके हैं। जीवन का आनन्द भी नहीं ले पा रहे हैं। अनार्य राजाओं में सबसे मतिहीन यही कंस हैं, जिन्हें प्रजा की चिन्ता रह गई है न अपने समाज की। इतना विक्षिप्त कोई अनार्य राजा नहीं हुआ। किसी के कहने पर आने वाले कल पर विश्वास! और क्रोध! प्रजा पर से विश्वास उठता जा रहा है। कैसा समाज बन गया! यहाँ सभी शान्ति प्रिय थे, आत्मानुशासन था। कहीं झगड़ा था न रगड़ा, न कहीं छीना-झपटी। शस्त्र या उपकरण आत्म-रक्षा करते, पेट पालने के काम आते। किसी की हत्या करना कभी उद्देश्य नहीं रहा। इस भू-भाग की माटी ही ऐसी है कि जो आया समाता चला गया। यहाँ के लोग उसे उसकी पहचान के साथ अपनाते गए। कंस जैसे लोग क्या कर लेंगे? और कंस चाहकर भी कुछ कर नहीं पा रहे हैं। उनकी बुद्धि मात्र एक दिशा में कार्य कर रही है कि देवकी के पुत्रों की हत्या करो।

गर्मी के दिनों में कूप सूख गए, तालाबों में पानी समाप्त हो गया, भीषण गर्मी पड़ी थी उस वर्ष, लेकिन मथुरा नरेश को चिन्ता थी कि कब देवकी कोई सन्तान जन्मे और मैं पटक दूँ शिला पर। अकाल पड़ा था एक बार। अन्न जल का अभाव, मर रही थीं गाएँ, बिलबिला रहे थे लोग। कंस के कान तेल से भरे थे। उन्हें स्वप्न आ रहा था प्रतिदिन कि कोई छाती पर बैठा खंजर भोंक रहा है। वह कोई और नहीं देवकी का पुत्र ही है। एक बार यमुना में भीषण बाढ़ आई थी। पानी यमुना को पराजित करता गाँवों में घुस गया था। खेती व्यर्थ हो गई, फसलें नष्ट, बह-बिला गई गाएँ, मरे पड़े रहे पानी में फूल कर बैल-बछिया। कंस से मिलने आए भी थे गाँव के प्रतिनिधि। लेकिन नहीं, वे तो कभी सेनापति से, कभी वाण से तो कभी स्वयं से बतियाते। और इसमें किसी ने रुकावट डाली तो बीस दंड की मार झेले। तो बहने दो गाँव के गाँव, कंस का किला तो मजबूत

है न! सुरक्षा के लिए नावें और नाविक तैयार हैं न! क्या चिन्ता, क्यों चिन्ता इसकी-उनकी? आँधी तो प्रतिवर्ष आती है लेकिन जब आई थी बूढ़ी आँधी, तब अनेक फलदार वृक्ष ढह गए थे। छप्पर उजड़ गया था। बछिया उधराते-ढँगिलाते चली गई थी कई गाँव आगे। कंस-महल के आगे पुराना पीपल उखड़ गया था। फसलें लोट गईं। उस वर्ष अन्न के दाने हलके हो गए थे। और यह कोई समाचार नहीं था कंस के लिए कि आई है बूढ़ी आँधी, चलो कुछ शब्द ही कह आएँ प्रजा के बीच। भविष्य लेकर दिन-रात बैठे हैं। भोजन कैसे बनता और पचता है यह भी पता नहीं।

राजा की निरंकुशता पर सभा और समिति रोक लगा सकती है, सलाह दे सकती है। लेकिन कौन कंस के आगे मुख खोले, वे सभी को अविश्वासी दृष्टि से देखने लगे हैं। देवों-आर्यों ने मिलकर कंस को चौपट कर दिया है। वे अब किसी कार्य लायक नहीं रह गए हैं। देव नहीं चाहते कि अनार्यों को कोई अधिकार मिले, लेकिन विवश थे। क्या करते? लेकिन शुरुआत हो गई है अनार्यों के अधिकार पर अधिकार करने की। आर्य सदैव दृष्टि रखते और विश्वास भी कि आगे चलकर सभी अनार्य दास होंगे। सेवा करेंगे। गन्दगी साफ करेंगे। ये श्रम करेंगे और आर्य बैठे-ठाले तोंद निकाले खाएँगे। सारी सम्पत्ति आर्यों की होगी। धन हो या भाषा या कहीं ऊँचा स्थान, सब आर्यों का होगा। एक नीति के अन्तर्गत आर्यों के स्वयंवर में अनार्य भी आने लगे थे। आर्य घुल-मिलकर क्या राग अलापेंगे, क्या पता!

देवपुरुष प्रार्थना करते रहते हैं—'इस देश में तेज उत्पन्न करने वाले देवपुरुष पैदा हों। प्राण फेंकने वाले निपुण निरोग पैदा हों।...दुधारू गाएँ, तेज घोड़े, बोझ ढोने वाले बैल हों। रूपवती स्त्रियाँ, विजयी रथ, सभाओं में जाने योग्य युवा हों। जब देवपुरुष कहें तब वर्षा हो। औषधियाँ फलों-फूलों से लदी हों। हमारा कुशल हो, हमारी समृद्धि हो।' ऐसी अनेक प्रार्थनाएँ हो रही हैं और आर्य संस्कृति मानसिक रूप से आगे बढ़ रही है। अनार्य-प्रजा को कुछ नया, कुछ लुभावना, कुछ रोचक लग रहा है। कुछ जानने की इच्छा, कुछ सहायता, कुछ गुदगुदाहट, जो आर्य संस्कृति की ओर आकर्षित कर रही है। अपनी माटी-पानी से प्रेम और आदर करने वाला अनार्य समझ नहीं पा रहा है कि इस रूप के पीछे क्या छिपा है। और कंस ने तो सारी प्रतिष्ठा धोकर रख दी है। इतना पराक्रम, इतनी शक्ति, इतनी ऊर्जा का व्यर्थ मानसिक वेदना-चिन्ता में व्यय होना कितना अनुचित है!

आषाढ़ का मध्य है। पानी प्रायः बरस जाता है। खेत भर गए पानी से। पानी बिना नहीं है जीवन। कुछ खाना हो या पीना, पानी ही है आधार। और इसी बरसात में वसुदेव की मानसिक पीड़ा सिर से ऊपर हो गई है। देवकी तो मानो प्राणहीन जैसी हैं। सात मृत बच्चों की माँ! कितनी बार स्तन का दूध सुखवाई होगी माँ! जननी है, संसार चलता है माँ से, वह पोषक है हमारी। उसके बिना किसी जीव की कल्पना नहीं है। धरती पर कोई श्रेष्ठ है तो माँ है। और आज एक माँ अपने आठवें गर्भ को पालती-पोसती बिलख रही है।

और पानी बरस रहा है मूसलाधार। हवा थम गई है, कुछ देर पहले हवा तेज थी, पानी मद्धिम था। विद्युत की चमक और गर्जन में कभी वसुदेव का मुख दिखता कभी देवकी का रुदन सुनाई पड़ता। प्रकृति अपना कार्य करती रहती है। उसके लिए सभी जीव समान हैं। कंस हो चाहे वसुदेव, रत्नमाला हो या देवकी...साँप, बिच्छू, गाय, भैंस कोई भी हो प्रकृति को क्या! पानी बरसना है तो बरसना है।

'बात कुछ बनी?' देवकी जब भी बोलतीं लगता कि रो देंगी।

'अभी तक तो सब ठीक है।' वसुदेव को विश्वास था कि वे आठवीं सन्तान को बचा लेंगे—'अक्रूर और शेषनाथ ने पूरी व्यवस्था कर रखी है। आज वे आएँगे भी। शेषनाथ को प्रवेश की मनाही है लेकिन अक्रूर को नहीं। देखो! देवकी अब तुम्हें प्रसन्न रहने की जरूरत है। चिन्ता से बुद्धि हम खो देंगे और विवेक कार्य नहीं करेगा। सात पुत्र हत हो चुके हैं। अब तो मृत बच्चों को देखने का अभ्यास हो गया है।' वसुदेव की आँखें भर गईं। देवकी ने सोचा कि स्वयं रो रहे हैं और मुझे मुस्कराने को कह रहे हैं। लेकिन यही उपाय है कि हम बात करें और आगे आने वाले समय के लिए तैयार रहें। केवल सोच में डूबने से काम नहीं चलेगा।

'मुझे विश्वास है स्वामी। और इस गर्भ ने तो कोई पीड़ा ही नहीं पहुँचाई। बहुत चलता है इधर से उधर। गुदगुदी बहुत होती है। लगता है खेल रहा है, छिप रहा है। लेकिन एक भय सताता है कि समय के पूर्व कोई घटना न घट जाए। हमें इस सन्तान को बचाना ही है।'

वसुदेव को लगा कि देवकी का तनाव कम हो रहा है—'बहुत लोग अब साथ हैं देवकी! अब कष्ट कटने ही वाला है। रोहिणी के शेषनाथ से सम्बन्ध बहुत काम आ रहे हैं। उसकी मित्रता पर बहुत विश्वास है। रोहिणी के पूर्वज ऋषि कश्यप से सम्बन्धित थे। तुम्हें तो ज्ञात होगा कि कश्यप की दूसरी पत्नी कद्रू एक नाग थीं। सम्बन्ध पुराने हों या नए, यदि बने रहते हैं तो समय पर काम आते हैं। आज शेषनाथ जो नाग श्रेष्ठ हैं, बहुत बड़ी जिम्मेदारी सँभाल रहे हैं।'

'अक्रूर जी आ गए हैं, कहें तो बुला दूँ।' बन्दी रक्षक ने आज्ञा चाही।

'तुरन्त...और कौन है साथ में?' वसुदेव ने पूछा।

'वे अकेले हैं।'

देवकी का चेहरा खिल गया। विश्वास और दृढ़ होता गया। आँखें चमक उठीं—'कालीमाया कहाँ चली गईं, वह भी रहतीं तो...।'

'हर समय सभी शुभचिन्तकों का होना आवश्यक नहीं है।' वसुदेव झुँझलाए।

'मेरा अभिवादन स्वीकार हो।' अक्रूर कक्ष में प्रवेश करते ही बोले।

'प्रतीक्षा की घड़ी समाप्त! आइए, कुछ तोष दीजिए अक्रूर जी।' वसुदेव को लगा कि अब कुछ विशेष हुआ है।

'आप पूरी तरह निश्चिन्त रहें, समय की प्रतीक्षा करें। बस एक ध्यान रहे कि देवकी जी सुरक्षित रहें। वैद्य जी नियमित आते रहें और कालीमाया की पूरी देख-रेख में रहे देवकी जी। दाइयाँ तो हैं न?'

'दाई कई हैं। पर कालीमाया पर ही भरोसा है और सहारा। कोई कष्ट नहीं है अभी

तक। लेकिन अक्रूर जी कंस भैया बहुत क्रूर हैं। वे अपना अन्तिम अवसर जाने नहीं देंगे।' देवकी भी बतियाना चाहती हैं।

'इस बार कंस की एक नहीं चलेगी। उन्हें नहीं पता कि बात कहाँ तक पहुँच गई है। आप बस चिन्तामुक्त रहें, कोई तनाव न लें। पिछली बातें-घटनाएँ भूल जाएँ। यही उचित है आने वाली सन्तान के लिए।'

'शेषनाथ भी साथ आए हैं क्या?' वसुदेव ने जानना चाहा—'क्या देव भी सहायता कर रहे हैं। मैं जो देख रहा हूँ उसमें मेरा विश्वास है।'

'पूर्ण विश्वास कहें श्रेष्ठ! पूरी तरह वृष्णि एक हो चुके हैं। हम कभी भी विरोध का स्वर सार्वजनिक कर सकते हैं, लेकिन अभी हमें इस आठवीं सन्तान की रक्षा करनी है।' अक्रूर विश्वास दिलाने के पूरे प्रयास में हैं, वे अपनी योजनाएँ भी बता देना चाहते हैं—'वसुदेव जी! शेष भी चाहते हैं कि वे संघ से जुड़ जाएँ पूरी निष्ठा के साथ। वे सामाजिक व्यक्ति हैं, किसानों के हितैषी हैं।'

'कालिय कंस का मित्र है। शेष को कभी प्रतिष्ठित होने नहीं देगा।'

'यहीं तो बाधा है। कंस के लोग भी कम नहीं हैं। लेकिन कालिय का भी उपचार होगा, उसको ठीक करने की औषधि भी मेरे पास है। लेकिन अभी आप विस्तार से सुन लीजिए और आश्वस्त हो जाइए। शेषनाथ के लोग कालिय पर भारी हैं। वह केवल सोता रहता है। कंस का मक्खन चाट रहा है। उसके पास कोई गुप्तचर नहीं है तो कालिय-वालिय से आप निश्चिन्त रहें। वह भोगी है, भोग का रोग लगा है उसको। नारद की भविष्यवाणी झूठी होगी, उसकी व्यवस्था हो रही है।'

'आपकी बात मेरी समझ के बाहर है।'

'आप पूरी बात सुन लीजिए किसी कथा की तरह, जैसे देवकी जी चुप बैठी सुन रही हैं। देवकी जी आप विश्राम की मुद्रा में हो लीजिए उधर जाकर।' अक्रूर ने दूसरे कक्ष की ओर संकेत किया—'और आप भी पलथी मार लीजिए।...और यदि पुत्री पैदा हो गई तो भी व्यवस्था है।'

'स्पष्ट कहें अक्रूर जी! इतनी अबूझ बात! अब मेरा विवेक उतना रह नहीं गया है कि आधी बात सुनकर पूरा समझ लूँ।'

'देखिए! पुत्र हो या पुत्री उसे गोकुल के नन्दराय के यहाँ पहुँचाने की पूरी व्यवस्था है। वह भी रात में। यदि दिन में जन्म हुआ तो कोई प्रहरी साँस-डकार नहीं लेगा। और गोकुल की एक गोप स्त्री जिसके पाँच पुत्र हैं, छठवाँ होने वाला है, यदि उसको पुत्री हुई तो वह सहर्ष पुत्री दे देगी, जिसे हम यहाँ पहुँचाकर देवकी की आठवीं सन्तान घोषित करेंगे।

'और यदि हमारी पुत्री हुई और उस गोप स्त्री को पुत्र तो क्या होगा?'

'आप चिन्ता न करें। नन्द गोप श्रेष्ठ हैं, सावधान हैं, रोहिणी भी लगी हैं। शेष भी। सभी अपने स्तर से एक नवजात पुत्री की खोज में हैं। कई स्त्रियों से बात हुई है। वे प्रजा के हित में पुत्री की बलि देने को तैयार हैं। और नन्दराय की पत्नी यशोदा भी गर्भवती हैं।'

'ओह! बात इतनी आगे तक है। मैं कहाँ तक, किस-किस का ऋण चुकाऊँगा। ऋण से अच्छा है कि मैं पुत्रहीन ही रहूँ।' वसुदेव छत निहारने लगे—'और अक्रूर जी

भले हम देव प्रभाव में हैं लेकिन किसी अन्य की सन्तान वह भी कन्या! क्या हम वध स्वीकार करेंगे? क्या जनता हमें क्षमा करेगी? नन्दराय क्यों विरोध नहीं कर रहे हैं आश्चर्य है!'

'हम वध तो किसी का स्वीकार नहीं करते और हम कन्या की हत्या तो किसी हाल में नहीं चाहते। लेकिन अब तो आपकी आठवीं सन्तान पूरी प्रजा के विजय की प्रतीक है। हमारे साथ देव भी हैं, आर्य भी, नाग भी। कई नावें रहेंगी। हर स्थिति का सामना करने हेतु तैयारी चल रही है।'

'और नारद की भविष्यवाणी? पुत्री का समाचार उसको असत्य नहीं बना देगा।'

'सब स्वीकार कर लेंगे। उन्हें जब ज्ञात होगा तब देखिएगा उनके मुख पर स्फुटन!'

वसुदेव मुस्कराए। उन्हें लगा कि कंस की दीवार में छेद हो गया है। बन्दी रक्षक जब घात करेंगे तो कारागार का क्या अर्थ! अक्रूर ने सब बता दिया कि लट्ठ लिए उनके लोग हर कोस पर खड़े रहेंगे। पत्थर अभी से जुटाए जा रहे हैं। नावें तैयार हो रही हैं। विश्वसनीय नाविकों के साक्षात्कार हो रहे हैं। पूरी निष्ठा से लोग लगे हैं, और कंस को इसकी कोई सूचना नहीं है। यही बड़ी बात है।...और देव भी चाहते हैं कि आठवीं सन्तान की रक्षा हो, यह उनकी भी प्रतिष्ठा की बात है। नारद और आकाशवाणी की बात सच हो, यह भी कम चिन्ता की बात नहीं है।

पता नहीं कितने-कितनों की दृष्टि लगी है, इस आठवीं सन्तान पर!

आषाढ़ गरजकर मूसलाधार पानी उड़ेलकर चला गया। सावन भी अपनी फुहारी सामर्थ्य दिखाकर चला गया। इस बार न रोहिणी आई न मदिरा। वसुदेव सावनभर झींसी निहारते रह गए वातायन से। हवा की सिहरन से वे इस बार न कम्पित हुए, न बरसते जलधार से काम-सुख की इच्छा हुई। बस एक बाट जोहते रहे कि कब प्रसव-पीड़ा की सूचना मिले ठीक समय पर।...और अब भादों का महीना! गिनती में अब कोई दिन शेष नहीं—आज या कल! हर दिन प्रतीक्षा कि प्रसव पीड़ा हुई क्या?

और उधर कंस का कक्ष! न चाहने वाली स्थिति। कभी स्वप्न पूरी रात व्यर्थ कर देता तो कभी जागते हुए भी चेतना शून्य! क्या करें कंस? अब तो कोई औषधि भी कार्य नहीं करती। कभी सर्प समझ लेते किसी डोर को तो किसी प्रहरी को वसुदेव का व्यक्ति। वे कई तलवारें साथ लेकर विश्राम करते कि एक नहीं तो दूसरी काम आएगी ही। एक रात उन्होंने कई सिरहाने की रुई नोच-निकाल कर पूरे कक्ष में बिखेर दी थी, और बड़बड़ाते रहे—'देखता हूँ कौन बचाता है देवकी के पुत्र को। इस एक बालक से वृष्णि वंशियों की पीढ़ी रहेगी! अभी अपनी तलवार से सुख देता हूँ। लेकिन पूतना तो कह रही थी कि स्वादिष्ट खाद्य-सामग्री पहुँचाई जा रही है कारागार में। कौन है? पता नहीं चला! अवश्य कोई मिला है। लोभ में है। कोई अनिष्ट हुआ तो किसी को नहीं छोड़ूँगा। वैसे मेरा प्रिय विश्वासपात्र धियानी गुप्त रूप से कार्य कर रहा है। उसने अपने लोग हर मोड़ पर लगा रखे हैं। कक्ष में कालीमाया तो हैं ही। प्रद्योत, केशी, सुनाम भी तो मेरे हैं। फिर है कौन?'

कंस कभी सुरा पीकर चेतना शून्य होते कभी रेखा और कनकलता को पूरी रात नृत्य करने को कहते। उनके आगे अस्ति और प्राप्ति की एक न चलती। कंस अपने विशेष कक्ष में बिना आज्ञा प्रवेश की अनुमति किसी को नहीं देते।

...कि सूप, दौरी, छतरी और नावें हैं तैयार। भादों के प्रथम पक्ष की सप्तमी की रात। रात अँधेरी। वातायन बन्द न हो तो कोई दीप वायु से लड़ न सके। और इस बार तो अपनी सामर्थ्य के आगे बरस रहे हैं बादल, जहाँ देखो वहीं पानी। वायु ने भी सोच रखा है कि देखूँ कौन जीत जाता है—मैं या पानी। कंस पूरी रात सो न सके। कभी मदिरा पीते कभी कनकलता से मटकने को कहते। एक भिन्न प्रकार की बेचैनी!

और कारागार में वसुदेव-देवकी। यहाँ भी भिन्नता है। कल की तरह आज की रात नहीं है।

'मैं चैन से नहीं हूँ। पीठ के निचले भाग में हलकी पीड़ा हो रही है। कुछ संकुचन भी है।' देवकी के सिर में पीड़ा भी हो रही है, दृष्टि में भी परिवर्तन है।

'तुम तो अनुभवी हो। सम्भवत: प्रसव का समय आ गया है। लेकिन तुम इस बार बिल्कुल शान्त और तनावमुक्त रहो।'

'मुझे भी लग रहा है कि प्रसव-पीड़ा का प्रारम्भ होने वाली है।'

'मैं पहले कालीमाया से कह दूँ। वे अपने लोगों को सूचित कर देंगी। यह सूचना शीघ्र अक्रूर के पास पहुँचनी चाहिए।'

'आप शीघ्र जाइए। विलम्ब ठीक नहीं।'

वसुदेव ने कालीमाया और दंडक को सूचना दे दी। दंडक अपनी सूचना व्यवस्था में लग गया और कालीमाया अपनी दाइयों के साथ वसुदेव के कक्ष में। प्रसव-पीड़ा की सूचना इतनी गोपनीय थी कि निकट के व्यक्ति को भी पता न चले। सब मुस्कराते हुए चुप हैं, और संकेतों में बातें भी हो रही हैं।

'कभी शौच जाने की इच्छा हो रही है, कभी मूत्र त्यागने की। आज नींद भी नहीं आई।' देवकी ने कालीमाया से कहा और भावुक हो गईं। उनकी मनोदशा में भी परिवर्तन दिख रहा है।

कालीमाया ने एक दाई को पेट सहलाने और दूसरी को सिर में अँगुली फेरने को कहा। पानी भी गरम हो रहा है। सभी के चेहरे पर प्रसन्नता है, जैसे विजय का भाव हो। यह मुस्कान देख देवकी के भीतर कुछ साहसी भाव खिल जाता है। कालीमाया ढाढ़स बँधाती हैं।

'दूध और घृत तो है न?' कालीमाया ने वसुदेव से पूछा।

'हाँ है। क्या करूँ, दूध गरम कर दूँ?'

'आप क्यों करेंगे, अब आप शान्त रहिए। दाई गरम करेगी। दूध में घृत मिलाकर पिला दूँ तो आराम मिलेगा। भोर होने के बाद जब सूर्य का उदय होगा तब तक जो स्थिति हो! हाँ हमें हर स्थिति में प्रसव की बात छिपानी ही होगी, जब तक अक्रूर जी का आदेश न हो। कोई सूचना-घोषणा नहीं होगी।'

वसुदेव इधर से उधर टहलने लगे। देवकी से ज्यादा मानो वे ही पीड़ित हों। वे डर रहे हैं कि कहीं कोई प्रहरी कंस को सूचित न कर दे!

'सभी अपने हो गए हैं। आप बस देवकी जी को कोई कथा सुनाइए।'

गर्भाशय की ग्रीवा पर गीला पदार्थ आ गया है। यह देवकी जानती हैं या कालीमाया। वसुदेव को तो कथा सुनानी है—'अच्छा सुनो देवकी! एक कथा सुनाता हूँ कि एक था कृषक उसके पास बहुत सी गाएँ थीं, वह दुखी था कि गाएँ दूध कम गोबर अधिक करती हैं। वह खेतों में गोबर डालकर खेत को उर्वर बनाने लगा।'

'मुझे अच्छा नहीं लग रहा है। आप उस कक्ष में जाइए। मैं कालीमाया से बतियाऊँगी।'

वसुदेव चले गए।

भोर हो गया है। कौए ने काँव-काँव करना शुरू कर दिया है। कारागार की गाएँ अँगड़ाई ले रही हैं। कुत्ते सो गए हैं। वसुदेव की भी आँख लग गई है। सम्भवत: कंस भी आज दिन चढ़ने तक सोते रहे। एक तीव्रता लेकिन देखने में गति धीमी, बिना ध्वनि के बढ़ते पग। चुपचाप सारे उपकरण हो रहे प्रयोग। कोई किसी से बोल रहा है न दृष्टि गड़ाकर देख रहा है। जैसे सबके लिए कुछ न कुछ जरूरी हो। लगता है कि सब बहुत कुछ जानते हुए भी अनजान हैं—चाहे प्रहरी, चाहे सेवक या विश्वासघाती गुप्तचर।

अष्टमी का प्रात:काल सुखद है, और कभी भी पानी बरस सकता है। घनघोर बादल छाए हैं। पानी तो जैसे फूट पड़ा हो। कई वर्षों बाद ऐसी मूसलाधार बरसात! मार्ग पर बहती जलधार से किसी के आने-जाने की आहट छप-छप से होती रहती। कहीं वृक्ष ढहे हैं तो कहीं छप्पर औंधा पड़ा है। कहीं गाएँ सिकुड़ी हैं तो कहीं भैंस मस्त पगुरा रही है, लेकिन उसे भी अच्छी नहीं लग रही है इतनी तेज होती बरसात! कभी-कभी जब पानी अधिक तेज हो जाता तो सामने का घर भी धुँधला दिखता, दूर तक श्वेत पानी की लम्बी चादर आसमान से धरती तक! और यह बरसात आज के दिन बहुत लाभकारी हो रही है। इसी बरसाती पानी के धुँधलके में बहुत से आवश्यक कार्य गुप्त रूप से होने हैं।

अक्रूर के चेहरे पर गहरी मुसकान है। दंडक कंस का व्यक्ति है, लेकिन वह भी चाहता है आठवीं सन्तान रहे इस संसार में और देखा जाए उसका रूप-रंग, उसका कुछ नहीं बिगड़ेगा। अनमने मन से वह इधर-उधर दृष्टि फेर लेता है और चौकस रहने का अभिनय भी करता है। कालीमाया समझ गईं कि यह साथ है लेकिन उजागर होकर नहीं। ऐसे अनेक प्रहरी साथ हैं—भीतर ही भीतर।

'यहाँ का क्या समाचार है कालीमाया?' अक्रूर ने पूछा।

'यहाँ की चिन्ता न करें। सभी साथ हैं। इतनी धुआँधार बरसात में कोई नहीं आएगा। रत्नमाला, प्रद्योत, प्रलम्ब, केशी सब पानी का सुख ले रहे हैं। कहाँ मिलेगा इतना अच्छा भादों।' कालीमाया बहुत प्रसन्न हैं।

'एक सूप, एक दौरी ले आया हूँ। शिशु को उसमें छिपा कर वसुदेव को कक्ष से बाहर होना है। द्वार के पास ही मेरा एक व्यक्ति साथ हो जाएगा। उसके पास छतरी भी है। लेकिन अभी प्रसव में कितनी देर है?'

'मैं समझ गई श्रेष्ठ।'

'अरे प्रसव का समय तो बताओ!' अक्रूर को शीघ्रता है।

'कोई पल-पल की सूचना प्रसव हेतु बता सकता है भला! कहिए तो पेट-चीर का निकाल दूँ। फिर सिल दूँ देवकी का उदर। आप जाइए! जब सब तैयारी है तो घबराने की क्या बात। शीघ्रता से बात फूट जाएगी और कोई अनिष्ट हो जाएगा। लेकिन आज रात नहीं बीतेगी। पीड़ा बहुत अधिक है, दाइयाँ लगी हैं।'

अक्रूर आश्वस्त हो वापस चले गए। अब वे भागे नदी तट की ओर। अभी दूसरा पहर ही है, दिन के तीन पहर शेष हैं। उन्होंने देखा छतरी ओढ़े और छिपे हुए हर सहस्त्र पग पर एक उनका व्यक्ति। वृक्ष पर दिशा की ओर संकेत करता एक संकेत रूपी व्यक्ति का रेखाचित्र। 'धन्य हो! क्या व्यवस्था है मेरी!' अक्रूर के मुख से निकला, वे अपनी ही प्रशंसा करने लगे हैं। नदी के किनारे वाले वृक्ष पर नदी का संकेत और नाव का भी। अक्रूर किसी से बोले नहीं, नयनों से संकेत करते आगे बढ़ गए।

'आप इतनी भाग-दौड़ क्यों कर रहे हैं भ्राता श्रेष्ठ?'

'प्रसव कभी भी हो सकता है। मैं पूरी व्यवस्था भी देख आया हूँ। अरे भाई! यह प्रतिष्ठा ही नहीं, हम सब के प्राणों की भी बात है। बात फूट जाएगी तो हम सब बचेंगे क्या! आठवीं सन्तान के साथ हम सभी...।'

'पूरी शक्ति झोंक देगा कंस हमारे ऊपर।'

'शेष जी आवश्यक बात हो जाए। समय नहीं है। इसके बाद हम सलाह नहीं कर पाएँगे।'

'जी।' शेषनाथ कुछ देर ठहरे, फिर बोले—'नदी की ओर देखिए भ्राता। सात नावें हैं। पाँच तो दिख रही हैं। नावों पर छतरियाँ भी हैं और पत्थर के टुकड़े भी। लाठी में पत्थर बाँधकर गदा की तरह बनाया गया है, वह भी है। नाविक और रक्षक तैयार हैं। नदी के किनारे भी कई व्यक्ति अपने युद्ध उपकरणों के साथ आड़ लेकर बैठे हैं। नदी के उस पार नन्दराय, आचार्य गर्ग, सुनन्द जी और उनके कई विश्वासपात्र साथी छिपे बैठे हैं। नन्दराय के पास एक कन्या शिशु है। यह कन्या एक गोप स्त्री की है। वह सप्तमी को यानी कल पैदा हुई थी। मैं पूरी रात सोया नहीं हूँ। आप जाइए। मैं किसी को अपनी जगह बैठा कर एकाध पहर विश्राम करूँगा। पता नहीं आज रात भी जागना पड़े।'

अक्रूर क्या बोलें, वे भी तो सोये नहीं हैं—'मैं आश्वस्त हुआ शेष जी! एक बात मैं आपको बता दूँ कि आप भी मेरी ओर से निश्चिन्त रहें। आपको प्रसन्नता होगी कि देवों ने कुछ आर्यों को लेकर, उसमें कई नारद भी हैं, पूरे वसुदेव-कारागार को घेर लिया है। यह सूचना किसी को नहीं है, बस मैं जानता हूँ। और दूसरी बात, देवों की ओर से योगिनी ने रूप बदलकर वसुदेव के कक्ष में आना-जाना प्रारम्भ कर दिया है।

उसकी कई सखियाँ भी लगी हैं—विजया, वैष्णवी, चन्द्रिका सभी आठवीं सन्तान की एक झलक देखना चाहती हैं। यह प्रचार का ही परिणाम है।'

'बुद्धि रहेगी तो महाबली मूर्ख पर भी विजय पाई जा सकती है।' शेषनाथ हँसे।

'बस ध्यान यह देना है कि कोई हत्यारा छिपा बैठा न हो। हम प्रकृति से बच जाएँगे लेकिन घाती से नहीं।'

पानी कुछ देर के लिए बन्द हो चुका है। मार्ग पर पानी कम कीचड़ अधिक है। समय जैसे आज बीतने में देर कर रहा है। शीघ्र ही रात होती और देवकी गर्भ से छुटकारा पा लेती। लेकिन सोचने से कुछ होता नहीं ऐसे समय पर, इसका एक समय है जो समय पर हो जाता है।

अभी अष्टमी तिथि का दिन बीता है, रात नहीं। अक्रूर वसुदेव कक्ष के समीप ही है। पानी अभी-अभी बरसना शुरू हो गया है। लगता है प्रहरी जान गए हैं कि देवकी को प्रसव-पीड़ा हो रही है। कूँथ-कराह छिपाने के लिए एक दाई गीत गा रही है। वसुदेव तैयार बैठे हैं अपनी दौरी के साथ। एक लाठी भी सिर के बराबर की साथ में रख ली है, फिसलने से बचने के लिए।

पानी कह रहा है कि मैं ही हूँ आज यहाँ का स्वामी। विद्युत की चमक-गर्जन से क्षणभर का भय व्याप्त है। बीत गया है रात्रि का प्रथम पहर भी, और देवकी को घेर कर दाइयाँ बैठी हैं। कालीमाया की काया चंचल हो गई है। एक भिन्न प्रकार का वातावरण। हवा तेज है। दीप जलाए रखना कठिन हो रहा है। बाहर ओसारे में अलाव जल रहा है, वह भी किसी तरह। हवा से आग की लपटें लोट रही हैं, कभी नृत्य करती लग रही हैं। सबको कुछ न कुछ फुसफुसाने-बतियाने का मन कर रहा है।

'कुछ न कुछ बोलती रह रेतुलिया।' कालीमाया ने धीरे से डाँटते हुए कहा।

'चल रे एक लय तू गा एक लय मैं गाऊँ।' सुघरी बोली।

'और गर्भ पर भी ध्यान रहे। नहीं तो पीटकर पीठ पर साँट उभार दूँगी।' कालीमाया ने सचेत किया।

दुलारी, झरनी भी लय में लय मिला लेतीं लेकिन इनका पूरा ध्यान देवकी पर है।

प्रहरी समझते हैं कि आज मस्त हैं दाइयाँ। पानी बरस रहा है, यही कारण हो सकता है मस्ती का।

'ए मन्कई! झरनी बड़ी मस्त है रे!' एक प्रहरी बोला।

'हमें तो दुलरिया अच्छी लगती है रे!' गोगी ने ओठ काटते हुए कहा।

'रैतुलिया क्या बुरी है?' कलिका दूर खड़ा है, बोली सुनकर निकट ही आ रहा है।

'हमें तो लगता है कि आज बच्चा हो जाएगा।' मन्कई ने सन्देह उगल दिया।

'चुप ससुर के! कोई सुन लेगा तो अनर्थ हो जाएगा। कलिका ने डाँटा—'हमें चुप ही रहना है। जो हो रहा है, हो। जब हमें कुछ संकेत मिलता है, तब हम आगे कुछ करेंगे, समझे अबूझदास!'

'मैं नाटक अच्छा कर लेता हूँ।' गोमा मुसकराया।

'चुप-चुप!' कलिका ने फिर डपट पिलाई और एक चपत पीठ पर भी धर दी।

सबको पता है कि करना क्या है। सभी चाहते थे कि इतना सब हुआ, अब यह शिशु तो बच जाए। प्रहरी योजना नहीं जानते थे। बस उन्हें शान्त रहना है। लेकिन कुछ देखने कुछ बोलने की उत्सुकता सबको है।

'यहाँ क्यों हैं देव? आप तो देव अक्षतानन्द है न?' रणेन्द्र देव ने एक देव को वसुदेव के कक्ष में वातायन से झाँकते देखा तो कहा।

'मैं तो देख रहा हूँ कि क्या हो रहा है भीतर।'

अक्षतानन्द ने पूछा, 'तुम पुष्प लिये हो!'

'हाँ पुष्प है और यह मेरा मित्र तरुण देव है। यह भी पुष्प के साथ है।' रणेन्द्र की आँख अपने मित्र की ओर उठ गई।

'चुपचाप खड़े रहो, नहीं तो और भी देव देवकी की इस सन्तान को देखने के लिए आ धमकेंगे। कंस को सूचना हो गई कि कारागार के पास देव हैं तो समझो क्या गत होगी हमारी!'

'कंस चाहकर भी अब कुछ नहीं कर सकते। उन्हें अभी कोई सूचना देकर देख ले। इसी बरसते पानी में भागते आएँगे तो अवश्य, लेकिन अपने घुटने तुड़वा लेंगे। कहो कटि न टूट जाए।'

'वह कैसे भाई?'

'अरे उनकी मानसिक स्थिति नहीं देख रहे हैं! ऐसे पगलाए भागे आएँगे कि चेतना खो देंगे, भय भी तो साथ लगा रहेगा। कीचड़-पानी में बिछल नहीं जाएँगे!'

'कहो मार्ग में ही हृदयगति न रुक जाए।'

'हास छोड़ो चुपचाप देखो! शिशु होगा तो पुष्प वातायन से अर्पित कर देंगे।' अक्षतानन्द ने चुप कराया।

'हाँ, यह शिशु तो हमारे लिए गौरव है, इसका जीवित रहना ही हमारी जय है।'

कक्ष के बाहर चुप्पी छा गई। ध्वनि है तो पानी की, और है हवा की साँय-साँय। लेकिन चिन्ता है। एक प्रतीक्षा है। जो व्यवस्था सँभाले हैं उनसे पूछिए। क्या घट रहा है उनके मस्तिष्क में? एक छोटी-सी भूल भी दो कौड़ी का बना देगी। कंस कोई चिह्न शेष न छोड़ेंगे। और वे नहीं चाहते कि कहीं त्रुटि हो अनजाने से भी। आज की रात परिवर्तन की रात है। लेकिन इतना शीघ्र नहीं होता परिवर्तन। कंस जब तक जिएँगे, सुख-चैन से नहीं रहने देंगे विरोधियों को। लेकिन यह भी सत्य है कि यदि यह शिशु बच गया तो कंस की मानसिक पराजय होगी और विजय जनता की, जो वसुदेव की समर्थक है। अक्रूर को ज्ञात हो गया है कि भीखम नाम का एक प्रहरी कालीमाया का बहुत विश्वासी है, वही साथ रहेगा वसुदेव के, अन्त तक। उसे मार्ग का ज्ञान भी है।

ओसारे में बैठे अक्रूर बोले—'आज की रात इसी कारागार के ओसारे में कटेगी क्या?'

'पानी बन्द नहीं होगा तो घर जाएँगे कैसे?' सात्यकि ने प्रहरियों को सुनाकर कहा, कि वे जान लें कि पानी बरसने के कारण हम फँस गए हैं।

'चलो भाई आज कारागार की रात ही सही...।' चित्रक ने गहरी साँस ली, और प्रहरियों की ओर देखने लगे। प्रहरी तो जानते ही थे कि किसी प्रयोजन के कारण ही ये श्रेष्ठ यहाँ विराजमान हैं। और क्या है अभिप्राय लगभग सभी को पता है, और कंस के कठोर आदेश के बाद भी चुप हैं, दृष्टि घुमाए रहते हैं किसी अन्य दिशा में।

'मेरी तो कल्पना में नहीं था ऐसी व्यवस्था हो जाएगी।'

'जब चीजें सार्थक होती चलती हैं तो मार्ग बन ही जाता है।'

'लोगों का स्वीकार भी होना चाहिए।'

'सही है, अकेले आप क्या कर लेंगे!'

'मिट्टी तो खोद ही लेंगे।'

'बात गाय दुहने की नहीं है। व्यवस्था से लड़ने की है। हँसी नहीं है।'

'अरे थोड़ा मुस्करा भी लो भाई! सब अनुकूल है तो चिन्ता में रक्त क्यों जलाएँ?'

पानी आज बन्द नहीं होगा, उसे आँधी का साथ मिला है। विद्युत भी मित्रता निभा रही है। लगता है कि सभी आज की योजना में सम्मिलित होने के लिए आतुर हैं। और यमुना के तट पर शेषनाथ की बढ़ती चिन्ता कि रात का पहर दूसरा है और कोई सूचना नहीं। अब तक तो प्रसव हो जाना चाहिए। कहीं प्रसव में कठिनाई हो रही है क्या? कहीं सातवीं सन्तान जैसी स्थिति तो नहीं बन गई? लेकिन ऐसा कुछ सम्भव नहीं है, कालीमाया योग्य हैं और उनके साथ दाइयाँ भी प्रसव की विशेषज्ञता रखती हैं। कोई ऐसी बात होती तो वैद्य जी प्रारम्भ में ही बता देते। सबकी सार्थक दृष्टि में स्वस्थ गर्भ में पल रहा है बच्चा देवकी का। और अब अन्तिम क्षण में अनिष्ट होने का सन्देह क्यों हो रहा है? हो सकता है वसुदेव आ रहे हों। पानी-कीचड़ से विलम्ब तो होगा ही।

नावें तैयार हैं। तट पर लगी हैं। नाविक लम्बा-सा बाँस, जिसे वह लग्घा कहता है, लिए बैठा है। इसी लग्घे से वह नाव को तट से मुक्त करा देगा। दो नाविक पतवार थामे बैठे हैं। साथ में चलने वाली नावें भी चौकस हैं। बस देर है तो वसुदेव के आने की।

...और यह मध्य रात्रि! पानी और तेज हो गया। निकट के गाँवों से छप्पर या दीवार के ढहने की ध्वनि आ रही है—धाँय!

...और देवकी के कक्ष की हलचल बढ़ गई है। सभी दाइयों ने देवकी को घेर लिया है। वसुदेव अपने कक्ष में तैयार बैठे हैं। प्रहरियों को मानो कुछ ज्ञात ही नहीं, कान बन्द हैं सबके, मुँह से आवाज भी नहीं निकलती। विद्युत की चमक से पूरे कारागार में प्रकाश हो गया है, आँखें चौंधिया गई हैं। विद्युत गर्जना इतनी तेज कि जैसे कोई महल ढह गया हो।

'शिशु का सिर बाहर आ रहा है।' कालीमाया ने धीरे से कहा।

'देवकी जी थोड़ा प्रयास कीजिए। बल लगाइए, नीचे की ओर गर्भ को ढकेलिए देवकी जी!...धीरज रखिए धीरज!...बस थोड़ा और...।', रैतुलिया, दुलारी, झरनी सब लगी थीं। पानी गरम हो रहा है। प्रसव के बाद के सभी उपकरण तैयार हैं।

...और यह आठवीं सन्तान!

'कालीमाया! पुत्र है! पुत्र!!' रैतुलिया ने कालीमाया को बाँहों में भर लिया। सभी दाइयाँ नृत्य करने लगीं। शिशु के रोने से वसुदेव भी जान गए कि हो गई देवकी गर्भ से मुक्त। शिशु की प्रथम ध्वनि का स्वर इसी बरसते गरजते पानी-विद्युत में सभी ने सुना। विद्युत चमकी और वातायन से झाँक रहे देवताओं ने भी देखा।

'दुलारी कितना मटक रही है।' मन्कई ने धीरे से कहा।

'चुप! सावधान! बोलना मना है। सब जानते हुए भी महटियाना है। समझे उलूकदास!' कालिका ने डाँटते हुए मना किया।

कालीमाया ने प्रहरियों की ओर कोई ध्यान नहीं दिया। वह जानती थी कि भीखम तैयार है और सभी मौन रहकर अपने कार्य में लगे हैं।

'यहाँ क्या नाच रही है बुजरी! चल शिशु को स्वच्छ कर!...अरे तू का थिरक रही है चूतड़ उठाय के! चल नार काट!...मुँह अँगुली से स्वच्छ किया! इस वस्त्र से पोंछ ठीक से।' कालीमाया के पाँव भूमि पर नहीं हैं, प्रसन्नता अड़ाती नहीं!

'पोंछ तो दी हूँ!' दुलारी बोली।

'अरे ठीक से स्वच्छ कर सुघरी और शीघ्र...अति शीघ्र।' कालीमाया में विद्युत सी चपलता आ गई है, और शिशु स्वच्छ हो रहा है।

वातायन से देवता झाँक रहे हैं। एक झलक देख लेने की उत्सुकता है। अक्षतानन्द ने देखा कि उनके पीछे कई देवता खड़े हैं। सभी पुष्प लिए हैं। अक्षतानन्द ने संकेतों से ही कह दिया कि 'इसी वातायन से पुष्प अर्पित कर अन्तर्धान होइए और अपने कार्य में लग जाइए!' कालीमाया ने देखा कि पुष्प वातायन से आ रहे हैं। वे मुस्कुराई। विजय का शुभ संकेत! और उत्साह की पराकाष्ठा! अब कोई अवरोध भी गतिभंग नहीं कर सकता।

योगिनी, विजया, वैष्णवी, चन्द्रिका भी कक्ष में हैं। वे प्रसव के विषय में जानती नहीं हैं। लेकिन प्रहरियों का ध्यान हटा रही हैं। और प्रहरी नयन सुख ले रहे हैं। इतनी सुन्दर और सौष्ठव युक्त स्त्रियाँ भला वे कहाँ देख पाते। देव-स्त्रियों के चंचल चितवन, लचकती कटि, ठोस कुच, स्फुटित ओष्ठ, खुले केश, गौरवर्ण इस मूसलधार बरसात को भी पराजित कर काम-सुख को जैसे आमंत्रित कर रहे हों। प्रहरी मन-ही-मन सौन्दर्य-सुख से भीग रहे हैं।

'अरे उधर कहाँ जा रहे हैं। दौरी इधर लाइए शीघ्र!' कालीमाया ने वसुदेव को भी डाँटते हुए ही कहा।

'जी माया!' वसुदेव के पास शब्द हैं न चेत! बस ऐसे ही हाथ-पैर कार्य कर रहे हैं, जैसे वे किसी अन्य के आदेशों से बँध गए हों।

शिशु को सबने देखा! स्वस्थ और साँवला! मुख पर तेज, एक लुभावनी आभा!

वसुदेव के सिर पर दौरी! उसमें शिशु वस्त्रों से आधा ढका हुआ। भीखम साथ में है। प्रहरियों ने नाटक शुरू कर दिया है।

'सो जा मन्कई!' कालिका ने कहा और मन्कई सो गया भूमि पर। गोगी ने देखा कि कालिका सो रहे हैं, वह भी लुढ़क गया। देखा-देखी सब नींद में होने का

अभिनय करने लगे। चारों ओर चुप्पी छा गई। पानी की बरसती जलधार भी मद्धिम हो चुकी है।

कालिका ने मन-ही-मन हाथ जोड़ लिए कि जाइए वसुदेव जी, आज आपके भविष्य की परीक्षा है। कालीमाया हाथ जोड़े देर तक मुस्कराती रहीं। अभी उनके हाथ भीगे ही हैं। सभी दाइयाँ और योगिनी की सखियाँ भी अभिवादन करती शुभ होने की इच्छा कर रही हैं।

भीखम ने द्वार खोल दिया। वसुदेव एक हाथ में दंड लिए, दूसरे हाथ से दौरी सँभाले कारागार से बाहर आ गए।

पाँव की गति तेज हो गई। पानी बन्द हो चुका था, फिर भी भीखम ने छतरी शिशु के ऊपर तान दी है। 'शीघ्र श्रेष्ठ शीघ्र...।' भीखम बोलता जाता। कुछ ही दूर पर रथ खड़ा था। घोड़े भीगे थे, लेकिन किसी व्यक्ति से तेज तो चल सकते थे।

रथ आगे बढ़ गया।

'लीजिए श्रेष्ठ यमुना का तट आ गया।' रथ हाँकने वाले ने रथ रोक दिया।

रथ देखते ही शेष दौड़े आए—'इतना विलम्ब! शीघ्र बैठें नाव में वसुदेव जी!' शेष की घबराहट स्पष्ट हो रही है। चिन्ता थी कि भोर न हो जाए। शेष भीखम को यहीं ठहरने को कह कर नदी के जल में उतर गए। कई नावों ने तुरन्त वसुदेव की नाव को घेर लिया।

पानी फिर बरसने लगा। हवा भी थोड़ी-बहुत झुरुकने लगी। नदी में थोड़ी-सी बहती हवा भी लहर-भय पैदा करती है। शेषनाथ दौरी के ऊपर छतरी तानकर शिशु को हवा-पानी से बचा रहे हैं। वसुदेव विश्वास भरी दृष्टि से शेषनाथ को निहार रहे हैं—'कैसे उतारूँगा यह ऋण शेष!' वसुदेव ने मन-ही-मन कहा और यमुना की लहरों का अभिवादन करने लगे कि हे लहर माई शान्त! शिशु को उतार लूँ उस पार तब भले मुझे अपनी बाँहों में लपेट मेरे प्राण हर लेना, लेकिन यह शिशु तो सबका है। वसुदेव निर्जीव वस्तुओं को भी प्राणवान मानकर बतियाने लगते। मार्ग में जो वृक्ष खड़े हैं, उन्हें लगा कि ये प्रहरी हैं हमारे। और यह वायु तो मेरी सहोदर अनुजा है। यह यमुना मेरी माई है, ये क्यों नहीं साथ देगी। इस भूमि का कण-कण प्राणवान है, मूर्तिमान है।

...और यह रहा गोकुल का तट। हरा-भरा क्षेत्र कि देखते बनती है प्रकृति की सुन्दरता, जैसे सभी वनस्पतियाँ मुस्करा रही हों, और गाएँ बतिया रही हों।

यमुना के तट पर खड़े हैं छतरी ताने नन्दराय, सुनन्द, एक गोपिका, आचार्य गर्ग और कई गोप। बैलगाड़ियाँ तैयार हैं। कालिय से निपटने के लिए लाठी से युक्त गोपों की प्रसन्नता भादों के अँधेरे में भी स्पष्ट हो रही है। वसुदेव ने नन्दराय के हाथ से एक कन्या शिशु को प्राप्त कर लिया, वह भी दौरी में ही थी। वसुदेव के पुत्र को गोपिका ने गोद में भर लिया, वह तुरन्त अपना स्तन शिशु के मुख में लगाने लगी।

'तुम सिसक क्यों रही हो?' गोपिका को रोते देख नन्द बोले।

गोपिका ने कुछ नहीं कहा। नन्दराय फिर बोले—'तुम चिन्ता न करो तुम्हारी पुत्री जीवित रहेगी। पूरी योजना तैयार है। कंस मार न सकेगा।'

बैलगाड़ियाँ चल पड़ी, और वसुदेव भी पुनः मथुरा के तट की ओर नाव में बैठ गए। एक दृष्टि गोकुल की ओर, दूसरी मथुरा की ओर।

यमुना की तेज जलधारा अपनी प्राकृतिक गति से प्रवाहित अपनी दिशा की ओर...लहरें! और पीछे से आती कई लहरें!!

एक नाटक सिद्ध हुआ।
मंच की जो यवनिका खुली थी
वह अभी-अभी गिर गई है

नाटक समाप्त हो गया है। अब सभी अपने वास्तविक चरित्र में हैं।

चौकस, अपना कार्य निष्ठा से करते प्रहरी, जैसे वे ही हों कर्तव्यनिष्ठ। जागते बन्दी रक्षक और बन्द द्वार किसी अनहोनी के न होने के प्रमाण जैसे हैं। वसुदेव रोती हुई देवकी के निकट है। दिन का प्रथम प्रहर प्रारम्भ होने वाला है। कालीमाया और दाइयाँ बैठी हैं, जैसे उन्हें कोई कार्य करना ही न हो। लेकिन अभी थोड़ा उनका अभिनय शेष है, वे उदास हैं, नहीं यह तो रोनी सूरत बनाने का अभिनय है, नहीं तो कंस को सन्देह हो जाएगा कि कहीं कोई मिलावट है।

वसुदेव अपनी सात सन्तानें खो चुके हैं। वे किसी का प्रसव ठीक से देख नहीं पाए। यह आठवाँ पुत्र उनकी आँख से होता हुआ गोकुल पहुँचा। वे सोचने लगे—कैसे दाइयों ने शिशु की झिल्ली को हटाया, पोंछा और गुनगुने जल से तुरन्त नहला दिया। पहली बार किसी शिशु को प्रथम-स्वच्छ होते देखा है। फिर तैल भी लगा रही थी दाई, मानो उसे सौन्दर्य की परीक्षा में जाना हो।

'एक षड्यंत्र को छिपाने के लिए दूसरा करना पड़ता है। यह मुझे अच्छा नहीं लगता।' वसुदेव बोले।

'यह आवश्यक था स्वामी। सत्य के हित में झूठ नहीं होता झूठ।' देवकी के आँसू सूख रहे हैं।

'दूसरा संकट तो खड़ा हो गया न।'

'क्या?'

'कन्या की हत्या होगी हमारे सामने।'

'लेकिन आप तो कह रहे थे कि योजना बनाई जा चुकी है बचाने की।'

'योजना विफल भी हो सकती है। कब क्या हो जाएगा क्या पता! गोकुल जाते समय ऐसा वातावरण हो गया था कि मैं वस्त्र भी ठीक से ठीक नहीं कर पा रहा था। देखना अभी, जब कंस भाई सुनेंगे कि तुमने जना है कन्या तो उसकी चेतना शून्य हो जाएगी, और उनको भी वस्त्रों का ध्यान नहीं रहेगा। कहो कृपाण ही भूल जाएँ कंस और रिक्त म्यान ही लेकर भागे चले आएँ—ठेहुन फोड़ते, दाँत पीसते। हड़बड़ाहट में कुछ भी हो सकता है।'

'मन जब भारहीन हो जाता है, तब अधिक बोलने का मन करता है।'

'एक गोप नाव पर कह रहा था कि नारद मिल जाएँ तो पीटकर धर देंगे। वही

जानते हैं ससुर कि पुत्र होगा कि पुत्री! बहुत मूर्ख बनाया नारद ने। बिना अर्थ के वसुदेव जी को बन्दी बनवा दिया। और कई शिशुओं की हत्या! क्या कोई माई का पुत्र बता सकता है कि हम क्या खाए हैं। पेट में क्या है नारद बता दें तो जानें हम भी। जीवनभर उनका गोबर पाथेंगे।'

वसुदेव के मुख पर मुस्कान फैल गई।

'चलूँ प्रहरी को कह दूँ कि सूचना दे दो कि कन्या हुई है देवकी को।' वसुदेव ने लम्बी साँस ली।

'अरे थोड़ा ठहर जाइए! अपना दूध तो पिला दूँ।'

'दूध कहाँ अभी उतरा होगा!'

'बच्ची मुँह तो हिलाएगी, जीभ चलाएगी तो लार बनेगा, और मुझे माँ का सुख!'

और देवकी को निहारते रहे वसुदेव।

'महाराज की जय हो! देवकी जी को कन्या हुई है।' प्रहरी ने सिर झुका लिया।

'कन्या! स्त्री! अरे यह क्या!' कंस ने अपना उत्तरीय देखा न अपनी तलवार। वे दौड़ पड़े कारागार की ओर, हाँ बँधी थी म्यान उनकी कटि में। अष्टमी की रात, भोर होने में अब समय नहीं है, और चमकती विद्युत। बरसते पानी में पागल की तरह एक ही दिशा में तीव्र पग बढ़ाते कंस को कोई आभास नहीं था कि प्रहरी है कि अनुचर। यह मेरा धियानी है या कोई और। कंस केशी, प्रलम्ब, चाणूर को भी कहना भूल गए कि आ गया मेरा असली शत्रु एक शिशु, जिसके भय से कई रातों की नींद और दिन का आनन्द व्यर्थ हुआ है।

पूतना को ज्ञात हो गया था कि उसने जन्म ले लिया है जिसकी प्रतीक्षा थी। उसको भी अपनी उपस्थिति दिखानी है कारागार में।

...और योगिनी भी तैयार है अपनी विजया, वैष्णवी, चन्द्रिका के साथ। वह चाह रही है कि पानी बरसता रहे और चमकती-गरजती रहे विद्युत। दाइयाँ कितनी हैं, किसके आदेश से हैं, यह कंस को ज्ञात नहीं। पूतना समझती थी कि कालीमाया को जो करना है करें, हमें क्या कष्ट? आ बैल मुझे मार क्यों करें हम? और कालीमाया ने संकट आने पर उत्तर तैयार रखा है कि 'मैं क्या जानूँ कि ये तीन स्त्रियाँ किसके आदेश से हैं। ये निर्भीक स्त्रियाँ अवश्य रत्नमाला के आदेश से ही होंगी, इसी कारण निडर हैं।' सब अपना बचाव भी सोच रहे हैं लेकिन आज योगिनी की परीक्षा है, और वह जानती है कि कंस शिशु को शिला पर पटक कर मारते हैं।

'कहाँ है आकाशवाणी की भविष्यवाणी का सत्य! मैं प्राण लेकर निश्चिन्त हो जाऊँ।' यह सोचते कीचड़ से सने, पानी से भीगे, बिना उत्तरीय के विक्षिप्त से कंस ने कारागार में प्रवेश किया।

'कहीं भागी नहीं जा रही है यह कन्या!' वसुदेव के स्वर में इस बार परिवर्तन है—'बैठिए! कन्या की हत्या उचित नहीं है भ्राता। हमारी संस्कृति कन्या को पोषण देने की है, संरक्षक हैं हम स्त्री के। भला इसे मारकर हम एक नई व्यवस्था को जन्म

देंगे? और जनता क्या कहेगी? हमारी कितनी निन्दा होगी।'

'मुझे किसी प्रकार मूर्ख बनाने की युक्ति न करो वसुदेव! अवश्य ही तुम्हारे लोगों ने घात किया है और तुम अपना पुत्र कहीं भेजकर इस निरीह बालिका को ले आए हो।'

रत्नमाला को भी सन्देह हो गया कि अवश्य ही विश्वासघात हुआ है। जन्म लेने वाला कहीं और पहुँचा दिया गया है। वह कक्ष का निरीक्षण करने लगी।

'नारद और आकाशवाणी का कहा झूठ कैसे हो सकता है? मेरे सामने बैठकर उन दोनों से हमें चेताया था।' कंस का क्रोध सिर चढ़ गया है।

'भविष्यवाणी कैसे कोई कर सकता है भ्राता! आपको मूर्ख बनाकर हमारे विरुद्ध किया जा रहा है। और आप भी तो देव-विरोधी हैं, आपने नारद प्रमुख की बात स्वीकार कैसे कर ली? और रही बात सन्तान के परिवर्तन की तो यह सम्भव कैसे हो सकता है भ्राता? हम आपके सामने हैं, उसी दशा में, उन्हीं वस्त्रों, खाद्य पदार्थों में, वही हवा-पानी, वही आपके विश्वसनीय प्रहरी।'

कंस को क्या पता कि अब वसुदेव का वंश चलेगा, कोई रोक नहीं सकता। वृष्णि वंश का विस्तार होगा और एक संस्कृति फूलेगी-फलेगी—आर्य संस्कृति। अनार्य होकर अनार्य भी आर्य होंगे, सभी आर्य श्रेष्ठ कहलाएँगे। वसुदेव ने सोचा कि बड़ी जिम्मेदारी आने वाली है।

...और कंस काँप रहे हैं, डर भी रहे हैं। विद्युत चमक रही है, गरज रहे बादल आगे बढ़े चले आ रहे हैं—काले-भूरे बादल! ध्वनि और प्रकाश के साथ हवा भी बह चली है, मानो सभी साक्षी होना चाहते हो इस क्षण के।

'कन्या मुझे दे देवकी! इसे मारकर मैं निश्चिन्त जी तो सकूँ।'

देवकी क्या बोले। कंस का आदेश कभी टला है न टलेगा। देवकी के विनय में औपचारिकता ही तो है। प्रार्थना कभी उसकी स्वीकार नहीं हुई है तो आज क्यों होगी!

कंस के हाथ में शिशु कन्या है। एक शिशु सौन्दर्य क्रूर मुसकान के सामने ऐसे निहार रहा है कि जैसे उसे देखना आता ही न हो। नवजात शिशु को क्या पता कि संस्कृति क्या होती है, विरोध क्यों करते हैं लोग, लड़ते-भिड़ते जीवन को व्यर्थ करने में में क्या आनन्द है।

'पुत्र कन्या हो गया!' कंस हँसे—'और अब कन्या का वध मैं करूँगा। मैं निन्दा का पात्र बनूँगा। मेरी जग-हँसाई होगी। लोग थूकेंगे मुझ पर लेकिन मेरे सामने नहीं। क्या करूँ रे! तू बहुत नन्ही-सी जान है। तेरे पास प्राण ही कितने भार का होगा! क्या करूँ बच्ची! मुझे जीवित तो रहना है न!'

योगिनी कंस के अति निकट खड़ी है, साथ में विजया, चन्द्रिका, वैष्णवी भी। कंस हाथ झटकते तो सीधे योगिनी की नाक टूटती। कालीमाया और उनकी सहयोगी दाइयाँ सन्न खड़ी हैं, जैसे काठ मार गया हो। कारागार के बाहर अभी भी देव चौकन्ने हैं।

कंस ने कन्या को उलटा लटका दिया—'तेरा वध तो निषेध है पुत्री! मेरी हन्ता!' कंस ठहाके लगाने लगे, वे कन्या को कभी सीधा करते कभी उल्टा। पूरे कक्ष में दौड़-दौड़ कर चिल्लाने लगे, और कन्या को उछालने लगे। सिर पर पागलपन सवार है। कक्ष से आते प्रकाश से, जो कड़कती-चमकती विद्युत से आ रहा है, कंस का मुख

और उसकी ठहाके वाली दन्त पंक्तियाँ स्पष्ट हो जातीं। कंस ने आँखें मूँद लीं। वह बड़बड़ाते रहे, और काँपते रहे उनके हाथ-पाँव।...और योगिनी पूरी तरह से तैयार है, दृष्टि कंस और कन्या पर।

कन्या को भूमि पर पटकने के लिए कंस के हाथ उठाते ही विद्युत चमकी, आँखें चौंधिया गईं। तड़पती विद्युत जैसे कोई वाक्य गरजकर कह रही हो। कंस हाथ उठाते और रुक जाते। औचक कन्या हाथ से छूट गई और योगिनी ने उसे लपक लिया। विद्युत फिर चमकी-गरजी।

द्वार खुला है। प्रहरी जब तक कुछ समझते तब तक योगिनी कक्ष के बाहर हो गई। चन्द्रिका, विजया, वैष्णवी पीछे-पीछे भागीं यह कहते हुए कि 'तेरा हन्ता तो कहीं और पल रहा है मूर्ख!'

कंस को काटो तो खून नहीं! मुँह खुला रह गया। हाथ देर तक ऊपर उठे रह गए। आँखें चौड़ी हो गईं—'मुझे तो कन्या को देखते ही सन्देह हो गया था कि शिशु को बदल दिया गया है। इस छल में हमारा ही कोई घाती हो गया है। सभी बन्दी-रक्षक, प्रहरी दंडित किए जाएँगे। धेनुक को बुलाओ! उसे अभी आदेश देता हूँ।'

हवा भी थक गई है। विद्युत भला कितना गरजती-चमकती। पानी चाहे आधा पहर बरसे या छिटपुट टपके, दूर देखने पर बादल छितराए से लग रहे हैं। वे भी कहीं और उड़ना चाहते हैं।

मथुरा से पूर्व विन्ध्यक्षेत्र है। योगिनी का रथ उसी दिशा में बढ़ गया था। विन्ध्य पर्वत पर बसे एक गाँव में कन्या के पालन-पोषण की पूरी व्यवस्था है। बस चिन्ता थी तो उसके जीवित रहने की। लम्बा मार्ग और घोड़ों की गति! लेकिन योगिनी सँभाले थी। कभी विजया कभी चन्द्रिका अपना स्तन कन्या को पिलाती रहतीं। एक तोष था कि दूध है। योगिनी के रथ के पीछे दो रथ लगे थे, ये देव रथ थे कि कोई अनिष्ट होने पर सहयोगी हो सके। रथ पर खाद्य पदार्थ पर्याप्त मात्रा में थे। पानी के लिए डोर और घट साथ में रखवा दिया गया था।

कंस और कारागार के प्रहरी जब तक कुछ समझते और उपाय करते, रथ आगे निकल चुका था। योगिनी खिलखिला कर हँसी थी, विजया, वैष्णवी, चन्द्रिका भी लम्बी मुसकान बिखेरती विजयी मुद्रा में उरोज ताने आगे बढ़ती चली जा रही थीं।

'दीदी मैं तो समझ ही नहीं पाई कि कैसे बच्ची को बचाएँगे।' विजया बोली।

'कंस के हाथ से न छूटती तो क्या होता दीदी! मैं तो डर गई थी।' चन्द्रिका आँखें बड़ी करती हुई बोली।

'तुम सब क्या समझती हो, मैं मूर्ख हूँ। तुम तो जानती थीं कि करना क्या है। कंस के हाथ से बच्ची को शीघ्रता से छीनकर भागना ही तो था। मैं तो छीनने के लिए हाथ ऊपर ही करने वाली थी कि कन्या उसके हाथ से छूट गई, और मैंने उसे लोक लिया।' योगिनी ने पूरी बात समझाई—'समझीं कि नहीं? और तुम सबको लोकने के लिए ही तो तैयार किया था, या मैं उससे कन्या छीनती तो तुम कंस को धक्का देतीं, और शूल चुभातीं। यही तो करना था। ये कहो कि औचक कन्या उसके हाथ छूट गई।'

'और दीदी ने उसे लोक लिया।' वैष्णवी चहकती बोली।

'हम आएँगे नहीं दीदी अब मथुरा में?' विजया ने पूछा।

'नहीं रे! अब का मथुरा में धरा है। वहीं विन्ध्य वाले गाँव में व्यवस्था हो गई है। वहीं परिवार बसा लेंगे। सुन्दर हैं हम, गौर वर्ण हैं एक बुलाओगी पाँच आएँगे। किसी से विवाह कर लेंगे।' योगिनी ने सुझाव दिया और आश्वस्त भी किया कि कोई कष्ट नहीं होगा वहाँ।

योगिनी का रथ यमुना के किनारे-किनारे मार्ग देखता भागा जा रहा था। यह गति एक नए परिवर्तन की थी। यह एक सन्देश था कि युग बदलेगा। ठहरी हुई आर्य-संस्कृति में गति आएगी।

यह रथ का चलता पहिया ही नहीं था, आने वाले समय की गति भी था यह।

छह

गोकुल में कृष्ण
कि हमारी बोली अपनी बोली है रे!

धियानी को अपने गाँव-घर की सूचनाएँ मिलती रहतीं कि इस बार बाजरा खूब हुआ है। जौ भी बहुत हुआ था, आगे का आगम भी है। कई घरों में छेरी बियायी हैं। धियानी के घर भी दो बकरे छेरी ने दिए हैं। तीन गाएँ गाभिन हैं। करीष इस बार खेत में डाला गया है। भैंसा बड़ा हो गया है, गाड़ी में अब नाधा जाएगा। धियानी सुनकर प्रसन्न होता लेकिन यहाँ से अवकाश नहीं मिलता कि अति वृद्ध हो चले पिता सनेही को देख आए और पियारी माई से बतिया ले सुख-दुख। उसे बूटन, लोहित, झुरई की याद आती रहती। अब वह सोचता कि कंस के यहाँ सेवा करके ठीक नहीं किया। यहाँ सब बिना अर्थ के कार्य हो रहे हैं, न चाहते हुए भी समर्थन ही करना है। वह भी लोहित बनना चाहता था। लेकिन क्या करे, सोचा था कि राजभवन में रहेगा तो मान-मर्यादा रहेगी। उसका खेत कोई छीन न सकेगा। गाएँ कोई खोल कर नहीं ले जा सकेगा।

'धियानी क्या सोच रहा है तू? जा केशी, प्रलम्ब, प्रद्योत, चाणूर को बुला ला।' कंस का आदेश सुनते ही धियानी की चेतना लौटी।

कंस अभी भी देवकी के आठवें पुत्र से उबरे नहीं हैं। आर्यों का विस्तार हो चुका है, और वे अभी भी बचे हुए अनार्यों को अपनी संस्कृति में मिलाने का अथक प्रयास कर रहे हैं। संस्कृति एक होने से एकता बनी रहती है। यह कंस जानते हैं न अनार्य। आर्य अपने विस्तार में लगे हैं और अनार्य अपने बचाव में। कितना अन्तर है! और अब तो गाँव के गाँव आर्य आकर बस गए हैं। सभी प्रसन्नता से उनकी भाषा-बोली, प्रथाएँ, क्रियाएँ अपना रहे हैं। कौन-सी मिठास भरी है और कितनी भरी है, किसी को पता नहीं है। बस अच्छा लगता है। यह बहुत बड़ा गुण है सुन्दर परोसना जो अपने मन के हिसाब से हो।

केशी, प्रलम्ब, चाणूर क्या कर लेंगे? सब कंस को बचाने में लगे हैं। कंस बच भी गए तो क्या स्वतंत्र कार्य कर सकेंगे? विरोधी कुछ करने देंगे? नहीं, वे एक पग भी अपनी इच्छा से चल न सकेंगे। वे चाहते तो जरासन्ध, वाण, भौम एकजुट होकर हस्तिनापुर, पांचाल, काशी, गांधार तक अपना वर्चस्व बना सकते थे। सम्राट हो सकते थे। लेकिन नहीं! बस एक बालक के पीछे अपना पूरा जीवन, योग्यता, विवेक, शक्ति, समझ, विस्तार की नीतियाँ व्यर्थ कर रहे हैं। बस एक गर्व के सहारे कि 'मैंने इन्द्र को पराजित किया है। मेरा कोई क्या कर लेगा। मेरे मित्र शक्तिशाली हैं, मुझे क्या चिन्ता।' और यह भी उनके मुख से सुना गया कि 'इन्द्र के पास शक्ति नहीं है, वह नपुंसक हो चुका है। एक ब्रह्मा नाम का है जो पुराने विचार का है, कुछ-कुछ सोचा करता है, बनाता-बिगाड़ता है, उसके पास न शक्ति है न अनार्यों जैसा स्वस्थ विचार। दूसरा मायावी कहलाता है। वह कहता है मैं विष्णु हूँ, सबको भोजन देता हूँ। मूर्ख! बिना कार्य किए क्या भोजन कोई पा सकता है? सबसे झूठा, छली और अनार्यों का अहित करने वाला यदि कोई है तो, वह विष्णु है। उसकी शक्ति अब जा चुकी है, वह बस धूर्तता के बल पर जी-खा रहा है। कभी मिल गया तो ऐसी पटखनी दूँगा कि याद रखेगा जीवनभर! उसकी सारी शक्ति काल्पनिक है, भय दिलाने वाली, वास्तव में वह मिट्टी का लोंदा है कि पानी पड़ते ही नष्ट हो जाए। और एक है कि वनवासी है, वह अपने चिन्तन में मगन है। लेकिन है बड़ा शक्तिशाली। उससे मेरी कोई शत्रुता नहीं, वह असुरों का है, वह पूजनीय है। उसी के बल पर अनार्य उछलते-कूदते रहते हैं। उसे जगाना होगा कि हे शिव शंकर! अब तो आर्यों को ठीक से समझा दो।' न जाने क्या-क्या बोलते-बतियाते रहते हैं अपने से कंस।

'महराज की जय हो! विशेष सभा कक्ष में माननीय सभासद और श्रेष्ठ केशी, प्रलम्ब, चाणूर पधार चुके हैं।' धियानी सिर झुकाकर बोला। उसे राजभवन के नियम पता हैं।

कंस चल पड़े कक्ष की ओर। अब वैसी शीघ्रता है न बेचैनी। शान्त भाव से चिन्तन-मनन करते हुए सन्तोषी चाल से वे चले जा रहे हैं कक्ष की ओर। अभी वर्षा काल बीता नहीं है, ठंडी हवा आती रहती है। बादल घिरने से पहले उमस उड़ेलता है कि 'हो जाओ चेत में, आ रहा हूँ पानी के साथ। मेरी बूँदें लाभ देंगी।' आज सभी अनुभूतियाँ हो रही हैं। जैसे कोई समस्या हल होने वाली हो, जैसे आज से सारी चिन्ताएँ दूर हो जाएँगी।

कंस ने कक्ष में प्रवेश किया। सभी सदस्य अभिवादन की मुद्रा में खड़े हो गए।

'आप सभी का राजभवन में स्वागत है। आसन ग्रहण कीजिए।' कंस बोले और निर्धारित स्थान पर बैठ गए।

'आज चिन्तायुक्त लग रहे हैं महाराज!' केशी ने जैसे तेल चुपड़ दिया हो कंस के माथे पर और सिर-मर्दन कर रहे हों।

'उतना मुक्त तो नहीं हूँ, लेकिन तोष तो है। और आप सभी जब मेरे शुभचिंतक हैं तो मुझे क्या चिन्ता। लेकिन मैं चाहता हूँ कि ठीक से विमर्श हो जाए कि आगे क्या करना है।' कंस का विश्वास मुख पर अंकित हो रहा है।

'राज्य के बहुत से कार्य पड़े हैं महाराज। किसान अपनी समस्या को लेकर सभाएँ

कर रहे हैं। श्रमिक उपकरण और मूल्य की माँग कर रहे हैं। सैनिक पौष्टिक आहार चाहते हैं। स्त्रियाँ सुरक्षा चाहती हैं। एक कार्य हो तो बताऊँ, पिछले चौदह वर्ष से हर क्षेत्र में कार्य पिछड़ गया है।' प्रलम्ब ने बात को विमर्श की ओर मोड़ दिया।

'इस पर बात करेंगे प्रलम्ब। लेकिन मेरे विरोधी जो हो गए हैं, जो अपने ही थे उनका क्या करूँ? चाचा देवक, चित्रक सब मुँह फुलाए हैं। वसुदेव, अक्रूर भी मन से अपने नहीं रहे। सभा में आने से बचते हैं। आज मेरे भाई—न्यग्रोध, सुनाम, आनवाह्व, शंकु, सुभूमि, राष्ट्रपाल, युद्धितुष्टि, सुतुष्टिमान भी दिख रहे हैं। नहीं तो ये भी मुँह फेरे थे।' कंस ने चिन्ता जताई।

'सुना है कि गोकुल में बहुत से देवपुरुष घूम रहे हैं।' सभासद वसुपाल ने कहा।

'तुम तो न कहो। उनका नाम उनके पास रहने दो। ये सब देव हैं और उनका काम है असुर-संस्कृति से यहाँ के लोगों को मुक्ति दिलाना।' सभासद लाले बोले।

'यही तो चिन्ता है मित्रो कि वे स्थापित हो रहे हैं और हम विस्थापन जैसे।' कंस का माथा सिकुड़ गया। इसी बीच संकेत पाकर धियानी ने अनुचरों से मदिरा परोसवा दी—'शूर हो अन्धक हो या अन्य यदु, सब अपने हैं। यह मैं बार-बार कह रहा हूँ। फिर भी कभी शूर अन्धक मिले नहीं। आज भी इतने प्रयास के बाद भी सब झगड़ते रहते हैं। मैं भोजराज होकर वसुदेव को अपनी बहन दे दी, लेकिन क्या हुआ! वह अपने पुत्र को मेरी हत्या का प्रतीक मानकर प्रचार करवा रहा है। बस देवों के चक्कर में सब अपनी पहचान नष्ट कर रहे हैं। और जानते सभी हैं कि हमारी संस्कृति प्रौढ़ है, सरल है, प्राकृतिक है। कल्पना का बिना अर्थ कोई स्थान नहीं, प्रयोग करती है हमारी संस्कृति। मिट्टी तो समझिए कि पूरे जम्बूद्वीप में मथुरा से अच्छी उपजाऊ कहीं नहीं है। यही कारण है कि गंगा-यमुना के बीच का क्षेत्र सबको आकर्षित करता है।'

'आप तो कहीं जाते नहीं। इतना पता कैसे है महाराज आपको?' गहन को आश्चर्य हुआ।

'महाराज जाएँ न जाएँ, सूचना तो मिलती रहती है। कल एक कलाकार आया था, कह रहा था कि हमारी कला पुरानी है। सब हमसे ही सीखते हैं—आर्य हों या देव। असुर-कला का कोई जोड़ नहीं है, इसलिए कि वह आधुनिक भी है। प्रयोग करती हैं हमारी कलाएँ। प्रकृति से प्रेम करती हैं, कई प्रकार के सत्य उद्घाटित करती हैं।'

'वसुपाल तो जैसे आर्य-विद्वान हों। क्या अच्छा कह रहे हो भाई!' लाले ने प्रशंसा की।

'मैं तो कह रहा हूँ कि असुर समाज एक होकर के विकास में अपनी शक्ति लगा दे, तो फिर देखिए! संस्कृति भी फलेगी-फूलेगी और ये देव मुँह की खाते फिरेंगे।' वसुपाल का विश्वास बढ़ गया।

'हमें किसानों पर ही ध्यान देना है, पूरी अर्थ व्यवस्था तो वही सँभाल रहे हैं।' कंस को सदैव किसानों की चिन्ता रहती—'लेकिन पिछले कई वर्षों से किसानों को लेकर कोई सभा हुई न कोई निर्णय। मैं बस अपना प्राण बचाने का व्यर्थ प्रयास करता रहा।'

'महाराज कुपित न हों तो कहूँ।' वसुपाल को कंस से स्वीकृति का संकेत मिल गया— 'किसानों पर ही नहीं, श्रमिकों पर भी हमें सोचना है। श्रमिक हमारे विकास में हाथ बँटाते हैं और शिल्पी उपकरण तैयार करते हैं। इनके लिए अलग से समिति बने और विचार हो।'

'कुछ बदलेगा तभी विकास होगा। नई विचारधारा पर काम करना होगा। मैं सहमत हूँ कि राज्य समिति की कार्य-प्रणाली में परिवर्तन हो। समाज उसका सहयोग करे। व्यवस्था को तो सुधारना समिति का कार्य है, आप मुझसे आदेश ले लीजिए और कार्य करिए।' विमर्श में कंस स्वयं अपनी चिन्ता भूल जाते हैं।

'महाराज एक बात और।' कुलदीप भी सभासद हैं, कम बोलते हैं। लगा कि बात वे दबाए थे—'आर्यों ने स्त्री को भोग की वस्तु मान लिया है। बढ़-चढ़कर बातें तो वे स्त्री की करते हैं, लेकिन उसे एक उपकरण के रूप में प्रयोग करते हैं। देव अप्सराएँ तो और हैं। किसी को चिन्तन नहीं करने देतीं। बाधा पहुँचाती हैं, अपने काम-सौन्दर्य से सब किए-धरे पर पानी फेरती हैं। क्या इन्द्र बस नृत्य देखने के लिए ही बने हैं? हमारी अनार्य संस्कृति में भी यह स्त्री-देह देखने का चलन बढ़ गया है। नृत्य भी बहुत होने लगे हैं। मेरी आपसे प्रार्थना है कि स्त्रियों का सम्मान हो।'

'हमारे यहाँ स्त्रियों का सम्मान है। हम मातृ-सेवा में विश्वास रखते हैं। नृत्य मात्र राज-भवन में होता है। वह भी कभी-कभी मेरे रंजन के लिए।'

'बात तो ठीक है महाराज, लेकिन वह भी बन्द हो तो उचित रहेगा।' गहन ने अनुरोध किया।

कंस से कोई देवता या आर्य राजा प्रत्यक्ष युद्ध नहीं कर सकता था। मित्र राजाओं के कारण कंस की शक्ति बढ़ गई थी। लेकिन वह उसका उचित उपयोग नहीं कर पा रहे थे।

'कुछ न जानते हुए भी आर्य यहाँ आकर अपनी समझ बढ़ाकर श्रेष्ठ हो गए और अनार्य जस-के-तस।' वसुपाल बोले—'और कितने चालाक हैं देवपुरुष! कहते हैं, 'देखो मैं तुम्हारा सखा हूँ, तुम्हारा हितैषी हूँ, और कंस तो आप सभी के शत्रु हैं। मैं तो सबके लिए मृत्यु के बाद का सुख खोज रहा हूँ, वह भी बिना स्वार्थ के। सबका कल्याण हो! सोचो सखा सोचो! हृदय पर हाथ रखकर सोचो! सुख मिल रहा है न! और अनार्य एक काल्पनिक सुख से मन्दहास बिखेरता मानसिक रूप से समर्पण कर देता है। भला मृत्यु के बाद का क्या अर्थ? महाराज हमें ऐसी निरर्थक बातों को निरस्त करने का उपाय खोजना होगा।'

'आप सभी बहुत सारी चिन्ताएँ व्यक्त कर रहे हैं और उपयोगी सलाह भी दे रहे हैं। लेकिन मेरी चिन्ता जो व्यक्तिगत की तरह है, उस पर विचार नहीं किया है। आप क्या कहते हैं, जो मेरी हत्या का प्रतीक है उसके विषय में? पता चला है कि वह गोकुल में पहुँचा दिया गया है।'

'हमें इसी विषय पर बात करनी चाहिए। लेकिन महाराज इसका क्या प्रमाण है कि वह आठवाँ पुत्र गोकुल में है?'

'मेरी सलाह तो यह है कि दस-पन्द्रह दिन के भीतर जितने भी शिशु हों गोकुल में सबकी हत्या कर दी जाए।' केशी ने सुझाव दिया।

'अरे नहीं! मैं पहले से ही बहुत निन्दित हो चुका हूँ। अब शिशु हत्या से जी काँप जाता है।' कंस ग्लानि से भर उठे।

'आपसे क्या लेना-देना है महाराज। हम सब हैं न।' प्रलम्ब ने केशी को स्वीकृति दी।

'जो करना हो करो। लेकिन मेरा नाम न लगाओ। मैं पहले से ही व्यथित हूँ। चलो नृत्य देखते हैं, मदिरा पान करते हैं, भूने गए हिरण मांस-खंड का स्वाद लेते हैं। कुछ क्षण तो अपना भी जी लें मित्र।' कंस ने सभा विसर्जित कर दी।

अब नहीं जाऊँगा बधुओं के बीच तो माहुर खा लूँगा

धियानी को कुछ दिनों का अवकाश मिल गया था कि वह अपनी खेती देख आए। अपने गाँव-घर में मिल-भेंट ले। कंस के प्रति हुए दुष्प्रचार को कुछ कम कर दे, महाराज की प्रशंसा गाकर। लेकिन धियानी ऊब गया है। उसे राजकार्य में आनन्द नहीं आ रहा है। कोई कार्य जनता के हित में नहीं हो रहा है। सभी अपना जौ बढ़ाने के चक्कर में हैं, सबकी चाहत है कि पका-पकाया मिल जाए। धियानी इस बार ढेर सारी सूचनाओं को माथे पर लादे आया है। उसे गोकुल मथुरा सब पता है, कहाँ क्या हो रहा है।

'तुम जब से आए हो मुँह लटकाए हो, का बात है?' धियानी की उदासी से बूटन दुखी है।

'हमारी जगह पर होते तो माहुर खा लिए होते। इतनी बार आठवाँ पुत्र कहा जाता कि सनकी हो जाते।' धियानी को मानसिक पीड़ा है।

'सुना है कि गोकुल के बच्चों का अपहरण हो रहा है।' सगेदू ने पूछा।

'गोकुल तो है ही, आसपास गाँवों में भी। मैं वहाँ सेवा करता हूँ तो मयूरपुर बचा है, नहीं तो यहाँ भी ज्ञानदेव बाबा उत्पात नाधते।' धियानी अपनी पीड़ा कम करना चाहता है—'दो-तीन अपहरण बालकों के हुए हैं, इसके बाद गोकुल के गोप सचेत हो गए। लाठी, मूसल, पत्थर लेकर पूरी रात पहरा देते हैं। दिन में भी क्या साहस कि बच्चों को कोई अपरिचित छू दे। पीटकर धर देंगे सब। मुझे तो लगता है कि गोपों की एक सेना तैयार हो रही है, जिसमें खेती वाले भी हैं, काम करने वाले और हल, कुदाल बनाने वाले भी। यहाँ एक बात स्पष्ट कर दूँ कि नन्द बाबा, जिन्हें गोप श्रेष्ठ कहा जा रहा है, वे शान्तिप्रिय हैं। छेड़छाड़ नहीं चाहते। लेकिन बलहीन भी नहीं हैं। उनके साथ पूरा खेतिहर समाज है। मथुरा तो अब डरने लगा है। कंस को भी नन्द बाबा की शक्ति का आभास है। शायद यही कारण है कि गोकुल कंस के लिए चिन्ता का कारण है। वहाँ कोई मथुरा का सैनिक नहीं है। फिर भी उनके लोग गोपों पर दृष्टि रखे हुए हैं।'

'सुना है कि हस्तिनापुर से वसुदेव का सम्बन्ध अच्छा बना है।' लोहित उतावले हैं कि अन्य सूचनाएँ भी मिलें।

'वसुदेव की बहन पृथा का विवाह पाण्डु से हुआ ही है, सभी जानते हैं। और पाण्डु की मृत्यु भी हो गई। उस समय वे मात्र पैंतीस वर्ष के थे। लेकिन मैं यह कह रहा हूँ

कि नन्द बाबा शक्तिशाली हुए हैं। वसुदेव के माध्यम से उनकी पहुँच हस्तिनापुर तक हो गई। मेरे सामने की बात है, कंस के सभासदों ने स्पष्ट कहा कि बड़े जनपदों में कोई आतंक न हो, कोई उन्हें छुए भी नहीं। और विशिष्ट नागरिकों के बच्चों को कोई तंग न करे। अब तो कंस को कई गाँव के ग्रामणी राजा भी नहीं मानते। मुझे भी अब कंस अच्छे नहीं लग रहे हैं।'

'सब किए-कराए पर पानी फिर रहा है। राजा को समाज जीना चाहिए व्यक्ति नहीं। लेकिन मति ही मारी गई है तो कौन समझाए? अब नन्द को ब्रजराज कहकर हम क्या लाभ उठा सकते हैं? वे चाहें तो एक को बीसी बना दें, फिर शत भी, लेकिन नन्द तो पूरी तरह से आर्य हो चुके हैं।' लोहित बहुत दुखी है।

'लोहित भाई! हमारे बहुत से लोग आर्य बन रहे हैं। सबको काल्पनिक गाथा में आनन्द आ रहा है। देवपुरुष हैं ही कितने! लेकिन एक ही देव सहस्त्रों पर भारी है। इधर की बात उधर, सब व्यर्थ सामग्री मिलाकर हमारी ही बात में अपनी बात ऐसे मिलाएगा देवपुरुष कि पूछो मत। 'आनन्द आ गया' कहकर सब मीठे शब्दों के जाल में फँस रहे हैं। जब भावना फँस जाएगी तब आप क्या कर सकते हैं। अब अक्रूर को ही देख लें, उनकी कोई योजना कंस को ज्ञात नहीं हो पाती। कंस के बस में कोई बात भी ऐसी नहीं रह गई है अब कि वे कोई विकास योजना बना सकें। अक्रूर के साथ पूरी देव-संस्कृति लगी हुई है। देवों के पास शक्ति कम नहीं है।'

'तुम भैया धियानी सब सेवा-टहल छोड़ के आ जाओ, हम साथ रहकर कोई युक्ति निकाल लेंगे और इन देवपुरुषों से लड़ेंगे।' अकलू को लगा कि धियानी अब पहले वाला धियानी नहीं है, पूरी तरह से राज-व्यवस्था समझता है।

'हँसी का खेल नहीं है लड़ाई!'

'हाँ भाई खेल तो नहीं है।'

'का खेल की बात छेड़ दियो भाई! कई महीना हो गया। न कहीं मल्ल हो रहा है न कोई लट्ठ लड़ रहा है। अब के युवा खाई के मेहरिया के पास सूतत रहत हैं।' अकलू कितने पानी में हैं उसने यह भी बता दिया—'अरे हम जब रहे अपनी आयु में तो एक रात मेहरिया के साथ रहि जाएँ तो चार दिन ऊ नाम न ले। चले हैं खेला बतियाने!'

'अरे तो पहिले जाँघ में जोर रहा। चक्का फेंकते थे, मछली मारते थे, ढोलक बजती रही, तुरही फूँकते थे। ढक्का-ढकुली सब जस-का-तस पड़ा है। कोई पूछ रहा है। यौवन का बना रहेगा, हई हमार बाबाजी का श्रीफल!' सगेदू की बात से हँसी बिखर गई।

लोहित मन्दहास में कुछ सोचते रहे, बोले—'लो आनन्द, कोई मना कर रहा है। धियानी जब तक हैं, तब तक तो कुछ जान-समझ लो। भैंस तो पानी में जा ही रही है। कई बरस के बाद तो ठीक से समय मिला है इनको।'

'धियानी भाई आते तो रहते हैं।' काठा बोला।

'आते तो हैं लेकिन रात भर के लिए, मेहरिया से मिलने आते हैं—चोरी-छुपे।' सगेदू ने गोपनीय सच उगल दिया।

'अबकी चला जाऊँगा तो पता नहीं जीवन ही न बीत जाए।' धियानी ने बात शुरू की—'...और जीवन का क्या ठिकाना। किस कारण से मृत्यु सामने खड़ी हो जाए। जो कुछ भी आता हो समझ में बोल देना चाहिए। मैं भी एक व्यक्ति हूँ, युवा हूँ, आता हूँ अपनी मेहरिया से मिलने तो कोई अपराध तो नहीं करता, इधर-उधर तो मुँह नहीं मारता, ताक-झाँक तो नहीं करता।'

'अरे छोड़ो भाई! ई सगेदू, अकलू, काठा आनन्द के फेर में हैं, बस। आवश्यक बात हो जाए कि मन हलका हो।' लोहित झुँझलाए—'मुझे बहुत ढेर सारा कार्य करना है। मोराँव, खेतगाँव, खुरपुर, दुधार, माहीगाँव, पीपरहाँ, माधवपुर में सभा निश्चित हो गई है। हम यहाँ लगे हैं कि कोई भी अनार्य आर्य न बने। हमारी पहचान बची रहे। हम कार्य वाले हैं, व्यर्थ बात वाले नहीं। स्त्री का मान वास्तव में हमारे यहाँ है, मात्र शब्दों से सम्मान का क्या अर्थ! देवपुरुष लड़-झगड़कर कर से मुक्त हो गए, वे डराते भी तो हैं अलौकिक शक्ति से। और हमारे किसान कर दे रहे हैं, गोपों की गाएँ गिनी जा रही हैं। हम झूठ बोल नहीं सकते। कोई आकर हमें डरावे तो बतावें, मार लाठी पीटकर दोहर देंगे। चूतड़ पर चार लात पड़ेगी तो सब व्यर्थ की स्वप्न शक्ति घुस जाएगी भीतर। लेकिन देवपुरुष समझदार के यहाँ जल्दी फटकेगा नहीं। वे हमसे आगे हैं संघ बनाने में। तमाम देव-मंडल गठित हो रहे हैं। हम क्या कर लेंगे राक्षस-मंडल, असुर-मंडल बनाकर। एक बात और देखी जा रही है कि इन्द्रजाल जैसा कुछ जाल बिछाया जा रहा है। इन्द्रजाली कहते हैं कि हम हड्डी निकालते हैं जमीन में गड़े हुए पुरखों की। यही पुरखे मरकर अनिष्ट किया करते हैं। भला मृत्यु के बाद कोई अनिष्ट क्यों करेगा? तो जो देव असुरों के हाथों हत हुए हैं, वे क्यों नहीं देवों को दौड़ाते हैं? पुरखे हमारे हैं क्यों करेंगे अनिष्ट? कोई कहता है हम सर्प को वश में करते हैं, कोई बाँसुरी मुँह में घुसाकर नाटक करता है। लोग कई तरह के खेल दिखाकर झूठ के झूठ में सच बता रहे हैं।' लोहित हलके हो गए।

'हम भी सुने हैं कि कई गाँव बसे हैं इन्दरपुर जैसे। वहाँ सब सुविधा है। कपड़ा धोने वाले, बाल सँवारने-बनाने वाले, गोप-कृषक भी हैं, जो खेती-किसानी सँभालते हैं। देवपुरुष कहाँ कोई काम करता है!' काठा बोला।

'भाई! हमें भी निर्णय करना चाहिए, लेकिन समझकर। वहाँ कंस के यहाँ रोज निर्णय होता है, लेकिन टल जाता है। और कहा जाता है कि निर्णय टालना भी एक निर्णय है। हमें टालना नहीं चाहिए जैसे आज साँझ को मल्ल होगा, तो होगा। बहुत दिन हो गए जाँघ में मिट्टी पोते, कोई मेरी पीठ में धूल लगा देगा तो एक गाय का पुरस्कार।' धियानी पूरी तरह बतकही में हैं—'अब प्रतिदिन मल्ल होगा, ढोल बजेगी। मैं भी आ जाऊँगा काम-धाम छोड़कर।'

'धियानी वो रत्नमाला वाली बात तो बता दे। लोहित ने बात मोड़ने का प्रयास किया।

'हाँ भाई! भूल ही रहा हूँ मैं!' लेकिन थोड़ी लम्बी बात हो जाएगी।...पूरा दृढ़ संगठन है गोपों का गोकुल में। यह तो ज्ञात ही हो गया कि नन्द का बालक कृष्ण ही देवकी का आठवाँ पुत्र है। लेकिन सामने किसी में प्रहार करने का साहस नहीं है।

नन्द बाबा कहीं मथुरा श्रेष्ठ न हो जाएँ! बहुत बड़ा षड्यंत्र हो रहा है। अनार्य बिखरे हैं, एका नहीं है। आर्य संगठित हैं, एक-दूसरे की सहायता करते हैं। अनार्यों के लिए भी वे हाथ आगे बढ़ा देंगे। यही उनकी विशेषता है। और यहाँ सब मुँह गोबर की तरह बनाए रहेंगे।...हाँ तो रत्नमाला पर आता हूँ। एक सुन्दर असुर कन्या, जिसे सब पूतना कहते थे। रत्नमाला को कोई बच्चा नहीं था। जब शिशुओं का अपहरण हो रहा था और उनका वध तो उसी समय रत्नमाला देवपुरुषों के चंगुल में फँस गई। सन्तानहीन रत्नमाला पर उसके पति प्रधोत का भी कोई वश न चलता। कंस और बक उसे बहन कहा करते। वह घूमती रहती, मस्त रहती एक देवपुरुष उससे बहुत मिला हुआ था। उसने कहा कि तुम बच्चों की बलि दो तो सन्तान हो जाएगी। वह तरस ही रही थी कि कोई शिशु उसकी गोद में भी खेले। देवपुरुष ने बहुत आनन्द लिया पूतना से, लेकिन कोई बच्चा न हुआ। उसने पहली बार जब किसी शिशु की बलि देखी थी तो उसका मन खिन्न हो गया था। इसके पहले दुर्वासा जो देवपुरुषों के अगुआ हैं, वह भी रत्नमाला को अपने झाँसे में लिए हुए थे और तरह-तरह के वेष बनाना भी सिखा रहे थे। पूतना बच्चों की बलि नहीं, वरन बच्चों के खिलौनों की बलि देने लगी। देवों ने उसके भीतर क्रूरता भरनी चाही थी, वे थोड़ा-बहुत सफल भी हुए थे। पूतना कहीं से बुरी नहीं थी। लेकिन वह झाँसे में जल्दी आती थी। उसके पूर्वज राजा बलि रहे हैं। यह बात उसने देवों के मुख से सुनी थी कि उस समय एक स्त्री थी जो वामन देव पर मोहित हो गई थी, उसके जैसी ही थी। ऐसी कई कथाएँ सुनाकर रत्नमाला के काम को जगाता रहता था वह देवपुरुष। और अब तो मैं देख रहा हूँ कि सभी देवपुरुष कथा सुना रहे हैं। यह एक विशेष गुण है आकर्षित करने का।....तनिक पानी पिला दो अकलू।'

धियानी थक गए हैं लेकिन आज वे पूरी सूचना उगल देना चाहते हैं। पानी से भरा जलपात्र एक साँस में पी गए धियानी। चेतना लौट आई। धियानी पानी पीकर अपनी आँखों की चमक बढ़ा चुके हैं। वैसे भी गर्मी बहुत है। पूरी दुपहरिया बैठे रहे सब, अब दिन लटक रहा है। यह अच्छा है कि स्वेद नहीं है। अब तक कई बार ताड़रस पी चुके हैं सब मिलकर।

'हाँ तो कह रहा था कि हर जगह देव-देव लोग चिल्ला रहे हैं। नए-नए आर्य बने हैं, नया उत्साह है। भीतर ही भीतर यह एक नया भय कंस को सता रहा है। फिर भी कंस कहते हैं कि देवों की चाल से देवकी का पुत्र बच तो गया, लेकिन जाएगा कहाँ? नन्द बाबा की प्रशंसा भी करते हैं कंस, लेकिन दिखाने के लिए। नन्द गोप श्रेष्ठ हैं, काम समय से कर देते हैं, अच्छे सामन्तों में उनकी गिनती है। वसुदेव के मित्र हैं। अक्रूर के आत्मीय हैं। मैं तो कई बार गोकुल जा चुका हूँ, गोपनीय सूचनाओं के लिए। मुझ पर बहुत विश्वास करते हैं कंस महाराज। मैं उनके शयनकक्ष में भी जा सकता हूँ। मुझे कहीं भी रोक-टोक नहीं है।....कंस ने रत्नमाला को एक दिन बुलाया और कहा—'तुम तो मेरी पीड़ा जानती हो रत्नमाला। तुम और तुम्हारे पति प्रधोत ने मेरा सहयोग पूरी निष्ठा से किया है। वसुदेव कारागार में जो हुआ उससे भी अधिक मेरे विरोध में होता यदि तुम न होतीं। शिशुओं का अपहरण मैं नहीं चाहता था लेकिन विवश था।

मेरा मन बहुत दुखी हुआ है कि एक के चलते कई हत्याएँ व्यर्थ में करवानी पड़ीं। लेकिन उस एक को जो नन्द गोप का लाल है, मैं छोड़ नहीं सकता। वही तो मेरी विजय का प्रतीक बना हुआ है। तुम गोकुल जाओ और चाहे जिस विधि से हो, उसकी हत्या कर दो। तुम्हें बच्चों की बलि देने का अभ्यास तो खिलौनों के माध्यम से हो ही गया है।' मेरे सामने की बात है, पूतना का मुख मलिन हो गया था। सम्भवत: वह ऐसा कर्म करना नहीं चाहती थी। लेकिन आदेश टालना सम्भव नहीं था। मैंने तो यह भी सुना था कि उसने अपनी बहन से कहा था कि मुझे कंस के चंगुल से बचा लो। कई गुप्तचरों से भी वह सहायता माँगती थी लेकिन व्यर्थ! थक-हारकर वह गोकुल गई। उसे रोहिणी जी पहचानती भी थीं। एक बात और बता दूँ कि कंस की आड़ लेकर कंस के लोग बहुत-सी भूमि अपने अधिकार में कर रहे हैं। वे जब चाहते हैं गाएँ हाँक ले जाते हैं किसी की भी। प्रतिदिन झगड़ा होता, लड़ाई होती, लट्ठ बजता। मैं इतनी लठालठी देख चुका हूँ कि क्या कहूँ। आश्चर्य यह कि इसकी ठीक से सूचना कंस महाराज को भी नहीं है।'

'अरे ऊ पूतना वाली बात बताओ तो लट्ठ!' लोहित को जल्दी है।

'हाँ भाई! रत्नमाला गोकुल में रहने लगी। लेकिन उसका मन कहीं से भी कृष्ण को जिसे गोकुल वाले कान्हा कहते हैं, हानि पहुँचाने का नहीं हुआ था। इतना सुन्दर बालक कि वह मोहित हो गई। शायद सोचने लगी कि मैं इसकी माँ होती तो कैसा रहता। वह अपना स्तन उसके मुँख में देती तो बड़ा सुख मिलता। और एक दिन सम्भवत: वह अति भावुक हो गई या विष खा लिया पता नहीं। कान्हा को अपना स्तन पिलाते-पिलाते रत्नमाला की हृदय गति रुक गई। वैसे दूध तो उसके स्तन में उतरा ही नहीं था। और कान्हा उसके पेट पर बैठा कभी उसके स्तन से खेलता कभी मुँह लगाता। इसके बाद दो बातें चर्चा में आईं कि वैद्य कह रहे थे कि उसने विष खा लिया है। यह भी चर्चा हुई कि विष मिला दूध पी गई थी। और कंस को सूचना हुई कि सन्देह के कारण युवा गोपों ने उसे पीट-पीट कर मार डाला है। एक और बात प्रचारित की गई कि कान्हा तारणहार है, कान्हा ने ही रत्नमाला को मार डाला है। रत्नमाला के आस-पास और उसके सीने पर कृष्ण के खिलौने पाए गए हैं। भला एक वर्ष से भी कम का बालक क्या किसी की हत्या कर सकता है? पूरा आर्य-देव समाज पूरी शक्ति से यह बात प्रचारित कर रहा है। लेकिन मैं तो जानता हूँ कि भावना बहुत ऊपर चढ़ गई थी और उसके भीतर का दबा हुआ बाल प्रेम उमड़ पड़ा था, कान्हा को देखकर। और कहीं रक्त जम गया होगा, अटक गया होगा, और उसकी हृदय गति रुक गई होगी। मैं तो कहता हूँ कि समय बहुत बुरा आ गया है। हमारे पूर्वज जानते ही नहीं थे लड़ना-झगड़ना। क्या अच्छे से गाँव बसता था, लोग अलाव तापते, हवा का सुख लेते, वर्षा में मन्दहास बिखेरते जी रहे थे। और अब कहीं कंस ये कर रहे हैं तो वो कर रहे हैं। हमारी सारी एकता बिखर गई, हम न घर के रहे न घाट के। मैं बात समाप्त करूँ इसके पूर्व बहुत विशेष बात कहना चाहता हूँ कि देवपुरुषों के बच्चे, युवा सभी गोपों की हँसी उड़ाते हैं। गोपों, किसानों को मूर्ख समझते हैं और मनगढ़न्त कथाएँ सुनाते हैं कि गोप क्या हैं। आगे चलकर यह अच्छा नहीं होगा। बात बढ़ रही है लेकिन क्या करूँ

मन नहीं मानता कि हमारी बहनें, माताएँ, बेटियाँ किसी-न-किसी व्यर्थ के लोभ में उलझ कर देवों का स्वार्थ सिद्ध कर रही हैं, यह किसी को ज्ञात नहीं हो रहा है।'

धियानी ने साँस भरी। बात समाप्त तो नहीं हुई लेकिन कुछ दिनों के लिए स्थगित हो गई। साँझ होने में देर नहीं है, लेकिन अभी सूर्य डूबा नहीं है। किरणें ठंडी हो चुकी हैं, और आज मल्ल जरूर होगा, यह जानकर लोहित बहुत प्रसन्न हैं।

बनने चाहिए बाँध, चाहिए खेत को पानी
लेकिन यहाँ तो श्रम व्यर्थ हो रहा है

ऋषि श्रेष्ठ कृष्ण द्वैपायन को वेदव्यास की उपाधि मिल चुकी है। वे चिन्तन करते और भ्रमण। अनार्य स्त्री की सन्तान होते हुए भी पूरी तरह से वे आर्य विस्तार में लगे हैं। वेदव्यास की बात का मान होता है, उनका कहा कोई टाल नहीं सकता। वे कभी मथुरा जाते कभी हस्तिनापुर और फिर बचे समय में नदी के किनारे चिन्तन में मगन, और कभी योजनाएँ बनाते। वेदव्यास इस समय एक शब्द को लेकर बहुत उत्साहित हैं, भविष्यवाणी कर रहे हैं। वे कहते हैं कि एक ईश्वर है जो कुछ भी सम्भव कर सकता है। आर्यों में इसका प्रचार तीव्रता से हो रहा है। कंस इस 'ईश्वर' शब्द से चिढ़ जाते हैं। वे कहते कि, 'जो कुछ करूँगा मैं करूँगा कि ईश्वर ? यदि ईश्वर सब कर सकता है तो सूर्य का प्रकाश रोक दे, नदी की धारा मोड़ दे, पर्वत ढहा दे, बिना बियायी गाय में दूध उतार दे। बिना जोते-बोए जौ पैदा कर दे। आर्यों के लिए बना है यह ईश्वर। हमें डराने-धमकाने के लिए बना है ईश्वर।'

वेदव्यास को नन्द के कान्हा का आधार मिल गया है, जब से उन्होंने सुना है कि कृष्ण को लोग तारणहार मानकर प्रचार कर रहे हैं। वेदव्यास तब से ही कृष्ण को ईश्वर घोषित कर रहे हैं। अब उनकी यात्रा में यह कार्य प्रमुख हो गया है। और यहाँ भी उनका आना-जाना लगा है। नन्द के समर्थकों को वेदव्यास का मानसिक सहयोग मिल रहा है।

आर्य हों या अनार्य सब अपना श्रम व्यय कर रहे हैं, कोई कार्य नहीं हो रहा है, बस एक-दूसरे को खोज रहे हैं। बस एक कार्य है आलोचना करना, लेकिन चाहिए था कार्य करना। कितनी मानसिक व्याधियाँ भर गई हैं। एक-दूसरे को कष्ट पहुँचाने से भला व्यक्ति को क्या लाभ होता है, यह समझ के बाहर है। कंस के माथे पर लिख ही गया है कि वे कष्ट देने वाले हैं, क्रूर हैं। लेकिन अन्य लोग भी कम नहीं हैं। देव और अक्रूर के लोग कंस को व्याकुल कर रहे हैं, उनकी व्यग्रता स्पष्ट भी हो जाती है। और अब तो गोकुल और मथुरा में ठन ही गई है। एक प्राण लेने की युक्ति में है, तो दूसरा प्राण बचाने की। यह देखना है कि कौन जीतता है, और जो जीतेगा उसका भी क्या विश्वास कि वह बाँध बनवाएगा कि खेत को पानी मिले, और ऐसा उपाय खोजेगा कि किसी का श्रम व्यर्थ न हो।

अब गोकुल बहुत सचेत है। कंस की कोई योजना गोकुल का अनिष्ट नहीं कर सकती। और अनेक बाधाओं, चिन्ताओं के बाद भी गोकुल के गोप खेती में मस्त हैं।

गौओं के साथ मन्दहास बिखेरते हैं। गोबर को अपना धन मानते हैं। दूध ही उनकी थाती है और अन्न पेट का आहार।

वसंत ऋतु में आलस बहुत आती है। नन्द बाबा सुस्त लग रहे हैं।

'आज जँभाई बहुत आ रही है।' नन्द ने यशोदा से कहा और मुँह के पास चुटकी बजाने लगे।

'आलस छोड़िए। कान्हा की चिन्ता कीजिए। हर दिन कोई-न--कोई गोपी आती है और कन्हैया को तंग करती है।' यशोदा बोलीं।

'ये तो अच्छा है, उसे स्नेह-दुलार मिल रहा है।' नन्द मुसकुराए।

'नहीं जी! मुझे तो भय लग रहा है। लगता है कि कोई भेष बदलकर रत्नमाला ही तो नहीं है।'

'चिन्ता न करो मेरा कृष्ण अब तारणहार बन गया है। जनता समझती है कि अलौकिक शक्ति है उसमें। अब हम जो भी करेंगे, उसका श्रेय कान्हा को देंगे।'

'कोई विश्वास करेगा?'

'भीड़ को ही प्रजा कहते हैं। सब स्वीकारेंगे एक-दूसरे की देखा-देखी। और आप तो जानती हैं कि प्रचार में कितनी शक्ति है। पानी को दूध कहकर ध्वनि कीजिए, बस लोटा पानी में पसरभर दूध मिला दीजिए। रंग श्वेत दिखना चाहिए, फिर तो वह सुच्चा दूध हो गया।....तो हमारे कान्हा का मान है यशोदा। वेदव्यास उसे ईश्वर घोषित कर रहे हैं।'

'मैंने तो सुना है कि कुछ लोग दूध में पानी मिलाकर बेच रहे हैं।'

'हाँ, यह सूचना मथुरा से आई है। गोपों को कलंकित कर रहे हैं कुछ लोग। पता नहीं किसकी चाल है यह। हमारे गोप भाई सहज और सरल हैं, वे देव के या किसी और के कहे में जल्दी आ जाते हैं। मुझे इसका भी पता करना होगा। हम गोप कभी मिलावट नहीं करते, शुद्धता में विश्वास है हमारा। हम किसी षड्यंत्र में जरूर फँस रहे हैं।'

'दिन ढल रहा है। ऋतु भी अच्छी है। कान्हा को बाहर बैठा दीजिए। मैं आँगन लिपवा दूँ। ये देखिए मटिया और फुलवा गोबर-माटी लेकर कपार पर खड़ी हैं।' यशोदा ने आँगन लीपने वाली की ओर संकेत किया—'और हाँ, वह खटोलना भी उठा लाइए, उसी पर तो कान्हा बैठेगा।'

'आपको अपना कार्य याद है। और हमारा? आज साँझ को दो कूपों का उद्घाटन है, बगल वाले गाँव जाना है।'

'मैं तो! अनुरोध कर रही हूँ। वहाँ खटोला बिछाइए, वहीं छकड़े के पास। छकड़े से थोड़ी छाया भी है।'

नन्द को कुछ आहट हुई। छकड़े की आड़ में कोई छिपा दिखा। कोई काला सा, ऐसा कि शीघ्र दिख न पाए। उन्होंने कान्हा को खटोले पर बैठा दिया। नन्द के संकेत से यशोदा चुप रहीं लेकिन आश्चर्य से छकड़े को देखती रहीं। नन्द भागे केलिनन्द के घर। देखते-देखते सुनन्द, उपनन्द, प्राणनन्द और कई युवा गोप लट्ठ लिए एकत्र हो गए। उन्होंने छकड़े को घेर लिया, और आड़ में छिपे काले-भद्दे व्यक्ति को बाहर

खींच लिया। अब क्या था, लात-घूँसों से उसकी पिटाई होने लगी।

'अरे अब मत मारिए! पहले इससे पूछ लीजिए कि यह है कौन।' यशोदा दयालु हैं, वे किसी को पिटता नहीं देख सकतीं।

'छोड़ दो इसे! यह मर जाएगा तो इसकी गोपनीयता चली जाएगी। बता तू है कौन? लगता तो असुर ही है, मेरे वंश-कुल का तो नहीं है?' नन्द बाबा क्रोध में हैं।

'मुझे क्षमा करें श्रेष्ठ! मै उत्कच हूँ, असुर श्रेष्ठ हिरण्याक्ष के वंश का। मैं अपने लोगों के लिए कार्य करता था। गंगा किनारे मेरा ग्राम है। खेती करता था, गाएँ भी बहुत थीं। लेकिन वहाँ का एक ऋषि मुझ पर अनायास कुपित हो गया। सभी ऋषियों ने मिलकर मुझे भगा दिया। वहाँ मेरा कुल निर्बल है, दीन-हीन की तरह। कहीं मुझे शरण नहीं मिली। मेरा अपराध इतना है कि मैं किसी ऋषि-मुनि की बात स्वीकार नहीं करता। व्यर्थ का भय मुझमें नहीं है। मैंने अस्वीकार कर दिया था दूध देना आश्रम में। वे पहली बियायी गाय का पूरा दूध बिना मूल्य माँग रहे थे। श्रम मैं करूँ, दूध-साढ़ी वे खाएँ! यह मुझसे सहन नहीं होगा। बिना श्रम के खाने वाले को मैं तंग करता था। सब झूठे बैठे रहते हैं, कभी एक नाक दबाकर कभी दूसरी। सब खेला करते हैं नन्द बाबा जी! अब मैं आपके अधीन हूँ। प्राणदान दीजिए श्रेष्ठ! और आदेश दीजिए!'

'गोप श्रेष्ठ इसे छोड़िए मत। ये हमारे कान्हा को मारने के लिए छिपा था।' एक युवा गोप गरजा।

'प्राणदान देने वाला आदरणीय होता है भाई! और इसने तो अपना कुल-गोत्र बता कर सच बोला है। कहीं-न-कहीं दूर से सही, है तो अपना ही। इसका उद्धार होना चाहिए। भले कंस इसे पहचानते न हों लेकिन ये काम उन्हीं के लिए कर रहा था। अब यह मेरा अपना है।'

'जी श्रेष्ठ, कंस मुझे नहीं जानते लेकिन मैं उनकी दृष्टि में अच्छा दिखना चाहता था। मैंने आपके पुत्र को कोई कष्ट नहीं पहुँचाया है, और मेरा आशय भी नहीं है कान्हा को कोई हानि पहुँचाने का। मैं तो मात्र सूचना एकत्र करने की इच्छा से यहाँ छिपा था। महोदय! मुझे छिपने का अभ्यास हो गया है। आप जो कहेंगे मैं सहर्ष तैयार हूँ। मैं अकेले बीस गायों के दूध दुह सकता हूँ। दस लोगों से अकेले लाठी से लड़ सकता हूँ। मल्ल सिखा सकता हूँ। मुझे करीष बनाना भी आता है गोबर का। आप आदेश तो करें श्रेष्ठ!' उत्कच नन्द के पैरों पर गिर गया।

'बस तुम्हें एक बात का विश्वास दिलाना होगा।' नन्द मुसकराए। उन्हें लगा कि उत्कच का वध न करके वे कोई बड़ी जीत पा गए हों— 'तुम गोपनीय रूप से मेरे लिए कार्य करोगे। गोप सेना में गुप्तचर, और यह भी प्रचार करोगे कि मेरा कान्हा तारणहार है। बहुत सारी शक्तियाँ अभी से विद्यमान हैं।'

'स्वीकार है श्रेष्ठ!' उत्कच जीवनदान पा गया।

'हाँ, इस छकड़े को नदी में डुबा दो। और यह प्रचार करो कि कान्हा को मारने वाला स्वयं छकड़े सहित नदी में डूबकर मर गया।'

गोप विजयी भाव से उत्कच को देखते रहे। कान्हा खटोले पर नहीं है। उसे यशोदा कब की ले जा चुकी हैं, घर के आँगन में। और साँझ की मधुर हवा झुरुकने लगी है।

मथुरा में देवपुरुष का आदर नहीं है। कुछ भय से भाग गए और कुछ धमका कर भगा दिए गए। कंस को कभी देवपुरुष पचे नहीं। 'मात्र भिक्षा माँगकर अपना जीवन चलाना भी कोई जीवन है'—वे कहते और दाँत पीसकर सामने खड़े अनुचर को ही चार बात सुना देते।

कंस के चंगुल में एक दिन एक लोभी देवपुरुष फँस गया।

'तुम्हारा नाम श्रीधर है?' कंस ने प्रेम से पूछा और बैठने को कहा। अनुचर मीठा दूध रख गया। अभी के तोड़े गए मीठे रसगर फल भी।

'जी महाराज मैं श्रीधर ही हूँ। देव मुझे अज्ञानी समझते हैं। मैं किसान भी हूँ, खेती करता हूँ। मै कर्म में विश्वास रखता हूँ, लेकिन महाराज आपसे क्या झूठ कहूँ, मैं बहुत लोभी हूँ। लेकिन देव मेरे लोभ के कारण कुपित नहीं हैं। वे मेरी खेती को लेकर मेरा बहिष्कार किए हुए हैं। देव कहते हैं, जो देवपुरुष खेती करे, उसे समाज से निकाल दो। आप कहें तो मैं आपकी सेवा...' श्रीधर कहते-कहते रुक गया कि कहीं महाराज अन्यथा न मान लें।

'मैं तो किसी देव को नहीं मानता। देवों के लिए मथुरा में कोई स्थान नहीं है।' कंस भीतर-ही-भीतर मुसकराए, वे अपने विचार पर प्रसन्न हो रहे हैं—'हाँ तुम कहो तो तुम्हें पुरोहित घोषित कर दूँ, लेकिन कोई देव-अनुष्ठान न करना।' कंस को पहली बार लगा कि कोई देवपुरुष उनकी मुट्ठी में आया है।

'जी महाराज! आपकी जय होती रहे!'

'आशीर्वाद नहीं, मुझे कार्य चाहिए। सभी को पता है कि गोकुल में नन्द के यहाँ पलने वाला बालक कृष्ण मेरा शत्रु है। वही देवकी का आठवाँ पुत्र है। तुम्हें उसका वध करना होगा। फिर देखो मैं कितना बड़ा सम्मानित पद देता हूँ।' कंस ने बिना भूमिका के उसे कार्य बता दिया, और सोचने लगे—'कहते हैं कि देवपुरुष बाल-हत्या नहीं कर सकता, मैं श्रीधर के माध्यम से देवपुरुषों के मुँह पर घूँसा जमाऊँगा।' और कंस मुसकराने लगे।

...तो चलो अब गोकुल में।

नन्द जैसे आस्तिक गोप के यहाँ देवपुरुषों की सेवा होती रहती है। कोई देवपुरुष रिक्त नहीं जाता। भोजन के बाद उपहार भी पाता। नन्द बाबा के पास धन-वैभव की पूर्णता थी। सौ हल की खेती, सहस्त्र गाएँ, सौ भैंसें, दो सौ बैल किसी परिचय के अभिलाषी नहीं हैं।

...और श्रीधर एक वर्ष गोकुल में रहे। वे जानते हैं कि असुर सदैव सम्मानित रहे हैं और उनका मान देव हड़प रहे हैं। वे यह भी समझते हैं कि देव सदैव लोभी रहे हैं और अपने को बचाने हेतु लड़ने वाले असुर क्रूर। कोई भी हो, वह क्रोध करेगा ही यदि उसकी पहचान पर संकट आएगा। कोई उसकी वस्तु हड़पना चाहेगा, गाँव उजाड़ना चाहेगा, तो क्या वह हाथ पर हाथ धरे बैठा रहेगा? श्रीधर को ज्ञात हो गया है कि गोकुल क्षेत्र में युवाओं के कई संघ बन गए हैं। अब इनसे निपटना आसान नहीं, लगभग असम्भव है। श्रीधर को एक बात से और चिढ़ थी कि देवपुरुष माँगकर क्यों खाता है? वे जब खेती कर सकते हैं या और कार्य तो कोई देवपुरुष क्यों नहीं कर सकता? भले उन्हें

समाज ने निकाल दिया है श्रीधर को लेकिन उसे अपनी खेती-किसानी पर गर्व है।

श्रीधर गए हैं गोकुल में कृष्ण को मारने, लेकिन वे मोहित हो रहे हैं प्रतिदिन। कोई ऐसा दिन नहीं कि वे कृष्ण की मोहनी मूरत से भावुक न हुए हों।....और एक दिन श्रीधर ने कान्हा को गोद में उठा ही लिया। नन्द ने देखा, उन्हें सन्देह हुआ। श्रीधर धर-दबोचे गए। श्रीधर के ऊपर लट्ठ बजने लगा। वे चिल्लाते-चीखते रहे कि मेरा उद्देश्य बस प्रेम करना था कान्हा से, मारना नहीं।

'ठहर जाइए।' नन्द ने सबको रोक दिया—'यह देवपुरुष है। इसे मारना ठीक नहीं। इसका एक हाथ तोड़ दो, जिससे इसे स्मरण होता रहे कि इसने अनिष्ट करने का कार्य किया है।'

श्रीधर कहते रह गए कि मैंने देवपुरुषों का कर्म छोड़ दिया है और अब कृषक हो गया हूँ, आपकी तरह। लेकिन उनकी कोई बात नहीं सुन रहा है और उनका एक हाथ ऐंठ दिया गया।

श्रीधर भी गोकुल में रह गए और नन्द के निर्देशन में कान्हा की सुरक्षा में लग गए। यह कंस को भी ज्ञात नहीं हो पाया। उन्हें बस इतनी सूचना हुई कि श्रीधर का अंग-भंग कर दिया गया और वह कहीं भाग गया।

अरे! भागो रे!
बुढ़िया आँधी आ रही है!

जेठ का महीना। सूर्य अपने चरम की ओर। भीषण ताप। बैठे-बैठाए ताड़रस का सहारा। दिन काटे नहीं कटता। खेती-किसानी के हो गए सब कार्य। बस लेन-देन और आवश्यक वस्तुओं के क्रय का समय। इस बार नन्द बाबा ने एक सौ गायें बेच दीं, और दस गाएँ बिना कुछ लिए उन्हें दे दीं जिनके पास एक भी गाय नहीं थी। वे प्रतिवर्ष ऐसा करते हैं। कउवाखोह, कियरी, ढोकवामान, महुवारी गाँव के किसान गाय लेने आए थे।

कोई कार्य न होते हुए भी कार्य था बैठकी का, बतियाने-बोलने का। तो ऐसा भी नहीं है कि सबके हाथ खाली हैं। पशुओं को तो देखना ही है। और शिल्पी भी छिट-पुट कार्य में लगे हैं। कहीं चट्टी बन रही है पैर के लिए तो कहीं रस्सी बटी जा रही है। बरसात पहले जिनकी नावें उखड़ गईं वे ठीक हो जाएँगी इसी माह में, और बैलगाड़ी भी बन जाएगी। नन्द बाबा ने गायों को बाँधने के लिए कुछ खूँटे गड़वा लिये हैं, वैसे गाएँ बन्धन से मुक्त ही रहती हैं। किसी-किसी गाय को बाँधना पड़ता है, जो मरकही होती है।...कार्य हो रहे हैं जो आवश्यक हैं, लेकिन महीना तो बैठकी का ही है।

कृष्ण बड़े हो रहे हैं। अब उनकी भी एक बाल-गोपालों की टोली बन गई है। नटखट, शीघ्र समझने वाले, मुस्कान से जी चुराकर भावनात्मक रूप से ठगने वाले, अभिनय और झूठ बोलने की कला और संकेत समझने वाले कृष्ण ने सबका मन मोह लिया है। दूध जैसी श्वेत दन्त-पंक्तियाँ तो ऐसे लुभाती हैं कि सारे काम-काज छोड़कर बस निहारते रहो कान्हा को, और गाल पर एक चुम्बन जड़ दो।

'अरे! आँधी आय रही है रे!' कहीं से कोई जोर से बोला।

और सच ही आँधी आ रही है। धूल का पर्वत गोकुल की ओर ही आता दिखा। लोग भागने लगे।

'मैं तो दीवार बना रहा था। अब चलो गाय पेड़ के नीचे से हटाओ! धत् तेरे आँधी की! लगता है बुढ़िया आँधी है।'

'मेरा तो छप्पर आधा ही छवा पाया है। सरपत सब उड़ जाएगा, इस पर बाँस तो रख दूँ तिरछा करके।'

एक गोप लट्ठ लिए भागा आ रहा है। वह खेत नापने गया था। अभी वह दो सौ लट्ठ ही गिन पाया था कि आँधी की आहट हुई।

...और इसी आँधी-अन्धड़ में असुर तृणावर्त अपने दो-चार साथियों के साथ गोकुल आ पहुँचा। ये तृणावर्त अपने साथ धूल की धोकरी बाँधे रहता था, और आँख में धूल झोंककर प्रहार करता था। आज भी उसके पास धूल की धोकरी है, उसका एक साथी भूसे की गठरी लिये है।

तृणावर्त जानता है कि गोकुल में आना प्राण देना है, लेकिन क्या करे वह? कंस का वह व्यक्तिगत सेवक है, और असुरराज वाण ने ही उसे कंस के यहाँ सेवा हेतु भेजा है। वह ना तो नहीं कर सकता, भले प्राण चले जाएँ। वह यह भी जानता है कि कंस किसी से नहीं डरते लेकिन गोपों से वे भी अब भय खाने लगे हैं। गोपों की अनेक टोलियाँ बन गई हैं। और रही बात देवपुरुषों की तो कुछ रहस्यमयी जानकारी उनकी दया से ही मिल सकती है।

'ऐसी आँधी कभी-कभी आती है। ये कहो कि अन्न-भूसा सब रख गया है नहीं तो गायों के लिए एक तृण न बचता। वातायन से आती हुई धूल पूरे घर में भर गई है।' नन्द अलगनी की ओर देखते हुए बोले—'लगता है तुम्हारी चोली उड़ गई है।'

'हाँ, लेकिन वातायन से घर में ही आ गई चोली, वो देखिए खाट से चिपकी है।' यशोदा ने मन्दहास बिखेरा—'और आपका दुपट्टा भी तो उड़ गया!' नन्द हँसने लगे। वे चाहते हैं कि इसी आँधी में आँख मुचमुचाते हुए बाहर निकलकर यशोदा के साथ आँधी का सुख लें और मुक्त मन से थोड़ी देर यौवन जी लें। लेकिन ऐसा सम्भव नहीं है। बाहर दस गोप बैठे हैं, आड़ लेकर। और यौवन की मस्ती में बाधा स्वीकार नहीं होती। बाहर बैठे गोप लट्ठ लिए तैयार बैठे रहते हैं। अब किसी में साहस नहीं कि नन्द के आवास में कोई बिना आज्ञा प्रवेश कर ले।

'सुना है कि कंस ने केशी को छूट दे दी है कि जो चाहो करो।' माधी गोप बोला।

'अब कंस शक्तिहीन हैं, वे हमारा एक बाल भी नहीं उखाड़ सकते!' जगधर बोला।

'बहुत मोटा बाल उगा है का रे!' नौमी हँसने लगा।

'तुम सब मस्ती करो! अरे देखो कि इसी आँधी में कोई घुस गया क्या? मुझे तो लगा कि कोई घर के भीतर जा रहा है।' गजाधर आयु में बड़े हैं।

'नन्द बाबा आ-जा रहे हैं। मेरी आँख में कोई धूल झोंक नहीं सकता।' गोगी बोला और भूमि पर लट्ठ पटकने लगा।

'धूल तो उड़ी है भाई!' जिवधन बोला।

तृणावर्त नन्द-गृह में घुस गया है, उसकी टोली बाहर खड़ी है धूल की धोकरी लिए। टोली नहीं चाहती थी कि किसी बालक की हत्या हो। वैसे भीतर-ही-भीतर तृणावर्त की भी इच्छा नहीं थी, वह भी बिना मन के घर में घुस आया था। वह यह जानता है कि महाराज कंस को कुमार्गी बनाने का बड़ा षड्यंत्र है। यही नहीं, कहीं कोई अनिष्ट होता है तो नाम कंस का ही लगता है। तृणावर्त ने अपने जीवन में ऐसी परिस्थिति नहीं देखी थी। कर्म और विचार सब दूषित हुए जा रहे हैं।

'कौन है? कौन? कौन घुसा है घर में?' नन्द बाबा चिल्लाए।

तृणावर्त दोनों हाथों से धूल फेंकता कृष्ण को कन्धे पर उठाकर भागा। नन्द जब तक समझ पाते वह घर बाहर निकल चुका था। वह भाग रहा है, पीछे नन्द बाबा और उनके पीछे लाठी लिए युवा गोपों की एक टोली।

यह घटना गोकुल में तुरन्त फैल गई कि कंस का भेजा हुआ सेवक कान्हा को लेकर भाग गया है। गोप-गोपियाँ दौड़ पड़े उसी दिशा में। तृणावर्त कान्हा को मारना चाहता तो भागते समय ही उसे किसी शिला पर पटक दिया होता, या आँख में धूल झोंक कर गर्दन टीप देता। लेकिन नहीं, वह कान्हा को देखता भागता रहा। उसे पता था कि मृत्यु पीछे लगी है, लेकिन बाल-हत्या का दोषी होकर कलंकित नहीं होना चाहता।

....और अन्त में वह दबोच लिया गया। उसके साथी जानबूझ कर पीछे रह गए कि कौन जाए मृत्यु के मुँह में, मरने दो इस तृणावर्त को ही।

'मारो-मारो! देखो बच न पाए।' लाठियाँ बज उठीं। तृणावर्त भूमि पर गिर पड़ा। कान्हा को नन्द बाबा कन्धे पर उठाकर दूर हट गए। यशोदा भी पहुँच चुकी हैं।

तृणावर्त कराहता रहा—'मेरी इच्छा कहीं से भी कृष्ण को मारने की नहीं थी। मैं स्वयं मृत्यु को प्राप्त होना चाहता था।'

'तू है कौन?' नन्द बाबा ने गोपों को रोक दिया। लाठियाँ ठहर गईं। कान्हा यशोदा के पास खड़ा यह दृश्य देख रहा है एकटक।

'मैं तृणावर्त हूँ। कंस का सेवक। मैं हृदय का सच्चा हूँ। लेकिन आदेश मानना मेरा कर्तव्य है।'

'ठीक है, लेकिन कहो कि हमारा कान्हा तारणहार है। उसमें शक्ति है, उसने ही तुम्हारी यह दशा की है।'

'हाँ, बाबा! कृष्ण तारणहार है।' और तृणावर्त घाव की पीड़ा न सह सका, रक्त भी बहुत अधिक बह गया है। उसने प्राण त्याग दिए।

विजयी मुस्कान के साथ गोप गाँव की ओर लौट पड़े। जैसे बुढ़िया आँधी आई थी, चली गई, जैसे बाढ़ का पानी ओहर गया, जैसे बादल गरजा और बिना बरसे चला गया।

भीड़ की पदधूलि से धूल के गोल-गोल गुच्छे भीड़ के पीछे उड़ते दिख रहे हैं।

'देखो! कान्हा मिट्टी खा रहा है।' नन्द ने यशोदा से कहा।

'ये नटखट कल भी खा रहा था मिट्टी।' यशोदा बोलीं।

'और तुमने खाने दिया! अरे पेट में केंचुआ पड़ जाएगा।'

'तो खड़े क्यों हैं? मुँह में अँगुली डालकर निकाल दीजिए। मैंने कल मुँह में अँगुली डाली ही थी कि इसने काट लिया। अभी तक तर्जनी में पीड़ा है।'

'आज मेरे नख बड़े हैं। तालू में लग जाएगा। तुम पहले कान्हा का मुख बाएँ हाथ की हथेली में लेकर, दोनों गालों को अंगुलियों के हलके दबाव से खोलो। कान्हा स्वयं अपना मुँह खोल देगा, जब पूरा मुँह खुल जाए तब मिट्टी निकालना। इस बार तर्जनी से नहीं मध्यमा मुँह में डालना, थोड़ा दुलार से।' नन्द मुसकराने लगे।

यशोदा ने मुँह खुलवा लिया कान्हा का। कान्हा भी बड़ा नाटकीय है। मुँह में लार भरी है और मिट्टी का घोल, कान्हा ने बहुत सारा लार एकत्र कर लिया था मुँह में। मुँह खुलते ही गोल-गोल मटमैले बुलबुले तैरते-उतराते दिखे। ऐसा लगा जैसे जीभ पर नदी का प्रवाह हो और बुलबुले बहे चले जा रहे हों।

'अरे आइए जी! ये देखिए मुँह में क्या तैर रहा है। क्या-क्या भरा है, मानो संसार का पूरा चित्र हो। मैं नहीं निकालूँगी मिट्टी।' यशोदा डर सी गईं।

'ई बहुत नटखट है, नाटकीय! चलो मुँह धोओ और माँ से क्षमा माँगो।' कान्हा क्या धोता अपना मुँह! नन्द स्वयं उसका मुँह धुलवा कर अर्जुन के वृक्षों की छाँव में बैठ गए।

'रहिए इसको ओखल से बाँध देती हूँ।'

'रहने दो! बालक है, हमारी तरह बंधन में तो नहीं रहेगा। उसे क्या चिन्ता! वीर-विद्वान, रोगी-भोगी, धनी-निर्धन, राजा-प्रजा का क्या अर्थ कान्हा के लिए?'

नन्द बाबा खाट से उठे और जल ग्रहण करके वापस उसी खाट पर उठँग गए—'यशोदा! आज कान्हा ने मेरे मस्तिष्क में कुछ नया भर दिया है। उसका मुँह खोलते ही लगा कि यही मुँह बोलता है बोली मीठी, यही तो आकर्षण है, प्रेम और शान्ति है, और कटु वचन ही हमारी शत्रुता का मुख्य आधार। और यह मिट्टी ही तो जीवन है, अन्न हो या दूध या कोई फूल-फल सब मिट्टी से बने हैं। कान्हा का मिट्टी खाना मिट्टी का होना है यशोदा! हम अपनी भूमि से जुड़े रहेंगे तभी आगे बढ़ेंगे। देखना एक दिन कंस मिट जाएँगे, वे अपनी माटी भूल गए हैं। पूरी धरती मिट्टी से बनी है, जैसे—पर्वत, तालाब, वन, नदी और हमारा घर-खेत।'

'कितना बोलेंगे! समझ गई माटी में है सब कुछ।'

'बोलूँगा यशोदा आज तो समझ में आया है सत्य। हम मिट्टी पहचान लेंगे तो ऋतु और बयार भी जान लेंगे। और तब पूरी पृथ्वी हमारी होगी। जो हम कहते हैं 'सब भूमि गोपाल की।' मैं युवाओं को एक करूँगा, पर्यावरण पर दृष्टि रखूँगा। स्वच्छ जल, वायु हमारे स्वास्थ्य के लिए हितकर है, यहाँ अज्ञानता से नहीं समझ से काम लेना है। कान्हा ने मानो हमें पूरा संसार दिखा दिया, पूरा पर्यावरण समझा दिया।'

'चुप रहिए, चुप!'

'क्या हुआ?'

'पेड़ पर कोई बैठा है! कान्हा उधर ही देख रहा है। घनी शाखाओं के बीच। आप उधर ही देखिए! मैं जिवधन को बुला लाती हूँ।' यशोदा घबरा गईं।

नन्द अर्जुन के दो सटे हुए वृक्षों की घनी शाखाओं को देखने लगे। उन्हें विश्वास हो गया कि कोई छिपा बैठा है—'कौन है? दुष्ट नीचे उतर! अभी तुझे स्वाद चखाता हूँ। नीचे उतर नीचे!' नन्द एक बड़े लट्ठ से अर्जुन की डालियाँ पीटने लगे।

छिपा हुआ व्यक्ति अपनी मृत्यु सामने देखकर नीचे उतर आया।

'अरे तुम दो हो! कौन हो तुम? कहाँ से आए हो, यहाँ क्या कर रहे हो, नन्द लाठी लेकर तनकर खड़े हो गए, उनके हाथ में एक व्यक्ति की गरदन है।

'छोड़िए महोदय! मैं बताता हूँ।'

'बोलो! और सत्य कहो! नहीं तो अभी तुम्हारे प्राण हर लेता हूँ।' यशोदा भी आ गईं, साथ में जिवधन और गजाधर भी हैं।

'श्रेष्ठ अभयदान हो! मैं एक कण के बराबर भी झूठ नहीं बोलूँगा। मैं नलकूबर हूँ और यह मेरा भाई मणिग्रीव है। हम दूर देश के हैं, देव-लोक के पास मेरा निवास है। हमारे पास धन की कमी नहीं है। एक दिन मदिरा पीकर हम मतवाले हो गए, नंगे घूम रहे थे श्रीमन। हम दोनों भाई अच्छे नहीं थे श्रीमन। हम स्त्री खोजा करते, प्रतिदिन नई-नई स्त्री। फिर क्या था नारद श्रेष्ठ ने देख लिया और पकड़ कर वृक्ष से बाँध दिया। जब चेतना आई तो हम क्षमा माँगने लगे। लेकिन प्रभु कहीं क्षमा व्यर्थ माँगी जाती है। मेरे बन्धन खोल दिए गए। आदेश हुआ कि हम गोकुल जाएँ और कृष्ण की सुरक्षा का पता करके नारद श्रेष्ठ को दें। हम दोनों कई दिनों से इसी वृक्ष पर छिपते रहे हैं। इच्छा तो यही थी श्रेष्ठ कि पकड़ा न जाऊँ और समय-समय पर नारद जी को सूचना देता रहूँ, लेकिन आज हम उजागर हो ही गए। अब आप आज्ञा करें।'

नन्द ने सोचा कि ये सत्य कह रहे हैं, इनकी देह-भाषा देवों की तरह ही है। और वही पुरानी बात कि 'आप अब प्रचार करेंगे कृष्ण का कि कान्हा में विशेष शक्ति है। हम दोनों ने स्वयं अपनी आँखों से देखा है।'

नलकूबर और मणिग्रीव को मुक्ति मिल गई। वे दोनों पक्षभर गोकुल में रहे। फिर उन्होंने नन्द बाबा से प्रस्थान की आज्ञा ली और उत्तर की ओर चले गए।

और एक दिन अर्जुन के दोनों वृक्ष कटकर भूमि पर पसरे थे।

सात

छूटा अपना गाँव
कि गाड़ी धीरे हाँक रे!

गोकुल पर से संकट के बादल छँटे नहीं हैं। लेकिन गोकुल अपने को सुरक्षित समझ रहा है। कारण यह कि कृष्ण के चमत्कार का प्रचार। कंस तो जैसे अपनी पराजय स्वीकार चुके हों। लेकिन करें क्या, अब वे भाग भी नहीं सकते। प्रतिष्ठा का प्रश्न मृत्यु से बड़ा है उनके लिए। धीरे-धीरे पूरी प्रजा उनके विरोध में खड़ी हो रही है। उनका सिर घूम गया है, वे उन्मादी हो गए हैं, जैसे उनको सदैव चक्कर आते हों। कई बार

वे सोच चुके हैं कि 'व्यर्थ में एक बालक के पीछे पड़ा हूँ।' कंस को एकान्त अब अच्छा लगता है। उनके चिन्तित मन को कहीं शान्ति नहीं मिलती, पत्नी के पास न बन्धुओं के समीप। राज अधिकारी भी नहीं रुचते।

कंस कई बार कह चुके हैं, 'वृष्णि छली हैं, योद्धा नहीं। छल-छद्म देवों ने सिखाया है। पहले ऐसा नहीं था। लेकिन अब तो वृष्णियों की मति पूरी तरह मारी जा चुकी है। देव वृष्णियों की सहायता करते हैं, मेरे विरुद्ध भड़काते हैं। और मुझसे कहते हैं कि वृष्णि कंस के शत्रु हैं। किसने बनाया शत्रु? देवों ने ही तो बनाया।' और कंस पागलों की तरह पूरे कक्ष में घूमते रहते हैं।

'जनता एक हो चुकी है, मन-ही-मन कंस की सत्ता स्वीकार नहीं है जनता को'—यह कई बार सुन चुके हैं कंस। कौन-सी जनता? वही जो बदली हुई है, जो बाहर से आकर बसे हैं। उन्हें स्वीकार नहीं हैं कंस। अनार्य भी कम नहीं हैं, वे कंस को अपना आदर्श मान रहे हैं, लेकिन वे ही जो देवों की चाल समझते हैं। एक ऐसा जाल जो दिखाई न दे, लेकिन बुद्धिमान अनार्य जाल देख लेता है, और विद्रोह कर देता है, लड़ पड़ता है। और वे अब प्रचारित करने लगे कि ईश्वर नहीं होता कहीं भी, जिसके पास शक्ति है वही ईश्वर है, और अनार्य शक्तिमान हैं। कंस, जरासन्ध ईश्वर ही तो हैं। कंस अब स्वयं को ईश्वर कहने लगे हैं। देखा-देखी कई देवपुरुष और ऋषि स्वयं को ईश्वर की पंक्ति में होने को आतुर भी दिखे, लेकिन यहाँ कोई स्वीकार करे तब न! लेकिन इतना तो सत्य है कि अनार्यों की संख्या भी अधिक है और शक्ति भी। जरासन्ध ने तो कहा भी था कि 'शक्ति है हमारे पास, प्रजा है हमारे साथ, वन-पर्वत सब हमारे, वृक्ष लगाए हमने, बाँध बनाए हमने, जो भी कार्य हमारे विकास में सहायक हुआ किया हमने और वे बने ईश्वर! ओह! इनका ईश्वर बनना! मुझे दिख जाएँ तो मैं बताऊँ कैसा होता है ईश्वर!' और कंस कहते कि 'वेदव्यास को पकड़ो, मारो-पीटो, उसी से कोई युक्ति सीखो-समझो। अरे वही बालक कृष्ण को ईश्वर घोषित कर रहा है। झूठ कह रहा है कि चमत्कारिक शक्ति है बालक में। भला कोई शक्ति चमत्कारिक होती है। शक्ति तो देह में होती है और बुद्धि में।'

मथुरा की ढेर सारी उपजाऊ भूमि वसुदेव की है। और उत्तर की तो लगभग सारी भूमि उन्हीं के अधिकार में है। कंस भले कह लेते हों लेकिन जनता भूमि के कारण वसुदेव से सम्बन्ध रखती है। कई सहस्त्र हल की खेती और वहाँ के कई गाँव के किसान नन्द के प्रभाव में भी हैं। नन्द बाबा अपार सम्पत्ति के स्वामी—जन, धन, गौएँ सब कुछ भरा-पूरा। कंस चाहकर भी कृषकों, वणिकों, शिल्पियों से सीधे नहीं जुड़ पाते। वे जानते थे कि कृष्ण की चिन्ता में उलझना व्यर्थ है। लेकिन कोई-न-कोई उनकी बिसर गई बातों को स्मृति दिला कर विचलित कर देता। राजकर्मी भी मस्त हैं। कंस को कृष्ण की चर्चा में उलझा कर अपना स्वार्थ सिद्ध कर रहे हैं। खेत और गाएँ बढ़ा रहे हैं। कंस को कुछ विश्वास था तो नागों पर, लेकिन कालिय नाग के अतिरिक्त बहुत से नाग अपने कुल के साथ देवों की ओर हैं। वे न तो आर्य बनाए जा रहे हैं न कोई अतिरिक्त सम्मान मिल रहा है। पता नहीं क्या लोभ समाया है नागों में? आर्यक यहाँ के हैं, अनार्य हैं। नाग समाज में उनका सम्मान हैं, श्रेष्ठ हैं, लेकिन देवों-आर्यों के पक्ष

में वे हैं। अपनी संस्कृति क्यों छोड़ रहे हैं नाग? जबकि आर्य उन्हें पूरी तरह अपना भी नहीं रहे हैं। चिकुर नाग को देवभक्त गरुण ने ही तो मारा था। गरुण पक्षियों के मुखौटे लगाता था, छल करता था, और श्रेष्ठ देवों के आने-जाने की व्यवस्था करता था। अब तो विष्णु के सेवक बनकर कई छली गरुड़ घूम रहे है। यह सब कंस को पता है, और वे कुछ कर नहीं पा रहे हैं। वे जानते हैं कि हमारे शिल्पी अपमानित हो रहे हैं। अन्धविश्वास फैलाकर किसानों को बहकाया जा रहा है। विचित्र प्रकार के भय दिखाकर मानसिक रूप से दास बनाने का कार्य हो रहा है। और वे हाथ पर हाथ धरे एक बालक की मृत्यु के लिए अपनी बुद्धि में गोबर भर रहे हैं।

...और जब से कंस ने सुना है कि नन्द अपने गोकुल गाँव के साथ वृन्दावन में बसने जा रहे हैं तो कंस की चिन्ता और बढ़ गई है। वे अपनी नई योजना गोकुल के लिए बना रहे थे, अब वृन्दावन के विषय में सोचना होगा। कुछ भौगोलिक कुछ प्राकृतिक दिशा-दशा बदली होगी, लोग भी बदले होंगे। किसी नई जगह पर तैयार होने में समय लगेगा चाहे कंस हों या नन्द बाबा।

यशोदा सोचने लगीं—कृष्ण बड़ा हो गया। जब छह महीने का था तो मैं कहती थी, 'छह महीने की दँतुली, खाए दूध भतुली।' उसके दो दाँत आगे के निकल आए थे। नन्द ने भी कहा था, 'बहुत तीव्र बुद्धि होगी कान्हा की।' और मैं दूध-पात्र थमा देती, पी जाता कृष्ण गट-गट-गट—आधा भूमि पर गिराता आधा पेट में। कभी और माँगता, कभी पात्र में दूध छोड़कर बाहर भाग जाता।

'क्या सोच रही हैं स्वामिनी?' नन्द ने यशोदा की स्मृति पर विराम लगा दिया—'बहुत सा कार्य पड़ा है। कान्हा के खिलौने भी रखने हैं। कोई वस्तु छूटने न पाए। वहाँ नई गृहस्थी बनानी है। सूत से लेकर मूसल तक सब काम आएँगे।'

'कान्हा कितना चोन्हराता है जी! मुँह में माखन लपेट कर नाटक किया करता है। कभी बन्दरों को माखन खिलाएगा, कभी बछड़े को दही चटाएगा। आपने देखा है उसे लंगड़ाकर चलते हुए कि 'माँ चोट लग गई पाँव में' कहते हुए सुना है? मैं प्रतिदिन रोने-सोने-हँसने का नाटक देखती हूँ। बहुत तंग करता है।'

'क्या कान्हा-कान्हा लगा रही हैं आप। गोकुल छोड़ना है! अब वृन्दावन में बसना है! मोह छोड़ो! तैयारी करो! सामान बाँधो।'

गोकुल में आए दिन घटनाएँ घट रही हैं। कभी कोई पशुओं के झुंड को हाँक देता और फसल नष्ट हो जाती। कभी जंगली कुत्ते, सियारों, हुँड़ारों से रात की नींद व्यर्थ होती, और कभी छोटे बछड़े, बकरी के छौने लुप्त हो जाते, खोजने पर मिलते नहीं और विश्वास होता कि किसी मांसाहारी पशु ने अपना उदर भर लिया है। भय बना रहता कि कहीं छोटे बच्चों को कोई पशु न उठा ले। कहीं-न-कहीं किसी षड्यंत्र के विचार से यह सब किया-कराया जा रहा है।

नन्द क्रोधित, स्त्रियाँ डरी हुई, बच्चे मस्त। बछड़े के खो जाने से दूध दुहते समय गाय टाँग उठा देती। बकरियाँ में-में करतीं। उन्हें क्या पता कि सेमल के फूल खिले

हैं, महुआ इस बार खूब चूवेगा, जौ से घर भर जाएगा। गोप प्रसन्न रहने वाले लोग हैं। तिल, उड़द, मूँग, धान, जौ, सरसों, कोदों, ज्वार, लतरी, साँवाँ, बर्रे, तीसी से घर भरा रहता गोपों का। कृष्ण के पास अलौकिक शक्ति का प्रचार तो झूठा ही था, यह नन्द बाबा और कई गोप जानते थे। गोकुल बसा हुआ अपना प्यारा गाँव कैसे छूटेगा?

'गोकुल छोड़ देने में भलाई है नन्द जी।' उपनन्द ने कहा था और सुनन्द ने स्वीकारते हुए साथ दिया था। कुछ दिन पहले नन्द के मित्र वृषभानु भी बरसाना से आए थे। वे चाहते थे कि वृन्दावन में बरसाना के निकट उचित स्थान देखकर गोकुल के गोप अपना गाँव बसा लें।

कई दिनों तक विचार होता रहा। नन्द बाबा बहुत उलझन में थे। क्या करें वे? कहाँ जाएँ? इतना बड़ा कुल-परिवार, मित्र-साथी, पास-पड़ोस के बन्धु-बान्धव कहाँ ले जाएँ? निर्णय उन्हीं को करना है। अक्रूर की सलाह भी यही थी कि अब यहाँ से चले जाना ठीक है। शेषनाथ ने भी यही कहा। सुनन्द, उपनन्द, महानन्द, नन्दन, कुलनन्द, बंधुनन्द, केलिंद, प्राणनन्द तो प्रतिदिन बैठकें करते और निर्णय नन्द श्रेष्ठ पर छोड़ देते। सुनन्द और उपनन्द तो पीछे पड़े थे, जैसे गोकुल उन्हें अब काट खाएगा। लेकिन नन्द बाबा गोकुल के मोह को छोड़ नहीं पा रहे थे। वे कहते थे—'यहाँ के वृक्ष पहचानते हैं। कूप बुलाते हैं कि आओ मेरा मीठा शीतल जल पी लो। यहाँ के यमुना तट से स्मृतियाँ जुड़ी हैं। मार्ग बता देते हैं चलने से पहले कि मैं हूँ कहाँ तक और कैसा हूँ। हवा, पानी, मिट्टी के एक-एक कण परिवार के सदस्य जैसे हैं। कैसे छोड़ दूँ, जहाँ बचपन बीता है। युवा यहीं हुआ हूँ और यशोदा का प्रेम भी यहीं का है।' नन्द बाबा भावुक हो जाते, लेकिन अपनों का दबाव इतना था कि उन्हें कठोर निर्णय लेना ही पड़ा कि 'चलो बस जाते हैं कहीं और। सह लेंगे शेष जीवन में विस्थापन की पीड़ा।'

...और गोकुल उजड़ने लगा।

पाँच महीने से वृन्दावन में गृह निर्माण हो रहा है। बहुत से घर बन भी गए हैं। देर है तो गाड़ी हाँकने की। एक बार फिर नन्द बाबा ने बैठक की और प्रमुख गोपों को सम्बोधित करते हुए बोले—'मेरे मित्रो! बन्धुओ! अपना गाँव छूट रहा है। पीड़ा आपको भी होगी, मुझे भी है। लेकिन अब हमें बुद्धि से काम लेना है। देह में शक्ति का संचय करना है। हमें कंस को दिखा देना है कि हम उजड़ना नहीं बसना जानते हैं। निर्माण हमारे स्वभाव में है, हमारे कर्म में है। हम कर्म प्रधान लोग हैं। हम बस गाय ही नहीं पालते, जौ-तिल ही नहीं पैदा करते हम गाँव बसाना भी जानते हैं।'

नन्द बाबा अभी बोल ही रहे थे कि बीच में नौमी गोप खड़ा होकर नाचने गाने लगा—

हम तो मस्त हैं गाय चराने वाले
हमारा कोई क्या कर लेगा।
हम तो दूध दही घी खाने वाले
हमारा कोई क्या कर लेगा।

'बैठ जाओ नौमी! तुम जनगर हो, तुम्हारा कोई क्या बिगाड़ लेगा, लेकिन सुन

तो लो ससुर के नाती, बड़ों की बातें तो सुन लो।' गजाधर ने डाँटा तो नौमी मुँह चिपोरता हुआ बैठ गया।

'हाँ तो मैं कह रहा था मित्रो!' नन्द जैसे कुछ अच्छा कहना चाह रहे हों—'हमारे पास ऐसा मस्तिष्क है जो चिन्तन युक्त है। हमारा चिन्तन हमारे विकास में सहायक है, इसी कारण हम पशु से अलग हैं। हमारे पास भाषा है, बोली-बानी है और दृष्टि की क्षमता है। पशु भी जानता है देखना-सूँघना, लेकिन हमारा देखना प्रयोग करना है, सोचना और विचार करना है, आपसी तालमेल की सहमति है। सुनने के प्रकार हम जानते हैं। मन में उल्लास है, दृढ़ हृदय है। शक्ति से भरपूर बाँहें हैं। कभी न थकने वाले पैर हैं हमारे पास। हम जहाँ जाएँगे, विस्थापन की पीड़ा भुलाकर रहेंगे। प्रसन्नता से बसेंगे वहाँ। अभी जितना है हमारे पास उसे दुगना करने का प्रयास करेंगे। आप सभी विज्ञ हैं कि पराक्रम के आगे कोई टिक नहीं सकता और कर्म का साथ मिल जाए तो! फिर क्या हमें कोई रोक सकता है? बाधाएँ स्वयं भाग खड़ी होंगी। कारण यह है कि हमारी पीठ भरपूर बोझ ढोने योग्य है, और भार से न घबराने वाले कन्धे हैं। जीत हमारी होगी, यश में रहेंगे हम, विस्तार करेंगे हम, नए प्रकार अपनाएँगे, प्रयोग करेंगे। हाँ एक बात और कहूँ, अब हमारी स्त्रियों के डरने और लजाने की आवश्यकता नहीं है। लड़ने और कुछ करने सीखने की जरूरत है। सुन्दरता हमारे पास है। हमारी स्त्रियाँ कहाँ किसी से कम हैं, आकर्षक कटि प्रदेश हैं, ठोस जंघाएँ हैं, कुच और ग्रीवा भी देखते बनते हैं। और बड़ी बात यह कि गति की लय में पूरी देह नियंत्रण में है। नयन हों या दन्त पंक्तियाँ या फिर ओष्ठ क्या उदाहरण के योग्य नहीं? मैं देव विरोधी नहीं हूँ लेकिन यहाँ स्पष्ट कर दूँ कि उनसे हमारा सौन्दर्य बीस है उन्नीस नहीं।'

अब माधी खड़ा हो गया। उत्तरीय को आँचल की तरह ओढ़ कर स्त्री का अभिनय करने लगा। घूँघट में उसके डोलते नयन आकर्षित करते हुए मुस्कराने पर विवश कर रहे थे। नन्द बाबा भी हँसे। और फिर गजाधर ने डाँटा।

'हमारे पास क्या नहीं है!' नन्द बाबा बोले—'बैलगाड़ी, हल, मूसल, लाठी, गाय, ढेंकुल, मोट, बरहा, ओखल, और कई बरतन—पथरी, कठौता...। और शिल्पी, मल्ल, झल्ल, क्या कमी है! हाँ थोड़ी रिक्तता है, हमारे पास और ठीक से साथ चलने का कौशल नहीं है।...सम्भवत: हमें आर्यों-देवों से एकता सीखनी चाहिए। हम आपस में लड़ जाते हैं। मदिरा हम भी पीते हैं, वे भी। लेकिन वे मद्य पीकर मस्त हो नृत्य करते हैं, अपना रंजन करते हैं। और हम मार-पीट, अपशब्द बकते हैं। देवों के मुख से मैंने स्वयं सुना है, 'एक साथ एक समान चलो। आपसी विरोध भुलाकर एक स्वर में बोलो। एकता की भावना को समझते हुए अपने कर्तव्य का पालन करो। नही तो टिकना कठिन होगा, यह नया स्थान है। लोग मार भगाएँगे।'...हाँ, किसी को किसी भी वस्तु की आवश्यकता हो, संकोच छोड़कर वह मुझसे कहे। गाड़ियाँ तैयार हो रही हैं। प्रतिदिन बैलगाड़ियाँ हाँकी जाएँगी। अब हमें प्रस्थान ही करना है। अपना-अपना सामान बाँध लीजिए।'

गोकुल छूट गया पीछे, और बस गया वृन्दावन। कई गाँव गोप परिवारों से भर गए। किसी ने सौ अँजुरी खेत नाप लिया, कोई चार हल की जोत का अधिकारी हो गया। घर, दुआर, बैठक, पशुओं का बाड़ा, भूसा रखने की जगह का नया निर्माण वृन्दावन में देखा जा सकता है। कोई मिट्टी रौंद रहा है, कोई मिट्टी में भूसा मिलाकर दीवार के योग्य मिट्टी काँड़ रहा है। खपरैल पाथ रही गोपियाँ गीत गाती हुई श्रम को स्वेद में मिला रही हैं। वृषभानु अपने मित्रों-सम्बन्धियों के साथ गोपों की बस्ती बसाने में लगे हैं—जी-जान से। उनका विशेष ध्यान नन्द पर है। और नन्द बाबा का गाँव लगभग बस गया। नया स्थान, नई गृहस्थी, नए खेत हैं तो कार्य तो होता रहेगा कई बरस।

छाँगुर की मृत्यु हो चुकी है। बहुत विवाद हुआ था ज्ञानदेव और लोहित में। छाँगुर को भूमि में गाड़ना चाहते थे लोहित, लेकिन ज्ञानदेव अड़े थे कि नहीं छाँगुर के शव को जलाया जाएगा। अग्नि को समर्पित करना ही शव की श्रेष्ठता है। उदयन बाबा जिस परम्परा की नींव रखना चाहते थे, उसे अब ज्ञानदेव अपने वाक्-ज्ञान से प्रमाणित करने का हठ कर रहे हैं।

...और छाँगुर अपने कुल में पहली बार जलाए गए।

लोहित के तर्क को अनसुना कर दिया गया। धियानी भी कहते रह गए कि शव जलाने से जलावन की लकड़ी नष्ट ही होगी, धुआँ बढ़ेगा, चिरायँध फैलेगी। लेकिन नई व्यवस्था-परम्परा का नया आकर्षण...और सब ज्ञानदेव की ओर!

'लेकिन हम आपकी यह बात मानने को तैयार नहीं कि मृत्यु के बाद पूरे गाँव को भोजन खिलाया जाए।' लोहित बोले।

'मृत्यु-भोज का चलन तो कभी नहीं सुना!' वृद्ध सनेही ने आश्चर्य व्यक्त किया।

'ज्ञानदेव अन्न और गाय भी माँग रहे हैं।' धियानी का स्वर तेज है।

'मैं क्यों कुछ माँगू!' ज्ञानदेव सहज हैं। किसी भी बात पर रुष्ट न होने वाले ज्ञानदेव अपनी सरलता-मृदुता से सबका हृदय जीत लेते हैं—'आपकी इच्छा हो तो दीजिए। कोई हठ नहीं है मेरा। मैं बस किसी कार्य को नियम से करने के पक्ष में हूँ। आप दान देंगे, बन्धुओं-मित्रों को भोजन कराएँगे तो आप अपने सम्बन्धी की मृत्यु का दुख भूल जाएँगे। हमें जीवन जीना है, जीवन रो-गाकर भोगना नहीं है। रही मेरी बात तो मैं आप ही के सहारे तो हूँ, अब आप मुझे भूखा सुलाइए या भोजन देकर। मेरे पिता इसी गाँव में कितना सम्मानित रहे।...जब दो विचार मिलते हैं तो नया विचार प्रगति में सहायक होता है। आपकी लय मैं जानता हूँ। महान छाँगुर की स्मृति बनी रहे, यही मेरी इच्छा है।'

'भई, ज्ञानदेव तो मन को लुभा देते हैं।' काठा के ओठों पर मुस्कान है।

'अब तो नन्द बाबा भी इसी पार आ गए हैं। हमारे निकट ही गोपों के गाँव बस रहे हैं।' धियानी ने बताया।

'यह सभी को पता है। और वे गोप ज्ञानदेव की तरह ही हैं। हमारी विधि वे छोड़ रहे हैं।' लोहित दुखी हैं। छाँगुर की मृत्यु का दुख अभी गया नहीं है और यहाँ ज्ञानदेव अपने लाभ में शब्द जाल बिछा रहा है, लेकिन लोहित चुप है।

'कंस के शत्रु तो हैं ही नन्द बाबा।' धियानी ने कहा—'लेकिन कंस राजा हैं, भला राजा के बिना किसी का काम चला है? नन्द को कंस छोड़ेंगे नहीं। मैंने अपनी आँखों से देखा है, एक से बढ़ कर एक असुर हैं उनके यहाँ।'

'गोप भी कम नहीं हैं।' लोहित न चाहते हुए बोले—'गोकुल में किसी का एक भी बाल कंस उखाड़ पाए? कोई एकता है न समझ। न कोई ठीक से सभा न समिति। जो जैसे कह रहा है कंस उधर ही भाग रहे हैं। कौआ कान ले गया सुना तो कौए के पीछे पड़े हैं, कान नहीं देखते।...और सुनो! अब चलो अपने-अपने घर। मेरे पिता तो अग्नि के हो ही गए। आप सभी से एक अनुरोध है कि पिता की बची हुई अस्थियाँ मैं अपने खेत में गाड़ूँगा, आप उपस्थित रहें।'

मयूरपुर एक परिवर्तन का सुख-दुख-आश्चर्य भोग-जी रहा है। पता नहीं कौन सी विधि कब अपनानी पड़े और कैसा गीत गाना पड़े। वैसे अपनी लय छोड़ना कष्टकर तो है ही।

एक-एक बिपत नौ-नौ हाथ

वृन्दावन वन क्षेत्र के कई गाँव बस रहे हैं। कुछ गोप तो बसे गाँव के किनारे ही अपना अधिकार बनाकर बैठ गए हैं, खूँटे से गाएँ बँध चुकी हैं। साँड़ छोड़े जा चुके हैं, खुले आम भैंसे घूम रहे हैं। गोपों के लिए यह क्षेत्र लाभकारी है। घास की कमी है न दूध-दही बिकने की समस्या। मथुरा नगर समीप है और बड़े-बड़े गाँवों में भी दूध की समाई बहुत है। गोप यहाँ सुख से रहेंगे। सुविधा यह भी है कि वसुदव की भूमि होने के कारण खेत की भी कमी नहीं है। जहाँ खूँटा गाड़ दो वहाँ की भूमि अपनी। बस जोतना-बोना आना चाहिए।

'अभी तुम माटी काँड़ रहे हो। आसाढ़ कपार पर है। कब भीत उठाओगे? छान कब छाओगे?'

'हो जाएगा सब, अभी मिरिगडाह चढ़ा है। आर्द्रा में पानी बरसेगा। अभी तो सूर्य तप रहा है। जितना रद्दा धरता हूँ साँझ तक सूख कर लकड़ा जाता है।'

'लेकिन पानी इस बार फाट पड़ेगा।'

'तपन ही ऐसी है। जेठ में पुरवाई नहीं चली है, बरसात अच्छी होगी।'

'इस बरस आर्द्रा भी बरसेगा और हथिया नक्षत्र भी...।'

जिवधन नौमी बतिया रहे हैं। नौमी का घर बन गया है। एक कोठरी बहुत है, बाकी छप्पर-छानी से काम चल जाएगा।

'झुरई कोहार मयूरपुर के हैं, बूढ़े हो गए हैं। उनका पुत्र छेदाना यहीं बस गया है। सुना है कि उसकी गागर बहुत ठंडा पानी देती है।' माघी बोला।

'माघ में ही आवाँ लगा दिया था। एक आवाँ और लगाएगा।'

'गाँव मनसायन हो गया।'

'सुना है कि नन्द बाबा गाँव-गाँव घूम रहे हैं।' जिवधन ने पूछा।

'हमारे जैसे वो थोड़े हैं कि खेती के भरोसे रहें, बस गाय दुहते रहें, गोबर काछते

दुपहर कर दें। उनको बहुत काम है। अपनी धाक तो बनानी है न भाई।'

'हाँ भाई, हम तो उन्हीं के बल पर फुदकते हैं।'

गोगी और जगधर भी चले आ रहे हैं। इनका घर बन गया है, पर कहीं मन नहीं लग रहा है। ये दोनों किसी की भीत उठाते किसी का छप्पर छा देते। और दुपहर-साँझ को दूध-भात भकोसते।

'ददनी और उसकी मेहरी झिबिया हर दिन झगड़ रहे हैं।'...गोगी ने एक समस्या बताई—'वे गाँव छोड़ देंगे। मैंने ददनी से पूछा काहे छोड़ रहे गाँव तो उसकी मेहरिया बोली कि ई कोई काम करता नहीं, सब मैं करती, सैंतती हूँ। यह ताड़ी पीकर दुपहर भर लोटता रहता है। कल दुई हाथ चूतड़ पर मारा भी, साँट उभरी है।'

'ये क्या समस्या है!' माघी को आश्चर्य हुआ—'अरे कुछ प्रेम-व्यवहार में कमी होगी। प्रेम का खोट झगड़ा खोजता रहता है कि साग दूध की तरह क्यों नहीं है। उसने चूतड़ पर दुई हाथ धरा है। यह प्रेम-क्रोध है। उसे समझाओ गोगी भाई! ऐसा गाँव नहीं मिलेगा।'

'यही बात होती तो ठीक। उनका झगड़ा गोप श्रेष्ठ केलिनन्द ने भी देख लिया। वे बिगड़ गए। गाँव का वातावरण शान्त रहे, वे यही चाहते हैं। दो टूक में कह दिया कि 'लड़ना-झगड़ना है तो समेटो अपना बरतन-बछिया।' दूसरी बात यह कि अभी दस दिन ही हुआ, ददनी ने झोंपड़ी लगाई थी। लेकिन अभी झोंपड़ी की थूनी कमजोर थी। अभी वह पोढ़-पका बाँस काट कर थूनी लगाने ही वाला था कि दो भैंसे लड़ते हुए झोंपड़ी में घुस गए और सब उजाड़ कर रख दिया। दोनों परानी एक घड़ी बैठे रोते रहे।'

'गोगी भाई।' जगधर बोले—'ददनी से कहो कि हम मिलकर उसकी झोंपड़ी छा देंगे और भात भी नहीं खाएँगे। उससे यह भी कहो कि मेहरी मनावन की वस्तु है। मारना-पीटना ठीक नहीं। मेहरारू फूल की तरह कोमल होती है। उसे मारना नहीं सुहराना चाहिए।'

माघी ने तो सोच लिया कि आज वह अपनी मेहरी को सुहराएगा अवश्य।

'अब लो। करो बात। वो देखो चले आ रहे हैं गजाधर भैया।'

'अब इनके आगे कोई का बोले, सब बतकही व्यर्थ हो गई। बात का आनन्द गया गोबर पाथने।'

'बतकुच्चन न करो! कल धियानी आए थे यहाँ, वही मयूरपुर वाले। कंस की सेना में हैं। महाराज अपने पास ही रखे हैं, बहुत मानते हैं धियानी को।' गजाधर सचेत कर रहे हैं—'धियानी कहे थे कि 'यहाँ विपत आने वाली है। एक से बढ़ कर एक असुर वीर पधार रहे हैं कंस के यहाँ। प्रतिदिन सभा होती है कि नन्द बाबा को कैसे व्याकुल कर दिया जाए। कान्हा को तो मारना जैसे उनका सबसे बड़ा अर्थी कार्य हो।' तो मेरे अनुजो! सुनो! यहाँ भी हम सुख से नहीं हैं। गोप श्रेष्ठ से मिलकर हमें गोप टोली बना लेनी चाहिए।'

'टोलियाँ कई हों मूसल, लट्ठ, पत्थर के साथ।'

'और जाल भी, बरहा-डोर भी।'

'आयु के हिसाब से टोली बने। पाँच बरस से किशोर, किशोर से युवा, युवा से

प्रौढ़, प्रौढ़ से अधेड़, और अधेड़ से वृद्ध। कमसे कम पाँच टोली तो बने ही।' माघी ने बहुत समझदारी की बात की।

'तब तो आनन्द आ जाएगा।'

'आवैं लड़ें ससुर हमसे। एक-एक को पटक न दिया तो कहिएगा।'

'मैं कल ही नन्द बाबा और केलिनन्द श्रेष्ठ से बात करता हूँ।' गजाधर को जैसे शक्ति आ गई हो—'माघी के हिसाब से हम तैयार हो जाएँ तो एक क्या दस कंस भी हमारा कुछ व्यर्थ नहीं कर सकते।' गजाधर को जैसे आराम मिला हो, वे थोड़ा ठहर कर बोले—'लेकिन यह भी सच है भाई कि कंस कृष्ण को छोड़कर किसी गोप की हत्या की आज्ञा नहीं देते हैं। हाँ तंग उन्हें जरूर करना चाहते हैं जो आर्य हैं या देव। वे कहते हैं कि 'गोप तो अपने हैं, वृष्णि हमारे कुल-परिवार के हैं। सब असुर ही तो हैं तो अपना रक्त व्यर्थ बहाकर कौन सा मूल्य-लाभ प्राप्त हो जाएगा।' कंस चाहते तो गोकुल पर सेना सहित आक्रमण कर सकते थे। उनके आगे भला गोप लट्ठ लेकर कब तक टिक पाते। तो मेरे भाई! कंस तो अपने ही हैं। हमारी कोई ऐसी प्राण लेने वाली शत्रुता नहीं है। नन्द बाबा अगहनी और चैती फसल पर कंस महाराज से मिलने जाते ही हैं। तो अब हमें बुद्धि से काम लेना है।'

'आज आपने मेरे नयन खोल दिए काका।' जिवधन भावुक हो गया।

'भावुक न बनो! हमने किसी के व्यर्थ प्राण नहीं लिए हैं। हम हैं तो गोप ही। हाँ एक बात और।' गजाधर बोले—'ददनियाँ और झिबिया को समझा दो। असाढ़ कपार पर आने वाला है और बरसात में चिरई भी घोंसला नहीं छोड़ती। पागल न बने वह। दूसरे गाँव के लोग सुनेंगे तो क्या कहेंगे! सब सोचेंगे कि गोकुल वाले भागने-पराने वाले हैं। हमें लोक-निन्दा से बचना चाहिए।'

'हमारा तो भूसा बाहर ही धरा है। आधा तो उड़ गया। चलें पहले उसे सैंत लें नहीं तो भँइसिया क्या खाएगी हमार कपार!'

साँझ होने वाली है। बहुत सच सामने आया। माघी यह कहते घर गया कि 'जहाँ गए वहाँ पत्थर-पानी साथ गया।' गोगी के भी बोल फूटे जाते समय कि 'एक-एक बिपत नौ-नौ हाथ।'

'अरे धान में पानी लगा है रे!'

'तो का भवा रे! ऊपर से बलिए काट ले।'

'कान्हा की टोली अभी तक जाए रही है गाय चराने।'

'अरे पहले अपना धान तो काट, कान्हा का हाल पूछना बाद में। वो बड़े घर का पुत्र है। मुखिया हैं नन्द बाबा। कान्हा को देखने वाले कई गाँव के गोप हैं। हमें चिन्ता क्यों करनी है।'

'लेकिन हैं तो कान्हा हमारे गाँव के! और वो हमारी मान-मर्यादा हैं। हम प्राण दे देंगे लेकिन कान्हा पर खरोंच न आने देंगे।'

'अरे पहले धान तो धर ले घर में! फिर सोचना कान्हा को!'

'सुना है कि कान्हा अपनी आयु से आगे बढ़-चढ़ कर बोलते हैं।'

'अरे ससुर तुम अभी कहाँ हो! कान्हा में शक्ति आ गई है। यज्ञ के नाम पर पशु मारने का विरोध क्या कोई बालक कर सकता है? कान्हा और बलराम विरोध करते हैं टोली के साथ। कई गाँव घूम भी चुके हैं। यह बालकों का अभियान है।'

'सब नन्द बाबा ने सिखाया है।'

'ठीक है, लेकिन देव दुखी हैं। मुझे तो लगता है कि नन्द बाबा भी देव विरोधी हो जाएँगे।'

'नन्द नहीं तो कान्हा तो अवश्य ही।'

'और तुम्हारी लार टपक रही है का? मांस का लोभ ठीक नहीं, पशु दूध भी देता है।'

'दूध वाले पशु की बात नहीं है, और जो दूध नहीं देते वो?'

'ठीक है भाई लो आनन्द, स्वाद-सुख मांस-मछली का।'

खेतों में काम बढ़ गया है। धान की कटाई चल रही है। खेतों से चर्र-चर्र की ध्वनि कृषक-संगीत का सुख दे रही है, यह प्रमाणित श्रम की ध्वनि है। यहाँ स्वेद का भी सुख है लेकिन शीत ऋतु के कारण स्वेद बाहर नहीं आ रहा है। गोपों की बतकही काम करते समय होती रहती है, जो एक तरह का विनोद भी है और आगे बढ़ने की विचार-प्रक्रिया भी।

...और अभी पहला पहर ही बीता है। खेतों में कटाई चल रही है। गौएँ कुछ चर रही हैं और कुछ सुस्ता रही हैं। गोपालों की टोली खेल रही है। मिट्टी की गोली माँएँ बनाती-सुखाती और पकाती हैं। नन्द बाबा को छेदाना पहुँचा गया है पक्की-पक्की ढेर सारी गोलियाँ, कान्हा के लिए। गोपालों की लाठियाँ वृक्षों से टिका कर खड़ी कर दी गई हैं।

'ये गोली मेरी, देखो अभी लक्ष्य साधकर मारता हूँ, टन्न से।'

'गुप्पी में मेरी पी गई थी।'

'तुम तो जीत रहे हो!'

'बीस मेरे पास भी हो गई हैं गोली।'

'आ-आ बुधिया आ! हट्ट-हट्ट। अरे उधर कहाँ रे! गोबरी!...आ-आ...लेह-लेह...।' सुमंगल की गाय दौड़ रही है। उसकी गाय का नाम बुधिया है।

...और सभी गाएँ भागने-दौड़ने लगीं। गायों की भगदड़ मच गई। कृष्ण-बलराम अपने मित्रों के साथ गोली खेलने में मगन हैं। लेकिन कितनी देर तक खेलें! गौएँ बछड़े, भैंसें भाग रही हैं इधर से उधर—नियंत्रणहीन। खेल रुक गया। गोलियाँ रौंदा गईं। बलराम ने देखा कि कुछ नई गाएँ जो यहाँ की नहीं हैं, अपने बछड़ों के साथ आ गई हैं।

कंस की सभा इस बार जोरदार हुई थी। सभा में सभी सभासद, सेनापति प्रमुख, राज्यकर्मी उपस्थित तो थे ही, श्रेष्ठ असुर भी थे। ये असुर कंस की मित्रता के कारण या भय के कारण अपना प्राण तक गँवाने को तैयार थे। इनमें प्रमुख असुर थे—वत्स, बक और अघ। पूतना के मारे जाने से बक और अघ तो कुछ अधिक ही कुपित थे।

पूतना बहन थी। प्रतिशोध की अग्नि कहाँ तक जलाएगी, किसी को पता नहीं।...और फिर तय हुआ कि वत्स जाएँगे नन्दगाँव, पता करेंगे कृष्ण की चर्या। और फिर गौएँ चराते गोपालों को घेरकर कृष्ण को मार डालेंगे।

वत्स कभी-कभी गृह युद्ध में बड़ा काम आ जाता था। उसका नियंत्रण गायों पर था। युद्ध के समय वह स्वयं बछड़े के रूप में रहता था। खाल ओढ़ कर, सींग लगा कर वह पूरी तरह एक बछड़ा बन जाता था। वह लात चलाता जैसे कोई बैल बिगड़ गया हो, और क्रोध से लाल हो जाता था। हाथ-पैर से आघात करने का वह विशेष अनुभवी, छिपने में भी कुशल वत्स की गौएँ जब किसी सेना के आगे दौड़ लगातीं तो सेना में भगदड़ मच जाती। धूल के उड़ते बवंडर में शत्रु की अस्त-व्यस्त सेना हार जाती। कंस ने कई बार वत्स का युद्ध में उपयोग किया है। विचित्र तो यह है कि गायों के झुंड में कोई आ जाता तो गाएँ जान-बूझकर उसे कुचलने का प्रयास करतीं या सींग से प्रहार कर घायल कर देतीं। कई सैनिक गायों की मार से मृत्यु को भी प्राप्त हो चुके हैं।

आज वत्स असुर अपनी गायों के साथ गोपालों पर धावा बोल चुका है।

बलराम को समझते देर न लगी। कृष्ण और उनके साथी भी समझ गए बलराम का संकेत और पलक झपकते सबने अपना लट्ठ सँभाल लिया। सुमंगल और उत्तम की लाठी में पत्थर बँधा था, मानो कोई गदा हो।

'साथियो! तैयार! देखना ये बाहरी गाएँ हमारी गौओं में मिलने न पाएँ। ये गाएँ मरकही लगती हैं।' बलराम जोर से बोले।

'भैया मैं देख रहा हूँ।' कृष्ण की ध्वनि भी तेज है—'भैया इन गायों में एक व्यक्ति छिप कर भाग रहा है।'

'एक नहीं कई होंगे! ठीक से देखो!' बलराम पूरा संचालन कर रहे हैं—'श्रीदामा, पेंघा, मधु, उत्तम, सुमंगल अपनी-अपनी दिशा सँभाल लो! और कृष्ण तू व्यक्ति पर ध्यान दे, वह छिपने न पाए।'

'हाँ भैया! उसने बछड़े का रूप धर लिया है। सींग लगाया है।'

'बचना वह लात चलाएगा, सींग भी।'

रुद्रसेन भी आ गया। बाहरी गौएँ हाँकी जा रही हैं। रुद्रसेन के साथ युवा गोपों की टोली आ गई है—मूसल, लट्ठ, बरहा लिए। दिवासो का नेतृत्व है, मदन और सजीवन दिशा-संचालन करेंगे। बीस से अधिक गोप आ गए हैं।

'माघी भी अपनी टोली के साथ आ रहे हैं। सूचना भेज दी गई है।' दिवासो ने बलराम से कहा।

'बात नहीं! बरहा फेंको गायों के आगे। और खींचो! भहराकर गिर पड़ेगी गौएँ और हताश होकर भागेंगी।'

गोपों ने पूरी तरह वत्स को घेर लिया है। बाहरी गाएँ-बछड़ें दूसरी दिशा को हाँक दिए गए हैं। लगता है कि वत्स के पाँच साथी भी बच नहीं पाएँगे। फिर क्या था, लट्ठ बजने लगे, मूसल चलने लगे। वत्स कभी लात चलाता कभी लट्ठ, कभी सींग। दिवासो का एक मूसल ऐसा पड़ा कि वत्स की लाठी टूट कर दूर जा गिरी। उसका सिर फूट

गया, रक्त की एक धार बह निकली। तभी मदन और सजीवन लाठी से पीटने लगे। शेष चार असुर जो लाठी में कुछ ठोस नुकीला लगाए हैं, गोपालों ने उन्हें पीटना शुरू कर दिया। सुमंगल और उत्तम की लाठी में लगा गोल पत्थर सिर फोड़ देता।

कृष्ण कभी वत्स की देह पर लाठी बरसाते कभी बलराम के पीछे खड़े होकर उन असहाय गिरे हुए असुरों को देखते जो लाठी का प्रहार सह रहे हैं।

असुरों की चीख-आह से पूरा क्षेत्र गूँजने लगा। धूल के उड़ते गुच्छे किसी कार्य को प्रमाणित कर रहे हैं। कृष्ण ने वत्स की सींग उखाड़ ली। बलराम और कृष्ण उसकी टूटी टाँग को पुन: मरोड़ने का प्रयास कर रहे हैं।

'मैं इसकी बाँह उखाड़ कर यमुना में बहाऊँगा।' कृष्ण ने मुस्कराकर कहा।

'यह मर गया है!' दिवासो बोले—'जाओ सबको बता दो कि हमारी पहली विजय हुई है।'

कृष्ण और बलराम ने उसकी ओढ़ी हुई बछड़े की खाल खोल ली है।

वत्स असुर का मारा जाना और फिर से कृष्ण को श्रेय देना कंस को चुभ रहा है। लेकिन वे कुछ असुर-नियमों से बँधे हैं। और कुछ अपनी व्यर्थ हो गई बुद्धि से व्यथित हैं कि निर्णय ही नहीं कर पा रहे हैं कि क्या करना चाहिए। यह पूर्व में ही निर्णय हो चुका है कि कोई असुर गोपों की हत्या नहीं करेगा। कृष्ण ही शत्रु हैं। वृष्णि संघ में अपनी संख्या के बल पर वर्चस्व बनाए हुए हैं। फिर भी अन्तिम श्वास तक कंस प्रयास करना चाहते हैं कि कृष्ण का वध हो और उनकी श्रेष्ठता प्रमाणित हो, सम्मान बचा रहे।

'आप सभी किसी अर्थ के नहीं हैं। नाम लेने में अब लाज आ रही है।' कंस एक विशेष बैठक में बोल रहे हैं—'वत्स मारे गए, उनके पाँच विश्वसनीय प्रमुख भी नहीं रहे। ये क्या हो रहा है! एक बालक...और उसकी टोली कैसे वत्स जैसे बलशाली की हत्या कर सकती है! अब मैं किससे कहूँ? क्या करूँ? क्या मैं स्वयं अपनी हत्या कर लूँ? कहो तो गले में फाँस लगाकर किसी वृक्ष से लटक जाऊँ। बात कहाँ तक बढ़ गई! ओह! वत्स मेरा परिणाम था। वह रहता था तो किसी भी बड़ी सेना का सामना प्रत्यक्ष कर लेता था।' कंस का हाथ माथे पर है। आँखें ऐसे देख रही हैं कि न किसी वस्तु की ओर दृष्टि है न तो चंचल ही हैं। लेकिन आँखें निहार रही हैं निर्निमेष। एक चिन्तन की मुद्रा, एक चिन्ता में चिन्तित आँखें, कुछ नया विचार करती आँखें, नये प्रकार के भय को समझती आँखें...लेकिन क्या और कोई देख पा रहा है कंस की आँखें!

'हम व्यर्थ नहीं हैं महाराज!' बक ने मौन तोड़ा—'पूतना की स्मृति गई नहीं है। वह हमारी बहन थी। हमारा जीना व्यर्थ है।'

'आप सेना भेज नहीं सकते तो कठिनाई तो होगी ही। और गोपों में एकता है। वे टोलियाँ बना चुके हैं। मैं और वत्स कई माह तक नन्द के क्षेत्र में रहे हैं। पता नहीं कितने प्रकार की टोलियाँ बना ली हैं गोपों ने। किसान, श्रमिक, शिल्पी, गोपाल, युवा, वृद्ध, बालक...श्रेणियाँ गिनाकर चिन्ता ही बढ़ाएँगे हम। महाराज! मुझे आदेश दीजिए

मेरा बक नाम ऐसे ही नहीं पड़ा है! मैं पक्षियों के मुखौटे लगाकर कई बार शत्रु को भ्रमित कर मार चुका हूँ। आपका आदेश महाराज!'

'इसका अर्थ यह कि नन्द अपने अट्ठारह गोकुल ग्रामों में युवा वर्ग की टोली बना चुके हैं।' कंस की संगठन शक्ति गोपों के आगे असमर्थ है। कंस विचार ही करते रह गए और ये साधारण गोप आगे निकल गए।

'बक को आदेश दीजिए महाराज! और यह अकेला जाएगा। यह भी मृत्यु को प्राप्त हो ले!'

अघ ने व्यंग्य किया—'यह मरने को अच्छा समझता है। पूतना मर गई तो यह उसकी स्मृति में जीता है। मरे हुए के साथ! हुँह! जा भाई बक, अपनी वीरता दिखा और मर!'

'आप बक को क्रोध दिला रहे हैं अघ भाई!' केशी ने टोका।

'और क्रोध में यह अपना संतुलन आला पर रख देता है।'

बक क्रोध और लाज की बीच में गोते लगाता रहा। क्या करता! उसकी पीड़ा कोई हरने वाला तो था नहीं। बैठक देर तक चली।

नन्द गोप की सीमा बढ़ रही है, उनके लोग बढ़ रहे हैं, वृष्णि उत्साहित हैं। आर्यों-देवों का साथ है। खेती-किसानी, गाय-भैंस, अन्न-फल-दूध सब उनके पास है। असली स्वामी मिट्टी के वे ही हैं। खेतों की उर्वरा शक्ति भी उनके पास है। और अब तो कई विधियाँ उनके पास उर्वर बनाने की हैं—हरे पौधों से, गोबर और घास भूसे से। ये सारी बातें पूरा समाज जानता है। लेकिन बक की भावुकता कोई नहीं जानता।

बैठक को बीच में छोड़कर बक चला गया। सभी उसे ऐसे देख रहे हैं, जैसे वह अब कभी नहीं आएगा।

आगे और लड़ाई है

कृष्ण बड़े हो गए, यह कहें कि अभी-अभी वे किशोर हो गए। बलराम तो अब युवा लगने लगे हैं, लेकिन हैं अभी वे भी किशोर। एक ऐसी अवस्था, जहाँ कुछ समझ में नहीं आता, वरिष्ठों की बात व्यर्थ लगती, और ऐसी अनुभूति होती कि जो कह रहा हूँ मैं, वही सच है। देह का भीतरी भाग हो या बाहरी, परिवर्तन दिखता है। वाणी कर्कश हो जाती है—एक मोटी पुरुष ध्वनि। गरदन की घंटी उभर जाती है। कुछ गुदगुदी होती है, मन कुछ भिन्न प्रकार का चंचल हो जाता है। उभरती नसें व अंग उसके शीघ्र युवा होने की सूचना देते हैं जिससे वह पुलकित होता है। बढ़ती शक्ति से कुछ भी कर सकने की क्षमता के अतिविश्वास से भी उसका मन पुलकित होता रहता है। लेकिन कृष्ण और बलराम अपनी प्रसन्नता में समझ को बनाए हुए हैं, उनकी बुद्धि व्यर्थ नहीं सोचती। आए दिन दोनों किशोरों की चर्चा होती रहती है।

दो घटनाएँ हैं एक वर्ष के भीतर। लेकिन लगता है कि वृन्दावन में शान्ति रहेगी। बालकों, युवाओं की ऊर्जा ने विश्वास दिला दिया है कि कोई षड्यंत्र यहाँ सफल नहीं होगा। चाहे जिस रूप में, जिस कला में कोई प्रवीण हो, मारा जाएगा। और अब तो

पहरा देते हैं गोप रात में। पूरा क्षेत्र जान गया है कि कृष्ण और कंस का भीतरी युद्ध अभी और चलेगा। कृष्ण रहेंगे या कंस! जनता प्रतिदिन विचार करती कि किसका पलड़ा भारी है। कौन है शक्तिशाली, भोज या वृष्णि! और गोप तो समझिए कि बीच में पिस रहे हैं। फिर भी कुछ माह से कोई उथल-पुथल नहीं है। ऋतु का आनन्द लेते पूरा नन्द क्षेत्र उतरते माघ का सुख भोग रहा है। जाती हुई ठंड और आती हुई गर्मी का आनन्द भला कौन नहीं चाहेगा। यही समय है भ्रमण करने का। और यहीं से प्रारम्भ हो जाता है प्रतिदिन स्नान करना और गदराए जौ की झूमती बालियों को देखकर प्रसन्न होना। इसी समय सरसों फूलकर धरती को पीत कर देती है। फूली तीसी और बर्रे को देख घूरहू बर्रे की खीर की कल्पना करता है, इस बार वह बर्रे से तेल भी निकालेगा और मोट में लगाएगा।

रेऽऽ भँइसिया न रे, हमके बड़ा सुख देले
पिछला बरिस ई, रहे बियायी
एही बरिस भी, गइल भइँसाई
भँइसिया न रे, हमके बड़ा सुख देले

गा-बजा रहे हैं घूरहू। अपने में मस्त। कोई सूचना नहीं उन्हें, न चिन्ता। भोजन किया और मल त्याग कर आए। हाँ कार्य जी-तोड़ किए, बड़े परिश्रमी हैं देह से।

'का गा रहे हो घूरहू? कुछ और पता है?' जगधर ने पूछा।

'पता है कि तुम माघी की गोल में हो।'

'अरे ससुर के नाती! ई कवनो बात भई! अरे कंसवा अभी भी भेज रहा है एक से एक जनगर मल्ल लड़ाकू। बक और अघ आए रहे। मार लाठी, मार लाठी बहुत पिटाए। यहाँ से मर के गए।'

'यह भी पता है भैया!'

'ठीक है आज बतकही है। सुने का जी करे तो आना नन्द बाबा की चौपाल में।'

आज बतकही है। टोली प्रमुख और गोप प्रमुख रहेंगे। दोपहर में चौपाल लगेगी। कृष्ण और बलराम दुखी हैं। उन्हें मना है चौपाल में जाना। चौपाल में मदिरा और भाँग की व्यवस्था है। अपनी इच्छा और पसन्द के अनुसार पीकर मस्त हुआ जा सकता है, लेकिन चेतना में।

दोपहर हो गई है। ताड़रस अभी बन नहीं रहा है, एक माह की देरी है रस चूने में। प्रमुख गोप—कुलनन्द, महानन्द, सुनन्द, केलिनन्द, उपनन्द, उद्धव, दिवासो, माघी, गजाधर, सोमारू चौपाल में बैठ गए हैं। घूरहू को भी आज्ञा है बैठने की, उसे घड़े में भरी मदिरा दिखाई दे रही है। भाँग तो पीता रहता है, आज वह भिन्न प्रकार के स्वाद से मस्त होना चाहता है।

'आप सभी का स्वागत है।' नन्द ने बतकही प्रारम्भ कर दी है—'आप सभी जानते हैं कि शान्ति होते हुए भी शान्ति नहीं है। हमें किसी घटना के घटने का भय है। केशी के गुप्तचर घूम रहे हैं। वे टोह में हैं कि कब कृष्ण की हत्या कर अपने महाराज से पुरस्कार प्राप्त कर लें।

'हमारे कान्हा को कोई एक तिनका से छूकर तो देखे! मुँह से रक्त उगलता भागेगा।' सोमारू खड़े हो गए—'बक ससुर के नाती आए थे। नोच-बकोट दिए गए।'

'मैं बताता हूँ मैं, सजीवन उतावले हो रहे हैं—'बहुत लम्बा मुँह था उसका और चोंच लगा रखी थी। सुना है कि वह बचपन से चोंच से लड़ने का अभ्यास करता रहा है। एक पक्षी की तरह छिपकर एक-दो शत्रु को अपने मोह में फँसाकर मार देता था। यह भी सुना गया है कि उसकी एक टोली भी है चोंच वाली—बक टोली। लेकिन वह यहाँ पाँच साथी ही लेकर आया था।'

'तुम लगे बत-बढ़ावन करने। सीधे बात पर आओ! नहीं तो कहो मैं बता दूँ।' जगधर भी थे बक की लड़ाई में।

'ठीक है!...बक छिपा था जलाशय के पास। सभी गाएँ पानी पीकर सुस्ता रही थीं। कृष्ण ने देख लिया कि कोई जलाशय के पास छिपा है, पक्षी बनकर। फिर क्या था बीस से अधिक रहे होंगे गाय चराने वाले किशोर, एक साथ सभी पीटने लगे लट्ठ से। पत्थर भी मार रहे थे। रुद्रसेन तो बक की आहट लगते ही सूचना देने भागा आया। तब हम सब वहाँ पहुँचे। अभी लड़ाई हो रही थी, बक बने व्यक्ति घिरे थे बालकों से। उनकी कोई बुद्धि काम नहीं कर रही थी, चोंच ही काल बन गई। जिसकी चोंच पकड़ में आ जाती वह शक्तिहीन हो जाता। ऊपर से लट्ठ बरसते रहते। बलराम ने तो बक प्रमुख के सिर पर पत्थर ही मार दिया था। कृष्ण ने उसकी चोंच उखाड़ ली थी और उसी चोंच से प्रहार!'

'लगता है कि ये यहाँ के नहीं हैं। कहीं और के असुर हैं। कंस के यहाँ सेवा करते हैं। भला कोई असुर कंस को यह क्यों नहीं समझाता कि कृष्ण तो उन्हीं के परिवार के हैं, असुर हैं। अपनों का रक्त बहाने से क्या लाभ?' नन्द का माथा सिकुड़ गया।

'नहीं श्रेष्ठ नहीं! यहाँ आप भूल कर रहे हैं।' गजाधर बोले—'बक तो पूतना का भाई था। कोई और असुर बाहर से आए हों तो मैं नहीं कह सकता लेकिन बक और अघ तो एक ही परिवार के हैं।'

'मैंने देखा है गजाधर!' नन्द को विश्वास था—'किसी अन्य राज्य के असुर होंगे तो उनकी बोली-बानी भी थोड़ी भिन्न होगी। चलो बक अपना ही था, बाहर का नहीं।' नन्द थोड़ा ठहरे फिर बोले—'मित्रो! मैंने अपने अट्ठारहों गाँवों को देखा है। मैं तो घूमता ही रहता हूँ। इसी भ्रमण में मैंने दधिवन, बच्छवन, शेषशायी, कौरवन, मधुवन, तालवन, कामवन, बेलवन, महावन के स्थान को भी समझने का प्रयास किया है। मैं जहाँ भी गया हूँ वहाँ कृष्ण की चर्चा होती है। कृष्ण के प्रति अभी से श्रद्धा हो गई है। मैंने यह भी पता कर लिया है कि नारद चाहते हैं कि वृष्णि और भोज लड़ते रहें, तनाव बढ़ता रहे और देव आगे बढ़ें। मैं तो बस अपनी बात करता हूँ कि कृषक और गोपालक के अतिरिक्त कौन चिन्ता करता है जीवन की, मैं शिल्पी और श्रमिक को भी इसी में जोड़ता हूँ।'

'हम सभी तो कृष्ण को मान दे ही रहे हैं।' सुनन्द बोले।

'मान ही नहीं! हम उन्हें अपना अगुआ अभी से घोषित करते हैं।' दिवासो खड़े हो गए।

'हमारा नेतृत्व अब कान्हा करेंगे।' जिवधन की ध्वनि तीव्र है।

'कृष्ण कृष्ण' की ध्वनि गूँज उठी। एक प्रकार का उत्साही कोलाहल।

'सुनिए! शान्त! मित्रो शान्त होवें आप! अति उत्साह उचित नहीं। अब गाँव-गाँव में चौपाल बैठ रही है। वहाँ कृष्ण के नेतृत्व और किसान की बात होती है। आप तो कृष्ण को अपना नेता मान ही रहे हैं, और भी गाँव हैं जहाँ वे पहले से ही कृष्ण को सम्मान दे रहे हैं। आप सभी कान्हा के विषय में जानते हैं। ऐसा नहीं है कि मैं गोप प्रमुख हूँ और मेरा कुल सबसे बड़ा कुल है, इसी कारण हम अपने पुत्र को नेतृत्व करना देखना चाहते हैं। कृष्ण में गुण है, सीखने-समझने की ललक है।' नन्द बोले जा रहे है, बिना रुके—'कान्हा जब छोटा था, उसे ओखल में बाँध देती थीं यशोदा। और वह शक्ति लगाकर खींचता था। भय तो है नहीं, किसी के भी घर माखन चुराकर खा लेता, खिला देता। गो प्रेम हो या भूमि प्रेम आप सब उसे जानते हैं। कृष्ण में कृषक-शैली के लक्षण हैं और एक वीर पुरुष के भी। पक्षी प्रेम, वृक्ष प्रेम भी कान्हा का सबको ज्ञात है और शत्रु से लड़ने का साहस भी। एक दिन कृष्ण ने कहा कि 'बाबा मुझे आम, मयूर, गोरस, परिजात, पीपल पसन्द हैं।' उस दिन उसकी पसन्द को अनसुना कर दिया, लेकिन आज समझ में आया कि कृष्ण कैसा है। उसकी बातें और प्रश्न तो बहुत हैं। एक दिन कहने लगा—'बाबा अपने लोग क्यों झगड़ रहे हैं? और जब लड़ रहे हैं तो अपने कैसे हैं? कंस मामा का मैंने क्या बिगाड़ा है कि वे मुझे मारना चाहते हैं? मैं उनका प्यारा भांजा हूँ। आप तो एक दिन कह रहे थे कि हम सब असुर हैं तो असुर क्यों हमारे प्राण लेना चाहते हैं? हमने तो उनकी गाएँ छीनी नहीं हैं। भूमि भी नहीं छीनी? तो क्यों शत्रुता है हमारी उनसे?' मैंने स्पष्ट कहा कि कान्हा हम देव-प्रभाव में हैं। हम आर्य हो गए हैं। हमारा परिवर्तन है पुत्र! इस पर कान्हा का प्रश्न कि 'हम देव प्रभाव में क्यों आए? असुर हैं तो असुर ही रहते। क्या असुर अच्छे नहीं हैं?' मेरे पास उत्तर नहीं है मित्रो! मुझे तो यह भी आभास हो रहा है कि कृष्ण आगे चलकर देवों के विरुद्ध न हो जाएँ।'

'इसमें बुराई क्या है। देव कोई अपने थोड़े हैं। सब अपना हित साध रहे हैं। एक न एक दिन उनका ही अधिकार होगा सब पर। हम सब उनका आँगन लीपते रहेंगे, गोरस पहुँचाते रहेंगे। और वे घी चूतड़ में लगाकर हमें उपदेश पिलाएँगे कि देव रक्षा करें। जब देवों को बिना कुछ किए मीठा भात, गोरस, घी और तिल मिल रहा है तो वे लड़ेंगे क्यों?' जंगली बोले।

'लगता है जंगली ने भाँग चढ़ा ली।' बोधा हँस दिए।

'भाँग नहीं आज मदिरा चलेगी। और मैं अभी मस्त नहीं हुआ हूँ। लेकिन जिसको देखो सब गोपों के पीछे पड़े हैं। आवे कोई तो बतावें, न लट्ठ घुसेड़ दिया तो कहना।'

'क्रोध नहीं! आक्रोश नहीं जंगली! बतकही में व्यर्थ ऊर्जा व्यय न करो। बचाकर रखो, काम आएगी।' नन्द बाबा शान्त भाव से बोले और विश्राम की मुद्रा में बैठ गए।

'आज हमको भी मदिरा मिलेगी का?' घूरहू सबसे पीछे बैठा है, उसके मुँह में लार भर गई है—'लेकिन अघ ससुर कइसे मारे गए ई तो बता दें बड़े गोप जी।'

'मैं बताता हूँ।' माघी बोले। वे अघ की लड़ाई में बलराम-कृष्ण के साथ ही थे। बक की मृत्यु के बाद एक टोली कृष्ण की टोली के साथ रहने लगी थी। माघी एक बड़ा मूसल साथ रखते और एक पाँच हाथ का बड़ा-सा लट्ठ भी जिसका एक छोर नुकीला होता।

'एक बार मदिरा पी ली जाए तब कुछ सुनेंगे!' बोधा से रहा नहीं गया। उनकी पीने की इच्छा चरम पर है।

'आज भाँग धरा रह जाएगा। मदिरा ही मदिरा!' जोधई बोधा की टोली के ही है। सोमारु हँस रहे हैं, जीभ ओठों पर आ जाती है।

'बड़े जने मैं भी मदिरा...मुझे कभी नहीं मिली। हम तो ताड़रस से जीवन काट ले आए।' घूरहू को आशा है, विश्वास भी।

पात्र भरे हैं। बतकही चल रही है। कोई कुछ बखान कर रहा है, कोई क्रोध में मुट्ठी तान रहा है।

'हमने बक का मुँह नोचा था।'

'तुम कहाँ ससुर मैं, तुम तो मूत्र त्यागने में लगे थे।'

'और इसको तो मल निकल रहा था।'

'ऐसा नहीं है! मदिरा में मस्त होकर झूठ न बोलो। मैं ही बक पर अग्नि खंड फेंकता था।'

'बकवा की बहुत बड़ी नाक थी, उसकी चोंच उखाड़ कर उसकी गुदा में घुसेड़ दी थी मैंने।'

'गुदा में नहीं पेट में, बलराम-कृष्ण पेट में भोंक दिए थे, तुम नहीं।'

मदिरा का पहला चक्र, दूसरा फिर तीसरा। अपनी बात-बड़ाई में सब आगे। मानो यही आगे बढ़ाने का उपक्रम हो। और नन्द बाबा अपने विचार में मगन अपनी स्मृति में खोये—इतने कष्टों, संत्रासों, बन्धनों, भय और असुरक्षा के बीच कैसे देवकी से प्रेम किया होगा वसुदेव ने? कैसे जागा होगा काम? कैसे सम्पन्न हुआ होगा सम्भोग? क्या उन्हें नहीं लगा होगा कि मेरा वीर्य व्यर्थ हो रहा है? लेकिन प्रेम! वसुदेव का प्रेम! देवकी को अवसाद से बचाने का उपक्रम—प्रेम! यही हाल सम्भवत: देवकी का रहा हो वसुदेव के प्रति। और मेरी यशोदा! प्रेम तो करती है, समर्पण भी है लेकिन उसका ढीठपन ही तो मधुरमय प्रियम् की तरह है—प्रेम उमड़ पड़ता है।

नन्द बाबा ने सिर झटक दिया, जैसे वे पानी की बूँदों के रूप में आई तनावी रेंगती वस्तु को झाड़ रहे हों। नन्द को अक्रूर की याद आई। अक्रूर के कारण ही नन्द बाबा का परिवार वृन्दावन में बस सका था, और अन्य ग्रामों में भी सम्मान बढ़ा था। ग्रामीण बैठकें करते और नन्द बाबा की आज्ञा स्वीकारते। लोहित तो कई बार विमर्श कर चुका है। गोप श्रेष्ठ नन्द लोहित के आभारी हैं और अक्रूर के भाई—उपमदु, मेजय, विश्वारि, उपक्षत्र, अरिमर्दन के भी। बहन सुतारा और पृथु का भी कम योगदान नहीं था।

खोए थे नन्द। तभी ऊँची ध्वनि में सबको बतियाते देख नन्द का ध्यान टूटा। ऐसा लगता था कि कोलाहल भरे वातावरण में कई झगड़े एक साथ नन्द देख रहे हों। हाँ, घूरहू बैठा एक किनारे चौथा चक्र पूरा कर चुका था, वह आज जी भरकर पीएगा।

'इस प्रकार मस्त होंगे तो बात नहीं बनेगी। अपने से अलग हो जाना मस्ती नहीं है। चेतना खोकर क्या रंजन करेंगे आप! माघी! चल तू बता अघ कैसे मारा गया। तू ही तो था वहाँ।' नन्द बाबा पूरी चेतना में हैं।

'मैं बताता हूँ, बताता हूँ।' माघी ने मदिरा का चार च्रक्र पूरा कर लिया है। उसका पात्र किसी ने छिपा दिया है नहीं तो वह अभी एक-दो चक्र और लेता—'मेरी टोली में हैं तो बहुत लेकिन जिवधन, नौमी, गोगी, जगधर थे श्रेष्ठ जी। अरे खड़े होकर हाथ जोड़ दो मूर्खो!...दो तो छिप गए डर के मारे, पुक-पुक बजने लगा होगा ससुरों का।...क्या बताएँ! खाल ओढ़े थे अजगर की तरह!...क्या बतावें श्रीमान्...क्या...बतावें श्री...मान...!'

'अरे चुप रहिए! चौपाल में बैठे हैं, और नटई तक गटक लिए मद्य, तो क्या अंडू बोलेंगे। मैं बताता हूँ श्रेष्ठ! मैं एक चक्र से अधिक नहीं पीता। पूरी चेतना में हूँ।' नौमी विश्वास से भरा है—'कई माह पहले से वह यहाँ के चारागाहों में रह रहा था। पूरी तरह मित्र की तरह कृष्ण की टोली में। उसने बताया कि मैं अघ हूँ। मैं शंख का पुत्र हूँ, जो दैत्य हैं। एक बड़े ऋषि के हाथ-पैर टेढ़े थे, लँगड़ा कर चलते थे। मैंने हँसी उड़ाई उनकी और बहुत चिढ़ाया उनके टेढ़े अंगों को लेकर। उनके कई बार मना करने पर भी मैं नहीं माना। वे क्रोध में आ गए। उन्होंने ऋषियों की एक बैठक बुलाई और मुझे गाँव से बाहर भगा दिया। मैं ऋषि के गाँव के समीप ही रहता था। अब भला ऋषि की बात कौन टालता, मैं मार भगाया गया और कंस की शरण में जा गिरा। किसी का परिहास नहीं करना चाहिए। वह मरते-मरते कह गया था।'

'और बताओ! कथनी लेकर बैठ जाते हो,' माघी बिगड़े।

'आप श्रेष्ठ हैं माघी! आप हमारी टोली के अगुआ हैं!' नौमी ने हाथ जोड़ लिया। नन्द के नयन भी फैल गए, वे माघी को क्रोध से देखने लगे।

'...श्रेष्ठजी! अघ एक दिन औचक अजगर की तरह खाल ओढ़े सबको एक निर्जन स्थान पर ले गया। सब गोपाल वहीं फँस गए। अघ के छिपे तीन साथी और आ गए। ये रेंगने और गरदन फाँसने के जानकार थे। लेकिन उनकी एक न चली। अघ के दो साथी तो भाग गए। फिर क्या! वही कि बज गया लट्ठ! अघ के मुँह में घास-पत्ती ठूँसते ही उसकी साँस थम गई। गोपालों ने उसकी गरदन दबोच ली। शेष बचे दो साथी जो तीन हाथ के बाँस लिए थे, उसी से उनकी गरदन चाँप दिए गोपाल। हम सब तो खड़े देखते रहे एक अनोखा दृश्य! हाँ श्रेष्ठ, उनके बाँस एक ओर से चीर दिये गए थे अन्तिम गाँठ तक, बाँस को मुँह की तरह फैलाकर वे दुष्ट गरदन फँसाते थे। गोपाल समझ गए कि है क्या है यह, और उसी में उन्हीं की गरदन!'

और एक ध्वनि उठी थी—'जय कान्हा की! जय गोपाल की! जय धरती के लाल की!' माघी से रहा नहीं गया।

'हम कृष्ण को मल्ल सिखा रहे हैं।' केलिनन्द ने आश्वस्त किया—'आने वाला समय कृष्ण का है।'

'और बलराम का भी...वे भी सीख रहे हैं मल्ल!'

'यह अच्छा हुआ कि सभी असुर वीर एक साथ हमसे लड़ने नहीं आते। नहीं तो

हम कहाँ ठहर पाते ? हमारी मिट्‌टी गीली हो जाती।' नन्द मुसकराए।

'हम प्रतिदिन कुसमय झाड़ा फिरते रहते।' किसी ने मुँह घुमाकर कहा।

'बात हँसने की नहीं है, आगे और लड़ाई है। आज की बैठक यहीं छोड़कर मत जाइए। कुछ सीख लीजिए।' नन्द ने उपदेश दिया।

'श्रेष्ठ! मैं एक बात दोहरा दूँ कि हम सभी कृष्ण को अपना नेता स्वीकारते हैं। लेकिन हम कृष्ण को देव समर्थक नहीं बनने देंगे। भला हमारे रहन-सहन पर किसी का क्या अधिकार!' माघी स्पष्ट कर दिया कि हम कृष्ण को स्वीकारते हैं लेकिन देव नहीं हैं वे।

साँझ हो गई है। मटके खाली हो गए हैं। एक ऊर्जा भरी मस्त-मस्त साँझ। एक विमर्श और अपनी करनी-कथनी का दिन। एक सन्तोष का दिन। और अब बढ़ रही है थोड़ी सी ठंड! साँझ बीत रही है, आ रही है रात! और आज भी पहरा देना है!

धरती युवाओं की है

सूर्य आग उगलता है जेठ में। कहीं भी चैन नहीं। शीतल छाँव हो, कूप का जल हो अभी का निकाला हुआ, माटी की दीवार वाला घर हो और हो कोई सुन्दरी बतकही के लिए तो अनुभूति नहीं होती गर्मी की। फिर भी चढ़ते सूर्य की आँच भला किसे नहीं लगती। इसी गर्मी में वृन्दावन अपने छूटे हुए कार्यों में व्यस्त है। गोपालों का एक ही कार्य—गौएँ चराना। नन्द बाबा शिक्षा दे रहे हैं। समय-समय पर गर्ग भी आते हैं और अपना आचार्यत्व दिखा-बता कर गोपालों को शिक्षित करते हैं। कृष्ण और बलराम तीव्र बुद्धि के हैं लेकिन कृष्ण सबसे आगे—आधा ही कहना पड़ता है, और वे पूरा समझ जाते हैं। केलिनन्द मल्ल, झल्ल की शिक्षा दे रहे हैं। प्रतिदिन कबड्डी होती है, लपक डंडा और कन्दुक खेल खेलते गोपालों की दुपहरिया कब हो जाती है, पता नहीं।

...लेकिन गर्मी है तो देवों के सिर पर। स्वेद की बूँदों ने माथे पर स्थायी जगह बना ली हो जैसे। एक के बाद एक असुर वीरों की हत्या, वह भी साधारण बालकों द्वारा! यह बात स्वीकार्य नहीं। यह सच भला देवों को कैसे पचता कि किसी का भय समाप्त होगा। 'गोप भयमुक्त हो रहे हैं, किसी दिन सिर चढ़ आएँगे हमारे भी' यह बात देवों को गर्मी दे रही है जेठ में। नारद की बात सच नहीं लग रही है कि 'गोप और वृष्णि सब देव प्रभाव में हैं। सब के सब आर्य बन रहे हैं।'...'फिर यह कैसे हो गया कि कृष्ण अभी किशोर ही हैं, उन्हें अगुआ घोषित कर दिया गया। क्या देव समाप्त हो गए हैं ? यहाँ गोपों को किसी आर्यश्रेष्ठ या देव को नेता बनाना चाहिए था, जो विज्ञ हो, जिसे संस्कृति की समझ हो। हर नीति जानता हो। पता नहीं क्या है कृष्ण में! लेकिन नारद ने ही कृष्ण को प्रचारित किया है। कई देवगणों ने मिलकर वेदव्यास की स्वीकृति से उसे अलौकिक शक्ति वाला व्यक्ति घोषित किया है। अपने पैर में टाँगी मारी गई है तो क्या करें ?' देव बतियाते रहते और क्रोध करते।

'ये क्या हो रहा है नारद ?' देव-प्रमुख ने आश्चर्य से पूछा।

'आप चिन्ता न करें देव,' नारद बोले।

'आप कैसी बात करते हैं! चिन्ता न करूँ? अरे उस बालक को सब शक्तिशाली मान रहे हैं! कथाएँ गढ़ी जा रही हैं। पूतना, बक और अघ मारे जा चुके हैं। इतने बलशाली असुर! और उनकी हत्या बालक कृष्ण के द्वारा!' देव-प्रमुख के नयन फैल गए।

'यह तो मेरी चाल है श्रेष्ठ।', नारद विश्वास दिला रहे हैं—'वृष्णि और गोप मेरे हो चुके हैं। कृष्ण को शक्तिशाली घोषित कर असुर ही लड़ रहे हैं। हम सब बचे हैं। किसी आर्य को खरोंच तक नहीं आई। गोप और वृष्णि गर्व से चूर-चूर हैं, उनका भी विनाश होगा यदि वे हमारी संस्कृति नहीं अपनाते। कंस की मृत्यु तय है। बस कुछ वर्ष का समय और दें श्रेष्ठ! कृष्ण ही मारेंगे कंस को। अपने ही कुलश्रेष्ठ की हत्या। अपना ही विनाश!

'आप सत्य कह रहे हैं, लेकिन समय बदल गया है। इस परिवर्तनशील समय में हम सभी पुराने विचार में जी रहे हैं। मेरा यानी ब्रह्मा का, विष्णु और अन्य कई श्रेष्ठ देवों का अस्तित्व तो समाप्त ही है। कोई पूछने वाला नहीं है।'

'सब पूछेंगे, मानेंगे। जब तक यह पृथ्वी रहेगी तब तक हम रहेंगे, हमारी विधि रहेगी। लेकिन श्रेष्ठ! अब देवता कोई नहीं रहेगा, सभी आर्य रहेंगे। कृष्ण को सभी स्वीकारेंगे और हम सब बिना कुछ कार्य किए यशस्वी और समृद्धिशाली बने रहेंगे। हमारे रहने का ठाठ होगा, जिएँगे हम उच्च श्रेणी में। मैंने सोच लिया है और उसे प्रचारित भी कर दिया हूँ कि अब देवपुरुष ब्रह्मपुरुष कहाएगा। इस प्रकार ब्रह्म नाम रहेगा, आप रहेंगे। आपका अस्तित्व किसी न किसी रूप में लोगों को भय में रखेगा। अच्छा हो या बुरा सब आपकी इच्छा से होगा। और यही शक्ति हम कृष्ण को देना चाहते हैं—मूर्ख बनाने वाली शक्ति। भला किसी का बुरा या अच्छा किसी की शब्द-इच्छा पर है? लेकिन अब शब्द-इच्छा प्रभावी होगी, विश्वास से लोग स्वीकार करेंगे ब्रह्म-इच्छा। ब्रह्मपुरुष प्रतीक होंगे आपके। उन्हें कोई अप्रसन्न नहीं करेगा, शाप का भय बना रहेगा। हाँ, शाप! एक ऐसा शब्द जो भय में रखेगा प्रजा को। किसी ब्रह्मपुरुष ने शाप दे दिया तो उसका समर्थन समस्त देव करेंगे।' नारद ने लम्बी साँस ली।

देव-प्रमुख मुसकराए। कुछ भी हो नारद श्रेष्ठ में कोई कमी नहीं है। यही कारण है कि नारद को कभी हानि नहीं हुई। कुछ देर नारद के विषय में सोचते रहे देव-प्रमुख, फिर बोले—'नारद जी! मुझे कृष्ण से मिलवाओ। और जो देव मथुरा में कार्यरत हैं—अक्षतानन्द, रणेन्द्र, तरुणदेव, उन्हें भी बुलवाओ, घृत पीकर मोटे हो रहे हैं। कृष्ण-जन्म के बाद क्या हमारी कोई योजना नहीं है?'

'कृष्ण आएँगे लेकिन वे अपने गोपों के साथ, गोपाल मित्रों के साथ। और प्रभु, योजनाएँ तो बहुत हैं, बस आप आँख बन्द कर देखते रहिए।'

'आँख बन्द कर कैसे कोई देखेगा नारद श्रेष्ठ?' देव-प्रमुख हँसे।

...और दस दिन के बाद।

गर्मी तो है लेकिन उमस भरी। हवा तो है लेकिन पुरवाई और वह भी बन्द जैसी। देव

तो हैं लेकिन चिन्ता से युक्त। गोप आ गए हैं कृष्ण के साथ—उत्साह से भरे हुए। असुर श्रमजीवी तो हैं लेकिन आर्यों की चाल समझने में असमर्थ, एक प्राकृतिक जीवन जीते हुए।

कृष्ण के साथ नन्द, केलिनन्द, बलराम, माघी, नौमी, उद्धव, जंगली, जिवधन गोप आए हैं। और जब बलराम हैं तो श्रीदामा, रुद्रसेन, पेंघा, मधु, सुमंगल, उत्तम, भद्र कब मानने वाले हैं। देव-प्रमुख के आदेशानुसार सभी को उचित स्थान पर ठहराया गया। नन्द बाबा आश्वस्त हो उसी दिन लौट गए।

वृन्दावन से उमस यहाँ कम है। सामने पर्वत श्रृंखला, बहती हुई नदी। वृक्षों की पंक्तियाँ, समतल भूमि। कुछ पालतू पशु, कुछ जंगली हिरण, खरहे, कुत्ते, श्रृगाल, लोमड़ी। पक्षियों का कलरव, बहती धारा का कलकल, सरसर झुरुकती हवा। कभी-कभी भागते-दौड़ते बादल देखकर मन प्रसन्न हो उठता। कृष्ण सोचते कि यहीं गोपों का निवास होता तो क्या सुख है! बलराम के मन में आता कि यहाँ की भूमि भी अपने अधिकार में करना आवश्यक है, और आसान भी।

दोपहर भाग रही है लेकिन अभी साँझ होने में देर है। वट और पीपल की छाँव का सुख लेते गोप कल की बतकही की कल्पना में वाद-विवाद का आनन्द ले रहे हैं।

'कल कोई देवता आएगा। अपनी बात मनवाने।'

'हम मानेंगे तब न!'

'हम यहाँ खा-पीकर चलते बनेंगे। एव-देव को कपार पर नहीं चढ़ाएँगे।'

'कहीं वे अपनी गाय चराने को न कह दें।'

'कहकर तो देखें। सब गौएँ हाँक कर वृन्दावन ले जाएँगे।'

'और यह नौमी गोबर न पाथने लगे।'

नौमी लट्ठ लेकर खड़ा हो गया—'घुसेड़ दूँगा यह पाँच हाथ का लग्घा। हँसी का खेल नहीं है नौमी से चाकरी कराना।'

'बात करो लेकिन उत्तेजित मत होओ! अपनी ऊर्जा बचाकर रखो। पता नहीं कब काम पड़ जाए।' केलिनन्द गम्भीर होकर बोले।

'आप सभी चिन्ता छोड़ें, संवाद तो मुझसे होगा। देवों की चिन्ता तो कृष्ण ही हैं। हो सकता है मेरी वंशी के विषय में पूछ लें देव-प्रमुख!'

यह सभी जानते हैं कि कृष्ण तर्क करने में सबसे आगे हैं। कोई बतियाकर उनसे पार नहीं पा सकता। और इस समय तो उन्हें देखकर लगता है कि वे पूरी तैयारी के साथ आए हैं।

कृष्ण शून्य में बहुत सोचते। आकाश निहारा करते। घड़ी भर गाय को सहलाते रहते। नदी के किनारे बहते जल से बतियाते तो लहलहाती खेती देखकर गदराए अन्न से संवाद करते रहते। यह कोई विक्षिप्त अवस्था नहीं है, यह चिन्तन की प्रक्रिया है, जहाँ से मार्ग निकलते हैं और मिलती है विमर्श की ऊर्जा।

गोप देर रात तक बतियाते रहे। कोई अपनी स्त्री से झगड़ा करने की बात करता, कोई अपने बूढ़े पिता से दुखित होने की। गोपाल अपने खेल और जो हुई है घटनाएँ उसे याद कर रंजन करते।...अब रात जाएगी। भोर होगा, निवृत्त होने के बाद जलपान

होगा और छिड़ जाएगा वाक-युद्ध। और बस कृष्ण होंगे आगे, सबकी दृष्टि उन्हीं पर। देव-प्रमुख को कष्ट है तो कृष्ण से। और यह भी सब जानते हैं कि वे दुम दबाकर भागते दिखेंगे—नतमस्तक।

...और प्रात:काल!

...और फिर स्वादिष्ट जलपान, जो वृन्दावन में मिलना सम्भव न हो। विभिन्न प्रकार के फल, दूध को औटा कर बहुत गाढ़ा किया हुआ जिसे बसौंधी कहा जाता, यह व्यंजन विशेष है गोपों के लिए। मीठे आम के कई प्रकार और आम्र-रस भी, और खट्टा-मीठा पेय भी...।

देव-प्रमुख ने आसन ग्रहण कर लिया है। उनके साथ पाँच देव और बैठे हैं। व्यर्थ के हैं, चाटुकार लगते हैं। मथुरा से आए देव एक ओर बैठे हैं—देव-प्रमुख के दाहिने। वृन्दावन के गोप बाएँ। वाम दिशा चुनौतीपूर्ण होती है। लेकिन यही प्रतिकूलता हमें मार्ग दिखाती है। आलोचना होनी चाहिए। वाम शिव को कहते हैं। शिव ने आलोचना की, सत्य कहा और स्वीकार किया। कृष्ण बाएँ बैठते ही सोचने लगे, और यही गुण उन्हें विशेष बनाता है कि वे क्षणभर में वहाँ सोच लेते हैं, जहाँ देर से भी कोई नहीं पहुँच पाता। भूत को वर्तमान में और वर्तमान को भविष्य में कैसे देखें, इस किशोर कृष्ण की विलक्षणता है।

'आप सभी का स्वागत है इस देव-स्थान पर।' देव-प्रमुख ने हाथ उठाकर हथेली दिखाई।

सभी एकटक देखते रहे देव-प्रमुख को।

'ये हाथ क्यों दिखा रहे हैं?' जिवधन ने पूछा।

'दो-दो हाथ करना है, वे कह रहे हैं मैं तैयार हूँ।' माघी ने उत्तर दिया।

'आप सभी मुझसे बात कर सकते हैं। प्रश्न पूछ सकते हैं। आप जब तक चाहें यहाँ रह सकते हैं।' देव-प्रमुख ने विश्वास दिलाया—'आप हमारे संरक्षण में हैं, सुरक्षित! हाँ, आप में से कृष्ण महाशय कौन हैं?'

'मैं कृष्ण हूँ।' कृष्ण खड़े हो गए—'मेरा अभिवादन स्वीकारें।'

इतना छोटा उत्तर! देव-प्रमुख पहले ही वाक्य में चित्त हो रहे हैं—'आशीष!' देव-प्रमुख भी एक शब्द के बाद चुप हो गए।

'आपने हमें बुलाया है, कारण? और आप प्रमुख हैं तो मुझ गोपों की आवश्यकता क्योंकर हुई? कारण उचित न हुआ तो हमारा समय व्यर्थ ही गया न!'

देव-प्रमुख का मुँह खुला रह गया। यह किशोर कृष्ण है, या कोई अन्य परिपक्व अनुभवी या कोई नाटकीय जीव? या रटकर आया है कि मुझे यही बोलना है—'हमें सूत्रों से ज्ञात हुआ है कि ब्रज में देव विरोधी गतिविधियाँ हो रही हैं। बिना हमारी आज्ञा के किसी असुर को मुक्त किया जा रहा तो किसी की हत्या। ऐसा क्यों?'

'हमारी संस्कृति कृषक-संस्कृति है। हम खेती करते हैं, गाय पालते हैं। हमें जो बाधा देगा, हम उसका विरोध करेंगे, चाहे आप ही स्वयं क्यों न हों। दूसरी बात—हम आपका आदेश क्यों मानें? आप हैं कौन हमें आदेश देने वाले? आप प्रकृति हैं या मेरे माता-पिता या आप मेरे गुरु हैं? आप देव-प्रमुख हैं, बने रहिए और अपने

आलसी देवताओं को खरी-खोटी सुनाते रहिए।' कृष्ण की स्पष्टता से सभी आश्चर्य में हैं।

'यह भी सुना गया कि देवों को बन्दी बनाने की धमकी दी जाती है। बात-बात पर क्षमा के लिए कहा जाता है।

'श्रेष्ठ! आप आदरणीय हैं, इसका अर्थ यह नहीं कि हम आपका हस्तक्षेप स्वीकार करते रहें। देव टाँग अड़ाते हैं। मैं किशोर भले हूँ, लेकिन सब समझता-जानता हूँ। देवपुरुष घूम रहे हैं गाँव-गाँव। माँग रहे हैं बिना किसी कर्म के। हम खेती करें, गाय पालें और वे बिना कुछ किए अन्न माँगें तो दे दें! दुधारू गाय उनके खूँटे में बाँध आएँ! कोई तो देव समाज का सहायक होता। बाबा ने सरोवर खुदवाया, देव पहुँच गए कि एक मनही जौ, एक गाय और एक मनही तिल दो, तब पहली माटी निकालो सरोवर से। एक काम नहीं और जौ की माँग! क्या करते हैं देव? वृन्दावन में पानी पीने के लिए बाबा ने कूप खुदवाया। गायों को चरने के लिए खेत छोड़ा गया। हमारे काका, भइया या कोई भी गोप, सभी दिनभर श्रम करते हैं। कोई पगहा बनाता है, कोई मटका गढ़ता है, कोई हल तो कोई कुदाल। गिरही बनाना भी हमें ही आता है। आप एक गाय तक दुह नहीं सकते। एक खर-पात हटा नहीं सकते। हम गाय चराते हैं, पशु-पक्षी प्रेम हमारा सब जानते हैं। पंखा, बरहा, ढेकुली, दौरी, नाव, द्रोण, कुंड, गोबरहिया, टोकरी, कठौता, पथरी, ढपनी, सूप क्या नहीं बनाते हम! और आप बैठे-बैठे भकोस रहे हैं, मोटे हो रहे हैं, उदर बढ़ाकर बेडौल हुए जा रहे हैं। हमारे गाँव में झुनुकिया काकी ताड़ के पत्ते से झुनझुना बनाती हैं। आपकी किसी देवी में है यह गुण? एक भी कार्य बता दें जो आपकी देवियाँ करती हैं। क्या धान कूट सकती हैं, गोबर पाथ सकती हैं? बकरी तक तो दुहना कठिन होता होगा उनके लिए। देवियों को बस नृत्य आता है। भोजन करना शयन करना ही उनका मुख्य कार्य है। दिन में कई बार केश ठीक करती हैं।' कृष्ण थोड़ा रुके।

'आप इतना कुछ कैसे जानते हैं?' देव-प्रमुख ने आश्चर्य से पूछा।

'देखता हूँ, सुनता हूँ, करता हूँ। बाबा तो प्रतिदिन बातें करते हैं। काका भी छेड़े रहते हैं। मैं अपनी बात निकाल कर स्मृति में रख लेता हूँ। आचार्य गर्ग सिखाते हैं। केलिनन्द काका यहीं बैठे हैं। वे हमें मल्ल और युद्ध सिखाते हैं। कई अखाड़े चल रहे हैं काका के। जनता लाभ ले रही है। आपके देव ने कितने लोगों को देव-विद्या सिखाई है?'

'मैं भी कुछ कहना चाहता हूँ देव श्रेष्ठ!' माधी कुछ कहना चाहता है—'कृष्ण हमारे नेता हैं, यह बार-बार कहने की आवश्यकता नहीं है। वे हैं तो हैं, इसमें दो मत नहीं। हम प्रसन्न हैं, खेलते हैं हमारे गोपाल सुग्गा से, मोर से, गाय-बछड़ों से। कृष्ण सबके लिए हैं चाहे गोप-गोपाल हों या गोपियाँ। अभी आपने कृष्ण का प्रेम नहीं देखा है। वे खेत-खलिहान से भी प्रेम करते हैं। अघ और बक के मरने का हमें दुख है, वे अपने ही थे। हम प्रयास करेंगे कि असुर एक हों लेकिन गोप की तरह किसान बनकर। आप विश्वास कीजिए कृष्ण का सम्मान बच्चे, बूढ़े, युवा सभी कर रहे हैं। आप इसे सह नहीं सकते, हमें पता है। आपकी सत्ता जा रही है। अब आप नतमस्तक हो जाइए!'

'गाय हमारी प्रगति की सूचक है।' बलराम यहाँ पहली बार अपनी बात रख रहे हैं। सबकी आँख उनकी ओर है—'स्त्री हमारे लिए सब कुछ है। आप सम्भवत: अनभिज्ञ हैं कि गोपियों ने एक संस्था बना ली है। कोई बलात्कार नहीं कर सकता। हमारी गोपियाँ पानी ही नहीं भरतीं वे लोकगीत भी गाती हैं, लट्ठ भी चलाती हैं। आपके यहाँ की कोई देवी लोकगीत गा तो दे! कटि पर गागर रखकर कटि मटका तो दे! हमें भी पता है इन्द्र का छापामार युद्ध। अब नाग हमारे मित्र हैं। देवपुरुष कहते हैं कि धन नश्वर है तो फिर माँगते क्यों हैं गाय? हमारी काकी गाँव की साग-भाजी बेचती है, फल पहुँचाती है घर-घर। आपके यहाँ की कोई स्त्री यह कार्य कर सकती है?

'यहाँ जो बैठे हैं तीन-चार देव आपके दाहिने, आते हैं वृन्दावन में, कहते हैं कुछ बड़बड़ाते हुए कि मंत्र फूँक दिया है सब कार्य सफल हो जाएगा। हम हल जोतें और तुम बस बड़बड़ा दो। तुम्हारे कहने से हल चलेगा? कार्य करने से होता है, कहने से नहीं। शब्द से शक्ति नहीं आएगी बैल में। उसे हरा चारा, पानी, भूसा चाहिए। किसान श्रम के बल से जीवन जीता है, शब्द से नहीं।'

'और इनकी तो भाषा-बोली भी समझ में नहीं आती।' माघी बोला—'और हम बँधुआ श्रमिक नहीं हैं आपके। वे सभी वस्तुएँ जानेंगे-समझेंगे जो हमें चाहिए। आप कौन होते हैं रोकने वाले कि यह देवों की वस्तु है, यह असुरों की।'

'श्रेष्ठ! मिट्टी विश्व का रूप है, यह मिट्टी ही जीवन है हमारा। हम भूमि पर निवास करते हैं। हम भूमि वाले हैं। हमारा जीवन गोबर-माटी, दूध-अन्न में बीतता है।' कृष्ण की बात से देव-प्रमुख फूले न समाए। भय और प्रसन्नता के बीच में उन्हें यह नहीं सूझ रहा था कि कहें तो क्या करें तो क्या!

'अरे ये कृष्ण बड़े नटखट हैं श्रेष्ठ! उसको अभिनय भी आता है।' बलराम बोले।

'बातें बताओ कृष्ण! कुछ अभिनय का रूप विधान ही बताओ।' देव-प्रमुख कुछ और सुनना चाहते हैं।

'यह तो मेरे मन की बात है। मैंने आचार्य से सीखा है लेकिन गोपियों के साथ रहकर भी जाना है। मुझे अभिनय में आनन्द आता है। वास्तव में हम सभी अभिनेता ही हैं, आप भी, मैं भी और गोपाल भी। जैसे—रौद्र रूप में तीखी दृष्टि, तनी हुई भौहें, नीचे की पलकों में कम्पन, सिकुड़े ओठ। वीररस—भँवे उठीं, वीर मुस्कान। भय—सिकुड़ी-फैली पलकें, तीव्र चलती पुतलियाँ। बीभत्स—सिकुड़े नेत्र, फूलते नथुने, मन में घृणा का भाव। अद्‌भुत—विस्मय मुख, फैलते नेत्र, खिलती मुस्कान, ऊपर तनी भौंहे। शान्त—स्वाभाविक मुख मुद्रा, शान्त भाव। शृंगार—कपोलों में चंचलता, हलकी मुस्कान, भौंहें चंचल, कटाक्ष दृष्टि। हास्य—भौंहें और नेत्र सिकुड़े, उपहास का भाव, हलकी हँसी। करुण—पलकें गिरी हुई, करुणा का भाव, आँसू से भरे नेत्र नाक के अग्रभाग पर टिके हुए, ओठ-नाक में कम्पन।...मुझे पता चल गया है श्रेष्ठ कि मैं वृष्णि हूँ। मुझे जन्म देने वाले माता-पिता देवकी-वसुदेव हैं। हम वृष्णि ऐतिहासिक हैं, पहले से हैं यहाँ, इस धरती पर। देव बाबा को अच्छे होंगे, यशोदा मैया को भी अच्छे, लेकिन मुझे नहीं। हमारी अपनी सत्ता है—कृषक सत्ता। किसी देव को नहीं देखा कि वह झाँपी

लेकर मछली मारे। लेकिन हमारे जंगली भैया मारते हैं मछली। आप हाँ कहिए कि आपका हस्तक्षेप अब नहीं होगा।'

देव-प्रमुख अचम्भित, नेत्र फैल गए। वे कैसे कहें कि वे हस्तक्षेप नहीं करेंगे। यही तो उनकी शक्ति है—देव-शक्ति। इसी में शब्दों की शक्ति छिपी है—मंत्र शक्ति। जहाँ कुछ लेना-देना नहीं है।

'आपका मौन आपकी स्वीकृति है श्रेष्ठ!' उद्धव बोले—'हम प्रसन्न हैं कि आपने हमें स्वीकार किया। श्रेष्ठ! परिवर्तन की एक लहर चल रही है। हमारा अनुरोध है कि आप भी अपने देव समाज के साथ हमसे मिल जाइए। थोड़ा श्रम, थोड़ा कार्य, थोड़ा ज्ञान बाँट लीजिए। मैं ज्वार की पत्ती से पिपिहरी बजाकर आपको सुनाऊँगा।'

'दुखहरन की माँ दूध भरा पात्र लेकर खड़ी रहती है कि पुत्र को पिलाकर उसको मोटा कर दे। और दुखहरना है कि दूध को भैंस के गोबर में डाल देता है। मूर्ख है। तो है कोई देव जो ऐसी मूर्खता कर दे?' जिवधन ने हँसी बिखेर दी।

'आप भी चाहें तो आधा पक्ष रहकर यहाँ का सुख भोग सकते हैं।' देव-प्रमुख ने आसन छोड़ दिया।

अक्षतानन्द, रणेन्द्र, तरुण कोई नहीं बोला। चुप। मूर्ख की तरह बैठे रहे। भला वे कहाँ टिक पाते। नारद कई बार उठकर जाने को हुए लेकिन देव-प्रमुख ने उन्हें जाने नहीं दिया। वैसे भी वे देर से आए थे।

आज देव-प्रमुख पराजित हो गए हैं। और गोप प्रसन्न हैं।

और यहीं जीवन है कि जल सबका है

वृन्दावन का वातावरण गोपों के अनुकूल है। हरा-भरा क्षेत्र और सेमल के कई वृक्ष। यहाँ की वायु साँस भरी लगती है और पानी तो जैसे पौष्टिक पेय। पूरा क्षेत्र कृष्ण-चर्चा में अपनी साँझ व्यतीत करता है। गाँव के बालक कृष्ण की नकल करते हैं। वस्त्र हो या लकुटिया या वंशी, वे प्रयास करते कि कृष्ण की तरह दिखें। लेकिन वंशी से कोई सुर नहीं निकाल पाता कृष्ण के अतिरिक्त, मात्र एक ध्वनि-पेंऽऽऽ...कोई भी बाहरी व्यक्ति भ्रम में पड़ जाता कि कौन हैं कृष्ण।...और जीना सीख रहे हैं कृष्ण। वे बिगड़ैल पशुओं को वश में कर लेते हैं। कोई औषधि या तेल किसी गाय-बैल को पिलाना होता तो वे ढरका भी दे लेते हैं। हर प्रकार से कृष्ण निर्मित हो रहे हैं।

धियानी को कृष्ण भा रहे हैं। कंस से अरुचि हो गई है। इसे कहते हैं रूप-सौन्दर्य का आकर्षण, शब्द-स्वर की शक्ति। और धियानी आए हैं मयुरपुर में। धान छींटने का समय है। अपनी खेती-बारी देख लें, तब कंस की सेवा में जाएँगे। धियानी अब वह नहीं रहे, उनके पास चार हल की खेती है। रिक्त पड़ी भूमि पर उनका अधिकार है, लेकिन विचारों से वे लोहित से मेल बैठाते रहते हैं।

'का चिन्ता में बैठे हो बनसत्ती?' धियानी ने पूछा।

'तीन बरस से बेटी के लिए वर ढूँढ़ रहा हूँ। कोई मिल नहीं रहा है। घर है वर

ठीक नहीं, वर ठीक है तो घर ही नहीं। वह ऋतुमती हो गई है। एक बरस और भैया धियानी! नहीं तो कह दूँगा बेटी से कि खोज ले अपने मन से पति।'

'एकदम सही। राजा की बेटी तो अपने मन से वर चुनती है तो तुम्हारी क्यों नहीं? अच्छा बताओ लोहित भाई कहीं दिखाई दिए क्या?'

'आजकल एक नया मित्र बना है कलिका। उसी के द्वार पर पसरे होंगे।'

धियानी को आए तीन दिन हो गए, लेकिन वह अपनी पत्नी से अवकाश ही नहीं पाते थे। आज वह लोहित से संवाद करेंगे।

'क्या समाचार हैं, ढहे हैं निश्चिन्त!' धियानी बोले तो खाट से उठ बैठे लोहित।

'आओ भाई! तुम तो खेतिहर से क्षत्रिय हो गए। चार-पाँच हल की खेती बना ली, और हम हैं कि ऊर्जा भरते ही रह गए, अपनी एक हल की खेती में तोष करते, गोबर टारते, ढेला फोड़ते।' लोहित के शब्द ईर्ष्या के नहीं व्यंग्य के हैं और एक सलाह भी कि भूमि पर अधिकार करना छोड़ो, कुछ जोड़ो समाज के लिए। कुछ नया सोचो गाँव के लिए—'मैंने तो गाँव से कह दिया है कि कोई नाम देवी-देवता की तरह नहीं रखेगा, नाम के आगे देव-देवी! हुँह! अपनी पहचान में रहो भले रख लो कल्लू, बिल्लू, मूस, बिलार!'

'आज पहचान की ही लड़ाई है मित्र! सुना हूँ कि कृष्ण को देव-प्रमुख ने बुलाया था और वे कृष्ण से सहमत भी हो गए। देव-प्रमुख ने स्पष्ट कर दिया कि कृष्ण को सभी आर्य कहेंगे। नारद से भी यही बात उनकी हुई कि जो श्रेष्ठ हों, बलवान हों उन्हें सम्मान सहित आर्य कहा जाए।'

'सब असुर मारे जाएँगे, जो बचेंगे वे आर्य हो जाएँगे या दास या फिर मात्र कर्मी। अधिकारी तो होंगे नहीं। कहीं अनार्यों का वर्चस्व नहीं होगा। महत्त्वहीन अनार्यों का क्या महत्त्व होगा?'

'मित्र मैंने एक बार कहा भी था महाराज कंस से कि छोड़ दीजिए कृष्ण प्रकरण। अपने ही लोग मर रहे हैं। लेकिन उन्होंने जैसे सुना ही न हो। धेनुक भी मारा गया। गधा पालता था वह, कुम्हार और धोबी गधा क्रय करते थे उससे। कंस की दृष्टि में अच्छा बनने के पीछे धेनुक का पूरा परिवार मारा गया। और उसके सारे गधे गोपों ने अपने चाहने वालों में बाँट दिए। कंस को दिखता नहीं है मित्र। वे अन्धे हो चुके हैं। आश्रम बहुत बन रहे हैं। छोटे-छोटे आश्रमों को एक बड़े केन्द्र से जोड़ा जा रहा है। यह समझ लीजिए लोहित भाई कि यह एक छोटे राज्य की तरह है।... और जो खेतिहर से क्षत्रिय हुए हैं वे लूट-पाट कर रहे हैं। मैं ही बचा हूँ सुच्चा, बिना लूट-पाट वाला—दरिद्र क्षत्रिय!'

'का बात हो रही है?' सगेदू ने देखा कि बात बाँस पर चढ़ी है।

'होगी का क्षत्री लूट रहे हैं।' कलिका अभी तक सुन ही रहा है।

'हाँ काहे न लूटैं! लट्ठ उनका, राजा उनका। अरे ऊ अब धन लूटैंगे, मेहरियाँ लूटैंगे।' सगेदू भी जानता है लूट हो रही है—'हमको का है, हम तो किसान हैं भैया! अबकी एक बाछा छोड़ा हूँ। साल-दो साल में साँड़ हो जाएगा तो गाय बरदवाने गोपुरा नहीं जाना होगा।'

मयूरपुर बरसात में भी अच्छा लगता है। गर्मी में तो गोबर से लीप-पोत कर आँगन इतना स्वच्छ दिखता है कि भूमि पर लोटने का मन करता है। कलिका का घर मिट्टी का है। उसका घर अच्छे घरों की गिनती में है। कलिका ने अभी धान नहीं छींटा है। खेत में पानी तो है लेकिन अभी वह अलसिया रहा है। आर्द्रा के बाद नक्षत्र बदलेगा तब वह धान के बीज पीठ पर लादकर खेत में जाएगा। और नखत बदलने में अभी पाँच दिन की देर है। लोहित ने अपनी खेती पूरी कर ली है। उसकी भूमि ऊँची है। धान का खेत बस बीस मुट्ठी भर है। लोहित के खेत में उड़द, मूँग, कोदों, ज्वार, साँवाँ और तिल बो दिया गया है। वे खेती से लगभग निश्चिन्त हैं।

'अकेले में बैठकर बतकही हो रही है। हम कोई शत्रु हैं का?' काठा भी चला आया। और उसके पीछे सूँघते हुए अकलू, बूटन भी।

'साँझ को बैठकी होगी। पूरा गाँव बैठेगा तो और अच्छा लगेगा।' लोहित बोले।

'अभी बतिया लो। कई दिन से आए हैं धियानी लेकिन आज छूटे हैं मेहरिया की टाँग से।' काठा मुँहफट है।

'साँझ को हम भी नहीं आ पाएँगे। बेटी को देखने आ रहे हैं। सम्बन्ध बन सकता है, आस तो यही है।' सगेदू ने भी असमर्थता जताई।

'सुना है कि कालिय मारा गया!' अकलू ने मुँह खोल दिया, 'और कंस के सैनिक कुछ नहीं कर पाए। बिना काज के घूमते हैं वृन्दावन में दिखाने के लिए।'

'तो क्या अपनी मूड़ी दें दें ओखली में? कालिय स्वयं आया था, क्यों आया अधिकार जमाने? अरे जहाँ के हो वहाँ रहो! यहाँ तो सबको चैन से रहने दो। जल सबका है और रोक रहा है पीने से। और सुनो वह मारा नहीं गया, उसे भगा दिया गया। गोप चाहते तो उसकी मूड़ी तोड़ देते।' धियानी थोड़ा आक्रोशित हो गए।

'माथा न सिकोड़ो कालिय कैसे भागा यह बताओ, जानते हो तो।'

'प्रतिदिन की घटना जानता हूँ। सुनो—कृष्ण बड़े हो गए हैं, समझ वाले भी। और कंस के वश में नहीं हैं कि वे नन्द को छेड़ें। मथुरा के निकट खेती की सारी भूमि की देखभाल नन्द ही करते हैं। कृषकों पर नन्द बाबा का अधिकार है और वे बहुत सम्मान भी करते हैं। तो कौन चाहेगा कि कृषक एकजुट होकर विद्रोह करें। कंस का चुप रहना ही अच्छा है।'

'कंस चुप रहें और हम मरते रहें। पराजित होकर दास बनते रहें। आर्य संख्या में कम हैं, वे विभिन्न प्रकार के हथकंडे अपना रहे हैं और जीत उनकी हो रही है। हम गोबर-माटी के आगे जाते ही नहीं। कंस का नाम सुनकर प्रजा मूत्र त्यागने लगती है और देवपुरुष उनसे बातें करते हैं। हमें अंडकोश के अतिरिक्त कुछ नहीं मिलने वाला। कंस भी गालव के यहाँ पढ़े हैं तो क्या कम बुद्धि हैं। और यह बात भी बार-बार आ चुकी है कि नन्द बाबा भले एक छोटे से नेता हों, आम आदमी की शक्ति तक सीमा है, न सैनिक, न महल, न कोई कर व्यवस्था। लेकिन उनको कम करके देखना भूल होगी। छेड़कर तो देखे कोई। शूर, वृष्णि, द्रुपद, कुन्ती भोज, भीष्म, और कई अन्य राज्यों के राजे-महाराजे नन्द के पक्ष में खड़े हो जाएँगे।' लोहित बोले जा रहे हैं। काठा ने रोका तो वे चुप हुए।

'अरे कालियवा के बारे में बताने दो भाई! लगे न जाने का बखानने।'

'वह भाग गया तो क्या अब बचा है घंटा कि मूसल कि साँड़ का अँडुआ।' लोहित रंजन की मस्ती में भी है।

'सुना देता हूँ, लम्बा प्रकरण है लेकिन।' धियानी बोले—'कालिय भोगवतीपुरी का रहने वाला था। भोगवतीपुरी वासुकी नाग के क्षेत्र में है। कालिय यहाँ अपनी सत्ता बनाने आया था। नाग कन्याएँ भेंट में मिलीं तो कंस ने चुप्पी साध ली। उसने जलक्षेत्र पर अपना अधिकार स्थापित कर लिया। यमुना के किनारे उसने अपने पुर बनाए। अरे भाई! नाग तो अपने ही हैं, कहीं रहें, पकावें-खाएँ, कौन रोकेगा। कई ग्राम के ग्रामणी भी उसके हो गए थे। शेषनाथ इसी के कारण तो मारे-मारे फिर रहे हैं। शेष नन्द के हैं। कृष्ण के हैं। बलराम को बहुत चाहते हैं। रोहिणी से आज भी मिलते हैं। मुझसे कुछ छिपा थोड़े है।'

'सुना हूँ कि कृष्ण की चर्चा महराज से भी अधिक हो रही है।' सगेदू भी चाहता है कृष्ण को।

'ई कौन नई बात! पाँच बरिस से हम सब सुन रहे हैं, कहाँ रहते हो सगेदू? बिल में का?' अकलू को याद है सब।

'कृष्ण की बात मत करो।' धियानी कृष्ण पर आ गए—'उनके खेल की भी चर्चा है। दीवार पर, पेड़ पर, पत्थर पर एक बालक चिह्न खींचकर चिल्होर-चिल्होर चिल्लाता हैं और दूसरा बालक चिह्न मिटाता है। यह खेल तो वही समझें। वंशी बजाना तो मस्त करना हो किसी को जैसे। घंटों बैठे रहते हैं कृष्ण—मोर नृत्य देखते, गाय से बतियाते, नदी निहारते। मोर पंख पता नहीं क्यों बटोरते हैं।'

'क्या धियानी! पता नहीं क्यों, पता नहीं क्यों लगा रखे हो? वृन्दावन क्षेत्र में तुम भी गोपनीय ढंग से घूम चुके हो। सब जानते हुए अनजान बन रहे हो।' लोहित धियानी से कम नहीं जानते हैं। यूँ कह लें कि कुछ अधिक ही—'मोर-पंख तो अब वृन्दावन के घर-घर में ही है। मुख्य द्वार पर तुम्हें मोर-पंख टँगा मिलेगा, जाकर देख लो। यह कृष्ण के कहने पर हो रहा है। कृष्ण स्वयं मोर-पंख लगाते हैं। उनकी पूजा होती है, जिसको देखो वही कृष्ण का अभिनन्दन करता फिर रहा है। कोई पुष्प देता है, कोई घृत, कोई मधु। वृषभानु की पुत्रियाँ भी कृष्ण को सिखा-पढ़ा रही हैं। अब कृष्ण यदि विश्राम करते हैं तो कोई भी अपनी जाँघ बढ़ा देता है कि लो सिरहाने लगा लो। अरे! तुम्हें बात करनी चाहिए थी कि देवपुरुषों का भीतरी आन्दोलन क्या है? तुम्हें पता होना चाहिए देव असुरों के माध्यम से भूमि हड़पना चाहते हैं। सभी देवपुरुष लगे हैं इस कार्य में। और तुम यह भी जानते होगे कि गोदान का चलन प्रारम्भ हो गया है। कोई आयोजन करो, देवपुरुष को अवश्य बुलाओ। उसे जौ, धान, फल, घृत, मधु और गाय देकर विदा करो। यह कैसी मूर्खता, कैसा चलन? क्या चाहता है हमारा समाज? क्या हमारी बुद्धि अब दास बनकर रहेगी? सारे उपकरण बनाकर भी हम उनकी शरण में हैं और व्यर्थ हैं। कालिय नाग के बारे बताओ, कुछ जानते हो तो।'

'बता तो रहा था। आप व्यर्थ में बिगड़ रहे हो मुझ पर। यही सगेदुवा ने किया, कृष्ण का ध्यान दिला दिया।' धियानी झुँझलाए—'कालिय का आतंक बढ़ रहा था।

गोप दुखी थे, व्याकुल थे। कभी गाएँ खो जातीं कभी कोई बकरी। कालिय के क्षेत्र में पानी तो मिल ही नहीं सकता था। यमुना के कई तट उसके अधिकार में थे। कंस से गोपों का एक प्रतिनिधि मंडल मिला लेकिन कोई असर नहीं। कंस तो मुस्करा रहे थे कि चलो भला हुआ कि गोपों को कष्ट देने वाला मिला तो। कालिय का घर 'कालीदह' के नाम से सब जानते हैं। घर के आगे एक कुंड में जल भरा है और उसमें विष मिला है। अनजाने में कोई पी ले या चख ले तो मृत्यु !...कालिय का परिवार छोटा नहीं है, सौ पुरुष हैं और ढेर सारे बच्चे, स्त्रियाँ। लेकिन कालिय था बड़ा आलसी, कुछ करता नहीं था। उदर बढ़ाकर बैठा रहता था अपनी मेहरियों के साथ। बहुत कामुक जीव था ससुरा। नाग के नाम पर कलंक। और नाग तो आप जानते हैं कितना शक्तिशाली संगठन है। देव घबराते हैं। तक्षक, वासुकि तो श्रेष्ठ हैं ही, और भी अनेक छोटे-छोटे नाग संगठन कार्य कर रहे हैं। देव खोज रहे हैं नाग की काट कि कैसे इन्हें अपने प्रभाव में लें।...अरे काठा तनिक पानी पिला भाई!' धियानी गला तर करना चाहते हैं।

'...कृष्ण ने सुन रखा था कि कालिय अपनी सत्ता निर्धारित करना चाहता है। उसने छोटी-सी सेना भी बना रखी है। कृष्ण समझ गए कि उनकी और कंस की लड़ाई में तीसरा यहाँ चुपके से अपना विस्तार कर रहा है। कृष्ण ने गोपों की बैठक बुलाकर कहा—'हम आपस में लड़ते हैं। गोप मदिरा के अधिक सेवन से बुद्धि भ्रष्ट कर रहे हैं। देवों में यही चर्चा है कि हम मूर्ख हैं, आपस में लड़ते-झगड़ते हैं। कोई नहीं चाहता कि यहाँ से कालिय जाए। प्रलम्ब, केशी ने मामा कंस को सलाह भी दे रखी है कि कालिय का सहयोग किया जाए। आने वाले समय में हमारी सारी भूमि उसके अधिकार में होगी। अभी उसने यमुना तट के खेत अपने अधिकार में किया है। यह शान्त क्षेत्र अशान्त होता जा रहा है। आप सभी बड़े हैं मुझसे, मेरी सलाह है कि हम किशोर-युवा और आप गोप-श्रेष्ठ एक साथ मिलकर कालिय नाग से संघर्ष कर लें। उसकी नाक में नकेल डाल दें। यदि मेरी बात मानते हैं नाग भाई तो ठीक, नहीं तो युद्ध और फिर उनका वध। वैसे मैं कभी युद्ध के पक्ष में नहीं रहा। मैं यह भी चाहता हूँ कि पहले वार्ता हो।'

लेकिन कौन स्वीकार करेगा कालिय से लड़ना और कृष्ण का हठ भी तो प्रशंसा के लायक है। वे कहने लगे—'मैंने अकेले उसकी नाक में रस्सी न डाल दी तो कहिएगा कि कृष्ण क्या है। मेरे नाम पर बकरी पाल लीजिएगा। मैं बिना किसी को साथ लिए उसके आँगन में कूद पड़ूँगा।' फिर क्या था! ऊर्जा भर गई, सब तैयार हो गए।

...और फिर एक दिन कृष्ण की टोली ने कालीदह को घेर लिया। इसकी भनक तक कालिय को नहीं लगी। कृष्ण ने तुरन्त कालीदाह के आँगन में छलाँग लगा दी। फिर क्या! एक के बाद एक गोप और गोपाल कूद पड़े। गोपालों का नेतृत्व बलराम कर रहे थे और गोपों का माघी। धर दबोचा कालिय को! वह अपनी सात स्त्रियों के साथ मदिरा पान कर रहा था दिन में ही! कालिय ने अपनी गरदन किसी तरह छुड़ा ली। वह लड़ने लगा। उसने समीप में ही विष भरा पात्र रखा था। वह विष फेंकने लगा, लेकिन गोप बचना जानते थे। असहाय कालिय घिर गया, उसका विषपात्र रिक्त हो गया। वह पराजित, घाव से पीड़ित, कराहता हुआ वार्ता के लिए बैठा था सिर झुकाए।

'नाग जी आप बड़े हैं। हमारे हैं, और हमसे ही लड़ रहे हैं। हमारी भूमि, हमारा जल, हमारे घास वाले क्षेत्र आपने अपने अधिकार में कर लिया है। यह उचित नहीं है। आप यमुना के जल को भी दूषित कर रहे हैं। आपने अनेक पशु पाल रखे हैं, उनका गोबर उसी में बहाते हैं, बचा हुआ विष भी उसी में गिरा देते हैं। यमुना तो हर व्यक्ति का प्राण है, वह जीवन है। आपने जल का दुरुपयोग किया है। नाग होकर आप ऐसा कैसे कर सकते हैं। आपको इसका मूल्य चुकाना होगा, जल-मूल्य देकर।'

'अवश्य, कर तो देना ही होगा। पहले इसे बंधक बना लो।' बलराम गरजे—'आप जानते हैं कृष्ण पर्यावरण प्रेमी हैं, हमारे किसानों के अगुआ हैं, मयूर प्रेमी हैं। और यह क्या मूर्खता है कि आप जितना चाहें पानी बहा दें और हम गोपों को, हमारी गायों को पानी पीने को भी न मिले।'

'मान्यवर! हमारे राजा कंस हैं। उनके साथ ही हमें रहना है। हमारा कोई शत्रु नहीं। हम विस्तार अवश्य कर रहे हैं लेकिन कंस के आदेश से।' कालिय ने सच कहा।

'कर के रूप में ये महाशय हमें विष विद्या सिखाएँगे।'

'भला बताइए यहाँ कोई बालक तक खेलने नहीं आ सकता था। गौएँ पानी नहीं पी सकती थीं। गोप स्नान नहीं कर सकते थे। मानो यमुना इनके पिता की है! ससुर के नाती!' माघी गरजा—'ये देवों के लोभ में उत्पात मचा रहे हैं कान्हा! इन्हें दंड मिलना चाहिए।'

नाग स्त्रियाँ खड़ी हो गईं हाथ जोड़ कर कि हमारे कालिय को क्षमा कर दें। नाग श्रेष्ठ विष विद्या सिखाएँगे, कृष्ण को यह स्वीकार हो गया। बन्दी बने कालिय अभी भी सिर झुकाए बैठे हैं।

'अब हमारे आप शत्रु नहीं मित्र बनकर रहें। नाग कृषक रहे हैं। हमें आपको शत्रु बनाने वाले कोई और हैं। नागपुरी, नगराजन, कालीपुर में जो उत्पात हो रहा है, उसे बन्द करें आप और वह स्थान छोड़ दें। हमारे गोप वहाँ भी घेरा बनाए हैं।' कृष्ण अपने वार्ता और निर्णय के रूप में आ गए—'मैं आश्वस्त कर दूँ माँ और बहन तुल्य नाग कन्याओं को कि कालिय श्रेष्ठ बन्धन मुक्त हो जाएँगे।...मैंने भी नाग-युद्ध विद्या सीखी है। मैं नहीं चाहता कि युद्ध हो और रक्त बहे। मेरी इच्छा है कि कालिय अपने परिवार के साथ अपने गृह जनपद भोगवतीपुरी चले जाएँ और यहाँ अपने अधिकार के ग्राम और भूमि शेषनाथ जी को भेंट कर दें।'

शेषनाथ छिपे थे, सामने आ गए। कालिय ने उन्हें पहचान लिया। उसने मन-ही-मन सोचा कि 'यह तो शेष की चाल लगती है। फिर उसे ग्लानि हुई कि वह अपनी स्त्रियों की विनती से बन्धन मुक्त हो रहा है। बलराम ने तुरन्त शेषनाथ का तिलक कर दिया—'आज से नाग हमारे हितैषी हैं। किसानों के सहयोगी नाग कालिय की जय! कृष्ण की जय! गोपाल की जय!'

'जय! कान्हा की जय!' एक साथ स्वर गूँजा।

कालिय ने स्वीकार किया कि अब वह यहाँ नहीं रहेगा। अपने बन्धुओं के साथ वह मणिपुरी चला जाएगा। भोगवतीपुरी जाकर वह अपनी हँसी नहीं उड़ाने वाला। लेकिन वह जाते-जाते कृष्ण से प्रभावित होकर नाग संगठन और उनकी संस्कृति के बारे में संक्षिप्त जानकारी दे गया।...कैरात नाग जंगल में रहते हैं। जंगल ही उनका घर

है। वे वहाँ के अधिकारी हैं। और यहीं हैं घास नाग जो घास-क्षेत्र पर अधिकार किए हैं। ब्रभनाग और असित नाग के सम्बन्ध बहुत दृढ़ हैं, इनके संगठन छोटे तो हैं लेकिन बलशाली हैं, भयमुक्त भी। जहाँ आक्रामक सत्रासाह नाग हैं तो आमोदक नाग रेतीली भूमि के निवासी हैं। तैमात नागों ने नदी के किनारे अपना गाँव स्थापित किया है। कालिय ने संकल्प लिया कि वह आजीवन कृष्ण का साथ देगा, और अपने सम्बन्धियों मित्रों से भी कृष्ण की मित्रता करवाएगा।

एक बार शेषनाथ के साथ भ्रमण करने पर मन्यु नाग मिला था, वह बहुत क्रोधी था। कृष्ण ने समझाया कि क्रोध अच्छा नहीं। मुस्कराना ही जीवन का उद्‍देश्य है। शेषनाथ मुँह बाए कृष्ण की वाणी सुनते रहे थे। आलिगी नाग भी मिला था, जो मल्ल युद्ध में प्रवीण था। आलिगी नाग लिपट जाते हैं तो पछाड़ देते हैं। उसे धोबिया-पछाड़ भी आता था। कृष्ण कुछ दिन उसके यहाँ रहे थे और मल्ल विधा सीखी थी। वे कन्दराओं में, पर्वतों पर रहने वाले खनित्रिमा नागों से भी मिले और कन्दराओं के विषय में जाना। कृष्ण परिपक्वता की ओर बढ़ रहे थे।

गोपों में उत्साह है, और कृष्ण के स्फुटन में विश्वास।

कृष्ण की चर्चा दूर देश तक फैली। हस्तिनापुर, काशी, मगध, चेदि, पांचाल, गन्धार, मत्स्य में तो कृष्ण का नाम पहले ही पहुँच गया था। सबकी इच्छा होने लगी कि कृष्ण से बात हो, उनसे मिलकर संवाद हो। लेकिन कृष्ण तो अभी अपनी गौओं-गोपियों और खेतिहर गोपों में ही मस्त हैं। और इसी मस्ती में वे कब सीख लेते हैं, जो चाहते हैं, किसी को इसकी भनक तक नहीं लगती।

कंस के प्रमुख सलाहकार रहे प्रलम्ब। वे भी चाहते थे कि कृष्ण से भेंट हो और समय देखकर घात किया जाए। प्रलम्ब के दिन भी निकट आ गए हैं, ऐसा लगता है, तभी तो मति मारी गई। इतने वीरों के हत हो जाने के बाद भी प्रलम्ब का विवेक शून्य है। वे अपने तीन साथियों के साथ गोप बनकर वृन्दावन क्षेत्र में घूमने लगे। कभी गोपालों के साथ गाय चराते तो कभी यमुना तट पर विहार करते। गरिष्ठ भोजन और मदिरा सेवन से उनकी देह स्थूल हो गई थी। कभी मथुरा नगर छोड़कर न तो किसानों के बीच रहे न किसी आम व्यक्ति से वार्ता की।

ज्वार अगोरते कृषकों के बालक पक्षी उड़ा रहे हैं। लिहो-लिहो...अर अर-हट्ट-हो हो हो...हाहू-हूह की ध्वनि गूँज रही है। चहका लगा है, पक्षियों का झुंड एक खेत से दूसरे खेत तक...किसी व्यक्ति की आकृति में बिजूका को देखकर पंक्षी अब उड़ते-भागते नहीं हैं। कुत्ते जब किसी पक्षी को दौड़ाते हैं और ठहरकर उछलते हैं, तो दृश्य ही कुछ और होता। कुत्ते का प्रयास व्यर्थ जाता, पक्षी किसी ज्वार की फुगनी पर बैठ जाता। बालक लू-ले-ले-ले लुह की ध्वनि से कोलाहल करते, यह सुनकर कुत्ते दौड़ते-भागते। यह सब देख प्रलम्ब को आनन्द आता। एक बार तो उनके मन में आया कि यहाँ से मथुरा लौटें ही न। यहीं गोपालों के साथ खेलते-खाते उदर को कुछ घटा लें और जीवन का सुख ले लें। प्रकृति के साथ रहकर कुछ सार्थक कर लें अपना।

...और एक दिन प्रलम्ब को न जाने क्या सूझा कि वे बलराम को बाहुपाश में जकड़कर भागने लगे। लेकिन भारी देह कहाँ तक दौड़ती। सौ पग भी न गए कि गोपों ने धर दबोचा। सन्देह तो पहले से ही था। पता चला कि ये तो कंस के प्रमुख सलाहकार हैं। फिर क्या था, गोपों के लट्ठ बज उठे। प्रलम्ब के बन्धन से मुक्त होते ही बलराम की मुष्टिका तन गई। प्रहार पर प्रहार। और प्रलम्ब धराशायी। वे साँस रोककर लेट गए। जैसे वे मृत्यु को प्राप्त हो चुके हैं। उन्हें नहीं पता कि वे कैसे मथुरा चले आए अपने आवास पर। फिर पड़े रहे शैया पर प्रलम्ब और सोचते रहे कृष्ण के बारे में, मुस्कराते रहे कि अच्छा हुआ घायल होकर पड़ा हूँ।

वृन्दावन में नन्द के गाँव में एक और घटना घटने लगी थी। किसी की झोंपड़ी जल जाती तो किसी की गौशाला में आग लग जाती। जिवधन का परसों भूसा जलकर राख हो गया। गजाधर की दो भैंसें जलकर मर गईं। इस घटना से सभी गोप व्याकुल हो गए। किसका कृत्य है यह? यह प्रश्न सुलझ नहीं रहा था। पहरा भी लग रहा है, फिर कौन है जो गोपों की नींद उड़ा रहा है। नन्द बाबा की आज्ञा है कि 'सभी अपने घर के आगे एक कुंड बनाकर पानी से भर दें। और पानी उलीचने वाला पात्र अवश्य रख दें। कोई बिना आज्ञा अग्नि नहीं जलाएगा। किसी के हाथ में लुआठी देखी गई तो वह दण्डित होगा।'

पहरा बढ़ गया, जहाँ एक-दो टोली थीं, वहीं चार टोलियाँ पहरा देने लगीं।...और आग लगाते एक झोंपड़ी में दिख गए दो व्यक्ति। जलती झोंपड़ी के सामने लुआठा लिए खड़े थे दोनों। नौमी ने देख लिया। 'मारो-मारो! पकड़ो! यही है आग वाला! कौन है यह!' ध्वनि गूँजी और सभी गोप दौड़ पड़े। अपने प्राण संकट में फँसते देख और पहचान के भय से दोनों लुआठा फेंककर अग्नि में कूद गए।

...और फिर पूरी तरह जला हुआ शव, जो बस राख ही नहीं हुआ है, कौन पहचानता। लेकिन यह संकट टल गया। ...और फिर कुत्ते दौड़ने लगे—लिहो-लिहो...लू-ले-ले-ले लुह...।

आठ

गोप आयोजन
पतिवाह पूजा और गो-संवर्धन

बीत गई है शरद ऋतु। इस बार के शरद-उत्सव में गोप-गोपियाँ पूरे उत्साह से साथ रहे, बहुत आनन्द आया। प्रसन्नता की पराकाष्ठा में एक कृष्ण ही थे, जो अति से बचे थे। कृष्ण में यह गुण बचपन से ही है कि न तो प्रसन्न अधिक होते हैं, न दुखी। और इस बार का उत्सव विचारों का था, वार्ता-विमर्श का था। संवादों में एक-दूसरे को पराजित करने का था। कई नाटक खेले गए, नृत्य हुआ, गीत गाए गए। कृष्ण तो मानो सभी कला में निपुण हों। और अभिनय तो कोई उनसे सीखे। गोपियों को कृष्ण ने

बताया—आँख मटकाना, ओठ बिचुकाना, गाल फुलाना, ठुमुकना, कटि हिलाना या फिर बंसी के छिद्रों से स्वर के प्रकार। गोपियाँ हँसतीं-खिलखिलातीं और कभी-कभी रूठ जातीं। रूठना कृष्ण भी जानते हैं लेकिन एक स्त्री कैसे रूठेगी यह तो गोपियों ने ही बताया। और यदि किसी गोपी ने अभिनय की श्रेष्ठता प्रमाणित करने का प्रयास किया तो कृष्ण ने ठीक से समझा दिया कि गर्व ठीक नहीं।

कृष्ण को याद आ रहा था कि वे कपिला, अनुराधा, वीना, ललिता, नीरजा, यशवन्ती, मधुरिमा, कल्लोलिनी, छनमन, छमिया, सुनन्दा, सुशीला, सुलक्षणा, सुमित्रा से किस प्रकार खुलकर प्रेम की बातें किया करते हैं। कभी-कभी तो रहा-सहा संकोच भी छूट जाता और काम-वासना पर परोक्ष रूप से संवाद कर लेते हैं।

'तुमसे कम नहीं जानती हूँ कान्हा।' छनमन के तिरछे नयनों में विश्वास था।

'ये प्रेम क्या सिखाएँगे। प्रेम तो हमसे ही होकर जाता है।' नीरजा बोली।

'प्रेम की भाषा मौन होती है और प्रेम-आमंत्रण स्फुटन।' कपिला ने अपना ज्ञान उड़ेला।

सभी अपनी-अपनी तरह से बखानने में लगी थीं। कृष्ण सुनते रहे थे। जब सभी थक गईं और लम्बी साँस भरने लगीं, तब कृष्ण बोले थे—'तुम सबको प्रेम के अतिरिक्त भी कुछ और है कहने-करने के लिए? प्रेम-वासना ठीक है, उचित समय पर। लेकिन संसार में कर्म के और भी प्रकार हैं, मात्र प्रेम-कर्म से ही बात नहीं बनती। भोर की पहली किरन से चन्द्र के उदय होने तक चाहे वे दिखाई दें या न दें, हम कर्म-उत्सव मनाते हैं। कुछ करना ही उत्सव है। शरद ऋतु का उत्सव एक पक्ष है। क्या सीखा तुमने? बस देह के विभिन्न कोणों का प्रदर्शन और अंगों की थिरकन! आनन्द हमारी थाती है, हमें खोजना होगा कहाँ है वह! गाय के गोबर से उर्वर बनने की प्रक्रिया और उसके प्रयोग में भी आनन्द है। हमारी कल्पना, हमारा प्रेम, हमारा अभिनय नए सार्थक के रूप में भावों के साथ दिखना चाहिए और जीवित रहनी चाहिए हमारी संवेदनाएँ। हमें प्राणवान बनाती हैं संवेदनाएँ, नहीं तो हम चलते-फिरते एक शव की तरह हैं। प्रेरणा जो मिलती है, उससे कुछ प्राप्त करने के लिए प्रयास का होना ही प्रेरित होना है। जो हमारे हृदय को आनन्द दे उसके संरक्षण की आवश्यकता है। हमारी थाती क्या है? मात्र प्रेम! नहीं और भी हैं स्पर्श इस संसार में, और अभी करने हैं संग्रह जो आवश्यक हैं। हमारा कृषक-मन प्रेम का गहरा सागर है। खेत, अन्न, पशु, पक्षी, वृक्ष, नदी, पर्वत, वन और जो हमारे सम्बन्ध हैं, जो हमारे आदरणीय हैं, जो हमारे पड़ोसी हैं, जो हमें मार्ग दिखाते हैं—हम उनसे प्रेम करते हैं।'

'कान्हा इतना मत बोलो! थक जाओगे कान्हा! शान्त कान्हा शान्त!' कल्लोलिनी ने हाथ जोड़ लिया था।

'सुन भी लो! कभी-कभी तो ऐसा मुँह खुलता है। मैं चिन्तन और स्मृति के प्रदेश में हूँ। उपवन में विहार करती हुई युवती बहुत मूल्यवान समझती है स्वयं को। वह मार्ग जानती है। गर्व करती है कि वह मात्रा और परिणाम में रहती है। उसकी देह किसी राग की तरह है। वह लगाती है सुगन्धित लेप, कोई भी हो सकता है मदमस्त और वह चाहती है लिपटना। वह मिली मुझे एक बार। करना चाहती थी आलिंगन। पुष्पहार

गले में डाल वह मौन होकर भी अपना स्वार्थ कह रही थी। मैंने उसे एक वृक्ष दिखाया और कहा प्रकृति से प्रेम करो, मैं तो हूँ ही। देखो मयूर तुम्हारी ओर चले आ रहे हैं। बात कर लो। बिना प्रकृति को समझे तुम मेरा आलिंगन नहीं कर सकतीं। उसके वक्ष पर वृक्ष का पुष्प झर रहा था। वह मिली थी मुझे। उसे हिरनों से लगाव था। केश खुले थे, बिखरे थे, पुष्प जो धारण करना चाहती थी। कटि में एक पुष्पहार शोभित था। अधोवस्त्र अटपटे लिपटे थे। तने मध्यम उरोज को देख कोई भी मन खो देता। उसके हाथ में एक लता लिपटी थी, वह लता से मुक्त होना नहीं चाहती थी। वह कहाँ तक चली जाएगी मृगों के पीछे, उसे पता नहीं। कभी-कभी एकान्त में बैठकर प्रतीक्षा करती रहती ; वह दीप जलाती लेकिन व्यर्थ नहीं। मुझे लगता कि वह मेरे लिए ऐसा कर रही है, लेकिन वह प्रायः ऐसा करती। मैंने कहा कि हिरनों को पानी पिलाओ और प्रतीक्षा में समय व्यर्थ क्यों करती हो, कुछ रंजन ही कर लो। जाओ सखियों के संग खेल-कूद लो। कोई नहीं है तो मैं हूँ, आओ तुम्हें वंशी की तान सुनाऊँ।...मुझे लगता है कि जो स्त्री पशु, पक्षी, वृक्ष, नदी से प्रेम करती है और उन्हें देखकर आह्लादित होती है, वह एक पूर्ण स्त्री है। यदि प्रिय पास नहीं है तो भी उसके मोहक नयन प्रकृति के साथ जुड़कर आनन्दित होते रहते हैं। मन के बहाव को व्यर्थ काम-वेग से नहीं जोड़ती, वह संगीत से जोड़कर राग बनाती है, और लय में मस्त रहती है।...वह मिली मुझे पुष्पों के साथ लेकिन दुखित, उसका प्राकृतिक सौन्दर्य बिखरा था। उसने देखा था कि प्रकृति में भी सौन्दर्य कम हो गया है। मैंने उसे समझाया था कि प्रकृति में सौन्दर्य कम नहीं होता, वह अपने प्रकार से चलती है। हमारे देखने का प्रकार बदला होता है। उसकी देह दूध-पानी की तरह निर्मल थी। वस्त्रों से प्रेम करती वह कभी किसी लता-सी लगती, कभी आम्र बौर के सुगन्ध-सी। मृत्यु को समझने वाली वह बड़ी आलोचना करती थी, जैसे मैं करता हूँ।'

'बस करो कान्हा! हम मदमस्त हो रहे हैं और ईर्ष्यालु भी।' छमिया बोली।

'तुम्हें ईर्ष्या से मतलब है, कर्म से नहीं! यहाँ प्रेम में तुम्हें कर्म नहीं दिखाई देता!' और कृष्ण बोले जा रहे थे—'वह भी एक थी कि जब पानी बरसता था तो वह अपने प्रिय को याद करती थी कि कहीं वे नाव पर सवार हुए और उमड़ती नदी में लहरें उठने लगीं तो...! उसे तब अपने उरोजों का ध्यान नहीं रहता था, वह संगीत-गीत भी पसन्द नहीं करती थी। वह सोचती कि उन्हें तैरना कितना आता है। ऋतुएँ अपना कार्य करती हैं। वे तुम्हारा प्रेम, कष्ट और संरक्षण नहीं देखतीं। तुम बचो या व्यर्थ हो जाओ, चाहे आँधी में आँख खोले मद भरे नयनों से दृष्टिपात करो, कौन मना करता है। पानी तो बरसेगा ही, तुम्हें भिगोने के लिए नहीं, किसान के खेत के लिए, प्यासे की प्यास बुझाने के लिए। पानी जीवन है। और तुम भीग कर भावनात्मक सुख लेना चाहती हो! मैं स्वयं गोप-किसान हूँ, मिट्टी को माथे से लगाता हूँ, स्वागत करता हूँ उसका। मेरा आनन्द मेरे वसन्त में है। वसन्त जो पुष्पों से भरा है, जो आभास देता है कि अन्न फल और मधु की अधिकता रहेगी। तुम पीत वस्त्र के पीछे पड़ी हो। भोर में गीत गाने का ही अर्थ नहीं है, गाय दुहने का, गोबर टारने का भी समय है वह। दूध न रहे तो गीत किसी कूप में कूदकर अपनी हत्या कर लेगा। मैंने उन उरोजों का वात्सल्य सुख भी लिया है

चिपटकर, जब दूध पीता था। तुम्हें भी सुख मिला होगा। माँ के पास दूध होना चाहिए, तभी स्तन का अर्थ है।'

कृष्ण की बात भले आधी समझ में आई हो, लेकिन गोपियाँ कृष्ण पर मोहित अवश्य हुईं, और गर्वित भी कि मेरा सखा मेरे गाँव का कोई तो है जो किसी को भी किसी भी विषय-क्षेत्र में पछाड़ सकता है। और गोपियाँ किसी तरह मुँह लटकाए कृष्ण को छोड़ती हुई अपने घर चली गई थीं।

कृष्ण भी चले जा रहे हैं। वे अब शरद में नहीं हैं।

देवराज महेन्द्र इन्द्र को ज्ञात हो गया कि नन्द बाबा भले देव पक्ष में हों लेकिन उनका पुत्र कृष्ण इन्द्र विरोधी है। देव-संस्कृति को ठुकराता वह सद्य: युवा सबको चित करता, बंसी बजाता घूम रहा है। यह भी सन्देह था कि हो सकता है अब कोई सामग्री भी नहीं मिलेगी यज्ञ और अग्नि के माध्यम से। कृष्ण देव-यज्ञ के और कर की तरह सामग्री उपहार में देने के विरोधी हैं। वे देव-व्यवस्था के प्रबल विरोधी सिद्ध हो रहे हैं। कृष्ण इन्द्र से प्रतिशोध लेने को आतुर भी हैं, बस अवसर चाहिए।

'इस बार इन्द्र अपनी पूजा में कुछ अधिक ही चाह रहे हैं।' नन्द बाबा बोले।

'प्रतिवर्ष उनका मुँह बड़ा हो रहा है। सुना है अग्नि को आपके पास भेजा था इन्द्र ने।' सुनन्द कृष्ण की ओर हैं।

'हम झेल सकेंगे इन्द्र को! बात करते हैं! पूरे देव विरुद्ध हो जाएँगे। हम सब मारे जाएँगे देव के कुपित होने पर।' नन्द बाबा भय युक्त हैं।

'विरोध तो इन्द्र का होना चाहिए। हमने कृष्ण को देखा है कि देव-प्रमुख कैसे नतमस्तक हुए थे। कृष्ण बैठे हैं, हम उन्हें अनुभवी और मार्गदर्शक मानें और सलाह लें कि क्या करना चाहिए।' केलिनन्द को विश्वास है।

'इस बार लड़ ही लें चाहे आर चाहे पार।' बलराम की ऊर्जा दिख रही है।

'चित चाहे पट्ट।' माघी तो जैसे लट्ठ में तेल लगाए हों।

'मेरी इच्छा है कि आयोजन तो हो लेकिन गोप आयोजन हो जिसे कहीं-कहीं पतिवाह पूजा भी कहते हैं। इन्द्र का कोई भी भाग नहीं होगा, न दूध, न घृत, न धान। गौओं का तो कोई नाम भी न ले। हम अपनी तरह से मुक्त मन से गोपोत्सव मनाएँगे।' कृष्ण की बात कोई काट नहीं सकता। विश्वास कितना प्रबल है। स्वयं पर जैसे विजय पा लिये हों—'उर्जा हो, विश्वास हो, प्रश्नों के उत्तर तैयार हों, चाहे युद्ध हो या विमर्श, इच्छाशक्ति प्रबल हो तो इन्द्र को भागते देर न लगेगी। और अब जबकि बात प्रतिष्ठा की हो गई तो गोपोत्सव भी बड़े उत्साह के साथ ही होगा।'

'हम इन्द्र से कम नहीं हैं, हमारे पास सब कुछ है। हम किसान हैं। हमारे पास हल है, बैल है, कुदाल है, मूसल है, खेत है, खलिहान और अन्न भी। क्या कोई बिगाड़ लेगा हमारा?' सोमारू ने लट्ठ भूमि पर पटक दिया।

'तुम्हारे पास देवों वाली अप्सरा नहीं है।'

'साँड़ तो है, छुट्टा साँड़!'

'तुम सब चुप रहो! कृष्ण को सुनो!' केलिनन्द व्यर्थ विमर्श नहीं चाहते।

'हमारी तिथि वही रहेगी। समय भी वहीं। अब पूरे क्षेत्र में सूचना भिजवा देनी है कि नन्द बाबा गोवर्धन में अपना गोप आयोजन कर रहे हैं। इस बार खेती-किसानी और ऋतुओं के ज्ञाता शरद गोप को भी बुला लें।' कृष्ण ने पूरी योजना का प्रारूप जैसे तैयार कर लिया हो—'गोप जो श्रेष्ठ हों, अपने गाँव के जो मल्ल या झल्ल हों, जिनकी गौएँ प्रदर्शन के लायक हों, जिनके डिल्ल वाले बैल हों उन्हें आमंत्रण भेजा जाए। बीसों गाँव हैं हमारे क्षेत्र में। और सामूहिक भोजन बने—खीर, जौ की लिट्टी, दूध। शेष विधि शरद गोप जी से पूछकर करेंगे।'

'गजाधर जी शरद गोप को बुला लाएँगे। और यहाँ की जो गोप टोली बनी है, उसके सदस्य आमंत्रण भिजवाएँगे।' नन्द बाबा ने आदेश दिया।

गोवर्धन के उपवन में गोपोत्सव का आयोजन आज है। यह सूचना भी सभी को है कि यह उत्सव इन्द्र के विरोध में है, और इन्द्र का कुपित होना किसी बड़ी घटना के परिणाम को आमंत्रित करना है। लेकिन कृष्ण की योजना क्रमबद्ध है और समय प्रबन्धन का विशेष ध्यान रखा जा रहा है। बिना प्रमाण के इन्द्र आक्रमण नहीं कर सकते, लेकिन तैयारी है, वीर गोप अपने उपकरणों के साथ हैं—मूसल, लट्ठ...। दस ऐसे साँड़ भी हैं, जो संकेत समझते हैं, और आक्रमण कर देते हैं।

उमस की पराकाष्ठा है। स्वेद से तर गोपों का अपनी देह के भीगने पर ध्यान नहीं है। स्त्रियों की भरमार है। शताधिक से अधिक ये स्त्रियाँ एक लकुटी हाथ में लेकर आई हैं। मिट्टी के गहने और पुष्पों से सजी ये नृत्य और गीत में मगन हैं। कुछ ही ऐसी हैं जिनकी देह पर लकड़ी और सीप की मालाएँ हैं और ताँबे की भी। कृष्ण ध्यान से देख रहे हैं आभूषण—हार, अंगद, कंकण, करधनी, कटिसूत्र, कुन्तल, नूपुर, वलय, बिछुआ। नख से शिख तक सजी-सँवरी स्त्रियाँ आयोजन का गौरव हैं।

कई कुंड बने हैं। दूध उबल रहा है। विशेष तीन हवन कुंड के आकार में बने कुंड अग्नि से शोभित हैं। हाँड़ी चढ़ी है। इन तीन अग्नि कुंडों का दूध विशेष है। इस गर्म दूध का प्रयोग पतिवाह बाबा ही कर सकते हैं। तीन चौकियों पर भीगा हुआ चावल गँजा पड़ा है। एक विशेष हाँड़ी में खीर पक रही है। गीत गाती ढोल बजाती युवतियों की दो टोलियाँ बन गई हैं। सात गोप नग्न खड़े हैं, मात्र गुप्त अंगों को ढकने के लिए लंगोट बाँधे हैं। ऐसा ही शरद जी भी पहने हैं। घड़ों में पानी भरा है। एक घड़ा पानी पहला गोप उठाता है और आगे के क्रम में बढ़ाता है, अन्तिम सातवाँ गोप पतिवाह बाबा को घड़ा दे देता है। और वे घड़े का पानी अपने सिर पर गिराते हैं, यह रहा उनका स्नान—खड़े-खड़े स्नान।

'पेड़-पालो की पूजा हो! वन आवश्यक है! इसे सभी बचाने का प्रयत्न करेंगे।' पतिवाह बाबा ने खौलते दूध के फेन को सीने पर मला और तुरन्त एक घड़ा पानी सिर पर डाल लिया। गोप सेवक जल लिए खड़ा है। पतिवाह बाबा ने अपने लट्ठ में फेन लगाया और पूरे मंडप के किनारे-किनारे दौड़ने लगे। प्रदर्शनी में आई गौओं, भैसों, बैलों को दूध से नहाए अपने लट्ठ से छूने लगे। उनका लट्ठ दर्शकों में बैठे गोप-

गोपियों को भी स्पर्श करता रहता। एक भिन्न प्रकार का भावनात्मक सुख, एक नाटकीय रंजन में एकता के सूत्र में बँधने का उपक्रम, एक साथ बैठने, बोलने, भाग लेने की सीख, किसी की बात सुनने का धैर्य की अनुभूति करता जन समूह भय से निर्भयता की ओर बढ़ रहा है।

पतिवाह का दूध के गर्म फेन को देह पर लगाना और फिर स्नान करना और लट्ठ का स्पर्श फिर मंडप की दौड़, कभी-कभी यह दौड़ मंडप के बाहर एक कोस दूर तक चली जाती।

'जो गोप दौड़ लगाना चाहें वे उस टीले पर खड़े पीपल के वृक्ष को छू कर आएँ। जो सात गोप पहले आएँगे वे अगले वर्ष इस उत्सव में लंगोट पहन कर गोप सेवक होंगे।' पतिवाह बाबा का इतना कहना था कि बीस से अधिक गोप दौड़ पड़े।

'जो स्वेद से तर होकर तुरन्त स्नान करेगा उसे ज्वर नहीं छोड़ेगा।' पतिवाह बाबा अपनी सामर्थ्य में आ गए।

'असाढ़ में जो दिन में सोयेगा वह भूख से मरेगा। और इस बार असाढ़ में पूर्णिमा को पुरवाई चलेगी, बहुत अन्न होगा।'

'रोहिणी नखत से पहिले खाट बुन लो, झप्पर-छानी छा लो, भीत उठा लो। और खेती अपनी आगे रखो नहीं तो अन्न आवे न आवे घर में का पता—आगे खेती आगे-आगे।'

'हो सकता है इस बार सावन में सूखा पड़े लेकिन सावन में ही। घबराने की बात नहीं है धान तो होगा ही।'

पतिवाह बाबा शरद गोप दूध लपेटते, स्नान करते, दौड़ते, स्पर्श करते और अपना ज्ञान उड़ेलते।

'पतिवाह जी यह भी बोल दीजिए कि यहाँ जो भी भोजन की सामग्री आई है—धान, जौ, घृत, दूध, अंश मात्र भी इन्द्र को नहीं जाएगी। हम गोप अपना उत्सव अपने प्रकार से मनाएँगे और निर्भय होकर रहेंगे।' कृष्ण खड़े हो गए।

'कृष्ण की जय!'

'गोप श्रेष्ठ की जए!'

'हमारे किसान नेता कृष्ण!'

'धरती पुत्र कृष्ण की जय!'

'लोकनायक कृष्ण की जय!'

कृष्ण एक बार फिर जन समूह के सामने स्वीकार किए गए। शरद गोप ने अपनी स्वीकृति दी। इस आयोजन में सन्दीपनी और आचार्य गर्ग भी देखने आए थे कि कैसा होगा गोपोत्सव! लेकिन वे मौन रहे, स्फुटित रहे, संकेतों से ही स्वीकृति देते रहे। यह भी कम लोगों को पता था कि गर्ग और सन्दीपनी से कृष्ण की बात होती रहती है।

'शरद गोप जी के बाद मैं भी एक भविष्यवाणी कर दूँ कि जब चले पछुवाँ हवा, तब करो मड़ाई। पुरवाई में मत करो बरियाई।' कृष्ण ने सबके मुख पर बिखेर दी मुस्कान।

'आज पहली बार इतने लोग एकत्र होकर भोजन कर रहे हैं।' कृष्ण हाथ उठाकर

पूरी शक्ति से बोले—'आज से सामूहिक भोजन करने को भोज देना या भोज हो रहा है कहेंगे। मैं वृष्णि हूँ तो क्या हमारे भोज वंशी भी अपने हैं। उनको सम्मानित कर रहे हैं हम सभी भोज देकर। और इस प्रकार हमारे भोजवंशी भाई भी शब्द के साथ ही सही उपस्थित रहेंगे—प्रीतिभोज!

'गोपनाथ की जय!' एक बार फिर स्वर गूँजा।

इन्द्र की पराजय

शब्दों की व्यर्थ शक्ति कितनी देर टिकेगी। युद्ध की कलाएँ और अस्त्र-शस्त्र धरे रह जाएँगे, जब अर्थहीन निर्बलता का पता लग जाएगा। देवराज महेन्द्र इन्द्र की छापामार युद्ध कला अब शून्य रही, न वे योद्धा रहे न किसी युक्ति में प्रवीण। न वे घोड़े रहे, न हाथी, न सैनिक। तो फिर इन्द्र की श्रेष्ठता कब तक बचती? कृष्ण को ज्ञात था कि इन्द्र का अर्थ अब श्रेष्ठ नहीं निर्बल हो गया है। बस साहस हो तो इन्द्र एक आम व्यक्ति की तरह हो जाएँगे। महेन्द्र ने कम प्रयास नहीं किया है, वे अपना इन्द्र बचाते फिर रहे हैं। उन्होंने जब से इन्द्र का पदभार सँभाला हैं कई गाँव बसा लिए हैं। इन्दरपुर, देवस्थान, ब्रह्मपुरी तो विशेष रूप से आर्यों या देवों का गाँव जाना जाता है। वहाँ देवपुरुषों की भरमार है, लेकिन धोब, क्षौर कर्मी, बढ़ई, गोप भी अपनी सुविधा के लिए बसा रखे हैं। इन्द्र को यह भी ज्ञात हो गया है कि मेरे समस्त स्थानों पर गोप अधिकार कर रहे हैं। कृष्ण ने कह भी दिया था कि 'रिक्त भूमि पर खेती करो, गाय बाँधो, वृक्ष लगाओ, जलाशय खुदवाओ। बिना किसी आशय के ये देव भूमि क्यों घेरे हैं? भूमि तो गोपों-किसानों की है। ये देव कहाँ से आ गया?' महेन्द्र के लोग आते तो हैं, लेकिन रिक्त हाथ चले जाते हैं। यदि कहीं घी-दूध-अन्न मिल भी जाता है तो वे स्वयं के लिए रख लेते हैं महेन्द्र के पास एक दाना नहीं पहुँचता। महेन्द्र बिलबिला रहे हैं।

परम्पराओं का टूटना कोई छोटी बात नहीं। वर्षों में तैयार होती है कोई परम्परा। और कृष्ण ने इन्द्र की परम्परा का उल्लंघन किया है। भला देवराज महेन्द्र कैसे सहन करते?

'मेघ को बुलाओ!' महेन्द्र क्रोध से लाल हैं।

अनुचर मेघ को बुलाने चला गया।

'क्या समझ रखा है गोपों ने। हम एक शक्ति प्रदान कर रहे हैं, भावनात्मक रूप से एक सूत्र में बँधने का उपाय सुझा रहे हैं। गाँव-गाँव में हमारे देवपुरुष देव परम्पराएँ बना रहे हैं, किसके लिए? आम प्रजा के लिए ही तो। क्या चाहते हैं गोप? प्रत्येक कार्य प्रत्येक व्यक्ति नहीं कर सकता। हमारे देवपुरुष भीख माँगते हैं, द्वार-द्वार जाते हैं। क्या करूँ, कैसे करूँ, सत्ता नहीं रहेगी तो जीयूँगा कैसे? जिसे देखो वही देवों के पीछे पड़ा है, विशेष रूप से मेरी सत्ता, मेरा इन्द्रासन सबकी आँखों में गड़ता है। वर्षों के संघर्ष का परिणाम है मेरी सत्ता। किसी से माँगकर नहीं, पराजित करके पाई है यह सत्ता, तब बनी है देव-सत्ता। आर्य भी कम नहीं हैं, सब अपने स्वार्थ में लगे हैं।

मेरा इन्द्रासन पाने की होड़ जैसे लगी हो। कोई तप-चिन्तन कर रहा है, कोई मुझसे युद्ध के करने की योजना बना रहा है। सब अप्सराओं का सुख चाहते हैं। मेरे पास अब युद्ध करने योग्य सेना रही नहीं। कुछ सुरक्षाकर्मी ही मेरे साथ हैं।' महेन्द्र इन्द्र सोचते, तो उनका माथा भारी हो गया। अब वे सोच भी नहीं पाते। मानसिक रूप से दुखी महेन्द्र ने सिर थाम लिया।

'आदेश हो श्रेष्ठ!' मेघ आते ही सेवा में उपस्थित हो गए।

'बाँध खोल दो! गोवर्धन पर जो भी बसा हो उसे बहा दो। किसी गोप को मत छोड़ो। सभी बाँध चौकियों पर मेरे आदेश भिजवा दो। मेघ! तुम्हारा दल आलसी हो गया है। तुमने मेरे विरोधियों को अब तक पहुँचाई गई हानि का ब्योरा नहीं दिया, क्यों? कौन नष्ट हुआ कौन सम्मानित बताओ मेघ! बताओ! तुम्हें क्या सूचना नहीं है कि अब प्रजा देवताओं को छोड़कर पत्थरों-पहाड़ों को पूजेगी। माटी-गगरी पूजी जाएगी। घास-पात पर विश्वास होगा। दूध-दही से जीवन चलेगा अब, और देवता माने कन्द!' महेन्द्र पूरी तरह तनाव में हैं।

'श्रेष्ठ! जितनी भी बाँध चौकियाँ हैं, गोपों ने उन पर अधिकार कर लिया है। फिर भी हमारे बाँध विशेषज्ञ लगे हैं। गोप बाँध के विषय में नहीं जानते। वे मात्र उसकी सुरक्षा में लगे हैं।' मेघ ने अपनी योजना बताई—'हमारे कर्मी गोप वेष में हैं। लट्ठ लगाए घूम रहे हैं, जैसे कोई गोप हों। आप चिन्ता न करें गोवर्धन बहकर रहेगा। यह तो हमारी प्रतिष्ठा का प्रश्न है।' मेघ चले गए।

महेन्द्र की चिन्ता कुछ और ही है कि वे युद्ध नहीं चाहते, पराजय के भय से नींद उड़ गई है। भला इस आयु में अपमान कितना सहते। वे सोचने लगे—'क्या देवता किसी की विजय या मृत्यु पर फूल बरसाने के लिए ही हैं। माखन खाए कोई, साढ़ी सुड़के कोई, जुते हुए खेत किसी अन्य के हो जाएँ। अन्न मेरे यहाँ न पहुँचे और हम हर्षित होते रहें किसी अन्य की प्रसन्नता में। ऐसा देवता बनने से अच्छा है कि समृद्धिशाली असुर ही बन जाया जाए। कितनी युक्तियाँ लगीं तब कहीं कंस और कृष्ण में शत्रुता हुई है। भोज वृष्णि, शूर, माधव, अन्धक, सारस्वत ये सभी गोप एक हो गए होते तो आज कितनी दुर्दशा होती कल्पना के परे है। देव कंस के कोप से बचे हैं, विशेष रूप से मैं तो कंस की ओर से निश्चिन्त ही था। लेकिन कृष्ण ने तो कंस से भी बड़ा संकट खड़ा कर दिया है। आम जनता मेरे विरुद्ध हो गई। मेरी फैलाई गई तमाम उड़ती हुई सूचनाएँ, जन श्रुतियाँ व्यर्थ न हो जाएँ। मैं चाहता था कि सबका ध्यान कंस और कृष्ण की ओर हो जाए और मैं कहाँ हूँ क्या कर रहा हूँ किसी को सूचना न हो।

गोपों के अथक प्रयासों के बाद भी बाँध खुल गए। पहाड़ों पर रुका हुआ जल नीचे की ओर प्रवाहित कर दिया गया। मिट्टी खोद कर, रुकावट के पत्थर हटा दिए गए। जल का प्रवाह बढ़ा दिया गया। विशेष रूप से उद्देश्य गोवर्धन को नष्ट करना था। महेन्द्र इन्द्र का आदेश था कि वहाँ के चिह्न तक मिटा दिए जाएँ।

गोपों को ज्ञात हो गया कि बाँध खोल दिए गए हैं। गोवर्धन अब नहीं बचेगा।

'जल प्रवाह! कान्हा! उठो कान्हा! गोवर्धन डूब जाएगा।' सुमंगल की साँस तेज चल रही है।

'कैसा जल?' कृष्ण ने पूछा।

'सब अय्यन की करतूत है। उसी के लोग हमारे पीछे पड़े हैं। पता नहीं क्या चाहता है वह। उसी ने बाँध खुलवा दिया होगा।'

'वही जो जरासन्ध की सेना में था और अब उसकी महेन्द्र से भी पटती है।...छोड़ो! होगा कोई स्वार्थ, यह बताओ कि किसने बताया कि जल प्रवाह में डूब जाएगा गोवर्धन?'

'बोधा भैया ने बताया। वे सभी गोपों को सचेत करने गए हैं।'

कृष्ण के हाथ ऊपर उठे हैं—'घबराओ मत, शीघ्रता करो! अन्न और गौएँ लेकर ऊँचे स्थान पर चढ़ जाएँ सब। चलो शीघ्र!' कृष्ण घबराए तो नहीं लेकिन चिन्ता तो हो गई। बोधा झूठ नहीं बोलते।

बादल भी घेर रहे हैं। बरसने का मन आज ही क्यों, यह कौन बताए। काले-भूरे बादल छेंक रहे हैं, मानो पूरी धरती को पानी-पानी कर देंगे। बादलों को देखकर किसी व्यक्ति के होने का प्रत्यक्षीकरण हो रहा है। और आज उमस अपनी सभी सीमाएँ पार कर स्वेद से सबको स्नान करा रही है।

देखते-देखते गोवर्धन के सभी गोप ऊँचे स्थान पर चले गए। जिसको आड़ मिला वह वही ठहर गया। निकट के सभी गाँव गोवर्धन को बचाने में लगे हुए हैं। कृष्ण दौड़ रहे हैं, बलराम निर्देश दे रहे हैं। माधी, दिवासो, सोमारू की टोली वृद्धों को सँभाल रही है।

'बहता और बरसता पानी कब तक ठहरेगा! घबराने की आवश्यकता नहीं है।' कृष्ण दृढ़ता के साथ बल लगा कर बोले—'आगे बढ़िए! हम यह छलयुक्त युद्ध जीत जाएँगे!...हे काका! गाय हाँक के आगे बढ़ो! हे भैया! हे भाई! हे श्रीदाम कहाँ खड़ा है रे! वहाँ फिसलन है! गोड़ बिछला जाएगा। वो देख! काकी को ऊपर चढ़ा ला!' कृष्ण बोले जा रहे हैं। लट्ठ से कूद-छलाँग कर एक-दूसरे के निकट शीघ्र पहुँच रहे हैं। भिन्न-भिन्न ध्वनियाँ गूँज रही हैं। कोलाहल इतना अधिक है कि स्वयं की बात नहीं सुनाई दे रही है।

पानी बहुत तेज है। मूसलाधार में स्पष्ट दिखाई भी नहीं देता। इस संकट की बेला में सभी गोप एकत्र हैं, मानो पानी के प्रवाह से तेज गति गोपों की हो। प्रत्येक व्यक्ति बचाव में लगा है। किसी के हाथ में बाँस है तो कोई खाँची लिए है तो कोई लट्ठ से बचाव कर रहा है। बहते, फिसलते-बिछलते लोगों में एक विश्वास था कि पानी ठहरेगा भी तो कितनी देर! कृष्ण के शब्द एक-दूसरे तक पहुँच कर विस्तार पा रहे हैं और एक साथ संघर्ष की शक्ति भी।

समय से सूचना मिल जाए तो आने वाली विपत्ति से लड़ा जा सकता है और समय से पूर्व सचेत हो जाएँ तो बाधाओं को पार किया जा सकता है। कष्टों से बचा जा सकता है। और महेन्द्र के सेवक जो बाँधों पर लगे थे, जो पानी के प्रवाह को गाँव की ओर मोड़ रहे थे, जो असहायों को घसीट रहे थे, जो गायों को किसी दूसरी दिशा में हाँक रहे थे,

मार दिये गए। जो बचे रहे वे भाग गए। सम्भवतः वे महेन्द्र इन्द्र के पास भी न गए हों।
और फिर वही धैर्य कि धीरज धरो! सामना करो! पानी ठहरता ही कितनी देर है।

बाढ़ चली गई। पानी बरसा मूसलाधार था, अब छँट गए बादल। पराजित बादल मानो कृष्ण से डरकर भाग गए। विजयी मुस्कान में कृष्ण। गोपों के मुखड़े स्फुटित। कूदते-नाचते गोप-गोपियाँ मानो उत्सव मना रहे हों—जल उत्सव!

कृष्ण के साथी—बलराम, श्रीदाम, मेघा, रुद्रसेन, मधु, उत्तम, सुमंगल एक साथ हो-हो कर रहे हैं। कृष्ण ने वंशी पर तान छेड़ दी है। लाठी लड़ाने का खेल प्रारम्भ हो गया है, अद्‌भुत है लाठी बजाने का दृश्य!...माघी, दिवासो, सोमारू, जोधाई, तियागी, कुलदीप, जिवधन मूसल लड़ा रहे हैं। मल्ल और झल्ल का देखते बनता है रंजन कि ताल ठोंक कर जूझते करते अभ्यास हों जैसे। मदन, सजीवन ढोल पीट रहे हैं तो पक्षियों की ध्वनि निकाल रहे हैं नौमी, गोगी, जगधर। पहेलियाँ बुझाते गजाधर मूर्ख बन गए हैं कि उन्हें स्वयं पहेली का उत्तर नहीं आता है। जंगली, बोधा कुछ टेर रहे हैं। कोई मुँह चिढ़ा रहा है कोई चुटकी काट कर भाग रहा है। नोहर ने नौमी का केश खींचकर भाग रहा है और दौड़ा रहे हैं नौमी!...गोपिकाएँ नाच रही हैं। बूढ़े मुँह बाए आकाश निहार रहे हैं कि अब पानी तो नहीं बरसेगा!...कोई किसी के वक्ष निहार रहा है कोई नितम्ब, कोई ताल ठोंक रहा है, कोई भुजा मसल रहा है, कोई गर्दन, पीठ पर रद्दा मार रहा है।

संघर्ष के बाद विजय-सुख में प्रसन्नता की पराकाष्ठा! और कृष्ण देख रहे हैं, मुस्करा रहे हैं।...और कहीं से दो साँड़ आए और आपस में लड़ गए। माघी, जिवधन, जंगली दोनों साँड़ों को अलग करने का प्रयास कर रहे हैं।

देवराज महेन्द्र इन्द्र तिलमिलाए हैं। उनके सभी सेवक मारे गए। बाँधों के विशेषज्ञों का कोई पता नहीं है कि वे इस संसार में हैं भी कि नहीं। महेन्द्र को पता था कि कृष्ण देव-प्रमुख से वार्ता कर चुके हैं और वे कृष्ण के सामने समर्पित भी हो चुके हैं। महेन्द्र की इच्छा हुई कि एक बार कृष्ण से वार्ता की जाए। यदि बात बन गई तो मेरी श्रेष्ठता बनी रहेगी, नहीं तो अब बचा ही क्या है!

अक्षतानन्द, रणेन्द्र और तरुण देव ने बहुत प्रयास किया कि महेन्द्र और कृष्ण की वार्ता हो जाए, परन्तु सफल नहीं हुए। कृष्ण सन्धि करने को तैयार नहीं हैं। वे इन्द्र की सत्ता की समाप्ति चाहते हैं। वार्ता की विस्तारित हुई सूचना से इतना तो सिद्ध ही है कि इन्द्र अपनी प्रतिष्ठा बचाना चाहते हैं। लेकिन गोपों का साहस और दृढ़ हो गया है। इन्द्र जो श्रेष्ठ हैं, जिनके सामने खड़े होने का साहस किसी में नहीं है, वे नत हैं। यह छोटी बात तो नहीं ही है। और अब जब किसी प्रयोजन के निमित्त महेन्द्र आवश्यक वार्ता करना चाहते हैं तो कृष्ण ने मना कर दिया। कृष्ण बिना बन्धन के वार्ता चाहते हैं।

अब नारद ने स्वीकार किया कि वे कृष्ण को मना लेंगे। कृष्ण ने वही बात दोहराई कि वे बिना बन्धन के वार्ता करेंगे। थक-हारकर महेन्द्र इन्द्र ने स्वीकार किया। नारद

की चाह है कि भले इन्द्र की सत्ता समाप्त हो जाए लेकिन संस्कृति बची रहे। कृष्ण ही ऐसे हैं जो संस्कृति बचा सकते हैं।

और एक तिथि तय कर दी गई। स्थान भी और कौन लोग रहेंगे, वे भी तय कर दिये गए।

ग्रीष्म का अवसान हो चुका है। वर्षा ऋतु मोहक और विश्वासी ऋतु है, जीवन जुड़ा है इस ऋतु से। वर्षा अच्छे से बीत जाए तभी वसंत में मस्ती अच्छी लगती है, शीत में अलाव तापते हुए कथा कहने-सुनने का मन करता है और गर्मी में किसी छाँव में सुस्ताते हुए मुस्कान बनी रहती है। शरद उत्सव हो या पतिवाह आयोजन सब अच्छा लगता है, तब जबकि वर्षा प्रसन्नता के लायक हो। और सावन की रिमझिम का प्रारम्भ हो चुका है। धरती पानी सोखती है, जुड़ाती है धरती। सावन में पानी बहता बहुत कम है। धरती के पेट में जाता है, जो समय पर हमारी प्यास बुझाता है। धरती पानी लेने से मना कर दे या पानी कहीं और चला जाए तो! तो क्या हम प्यासे नहीं रह जाएँगे? पानी-पानी चिल्लाएँगे और फिर तड़पकर मृत्यु!

कृष्ण पानी पर बहुत सोचते हैं। उनके जन्म के समय इतना पानी बरसा था कि फसल बहुत अच्छी नहीं हुई थी। कहीं-कहीं बाढ़ से तबाही भी मची थी। कालिय नाग पानी घेर कर अपना अधिकार जताता रहता था, किसी तरह स्थान छोड़ा और पानी मुक्त हुआ। और ये इन्द्र हैं कि स्वयं को पानी का अधिकारी समझते हैं। अब उसका मान-मर्दन हुआ तो बात करके अपनी चिन्ता दूर करना चाहते हैं।

कृष्ण ने इन्द्र का भय दूर कर दिया है, अब लोग इन्द्र से नहीं डरेंगे, और इन्द्र भी वर्षा का जल नहीं रोकेंगे। नहीं तो वे वर्षा का जल रोक कर एकत्र कर लेते थे और क्रोध उतारते थे पानी का प्रवाह खोल कर। यह कितनी दुष्टता है! नीच कर्म है! भला ऐसा व्यक्ति श्रेष्ठ हो सकता है? लेकिन आम जनता तो सबको सिर पर बैठाए रहती है। और इन्द्र ऐसे कुकर्म के बाद भी श्रेष्ठ!

इन्द्र ने भले ही वार्ता के लिए तैयारी कर ली हो लेकिन कृष्ण ने नहीं। क्या कहना है, कैसे कहना यह उनको आता है। प्रश्न आते ही उत्तर तैयार, विषय मिलते ही व्याख्या प्रारम्भ, पात्र दिखते ही संवाद, ठहरते ही चिन्तन, चलते ही दिखने लगता उद्देश्य। कृष्ण भिन्न हैं, चिन्ता रहित हैं, मुसकान से भरे हैं, देह में बल है, भीतरी शक्ति है, ऊर्जा की कमी कहीं से नहीं है, जानते हैं कि काम भी एक ध्यान है। भला कृष्ण से इन्द्र की क्या तुलना! कोई मिलान ही नहीं है इन्द्र और कृष्ण का और ये इन्द्र जो महेन्द्र हैं, बहुत भय खाते हैं। कंस ने तो नचा मारा है। और अब कृष्ण की बारी है।

देवताओं के साथ देवराज महेन्द्र इन्द्र बैठे हैं। उनके मुख पर चिन्ता की रेखाएँ स्पष्ट हैं, लगता है कि उन्हें याद आ रहा है देव-प्रमुख का नत होना। फिर भी उन्हें सामान्य रहना है, न चाहते हुए मुस्कान बिखेरना है और फिर बनावटी स्फुटन तो देखते ही बनता है। पारखी कृष्ण जान जाते हैं महेन्द्र की मनोदशा और मुस्कराते हैं।

कृष्ण के साथ एक पूरी टोली है, जो साथ रहती है। जो सब छोड़कर कृष्ण के साथ रहने को तैयार हैं, जो इन्द्र से चिढ़ते हैं, जो देव सत्ता के विरोधी है—सब साथ हैं कृष्ण के।

'मेरा अभिवादन स्वीकार करें देवराज महेन्द्र जी!' कृष्ण ने हाथ जोड़ लिया। महेन्द्र ने अभिवादन स्वीकार किया, उनका एक हाथ ऊपर उठा कि जीते रहो, मेरी ओर से आश्वस्त रहो।

'मेरे साथियो!' कृष्ण अब अपनी टोली को ओर घूम गए—'हम दौड़ना जानते हैं तो दौड़कर आगे निकल जाते हैं। हम चलना जानते हैं तो अपना उद्देश्य पा जाते हैं। रेंगने वाले हम हैं, तो क्या कम हैं। गुप्त स्थानों का पता लगा लेते हैं। हमें आगे बढ़ना है चाहे जिस युक्ति से। हम चुनौतियाँ स्वीकार करते हैं, और नहीं होते पराजित पहले। मैं आचार्य गर्ग और सन्दीपनी जी का अभिवादन करता हूँ कि आप यहाँ पधार कर मेरा उत्साह बढ़ा रहे हैं। मित्रो! मैं अहिंसा का व्यक्ति हूँ, युद्ध नहीं चाहता। लेकिन कोई प्राण ही लेने पर आ जाए तो शस्त्र त्याग कर भीरु भी नहीं कहलाना चाहता। हमारे पास सारे उपकरण हैं। घर-आँगन में, खेती-बारी में काम आने वाले उपकरण ही हमारे अस्त्र-शस्त्र हैं। और हमारे पास है योजना, स्वरूप, कार्यक्रम, ऊर्जा और आपकी निकटता। आपका साथ ही मेरे लिए सब कुछ है। मेरे लिए महेन्द्र जी भी श्रेष्ठ हैं। मैंने अपना परिचय दिया, जो अभी के लिए उचित है। आदेश होगा तो बात आगे बढ़ेगी।'

महेन्द्र की सारी ज्ञानेन्द्रियाँ काँप गईं। प्रारम्भ ही ऐसा हुआ है। भला कृष्ण के आगे कौन-सा वाक्य प्रयोग करें, शब्द कहाँ से लाएँ?

'आप वाक्पटु हैं कृष्ण। लेकिन पर्वत हमारा है, जलाशय हमारे हैं, नदियाँ हमारी हैं, बाँध भी बादल भी...एक-एक बूँद जल पर मेरा अधिकार है। मेरी पूजा का अर्थ है सृष्टि पूजा। हम हर प्रकार से आपको सुरक्षित रखते हैं। कोई विपदा आती है तो हम आगे रहते हैं अपने देवों के साथ।' इन्द्र के पास इससे अधिक कुछ कहने को नहीं है।

'जब हमें सृष्टि की पूजा करनी है तो हम सीधे प्रकृति से जुड़ेंगे, आपका क्या अर्थ? और जो प्रकृति है, वह सबकी है, किसी के पिता की नहीं। जल सबका है, प्यास सबको लगती है। पानी बरसता है तो आपके सिर पर अधिक नहीं गिरता, हमारा भी माथा है और बूँदें समान टपकती हैं। हम किसान हैं श्रेष्ठ अन्न वाले! अन्न-दूध हम आपको नहीं देंगे तो आप क्या भोजन करेंगे? कन्द-मूल-फल भी हम ही तैयार करते हैं। आप देवों का कार्य मात्र डराना है, मूर्ख बनाना और भीख माँगना है, व्यर्थ के शब्दों में उलझा कर संवेदनात्मक रूप से यातना पहुँचाना है। अब हम भावुकता के जाल में फँसने वाले नहीं हैं।'

'हमारी पूजा आपके आचार्य करते हैं, आपके बाबा नन्द जी हमारी अर्चना करते हैं। हमारा मान-सम्मान प्राचीन है। हम अपना कार्य अवश्य करते हैं।' महेन्द्र भावना में लाना चाहते हैं कृष्ण को।

'इसका अर्थ यह नहीं कि हम विचार न करें। बाबा ने जो किया, आचार्य का जो रहा निर्णय तो क्या उस पर हम आँख मूँदकर चलें? हमारे पास बुद्धि-विवेक है। समय के साथ हमारी दृष्टि है, हम स्वयं अपना स्वस्थ समाज बनाएँगे। आपसे हमसे क्या लेना-देना। आपसे हमें कष्ट ही है, कोई सुख-चैन नहीं। हम व्यवस्था करें और आप मक्खन चाटें। यह क्या उचित है? आपका समाज कर्महीन समाज है। नृत्य-गायन, युद्ध और काम-भोग यही है कर्म के नाम पर। अब आप देव लोगों का क्या है कर्म?

बिना कुछ किए-घरे अन्न-दूध की व्यवस्था करना। कभी स्वेद बहा है खेतों में, कभी किसी गाय ने लात मारी है, कभी बरसात में कोई सर्प पैर से दबा है? आप सम्भवतः कभी न गिरें हो गोबर के चोथ पर। कभी भैंस को पानी में जाते देखा है, धोया है उसे पुआल से रगड़कर? हम अपनी अपनी गाय-भैंसों के सींग को रंगते हैं, भैंस की देह में तेल लगाते हैं। हम मल्ल लड़ते हैं, ओल्हा-पाती और कबड्डी खेलते हैं। साग-भाजी, तिल, फल उपजाते और बेचते हैं। क्या देव यह सब करते हैं? हम शिल्पी हैं, किसान हैं, श्रमिक हैं। हमसे ही समाज बनता है और राज्य भी। हम प्रगति के लिए हैं, हमारे लिए ठहरने का अर्थ नहीं।...तो महेन्द्र जी! हम झुनझुना बनाते हैं ताड़ के पत्तों से। मछली पकड़ना, आम की गुठली से पिपिहिरी बजाना, ज्वार के पत्तों को गोल-गोल ऐंठकर पीं-पीं बजाना, पंखा हो या सपोली, कुआँ खोदना हो या बरहा, द्रोण बनाना हो या नाव चाहे गोबरहिया सब हमें आता है। आपको क्या आता है, जो हमारे आगे बढ़ने में सहायक हो? हाँ तो कहें श्रेष्ठ! नहीं तो आपको हम रोआँ बराबर भी नहीं मानते।'

इन्द्र के पास न शब्द हैं न भाव। न तो आँख उठा सकते हैं न लजा सकते हैं। वे सोचने लगे, 'क्यों मैं गोप-उत्सव का विरोध करने लगा।'

कुछ देर तक सभी मौन रहे।

'इन्द्र देव ने तो चुप्पी साध ली।' जिवधन बोले।

'उनके पास है का कि बोलें। नाम के हैं इन्द्र।' सोमारू महेन्द्र का मुँह निहार रहे हैं कि कैसा लग रहा है यह कर्महीन!

'वही कहना है कि हाथी आया हाथी आया हाथी पादा भड़ाक दे।' माघी खड़े होकर बोले, और एक हँसी फैल गई।

'अभी बात समाप्त नहीं हुई कान्हा!' गजाधर को और सुनना है।

'मन तो भर जाए और महेन्द्र जी का पेट भी भर जाए।' जंगली पलथी मारे जमे हैं।

'मेरे पास कहने के लिए बहुत कुछ है। लेकिन कहने का कुछ तो अर्थ निकले। महेन्द्र जी तो चुप हो गए। कुछ बोलें तो बात आगे बढ़े। बात से बात निकलती है और अर्थ समझ में आता है, कोई मार्ग सूझ जाता है।' कृष्ण की दन्त-पंक्तियाँ चमक रही हैं।

'इन्द्र ने पानी बहाया है। हम उनसे जल-कर लेंगे।'

'उन्हें क्या अधिकार है कि हमारी फसलें नष्ट कर दें, गौएँ बहा दे या हाँक ले जाएँ। गोप-उत्सव के बाद बाढ़ से जो हानि हुई है, उसकी भरपाई महेन्द्र जी करें।'

'हम गो-क्षेत्र की पूजा करते हैं। हमें महेन्द्र के अधिकार वाले गो-क्षेत्र चाहिए।'

'मयूरपुर के लोग हरियरी की पूजा करते हैं, अपने खेत में उपजी साग-भाजी की पूजा। हमें उर्वर भूमि चाहिए जो महेन्द्र ने व्यर्थ ही अपने नाम कर रखी है। बहुत सारी भूमि रिक्त है।'

'महेन्द्र जी! आप हमारे कृष्ण के आगे राई के बराबर भी नहीं ठहरते।'

'अरे ई कहिए कि कंस से थोड़ा विरोध है हमारा, नहीं तो कई इन्द्र भी कुछ उखाड़ नहीं सकते। हमारे पास पूरा जन समूह है।'

'कान्हा की जय!'

'जय गोप के लाल की।'

ध्वनि गूँजने लगी। कृष्ण खड़े हो गए।

'ये क्या कर रहे हैं आप? प्रश्न करें, वार्ता करें, जयकार की क्या आवश्यकता?' कृष्ण को सन्देह भी है कि कहीं अति उत्साह में गोप लट्ठ न भाँजने लगें। वे सहज हुए, उनकी दन्त-पंक्तियाँ चमकने लगीं, बोले—'महेन्द्र जी! हम अभी तक देवों के कहने से अग्नि के समीप बैठते थे और दे देते थे, जो वे चाहते थे। अब यह नहीं होगा आपकी पूजा-अर्चना समाप्त, अब गोवर्धन पूजा होगी। गोवर्धन का अर्थ ही है गाय के वंश को बढ़ाना। मैंने घोषणा कर दी है कि हम गो-संवर्धन हेतु कार्य करेंगे। उन्नत साँड़ और गाय का संसर्ग होगा तो उस गाय का वंश उन्नत होगा और हमारे यहाँ दूध की कमी नहीं होगी हम साँड़ों की रक्षा करेंगे।'

'हमारा कृष्ण धरती पुत्र है। हमारा कृष्ण किसानों का नेता है। हमारा कृष्ण युवाओं का अगुआ है। हमारा कृष्ण आम आदमी का चहेता है। आज से हम देव-सत्ता के विरोधी हो गए। कान्हा की जय!' फिर कोई बीच में खड़ा हो गया और ऊँची ध्वनि में बोलने लगा।

'बैठ जाओ महाशय! प्रतिष्ठा तो रखो भाई!' किसी ने उसका कन्धा दबा दिया।

गोप अपने हल, हँसिया, कुदाल, मूसल, लट्ठ, पत्थर और लकड़ी की गदा के साथ आए हैं। फिर चिन्ता हुई कृष्ण को कहीं झगड़ न पड़ें सब इन्द्र से। कृष्ण ने गम्भीर दृष्टि से चारों ओर देखा। उनके देखते ही चुप्पी छा गई।

'महेन्द्र जी! हम देव-यज्ञ नहीं करेंगे। आप अपना पेट भरने का कोई उपाय कर लीजिए। हम नृयज्ञ भी नहीं करेंगे। कोई अतिथि आएगा तो भोजन कराएँगे। लेकिन अतिथि को दान नहीं देंगे। इस माध्यम से प्रतिदिन एक देवपुरुष अतिथि बनकर पलथी मार लेता है द्वार पर। यह उचित नहीं है। आपका देवपुरुष कहता है कि धन नश्वर है, तो धन की माँग क्यों करता है? कर्म से धन क्यों नहीं बनाता? और तब कहता कि धन नश्वर है तो बात बनती। धन किसी का व्यक्तिगत क्यों है? अधिक धन सार्वजनिक होना चाहिए, समाज के हित में प्रयोग होना चाहिए। मुझे सूचना मिली है कि देव पुरुषों और देव की छत्रछाया में जो अधिपति हैं, वे धनवान है। मैं घोषणा करता हूँ कि सभी धन समाज का है।'

'हम सब छीन लेंगे, जहाँ अधिक देखेंगे।'

'आप सब चुप रहें। अति उत्साह ठीक नहीं। और कहीं वार्ता हो तो वहाँ भाग लेने आना चाहिए। आप लोग तो प्रतिष्ठा गिरा देंगे! आवश्यक बोलें, व्यर्थ नहीं।' कृष्ण ने एक बार फिर गम्भीर दृष्टि से देखा।

महेन्द्र मुस्करा रहे हैं कि अभी बहुत वर्ष लग जाएँगे गोपों को सीखने में। अभी उन्हें आता ही कहाँ है कि कहाँ कैसे बैठना और बोलना चाहिए। एक कृष्ण ही हैं ले-देकर कि सँभाले हैं।

'अकेले कुछ नहीं बनता। सामूहिक श्रम और प्रयास से चीजें बनती हैं।' कृष्ण आगे बढ़े—'और बन गया है बहुत कुछ। अब देव-संस्कृति टूटनी चाहिए और कृषक-संस्कृति का विस्तार होना चाहिए। आप भी अपनी संस्कृति छोड़कर हमारी व्यवस्था

में आ जाइए और कोई कर्म ढूँढ़ लीजिए। और यदि आपका हस्तक्षेप होगा तो हमारा कोई भी उत्पादन मूल्य के बाद भी आप तक नहीं पहुँचेगा। आप नृत्य, युद्ध और भोग-सम्भोग से जीवन चला लीजिएगा। कोई रोक नहीं रहा है। अब बलि देकर आपको कोई मांस नहीं परोसेगा। समय बीत गया वह, यह नया युग है। हमारी मित्रता स्वीकार कीजिए और आम आदमी की तरह जीवन बिता लीजिए श्रेष्ठ! भला आकाश का भय दिखाकर कब तक मूर्ख बनाएँगे? लोग समझ गए हैं कि आकाश तो सबका है। हमारा जीवन कर्म पर आधारित है, जहाँ जीवन चलता है। अन्न, दूध, फल, साग-भाजी और पानी की व्यवस्था की जानी है। ऐसे कर्म का क्या अर्थ, जिससे जीवन एक पग भी न बढ़े। हमारा स्वभाव कर्म है। हम चाहें तो पूरे भू-भाग को आपके विरुद्ध कर दें। कंस हो या जरासन्ध भले आज हमारी बनती नहीं है उनसे, लेकिन वे हमारे सम्बन्धी हैं। अब बाँध पर हमारे लोग रहेंगे। सभी जलाशय गोपों के हुए।'

महेन्द्र का मुँह खुला रह गया। फैलते नयन कुछ कर नहीं सके। कंठ से ध्वनि तक नहीं निकली। निर्निमेष निहारते रहे कृष्ण को देवराज महेन्द्र!

'और अन्तिम बात—सभी पूछते हैं कि कृष्ण आप मोर पंख क्यों लगाते हैं? जितने भी किसान हैं उन्हें मोर पंख अपने द्वार पर टाँगना चाहिए। मोर पंख न मिले तो एक पंख का चिह्न बना देना चाहिए। हम सब किसान हैं। और मोर भी किसान है। मोर बादल देख कर नृत्य करता है, मस्त होता है। हम किसान भी बादल देख कर नाचने लगते हैं, मस्त हो जाते हैं। मोर वर्ष के प्रारम्भ में प्रसन्नता से हमारे साथ रहता है। हम मोर को कृषक का प्रतीक मानते हैं।'

कृष्ण विजयी हुए। महेन्द्र इन्द्र ने कृष्ण की सभी बातें स्वीकार कर लीं। गोवर्धन पूजा होगी, गोप-उत्सव होगा, पतिवाह आएँगे। यह भी स्वीकार हुआ कि गोप मात्र गोबर टारना ही नहीं जानते, वे राजनीति में भी आगे हैं, विशेष रूप से वृष्णि वंशी कृष्ण गोपाल!

'गोप श्रेष्ठ कृष्ण! मेरी भी कुछ प्रतिष्ठा रख लीजिए।' महेन्द्र ने अनुरोध की तरह कहा।

'चलिए, आज से वर्षा ऋतु में उगने वाले आकाशीय धनुष को हम सब 'इन्द्रधनुष' कहेंगे। आपके जाल और आपकी युक्तियों को तो हम 'इन्द्रजाल' कहते ही रहे हैं। इन्द्र का अर्थ श्रेष्ठ बना रहेगा। जिस प्रकार आपके कर्म से हमें कोई सार्थक लाभ नहीं है, उसी प्रकार आपका नाम जुड़ जाने से आपको कुछ भी प्राप्त होने वाला नहीं है। आपने भावनात्मक शब्दों से आशा बँधाई है, हम भी शब्द देकर ऋण मुक्त हुए।'

'जन नायक कृष्ण की जय!'

'हम सब कृष्ण के साथ हैं!'

'साथ हैं! साथ हैं!'

एक साथ स्वर गूँजा।

'किसानों की जय!' कृष्ण ने जयकार लगाई।

'किसानों की जय!' एक साथ ध्वनि हुई!

'श्रमिकों की जय!'

'श्रमिकों की जय।'

नौ

प्रतीक्षा का समय समाप्त हो जाता है
लेकिन संघर्ष और विमर्श तो चलता रहता है

'अरे का हो रहा है रे सनपाती?' जमुनी ने पूछा।

'का होगा भौजी! नाँद बना रहे हैं। एक बड़ी चरनी बनानी है, जिसमें कई गौएँ एक साथ घास-भूसा खा सकें। नाँद तो भैंस के लिए है।'

'कुछ नई बात सुने हो?' जमुनी ने फिर पूछा।

'हाँ सुने तो हैं कि कोई कृष्ण-कान्हा हैं, जो इन्दर देव को हरा के मान पा रहे हैं।'

'ई तुमको अचरज नहीं लग रहा है का? इन्दर को कोई हरा सकता है कंस को छोड़ के?'

'काहे नहीं! वे भी तो हमारे जैसे हैं। कोई अलग से थोड़े हैं भौजी! इन्दरवा जैसा प्राणी काहे जी रहा है? जौन पानी बहा दे, और बिना कारन मारे-पीटे।'

'का बतिया रहे हो सनपाती? भौजी को बातन में फाँस रहे हो का?' सगेदू ने दूर से ही देख लिया है।

'इधर कहाँ से भैया? कभी आते नहीं हो। बस लोहित के फेर में रहते हो। अरे हमरे लायक कौनो काम हो तो बताओ।' सगेदू लोहित से प्रभावित है और सगेदू को मानता बहुत है।

'अभी बुद्धि ठिकाने नहीं है। हर माह भैंस ससुरी गरम हो जा रही है। भँइसा तो रही है, लेकिन ठहर नहीं रही। व्याकुल करके रख दिया है ससुरी ने।' सगेदू बोले। वे अपनी गाय-भैंसों से दुखी हैं।

जमुनी चली गई। पुरुषों को न लाज है न डर, जो देखो वही बक दे रहे हैं। लेकिन समस्या है तो मुख पर अँगुली नहीं ठहरती। बात फूट ही जाती है—सच्ची बात!

'पहली बात कि यदि मिल जाएँ तो कृष्ण से मिलो। वही इसका कारण और निवारण बता सकते हैं। आप तो जानते हैं कि वे गोबर को धन कहते हैं और गाय-भैंस के भँइसाने-बरदवाने की नई युक्ति भी सुझाते हैं।'

'ससुर के नाती! इतने बड़े कृष्ण और चलें हम मिलने! अरे उन्होंने उपाय बता दिया। वे इस समय पानी के लिए कार्य कर रहे हैं।'

'हाँ। पानी का ही तो झगड़ा था इन्दर से।'

'अब हर गाँव में जलाशय खुदेगा, जो गाँव का होगा। किसी राजा और इन्दर का अधिकार पानी से समाप्त। 'जल तो किसान का है' यही कृष्ण कहते हैं।'

'अरे भइया! कृष्ण का नाम सुनते ही बड़े-बड़ों को झाड़ा आ जाता है। कौन बतियाए उनसे? सुना है कि गाँव-गाँव में उनका अभिनन्दन हो रहा है?'

'सही सुने हो! कृष्ण को अब अवकाश कहाँ! कहीं उद्‌घाटन, कहीं भाषण, कहीं अपनी योजना का विस्तार। मान पर मान पा रहे हैं कृष्ण। विरोध का ढंग तो देखो!

वे कहते हैं, 'यज्ञ से मूर्ख क्यों बनते हो। अपना यज्ञ स्वयं करो। वो देखो! घर का चूल्हा! जिस पर पक रहा है भात। यही यज्ञ है हमारा। भात पकाया और उदर में डाल लिया, हो गया हवन। पेट में अग्नि तो है ही, पच जाएगा, बन जाएगा रक्त, मांस-मज्जा। पक भी तो रहा है गोंइठे की आग पर। जौ की बनी रोटी अहा! कितनी मुलायम है! इसमें किसी देवपुरुष का क्या कार्य कि वे आएँ और पेट फुलाकर डकारते चले जाएँ। करें और मरें हम, प्रसन्न होकर भोगें वे! क्या आधुनिक सोच है! यही है उनकी प्रगतिशील बुद्धि? अरे कुछ उर्वरा बढ़ाने का उपाय बताते। गाय का दूध किस घास से बढ़ेगा सोचते। कृष्ण प्रत्येक गाँव में जाते हैं और जीने का सही उपाय सुझाते हैं। उनका अभिनन्दन हो रहा है हर गाँव में। यह देखकर मानो विरोधियों के पिछाड़े में कीड़ा काट रहा है।'

'सगेदू भैया! एक बात है कि पानी पर अब सबका ध्यान है। उसे शुद्ध रखना और बचाना है। जिसे देखो वही पानी निहारता रहता है। कल अकलू गिरने से बचे थे। झाँक रहे थे कुआँ, और कहीं से काठा आए, ढकेल दिए। ई कहो कि गिरे नहीं, लड़खड़ा कर रह गए।'

'कृष्ण का अभिनन्दन मयूरपुर में भी हुआ था। लोहित ने एक बड़ा उत्सव किया था। नृत्य-गीत और अभिनय भी...एक साथ भोजन जिसे अब भोज देना कहा जाता है। मयूरपुर के लोग कृष्ण को पाकर अघा गए। वर्षों तक उनकी ऊर्जा बनी रहेगी। मैं तो कहता हूँ कि धियानी यदि कृष्ण के साथ होते तो बात ही और होती।'

मयूरपुर में दो साँड़ उन्नत प्रकार के आ गए हैं। एक जलाशय भी खोदा जा रहा है। तीन सार्वजनिक कूप भी खोदे जा चुके हैं। अब जल के महत्त्व को लोग समझने लगे हैं, और गो-संवर्धन एवं गोबर-धन की भी चर्चा होती रहती है। ज्ञानदेव बाबा ने कहा कि कूप भी एक प्राणी की तरह है, जैसे हम हैं। इसका विवाह होना चाहिए, जिससे कूप का वंश बढ़े। और फिर एक परम्परा का प्रारम्भ! मयूरपुर बहुत प्रसन्न है।

कृष्ण की हर बात चर्चा में है। अभी तो मयूरपुर और निकट के दसों गाँव कहते फिर रहे हैं कि 'कृष्ण ने किसानों को एक कर दिया है। कृष्ण ने कहा है कि उनकी लड़ाई किसानों के पक्ष में है। जो किसानों को सताएगा कृष्ण उसे छोड़ेंगे नहीं, चाहे उनके पिता नन्द बाबा ही क्यों न हों।'

और एक स्वस्थ मधुर दक्खिनी वायु बहने लगी, जो बाएँ हाथ को स्पर्श करती हुई आगे निकल रही है।

कृष्ण कम आयु में इतने चर्चित, लोकप्रिय और महत्त्वपूर्ण हो जाएँगे, यह किसी ने नहीं सोचा था। विश्वास न करने वाले कार्य भी कुशलता से सम्पन्न करके कृष्ण ने विश्वास बनाया है। ऋषियों से टकरा कर नहीं, उनकी दया का पात्र बनकर, और उन्हें प्रसन्न करके रहस्य जानना और विषय समझना कृष्ण को आता है। समझदार तो कंस भी हैं कहीं-न-कहीं। वे इन्द्र को पराजित कर सकते हैं लेकिन प्रजा को नहीं। कंस जानते हैं कि सबकी अपनी टोली है, अपना समाज है, अपने उत्पादन हैं और अपने

नेता हैं। यही कारण भी था कि प्रजा में सैनिक बल का प्रयोग कंस ने नहीं किया है, नहीं तो दो दिन में सब ठंडे हो जाएँ।

धीरे-धीरे ठंड ने पैर पसारना प्रारम्भ कर दिया है। कार्तिक मास में प्रसन्नता इस पर होती है कि धान कितना हो जाएगा, क्या जौ से इस बार का कोठार भर जाएगा? नन्द बाबा की प्रसन्नता की सीमा नहीं है। वे कृष्ण को पाकर स्वयं को धन्य समझते हैं, और गर्व से फूले रहते हैं। इस वर्ष उनकी सभी गौएँ प्राय: दूध से भरी हैं, जो बकेन हैं वे गाभिन हो चुकी हैं। विश्वास के आगे विश्वास बनता जा रहा है नन्द बाबा का।

कहीं से सूचना मिली कि यमुना के तट पर कीचड़ हो गया है। नन्द बाबा को सन्देह हो गया और चतुर देव स्वयं किसी अनिष्ट के भागीदार प्रत्यक्ष रूप से बनना नहीं चाहते। अवश्य ही उन्होंने किसी असुर का सहयोग लिया होगा। असुर रात से डरते नहीं हैं, वे जैसे दिन में कार्य सम्पादित करते हैं वैसे ही कुछ कार्य रात में भी। लेकिन देव तो रात्रि में विश्राम ही करते हैं, अपनी सुन्दरियों के साथ। स्त्री सौन्दर्य के प्रेमी देव प्राय: अपनी एक प्रेमिका के साथ दिखते रहते हैं, ये प्रेमिका उनकी पत्नी भी हो सकती है। लेकिन किसी असुर को अपनी पत्नी या प्रेमिका के साथ प्राय: नहीं देखा गया। असुरों को समाज के विभिन्न कार्यों से अवकाश ही कहाँ मिलता है। असुर कर्म न करें तो व्यक्ति का जीवन ही समाप्त हो जाए।

नन्द बाबा आधी रात को यमुना के तट पर उस व्यक्ति को पकड़ने के हेतु प्रतिदिन जाने लगे और एक दिन उन्हें सफलता मिल गई। पाँच व्यक्ति तट को खोद कर पानी उलीच रहे हैं खुदी हुई मिट्टी पर। नन्द को देखकर वे पाँचों घबरा गए, लेकिन उन्होंने बन्दी बना लिया नन्द बाबा को। डोर से बँधे नन्द बाबा को ले जाते जंगली ने देख लिया। पूरे गाँव में तुरन्त यह सूचना हो गई कि किसी ने नन्द श्रेष्ठ को बन्दी बना लिया है।

ये पाँचों व्यक्ति वरुणदेव के सेवक हैं। इन्द्र के पराजय से दुखित वरुण ने यह योजना बनाई है। लेकिन यह क्या, पूरा जन-समुदाय कृष्ण के नेतृत्व में वरुणदेव के आवास की ओर चल पड़ा। वरुणदेव निकट के वन में अपना डेरा जमाए आनन्द भोग रहे थे। उन्हें क्या पता कि हमारे सेवक पकड़े जाएँगे और इन्द्र के बाद मेरी पराजय है। अभी भी वरुणदेव स्वयं को जलाशयों, नदी तटों का प्रभारी समझते हैं।

गोपों की टोली देखकर वरुण घबरा गए। उन्होंने आत्म समर्पण कर दिया और कहा कि 'सब जलाशय, कूप, नदी तट आपके हैं। देव अब यहाँ से चले जाएँगे। बस एक कृपा कर दें कि किसी देवपुरुष को नदी के तट पर बैठने भर का स्थान दे दें, जिससे वह वहीं बैठकर भिक्षा माँग सके और जो आर्य तिलक लगवाकर श्रेष्ठ दिखना चाहे, उसे देवपुरुष तिलक लगा सकें। कृष्ण जी आपकी श्रेष्ठता बनी रहे, यही कामना है। हम सब देव तो आपके ही साथ हैं। नन्द बाबा मेरे पिता तुल्य हैं, उनका बार-बार अभिनन्दन करता हूँ। मेरी त्रुटियों को क्षमा करें कृष्ण!'

वरुण देव घबरा गए। उन्हें लगा कि अब प्राण नहीं बचेंगे। पाँचों असुर सेवक कृष्ण के चरणों में लोट गए और प्राणदान की याचना करने लगे!

कार्तिक की अन्तिम तिथि का चन्द्र पूर्ण रूप से अपनी शीतल चाँदनी के साथ स्वागत कर रहा है। यमुना के तट पर भोर से ही स्नान करने वालों का ताँता लगा है। कई गाँवों के गोप तो रात्रि से ही यमुना के किनारे डेरा डाले हैं। ज्ञानदेव ने एक चौकी रख ली हैं, वे आर्य-तिलक लगाएँगे, भिक्षा लेंगे। एक संकल्प देंगे कि आप श्रेष्ठ हैं, ये देखिए आपके माथे पर आर्य तिलक!

गोपों के बढ़ते प्रभाव से जहाँ आम जनता प्रसन्न है, वहीं देव दुखी। देवों के लिए अब पहचान का संकट खड़ा हो गया है। वे अपनी पहचान बचाने के लिए नई-नई युक्तियाँ खोजने में लगे हैं। एक सफलता तो मिल गई कि वे नदी के तट पर अपना एक स्थान बना सकते हैं। जो देवपुरुष चतुर होंगे वे स्थान का विस्तार भी करेंगे।

कृष्ण किसी को मारना नहीं चाहते हैं। वे उदार हैं, अहिंसा में विश्वास करते हैं। भले कृष्ण युद्ध की बहुत सारी कलाएँ जानते हैं, अस्त्र-शस्त्रों का ज्ञान है, लेकिन उनका ज्ञान किसी के वध की आज्ञा नहीं देता। हाँ, परिस्थिति ऐसी आ जाए तो बात और है। एक यह भी सत्य है कि उन्हें युद्ध का ज्ञान तो है लेकिन अभ्यास नहीं है। किसी बड़े युद्ध के लिए वे जौ बराबर भी तैयार नहीं हैं।

...और एक दिन शंखचूड़ नाम का देवपुरुष, जो कुबेर का सेवक था। काम-प्यास बुझाने की आस में वृन्दावन आ गया। उसका कार्य ही यही था कि असुरों की सुन्दर स्त्रियों का अपहरण करना और उनके साथ सम्भोग करना। लेकिन यहाँ उसकी यह प्यास बिना बुझे अन्तिम रही, और एक गोपी का अपहरण करते हुए बलराम द्वारा देख लिया गया। फिर क्या परिणाम होगा! कृष्ण ने बलराम से कहा भी कि 'भैया न चाहते हुए भी इन दुष्टों का वध करना पड़ रहा है। और दुष्ट हैं कि परिणाम जानते हुए भी बढ़ रहे हैं, अपने कुकृत्य को छोड़ नहीं रहे हैं।'

संघ ने एक ही भूल की है कि कंस के प्रभाव को बढ़ने से रोका नहीं। कंस की शक्ति किसी सार्थक कार्य-योजना में लगती तो मथुरा ही नहीं पूरे राज्य में विकास की गति स्वस्थ और प्रबल होती। कृषकों में उनका मान रहता। वैसे भी कंस पहले कितने उदार थे! नारद ने उनकी बुद्धि को धो दिया और कंस की उदारता गोबर के चोंथ में मिल गई। उनका शान्तिप्रिय जीवन मूत में बह गया। जैसे उनके जीवन पर किसी ने जानबूझ कर मल त्याग दिया हो। किसी को कैसे नष्ट किया जाता है यह नारद से कोई सीखे। वे आपस में ऐसे लड़ा-भिड़ा देंगे कि एक-दूसरे के प्राण के प्यासे जान भी नहीं पाएँगे कि किसने यह किया है, क्यों किया है, क्या है स्वार्थ उसका।

...और कंस असन्तुष्ट यादवों को मारने की योजना में लग गए। और इधर कृष्ण-बलराम सहित अनेक गोप भी कंस के सहयोगियों, सेवकों, वरिष्ठ राज्य कर्मियों का वध कर ऐसी सूचना प्रचारित कर रहे हैं कि अब कंस का युग समाप्त हो गया है। आने वाला कल कृष्ण का है। कृषकों, शिल्पियों, श्रमिकों का समय शुरू हो गया है। कठोरता का स्थान नम्रता ने ले लिया है।

...और मारा गया अरिष्ट! जिसे वृषभ के नाम से भी लोग जानते हैं। यह बैलों के द्वारा आक्रमण करता था। युद्ध में बैल छोड़ दिए जाते थे, बैलों की आड़ में अरिष्ट

के लोग आक्रमण करते थे। यह भी कंस की एक सैन्य शक्ति ही थी। और एक दिन अपने पाँच प्रशिक्षित बैलों के साथ अरिष्ट वृन्दावन में मारा गया।

नारद श्रेष्ठ ने एक बार फिर कंस के कान भरे। और कृष्ण जन्म से आज तक की समस्त घटनाओं का वृत्तांत ऐसे ढंग से सुनाया कि धोई गई बुद्धि अपने वास्तविक स्वरूप में न आ सके और क्रोध, चिन्ता, तनाव में कंस पिसते रहें, और किसी दिन भय की पराकाष्ठा में स्वयं अपने प्राण गँवा दें।

जब कुछ अच्छा नहीं होता है तो बुद्धि कार्य नहीं करती। विनाश के समय विवेक कार्य करे तो बहुत कुछ नष्ट होने से बचाया जा सकता है। लेकिन विवेक कार्य करे तब न! और यहाँ तो विवेक शून्य हो गया है।...और कंस का सबसे महत्त्वपूर्ण व्यक्ति, सबसे बलवान असुर केशी वृन्दावन जाने को तैयार हो गया! अनुभवी केशी कई महत्त्वपूर्ण पदों पर रहा। सेनापति का भार भी सँभाल चुका है। काले रंग का केशी अपने घोड़ों के साथ दो अनुचरों को भी साथ ले गया था लेकिन सेना की कोई टुकड़ी नहीं गई थी। युद्ध कला में प्रवीण केशी औचक आक्रमण करने के विचार से सीधे कृष्ण पर झपटा था। लेकिन उसके आक्रमण के पूर्व ही सभी गोपाल सचेत थे। वैसे भी अब कोई अपरिचित बिना परिचय दिए वृन्दावन में घूमता पाया जाता तो वह सन्देह की दृष्टि से देखा जाता। अन्त में वह मारा जाता या कहीं भागकर अपने प्राण बचाता। केशी का भागना उनका अपमान होना है। घोड़े पर बैठा केशी जब तक समझता, कृष्ण के निर्देशन में उसके घोड़े के पैर फँसा लिए गए। भूमि पर गिरा केशी खड़ा हो गया और खड्ग लेकर दौड़ा ही था कि कृष्ण के एक घूँसे से उसके दाँत टूट गए। मुँह से रक्त बहने लगा। अब क्या था! युवा गोपालों ने घेर लिया और किसी माटे की तरह चिपक गए। केशी के अंग घायल होने लगे थे। किसी ने गला दबाया तो किसी ने बाँह ऐंठ दी। दो गोपाल उसके पैर खींचकर इतना पीछे ले गए कि वह व्यर्थ हो जाए। स्वेद से नहाया केशी भय से मल-मूत्र त्यागने लगा। और उसके नेत्र फैल गए।

...और ऐसे ही एक दिन व्योम भी मारा गया।

किसी को बनने-बनाने में बहुत समय लगता है, और नष्ट होने में कुछ पल, कुछ घड़ी, कुछ दिन। बनना एक प्रक्रिया है। नष्ट होना भी एक प्रक्रिया है। लेकिन कौन चाहेगा कि जो बनाया गया है अच्छे के लिए, वह बिगड़ जाए कुछ ही क्षण में। कंस ने कुछ बनाया नहीं। प्रारम्भ से ही जो बना था, वह नष्ट होने लगा था। विचारों का इतना आवागमन, इतनी तीव्रता, इतनी घटनाएँ कि सही क्या है, उचित क्या है समझ के परे हो गया था। कंस चाहकर भी अपनी योग्यता प्रजा हित में प्रस्तुत नहीं कर पाए थे। देवों की यही चाल थी कि कंस विचारवान न होने पाएँ। वे अपने प्राण ही बचाते रहें, और हम देवगण अपना हित साध लें। एक कृष्ण हैं कि गोबर को सम्पत्ति घोषित कर रहे हैं। गो-संवर्धन से दुग्ध उत्पादन बढ़ाने के लिए बैठकें कर रहे हैं। बाढ़ से बचें और घर ऊँचे स्थान पर बनाएँ, जैसे गोवर्धन पर, यह कृष्ण बार-बार कहते हैं। उनकी एक टोली प्रचार कार्य में लगी है। कुछ-न-कुछ नए सुझाव, नए प्रकार, नई युक्तियों से

समाज को सँवार रहे हैं। माघी कल चिल्ला रहे थे—'भूमि न जोती तो वह होगी बंजर, धीरे-धीरे हो जावेगी जंगल।'

कृष्ण का प्रयोगी मस्तिष्क कुछ-कुछ सार्थक सोचता रहता, और इस तरह समाज पर उनकी पकड़ मजबूत होती गई। कृष्ण एक सामाजिक नेता के रूप में भी दिखाई देने लगे हैं। एक नई सामाजिक क्रान्ति का बीज कृष्ण ने बो दिया है।

मैं अन्तिम नारद हूँ!

नारद प्रमुख और उनके सहयोगी नारद सभी समझ गए हैं कि आगे चल कर नारद-कर्म का स्वरूप बदल जाएगा। लेकिन इतना तो स्वीकार किया ही जा सकता है कि यह कर्म कभी समाप्त नहीं होगा। नारद ने अपनी युक्ति से एक बड़े कुल-वंश में ऐसी आग लगा दी है कि बिना चिता की अग्नि जले समाप्त नहीं होगी। प्रतिद्वंद्वी मरेंगे, जीवन जीना कठिन हो जाएगा। भूमि पर होने वाले कार्य प्रभावित होंगे। व्यर्थ के झगड़े होंगे। भला उपद्रव बुद्धि में घुसा हो तो आवश्यक कार्य कैसे होंगे। नारद ने कंस को चौपट कर दिया है। यादवों के कई कुल अलग-विलग दिशाहीन हो गए हैं। लेकिन कृष्ण के होने से एक-दो वर्ष में स्थितियाँ बदलती दिख रही हैं। कृष्ण के यहाँ व्यर्थ कुछ भी नहीं है। और कंस तो मानो स्वयं के लिए ही अब जी रहे हों।

'घर-घर मोर पंख टाँगे जा रहे हैं।' रणेन्द्र बोले।

'यहीं हम मात खा गए।' नारद प्रमुख दुखी भी हैं और प्रसन्न भी—'हम सबने कोई मार्ग जनता को नहीं दिखाया, मात्र शब्दों से फुसलाते रहे। कब तक कोई बातों में फँसा रहेगा! हमने अपने विचार थोप दिए हैं, चाहे लोग चाहें न चाहें। और जो हमारे विचार में नहीं आ रहे हैं, उन्हें हम कष्ट पहुँचाने का उपाय खोज रहे हैं। वे मारे-पीटे भी जा रहे हैं। यह देवों को शोभा नहीं देता, यह मुझे भी नहीं अच्छा लगता। उधर कृष्ण बड़ी सहजता से अपनी बात मनवा लेते हैं। हमें भी कुछ सोचना चाहिए नया। कृष्ण को देखिए कि वह मोर को कृषक से जोड़कर कृषक-एकता की बात करते हैं। एक प्रतीक तो दिया है, और हम हैं कि कंस के चक्कर में चकरा रहे हैं।'

'आप ही ने तो यह सब किया है। और आप कहते भी थे कि एक-एक करके सभी मर जाएँगे, कोई विरोधी नहीं रहेगा।' तरुण देव ने कहा।

'हाँ बात आपकी सच है, लेकिन जिसके लिए किया वही विरोधी हो गया। कृष्ण भी कहाँ बात स्वीकारते हैं। वे शक्तिमान हैं, अलौकिक बल है, सम्भव है सब कुछ उनके लिए यह, किसने प्रचारित कराया? बोलो? हम ही ने तो! और देखना तरुण एक दिन ये कंस भी मरेगा। मैंने कंस के कान में इतना भरा है कि सात पीढ़ी बाद भी नहीं निकलेगा कान से। कान की बात बुद्धि में घुस गई है। उसे विश्वास है पूरा कि कृष्ण ही देवकी का आठवाँ पुत्र है। अब वह कैसे चैन की नींद सोयेगा?' आज नारद श्रेष्ठ की वार्ता में परिवर्तन है।

'कृष्ण को तो बचाना है! फिर क्यों प्रमाणित करवा रहे हैं कि देवकी का आठवाँ पुत्र कृष्ण ही है।' अक्षतानन्द को आश्चर्य हो रहा है।

'कृष्ण को बचाना नहीं, कृष्ण और कंस को लड़ाना है। यही आप समझ नहीं पाते।' नारद प्रमुख हँसे—'ये लड़ेंगे नहीं तो हम रहेंगे नहीं। ये मिलकर रहेंगे तो आपकी संस्कृति गई तेल पेराने। मैंने कंस से कई बार कहा कि हमारी शरण में आइए और आर्यों पर अत्याचार छोड़िए, हम सन्धि चाहते हैं। लेकिन कंस कहाँ मानने वाले। और मान जाते तो हमारे सेवक हो जाते।'

'कंस और सेवक! आश्चर्य! इन्द्र डरते हों जिससे वह सेवक!' तरुण देव ने ठहाका लगाया।

'लेकिन तब जब वह सन्धि स्वीकारें। मैं तो चाहता था कि यादवों में और शत्रुता बढ़े, लेकिन ठहरी है शत्रुता, जहाँ की तहाँ। नहीं तो एक भी वृष्णि न बचता, भोज भी नहीं।' नारद के मुख पर चिन्ता दिख रही है—'मैंने तो यह भी कहा था कि 'कंस जी सावधान! एक और यादव-संघ बन रहा है, जहाँ आपको कोई अधिकार नहीं मिलने वाला।' लेकिन वे चेतना शून्य व्यक्ति हैं। मेरे ऊपर विश्वास तो करते हैं लेकिन सन्देह भी। मुझे यह भी पता है कि कंस और कृष्ण के संघर्ष में कृष्ण की जीत निश्चित है। कंस का भय उनकी हार का कारण बनेगा। किसी को भयभीत करना ही विजय का प्रथम बिन्दु है। यज्ञ विरोधी कंस मेरी सभी बातें मानते भी नहीं। मैंने कहा था कि कंस जी आप कृष्ण से समझौता कर लें। लेकिन कृष्ण को स्वीकारना भी एक पराजय है, जैसे देव-प्रमुख या इन्द्र की पराजय। कंस बार-बार मुझसे कहते हैं कि देव क्यों नहीं असुर-संस्कृति अपनाते हैं? आप बताइए हमारे पास मात्र शब्द-संस्कृति के अतिरिक्त है क्या? सभी उपकरण असुरों के हैं। खेत, घर, गाँव, जंगल सब उनका है। अन्न और दूध उनका है। हम तो मात्र घूमते हैं, पेट सहलाते हुए डकार लेते हैं।'

'देखिए श्रेष्ठ! कंस सदैव चिढ़े रहते हैं हम लोगों से। मुट्ठी भर भी अन्न नहीं मिलता। कैसे हमारा जीवन निर्वाह हो रहा है, हम ही जानते हैं। सारी प्रतिष्ठा टीले पर रखकर दाँत निपोरते हैं, तब कहीं पेट भरता है। और तो और मुनि भी घूम रहे हैं। श्रमण घूम रहे हैं। कोई कहता है कि हम मनन करने वाले हैं, सत्य उद्घाटन हमीं से है तो कोई कहता है कि हम श्रम करके खाते हैं। हम दूध का दूध पानी का पानी करते हैं।' रणेन्द्र दुखी हैं, उनके घर में अभाव है। पत्नी प्रतिदिन ताने मारती है। बच्चे कुछ-न-कुछ माँगते रहते हैं और रणेन्द्र मुँह लटकाए नारद श्रेष्ठ के कार्य के लिए चल देते हैं।

'आप बस कृष्ण और कंस की चिन्ता में रहते हैं। हमारे लिए और भी कर्म हैं, चिन्ताएँ हैं, योजनाएँ हैं। लेकिन आप विचार करें तब न! हमें ब्रह्मदेव बनाकर भिखारी बना दिया गया। हमें भिक्षा मिलती है। लेकिन दुत्कार, अपमान भी कम नहीं मिलता। हमारी वेशभूषा पहचान में आ जाती है। हम कोई और कार्य नहीं कर सकते, अपमान लगता है।' तरुण देव तो जैसे देवकर्म ही छोड़ देंगे।

'मैं मानता हूँ आप सभी दुखी हैं। आपकी इच्छानुसार कोई कार्य नहीं हो रहा है। मैं यह भी जानता हूँ कि पांचाल और हस्तिनुसार में मुँहमाँगी वस्तुएँ मिल जाती हैं। लेकिन इतना जान लीजिए कि आपका समय भी बदलेगा। कंस का वध हो जाने दीजिए, फिर देखिए कि कृष्ण कैसे हाथ में आ जाते हैं। यह क्षेत्र आपका होगा रणेन्द्र जी। आप

श्रेष्ठ होंगे तरुण देव महाराज। और अक्षतानन्द जी आप की आज्ञा के बिना कोई कार्य सम्पन्न नहीं होगा। बहुत कार्य शेष है मित्रो!'

'आपने हमें मित्र कहा!' रणेन्द्र का मुँह खुला रहा गया। नारद के शब्द-जाल में देव भी फँसते रहे हैं। और यहाँ एक छोटे शब्द 'मित्र' ने मोह लिया है।

'आवश्यक है धन के बदले उपदेश! अन्न लो उपदेश दो। लेकिन उपदेश उत्पादन नहीं है, यहाँ थकान वाला श्रम नहीं है, खेत नहीं जोतना है, गोबर भी पाथना नहीं है। बैठे-बैठे एकान्त में चिन्तन कीजिए और नए-नए उपदेशों को सोचिए, बनाइए वाक्य। मैं आपको मात्र बता सकता हूँ कि करना क्या है, करना तो आपको ही है। कृष्ण में सामाजिक उत्तरदायित्व का बोध है। किसान-हित कूट-कूट कर भरा है। आम आदमी की चिन्ता है। यह सब कंस में है? कुछ नहीं है। और वे क्रूर, असफल, मूर्ख कहे जा रहे हैं। लेकिन आप में क्या कुछ नहीं है? क्या सोचा है आपने किसानों के लिए? खेती-किसानी हेतु कुछ बनाया, रचा? कोई भय अविष्कृत हुआ? कोई प्रयोग करके उसके लाभ-हानि को समझा आपने? प्रश्न बहुत है देव! और अब देर हो रही है। हाथ-पर-हाथ धरे मीठा भात खाने से संस्कृति का विस्तार नहीं होता। वसुदेव व्यूह रचना में सबसे प्रवीण हैं। उनसे कोई सीख रहा है व्यूह? आप कहेंगे कि अब देवों ने युद्ध छोड़ दिया है, लेकिन जानेंगे नहीं तो साधारण जन को बताएँगे क्या? घंटा बजाने के अतिरिक्त कुछ है आपके पास? तो बजाते रहिए घंटा। वसुदेव यात्रा कर रहे हैं—काशी से सागर तक, शिव क्षेत्र और हस्तिनापुर भी। सारा ज्ञान अपने पुत्र कृष्ण को देंगे। आप कृष्ण से दो टूक बात नहीं कर सकते। अभी और निखरेंगे कृष्ण, और परिपक्व होंगे। एक हस्तिनापुर है जो देवों का मान रखता है, लेकिन वहाँ गृह कलह ने सब चौपट कर रखा है। आपसी ईर्ष्या में भला हमें कौन चेतेगा? मेरे साथी! समझने की आवश्यकता है। यहाँ सभी असुर हैं, कौन कहाँ से शक्ति सम्पन्न होकर बाहर आ जाएगा, पता नहीं। मैं अन्तिम नारद हूँ, मैं समझता हूँ कि अब कोई मेरे बाद नारद नहीं रहेगा।'

नारद श्रेष्ठ देर तक बोलते रहे। संयोग ही है कि आज भी पानी बरस रहा है। अब ठंडी हवा आ रही है, वैसे बादल अभी छँटा नहीं है।

बुलाओ उसे कि देखूँ छवि उसकी है कैसी

बरसात अभी शेष है। बादल छँटते हैं, आ जाते हैं। बरसते हैं या गरज-चमक कर अपना मार्ग नाप लेते हैं। यह संयोग ही है कि विशेष कभी कुछ हुआ तो बादल घेर लेते हैं, चाहे सभा हो या कोई आयोजन।

नन्द बाबा की बढ़ती प्रतिष्ठा कंस के लिए सुपाच्य नहीं है। कंस के लिए गोप गरिष्ठ हैं। चिन्ता मन से जा नहीं रही है, और डरावनी स्मृतियाँ आती हैं कि क्या करें अब? कंस महाराज ने व्यथित होकर फिर सभा बुलाई है। लेकिन सभा से कोई ठोस निर्णय अभी तक नहीं निकला, और दुविधा बढ़ती ही गई। फिर भी सलाह लेना उचित है और व्यावहारिक भी। वैसे सभा में अब है ही कौन, जो श्रेष्ठ थे कुछ बोलते थे,

सुनते अधिक थे, कंस उन पर क्रोध भी कर लेते थे, लेकिन आज वे स्वयं को अकेला समझ रहे हैं।

कंस सोचने लगे, 'देवकी की आठवीं सन्तान कन्या को शिला पर पटकने का पूरा प्रयास मैंने किया था। उस समय क्षण भर के लिए एक बात मन में आई कि क्या मेरी संवेदनाएँ मर रही हैं? क्या वसुदेव से क्षमा माँग लूँ? अब जीना ही कितने दिन है। यह कन्या जब बड़ी होगी, तब तक तो मैं बूढ़ा हो जाऊँगा। पकी मूँछों में भला ऊर्जा कहाँ रहती है। मेरी समझ में यह तब भी आ रहा था कि ये नारद ही क्रोध पर क्रोध दिला कर मेरी मति भ्रमित कर रहा है और मैं अविवेकी होता जा रहा हूँ। अब तो देर हो चुकी है, सारे सम्बन्ध बिगड़ चुके हैं। नारद का भी अब कुछ नहीं कर सकता।...सूखा हो या बाढ़, चाहे कोई विपत्ति आ जाए। नन्द स्वयं आ धमकते हैं या उनका प्रतिनिधि मंडल आ जाएगा कि कर नहीं दे पाएँगे महाराज। क्षमा करें। लेकिन उनकी ध्वनि में क्षमा की शालीनता नहीं होती, हठ होता। 'किसी मूल्य पर कर नहीं देंगे क्या कर लेंगे आप' जैसी गन्ध का आभास होता है। मैंने कहा कि 'मुझे भोज श्रेष्ठ घोषित करो।' लेकिन यह स्वीकार नहीं करेंगे, कहेंगे यह मेरे अधिकार में नहीं है। कृष्ण को लोक-नायक घोषित करने का अधिकार है। इन्द्र को देव श्रेष्ठ कहने का अधिकार है, और मुझे नहीं। सब जानते हैं कि 'भोज श्रेष्ठ' का अर्थ है 'यादव श्रेष्ठ।'...नारद को छोड़ूँगा नहीं यदि अवसर मिल जाए। अब वह प्रचार करा रहे हैं कि कंस कन्याओं की हत्या करता है। स्त्रियो! एक हो जाओ और कंस का विरोध करो।'

'क्या सोच रहे हैं महाराज?' चारुण ने सकुचाते हुए पूछा।

'तुमको अपने मल्ल पर ध्यान नहीं है। मैं क्या सोच रहा हूँ पूछ रहे हो। तुम और मुष्टिक खाकर गरिष्ठ और व्यर्थ हुए जा रहे हो। है कोई तुम्हारी योजना? क्या मथुरा पुनः सम्मानित हो सकेगी? तुम सबको स्वादिष्ट खाद्य खाकर पेट भरना आता है।'

सबका मुँह नीचे है। झुकी आँखें लजाती हुई क्या देखेंगी? मुँह क्या बोलेगा? सबने कंस को हानि पहुँचाई है, उन्हें व्यर्थ किया है।

'क्रोध न करें महाराज! हम किसी सार्थक निर्णय हेतु यह बैठक कर रहे हैं।' अक्रूर ने शान्त करने का प्रयास किया—'व्यथित मन से कोई परिणाम नहीं आएगा श्रेष्ठ! और आप हमारे शिरोमणि हैं। आपका निर्णय सबके हित में होना चाहिए।'

'अक्रूर जी, हम सत्य को भी सन्देह की दृष्टि से देखने लगे हैं। हम इतने व्यथित हो गए हैं कि क्या करें क्या न करें की समझ खो बैठे हैं। क्या छल करना ही समस्या का हल है? मैंने जो किया सही किया। आप यादव श्रेष्ठ हैं, शक्तिशाली वृष्णि नेता हैं। आप बताएँ कि किसी व्यक्ति को यह ज्ञात हो जाए कि उसकी मृत्यु ऐसे होनी है, तो क्या वह अपने बचने का उपाय नहीं करेगा? अपना संकट दूर करने का प्रयास नहीं करेगा? मैं कहूँ कि अक्रूर जी आपकी मृत्यु मेरे हाथों होनी है तो क्या आप मुझसे प्रेम करेंगे? आप तो सत्य को स्वीकारिए! भला बताइए, जो हमारी शक्ति, हमारी अनुकम्पा, हमारे द्वारा देय वेतन पर जीने वाले हैं, वे भी हमारी भलाई नहीं चाहते। हमारे एक-एक वीर सब मारे गए। मैं चाहता तो सेना भेजकर सब तबाह कर देता, लेकिन नहीं! हैं तो सब अपने! अपनी प्रजा अपने लोग! हमारी प्रजा में क्या चल रहा

है जो देखने जाते थे। और उन्हें यह कहकर कि वे कृष्ण को मारने आ रहे हैं, मार डाला गया। कृष्ण को सैनिक बल से बन्दी बनाया जा सकता है। दंड दिया जा सकता है। आप अक्रूर जी मेरी मानसिक स्थित समझिए।'

आज लगता है कंस किसी को बोलने नहीं देंगे। फिर भी अक्रूर बोले—'आपका कहा उचित है महाराज, लेकिन आप प्रजा-पालक हैं। आपका हित प्रजा के हित में है। और अब तो कृष्ण बहुत आगे निकल चुके हैं। उन्हें पकड़ना सम्भव नहीं है। वे प्रजा के हो गए हैं। वे मान-अपमान, स्वार्थ-हित से ऊपर उठ चुके हैं। उनके पास युवा हैं, उनका पूरा समर्थन है। और महाराज राज्य युवाओं से चलता है। आज का युवा वर्ग कृष्ण के साथ है, उन्हें अपना नेता मानता है। कृष्ण कबड्डी खेल सकते हैं, तैर सकते हैं, नृत्य करते हैं युवाओं के साथ। गाते-बजाते हैं। विमर्श करते हैं। रात्रि विश्राम करते हैं गाँव में। गोपों, शिल्पियों, श्रमिकों के यहाँ भोजन करते हैं। और आप? क्षमा करें प्रश्न पूछकर मैं आपको निरुत्तर नहीं करना चाहता। कृष्ण ने युवाओं को साध लिया है। वे स्वार्थ रहित, लोभ से मुक्त हैं। यश-प्रतिष्ठा की चाह भी नहीं है। कृष्ण का सामाजिक नेतृत्व नए तरह की अगुवाई है। यहाँ किसी के पास गुण है ये सब?'

कंस चकित हैं कि कृष्ण के किसी अवगुण की चर्चा नहीं है, या कृष्ण अवगुणों से रहित हैं। कंस का कंठ सूख गया। माथे पर बल आ गया। उन्होंने धियानी से जल पिलाने को कहा। धियानी संकेत पाकर सभी के लिए जल-पात्र भरने की व्यवस्था करने लगा।

बादल छाए थे, बैठक से पहले। वे छँट गए थे कुछ देर के लिए, अब देखो तो फिर आ गए हैं काले-भूरे। पता नहीं बरसेंगे भी या छाए रहेंगे, भागते रहेंगे यहाँ-वहाँ।

'हम सभी मेल-मिलाप ही चाहते हैं। लेकिन पिता भी यदि शत्रु हो जाएगा तो क्या करेंगे आप? या तो शत्रु को मित्र बना लें, या बचकर रहें उससे या फिर मार दें। हम भी चाहते हैं कि कृष्ण से मित्रता हो जाए।' प्रधोत ने एक सलाह प्रस्तुत की।

'बात सही है। मित्रता ही उचित है। झगड़ा नहीं। कुछ भी करो जनता को प्रसन्न करो तभी राजा सुखी हो सकता है।' अन्धक-प्रमुख बोले।

'मैं मित्रता ही चाहता हूँ। मैंने जरासन्ध से मित्रता ही की है। अब तो वे मेरे सम्बन्धी भी हैं। उन्हीं के कार्यों में व्यस्त था। यहाँ आया तो पता चला कि सभी अधिपति यादव स्वतंत्र हो रहे हैं। एकता बिखर रही है। यदि ऐसा है तो देव सिर पर चढ़ जाएँगे। अब आप बताएँ कि ये कैसी मित्रता है कि स्वयं यादवों में मतभेद है। प्रलम्ब के वृन्दावन जाने का क्या औचित्य था, लेकिन नहीं! उच्छृंखलता ले डूबी उनको। शैया पर पड़े हैं, उसी पर मल-मूत्र त्याग रहे हैं।' कंस को शीघ्र सार्थक निर्णय नहीं लेना आता है। विषय से हट भी जाते हैं। और लेंगे तो निरर्थक निर्णय कि परिणाम पक्ष में ही न हो।

'प्रलम्ब की निष्ठा पर तो हमें सन्देह ही रहा है। अच्छा है कि वे अब सक्रिय नहीं हैं।' चारुण ने मन की बात कह दी।

'छोड़ो उसको! मैं इतना जानता हूँ कि मेरे निकट रहने वालों ने ही गोपों को शक्ति

सम्पन्न बनने दिया है। वे बात-बात में मेरे महल के आगे आकर बैठ जाते हैं, और बात मनवाकर ही स्थान छोड़ते हैं। वो भी श्रेष्ठ गोप आते हैं, साधारण नहीं। क्या उन्हें भगाया जा सकता है? मुझे तो कृष्ण के क्रिया-कलापों की सूचना भी नहीं मिलती और मिलती भी है तो देर से। कोई भी व्यक्ति चाहे वह राजा ही क्यों न हो, उसे अपने वंश-परिवार से अपने सहयोगियों, कर्मियों से सहयोग नहीं मिलेगा, वे पक्ष में नहीं रहेंगे तो क्या मात्र राजपद से ही बात बनेगी ? सबमें निष्ठा होनी चाहिए राजा के प्रति राज्य के प्रति। देव निष्ठावान हैं। आर्य जो बन रहे हैं वे भी अपनी निष्ठा के लिए चर्चित हैं और हम हैं कि अपनों की टाँग खींच रहे हैं। आँख फोड़कर घर के आगे कूप खोद रहे हैं।'

मगध के श्रेष्ठ वीर, अन्धक प्रमुख, प्रद्योत, चारुण, मुष्टिक, अक्रूर बैठे सुन रहे हैं कंस को। धियानी सेवा में लगे हैं। अभी-अभी उसके अनुचर मदिरा परोस गए हैं। कंस को बहुत रिक्त लग रहा है। बैठक की गरिमा और प्रतिष्ठा वह नहीं रही। केशी, प्रलम्ब, वाण, रत्नमाला का स्थान रिक्त है। किससे बतियाएँ वे, क्या कहें। कुछ शेष नहीं रहा कहने को। असुर शिरोमणि कंस नारद को याद कर रहे हैं, 'यही नरदवा कहा था कि एक-एक असुर को भेजिए। और हमारे श्रेष्ठ वीर मारे गए। वैसे भी कुछ असुर अंडबंड खाकर अपना घृत बढ़ा रहे थे। माँस लाद कर स्थूल बने उदर फुलाए घूम रहे थे। मर गए तो अच्छा हुआ। चारुण कहता था कि वसुदेव को मत छेड़िएगा, खरोंच भी न लगे। प्रजा भड़क जाएगी और देव भी आग में घी का काम करेंगे। हमारा आर्य विरोधी अभियान असफल हो जाएगा। और वसुदेव बच गए, नहीं तो एक घात में सिर-धड़ अलग-अलग। अब कौन-सा अभियान हो ही रहा है? आर्य बनने की प्रक्रिया में कोई कमी तो आई नहीं है। मथुरा की ही जनता आधे से अधिक आर्य बन गई है। आर्य क्या, दास और श्रमिक बन रहे हैं। वसुदेव से पूछा गया बाद में तो वे बोले, 'देवों की चाल है कि हम और आप लड़ते रहें।' लेकिन वसुदेव को पहले बताना चाहिए। जब समय था तो चुप लगा गए, क्या यही सत्यवादी हैं वसुदेव! गर्ग ने भी कुछ नहीं बताया। इतना खाते-पीते थे गर्ग और काम धेले भर का नहीं। मेरे विरोध में शांडिल्य से मिलकर न जाने क्या-क्या योजनाएँ बनाते रहे। क्या कर पाए गर्ग? कुछ उखाड़ पाए हमारा? मुझे पता है कि गर्ग धन हमसे लेते हैं और कार्य नन्द का करते हैं।'

'क्या याद कर रहे हैं महाराज?' अक्रूर ने मौन तोड़ा।

कंस जैसे कहीं से वापस आए हों, बोले—'याद क्या करना है अक्रूर जी! सोच रहा हूँ कि देवों के पास इतने उपाय हैं तो हमारे पास क्यों नहीं?'

'उपाय हैं तो श्रेष्ठ।' अक्रूर जैसे कोई गूढ़ बता रहे हों—'लेकिन आपके सूचना वाहक सही सूचना नहीं लाते। सामान्य सूचनाएँ जो सार्वजनिक हो गई होती हैं वही दोहराते हैं। आपको जानकर प्रसन्नता होनी चाहिए महाराज कि देव अब कृष्ण से घबराने लगे हैं। जो स्वादिष्ट खा रहे थे, वह उन्हें अब कहाँ! कृष्ण आपका ही कार्य कर रहे हैं। लेकिन एक नई बात सामने आई है कि भोग-सम्भोग की इच्छा पूरी करने हेतु कन्या-दान जैसा कुछ हो रहा है। दान में कन्याएँ माँगना उचित है? स्त्री कभी दान की वस्तु होती है श्रेष्ठ? इसे रोकना होगा और इसमें हमें कृष्ण का सहयोग लेना होगा।

कृष्ण उपाय ही तो खोजते रहते हैं। चिन्तन करते हैं कि समस्याओं का हल कैसे हो। कुछ विद्वान जिन्हें मैं मूर्ख कहता हूँ, कृष्ण को छलिया-रसिया सिद्ध कर रहे हैं। उनकी घोषणा का क्या अर्थ? ये बुद्धजीवी सब नगर वाले हैं, वैसे भी विद्वान गाँव से भाग ही आता है नगर की ओर।'

'आपके यहाँ भी तो एक विद्वान है उद्धव।' कंस मुसकराए।

'वह देव ज्ञान वाला है। आर्य व्यवस्था का गायक है। मैं उसे नहीं मानता। उसमें कृषक-ज्ञान था समाज-ज्ञान नहीं है। वह भावुक है, प्रेममार्गी है। उसका समग्र विकास नहीं हुआ है। एक ओर का व्यक्ति है वह।' अक्रूर नहीं चाहते कि कोई आर्य हित की बात हो।

'अक्रूर जी! क्यों न कृष्ण को बुला लें। उनका हम भी सम्मान करें। सम्भव होगा अवश्य कि हम मिल जाएँ। नन्द बाबा भी आ जाएँ, और वे अपने कर का ब्योरा भी लेते आएँ। एक पंथ दो काज!' कंस को तो मानो उपाय सूझ गया हो। वे कृष्ण को मारने की विधि की कल्पना क्षण-भर में करने लगे। वे यह भी जानते हैं कि कृष्ण का मरना एक विश्वास का समाप्त होना है।

'आप सभी मौन क्यों हैं? हम पूरा उत्सव मनाएँगे। मदिरा की प्रचुर मात्रा में व्यवस्था रहेगी। नृत्य होगा, मल्ल और झल्ल की सूक्ष्म कला देखेंगे। संगीत सभा होगी, धनुषबाण के विशेष धनुर्धारी को पुरस्कार दिया जाएगा। श्रेष्ठ मल्ल को राज्य अतिथि की प्रतिष्ठा प्राप्त होगी। विजय का उत्सव मनाया जाएगा जो अभी-अभी मैंने जय किए हैं।...आप सभी मुँह क्यों लटकाए हैं, बोलिए कि स्वीकार है कि नहीं?' कंस के तेवर चढ़ गए।

'स्वीकार है!' चारुण ने हाथ उठाया।

अक्रूर को छोड़कर सभी ने अपने हाथ उठा दिए हैं। अक्रूर को लगा कि कंस की कोई चाल अवश्य छिपी है इसमें। उपाय-उपाय कहते-कहते कुछ सूझ गया है उन्हें। कृष्ण को बुलाने के पीछे क्या प्रयोजन हो सकता है? अक्रूर प्रश्नों से जूझ रहे हैं।

'अक्रूर जी आपको मेरा सुझाव पसन्द नहीं आया क्या? आप चिन्ता में लग रहे हैं। कृष्ण अपने हैं, स्वागत करना मेरा भी कर्तव्य बनता है। कृष्ण ने कितनी बड़ी बात कह दी कि अब जो भी सामूहिक भोजन होगा उसे 'भोज' कहा जाएगा। भोज वंशियों का इतना बड़ा सम्मान! तो मेरे सहयोगियो! आप से अनुरोध है कि आयोजन को सफल करने हेतु अपने सुझाव तैयार कर लें। तिथि निश्चित कर लें। मथुरा और आसपास के श्रेष्ठ नागरिकों को आमंत्रण भेज दें। हम अपने बँधुओं को भोज देंगे। साथ बैठकर भोजन करेंगे। हाँ, प्रद्योत आप आयोजन का पूरा कार्यभार देखेंगे। धियानी जैसे बहुत कर्मी हैं, उन्हें ले लें। और अक्रूर जी आप कृपा करें। स्वागत हेतु कृष्ण को मथुरा बुला लाएँ उत्सव में।'

अक्रूर मुसकराए। बैठक समाप्त हो गई। पानी बरसना बन्द हो गया। बादल छँट गए। दूर कहीं की रँभाती ध्वनि गूँज रही है—

मोर किसान का प्रतीक है और किसान ही श्रेष्ठ है

नारद ने पूरी व्यवस्था बिगाड़ दी है। समाज हो या राज्य, सभी उनसे प्रभावित रहे हैं। देव भी अछूते नहीं हैं नारद से। यादवों की ऊर्जा को व्यर्थ स्थान पर व्यय करवा दिया नारद ने। सही विषयों के चयन में बुद्धि नहीं लग रही है। लोग बोल रहे हैं अनुचित विषयों पर। कहाँ खूँटा, नाद की चिन्ता थी कहाँ कृष्ण और कंस पर बतकही हो रही है। लेकिन नारद ने किसान शक्ति को पहचाना नहीं है। वे मात्र कंस की सत्ता का नाश चाहते हैं। कंस की मृत्यु ही उनका अन्तिम लक्ष्य हो जैसे। और कृष्ण! हाँ, कृष्ण ने किसान की शक्ति को जाना-समझा है। वे खेती पहचानते हैं। उनके यहाँ किसान श्रेष्ठ हैं। यही कारण है वे मोर को किसान का प्रतीक मान कर मोर पंख लगाते हैं। उनके आवास के मुख्य द्वार पर मोर पंख टँगा है। वे कई बार सभाओं में कह चुके हैं कि मोर बादल देख कर नृत्य करता है और किसान भी एक आस-विश्वास के साथ बादल देख कर नाचने लगता है। सभी मोर हैं। किसान हैं, गोप हैं। हम तो मोर पंख लगाते हैं। मोर प्रिय है, मेरा प्रिय है, मेरा अपना सगा है। हमारी तरह है उसकी प्रसन्नता। प्रसन्नता बादल से है, जहाँ से पानी और जीवन दिखाई देता है। कंस का देखना बन्द है, वे बस कृष्ण देखते-सोचते हैं, बादल नहीं। और बादल ही राज्य की व्यवस्था का प्रथम बिन्दु है।

उद्धव बौद्धिक हैं लेकिन उनकी बौद्धिकता किस कार्य हेतु है? वे न तो गाय दुह सकते हैं, न भूसा-चारा खिला सकते हैं भैंस को। शब्दों का हल चलाने से किसी गोप का पेट नहीं भरेगा। लेकिन उद्धव का मान है। वे ज्ञान की प्रतिष्ठित सभाओं में भाग लेकर गोपों का मान बढ़ा चुके हैं। कृष्ण के यहाँ सबको स्थान मिला है। वे जानते हैं कि देवों का सामना करने के लिए उद्धव की भी आवश्यकता है।

...और जब से अक्रूर जी मथुरा से सन्देश लेकर आए हैं, तब से गोपों की चिन्ता तो बढ़ी है लेकिन उत्साह भी चौगुना हो गया है। नन्द बाबा विवश होकर कंस का आमंत्रण स्वीकारते हैं। कृष्ण तो जैसे इसकी इच्छा लिए बैठे हों कि कोई आए और लिवा चले मथुरा। कंस से वार्ता करने की उनकी प्रबल इच्छा है।

नन्द बाबा पूरे गाँव में घूम-घूमकर मथुरा से आए आमंत्रण को सुना रहे हैं। मथुरा जाएँगे कृष्ण और गोप! चर्चा छिड़ी है गाँव में।

'बाबा, हम गोप-ग्वाले हैं तो क्या! हमें समझना और समझाना आता है।' माघी ने सुना तो वह भड़ास निकालने लगा—'हमारी बुद्धि में गाय-भैंस का गोबर नहीं है। घृत है घृत! घी खाने से बुद्धि तीव्र होती है, और गोप से अधिक घी खाने वाला कौन जनम गया? हम अपना समय कार्य में लगाते हैं। हम चलेंगे बाबा। और जो आँख तरेरेगा, उसे छोड़ेंगे नहीं, बीन-बीन कर मारेंगे।'

'का हो गया रे माघी! अब कौन विपति आ गई।' गजाधर कहीं से चले आ रहे हैं लाठी पटकते—'अरे सुन रे! कोई ज्ञानदेव आया था, कह रहा था कि चन्द्र के किनारे मँड़रा बैठा है, बरसात नहीं होगी। सूखा पड़ेगा सूखा।'

'सूखा नहीं हई हमार नीचे का रोआँ! ससुर के नाती! अरे जितने भी क्षेत्र के

देवपुरुष हैं, पतिवाह से पूछ कर ऋतुओं का हाल जानते हैं। आजकल बहुत ज्ञान एकत्र किया जा रहा है। हम-आप तो कृष्ण, कंस, गोप में ही घूम रहे हैं। वे सब अपना मार्ग बना रहे हैं, क्षेत्र में पहचान के साथ-साथ प्रतिष्ठा पा रहे हैं। ज्ञानदेव ने कहा होगा कि बैठक हो रही है चन्द्र के साथ देवताओं की कि इस वर्ष पानी न बरसे। देव ससुर बरसा रहे हैं पानी कि बादल से आता है पानी ? सभी देव तो हमारे जैसे हैं, इनका पानी वाले बादल से क्या सम्बन्ध ? सब मूर्ख बनाकर अपना कोठार भर रहे हैं। इन्द्र हार गया, नत हो गया, तब भी समझ में नहीं आया।'

'अच्छा का बात हो रही थी नन्द बाबा से ? ...मथुरा बुलाया है कंसवा ने कृष्ण को। कोई उपाय रचेगा और कृष्ण को मरवाएगा। हमें तो यही लगता है।'

'अब उसको कहाँ गूदा है कि कृष्ण को मरवाए। अब उसकी भैंस गई पानी में। और अब ले लेंगे अन्न-दूध। साँड़ का अंडू दे देंगे, बड़ा सा, पका के खा लें। आए हैं उपाय रचने!'

'क्रोध न करिये! उत्सव होगा और श्रेष्ठ चुने जाएँगे, पुरस्कार भी मिलेगा। लेकिन हमें सचेत तो रहना है।'

'इसका अर्थ यह है कि बड़ी योजना है फँसाने की। तुम ऐसा करो कि जितनी भी टोलिया बनी हैं वे गाँवों में जाएँ और वहाँ की टोली को सूचना दें। तैयार रहें सब। हमें श्रेष्ठ वीर, समझदार गोप और निर्भीक युवा चाहिए।'

बात विस्तारित हो गई। सभी जान गए कि अब आएगा असली आनन्द। अब निर्णय होगा। गोपियाँ हो या गोप चर्चाओं से शोभा बढ़ गई थी नन्द के गाँव की। और यह सूचना इतनी तीव्र गति से फैली कि सभी मथुरा जाने को तैयार। उत्साह इतना कि पाँव मानो धरती पर न हों। उपकरण तैयार होने लगे। शिल्पी व्यस्त। गोप मस्त। और उपकरण भी वही—हल, मूसल, लट्ठ, लग्घी। पत्थर-लकड़ी की गदा और ऐसा लट्ठ जिसमें पत्थर फँसा कर दूर तक फेंका जा सके। जो अपने को लड़ाकू बनते हैं, वे लट्ठ में नुकीले पत्थर बाँध रहे हैं। कुछ गोशीर्ष बनवा रहे हैं, कटार भी। मुखौटे भी बन रहे हैं, पूँछ और पगड़ी भी। एक उत्साह, एक उमंग, मानो सभी कह रहे हों कि चलो कंस की सभा में, जीतेंगे पुरस्कार!

'यहीं बैठते हैं। यहाँ घना बरगद है और धूल भी उखड़ी नहीं है।' कृष्ण ने अपनी लाठी पसार दी और बैठ गए लम्बी साँस लेकर।

आज घेरे में आ ही गए कृष्ण। मित्र दिशा निहारते रहे कि किधर से कब आएँगे कृष्ण। तो आज भीड़ है मित्रों की। बरगद की छाँव कम पड़ रही है। बलराम, दिवासो, माघी, गजाधर, सोमारू की टोली बैठी है। मेघा, रुद्रसेन, श्रीदाम भी हैं। और नौमी, नोहर, जोधई भी चले आ रहे हैं।

'हमें अब सभा या बैठक की जरूरत नहीं है। हम यादव वीर बलिदान के समय एक हो जाते हैं। न्योता हमें मिला है आपको मान रखना है।' कृष्ण ने बात प्रारम्भ कर दी।

'आप ही तो कहते हैं सबके प्राणों की रक्षा करना गोप-धर्म है।' माघी बोले— 'तो हम चलेंगे आपका जैसा निर्देश होगा वैसा करेंगे।'

'हाँ, रक्षा करेंगे। शक्ति प्रदान करेंगे, हर सम्भव सहायता करेंगे, जिन्हें आवश्यकता होगी। यहाँ भी मथुरा में भी। कहीं का भी कृषक हो या शिल्पी या श्रमिक हमें उसकी रक्षा करनी है, सहयोग और सहायता के लिए सदैव तैयार रहना है।' कृष्ण ने सबकी प्रशंसा की—'दाऊ भैया कृषि के विकास में दिन-रात एक कर रहे हैं। नई क्रांति आ गई है खेती में। वे मोर गाँव और कृषकपुर में किसानों की सभाएँ कर चुके हैं। दाऊ भैया पत्थर के हल को अपनाने पर बल दे रहे हैं।'

'पत्थर का हल! भारी हो जाएगा कृष्ण।' दिवासो बोले।

'पूरा हल तो लकड़ी का ही होगा। लेकिन जोतने वाला भाग एक हाथ का जो आधा आगे लगा होगा, वह पत्थर का ही होगा-नुकीला। जिसे फाल कहेंगे। थोड़ा श्रम करना पड़ेगा लेकिन जुताई गहरी होगी। हम पूरा ध्यान खेती पर लगा रहे हैं।...और आप भी तो अपने क्षेत्र के विशेषज्ञ हैं। कोई शिल्पी है तो कोई मल्ल और कोई झल्ल। माघी दिवासो, गजाधर, सोमारू जी आप श्रेष्ठ जन हैं। हमें आपका निर्देशन चाहिए। मेघा, रुद्रसेन जैसे हमारे युवा मित्रों का साथ। हम मथुरा चलेंगे। और परिणाम लेकर रहेंगे अपने पक्ष में।'

'कृषि कार्य का पूरा श्रेय कृष्ण को है। मैं तो कर्म करता हूँ। योजना व्यवस्था और रूपरेखा तो कृष्ण ही बनाते हैं। कृष्ण का चिन्तन अद्वितीय है। हमारे सभी काका कृष्ण का सम्मान करने लगे हैं।' अपनी प्रशंसा सुनकर बलराम की आँखें भर गईं— 'कृष्ण की महानता है कि वे सबका सम्मान करते हैं और किसी कर्म का श्रेय स्वयं नहीं लेना चाहते। कृष्ण शब्द का अर्थ आज से यही समझिए कि खेती करने वाला कृषक। और कृषि से ही आनन्द है। खेती ठीक रहेगी तो हम और हमारी गाय-भैंसें भी ठीक रहेंगी।'

'बलराम जी आप तो हल चलाते हैं और हल को एक शस्त्र के रूप में प्रयोग करते हैं। यह क्या बड़ी बात नहीं है?' रुद्रसेन मुस्कराया।

'इसी कारण तो हम हलधर बलराम कहते हैं।' मेघा बोला।

'भैया महान हैं। हमें उन्हें मान देना चाहिए और उनकी आज्ञा का पालन करना चाहिए। लेकिन दाऊ कोई व्यर्थ आज्ञा मत दे दीजिएगा मुझे।' कृष्ण हँसे—'मित्रो! श्रेष्ठो! हमारे लिए निर्णायक समय आने वाला है। अब अपनी बुद्धि ठीक रखनी होगी। हम बुद्धि के कारण ही अन्य जीव-जन्तुओं से श्रेष्ठ हैं। और हम श्रेष्ठ इसलिए भी हैं कि हम सत्य कह देते है मुँह पर। क्या दोष बताना उचित नहीं? मैं तो दोष किसी का भी छिपाऊँगा नहीं अपना चाहे किसी अन्य का। कहते हैं कि जो देता है वही देवता है, लेकिन देवता तो लेता ही है, देता कहाँ है? हाँ उपदेश देता है, जिससे पेट नहीं पलता और आशीर्वाद का देना-लेना तो व्यर्थ ही है, कुछ हाथ नहीं आता इससे और देवता का कुछ जाता भी नहीं।'

नन्द बाबा और यशोदा को छोड़कर किसी को भय है न चिन्ता कि मथुरा में क्या होगा बाबा! सभी मथुरा यात्रा को एक उत्सव की तरह ही देख रहे हैं। कृष्ण

तो जैसे प्रतीक्षा कर रहे हों कि एक न एक दिन मथुरा जा कर मामा कंस से भेंट करनी ही है कि 'क्यों मामाश्री क्या हाल है आपके क्रोध का? कहाँ तक बढ़ गई आपकी निरंकुशता?'

'देव कहते हैं कि मैं वामपंथी हूँ।' कृष्ण थोड़ा ठहरे, फिर बोले—'तो हूँ वामपंथी! किसी को क्या कष्ट है? आपके विपरीत किन्तु सत्य सोचने वाला वामपंथी हूँ तो ठीक। आपके दोष गिनाकर आलोचना कर रहा हूँ तो वामपंथी हूँ तो ठीक। देवों की विचारधारा से अलग आम-जन हेतु सोचने-करने वाला मैं हूँ, और वामपंथी हूँ तो ठीक। सामाजिक, राजनैतिक, आर्थिक परिवर्तन का समर्थक मैं हूँ और वामपंथी हूँ। कृषकों, श्रमिकों, शिल्पियों के समय के साथ चलने, और आगे सोचने हेतु विमर्श करता हूँ और वामपंथी हूँ तो उचित है। मैं वाम-स्वभाव का हूँ, तभी तो सुन्दर हूँ। जीवन वही जीता है तो अन्धविश्वासी न हो, व्यर्थ का आडम्बरी न हो। हाँ, एक बात कह दूँ कि आलोचना की कट्टरता भी घातक है, यह ठीक नहीं है। कट्टरता शत्रु बनाने की पहली प्रक्रिया है। उदार होना कठिन है, यहाँ सहना पड़ता है, मुस्कुराना होता है। लेकिन सच कहूँ तो मैं कर्मपंथी हूँ।'

बलराम, रुद्रसेन सोचने लगे कृष्ण कितना आगे हो गए हैं हम सब से। गजाधर, दिवासो, माघी प्रसन्न हैं कि कृष्ण कितने विरल हैं। यह आयु और इतना बड़ा चिन्तन! ऐसा सोच! विश्वास नहीं होता। लेकिन प्रत्यक्ष को प्रमाण की जरूरत क्या है।

'इतना तो विश्वास हो गया कि कृष्ण और इतने गोपों के रहते कंस हमारा कुछ नहीं बिगाड़ सकता।' नौमी बोले।

'हम भीरु भी तो नहीं हैं।' जोधई को अपनी भुजा पर विश्वास है।

'मैं तो बलराम भैया से गदा चलाना सीखूँगा।' श्रीदाम को गदा प्रिय है।

'और मैं सर्पज्ञान।' मेघा कहाँ पीछे रहते।

'अच्छा चुप रहो! अभी बचपन नहीं गया! बहुत कार्य पड़े हैं!' गजाधर खड़े हो गए—'बैलगाड़ियाँ ठीक करानी हैं। बैलों को भी स्वस्थ रखना है। बैल भी काम आ सकते हैं युद्ध में।'

'हमें युद्ध नहीं करना है।' नोहर अभी तक चुप थे।

'हो सकता है करना ही पड़ जाए! तब क्या करेंगे, कन्द भूनेंगे?' माघी तो जैसे लाठी लिए तैयार हैं।

'तैयारी करना हमारा कर्म है।' कृष्ण जानते हैं कि उत्साही व्यक्ति अपना कर्म पूरी निष्ठा से करता है—'...लेकिन यह स्पष्ट हो गया है कि कंस मामा डरपोक हैं। पहले भले वे निर्भीक और शक्तिशाली रहे हों लेकिन अब नहीं। और डरा हुआ व्यक्ति कोई कर्म ठीक से नहीं कर सकता। वह हार जाता है। अब तो कंस युद्ध से पीछा छुड़ाने लगे हैं, ऐसा भी सुना गया है। जो व्यक्ति इन्द्र से भी न डरे, किसी युद्ध में उसकी पराजय न हुई हो, वाण-भौम और जरासन्ध उसके अभिन्न मित्र और सम्बन्धी हों, वह डर गया। डर एक मानसिक व्याधि हैं, जिससे वे छूट नहीं पा रहे हैं। मुझसे मित्रता कर लेते भ्राताश्री तो मैं उनका यह मानसिक कष्ट दूर कर देता। उनके सामने नृत्य करता, उन्हें माखन खिलाता। गाय का गोबर उनके कष्ट पर

छिड़ककर फाग मनाता और मल्ल भी सिखाता। वे प्रसन्न हो जाते जब मैं उनका देह मर्दन करता।'

सभी के चेहरे स्फुटित हैं और कृष्ण बोले जा रहे हैं—'...लेकिन क्या करूँ साथियो! मेरे मामा श्री निरंकुश हैं, उन पर किसी का अंकुश नहीं है। उनके यहाँ अंकुश की कमी नहीं है, लेकिन वह हाथी को नियंत्रण में रखता है। हाँ कोई उन पर अंकुश लगा सकता है तो वे हैं जरासन्ध नाना।...सभी हमें भोला-भाला गोप समझते हैं, लेकिन उन्हें क्या पता कि हम कितने समझदार और विचार वाले हैं। तो साथियो! हमें समझदारी दिखानी है और मथुरा चलना है। हाँ, एक बात और कि यह ज्ञात रहे, मगध से मल्ल और झल्ल भी आए होंगे। हो सकता है कुछ सैनिक भी हों।'

'हम नहीं डरते हैं किसी से! हमसे भिड़कर तो देखो कि परिणाम क्या होता है।' माघी का स्वर ऊँचा है।

'गोपाल की जय!'

'कृष्ण की जय!'

कुल बीस लोग हैं, लेकिन जयकार की ध्वनि से बरगद के पक्षी उड़ने लगे हैं। साँझ होने को है। शीघ्र ही सूर्य डूब जाएगा। अभी तो वह लाल थाल सा गोल सुन्दर सा दिख रहा है। फिर कल के भोर की प्रतीक्षा रहेगी और दिन अपना कर्म करता हुआ आगे बढ़ जाएगा।

चलो मथुरा!

मथुरा शान्त नहीं। वह प्रथा भी समाप्त हो गई थी, जब संघ के लोग एक साथ बैठते थे और खाते-पीते थे। कृष्ण ने प्रारम्भ तो किया है 'भोज' कहकर, लेकिन गति धीमी है। मथुरा के उत्सव में हो सकता है 'भोज' की बात उठे और इस पर यादवगण विचार-विमर्श भी करें। लेकिन आज से ही अशान्त मथुरा में शोभा बढ़ने लगी है। गोपों का आना प्रारम्भ हो गया है। कृष्ण अभी नहीं आए हैं। प्रतीक्षा सबको है। कंस व्याकुल हैं, देव आश्वस्त हैं, प्रजा उत्साहित है, गोप तैयारी में हैं। सभी राह देख रहे हैं कृष्ण की। कैसा होगा? मुख, भुजा, छाती, कन्धे, जाँघें कैसी होंगी? दंत-पंक्तियाँ तो अवश्य ही शोभा बिखेरती होंगी और केश लहराते अपने पोषण को प्रमाणित कर रहे होंगे।

कृष्ण भले आलोचना करें देवों की लेकिन कृष्ण के पक्ष में हैं देव। अक्षतानन्द, रणेन्द्र और तरुण देव के साथ कई देव मथुरा पहुँच गए हैं और सब कृष्ण को ताक रहे हैं कि कब पहुँचेंगे कृष्ण। आ रहे हैं कृष्ण यही क्या कम है! अक्रूर तो पक्ष में ही नहीं थे कि कृष्ण-बलराम जाएँ मथुरा। और कृष्ण जाते हैं तो बलराम न जाएँ। कोई अनहोनी घटना घट गई तो एक वृष्णि वंशी राजकुमार तो बचा रहेगा। पर अक्रूर की एक न चली, कृष्ण-बलराम दोनों मथुरा आ रहे हैं। गोप भी साथ में हैं। लेकिन क्या अक्रूर की सुरक्षा योजना है? हाँ, मार्ग में हर एक कोस पर अक्रूर के लोग शस्त्र लिए घूम रहे हैं। यमुना के तट पर तो पूरा जमावड़ा ही है।

अक्रूर चले आ रहे हैं। मंत्रणा करते, वृष्णि वंशियों, गोपों से मिलते, एक-एक पग पर दृष्टि गड़ाते, सुरक्षा व्यवस्था का पर्यवेक्षण करते। चले आ रहे हैं कटार बाँधे कटि में, विजय की मुस्कान लिए। मानो परिणाम का पूर्व आभास हो गया हो।

'काका श्री! आप निश्चिन्त रहें। भोज वंशियों को छोड़कर सभी हमारे साथ हैं। देव भी है पक्ष में।'

'लेकिन आपकी हत्या कंस करवा सकता है!'

'कंस इतने भी मूर्ख नहीं हैं, और मेरा वध तो खुले आम सम्भव भी नहीं है। कंस कभी भी सीधे दोष नहीं ओढ़ना चाहेंगे। कोई अनिष्ट होगा तो वे ही दोषी माने जाएँगे। और तब विभिन्न राज्यों से आए राजा, राज्य प्रतिनिधि, श्रेष्ठ बौद्धिक क्या सोचेंगे? अनेक गाँवों से ग्रामीण, प्रधान, मल्ल-झल्ल उत्सव देखने आ रहे हैं। और हमारी कई टोलियाँ लड़ने आ रही हैं, यदि आवश्यक हुआ तो। तो क्या अराजकता नहीं फैल जाएगी?'

अक्रूर कृष्ण की समझ पर चकित हैं कि कृष्ण ने अपनी निडरता का कैसा तर्क प्रस्तुत किया है।

अभी वार्ता चल ही रही थी कि एक अश्व आकर रुका। उस पर बैठा सैनिक वेश का व्यक्ति अभिवादन करके बोला, 'मेरा अभिवादन स्वीकारें श्रेष्ठ! मैं कंस का सेवक हूँ और आपको सम्मान के साथ अति विशिष्ट कक्ष में ठहराने की मेरी जिम्मेदारी है।'

'क्या कोई नई युक्ति सोची जा रही है?' अक्रूर ने पूछा, और मुसकराए।

'मैं आपको पहचानता हूँ श्रेष्ठ! और मुझे युक्ति के विषय में क्या पता! आपका आदेश मिलेगा अधिकारिक रूप से तो वह भी पालन करूँगा। मैं सेवक हूँ, सेवा करता हूँ। आप आएँ मेरे साथ।'

अक्रूर और कृष्ण चुप हो गए। बलराम तो पहले से ही मौन साध गए हैं। कृष्ण को पता है कि कंस कुछ भी कर लें, अब उनकी हार निश्चित है, क्योंकि भय के आगे हार है।

कृष्ण अति विशिष्ट गृह में ठहरे हैं। अक्रूर और अन्य श्रेष्ठ गोप भी हैं, बलराम भी। कंस को सूचना मिल चुकी है। कृष्ण प्रतिदिन घूम रहे है मथुरा और मिल रहे हैं उनसे जो चाहते हैं मिलना। कृष्ण की जयकार हो रही है, उन्हें राजकुमार कहकर सम्बोधित कर रहे हैं लोग। अक्रूर और कृष्ण की गोपनीय मंत्रणा यमुना किनारे हो चुकी है। पूरी रणनीति पर विचार हो चुका है। समाचार भी प्राप्त हो रहे हैं कि गोपों की टोलियों के अतिरिक्त गाँवों से भी टोलियाँ आ रही हैं। सभी कृष्ण के पक्ष में हैं। मोर टोली, खनित्र टोली, श्रमिक टोली भी भारी संख्या में डेरा डाल चुकी है।

यहाँ से प्रारम्भ होगी एक यात्रा परिवर्तन की, स्थानीय स्तर पर विरोध प्रदर्शन की, और निरंकुशता पर लगेगा अंकुश। कृष्ण ने कहा—'काका श्रेष्ठ प्रजा महान है और हम जीत रहे हैं। बाबा भी आ गए हैं गोपों के साथ, सभी काका भी हैं।' अक्रूर अब कृष्ण पर विश्वास करने लगे हैं।

'हम टोलियों में हैं लेकिन हम सेना नहीं हैं,' अक्रूर जानते हैं।

और उधर कंस की मानसिक व्याधि चरम पर है। वे चीखते चिल्लाते हैं—'चारुण! कोई उपाय कर चारुण! कृष्ण आ गया! प्रतीक्षा की घड़ी समाप्त हो गई चारुण! मेरे सभी बड़े साथी-मित्र प्राण त्यागकर मुझे अकेला छोड़ गए। मुझे तो रोने के लिए आँसू है न हँसने के लिए स्फुटन। मेरी शक्ति कहाँ चली गई ? चारुण तू चुप रहेगा तो मैं जीऊँगा कैसे ?' कंस पागलों की तरह बोल रहे हैं, उन्हें कोई मार्ग नहीं सूझ रहा है।

'महाराज आप चिन्ता न करें। अनेक उपाय हैं, लेकिन ऐसा उपाय कि उत्सव भी हो, स्वागत भी, और कृष्ण की मृत्यु भी हो। आप पर कोई दोष न लगा सके। सब औचक हो, खेल में हो, पूर्व निर्धारित जैसा न लगे। आप तो जानते हैं महाराज कि मैंने कितना प्रयास किया है। मैं अक्रूर के यहाँ भी गया था, उनके कक्ष में। मैंने कहा भी था कि यादवों को मनमुटाव छोड़कर एक हो जाना चाहिए, नहीं तो हम सब गाय पालते ही रह जाएँगे, दूध कोई और ले जाएगा। हमारा विकास गोबर पाथने से नहीं होगा। मथुरा को समृद्धिशाली बनाना है और इसे पूरे जम्बूदीप की राजधानी। लेकिन अक्रूर या और कोई यादव नेता मेरी बात मानने को तैयार नहीं, या उसकी समझ में नहीं आ रहा है। पता नहीं क्यों छोटे राज्य एक होना नहीं चाहते।'

'हाँ चारुण!' कंस ने गहरी साँस ली—'एक देवपुरुष भी आया था, कृष्ण से सन्धि करने का प्रस्ताव लेकर। मुझे बहुत परामर्श दे रहा था। अरे भाई! कितना अपमान करोगे ? मृत्यु भली है लेकिन अपमान नहीं। यह भी कितना कष्ट है कि मथुरा की जनता मेरे अधीन होकर पल रही है और अपना नेता कृष्ण को मान रही है। कहते हैं कि मैंने बालकों की हत्या की। बताओ चारुण किस बालक की हत्या हुई है मेरे द्वारा ? हाँ, देवकी की छह सन्तानों को जन्मते ही मैंने पटक दिया था। यदि ज्ञात हो जाए कि अमुक आपकी हत्या करेगा तो क्या गला फँसाना चाहेगा कोई ? नारद प्रमुख का दोष है, आकाशवाणी का दोष है। वे अपराधी हैं, मैं नहीं। मैंने कब चाहा कि किसी की हत्या हो। वे चाहते थे सच और झूठ का मिश्रण कर ऐसी बात परोस दी जाए कि मैं दोषी हो जाऊँ और लोग मेरे विरोध में खड़े हो जाएँ। कोई अनिष्ट होता, उसका कारण मैं हो जाता, मैं दोषी मैं चारुण! देवों को मात्र घोषणा करनी है, बस! मुझे तो सन्देह हो रहा है कि वे ही हत्या करवा रहे हैं और कभी मुझे दोषी बना रहे, कभी गोपों को। मेरी सारी योजनाएँ धरी रह गईं, इन्हीं देवों के कारण। हमारी संस्कृति, हमारी परम्पराएँ विलीन हो रही हैं। हम कहीं के नहीं रह जाएँगे चारुण। मुझे यह भी सूचना मिली है कि अक्रूर और नन्द में गुप्त मंत्रणाएँ हो रही हैं। बोलो चारुण, बोलो।'

'महाराज चाहे जितनी गुप्त बातें कर ले कोई लेकिन मेरे पास सधा-सधाया अचूक उपाय है। पहला—कुवलयापीड हाथी जो मस्त रहता है, उसे मदिरा पिलाकर कृष्ण के आगे कर दिया जाएगा। महावत से मैंने बात कर ली है, आदेश भी दे दिया है कि लोगों को लगे कि यह हाथी मदमस्त हो गया है। दूसरा यह कि हमारे मल्ल कृष्ण को मल्ल की चुनौती देंगे कि इतने महान श्रेष्ठ अलौकिक शक्ति सम्पन्न कृष्ण की मल्ल-कला भी तो देखें। सम्मान से पहले प्रदर्शन तो जनता के सामने होना चाहिए। और

पराजय स्वीकार न करने तक मल्ल होगा। यदि कृष्ण पराजित होता है तो वह स्वयं को मरा हुआ समझेगा और उसकी छवि पर धूल पड़ जाएगी, लेकिन मैं मानता हूँ कि उसकी मृत्यु ही होगी।'

कंस को हर स्थान पर कृष्ण ही दिखाई दे रहे हैं। दीवार हो या द्वार या आँगन, वृक्ष की छाँव हो या उसकी डाली—कृष्ण ही कृष्ण! कृष्ण के वेश में कई गोपाल घूम रहे हैं। प्रजा को भी हर स्थान पर एक कृष्ण दिखाई दे रहे हैं। कौन है असली कृष्ण पता करना कठिन है। मगध के सैनिक भी घूम रहे हैं जहाँ-तहाँ। वे शस्त्रों से शोभित हैं, लेकिन उन्हें भय है भीड़ देखकर। और भीड़ आज कृष्ण के साथ है।

सभी अपने प्रकार से नगर देख रहे हैं। धियानी कंस की सेवा में लगे हैं लेकिन समय मिलने पर भीड़ का आनन्द लेने से चूकते नहीं हैं। वह कृष्ण को कई बार देख चुके हैं। लोहित, मचानी, बूटन, अकलू, सगेदू, काठा भी अपने सभी साथियों के साथ लट्ठ लिये आए हैं। लोहित कई बार धियानी से मिल चुके हैं और धियानी का मान-सम्मान देख चुके हैं। मयूरपुर किसकी ओर है यह तय नहीं है। लोहित साथियों से कह रहे हैं—'हम सब कंस के हैं, कंस हमारे हैं। लेकिन कंस के पास अब कोई नीति रह गई है न योजना। वे एक स्थान पर केन्द्रित हैं—कृष्ण की हत्या। और कृष्ण अब हमारे हो रहे हैं। किसानों, श्रमिकों की बात करते हैं। हमारा हित कर रहे हैं। हम मथुरा उत्सव देखने आए हैं, लेकिन कोई घटना घटी तो हम कृष्ण की ओर रहेंगे।'

'धियानी तो कंस के हैं। वे तो हमारा विरोध करेंगे।' सगेदू ने कहा।

'धियानी से बात हो चुकी है। वे हमारे कार्य में हस्तक्षेप नहीं करेंगे। वे भी भीतर-ही-भीतर कृष्ण के हैं। सेवा भले कर रहे हैं कंस की लेकिन भला कृष्ण का ही चाह रहे हैं। परिवर्तन होना चाहिए नहीं तो विकास के कार्य ठहर जाएँगे।' लोहित नेतृत्व की भाषा बोल रहे हैं।

प्रजा का झुकाव कृष्ण की ओर है। कृष्ण का प्रचार-तंत्र विश्वसनीय है, और भाषा मृदु। कृष्ण के गुप्तचर विभिन्न वेश में हैं। कई स्तरों पर वे श्रमिक शिल्पी या आवश्यक कर्मी की तरह कार्य कर रहे हैं। यह लोहित ने पता कर लिया है और धियानी भी जानते हैं। इस समय किसी का ऋतु पर ध्यान नहीं है। कंस और कृष्ण ही शब्द बने हैं, चाहे स्वर तीव्र हो या भुनभुन। फिर भी खाद्य पदार्थ की सबको चिंता है भूखे पेट नींद नहीं आती। उपवन हो या किसी वृक्ष की छाया या रिक्त पड़े खेत, भोजन पकने की सुगन्ध का सुख और धुएँ को ऊपर उठता देखा जा सकता है।

साँझ होती है, भोर होता है। दिन निकट आ रहा है उत्सव का। सभी अपनी अकिल लगा रहे हैं कि गाय बाछा बियाएगी कि बाछी।

जिसके पास समाज है, असली राजा वही है। कृष्ण के पास सामाजिक सत्ता है। वह जान चुके हैं कि कंस कितने खोखले हो चुके हैं। कृष्ण बौद्धिक क्षमता के धनी हैं, वे समझ जाते हैं कि कब क्या करना है।

'कृष्ण मथुरा के रजक समाज में भी गए थे।' लोहित एक उपवन में बैठे बतकही कर रहे हैं। धियानी भी चुपके से आ गए हैं वेश बदलकर—'यह एक ऐसा समाज है, जो घर-घर की पोल जानता है। वस्त्र व्यक्ति की पहचान है और रजक जानता है कि कौन क्या पहन-ओढ़ रहा है। रजक प्रधान जेठा से कृष्ण की बहुत बात हुई। पहले तो वह कंस का आतंक दिखाकर भय पैदा करना चाहता था, लेकिन उसे जब पता चला कि कृष्ण हमारे हितैषी हैं तो वह पूरी तरह समर्पित हो गया। कर्मशील समाज ही महान है, विकास उसी से होता है, शब्द से नहीं। कृष्ण ने जेठा से कहा था—'वस्त्र धोना एक बात है, और दास होना और बात। आपका कर्म दासत्व का बोध क्यों कराता है? हमें इससे मुक्त होना है, और मैं हूँ आपके साथ। आपके कार्य को पहचान मिलेगी और सुविधाएँ भी। आपके साथ अन्याय नहीं होगा। आपका घाट सुरक्षित और स्वच्छ रहेगा। आप सभी को जानते हैं, संवाद करते हैं, चाहे राजा हो, व्यापारी या श्रेष्ठ राजकर्मी, या कोई कृषक। एक गन्दगी धोकर आप ही तो स्वच्छ करते हैं कि हम कहीं अच्छे से जा सकें, प्रसन्न होकर किसी सभा में। आप मेरे हो जेठा! मेरे जेठा! श्रेष्ठ जेठा!!' कृष्ण की बात देर तक सुनता रहा जेठा। और फिर तो कृष्ण का होना ही था उसको। कृष्ण ऐसे ही अपना समाज बना रहे हैं।

'धियानी भैया से भी बातकर लो, हो सकता है कुछ नया कहने को हो उनके पास।' मचानी ने धियानी की ओर देखा। धियानी ने ना में सिर हिला दिया कि वे गोपनीय ही बने रहेंगे।

'तुम भी तो कई अवसरों पर हमारे साथ रहे।' लोहित ने बात आगे बढ़ा दी—'अकलू, बूटन सभी साक्षी हैं जब कृष्ण वस्त्र सिलने वालों को भी अपने में मिलाने से नहीं चूके। समुदाय चाहे बड़ा हो या छोटा उसका महत्त्व कम नहीं होता, यह कृष्ण जानते हैं। वे घर-घर जा रहे हैं, समुदाय प्रमुख से मिल रहे हैं। मार्ग में कोई मिल जाता है और चाहता है कुछ जानता या कुछ कहना तो कृष्ण अपनी उच्च मानसिकता में नहीं होते। वे सहज, सरल, विनम्र होकर बात करते हैं। यह व्यक्ति को आकर्षित करने का कितना सरल उपाय है! कृष्ण ने लाल पट्टी बाँध रखी है सिर पर और उसमें मोर पंख लगा लिया है—यही असली कृष्ण हैं। शेष कृष्ण बने जो घूम रहे हैं वे पीली, हरी पट्टी में हैं या पगड़ी बाँधे हैं।'

'आप तो कह रहे थे कि वे सुदामा माली को खोज रहे थे, ये वस्त्र सिलने वाला कहाँ से मिल गया?' अकलू ने अकल लगाई।

'हाँ अकलू। सुदामा माली तो कृष्ण का मार्ग देख ही रहा था। वह प्रतिदिन पथ निहारता रहता। वह एक किसान है। दस हल की खेती है। भरा-पूरा है। लेकिन उसकी किसानी चौपट है। कंस के आदेश ने उसे दास जैसा बना दिया है। उसे जिम्मेदारी दी गई कि कंस के आवास को पुष्पों से प्रतिदिन सुसज्जित करे। अन्न उपजाना छोड़कर वह पुष्पों की खेती कर रहा है। किसी प्रकार वह अपने परिवार के लिए अन्न पैदा कर पाता है। यह व्यर्थ कार्य हुआ कि नहीं, हुआ न! भला पुष्प से पेट भरता है? कुछ पुष्प के पौधे कंस अपने आवास पर लगवा लेते और उनको खिलते, मुरझाते, सूखते हुए को देखते रहते। ऐसी कई घटनाएँ हैं जो कंस को अप्रिय बनाती हैं।'

'अब समझ में आया कि आप कंस के थे लेकिन अब नहीं है।' बूटन को जैसे देर से समझ आई हो—'लेकिन हम तो कंस के लिए कार्य कर रहे हैं न!'

'नहीं रे! न कृष्ण न कंस! हम बीच में हैं लेकिन समय बदल गया है।' लोहित भी आकर्षित हैं कृष्ण की ओर, तो मयूरपुर पूरा कृष्ण का हुआ। और ऐसे ही कई गाँव जो कंस को अपना आदर्श मान रहे थे, वे अब कृष्ण में रुचि लेने लगे हैं—'मैं जानता हूँ सुदामा का परिवार बड़ा है, कई गाँवों में उनके कुल का विस्तार है। अब कृष्ण इसी सुदामा के माध्यम से सुदामा के कुल के हो गए, जैसे कोई सहोदर। कृष्ण को अपना सगा बनाने में देर नहीं होती। कृष्ण ने सुदामा से कहा था कि—'अब तुम साक-भाजी पैदा करो, फल की व्यवस्था करो।' कितने प्रसन्न थे सुदामा कृष्ण के आश्वासन से, यह तो देखकर ही जाना जा सकता है।'

'कुबड़ी वाली बात भी बता दो लोहित भैया।' अकलू को अभी और जिज्ञासा है।

'कुब्जा तो कृष्ण की ही है। वह बहुत पहले से कंस की निगरानी कर रही है। उसका पति महावत है। ऐसे समझो कि वह कृष्ण की गुप्तचर है। अक्रूर ने उसे रखवाया है, ऐसा सुना है मैंने। कुब्जा को देखते ही कृष्ण उसे पहचान गए और बोले—'अपने असली रूप में आ जाओ। और उसने अपना नकली कूबड़ निकाल कर फेंक दिया। स्नान कर वह स्वच्छ और सुन्दर हो गई। कुबड़ी का कूबड़ ठीक हो गया, वह अब झुककर नहीं चलती है। लोगों में चर्चा हो गई कि कृष्ण का हाथ लगते ही वह ठीक हो गई। कुछ लोगों ने यह भी प्रचारित किया कि कृष्ण अस्थि रोगों के विषय में जानते हैं। वे अस्त्र-शस्त्र ही नहीं व्याधियों को दूर करने का उपाय भी जानते हैं। प्रजा में होड़ मच गई कृष्ण को देखने की, लेकिन कृष्ण मिलें तब न! जो मिलते हैं हरी-पीली पट्टी वाले वे कुछ बोलते नहीं, मन्दहास बिखेरते आगे बढ़ जाते हैं। कुबड़ी और कृष्ण में बहुत सी बातें हुईं, क्या बात हुई ये तो कृष्ण जानें या बलराम। मैं तो पीछे लगा था लेकिन कुछ सुन नहीं पाया।'

कंस की दासी कुब्जा बहुत काम आएगी कृष्ण के, यह विश्वास कृष्ण को है और अक्रूर को भी। अब उसके समर्पण का पुरस्कार मिलने वाला है। वह बेचारी कितना उपहास भरा जीवन जी रही थी, सभी हँसते थे उस पर। लेकिन वह तो अभिनय कर रही थी आने वाले अच्छे समय के लिए, इसी कारण वह मानसिक वेदना में नहीं थी। परिवर्तन के लिए अच्छे परिणाम के लिए आम लोगों के हित के लिए किया जाने वाला कार्य मानसिक सुख देता है। और लगता है कि किए गए कार्य से जीवन के वे वर्ष सार्थक हो गए। कुब्जा फिर कुबड़ी बन गई। जब तक कृष्ण कहेंगे वह बनी रहेगी। लेकिन तारणहार के प्रचार का क्या होगा? कृष्ण के व्याधि हरण के उपाय का क्या होगा? क्या विश्वास करेंगे लोग कृष्ण पर? कुब्जा तो फिर कुबड़ी हो गई थी लेकिन स्थायी रूप से ठीक होने में समय लगेगा। आवश्यक अभ्यास कराया जा रहा है और औषधि भी दी जा रही है। कृष्ण ने तो अपना चमत्कार दिखा ही दिया है, अब असली कार्य अभ्यास का है। बात फैलते देर नहीं लगती कि अब कृष्ण विकलांगों की शीघ्र एक सभा करने वाले हैं उत्सव के

बाद। विकलांगों को आदरपूर्वक सूचित किया जा रहा है। लोहित भी सूचना देने में पीछे नहीं हैं। उनकी पकड़ दस-बीस ग्रामों में तो है ही।

कुब्जा और उसके पति को भवन में कहीं भी जाने की मनाही नहीं है। कृष्ण तो उनके हैं ही। और इसी कारण कृष्ण के मित्र भी ठीक से कंस भवन घूम रहे हैं। और वह स्थान भी देख रहे हैं जिसे किसी विशेष के लिए भी कठिन होता है देखना। कृष्ण और बलराम शस्त्रागार में प्रवेश कर ही गए खोजते-हेरते।

घूम रहे हैं मगध के सैनिक भी। लेकिन कृष्ण तो चिन्ता मुक्त हैं। लगता है उन्हें पता है कि ये मगध के सैनिक मिट्टी के पुतले हैं, या बल से हीन हैं, या इनके शस्त्र भोथरे हैं। या उन्हें विश्वास है कि एक मुस्कान में रख देंगे शस्त्र चरणों में। चाहे जो हो कृष्ण का विश्वास पूरे विश्वास में है।

कृष्ण धनुष कक्ष में पहुँच गए। सैनिक देखते रह गए कृष्ण की श्वेत दन्त पंक्तियाँ, बलराम का सौष्ठव, घुँघराले बाल कृष्ण के, वृषभ कन्धे बलराम के। और कृष्ण की लाल पट्टी जो माथे पर बँधी है, जिसमें लगा मोरपंख एक भिन्न प्रकार की शोभा बिखेर रहा है। सैनिक देखते रह गए श्याम सौन्दर्य का आकर्षण।

'कई शस्त्र तो व्यर्थ ही रखे गए हैं दाऊ भैया!' कृष्ण ने आश्चर्य प्रकट किया।

'हो सकता ये शस्त्र मात्र भय दिखाने के लिए हों।' बलराम बोले।

'कृष्ण एक-एक कर धनुष की प्रत्यंचा तोड़ने लगे, और बलराम धनुष को व्यर्थ करके दो टुकड़ों में। सैनिक समझ नहीं पाए कि इन युवाओं का किया क्या जाए। ये विशिष्ट अतिथि हैं और सम्मानित होने वाले हैं, लेकिन सैनिक कर्म निभाते हुए वे कृष्ण को रोकने का प्रयास करने लगे तो कृष्ण बोले—'आप सैनिक हैं कंस के, लेकिन इसमें कई लोग मगध के हैं। आप किसके लिए लड़ रहे हैं, किसका पक्ष ले रहे हैं, यह आपने तय नहीं किया है। हो सकता है आप बुराई के पक्ष में हों। अन्याय का साथ दे रहे हों। आपका राजा मात्र अपना हित ही देख रहा हो। वैसे भी उसे क्या पड़ा है कि आपका हित सोचे। आपका प्राण उसके लिए महत्त्वपूर्ण क्यों है आपने सोचा? आप अपनी शक्ति सार्थक कीजिए, मेरे साथ आइए। हम अन्न पैदा करेंगे, मार्ग बनाएँगे, जलाशय खोदेंगे, उर्वर भूमि तैयार करेंगे, फलदार वृक्ष लगाएँगे, गो-संवर्धन से दुग्ध बढ़ाएँगे—ये सब कार्य हैं सार्थक। ये युद्ध क्या आपका खेत बो देगा? इन शस्त्रों का कार्य क्या है? किसी का जीवन लेना, यही न! तो आइए हम किसी का जीवन नहीं लेंगे, जीवन बचाएँगे। शस्त्रों को जीवन का उपकरण बनाएँगे। हमें जीना है जीवन। हमें एक मुस्कराता जीवन चाहिए। हमें ऐसा जीवन जीना है जहाँ भय न हो। व्याधि न हो। हत्याएँ न हों। हमें कोई मूर्ख न बना सके। आप समझ लें कि हमारे यहाँ युद्ध नहीं है, कर्म है। कर्म में प्राण का संकट नहीं है, यहाँ आप स्वस्थ मुस्कराते रहेंगे। इसका अर्थ यह नहीं कि हम निर्बल हो रहे हैं। हमारे यादव वीर हर स्थान पर हैं लेकिन कर्म के साथ, आवश्यकता पड़ने पर अपने रक्षा उपकरणों के साथ भी। चाहे यमुना का तट हो या नगर के पथ हों या

गाँव का उपवन। प्रश्न बस इतना है कि आप व्यर्थ शक्ति के साथ हैं या सार्थक कर्म के साथ।'

कृष्ण का इतना कहना था कि सैनिकों का कंस-उत्साह धीमा पड़ गया। वे शब्दों से तो नहीं लेकिन संकेतों से कृष्ण के हो गए। कृष्ण ने वह सब देखा जहाँ वर्जित था जाना किसी का, जैसे रंगशाला, शस्त्रागार, गोपनीय कक्ष।

मथुरा में अराजकता नहीं है, भीड़ है। सभी को कुछ देखने-सुनने की प्रतीक्षा है। गोपाल हों या कोई अन्य, सभी शान्त हैं लेकिन कुछ नया कर रहे हैं, सोच रहे हैं, तैयार हैं कि कब क्या घटित हो जाए, क्या कब करना पड़े। और यहाँ उत्सव है, झगड़ा-रार नहीं, युद्ध भी नहीं है।

और यही प्रतीक्षा कंस को भी है कि न जाने क्या होने वाला है। अब तक जो भी हुआ वह विपरीत। सब विरुद्ध। कोई भी हित में नहीं। सब हानि ही हानि। अपमान ही अपमान। जो बोया वह नष्ट। पकी फसल में आग। क्या करेंगे कंस ? कैसे रहेंगे कंस ? किसे चाहते हैं मारना ? नष्ट करना भी किसे, सब अपने हैं। और अपनों से रार! सब अनुचित हो रहा है। शुभ-चिन्तक समाप्त हो रहे हैं, न पूतना रही न केशी। नर्तकियों से या गाने-बजाने वालों से राज्य की समस्या का समाधान नहीं होता। विमर्श और बहस से किसी निष्कर्ष पर पहुँचा जाता है, वह भी जब तर्क हो। बिना भय बोलने की स्वतंत्रता हो। अक्रूर के भाई भी कंस की ओर मुँह तो किए हैं लेकिन मस्तिष्क कृष्ण की ओर है। शब्द भले कंस हेतु निकल रहे हों लेकिन छिपा हुआ भाव कृष्ण की ओर संकेत कर रहा है।

और कृष्ण हैं कि भाव हो या भाषा, शब्द हों या संकेत, अभिनय हो या वास्तविक चरित्र, युद्ध हो या कला, वे समझते-सीखते रहते हैं। वे यहाँ भी सीख-समझ रहे हैं। और यही कारण है कि कृष्ण गतिशील हैं, सबसे आगे हैं। वे ठहरे नहीं हैं। कृष्ण सबकी भाषा जानते हैं और जानना इसलिए भी कि वे समझने के लिए ठहर जाते हैं। उनका ठहरना एक उपाय बताता है, युक्ति सुझाता है। वे उत्सव मनाने आए हैं जनता के बीच।

कृष्ण ने जाने-अनजाने सबको प्रभावित कर रखा है। सब कृष्णमय होने को आतुर हैं। और इस समय जबकि कृष्ण को भी पता है कि सब मेरी ओर हैं, मुझे ही मान-जान रहे हैं, वे कुछ दिन बाद मुँह फेर लें, भीतर-ही-भीतर घात लगाए बैठे रहें, तो कैसा लगेगा कृष्ण को ? जरूर काटो तो खून नहीं रहेगा। इस समय यही हाल है कंस का।

कंस व्याकुल हैं। इतने पराक्रमी, इतने वीर, इतने बड़े महाराज, इतने सैनिक क्या सब व्यर्थ हैं ? सब मुँह फेरे हैं। एक-दो हैं भी गिनती के तो क्या कर पाएँगे कंस की रक्षा ? योजना थी कि हाथी जो मस्त रहता था, किसी अपरिचित को देख बिगड़ जाता था और यहाँ यदि महावत का सहारा और संकेत मिल जाता था तो वह हाथी प्राण लेकर ही छोड़ता। लेकिन क्या हुआ ? सब सोचा हुआ व्यर्थ! यह व्यर्थ न होने वाली युक्ति माटी में मिल गई। हाथी कैसे ठंडा पड़ गया ? जो आया था कृष्ण को कुचलने

वह बैठ गया घुटनों के बल और सूँड़ उठाकर अभिवादन करने लगा। यह सब कंस के लिए आश्चर्य ही तो है। कृष्ण कितने परिचित हैं हाथी के व्यवहार से ? कृष्ण का हाथी परिचित है या महावत का छल ? सुना गया कि उसकी पत्नी कृष्ण से मिल गई थी। हो सकता है कुवलयापीड़ हाथी को मदिरा न पिलाई गई हो और कृष्ण ने कुछ दिनों से कुवलयापीड़ को खिला-पिलाकर मित्रता गाँठ ली हो। कुछ भी हो हाथी कृष्ण का हो गया, जैसे कोई सगा हो। यह भी तो आश्चर्य था कि कुब्जा ठीक हो गई ! कंस सोचते रहते कि कहीं कुछ ठीक नहीं हो रहा है। क्या गोपनीय है पता नहीं चल रहा है। लेकिन नगर में अराजकता नहीं हैं। तो क्या शान्त रहना भी पूर्व निर्धारित योजना का एक हिस्सा है ? जो भी हो नगर में जो भी बाहर से आए हैं, क्रमबद्ध कार्य है उनका। सब नियमित, और किसी ऐसे आदेश का पालन कर रहे हैं वे जो कई माह पूर्व सिखाया-पढ़ाया गया हो जैसे।

कंस को समाचार पच नहीं रहा है कि कृष्ण कैसे देख सकता है रंगशालाएँ ? मथुरा के गुप्तचरों तक कैसे कोई गोप पहुँच सकता है ? आश्चर्य होता कंस को। और विश्वास नहीं होता कि कैसे यादव वीर पहले से ही दृष्टि गड़ाए बैठे हैं हर जगह! क्या मथुरा के सैनिक कंस के विरुद्ध भड़क गए हैं ?

कंस ने बार-बार अपने गुप्तचरों से सुना था कि हर गाँव में एक बात गूँज रही है कि 'चलो मथुरा!' यह उसी का परिणाम है कि पूरी मथुरा घिर चुकी है गोपों से लेकिन कहीं अराजकता नहीं है। जैसे गोप यहीं के निवासी हों। जैसे इसी मार्ग के किनारे उनका अपना घर हो। जैसे वे आए हों हाट में, और आवश्यक वस्तुएँ क्रय करके घर लौट जाएँगे। चारुण की हर बात याद आ रही थी जैसे कि 'महाराज जनता की सामूहिक शक्ति के आगे कोई भी सेना नहीं टिक सकती।' कंस चिल्लाकर क्या करेंगे कि 'हम यहाँ के हैं ये हमें मूर्ख बना रहे हैं। अपना नृत्य सिखा रहे हैं, अपनी भाषा थोप रहे हैं। हम असुर हैं, और हमारा नृत्य शिव-नृत्य है। शिव-नृत्य के आगे कौन ठहर सकता है ? उनके सामने कौन नाच सकता है ? किसी में साहस नहीं। लेकिन आज हमें मुट्ठी भर धूल भी नहीं समझते देव। जब अपनी धरन में घुन लग गया है तो गिरही बचेगी क्या!'

'कुवलयापीड़ हाथी का महावत भी मिल गया! क्या हाथी से कृष्ण की मित्रता हो गई ? कितना ज्ञानी है कृष्ण! कितना समय देता है एक-एक योजना पर, विषय पर बुद्धि व्यय करता है, एक-एक वस्तु पर दृष्टि रखता है। चलो अब तो प्रत्यक्ष देखना ही होगा कि है कैसा कृष्ण! गौएँ चराते-चराते ऐसा कैसे हो गया! हमारे राज-परिवार में कोई ऐसा नहीं हुआ! सब खाते-पीते, उदर बढ़ाए, नितम्ब उभारे, गाल फुलाए जँभाई लेते रहते हैं। और उधर कृष्ण व्यायाम करके अपनी देह को सुदृढ़ कर रहा है। चिन्ता मुक्त रहकर ध्यान लगाकर मानसिक बल प्राप्त कर रहा है। सुना तो यह भी है कि वह हर कला में निपुणता की ओर है फिर भी उसे दम्भ नहीं है। कृष्ण भड़के बैल को वश में कर लेता है। लौह चक्र, शिला खंड चक्र, खड्ग, गदा, परशु की कला, धनुषबाण सब चलाना-सँभालना जानता है। और ये हमारे राजपुत्र! चाहे भाई हों, या सम्बन्धी लट्ठ भी नहीं भाँज पाते। जब थे तब थे कि नाम सुनकर

ही सामने वाला मूत्र त्यागने लगता था।' कंस प्रतिदिन इसी तरह सोचते रहते, और विक्षिप्त से अपनी शैया पर ढह पड़ते।

नगर घेरने की पूरी तैयारी है। अक्रूर के लोग पूरी तन्मयता से, शान्त ढंग से, हास बिखेरते हुए अपने कार्य का सम्पादन कर रहे हैं। किसी को ठीक से पता नहीं लग पाता कि हो क्या रहा है। जानते वही हैं जो उनकी योजना के हिस्सा हैं। कंस भी योजना बनाने में कुशल हैं लेकिन जब बुद्धि पर चिन्ता का बोझ हो, भय का पहरा हो, तो क्या योजना और क्या दृष्टि। सब व्यर्थ और शून्य!

और शून्य में एक की चिन्ता, दूसरे का स्फुटन!

कंस वध!
और आती हुई नई संस्कृति
और माथे पर लदतीं नई परम्पराएँ

यह तो अब सभी जान गए हैं कि परिवर्तन अवश्य होगा। कुछ घटेगा, कुछ बढ़ेगा। कृष्ण की वार्ता बहुत दिनों से गर्ग और सन्दीपनी से चल रही है। अब लोग नए तरीके से शिक्षित होंगे। नई विज्ञताओं से ही वे आगे बढ़ने में सक्षम हो सकेंगे। शांडिल्य आश्रम भी निकट है मथुरा से। उद्धव की तरह ज्ञान लेना हो तो वहाँ जाया जा सकता है। कृष्ण भी गए थे एक-दो बार लेकिन कोई विशेष प्रभाव न हुआ उन पर। शून्य में ज्ञान की कल्पना, प्रेम, समर्पण, या किसी विषय-वस्तु को व्यर्थ के शब्दों में बाँध कर मृदुता से परोस देने वाला ज्ञान, जिससे कुछ करना या होना न हो, कृष्ण के लिए मूल्यहीन है। आचार्य गर्ग तो वसुदेव के कुल गुरु हैं। वे मथुरा, गोकुल, वृन्दावन दौड़ लगा रहे हैं। वे नई व्यवस्था चाहते हैं लेकिन आर्य मानसिकता में। यहीं थोड़ा विरोध है कृष्ण का। लेकिन कृष्ण बोलते नहीं, चुप रहते हैं। सच तो यह है कि आचार्य को आर्य-सत्ता पसन्द है।

कृष्ण से जो भी उसने बड़ा मिलता तो कहता—'कृष्ण तुम किसान-पुत्र हो...तुम राजपुत्र हो...तुम सामान्य व्यक्ति की तरह हो लेकिन हो तुम विशेष...तुम गोप हो और श्रेष्ठ भी...तुम्हारी सुरक्षा का दायित्व हमारा है। तुम्हारा एक रोम भी कोई टेढ़ा नहीं कर सकता। तुम्हारे आगे-पीछे कितने लोग रहते हैं, तुम भी नहीं जानते कृष्ण।'

बार-बार ऐसी बातें सुनते कृष्ण, और मुस्कुराकर आगे बढ़ जाते। और कोई कुछ पूछता तो कहते—'हाँ दूध पी रहा हूँ...मल्ल प्रतिदिन सीखता हूँ...अभ्यास ही तो मेरा जीवन है...मैं पशुओं को वश में करना पूरी तरह से जानता हूँ चाहे हाथी हो या बाघ...हाँ भैया घमंड किसी का हो टूटना चाहिए लेकिन विश्वास की रक्षा होनी चाहिए!...हाँ मैंने भी सुना है कि कंस मामा जी को डरावने स्वप्न आते हैं लेकिन मैं तो स्वप्न-स्मृति से दूर हूँ। आते होंगे स्वप्न मुझे भी लेकिन कैसा रहा स्वप्न-सुख, नींद खुलते ही भूल जाता हूँ।'

कौन बात करे कृष्ण से, कौन लड़े कृष्ण से, कौन चिढ़ाए कृष्ण को और कौन...। कृष्ण चाहे जो हों लेकिन मान्यता प्राप्त हैं वे। वे कई कलाएँ जानते हैं। कृष्ण को यह

ज्ञात हुआ कि कंस नारद की यह बात याद करके विक्षिप्त और क्रोधी हो जाते हैं कि 'वृष्णिवंशी घात में हैं महाराज! आपकी हत्या कभी भी हो सकती है।'

कंस को अभी भी विश्वास नहीं हो रहा है कि हाथी कैसे नत हो गया। कई माह का परिश्रम व्यर्थ गया। उन्हें ज्ञात हो गया है पूरा भूखंड आर्यों की जकड़ में है। देवों के इतने गुप्तचर हैं कि ज्ञात करना कठिन है। हर ग्राम में, हर पथ पर, हर नगर वन पर्वत...सब एक ही भाषा बोलते हैं, एक ही दिशा में सोचते हैं। देवों को नई परम्पराएँ गढ़नी हैं और उन्हें समाज पर लादकर जीवन-सुख भोगना है। नई संस्कृति में फँसाकर मानसिक रूप से अधिकार में कर लेना है सबको। कृष्ण भले विरोधी हों देवों के लेकिन उन्हें यहाँ अपनी सफलता दिखाई देती है। लेकिन कृष्ण हैं कि उनके अपने विचारों में किसी का हस्तक्षेप नहीं है।

'सुना हूँ कि दूध में मिलावट हो रही है?' कृष्ण ने बलराम से पूछा।

'थोड़ा-सा जल मिला दो दूध में तो पता कहाँ चलता है। समय बदल रहा है कृष्ण। हमें ठीक से समझने की आवश्यकता है।' बलराम बोले।

'समय ही तो समझ रहा हूँ। नागों को दूध देना तय हुआ था। लेकिन गोप क्या कम हैं, वे पानी मिलाकर दूध देने लगे। अब इसी दूध के माध्यम से देवों ने एक युक्ति सोच ली है परम्परा की, वे एक नई परम्परा बना रहे हैं। श्रावण माह की कोई तिथि निश्चित है।'

'देखो! क्या-क्या होता है।' बीच में बोल पड़े बलराम।

'भैया मेरी बात पूरी हो जाने दीजिए।' कृष्ण ने टोक दिया। अक्रूर मुसकरा रहे हैं। कृष्ण के साथी भी बैठे हैं—'मैं कह रहा हूँ कि ये देवपुरुष उसी दूध से सोच रहे हैं जहाँ हम मात्र जल मिलाने तक की सीमा में हैं। वे अब सर्प को दूध पिलाएँगे। बाँबी के पास पात्र में दूध भरकर श्रावण मास की किसी तिथि को रखवा रहे हैं। और नाम वही पुराना 'नाग-पूजा।' भला नाग सर्प कैसे हो गया? कोई व्यक्ति कीड़ा-मकोड़ा हो सकता है क्या? गाँव-गाँव में हैं ये देवपुरुष। देवों के सारे कार्य चुपचाप हो रहे हैं और हम दूध में जल की ही बात करते हैं। ये हम असुरों को नीच बना देंगे। नाग-उत्सव भला कौन नहीं जानता। यहाँ सर्पों से क्या लेना-देना?'

'पूतना जब मरी तब से ही देव दूध-दूध सोचने लगे होंगे।' बलराम के पास भी सोचने की क्षमता है—'और सर्प तो दूध पीता नहीं, मैंने तो न ही सुना न देखा है।'

'अरे बनाने दो परम्परा! लड़ लेंगे बाद में इससे भी! अभी क्या करना है इस पर सोचो!' बल देते हुए अक्रूर बोले—'मगध की सेना गोप बन गई या भाग गई है, यह सुन रहा हूँ। हमें इसका लाभ लेना चाहिए। कल मल्ल युद्ध का उत्सव है और कंस की पूरी योजना है कि चाहे जिस भाँति, कृष्ण और बलराम की हत्या होनी ही चाहिए। धनुष जो विशेष था, उसका टूटना कंस को सहन नहीं।'

'मेरी बातें सुनकर, मेरे अनुसार कंस मामा सन्धि क्यों नहीं कर लेते? मैं उन्हें ही सम्राट बना दूँगा। इसमें बुराई क्या है? मैंने भी सुना है कि वे बदलती परम्पराओं से पूरी तरह असहमत हैं। असुर पहचान की चिन्ता उन्हें है।'

'सत्यक कह रहे थे कंस से कि कृष्ण को मारने का विचार छोड़ दीजिए महाराज, यह असम्भव-सा है लेकिन वे माने! नहीं न! विचार त्यागना कठिन होता है।'

'लेकिन कंस मामा तो बौद्धिकों को पुरस्कार बाँट रहे हैं। और मैं देख रहा हूँ कि बौद्धिक आर्य हो रहे हैं। अपनी पहचान बदल रहे हैं। भाषा भी बदल गई है। तो क्या अब सभी बौद्धिक आर्य हो जाएँगे?'

'आप भी तो बौद्धिक हैं।'

'मैं आर्य हूँ नहीं, न तो देव हूँ। मैं तो एक व्यक्ति हूँ। अपने किसानों का हूँ। शिल्पियों, श्रमिकों का हूँ। कृष्ण हूँ मैं, मोरपंख लगाता हूँ। लाठी रखता हूँ। मेरे पास वीणा नहीं है, बाँसुरी है।'

'लोग तो आपको ईश्वर मान रहे हैं। घोषणा तो हो चुकी है।'

'सभी व्यक्ति हैं। आप आर्य हो सकते हैं। देव, असुर हो सकते हैं। आपके पास देह है, बुद्धि और विवेक है।' कृष्ण शीघ्र ही गम्भीर हो जाते और अपनी बौद्धिकता में बात करने लगते। अक्रूर तो जैसे हर पल आश्चर्य में ही जी रहे हों—'आप ईश्वर नहीं हो सकते। यदि ईश्वर है तो आर्यों की तरह कई ईश्वर होते। उनका अपना गाँव होता, उनके कर्म होते, भाषा होती। यह शब्द आर्यों या कहें देवों का है। हमें मूर्ख बनाया जा रहा है कि किसी को एक नाम देकर अलौकिक शक्ति का स्वामी बता दो—अपना दही मथ कर घी निकाल लो। कोई एक व्यक्ति ईश्वर कैसे हो सकता है, क्या कोई एक व्यक्ति असुर हो सकता है? कर्म ही ईश्वर है तो कर्मकार ईश्वर है। बुद्धि या ज्ञान ईश्वर है तो सभी बौद्धिक ईश्वर हैं। किसान अन्न उपजाता है, दूध, फल, भाजी देता है तो क्या वह ईश्वर नहीं है? हमारे गोप गाय पालते हैं तो वे भी ईश्वर हैं। मैं तो गोप हूँ एक सामान्य गोप!' और कृष्ण सोचने लगे कि एक दिन ईश्वर से होती हुई अलौकिक शक्ति ही देव-शस्त्र हो जाएगी। और ईश्वर, जिसे व्यक्ति ने बनाया, वही सबका निर्माता हो जाएगा।

दिन अच्छा है। सुहावना है। किसी कार्य में जी लगाने वाला दिन। एक मुस्कराता दिन। और आज का दिन परिवर्तन का दिन। उत्सव का दिन। इसी दिन की प्रतीक्षा थी सबको।

पूरी मथुरा भीड़ से भरी है। कहीं तिल धरने भर जगह नहीं है। पूरी रंगशाला तो जैसे मुंड-गुच्छ। देव भी आए हैं, कहीं बैठे हैं छिपकर, एक स्थान पर बैठेंगे तो सन्देह हो जाएगा।

माननीयों को उचित स्थान मिल गया है। कंस के सभी भाई हैं, शंकु भी हैं और सुनाम भी। जो कंस प्रिय थे वे तो अब रहे नहीं। फिर भी कंस राजसभा के सदस्यों के साथ बैठे हैं। उनको देखकर लगता है कि जैसे कई वर्षों से अस्वस्थ हों। चाणूर तो मुष्टिक के साथ मल्ल अभ्यास में हैं, क्या पता कब आवश्यक हो जाएँ वे। रेखा, कनकलता जो प्रिय नर्तकियाँ हैं, वे कंस के पीछे खड़ी हैं। राजसभा के पदाधिकारी जो विलासपूर्ण जीवन जी रहे हैं, वे जँभाई ले रहे हैं। उनके बढ़े हुए उदर और फूले गाल से भीड़ में हँसी हो रही है। कंस के विरोध में जो हैं वे भी सम्मानित आसन पर

बैठे हैं। देवकी के भाई—उपदेव, सहदेव, देवमान, देवरक्षित। और वसुदेव के कुछ भाई बैठे हैं, कुछ अपनी योजना में लगे हैं। अक्रूर अपनी व्यवस्था पर दृष्टि तो जमाए हैं लेकिन बैठे हैं अपने भ्राता प्रतिवाह और उपमृदु के साथ। चित्रक के पुत्र पृथु और विपृथु भी स्थान पा चुके हैं। नन्द बाबा के भाई अपने गोप मित्रों के साथ बैठे हैं। माघी, गजाधर, जिवधन, नौमी, गोगी, जगधर अपनी टोलियों के साथ हैं। लोहित, धियानी, मचानी की भी अपनी टोली है। लेकिन धियानी तो कंस की सेवा में हैं। वे कंस के आसपास हैं। उनकी टोली की जानकारी लोहित को ही है, जिसका संचालन स्वयं लोहित ही करेंगे। बूटन, अकलू, सगेदू, काठा की कोई टोली नहीं है लेकिन वे मोटे लट्ठ के साथ लोहित के साथ हैं।

अक्षतानन्द, रणेन्द्र, तरुणदेव कहीं दिख नहीं रहे और नारद ने तो जैसे इस समय मथुरा छोड़ ही दी हो। कृष्ण के साथी छोड़ते ही नहीं कृष्ण को, श्रीदामा भद्र, सुमंगल, पेंघा, रुद्रसेन, मधु, उत्तम तो जैसे कृष्ण-बलराम के सुरक्षाकर्मी। वृन्दावन, गोकुल, बरसाना, नन्दगाँव, मथुरा से भारी संख्या में स्त्रियाँ भी आई हैं। गोपियाँ तो जैसे चाहती हों कि कब कृष्ण उन्हें देख कर मुसकरा दें।

लेकिन कृष्ण हैं कहाँ!

कंस ने दृष्टि घुमाई। कृष्ण-बलराम को देखते ही भय से उनकी देह में कंपन हुआ। एक डरावना स्फुटन चेहरे पर विस्तार पा गया। फिर भी कंस तो महाराज हैं उत्सव का आयोजन उनके आदेश से हुआ है।

'हम वीरता का प्रदर्शन चाहते हैं।' कृष्ण की ओर देखते हुए कंस बोले—'हम सब देखें कि जिसकी प्रशंसा हम सुनते आए हैं, वे कृष्ण कैसे हैं अपने बल-बुद्धि-अभ्यास में। हम सभी आज मल्ल युद्ध देखने के इच्छुक हैं। मैं मथुरा नरेश अपने राज्य की ओर से सबका स्वागत करता हूँ, अभिनन्दन करता हूँ। मुझे प्रसन्नता है कि एक दृष्टि-संकेत पर कई राज्य के नरेश पधारे हैं। हमारा मन बहुत प्रसन्न है।' भीड़ ने जयकार लगाई। प्रतिष्ठित लोगों ने हाथ उठाया। विदर्भ राजकुमार रुक्मी भी हैं। वे कृष्ण से सम्भवत: ईर्ष्या रखते हैं, और अपने घमंड में चूर रहते हैं। कुब्जा भी बैठी है, वह सोच रही है कि लगता है आज कंस का अंत हो जाएगा। पूरी तरह से कृष्ण-बलराम और गोप तैयार हैं। कैसे वह हाथी को सुस्त रखने का उपाय करती थी। कितनी प्रकार की वनस्पतियाँ खिलाई हैं उसने कुवलयापीड़ को। हाथी को सुस्त देखकर वह कितना प्रसन्न होती थी। कुब्जा स्फुटित हो रही है।

साधारण मल्लों का अभ्यास देखकर प्रजा प्रसन्न हो रही है।

'कृष्ण और बलराम का मल्ल युद्ध हम सभी देखने को आतुर हैं।' उत्सव-संचालक बोला—'अभी तक आप सबने साधारण मल्लों के बाद विशेष मल्ल कूट, शल, तोशल की मल्ल-कला को देखा और परखा है। लेकिन अब प्रतीक्षा की घड़ी समाप्त हो गई। महाराज की इच्छा है कि कृष्ण चारुण से और बलराम मुष्टिक से मल्ल युद्ध करें। विजेता को राज्य का श्रेष्ठ मल्ल घोषित तो किया ही जाएगा, उसे उसकी इच्छानुसार पुरस्कार भी दिया जाएगा। वह 'राज्य-मल्ल' की उपाधि से विभूषित भी होगा।'

'ये अन्याय है।...मुष्टिक और चारुण से कृष्ण–बलराम का मेल नहीं है।...मल्ल बराबर वालों से होना चाहिए।' भीड़ से ध्वनि गूँज उठी।

लोहित भी भड़क गए—'ये क्या हो रहा है? कहाँ चारुण और कहाँ कृष्ण!'

'ये कृष्ण की हत्या की योजना है।' अक्रूर खड़े हो गए।

तलवारें निकल गईं। मगध के सैनिक भी हैं और मथुरा के भी। एक छोटे से युद्ध का वातावरण। तलवारें बजने लगीं। लाठियाँ लड़ने लगीं। मूसल चलने लगे। मगध के सैनिक मथुरा के सैनिकों को घायल कर रहे हैं या गोप सेना को, उन्हें ज्ञात ही नहीं है कि कौन सैनिक किधर का है। लड़ने लगे अक्रूर, लड़ने लगे सैनिक। लोहित, सगेदू, काठा अन्य गोप संकेत की प्रतीक्षा में हैं कि कब हमें अवसर मिलेगा कि लाठी भाँजने का।

कृष्ण ऊँचे स्थान पर खड़े हो गए। श्रीदामा, पेघा, रुद्रसेन भी साथ हैं।

'ये क्या हो रहा है?' कृष्ण बोले।

'हम उत्सव में आए हैं।' बलराम ने चिल्लाकर कहा।

'मुझे ज्ञात है कि मल्ल युद्ध में समान भार के मल्ल हों, आयु का ध्यान भी रखना चाहिए।' कृष्ण ऊँचे स्वर में बोलने लगे—'लेकिन यह तो रंगशाला है, यह कोई रणभूमि नहीं, और हमें इसका सम्मान करना चाहिए। उत्सव में युद्ध नहीं होना चाहिए। मैं तैयार हूँ। रंगभूमि में मैं उतरने को तैयार हूँ। इस अन्याय को भी आप सहन कर लें। इतिहास साक्षी हो जाएगा कि कंस की रंगशाला में असमानता थी।'

भीड़ ठहर गई। तलवारों की गति थम गई। लाठियों की ध्वनि रुक गई। मूसल खड़े हो गए। गदा पीठ पर ठहर गई। सभी एकटक कृष्ण को निहारते कि कैसा है यह युवा! क्या बोल रहा है! किसी ने कहा—'अरे यही कृष्ण हैं! अब देख रहा हूँ!' कृष्ण ऊँचे स्थान पर हैं, सबको दिखाई दे रहे हैं। कृष्ण को जिसने देखा पहली बार वही अपना मुँह खोले आश्चर्य व्यक्त करने लगा। देखने से ही कृष्ण हर कला में प्रवीण लग रहे हैं।

'कृष्ण चाहे जो कहें, लेकिन हमें अन्याय स्वीकार नहीं।' अक्रूर की तलवार थम गई है लेकिन ऊर्जा वही है, आक्रोश भी वही। वे क्रोध से लाल हुए जा रहे हैं।

भीड़ भी चाहती है कि आज कुछ हो चित या पट। गोपों की पूरी इच्छा है कि इतने दिनों का अभ्यास व्यर्थ न हो। अक्रूर अब समय व्यर्थ करना नहीं चाहते। लड़-भिड़ कर आज अन्त हो ही जाए। कंस की भी यही इच्छा है कि सैनिक तो मेरे हैं और शस्त्रों से युक्त हैं। इसी भीड़-युद्ध में कृष्ण का वध हो जाए और सारी चिन्ता दूर हो। बहुत दिनों से वे भी सुन रहे हैं तारनहार, ईश्वर, अलौकिक शक्ति का स्वामी। कंस मूँछे ऐंठ रहे हैं। यह भी डर भगाने का एक उपक्रम है।

'तारनहार! तारनहार! कृष्ण की जय हो!' भीड़ से स्वर गूँजा।

'शान्त रहें! शान्त!' कृष्ण ने चिल्लाकर कहा—'मुझे भी वीरता का सर्वोच्च पदक चाहिए। आप मुझे इस यश से वंचित न करें। दंगल होने दें। बाहुयुद्ध की कला क्या आप नहीं देखना चाहेंगे? मैं किसी का रक्त बहाना नहीं चाहता। चाहे गोप हों या मथुरा के सैनिक या मामा कंस के व्यक्तिगत लोग। व्यक्ति का रक्त महत्त्वपूर्ण है, इसका उपयोग हमारे सार्थक कार्यों में होना चाहिए, व्यर्थ बहाकर आप क्या पाएँगे?'

कंस भी चिल्ला रहे हैं लेकिन उनका स्वर गूँज नहीं रहा है। निकट की भीड़ सुन तो रही है लेकिन कोई प्रभाव नहीं है कंस के चिल्लाने का। कंस कह रहे हैं—'गोपों को मार डालो, छीन लो उनके उपकरण, शस्त्र भी। कृष्ण को घेर लो, वध कर दो सैनिको!' लेकिन कोई प्रतिक्रिया नहीं। सभी कृष्ण को सुन रहे हैं। कृष्ण की आभा देख रहे हैं। लोगों के मुँह से औचक निकल जाता है—'क्या रूप-रंग है।'

'हमारे गोप साथी मथुरा के मल्लों से बाहुयुद्ध कर चुके हैं। जिवधन विजयी रहे हैं। भद्र ने भी अच्छा दिखाया है दाँव।' कृष्ण मानेंगे नहीं मल्ल युद्ध करेंगे ही—'मैं वंचित नहीं रहना चाहता, बलराम भैया भी नहीं। मैं मानता हूँ कि मथुरा के मल्ल भी कम नहीं हैं।'

मगध की सेना हो या मथुरा की या तो पराजय स्वीकार कर चुकी है या कृष्ण के प्रभाव में आ गई है। सब कुछ ठहर गया है। कंस तो चाहते ही हैं कि चारुण और मुष्टिक से कृष्ण और बलराम का मल्ल युद्ध हो लेकिन कृष्ण तो दंगल के पहले ही कुछ कह रहे हैं—'मैं सभी व्यर्थ बातों को, सन्देहों को, भय को, अच्छाई हो या बुराई को भुलाकर मामाश्री से सन्धि चाहता हूँ। मामा हमारे अगुआ रहें। हमारा नेतृत्व करें लेकिन निरंकुश होकर नहीं, आपसी सहमति से। हम सभी उनके हैं। मथुरा उनकी है। हमारे बाबा उनके हैं, भ्राता और पिता भी उनसे अलग थोड़े हैं। जो हो गया उसे बिसार देने में भलाई है। मैंने कभी हिंसा का पक्ष नहीं लिया। किसी का असमय मरना अच्छा नहीं है और युद्ध तो मृत्यु साथ लेकर आता है। जीवन जीने के लिए है। जीवन का सुख भोगने के लिए है जीवन। हमने जितने भी युद्ध किए हैं, वह बचाव था। पहल हमारी ओर से नहीं था, हम गाय चराने वाले, माखन चाटने वाले भला लड़ाई क्यों करेंगे? हम भलाई चाहते हैं। बस एक बार, हाँ यह अन्तिम है कि मामाश्री मेरी बातों के आधार पर मित्रता कर लें हमसे। हमारी संस्कृति, हमारी पहचान, हमारी परम्पराएँ तभी जीवित रहेंगी। आपके बिना हम अधूरे हैं लेकिन यह भी सत्य है कि हमारे बिना आपकी भी पहचान कहाँ है? मामा जी जीवन बनाने में कई वर्ष लग जाते हैं लेकिन मृत्यु तो क्षण भर में जीवन नष्ट कर देती है। मृत्यु कोई टाल नहीं सकता लेकिन जीवन तो जरूरी है। मैं बार-बार कह रहा हूँ कि आइए हम-आप मित्र हो लें। मित्रवत् बातें करें। आप सदैव अपनों से बात करते हैं, विरोधियों से नहीं। और बात तभी बनती है जब विपक्ष से खुलकर वार्ता हो, दोनों की एक साथ बैठक हो, सभा हो। शत्रुओं से बात नहीं होगी तो शत्रुता समाप्त कैसे होगी? आगे का मार्ग कैसे बनेगा? बात नहीं होगी तो लड़ाई होगी, युद्ध होगा, रक्त बहेगा, हमारी अस्थियाँ टूटेंगी, घुटने व्यर्थ हो जाएँगे, माथा फूटेगा, पक्षाघात हो सकता है, दृष्टि जा सकती है, नपुंसक हो सकते हैं। युद्ध कभी नहीं फला मामाश्री। आइए बातें करें और आगे बढ़ें।' कृष्ण के मुख पर तेज है। नयन प्रसन्न दीख रहे हैं।

भीड़ नि:शब्द हो गई। निर्निमेष निहारती कृष्ण को। और कृष्ण मुसकराते रहे देर तक।

'अरे चुप क्यों हो गया कृष्ण?' कंस मानो चुनौती दे रहे हों—'क्या शब्द समाप्त हो गए? आ मैं कुछ वाक्य बनाकर देता हूँ। ले-ले मेरे शब्द और मुझे ही परोस दे।

तू तारनहार है न! वीर है, कला जानता है। सबका चहेता है तो तेरा प्रदर्शन तो होना ही चाहिए। और यह मेरा आदेश भी है कि तू मल्ल युद्ध कर और अपनी मल्ल-कला से हम सभी को विज्ञ करा। क्या चाहता है कि मथुरा का जो सबसे बलहीन मल्ल है, उससे लड़ेगा? है तुझमें शक्ति और बल तो दिखा मेरे चारुण पर, लगा उस पर युक्ति चित करने की, दिखा अपना दाँव। सुना है कि तूने बहुत अभ्यास किया है। किसी को परास्त करने की क्षमता है तुझमें। मेरे चारुण को पटक दे तो जानूँ। तुझे श्रेष्ठ राज-मल्ल की उपाधि के साथ-साथ गौरवान्वित करने वाला पदक स्मृति-चिह्न के रूप में दिया जाएगा। अरे तू तो बहुत वाचाल है, बहुत बातें बनाता है। मैं तेरी बातों में फँसने वाला नहीं हूँ। मुझे जीवन नहीं चाहिए, मैं मृत्यु को स्वीकार करूँगा, लेकिन तेरी दोहरी नीति को नहीं। मैं असुर संस्कृति का रक्षक हूँ और प्राण रहते रहूँगा। हमारी अपनी परम्परा है, मर्यादा है। हम प्रेम जानते हैं। तू ही किसान नहीं है, मैं भी जानता हूँ कृषि कर्म, श्रम और शिल्प। मैंने कभी देवों का साथ दिया न डरा उनसे। मैं अपने रहन-सहन पर अपनी परम्पराओं पर अडिग हूँ। मुझे अपने पर गर्व है। हाँ यह सत्य है कि मैं कई विषयों, कार्यों में प्रयोग नहीं कर रहा हूँ इस समय। मेरी मानसिक स्थिति में तुम रहते कृष्ण तो तुम किसी गहरे कूप में कूद कर प्राण दे देते। देव, आर्य या अपने ही भाई-बन्धु सब मेरे पीछे पड़े हैं। तुमने कभी जानने का प्रयास किया कि क्यों है ऐसा? मुझे पता है कि जीवन कितना आवश्यक है, लेकिन अब क्या जीना क्या मरना कृष्ण। तुम चुनौती स्वीकार करो और हमारे चारुण से मल्ल-युद्ध करो, श्रेष्ठ बनो!'

भीड़ कंस को भी सुनती रही। कृष्ण भी ध्यान से सुन रहे हैं। कंस देर तक अपनी भड़ास निकालते रहे, जिसमें बातें सही ही थीं।

'अब चाहे माथा फूटे चाहे घुटना टूटे। मैं स्वीकार करता आपका आदेश मामा श्री।' कृष्ण ने मल्ल युद्ध स्वीकार कर लिया।

भीड़ एक बार फिर निर्निमेष निहारती रही कृष्ण को।

कृष्ण-बलराम तैयार हो गए। लोगों ने देखा वृषभ कन्धे, चौड़ी छाती, गोल-गोल मांसल भुजाएँ, ठोस जाँघें, लंगोट पहने कृष्ण, लंगोट में बलराम। दो अखाड़े मल्लों की प्रतीक्षा में पसरे। भीड़ के पास कोई शब्द-शोर नहीं। ध्वनि तो एक तृण गिरने पर हो जाए जैसी।

संचालक ने घोषणा की—'यह मल्ल युद्ध जब तक मल्ल योद्धा चाहेगा तब तक चलेगा। इसमें प्राण भी जा सकता है और सभी प्रकार के दाँव लगाए जा सकते हैं। कहीं भी किसी भी अंग पर प्रहार किया जा सकता है। बस लंगोट के क्षेत्र पर प्रहार नहीं करना है। महामल्ल चारुण कृष्ण से और मुष्टिक बलराम से भिड़ेंगे। यही महाराज का आदेश है।'

कृष्ण-बलराम मुसकराए। चारुण, मुष्टिक भी स्फुटित हुए। कंस तो जैसे अब विजय की प्रतीक्षा में ही हैं कि अब समाप्त ही होने वाली है चिन्ता की घड़ी।

प्रहार पर प्रहार। दाँव पर दाँव। एक से एक मल्ल-कला। ताल ठोंकते, भुजा मलते, हाँफते हुंकारते। मल्लों को भीड़ का ज्ञान नहीं है। भीड़ को भी ज्ञान नहीं वह कितनी बड़ी है। लगता है कि कृष्ण पराजित हो जाएँगे। मुष्टिक बलराम को पछाड़ देगा। फिर

लगता है कि कृष्ण का यह घूँसा तो रक्त वमन करा के मानेगा। लेकिन फिर वही सामान्य मल्ल युद्ध, अरे नहीं भाई कितना विशेष है। भीड़ चाहती कृष्ण-बलराम। कंस चाहते चारुण-मुष्टिक। कृष्ण को चाहने वाले बहुत हैं। भीड़ बतियाती रहती—

'देखा! इसे कहते हैं मल्ल।'

'जाँघों के बीच में घुसकर क्या पटका है कृष्ण ने।'

'अरे वो देखो! बलराम ने तो पीठ पर लाद लिया है मुष्टिक को, जैसे वह कोई गठरी हो।'

'अरे चारुण की गरदन कृष्ण की काँख में दबी है। अब लंगड़ी फँसा के हुमच देंगे कृष्ण।'

'केश तो पकड़ लिए कृष्ण ने। अब कोई युक्ति काम नहीं करेगी चारुण की।'

'मुष्टिक तो अखाड़ा छोड़ रहा है।'

'चारुण भी अब कहाँ टिकने वाले!'

'क्या कला है कृष्ण में। सौ मल्ल भी एक रोम न उखाड़ पाएँ।'

भीड़ धन्य! धन्य! कहने लगी। उसने कभी ऐसा मल्ल युद्ध नहीं देखा था। कृष्ण के साथी भाई-बन्धु, गोप, गोप टोलियों के सदस्य। लोहित और गाँवों सभी मुखिया हाथ उठाकर धन्य-धन्य कह उठे। करतल ध्वनि से आकाश गूँज गया।

अब एक भी चाल मुष्टिक और चारुण की नहीं चल पा रही है। वे असहाय हो गए हैं। बस लाज बचाने हेतु पराजय स्वीकार नहीं कर रहे हैं। लेकिन अब मृत्यु निकट है। लम्बी-लम्बी आह और कराह निकाल रहे हैं चारुण-मुष्टिक। मिट्टी से सने हैं कृष्ण और बलराम। पूरी देह स्वेद से तर है। चारुण के मुख से रक्त बह रहा है और मुष्टिक की नाक से। कंस व्याकुल हैं। अस्ति और प्राप्ति उनकी रानियाँ संज्ञा शून्य सी बैठी हैं। अब तो यह लग रहा है कि चारुण और मुष्टिक अब मरे कि तब मरे।

और अन्त में यह अन्तिम प्रयास कंस का पूरी तरह असफल हुआ। मुष्टिक और चारुण रक्त से सने मुख के साथ मृत्यु को प्राप्त हो गए।

भीड़ ने कृष्ण और बलराम की जयकार लगाई। देर तक तालियाँ बजती रहीं और शोर उठता रहा।

कंस की आँखें चौड़ी हो गईं। वे पागलों की भाँति बड़बड़ाने लगे—'देखो! भागने न पाए कृष्ण। पकड़ो-पकड़ो उसे! उसके प्राण हर लो! असहाय बना दो उसको! अरे कहाँ हो मगध के सैनिको? कहाँ हो मथुरा के सैनिको? अरे धियानी कहाँ है? मुझे दो तलवारें चाहिए। आज मैं दोनों हाथों से प्रहार करूँगा।'

कंस चाहे जितना चिल्लाएँ लेकिन वे असहाय और निर्बल लग रहे हैं, जैसे कोई व्याधि से ग्रस्त व्यक्ति बोल रहा हो। मानसिक पीड़ा स्पष्ट दिख रही है उनके चेहरे पर।

भीड़ समझ गई कि अब कंस का अन्त आ गया है।

निहत्थे कृष्ण शीघ्रता से कंस के निकट पहुँच गए। कंस ने एक-दो प्रहार तो किए, लेकिन कृष्ण की फुरती के आगे तलवार क्या काम करती! कंस के हाथ से तलवार छूट गई। लग रहा है कि कोई मरा हुआ व्यक्ति लड़ रहा है कृष्ण से।

मुष्टिका प्रहार कृष्ण का। और कंस की एक आह।

कंस मात्र काँप रहे हैं, और एकटक निहार रहे हैं कृष्ण को। और कृष्ण प्रहार करना न चाहते हुए भी प्रहार कर रहे हैं। कृष्ण के चेहरे पर क्रोध नहीं है, दया है, और ऐसी दया कि वे दया कर ही नहीं सकते। प्रहार तो करना ही है भले उनकी चाह नहीं है। भीड़ अब कंस को देखना नहीं चाहती। लेकिन यह भीड़ है किसकी? यह भीड़ कृष्ण की है। कंस के पास इस समय भीड़ नहीं है। कंस की भीड़ खेतों में काम कर रही है, या डरी-सहमी अपनी बखरी में दुबकी है। रंगशाला में तो कृष्ण-कृष्ण ही हो रहा है। कंस ने कभी भीड़ नहीं जुटाई। वे सेना चाहते थे, वे देवों, आर्यों से लड़ना और जीतना चाहते थे। वे कभी धूर्त नहीं रहे, कभी झूठ नहीं बोले। उनकी स्पष्टता ही काम आ गई नारद श्रेष्ठ को। सारी पोल-पट्टी नारद जान जाते थे। कंस को पता ही नहीं लगता कि उनकी नाक के नीचे क्या हो रहा है।

कंस एक सच्चे और निष्ठावान व्यक्ति। जिसने जो कहा वे मान गए।

हताशा और निराश कंस असहाय गिरे पड़े हैं। वे अब उठ नहीं पा रहे हैं। उनकी छाती पर कृष्ण बैठे हैं, लेकिन प्रहार रुका है। दोनों एक-दूसरे को देख रहे हैं। कृष्ण की आँखों में अश्रु हैं। अश्रु की एक धार ढरक गई है गालों पर। कृष्ण कहना चाहते हैं— 'आप जैसा कोई श्रेष्ठ नहीं है मामाश्री! आप हमारे सम्मान हैं। आपके कारण हमारी सुरक्षा थी। हम आपस में लड़ते अवश्य थे परन्तु कोई अन्य राज्य आपके भय से आक्रमण की बात सोच भी नहीं सकता था।' कृष्ण बोले नहीं, बस निहारते रहे कंस को।

'सब गोबर पाथने वाले, दूध दुहने वाले, गाय चराने वाले हैं। राजा की योग्यता अब कहाँ किसमें है मामाश्री। बहुत बड़ी भूल हो गई। अब कुछ नहीं हो सकता क्या? मैंने अपने ही रक्त को मृत्यु के द्वार तक पहुँचा दिया। संसार भले मुझे क्षमा कर दे या मेरे कृत्य को सराहे, लेकिन मैं स्वयं को कभी क्षमा नहीं कर पाऊँगा मामा श्री! कभी नहीं! कभी नहीं! मैं लज्जित होता रहूँगा मामा श्री!' कृष्ण इतना कहकर बिलखने लगे।

कंस के मुँह में शब्द हैं, ध्वनि नहीं है। कंठ अवरुद्ध हो गया है। लेकिन सम्भवत: वे सोच रहे हैं कि 'कृष्ण अब हमारी पीढ़ी भय युक्त हो जाएगी और पराधीन भी। ब्रह्मदेवों का मानसिक अधिकार होगा और देव पूजे जाएँगे। तुम भी नहीं समझ पाओगे कृष्ण देवों की चाल!' कंस ने देखा कि परकोटे पर खड़े कुछ लोग मुस्कुरा रहे हैं, दन्त पंक्तियाँ स्पष्ट दिख रही हैं, ये देव जैसे लग रहे हैं। कंस की दृष्टि घूम गई कृष्ण की ओर। कृष्ण भी किसी देवपुरुष की तरह ही दिखने लगे हैं कंस को, और फिर नयन वहीं ठहर गए।

दस

एक अन्त के बाद का प्रारम्भ नया लगता है

कंस का भय समाप्त हो गया। तो क्या अब कृष्ण का भय अपनी शुरुआत करेगा? वृष्णि प्रसन्न हैं। भोज अपना विलय चाहते हैं। सभी चाहते हैं अपने प्रकार से समाज

का निर्माण, लेकिन वसुदेव, कृष्ण, अक्रूर क्या सामाजिक रूप से मजबूत नहीं होंगे? समाज के विकास की एक दिशा तो चलेगी ही चाहे आर्य की या अनार्य की। इनमें जो बाजी मार ले। जिसके पास जीने का लक्ष्य होगा, जो मिश्रण जानता होगा व्यवहार का, जो मृदु बोलेगा, जो अपनी आलोचना भी हँसकर टाल देगा, वह समाज पर अधिकार करता जाएगा। समाज उसी ओर जाता है जहाँ उसका मन रमता है।

कृष्ण बड़े हो गए। बलराम आयु में भले बड़े हैं, लेकिन बौद्धिक और तार्किक कारणों से कृष्ण परिपक्व लगते हैं। अब कृष्ण का बौद्धिक उपयोग मथुरा करेगी। नई व्यवस्था में नए मार्ग खुलेंगे। प्रकृति के साथ होंगे कृष्ण। प्रकृति समाज की, राजनीति की और अपने वास्तविक रूप में भी नदी, पर्वत, वन, बादल, पानी के साथ कृष्ण होंगे साथ सबके और सभी होंगे उनके। प्रकृति के विकास की एक दिशा है, यह दिशा तो वही तय करती है। इसी को समझ कर कृष्ण समाज की दिशा तय करेंगे, तब होगा विकास समाज का, तब होगा नए समाज का निर्माण। देखिए आगे क्या होता है। भाषण तो कृष्ण ने बहुत दिया है। लेकिन कहने और करने में क्या अन्तर होगा। करना आसान नहीं है, यहाँ क्रिया होती है जो स्पष्ट दिखाई देती है। बोलना तो मुँह से है, बतकही कर दी जो जी में आया। अब अपनी बात पर बने रहिए और करके दिखाइए तो मानूँ कि आप हैं कुछ।

कृष्ण का बार-बार यह कहना कि 'हम नए में प्रवेश कर रहे हैं।' यह नया कितना सार्थक होगा, यह तो समय ही बताएगा कृष्ण को। लेकिन पुराना छोड़ना हानिकारक तो नहीं होगा? हर बात-विषय में पक्ष और विपक्ष का मत सामने आता ही है। लेकिन वही विचार जो निष्पक्ष होता है, दृष्टि व्यापक कर सकता है। कृष्ण कितना व्यर्थ निकालेंगे? हो सकता कोई व्यर्थ काम का हो। और इसका अर्थ यह भी तो नहीं कि अतीत को भुलाया जा सके। हर एक चेतनयुक्त व्यक्ति को वर्तमान की चिन्ता रहती है, वह खोना नहीं चाहेगा अभी-अभी का समय। जनप्रिय, जनकल्याण, जनहित क्या है यह भी कृष्ण को व्यापक रूप से बताना होगा। कृष्ण युद्ध की बात नहीं चाहते। वे स्वास्थ्य, कृषि, पशु, नदी, पर्वत, मार्ग, जलाशय, शिक्षा की चर्चा चाहते हैं। वे औषधि पर बल देते हैं। भेद मिटाने हेतु तत्पर हैं वे। तो क्या अब नया वातावरण बन रहा है? और नहीं तो बनाना होगा एक वातावरण। एक पवन चलेगा, झोंका आएगा और मीठी वायु में बदल जाएगा। व्यक्ति सामाजिक प्राणी है, वह समाज बनाएगा। बनाता रहेगा वह हर पीढ़ी के बाद एक समाज!

कृष्ण को ज्ञात है कि व्यक्ति स्वयं अपना निर्माता है, व्यक्ति ही रचना करता है। यही रचना-कौशल और उसकी भिन्नता महान बनाती है। व्यक्ति के पास विचार हैं, विचारों का संघर्ष है, और यही कारण है कि व्यक्ति ठहरता नहीं, उसकी शक्ति ही महान है। और यह शक्ति प्रकृति से मिलती है। प्रकृति की रक्षा करना ही हमारी महानता का द्योतक है। हम अपने पूर्वजों से अधिक जानते हैं। आने वाली सन्तानें हमसे अधिक जानेंगी-समझेंगी। कृष्ण ने तो बहुत कुछ जान-समझ लिया है, उनकी विज्ञता ही उन्हें विशेष बनाती है।

सब परिवर्तित हो गया। लोगों में पहचान बनाने की होड़ सी मच गई। सभी यही

चाहते हैं कि कृष्ण के मन से हो, जो भी होना हो। और कृष्ण हैं कि कई दिनों तक उदास! राजकार्य के प्रमुख तो हैं नहीं। उग्रसेन जब बुलाते हैं वे चले जाते हैं। सलाह देना और अपने मन की बात मनवा लेना ही कृष्ण का काम रह गया है इस समय।

लेकिन आज कृष्ण उदास। पूरी तरह उदास! भय है कि कहीं देर तक ठहरने वाला अवसाद न घेर ले। लेकिन अवसाद का उपचार जानते हैं कृष्ण।

कृष्ण को ऋतु का आभास नहीं है इस समय। कई बार ऐसा हो चुका था उनके साथ कि पानी बरस रहा है, हवा तेज है, बुलबुलों से आँगन पटा है, बौछारें ठीक से देह को स्पर्श करती, सहलाती चली जाती हैं या ठहरकर बूँद टपका जाती हैं उत्तरीय से, विद्युत की चमक हो या गर्जन, कृष्ण को कहाँ थी सुध! कहाँ था आभास! कृष्ण किसी के प्रेम में खोये रहते थे। उनका खोये रहना भी एक परिभाषा गढ़ देता था प्रेम के लिए। शीत ऋतु भी आई थी कि ठंड से हाड़ काँप जाता था। बिना अलाव चैन न रहता था। दिन धूप में या धूप की आस में कट जाता। और कृष्ण थे कि ठंड का पता ही नहीं चलता। वे किसी नई रचना में लगे रहते। वे नई युक्तियाँ सोचते रहते कि कैसे हो किसानों का भला? कैसे बढ़े उपज और भर जाए कृषक का घर अन्न से? कैसे दूध बढ़े और बच्चे न हों वंचित दूध से? गोबर का उपयोग खेत को उर्वर बनाने में कैसे हो और बैलों में जुताई की शक्ति कैसे आए, यह भी चिन्ता लगी रहती थी कृष्ण को। जब कभी गर्मी पड़ी और वे गर्मी की सुध से हटकर विचारों के क्षेत्र में चले गए तो क्या पता कितना निकला स्वेद। कितना झेला पंखा और कितने पात्र खाली हो गए पानी से, उन्हें पता ही नहीं चला। कृष्ण तो कभी इन्द्र के विषय में तो कभी मथुरा के लिए सोचते रहे। वे वृद्धों-बच्चों के लिए कुछ करने की नई युक्तियों में उलझे रहे। जब भी कृष्ण विचारों में चले जाते तो उन्हें आहट भी नहीं लगती। यहीं खो जाना उन्हें एक मार्ग दिखा जाता। और कृष्ण मुसकरा उठते।

और आज कृष्ण उदास!

सोचते रहे कृष्ण—'क्या बचपन था। कितना मस्त रहता था। न भोजन की सुध न नहाने-धोने की। भूमि में लोट रहे हैं या पेड़ पर चढ़कर वंशी बजा रहे हैं। वाह! क्या दिन थे कि बात-बात में बड़ी बात कर जाते थे। बलराम भैया कितने सुस्त थे! और पेंघा तो रोता रहता था चिढ़ा देने से। मधु गाता तो उत्तम नाचता फिरता। पूतना मर गई तो यश मेरे माथे, भिन्न प्रकार का बना था वातावरण, कोई कुछ भी करता यश मुझे मिलता। कैसे थे नन्द बाबा, क्या था नारद या कंस मामा के मन में, मैं आज भी जान नहीं पाया हूँ। मेरे बचपन के साथी! उनके साथ का खेलना! और हमारी सहेलियाँ! कहाँ गए सब के सब! कैसे बीतेगा जीवन? क्या सुख है जीवन में इनके बिना? रुद्रसेन बहुत याद आओगे। वो कालिय नाग भी क्या था! और वह भी डर गया था मुझसे!....मेरी चभोरनी गाय कैसे सानी-भूसा खाती थी चभर-चभर। और लतमरनी गैया के पास जाने का किसी में साहस नहीं था कि चला जाए बिना पुचकारे, और बिना पहचान वाले तो एकाध लात पा ही जाते थे। यशवन्ती ने तो डर के मारे घर ही आना छोड़ दिया था।...और क्या टोली थी हमारी—माघी, गजाधर, जिवधन, नौमी, गोगी, जगधर। सब हमसे बड़े लेकिन मेरी बात स्वीकारने वाले।...और मेरी मैया मेरे बाबा!

ओह! कहाँ फँस गया सत्ता और राजनीति में? क्या आवश्यकता है इन सब की? अन्न-दूध से जीवन चल ही जाएगा। साथी-संघाती से मन का बल बना रहेगा और अपने बाबा-मैया से मुसकान। तो क्यों चाहिए मुझे मथुरा? बहुत बन्धन है कृष्ण! बहुत! मेरे भीतर का कृष्ण कोई नहीं देखता। सब अपने स्वार्थ में लगे हैं। मेरी चिन्ता किसी को नहीं है यहाँ। मेरी चिन्ता तो यशोदा मैया करती थीं। नन्द बाबा बिना मुझे सुलाए सोते नहीं थे। आठों प्रहर की चिन्ता थी उन्हें। और यहाँ सबका भार मेरे सिर पर!'

कृष्ण की आँखें भर गईं। अश्रुधार से गाल भीग गया। पलकों का नहाना इसी समय होता है। कृष्ण सिसक-सिसक कर रोने लगे। इस समय न जाने क्या-क्या याद आ रहा है उन्हें।

पानी बहुत तेज बरस रहा है। विद्युत की चमक और गर्जन से भय का आभास हो रहा है और कृष्ण सिसक रहे हैं। पानी का बरसना कई बार उनके जीवन में विशेष रहा है। और जन्म के समय की बरसात तो पूरा ब्रज क्षेत्र रेखांकित करता है। मथुरा वासी आज भी उस बरसात को एक कथा की तरह कहते हैं। लेकिन आज बादल बरस रहा है और कृष्ण की आँखें एकटक निहार रहीं बरसते पानी को, लेकिन उनका यह देखना पानी को देखना नहीं है, वे कुछ और देख रहे हैं।

कृष्ण के पास इस समय कोई विचार नहीं है। प्रेम भी नहीं। कोई युक्ति का चिन्तन है न परिभाषा गढ़ने का मंथन। कोई नई रचना नहीं। इन्द्र भी याद नहीं आ रहे इस मूसलाधार में। न कृषक न समाज, वे अपनी संवेदना जी रहे हैं। स्वयं को पाकर रो रहे हैं। अपने बहुत पास हो गए हैं कृष्ण। यह भी एक सुख है। कहाँ कोई स्वयं को पाता है अपना!

...और कृष्ण मुस्कराने लगे।

वातावरण बदल रहा है। सत्ता बदल गई है। बतकही पर वर्तमान का प्रभाव है। मयूरपुर, गोपुरा, माधवपुर, मोराँव, खेतगाँव, खुरपुर, दुधार, माहीगाँव, पीपरहाँ, कोहरावाँ, काठी, गोरसाँई, अमवारी, अरिष्टम ग्राम, गोवर्धन, बरसाना, गोकुल, नन्दगाँव में कृष्ण की चर्चा बहुत है। कंस के गुण-दोषों के साथ कृष्ण के गुणों की ही चर्चा है। प्रजा सदैव भय खाती रही है सत्ता से। पता नहीं कब किस गाँव पर कृष्ण, उग्रसेन, अक्रूर, बलराम की दृष्टि ऋणात्मक हो जाए और गाँव का विश्वास उठ जाए तो पूरा गाँव डोरिया दिया जाएगा।

लोहित, धियानी, मचानी, बूटन, अकलू, सगेदू, काठा बहुत बतियाते हैं। धियानी की आयु भी प्रौढ़ हो गई है। छाँगुर, सनेही तो विदा हो गए संसार से, उनकी आयु के दो-चार ही बचे हैं, जो काँख-कूथ कर जी रहे हैं। धियानी यहाँ भी अपनी पैठ बनाकर एक महत्त्वपूर्ण पद पा गया है। वह लोहित के लिए भी समर्पित है। कंस का भय अब नहीं है। खुलकर बोल-बतिया सकते हैं। आलोचना कर सकते हैं।

'कृष्ण सीखकर बुद्धिमान हो गए हैं। वे गर्ग जी से और सन्दीपनि से पूरी विद्या सीख गए हैं।' धियानी बोले। आज लोहित के द्वार पर बैठकी लगी है।

'कंस तो अपने थे। कृष्ण का क्या भरोसा!' लोहित ने चिन्ता जताई।

'कृष्ण देवताओं की ओर लगते हैं।' सगेदू ने कहा।

'कैसी बात करते हो सगेदू। कृष्ण ने सदैव देवताओं का विरोध किया है।' धियानी कृष्ण के पक्ष में हैं—'भले उनके जन्म के समय देवों ने सहयोग किया हो। लेकिन कृष्ण ने अपना पक्ष सदैव रखा है। वे निष्पक्ष दिखते हैं। उनके कारण ही हम आज ऐसी किसानी कर पा रहे हैं। और देखो मेरी बोली कितनी अच्छी हो गई। ज्ञानदेव से भी अच्छी वाणी है मेरी।'

'धियानी तुम कुछ भी कहो लेकिन कृष्ण अभी अपने नहीं लगते। कंस को हम बहुत अच्छे से जानते हैं। और उन्होंने हमारा कुछ बिगाड़ भी तो नहीं किया।' लोहित ने चर्चा बढ़ा दी—'हाँ उन्होंने कृष्ण के फेर में पड़ कर समाज की चिन्ता छोड़ दी थी। यह तो हम भी मानते हैं कि कृष्ण के कारण ही इन्द्र का भय नहीं रहा। और भाई मेरा तो एक ही काम है—देवों से मुक्ति। आर्यों के बहकावे में नहीं आना है, और सचेत करना है समाज को। आर्य वही बातें करते हैं जिसमें उनका हित हो और उन्हें कुछ करना न पड़े।'

'कृष्ण अच्छे होंगे कंस से। दस गुना अच्छे!' धियानी ने बल दिया—'मैं कृष्ण का प्रधान सेवक हूँ, बहुत कुछ जानता हूँ।'

'हे भाई लोग चुप! अब कृष्ण का अच्छा सुन लें। हाँ धियानी भैया कहो कृष्ण का वो सब जो जानते हो।' काठा ने सबको चुप कराया। लोहित मुँह ताकने लगे। बोलना तो उन्हें ही था।

'कृष्ण के साथ रहकर न कोई क्रोध है न तनाव। जो है वह बिना भय के है। मैं भी अपनी बात धड़ल्ले से कह देता हूँ कृष्ण के मुँह पर। कौन सी विद्या नहीं सीखे हैं कृष्ण। चाहो तो नचा लो, गीत गवा लो, हल जोतने से लेकर तलवार भाँजने तक। मैं तो कृष्णमय हो गया हूँ साथियो!'

'मैं बीच में टोक रहा हूँ।' लोहित बोले—'कृष्ण असुर होते हुए भी असुर राजाओं या अगुआओं मुखियाओं से लड़ क्यों रहे हैं? क्या चाहते हैं कृष्ण?'

'मैं इसका उत्तर भी देता हूँ लेकिन पहले कृष्ण को विस्तार तो दे दूँ। जहाँ भी कृष्ण की चर्चा होती है, सभी उनकी ओर आकर्षित होने लगते हैं।...हाँ तो मैं कह रहा था कि कृष्ण सीखना चाहते हैं, बहुत अधिक सीखना। इसी ज्ञान की शिक्षा-दीक्षा में उन्हें ज्ञात हो गया था कि असुर ही असुरों के शत्रु हैं। और वे असली बात समझ नहीं पा रहे हैं। कंस ने नारद को समझा? नहीं न! कृष्ण चाहते ही नहीं शत्रुता। वे युद्ध या हत्या के विरोधी हैं। लेकिन ऐसा बन जाता कि लड़ना पड़ता है। मथुरा पर कई आक्रमण हो चुके हैं जरासन्ध के। ठीक है कुछ विशेष कारण बन गए थे कि कंस का वध करना पड़ा, लेकिन अब तो सब ठीक है। लेकिन नहीं जरासन्ध प्रतिशोध में हैं, और अपने कृष्ण से, कंस के भांजे से लड़ना चाहते हैं। मार-काट में उन्हें आनन्द है। कृष्ण क्या करें, विवश हैं कृष्ण...और फिर कृष्ण ने परशुराम से मिलकर एक यंत्र भी गढ़ लिया है—सुदर्शन चक्र। यह चक्र कृष्ण ही चलाना जानते हैं। मैंने तो सुना है कि बहुत से चक्र गढ़ लिए गए हैं, और कृष्ण के कक्ष में रखे गए हैं। कौन चक्र

बना रहा है, कहाँ बन रहा है, सब गुप्त है। और सुनो! इस चक्र की कोई काट नहीं है। हाँ एक बात जो बीच में छूट गई कि कृष्ण को लड़वाया गया, विवश किया गया। वैसे वे कलाकार हैं। मुसकराहट में जीना चाहते हैं। गाते-बजाते हैं। लेकिन बल भी है, दाँव भी जानते हैं और रणनीति भी राजनीति भी।'

'हमें पादना न सिखाओ धियानी। जिसे युद्ध से घृणा होगी वह चक्र नहीं गढ़वाएगा। वंशी बजाते और समाज का काम-काज सँभालते तो मानते कि कृष्ण हिंसा नहीं चाहते। बचपन से आज तक लड़ाई-झगड़ा, मार-पीट, युद्ध-हत्या ही तो है उनके भाग में। क्या कोई नया समाज बनाएगा? नए ढंग से खेती-किसानी सीखेगा, सिखाएगा?' लोहित को समाज की चिन्ता है—'देखना तुम सब एक दिन सब खिचड़ी हो जाएगा और हमारी कोई पहचान न होगी। आर्य कितने चतुर हैं, कृष्ण को भी नहीं पता। चाहे जितने हाथ-पैर मार लें वे, आर्य-मोह से हटना सम्भव नहीं है। मैं देख रहा हूँ उदयन बाबा से ज्ञानदेव तक। मेरे पिता छाँगुर को पता था। सनेही काका भी जानते थे। तुम सबको पता ही नहीं चलेगा कि तुम कहाँ फँस रहे हो और क्या हानि हो रही है। एक दिन आर्य-फाँस में बँध जाओगे सब, तब तुम्हें वही बन्धन अच्छा लगेगा। पहले विवश होकर स्वीकारोगे, फिर तो वही तुम्हारा स्वभाव हो जाएगा। दास होकर जीना ही तुम अपना अधिकार समझोगे। और जब एक जाल में आ जाओगे फिर मुक्त होना सम्भव नहीं होगा।'

'अच्छा लोहित अब तुम चुप रहो। मुझे भी कहने दो। तुम्हें पता होगा कि नई पीढ़ी आगे आ गई है। नया विचार, नया चिन्तन कृष्ण के साथ है। और हमें अपने युवाओं को स्वीकारना ही होगा। तुम्हें कृष्ण का अँधेरा पक्ष दिखाई दे रहा है, प्रकाश नहीं। वे बचपन से नया सीखते-करते आए हैं। सन्दीपनि से शिक्षा लेकर आए हैं वे। आचार्य गर्ग ने भी सारा ज्ञान उड़ेल दिया है कृष्ण के लिए। सन्दीपनि का पुत्र खो गया था। हो सकता है वह भाग गया हो या अपहरण कर लिया गया हो। और गुरु को सुख नहीं था, न शान्ति थी न आराम। व्यथित मन से क्या वे शिक्षा देते! और कृष्ण-बलराम ने उनके पुत्र को खोज ही लिया। अवंतिपुर से प्रभास क्षेत्र तक एक-एक गाँव में सूचना पहुँचाई। और वह पुत्र महाशय मिले सागर के किनारे। इस घटना से कृष्ण का मान बढ़ गया है। उनका समर्पण दिखता है। और अब नारद को देखना कैसे अँगुली पर नाचते हैं कृष्ण की। परशुराम, नारद, इन्द्र जितने भी देव हैं, वे घबरा गए हैं कि कहीं उनके रहन-सहन का अन्त न हो जाए।'

'भैया मेरे पिछवाड़े में सुरसुरी हो रही है।' अकलू बोले—'का पता कौन कैसा निकले। कंस ससुर अपनी टाँग में कुल्हाड़ी मारे तो हम का करें। डर तो सबको है। सुरसुरी तो सबके होय रही है। लेकिन का है कि हम बोल दे रहे हैं।'

आधी रात हो गई है लेकिन धियानी अभी भी बात के तेवर में हैं—'डरना नहीं है अब अकलू! अब रहना है आनन्द में। और आर्य जब हमारे हो जाएँगे तो व्यर्थ क्या है? बोलो! सभी हाड़-माँस लेकर जनम लिए हैं और मृत्यु भी होगी इस देह की। तो अधिक झिकझिक क्यों? अभी कृष्ण को उदास देखकर आया हूँ। और उन्होंने उद्धव को वृन्दावन भेज दिया कि जाओ मेरे गाँव की सूचना लेकर आओ कि कैसे हैं सब।

अक्रूर को भेज दिया हस्तिनापुर कि जाओ सूचना लाओ कि कितनी शक्ति है। हम कैसे निबाह करें उनसे। अक्रूर जी से बहुत यात्रा करवाएँगे कृष्ण। मेरे सामने कृष्ण ने कहा कि 'हल चलाते हम हैं, हम किसान हैं तो अन्न का तीसवाँ भाग देवों को क्यों?'

'लेकिन यह भी तो सुना गया कि गाँवों में जो देवपुरुष बस गए हैं, मानसिक शान्ति का उपक्रम कर रहे हैं। वे रंजन भी करते हैं, मन को लुभाते भी हैं अपनी वाणी से अपने लय से तो उस देवपुरुष के भोजन की जिम्मेदारी गाँव पर होगी। क्या करते हैं अपने ज्ञानदेव? लेकिन हैं गाँव में, और बस गए मेहरी बच्चों के साथ तो गाँव को लाज रखनी है। यही लाज और इसी तरह का उपदेश आर्य की मानसिकता को समझने नहीं दे रहा है।' लोहित को भी रात की चिन्ता नहीं है—'अभी मृत्यु की बात हुई कि मृत्यु तो आनी है तो झिकझिक क्यों? तो नारद क्यों अपने चक्कर में हैं, मरना तो उन्हें भी है? हमें कहते हैं क्या करोगे गाय बढ़ाकर, खेत अधिक जोतकर? भोजन जितना चाहिए उतना करो एकत्र। मैं सहमत हूँ ऐसी बात से लेकिन देवपुरुष सहमत हैं? बोलते कुछ हैं और करते कुछ। हमारे ज्ञानदेव बाबा को छोड़ दो। पड़ोस के देवपुरुष परिवार को देख लो कितने खेत बना लिए। कई तो शत-शत गौओं के स्वामी हैं। खुरपुर गया था, वहाँ का देवपुरुष जब आया था तो कुछ नहीं था, दो पीढ़ी बीत गई, यह उसकी तीसरी पीढ़ी है। और सुनो! जितना बड़ा धियानी का घर है, उतना स्थान उसे गोबर को चाहिए। भूसा भी और अन्न भी कई कोठरी! दस हल की खेती है उसके पास।'

'ढेर मत बोलो! व्यर्थ बात! ई कहो कि अब किया क्या जाए?' सगेदू बोले।

'करोगे क्या। नंगे नाचो चाहे पादो। लेकिन भाई धियानी की बात मान लो। राजा के यहाँ जो है, उसका कहा न मानोगे तो उलटे लटका के मार चूतड़ पर लाठी फुला दिए जाओगे।' अकलू की बात से एक ठहाका गूँज गया। और बगल में बँधी गाय ने बाँऽऽ...की ध्वनि फैला दी।

'मैं बस इतना चाहता हूँ कि आप सभी कृष्ण के साथ रहें। अपने सगे-सम्बन्धियों, मित्रों को कृष्ण के अनुकूल बनाइए और आनन्द लीजिए। झूठी सूचना पर विश्वास मत करिए। आप सम्भवत: जानते होंगे कि कृष्ण ने सभी यादवों को एकत्र कर लिया है। कंस के भय से जो पलायन कर गए थे, वे भी साथ हो गए हैं। गाँव-गाँव से भय समाप्त करने का प्रयास हो रहा है, चाहे आर्य-भय हो या देव-भय। कृष्ण भय दूर करने का उपाय खोज रहे है। देवपुरुष हैं तो आपकी कृपा पर, फिर उनसे क्या डरना? कृष्ण राजकाज से दूर सामाजिक कार्यकर्ता बनना चाहते हैं। वे समाज के व्यक्ति हैं सत्ता के नहीं। लेकिन सत्ता की नकेल कसना जानते हैं। कृष्ण मननशील व्यक्ति हैं, उनमें हलकापन नहीं है। कैसा विमर्श करते हैं कृष्ण आप सोच नहीं सकते। जरासन्ध के आक्रमण से एक दिन बलराम से वे कह उठे कि हमें मथुरा छोड़कर कहीं और चलना चाहिए। यह पलायन नहीं है यह बचाव है।'

'का धियानी!' लोहित बीच में बोल पड़े—'राज नहीं चाहिए और रहेंगे महल में। भोजन ऐसा करेंगे जो किसी के लिए दूभर हो। अब वे आक्रमण से पलायन करेंगे तो क्या हमारी रक्षा होगी? मीठा-मीठा चाहिए, सुख-चैन चाहिए, गाना-बजाना चाहिए। और यदि रक्षा करनी हो तो भाग जाएँगे।'

'कृष्ण कितना लड़े हैं समाज के लिए क्या छिपा है?' धियानी का तेवर तीखा है।

'सत्ता प्राप्त होने पर लड़ना और बात है। एक राज्य से दूसरे पर चढ़ाई करना कोई बच्चों का खेल नहीं। यहाँ वंशी की धुन नहीं, पुष्पों की गन्ध नहीं, उत्तरीय का उड़ना नहीं। यहाँ लाठी का लड़ना ही नहीं है। यहाँ गाँव की लड़ाई नहीं है कि लट्‌ठ बजा दिए और जीत गए। एक से एक अस्त्र-शस्त्रों से सजे योद्धा छाती उत्तान किए रहते हैं। हाथी, अश्व, रथ और न जाने क्या-क्या! जरासन्ध सम्राट हैं। वे हलके नहीं हैं। इस समय कोई नहीं है उनके जोड़ का। वे ही एकमात्र आर्यों से लड़ने वाले।' लोहित को चिन्ता तो कुछ और ही है।

रात बीत रही है। भोर कब हो जाएगी यह किसी को चेत नहीं है। लोहित भी ऋतु की अनुभूति से बेसुध है। लेकिन हवा चले चाहे पानी पड़े या आँधी आए, भूख तो लगती ही है। पेट जो न कराए कोई चाहे व्यक्ति हो या पशु। बनवारी रात-दिन श्रम करते हैं तो परिवार का पेट भर पाते हैं। मनसोख का काम देख लो तो चेत ठिकाने आ जाए, बाप रे कितना परिश्रम करते हैं मनसोख! लेकिन यहाँ भूख तो लगी है, दो कौर चाहिए, लेकिन बात-बतकही के आगे वह भी सुध नहीं है।

'अब तो यहाँ हमारे पादने-छींकने पर भी अँगुली उठ रही है।' लोहित मुसकराए।

'का भाई का कहते हो! अरे अँगुली को धई के तोड़ दो और मुष्टिका दिखा के पीठ पर गद्‌द से धर दो कि काँख दें ससुर!' काठा से रहा नहीं गया।

'तुम सब नहीं जानते कि बात कितनी बढ़ गई है। देवपुरुष नई-नई युक्तियाँ निकालने में जुटे हैं, और तुम लोगों को मूर्खता सूझ रही है। वे कह रहे हैं कि छींक आए तो कहीं जाओ मत ठहर जाओ, भले कोई अन्य ही क्यों न छींक दे। अब पादों तो देखकर, जँभाई, डकार भी सँभलकर। पता नहीं क्या मना हो जाए। हमारे जो आवेग हैं उसमें मीन-मेख! शुभ-अशुभ का भेद तय हो रहा है, और सब देवपुरुषों के हिसाब से। भाइयो! हम सभी किसी तगड़े जाल में फँस रहे हैं, जो दिखाई ही नहीं देता।'

'हमें तो भइया भूख लगी है। हम तो शौच हो आए हैं। बीच में उठकर चला गया था, किसी को ध्यान रहे तब न देखे कुछ।' अकलू को भात चाहिए फिर भी—'जो मिल जाए चाहे माटी-पाथर, पचा लेंगे। हम सब निर्धन जो हैं। कोई कृष्ण-कंस की तरह महल में थोड़े न रहते हैं।'

भोर की पहली चिड़िया बोल उठी। माई जाग गई है, वह गाय की बाँय सुन लेती है पहले। खट्‌ट किया नहीं कि पिता भी जाग जाते हैं। स्त्रियाँ शौच जाने की तैयारी में हैं। और इधर बतकही वाले भी जँभाई ले रहे हैं।...काँव-काँव से पूरा गाँव जाग गया है।

हमारे ध्वज पर मछली का चिह्न

सत्ता की क्या आवश्यकता है? क्यों करें हम राजनीति? ये युद्ध, ये शान्ति, ये व्यवस्था की चिन्ता क्यों? कृष्ण क्या कर लेंगे या जरासन्ध क्या करेंगे, यह प्रश्न क्यों? कंस ने कौन सा तीर मार लिया? जो यहाँ आ गया, उसे रहने दो ठीक से इस भू-भाग पर। लेकिन प्रश्न तो है कि क्या वह ठीक से रह रहा है? कहीं वह हानि पहुँचा कर अपना

विस्तार तो नहीं कर रहा? बहुत कुछ भौतिक हो रहा है और होगा भी। वर्तमान जब जन्म लेता है तो उसका एक सौन्दर्य होता है। एक शान्त मन जो सत्य खोजने में व्याकुल है, एक जीवन जहाँ बहुत सम्भावना है। बहुत सक्षम होता है वर्तमान। और अब तो मथुरा में ओज है, ऊर्जा भरी है। चारों ओर चैतन्यता फैली है। कृष्ण की महिमा आलोकित है। कुछ भी पूछो किसी से तो वह एक साँस में कृष्ण का बखान करने लगता है। सभी जी रहे हैं अपना स्वभाव। बहुत पसर गया है प्रेम मथुरा में, जो विस्तारित था पहले गोकुल और वृन्दावन में। वैसे तो प्रेम कामना से नहीं होता, प्रेम की चाह भी प्रेम में रोड़ा है। प्रेम तो स्वभाव है, जिसे दबाना नहीं चाहिए। कोई भी प्रेम का चित्र नहीं बना सकता। कोई अभिव्यक्ति का रूप नहीं धर सकता। क्यों खोजें प्रेम, बस एक बोल बोल दो कि है प्रेम। और हमारे प्रेम में एकता है।

ऋतुओं का अपना स्वभाव है, वे आएँगी-जाएँगी। वर्षा अपना स्वभाव नहीं बदलेगी, वह बरसेगी, बादल लेकर आएगी, अब चाहे रिमझिम हो या मूसलधार या पवन झोंकों के साथ बौछार लिए। और तपना न हो तो गर्मी भी किस काम की? कुछ स्वेद निकले। नमी कुछ कम हो जो दुर्गन्ध दे रही है। लिपा-पुता आँगन आधी घड़ी में सूख जाए। भरपूर स्नान करके तर हो लें मन भर। गर्मी का अपना आस्वाद है, बहुत आनन्द देती है गर्मी। और शीत तो और है। हाड़ काँपता रहे तो अलाव ही सहारा है, और फिर तो गरम-गरम अन्न की फलियाँ खाने और गरम दूध पीने का अपना ही सुख है। एक बड़ा सुख है कि ढेर सारी बतकही हो सकती है, कई विषयों पर विमर्श छिड़ सकता है। फिर तो अलाव का अग्नि खंड राख हो जाए तब भी कुछ पता नहीं चलता कि आग है कि नहीं। राख तापते, विमर्श की गरमाहट में शीत को धकियाते एक बिन्दु पर ठहरते उतराते डूबते रहते हैं—यही है अलाव-सुख।

आज ऋतु बहुत सुखकर है। वैसे सभी ऋतुओं का महत्त्व है। फिर भी मूसलधार बरसता हो बादल तो क्या बिना जोर से बोले कुछ सुना जा सकता है। इतनी ठिठुरन कि बहती नाक न पोंछ पाएँ और मुँह से स्पष्ट शब्द न निकलें तो क्या बतकही कर सकते हैं, सिवाय सी-सी के? और भीषण ताप क्या सुखकर है, विचार हेतु जब बैठे हों साथ में? शीतल पवन की चाह में दिन बीत जाता है। लेकिन आज ऋतु अनुकूल है। शिशिर का अवसान है। वसंत नहीं है लेकिन लगता है कि वह झाँक रहा है किसी वातायन से। ऋतु जब अपनी सामग्री समेटती है, या विस्तारित करने की पहली क्रिया करती है तो उस समय का वातावरण एक भिन्न प्रकार का आस्वाद दे जाता है—अहा यह मधुर मन्दहास!

आज समय व्यर्थ नहीं करेगी ऋतु। आज नहीं होगी विद्युत की लगातार चमक-गर्जन भी नहीं। और कक्ष में कृष्ण-बलराम बैठे हैं। उन्हें देर तक होने वाली बतकही की प्रतीक्षा है।

'आज ऋतु अनुकूल है। मदिरा की आवश्यकता जान पड़ती है भैया!' कृष्ण मुसकराए।

'तुम कैसे हो कृष्ण! अभी दोपहर है तो सन्ध्या के समय की वस्तु क्यों? यह ठीक नहीं। और तुम्हारा या मेरा अभी मदिरापान का स्वभाव भी नहीं बना है, अभ्यास

तो बिल्कुल नहीं है। आज तो गम्भीर रह लो। कई बूढ़े भी आ रहे हैं। मदिरा की गन्ध से वे क्या सोचेंगे?' बलराम के माथे पर रेखाएँ खिंच गईं।

'लीजिए गम्भीर हो गया।' कृष्ण ने मुँह फुला लिया—'मैं तो परिहास कर रहा था।'

'तुम बहुत झेलाते हो कान्हा। गुरुओं के नाक में पानी कर दिया था तुमने, जब वे मोक्ष पढ़ा रहे थे। माथा पक गया था गुरुजी का। और आज मुझे चिढ़ा रहे हो।'

'दाऊ भैया! मैं तो तर्क वाला व्यक्ति हूँ। मोक्ष का अर्थ है मुक्त होना। जीवन से मुक्त तो एक दिन सभी होते हैं।' कृष्ण जैसे कोई शिक्षक हों—'अब इसमें ज्ञान का क्या अर्थ? हम चाहे जैसा कर्म करें, मुक्त तो हो ही जाएँगे जीवन से, चाहे जिस भाँति। तो अर्थ यह हुआ कि सबको मोक्ष प्राप्त होगा। सीधा अर्थ है इसका, बन्धन से मुक्ति। गुरु जी कहते हैं जो धर्म का पालन करता है उसको मोक्ष मिलता, अन्यथा नहीं। ये तो अच्छा है कि हम धर्म आदि का पालन ही न करें तो मरेंगे भी नहीं। वे यह भी कहते हैं कि मरने की कला धर्म से आती है और फिर मोक्ष मिलता है।'

कृष्ण धाराप्रवाह बोले जा रहे थे और बलराम एकटक निहारते कृष्ण को सुन रहे थे—'धर्म का जो अर्थ बताया गुरुजी ने, सब आर्यों, देवों के हित में था। हम सब कार्य करने वाले मूर्ख हैं उनके लिए। धर्म शब्द का प्रयोग देवपुरुष ही कर रहा है भैया। लेकिन मेरे पास भी बुद्धि है, और आपके पास भी। तो बताइए भैया धर्म का अर्थ?' कृष्ण ने दाँत निपोर दिया।

'अब तुम हमारी परीक्षा मत लो! समझे! चलो भाषण शुरू करो।'

'मैं तो बड़बोला हूँ ही।...हाँ भैया धर्म! ऐसे कहेंगे गुरु जी, जैसे कोई भारी वस्तु हो, या गहरा समुद्र, या ऊँची पर्वत श्रृंखला, या कोई ऐसा मार्ग जो कहीं जाता ही न हो। वे कहते हैं बार-बार कि धर्म का उद्देश्य मोक्ष है। मोक्ष तो कोई देख नहीं पाता। उनका कहना है कि जन्म-मृत्यु से छुटकारा ही मोक्ष है। अलौकिक बातें वे करते हैं। यहीं मेरा विरोध है कि कैसे ज्ञात हो गया कि जन्म होगा और वही व्यक्ति जन्म लेगा? एक वृक्ष सूख गया। उसकी शाखाएँ खंड-खंड हो गईं। उसकी लकड़ी उपयोगी हो गई तो वही वृक्ष कैसे उगेगा? हाँ उस वृक्ष का बीज पुन: एक वृक्ष बना देगा। अर्थ स्पष्ट है हमारी सन्तानें तो होंगी ही लेकिन हम नहीं होंगे, हम तो देह से मुक्त हो गए सदैव के लिए मुत्यु के बाद। इतना स्पष्ट होने के बाद यह व्यर्थ का मोक्ष-जाल क्यों? हमारी पीढ़ियाँ रहें, स्वस्थ रहें, प्रसन्न रहें—यही सार्थकता है। शेष बातें व्यर्थ हैं, भला मोक्ष कोई उद्देश्य हुआ? मूर्खतापूर्ण ज्ञान—मोक्ष-ज्ञान। धर्म तो हमारे कार्य में है। सेवक का धर्म, राजा का धर्म, शिल्पी का धर्म। अर्थ स्पष्ट है अपने कार्य, सार्थक कार्य। किसी को हानि न पहुँचाने वाले कार्य करना ही धर्म है। मेरी तो यह समझ है कि प्रकृति की वस्तुओं में हमारा विश्वास ही धर्म है, और उसके अस्तित्व की रक्षा करना हमारा कर्तव्य। धर्म कोई स्तुतिगान नहीं है जो किसी देव के लिए गाया जाए। दान देकर अर्चना करना भी धर्म नहीं है। धर्म तो कार्य करने की क्रिया है, जो किसी व्यक्ति या वस्तु में सदा रहने वाली मूल वृत्ति है, स्वभाव है, मूल गुण है। मैंने तो गुरु जी से कह दिया कि हमें आपके धर्म-ज्ञान से क्या लेना-देना?'

कृष्ण कुछ देर चुप रहे। उन्हें लगा कि कोई आ रहा है। लेकिन आने वाला कोई और नहीं धियानी है। वह यह कहने आया था कि कुछ ही देर में श्रेष्ठ पधारने वाले हैं।

'...और भैया! हमें तो अर्थ स्वीकार करना ही होगा। हमारा स्वीकार करना हमारे होने का अर्थ है। अर्थ का सम्बन्ध थाती से है, मूल्य से भी है। वे कहते हैं कि इच्छाएँ नहीं होनी चाहिए। धन कमाना इच्छा की पूर्ति हेतु नहीं है। तो क्या श्रम का मूल्य यमुना में बहा दें, या किसी बड़े उदर वाले देवपुरुष को दे आएँ? धन तो हमारी पूर्ति के लिए ही है। हाँ हमारी चाह सार्थक हो। गुरुजी अपने ज्ञान में दान पर ही बल देते रहे कई दिन, और दान भी किसे, देवपुरुषों को! मेरा यही तो विरोध था इन्द्र से कि व्यर्थ तुम्हें क्यों हम अपना मूल्य दें? सारा ज्ञान देव-लाभ में है भैया!...और काम तो पूछिए मत! काम को जोड़ दिया सम्भोग से। मैथुन भी एक कर्म है लेकिन वही नहीं है कार्य। हमारा व्यापार आवश्यकताओं की पूर्ति करता है, यह भी काम है। हमारे माता-पिता सदैव चिन्ता में रहते हैं कि कब करेंगे कुछ नया और अच्छा कार्य हमारे कृष्ण-बलराम। वे कल्पना में जीवन व्यतीत कर रहे हैं, यह भी तो एक काम ही हुआ।...और काम तो जरूरी है। बिना वासना के भला जीवन कैसा? काम-वासना तो हमारी प्रसन्नता है। हाँ, किसी से भी काम-इच्छा पूर्ति हेतु बल का प्रयोग न हो। स्वीकार में हमारी प्रसन्नता है। काम मुस्कान है, और यह हमारे जीवन की आवश्यक प्रक्रिया है। पशु भी काम की पीड़ा से अवगत हैं। काम श्रेष्ठ है, स्त्री-पुरुष के प्रेम की पराकाष्ठा है।'

'तुम्हारी तर्क दृष्टि और विमर्श की शक्ति से तो कुछ लोगों के पेट में वायु भर जाती होगी। वायु भी निकलने का मार्ग भी खोजना होता होगा।' बलराम हँसने लगे— 'अच्छा चुप रहो! पद ध्वनि सुनाई दे रही है। आ रहे हैं सब बूढ़े और अनुभवी और हूँ-हाँ करने वाले।'

...और कल विमर्श विषयानुकूल नहीं हो सका। आज तो लगता है सभी तैयार हैं। मस्तिष्क बनाकर आए हैं। सबका पेट साफ है और भरपेट भोजन भी हुआ है। ऋतु-फल और स्वच्छ जल की व्यवस्था हो चुकी है। कृष्ण का कक्ष भर गया है। श्वफल्क, अक्रूर, चित्रक, अक्रूर के दो भाई उपक्षत्र और गन्धभोज दक्षिण की ओर बैठे हैं। कृष्ण, बलराम, उग्रसेन पूर्व की ओर। और श्याम, अष्टक, गण्डूष जो कृष्ण के काका हैं, वे उत्तर की ओर आसन लगा चुके हैं। कृष्ण के सामने लोहित हैं और उनके साथ हैं ज्ञानदेव, ये प्रजा की बात रखेंगे। बात की पहल कौन करेगा, भूमिका कौन बनाएगा, प्रस्तावना कौन बोलेगा, यह बड़ी समस्या है।

कृष्ण ने बलराम को देखा। बलराम सकपका गए कि कहीं मुझे ही पहल करने को न कह दें कृष्ण। उन्होंने दृष्टि घुमा ली कि न देखूँगा कान्हा को न कुछ कह सकेगा वह। कृष्ण समझ गए कि भैया डर रहे हैं कि कहीं मेरे ज्ञान की पोल न खुल जाए। कृष्ण मूर्ख नहीं हैं कि वे भैया को सभा में भाषण-भय से ग्रसित करें।

कृष्ण सबको निहारते रहे। लेकिन कोई पहल करने का संकेत नहीं दे रहा है।

एक मौन, एक विश्वास इस सभा का, एक उत्तर मिलेगा यहाँ। लेकिन कौन है जो आज की बात को परिणाम तक ले जाएगा। सबके माथे पर रेखाएँ। सभी चिन्तायुक्त, एक-एक प्रश्न सबके पास। और लोहित मुस्कराता कि उसे पहली बार इतनी बड़ी सभा में स्थान मिला है। लेकिन वह पहल हेतु आग्रह नहीं कर सकता। इतने बड़े लोगों के सामने वह कैसे मुँह खोले पहली बार? हाँ, आदेश होगा तो वह तैयार रहेगा।

'मैं समझ रहा हूँ कि यहाँ कठिनाई यह है कि प्रारम्भ कहाँ से हो कि बात आगे बढ़े। आप श्रेष्ठों का आदेश हो तो मैं पहल करूँ।' कृष्ण के इतना कहते ही सबके मुख पर मुसकान बिखर गई। बलराम की तो साँस ही अटकी थी। वे तोष की साँस खींचने लगे।

'आपसे अच्छा प्रारम्भ भला कौन कर सकता है। हम सभी तो हुँकारी भर का ज्ञान रखते हैं।' उग्रसेन ने स्वीकृति दे दी।

'मैं सबका अभिनन्दन करता हूँ और लोहित का स्वागत।' कृष्ण ने सभा पर जैसे अधिकार कर लिया—'पहली बात तो यह कि हमें भय मुक्त रहना है, तभी कोई बात समझ में आएगी।'

'तुम तो आर्य-अनार्य की शिक्षा ग्रहण कर चुके हो। तुम यज्ञ भी जानते हो। तुम्हें क्या भय? भय तो हमें है कि जरासन्ध लगातार चढ़ाई कर रहा है।'

'भैया! मुझे बोलने दीजिए। मेरा प्रवाह मत बिगाड़िए। हमने कंस मामा की मृत्यु के बाद नन्द बाबा की जयकार लगाई थी। आज महाराज उग्रसेन की जयकार से प्रारम्भ करते हैं।' कृष्ण आकर्षित करने का प्रयास कर रहे हैं।

'महाराज की जय! महाराज की जय!' से कक्ष गूँज गया।

'मैं कह रहा हूँ कि अब पहचान बदलने का समय आ गया है। मथुरा से अवरोध समाप्त हो चुका है।...मैं विस्तार दे रहा हूँ। वर्षों पहले हम यहाँ के निवासी पूँछ लगाते थे, खाल ओढ़ते थे। आज भी कुछ भाई मेरे पूँछ लगाते हुए मिल जाएँगे। लेकिन पहचान बदली और आज हमारा स्वरूप ऐसा है।' कृष्ण अपनी ओर संकेत कर रहे हैं—'आप को ज्ञात होगा कि हिरण्याक्ष जो पीली आखों वाले थे, जितना क्षेत्र हमें ज्ञात होता है पृथ्वी का, उनकी सत्ता उतनी थी। वे एकमात्र अधिकारी थे। विष्णु ने रूप बदलकर उन्हें मार दिया और उनके राज्य पर गरुण वाली पताका फहरा दी। हिरण्यकश्यप ने विरोध किया, और वह भी छल से मारा गया। सब विष्णु के मस्तिष्क का खेल था। ध्वज का महत्त्व है। गरुणध्वज जो आर्यों का प्रतीक था, उसका आर्यों ने बहुत मान बढ़ाया। गरुण कौन? यह अनार्य जाति का व्यक्ति था। उस समय के गरुण श्रेष्ठ ने लोभ में आकर विष्णु की सेवा स्वीकारी और वाहन चालक हो गया। अश्व हों या वृषभ या महिष, गरुण निपुण था हाँकने में। आर्न्तेय नाम था उसका—आर्ता का पुत्र। इस समय जो गरुण श्रेष्ठ है उससे मेरी बात हुई है। मैंने कहा कि अब विष्णु की सत्ता नहीं रही। तुम अब मेरे साथ आ जाओ। ध्वज लेकर चलो मेरा। यह ध्वज हमारा है—लाल रंग का और बीच में श्वेत मछली।'

'मछली और लाल रंग के ध्वज का क्या अर्थ?' अक्रूर ने पूछा।

'बहुत सरल अर्थ है अक्रूर जी! मत्स्य से ही हमारी उत्पत्ति है। हम सभी जल से हैं और मछली जल में रहती है—श्वेत मत्स्य! मछली शुद्ध है, वह जलाशय को

शुद्ध रखती है। हम अपनी संस्कृति को दूषित नहीं होने देंगे। मत्स्य होना हमारा होना है। और यह लाल रंग तो हमारी शक्ति है, यह विजयी होने का प्रतीक है। लाल रंग दूर से दिखाई देता है। लाल रंग की पताका लहरा दूँ तो आपका मन भी ध्वज को नमन करने का होगा, प्रयोग करके देख लीजिए मुँह से निकल जाएगा—ध्वज को नमन! स्वीकार हो यह पताका तो बताएँ।'

'भला आपका सुझाव किसे अमान्य होगा!' उग्रसेन ने हाथ उठाकर स्वीकार किया।

'लो! सात्यकि, उद्धव भी आ गए। उन्हें आदर सहित ले आओ धियानी।' अक्रूर ने आदेश दिया। सात्यकि, उद्धव के लिए स्थान रिक्त हो गया।

'तो ध्वज पर सबकी सहमति हो गई?' कृष्ण ने पूछा।

'इसमें पूछने की क्या बात है कान्हा! मौन तो स्वीकार ही होता है।' बलराम को लगा वे कुछ समझदार हो गए हैं।

'मैंने गरुण श्रेष्ठ से पूरी बात कर ली है। वे तैयार हैं और अब वे मात्र हमारे हित में कार्य करेंगे। मैंने कहा भी कि आज से तुम्हारा विष्णु मैं हूँ। आर्यों को लगेगा कि गरुण आर्य हित में कार्य कर रहे हैं लेकिन वे होंगे हमारे निर्देशन में। हाँ आवश्यक यह भी है कि हम आर्य-अनार्य क्यों करें! आर्य या देवपुरुष भी तो अपने हैं। जो यहाँ इस भू-भाग पर है वह हमारा है। हमारा विरोध व्यवस्था से है, व्यर्थ चिन्तन से है, जहाँ कुछ प्राप्त न हो वह क्रिया क्यों? ज्ञानदेव बैठे हैं। इन्हें मयूरपुर में कोई कष्ट नहीं हैं। मैंने तो यह भी सुना है कि नकली विष्णु घूम रहे हैं, शंख लिए और वैसा ही वस्त्र पहने। मुझसे कोई अच्छा फूँक सकता है शंख? देवपुरुष विष्णु की नकल बहुत करते हैं। ज्ञानदेव को चाहिए कि सच का उद्‌घाटन करें। उदर बढ़ाने से इस भू-भाग को कोई लाभ नहीं होने वाला। एक सामाजिक व्यवस्था बने जहाँ भेद मिट जाए।'

'मैं बूढ़ा हो गया कृष्ण, लेकिन मेरी इच्छा है कि तुम्हारी व्यवस्था देखने तक जीवित रहूँ।' श्वफल्क ने विश्वास बढ़ाया।

'आप बूढ़े नहीं हैं, आप विचारों से युवा हैं श्रेष्ठ!' कृष्ण बोले।

'कार्य तो हम करेंगे। आप हमें मार्ग दिखाएँगे। यह तो कर ही सकते हैं।' बलराम ने कहा तो श्वफल्क की झुर्रियों में स्पन्दन हो गया—'और ये कृष्ण सब कर लेगा। आप मात्र स्नेही दृष्टि से देखते रहिए।'

'आज से हम कृष्ण को विष्णु घोषित करते हैं। हमारे विष्णु! घर-घर के कान्हा—विष्णु! क्यों महामंत्री अक्रूर जी स्वीकार है?' उग्रसेन ने घोषणा की।

'मुझे क्या, सबको स्वीकार है। लेकिन महाराज मैं कृष्ण का ऋणी हूँ। उन्हीं के प्रस्ताव और कृपा से मैं संघ का महामंत्री बना हूँ।' अक्रूर जी अभिवादन हेतु उठे ही थे कि कृष्ण ने रोक दिया।

'यह तो आपकी श्रेष्ठता है अक्रूर जी। आप इस महामंत्री के पद से भी बड़े पद के अधिकारी हैं। आप हमारे काका भी हैं। यह कोई कृपा नहीं है, और स्वयं को ऋणी न समझें। मैंने कोई उपकार नहीं किया है।'

'आदर के योग्य कृष्ण जी हमारे विष्णु होंगे, हमें स्वीकार है। मुझे विश्वास है

कि मेरी हाँ को खेतिहर लोग स्वीकार करेंगे।' लोहित के स्वर में भय है कि इतने श्रेष्ठों के बीच उसका बोलना कहीं अरुचिकर न लगे—'क्षमा करें श्रेष्ठ मैं बीच में बोल गया।'

'आप अपनी बात पूरी करें लोहित भाई!' कृष्ण ने लोहित का भय दूर कर दिया। लोहित की देह भाषा हीनता का प्रदर्शन कर रही थी। कृष्ण के स्वीकार से उसमें ऊर्जा तो आई ही, जो कहना था वह भी स्पष्ट होने का संकेत दिखने लगा।

'श्रीमन्! विष्णु आप हों, यह ठीक है। लेकिन हमारे विष्णु अन्धविश्वास के नहीं, आडम्बर के नहीं, अनुचित चिन्तन के नहीं। आप विष्णु होंगे हम किसानों के। और श्रीमन्! किसान भी तो विष्णु है, वह अन्न से पेट पालता है, शिल्पी भी किसान के उपजाए गए अन्न से पेट भरते हैं। आपको किसान नेता के रूप में हम स्वीकार भी चुके हैं। आपने ही एक सार्वजनिक भाषण में कहा था, 'जो पालन करता है वही विष्णु है।' तो ये देवपुरुष विष्णु का रूप क्यों धरते हैं?'

'लोहित मैं आपको जानता हूँ। आपके पिता छाँगुर भी जूझने वाले तर्क-शक्ति के धनी व्यक्ति थे। आप थोड़ा तोष रखें। ये देवपुरुष ही हमारा प्रचार करेंगे, इनमें बात को विस्तारित करने की अद्भुत क्षमता है। हमारी नीतियाँ, हमारी संस्कृति ये गाएँगे। हमारी योजनाएँ समझाएँगे, समाज निर्माण में सहयोग देंगे। और ये भी व्यक्ति हैं, बुद्धिज हैं। ये क्यों नहीं अपना सकते मुझे? इन्हें यहाँ रहना है तो मछली वाली पताका के नीचे ही रहना होगा।' कृष्ण ने प्रयास किया।

'ये बुद्धिज क्या है श्रेष्ठ?' लोहित ने पूछा।

'बुद्धि ने ही हमें पशु से अलग किया है। वैसे हम पशु ही हैं। हमारी विकसित होती बुद्धि ही हमें श्रेष्ठ बनाती है। स्पष्ट है कि हम बुद्धि से जन्मे हैं तो बुद्धिज हुए। हमें अपनी बुधिता की रक्षा करनी होगी। बुद्धि का विकास निरन्तर हो, यह प्रयास करना होगा।'

'अभी आपने देवपुरुष वर्ग पर विश्वास जताया है। मैं विश्वास नहीं करता। आज आपके प्रभाव में भले ही आपके अनुकूल हों लेकिन कल का क्या विश्वास? कल यही देवपुरुष अपना हित मिलाने लगेंगे, और तब धीरे-धीरे सब इनका, चाहे संस्कृति हो, परम्परा हो या सामाजिक विचार।' लोहित की बुद्धि पर सबको आश्चर्य हुआ। कृष्ण भी सोचने लगे कि जो जागरूक प्रजा है क्या सोचती है! लोहित को साथ रखना चाहिए, इसकी पकड़ प्रजा में है। इसे तर्क का वातावरण मिला है। हमारे साथ रहेगा तो और निखर जाएगा।

सन्ध्या होने वाली है। सूर्य मद्धिम हो चुका है। विमर्श अभी बहुत है। जीवन को आगे ले जाना है तो विमर्श आवश्यक है। खाँची भर फल कैसे कोई वृक्ष दे इसका उपाय करेंगे। और अब साँझ में देर नहीं है। सबको जलपान की आवश्यकता हो रही है। धियानी ने फल मँगवा लिये हैं। कुछ सुगन्ध भी फैल रही है, कोई विशेष व्यंजन बना है।

कृष्ण सोचने लगे—'बलराम भैया का पूरा प्रभाव नागों पर है। मरुत भी अपने अधिकार में हैं। कई यादव नेताओं ने देवों को अपने वश में कर रखा है, चाहे दूध-दही खिला कर, चाहे घी परोस कर या गाय बिना मूल्य देकर। देव यादवों के प्रभाव

में हैं, और यह अच्छा भी है...और नारायण तो मुझे लोग कहेंगे ही—नरों में श्रेष्ठ। एक विष्णु जो समाज का हित चाहता है। ऐसा विष्णु जो देवों का विरोधी है। ऐसा विष्णु जो किसान है। सबका विष्णु! नारायण! कभी अवसर मिला तो मैं अपनी सेना का नाम नारायणी-सेना रखूँगा! हाँ एक अच्छी सामाजिक, राजनैतिक, व्यावहारिक व्यवस्था दूँगा लेकिन अवसर मिले तब! अभी तो मेरी ओर सभी दिशाएँ हैं ही।...और ये लोहित कितना सच कह रहा था कि 'क्या विश्वास इन देवपुरुषों का। ये व्यवस्था ही व्यर्थ है, लेकिन प्रयास तो करूँगा ही कि आर्य-अनार्य एक हों। कोई कटुता न रहे। यहाँ की संस्कृति बची रहे। युद्ध न हों। लेकिन किसी को कोई कितना समझाए। सभी अपनी बुद्धि में श्रेष्ठ बनते हैं। जरासन्ध, शिशुपाल, वाण, भौम को कोई मना सकता है? कई कृष्ण भी इनके मस्तिष्क के घूर को साफ नहीं कर सकते। मेरे कई मामा—राष्ट्रपाल, सुनाम, शंकु आदि तो मेरे पक्ष में हो गए हैं। संघ के प्रमुख पदों पर ठीक भी लग रहे हैं। लेकिन उन असुर श्रेष्ठों का क्या करूँ जो उदारवादी नहीं हैं? जरासन्ध ठीक कर रहे हैं लेकिन अपनों से क्यों लड़ना? सीधे देवों से युद्ध करें, देवपुरुष को किसान बनाएँ, श्रम करने हेतु विवश करें तो बनेगी बात। मात्र अस्त्र-शस्त्र के प्रयोग से किसी कार्य का हल होने वाला नहीं है। मथुरा यदि जरासन्ध को मिल भी जाए तो क्या हो जाएगा नया? उनका कोई अधिकारी आएगा, लट्ठ भाँजेगा और मदिरा पीकर मस्त रहेगा किसी स्त्री के संग।'

कृष्ण ने देखा कि सभी व्यंजन के स्वाद का आनन्द ले रहे हैं। बलराम ने कई बार कहा भी—'कृष्ण कुछ ग्रहण कर लो।' लेकिन कृष्ण को कहाँ चेत। वे किस संसार में घूम रहे हैं, ये तो वे ही जानें।

दूसरा दिन विश्राम का
कि हो मन चैतन्य
जब हो तीसरे दिन का विमर्श

मन में मैल नहीं है। थका नहीं है कोई। कहना इतना है कि पूरी आयु बीत जाए और बात समाप्त ही न हो। विषय पर विषय, सन्देह पर सन्देह, तर्क और प्रमाण इतने कि कहीं उलझकर विक्षिप्त न हो जाएँ।

...और चल रहा है पवन अपनी गति बढ़ाकर। फागुन का पूरा संकेत है कि आ गया हूँ करो स्वागत कुछ पुष्प, कुछ पत्तों से। सूर्य भी धीरे-धीरे बढ़ रहा आगे कि अब होगी गर्मी। भूल जाइए शीत। लेकिन हवा है कि सिहरन बढ़ा रही है। सेमल के फूल पूरी तरह खिल गए हैं, शीघ्र ही टूट कर बिखर जाएँगे धरती पर। नीम की पत्तियाँ भी पीली हो गई हैं, उनका तो क्षणभर का जीवन। वे स्वागत को तैयार हैं कि नए पत्ते आएँ। ऐसी ऋतु का स्वागत होना ही चाहिए गीत-संगीत से, कुछ मस्ती से, और कुछ... हाँ प्रेम के उछाह से।

कृष्ण अकेले बैठे हैं। सूचना आई है कि अक्रूर और बलराम आ रहे हैं। उद्धव, सात्यकी, श्याम, ज्ञानदेव और सुनन्द के आने की सूचना भी है, लेकिन देर हो सकती है।

...तो कृष्ण अकेले हैं। प्रतीक्षा में हैं। वे चाहते हैं कि आज भी लोहित रहे लेकिन धियानी ने सूचना दी है कि लोहित आज किसी आवश्यक कार्य के कारण बैठक में अनुपस्थित रहेंगे। हो सकता है उन्हें ऋतु-ज्वर हो गया हो। शीत-गर्मी का वातावरण बना है, ज्वर चढ़ सकता है, नाक बह सकती है, गले में चुभन हो सकती और माथा भारी भी। अब क्या सोचेंगे कृष्ण! लोहित ही था कि उससे खुलकर विमर्श कर सकते थे। शेष तो वही हैं हूँ-हाँ करने वाले। सुनी-सुनाई बातों को दोहराने वाले। गड़े शव उखाड़ने वाले। यहाँ चिन्तन और नए मार्ग सुझाने की बात है। मथुरा में रहें या पलायन कर जाएँ, कहीं बसा लें अपना गाँव—बात तो अब यही होनी है।

कृष्ण अकेले हैं तो सोचेंगे, कुछ पूरेंगे-गाथेंगे। रोना-हँसना किसी प्रश्न का उत्तर नहीं है। भावुकता का कोई अर्थ नहीं होता, जब किसी कार्य को विस्तार दिया जा रहा हो। प्रजा भी जान चुकी है कि उसके सामने एक बड़ा जाल बिछ चुका है, फिर भी वह उसी जाल की ओर बढ़ रही है। कृष्ण की चिन्ता है कि ऐसा क्यों है? कृष्ण कई दिनों से नारद की बाट जोह रहे हैं, हो सकता है वे आज धमक पड़ें।...और नारद श्रेष्ठ भी पता नहीं किस मिट्टी के बने हैं, उनको समझना कठिन है। और वे कहीं ठहरते भी तो नहीं।

कृष्ण देर तक अपना इतिहास सोचते रहे, उनका माथा भारी हो गया। नयन एकटक निहारते रहे शून्य में, सम्भवत: वे यही सोच रहे हैं कि—'मैंने भी तो मामा कंस का वध किया है। मथुरा कितनी सुरक्षित थी। कंस मामा के भय से देव हों या कोई अन्य, सीमा पर पाँव रखने का भी साहस नहीं कर सकता था। गाएँ कोई चुरा नहीं सकता था, न फसलें रौंद सकता था। सब व्यर्थ हो गया! दोषी तो मैं ही हूँ, मुझे कोई उपाय सोचना-समझना चाहिए था। जो सोचते-समझते नहीं हैं, वे व्यर्थ जीवन जीते हैं। मैं भी यहाँ व्यर्थ हुआ हूँ।

'...और विष्णु अब मैं हूँ, मेरे किसान साथी हैं, मेरे शिल्पी हैं, जो कार्य को एक रूप देते हैं वे विष्णु हैं। इन्हीं के बल पर तो हमारी चर्या टिकी है, इन्हीं से जीवन है और विकास भी।' कृष्ण मुसकराए, बार-बार विष्णु-विष्णु की रट लगा रहे हैं, स्वयं से खूब बतिया रहे हैं—'मैं विष्णु! मेरे साथ जो भी रहेगा आनन्द मनाएगा, सुरक्षित रहेगा। मैं लोगों का रक्षक-संरक्षक, दुखों से मुक्त करने वाला, उपयुक्त आवास की व्यवस्था करने वाला। आओ मेरे साथ! सभी आओ! भला मुझसे अधिक कल्पना कौन कर सकता है? यथार्थ जीता हूँ मैं और समझता भी हूँ। यह मेरा गर्व नहीं है, विश्वास है विश्वास! स्वयं पर विश्वास! मैं वास्तविक हूँ, आकृष्ट करने वाला हूँ, केश लम्बे हैं मेरे। सम्मानित हूँ नागवंशो में भी। आने दो बलराम, अक्रूर सात्यकी, सुनन्द, उद्धव, श्याम को, उन जैसे श्रेष्ठों से बल देकर कहूँगा कि मैं हूँ कृष्ण! और यह रही मेरी योग्यता विष्णु होने की!'

'बड़े ध्यान में हो क्या कृष्ण?' बलराम आते ही बोले। कृष्ण जैसे जाग गए हों। चौंके, अभिवादन किया और खड़े हो गए। अक्रूर और कृष्ण ने आसन ग्रहण कर लिया।

'भैया मैं विष्णु हूँ!' कृष्ण ने गर्व से कहा। और जितना विचार किया था विष्णु के विषय में, सब उगल दिया।

'आपको तो हम विष्णु स्वीकार कर चुके हैं, गरुण आपका वाहन चालक है

और वह यात्रा की व्यवस्था कर ही रहा है तो भय क्या ? देव अब भाग खड़े होंगे।' बलराम का उत्साह देखते ही बनता है—'लेकिन अक्रूर से हम हस्तिनापुर को, थोड़ा सुन लो।'

'जी कहें सब कुशल तो है न ?' कृष्ण ने पूछा।

'क्या ठीक कहें मान्यवर! ऐसा राजपरिवार नहीं देखा कभी। सब ईर्ष्या, प्रतिज्ञा, संकल्प और डाह में जी रहे हैं।' अक्रूर का मुख उदास है—'वहाँ भाई ही भाई के पीछे पड़ा है, चचेरे भाई पचते नहीं है। कब कोई हानि हो जाए इसी ताक में हैं वहाँ के राजा धृतराष्ट्र के पुत्र। धृतराष्ट्र के पास कोई उपाय अब नहीं है। मोह और सुख के बीच कैसा स्वप्न देखते हैं, वे तो वही जानें। मैं सबसे एकान्त में मिला हूँ। वार्ता की है। सुयोधन, सुशासन, अश्वत्थामा...सब भिन्न प्रकार के प्राणी लगते हैं। मुझे तो सब समझदार होते हुए मूर्ख लगते हैं। वैसे यह संसार क्या है ? कुछ दिन का चन्द्र प्रकाश! कर्म का अभिनय जैसे हम कर रहे हों। और कोई त्रुटि हो गई तो ? क्या हम भुगतान नहीं करेंगे ? कर्म की गठरी तो अपने ही माथे रहेगी--अच्छी या बुरी गठरी!'

अक्रूर ने लम्बी साँस ली, थोड़ा ठहर गए। अनुचर जल-पात्र थमा गया। उन्होंने गला तर किया फिर बोले—'पक्षपात यदि समाप्त हो जाए तो शान्ति स्थापित होने में देर कहाँ। और वे परिवार सबसे सुखी हैं, जहाँ ईर्ष्या नहीं है। कृष्ण जी! मैंने देखा कि धृतराष्ट्र स्वीकारते हैं कि उनका मन दूषित हो गया है। और यह भी कहते हैं कि 'श्रीकृष्ण जी का हम सभी अभिनन्दन करते हैं। उन्होंने विषम परिस्थितियों में भी समय को अनुकूल बनाया है। और प्रत्येक स्थान पर विजय पाई है। कृष्ण की इच्छा होगी तो हम सभी उनके ध्वज के नीचे समर्पित होने को तैयार हैं।' उन्हें विश्वास है कि आप में विशेष गुण है, अलौकिक शक्ति है, आपके पास दृष्टि है। धृतराष्ट्र ने अपना अभिवादन भेजा है। स्वीकारें!'

एक भिन्न प्रकार का वातावरण बन गया। लगा कि वसन्त आ गया, पुष्प खिल गए, प्रसन्नता की सीमा नहीं रही। गर्व ही गर्व, स्फुटन ही स्फुटन। और इसी के मध्य प्रतीक्षा थी जो आने वाले श्रेष्ठ थे।

दोपहर ढल चुकी है। सूचना हुई कि नारद जी आ रहे हैं। क्यों आ रहे हैं ? अब क्या बिगाड़ेंगे ? कृष्ण ने कहा—'आदर सहित ले आओ!'

'प्रभु अभिवादन स्वीकार हो नारद का!'

'सब कुशल तो है नारद जी ?'

'जी एक विशेष सूचना है, इसी कारण आपको कष्ट देने चला आया।'

'शीघ्र कहिए! हम एक विशेष बैठक में हैं।'

'प्रभु आपके आदेशानुसार मैं आपके हित में कार्य कर रहा हूँ। समुचित सूचनाएँ विस्तारित करता रहता हूँ।' नारद बोले जा रहे हैं—'प्रभु कथा का बड़ा महत्त्व है। मैंने तो बहुत-सी कथाएँ सुनी हैं, प्रचलित कथाएँ तो बहुत सुनी जाती हैं। कथा में बहुत बल है प्रभु! मैं शपथ लेता हूँ कि आपके लिए नई-नई कथाएँ रचूँगा, और अन्य को

प्रेरित भी करूँगा रचने हेतु। आपकी कथा घर-घर तक पहुँचाऊँगा प्रभु। मुझे विश्वास है कि कथा का प्रभाव आपको पूर्ण रूप से समाज में स्थापित कर देगा। अब मेरा एक ही उद्देश्य है कि मैं आपके लिए कार्य करूँ। दूसरी बात—जरासन्ध आक्रमण की तैयारी पुन कर रहा है। सुना है कि हंस और डिम्भक इस बार युद्ध में भाग लेंगे। उनका अंत आवश्यक है प्रभु। हाँ, एक और आवश्यक बात कि कई देव आपके पक्ष में हैं। इन्द्र से उनका भी विरोध है। जो विरोधी है वह आपका हुआ जानिए। देव अब कोई युद्ध नहीं चाहते। वे जानते हैं कि यदि युद्ध आपसे हो गया तो सदैव के लिए देव-शब्द समाप्त हो जाएगा।'

कृष्ण मुसकराते रहे-सुनते रहे, उन्होंने मन-ही-मन कहा, 'मेरे लिये काम नहीं करोगे तो अब जाओगे कहाँ नारद?'

और नारद ने जाने की आज्ञा ले ली।

अक्रूर, बलराम ने नारद को सन्देह से देखा। नारद आए और झटपट अपनी बात कह कर चले गए। मुँह ताकते रह गए बैठक में बैठे सात्यकी, उद्धव, ज्ञानदेव, श्याम। नारद की चतुराई कृष्ण के अतिरिक्त समझ ही कौन सकता है!

'नारद से सावधान रहना कृष्ण।' बलराम ने सचेत किया।

'हाँ भाई, कब कौन लकड़ी कहाँ ठूँस दे क्या पता!' सुनन्द बोले।

'वे कुछ नहीं कर सकते।' कृष्ण ने आश्वस्त किया—'नारद पूरी तरह से भयभीत हैं। डरे हुए व्यक्ति का जीवन बड़ा कष्टकारी होता है। जीने के लिए स्वस्थ मस्तिष्क की बड़ी आवश्यकता है भ्राताश्री।' कृष्ण पूरी तरह से चेतना में हैं। कभी बलराम को देखकर संकेत करते, कभी अक्रूर की ओर तर्जनी उठाते। ज्ञानदेव देवपुरुष हैं लेकिन यहाँ उनका कृष्णमय होना आवश्यक है। अभी कृष्ण और बहुत कुछ कहेंगे और सभी चुप होकर सुनेंगे—'कंस मामा का समय अब बीत गया कि कोई देव-प्रतिनिधि आकर मूर्ख बना जाता था। मैं ऐसे मूर्खों को ठीक से पहचानता हूँ। अब तो जिसे इस भू-भाग पर रहना है उसे कृष्ण-कृष्ण कहना ही होगा।'

'कहीं यह तुम्हारा गर्व तो नहीं?' बलराम ने पूछा।

'नहीं श्रेष्ठ! यह मेरा विश्वास है। आपको आश्चर्य होगा कि परशुराम भी मुझे अस्वीकार नहीं कर सकते। वे मेरे सामने अब साहस नहीं कर सकते। उनका परशु कब का थक चुका है। उनकी वेदी पर जो बैठेगा वह परशुराम तो होगा, वह आश्रम चलाएगा लेकिन युद्ध नहीं करेगा। परशुराम आर्यों का पक्ष लेते हैं, लेकिन क्षत्रिय को फूटी आँख भी नहीं देखना चाहते। और हम सभी सामान्य जन के पक्षधर हैं।'

'साधारण-जन का अर्थ यह न हो कि विशेष लोग छूट जाएँ।' सुनन्द जैसे याद दिला रहे हो।

'हम सब भी इस भू-भाग के व्यक्ति हैं।' श्याम बोले।

'हमारी कोई विशेषज्ञता नहीं। तो फिर विशेष का अर्थ क्या?' ज्ञानदेव ने उचित कहा लेकिन कृष्ण सहमत नहीं हैं।

'जो हमारे कर्मी हैं, वे ही प्रगति के हाथ हैं।' कृष्ण शीघ्र विषय भी बदलना

चाहते हैं—'मैं बार-बार कह चुका हूँ कि मैं लोक में विश्वास करता हूँ, देवों में नहीं। ये ज्ञानदेव भी हमारे साथ हैं, ये हमारी बातें विस्तारित करेंगे। कथा कहेंगे—हमारी कथा!'

'बात भटक रही है कृष्ण।' बलराम विषय से हटना नहीं चाहते।

धियानी ने सूक्ष्म जलपान भिजवा दिया है। यह थोड़ा विश्राम और ठहरने का अवसर है। यहाँ ऊब भी नहीं होनी चाहिए। स्वादिष्ट व्यंजन की सुगन्ध फैल रही है। मन-मस्तिष्क सुस्ता रहा है। और कृष्ण हैं कि अपनी वार्ता के ध्यान में हैं।

'मैं चाहूँ तो इन्द्र से नाता जोड़ सकता हूँ—मित्रवत्। कहीं-न-कहीं जीव होने के कारण हम सब एक ही तो हैं। और मुझे ऐरावत भी पसन्द है। मैं यह इस कारण से कह रहा हूँ कि परशुराम अपने हो गए, तो भय फिर किसका? कौन हमसे शत्रुता मोल लेगा? वे मुझे सुदर्शन-चक्र के निर्माण की प्रक्रिया भी बता-सिखा गए हैं। बलराम भैया साक्षी हैं, तब से अब तक सौ युवा चक्र चलाना सीख गए हैं। इस विशेष अस्त्र का प्रयोग हम शान्ति हेतु ही करेंगे और वह भी बहुत आवश्यक होने पर। वैसे जीवन में अस्त्र-शस्त्र की आवश्यकता नहीं। हाँ, यह पशु से रक्षा हेतु प्रयोग में आ सकता है, बहुत आवश्यक होने पर। तो परशुराम जी ने मेरी प्रत्येक बात स्वीकार करके उदर पर हाथ फेरते हुए शीत मस्तिष्क अपने आश्रम में ठहर गए हैं। आप विश्वास करें मैं बचपन जी रहा था लेकिन परशुराम से वार्ता के बाद मैं गम्भीर हो गया। मुझे लगा कि मैं वास्तव में युवा हो गया हूँ। अब मैं गाँव में छोटी-छोटी सभाएँ करने लगा हूँ। मेरा उद्देश्य शान्ति और विकास है।'

'अभी तो नारद युद्ध के लिए सचेत कर गए हैं। जरासन्ध जब तक मरेगा नहीं, मानेगा नहीं। और आप शान्ति की बात कर रहे हैं।' अक्रूर व्याकुल हैं कि कोई निर्णय हो।

'और बिना शान्ति के विकास भी तो नहीं है।' उद्धव बोले।

'विकास के लिए क्या करें? जरासन्ध के कारागार में बन्द हो जाएँ?' बलराम को क्रोध आ रहा है। वे चुनौती मिलते ही तिलमिला जाते हैं।

'मैं अनावश्यक युद्ध नहीं चाहता। मैं क्रोध में नहीं, मुस्कराने में विश्वास करता हूँ। लेकिन जरासन्ध को उत्तर तो देना ही है। दो बातें अभी समझ में आ रही हैं कि चलो पराजय स्वीकार कर लेते हैं लेकिन मथुरा मेरी ही रहेगी। हम मथुरावासी मगध की ओर दृष्टि नहीं देंगे और जरासन्ध मथुरा की ओर नहीं देखेंगे। और इससे यदि शान्ति स्थापित हो जाए, युद्ध टल जाए तो क्या ठीक नहीं?'

'जरासन्ध को यह स्वीकार हो ही नहीं सकता। वह तो हमें खदेड़ने में लगे हुए हैं।' उद्धव स्थिति को पहचानते हैं।

'और दूसरी बात—कि हम क्यों न मथुरा छोड़ ही दें। कहीं और अपने लिए नगर बसा लें।'

'तो हम अब भागेंगे? हम भीरु की संज्ञा से सम्बोधित होंगे। हमारी भीरुता पर प्रजा हँसेगी और हम दाँत निपोरे लज्जा छोड़ उसके सामने खड़े रहेंगे।' बलराम खड़े हो गए।

'ठीक है, कहें हमें रणछोड़! लेकिन कितने प्राण बचेंगे, इसकी कल्पना है?'

'इस पर हम बाद में विचार कर सकते हैं। अभी तो सिर पर हंस और डिम्भक मँडरा रहे हैं। इस पर विचार करें आप सब।' सात्यकि का बोलना उचित ही है कि अभी व्यर्थ में कल की बात हो रही है। आज क्या आवश्यक है, क्या भय है, क्या आशंका है इस पर विचार तो होना ही चाहिए।

'तो तैयार रहिए एक और युद्ध के लिए। मथुरा के प्राण तो संकट में हैं ही।'

'मै भी युद्ध नहीं चाहता हूँ। मुझे भी यहीं रहना है अपने कल के साथ। युद्ध सदैव बाधक रहा है। मैं तो प्रचारित करता ही हूँ कि लड़ाई ठीक नहीं। उपकरण कुछ गढ़ने के लिए हैं, किसी को मारने के लिए नहीं।' ज्ञानदेव को अपने क्षेत्र से मोह है, वे सुरक्षित देखना चाहते हैं, और भयहीन रहना चाहते हैं।

'क्यों न हम सब कहीं और अपना बसेरा बना लें, नया नगर स्थापित कर लें। और यह रही हमारी दूसरी बात। मेरा तो जीवन ही मथुरा, गोकुल, वृन्दावन क्षेत्र में रहते-बसते और निर्माण देखते बीता है।' कृष्ण ने जो मंथन किया था, एक झटके में बोल गए—'हम लड़ना नहीं चाहते भैया। हम हस्तिनापुर के लोग नहीं है। किसी भाँति युद्ध टलना चाहिए।'

'लड़े तो हम हैं कृष्ण। कंस से लड़े। अपने सगे-सम्बन्धियों से लड़े। मेरी निन्दा भी हुई होगी।' बलराम बोले।

'हम राज भोगने के लिए नहीं, अपनी रक्षा के लिए लड़े हैं। निर्माण के लिए, किसानों के हित के लिए, अपनी संस्कृति के लिए हम विरोधी बने हैं और लड़े हैं। यह आवश्यक भी है, नहीं तो हम शव की तरह किसी नदी में प्रवाहित कर दिए जाएँगे। हमें मथुरा नहीं चाहिए, हमें प्रगति चाहिए। हमारे युवा बचे रहें, यह हमारी चिन्ता होनी चाहिए।'

'हमें जनता के बीच भी जाना चाहिए, पूछना चाहिए कि क्या सलाह है आप सब की? क्या वे मथुरा छोड़ सकते हैं? कहीं और बसेरा बना सकते हैं?' अक्रूर की इस बात से उद्धव, सुनन्द, श्याम सहमत हैं।

'हम मथुरा छोड़ें ही क्यों? रणछोड़ कहलाने का मन है क्या? मैं अपनी मथुरा नहीं छोड़ूँगा और न यह क्षेत्र। मैं गोकुल वृन्दावन प्रतिवर्ष भ्रमण करना चाहता हूँ। मैं यहाँ का हूँ। मेरी माटी यहीं की है। मुझे पूरी प्रकृति यहाँ की पहचानती है—नदी, नाले, वृक्ष, मार्ग। और वे गाय भी साँड़ भी। मैं तो नहीं जाऊँगा कहीं।' बलराम अड़ गए—'माटी का मोह कभी नहीं जाता। जो जहाँ जन्म लेता है, वहीं मरना भी चाहता है।'

'तो डालिए अपने प्राण संकट में और अपने कुल-समाज का नाश होते देखिए। मुझे भी यहाँ से मोह है। मैंने भी बहुत गाएँ चराई हैं। नदी में नहाया हूँ। वृक्ष पर चढ़ कर फल खाए हैं। माखन दधि की कोई सीमा नहीं कि कितना खा गया हूँ। लेकिन भैया! अपनी रक्षा पहले आवश्यक है। हम सब जीवित रहेंगे तभी चैन की वंशी बजाएँगे।' कृष्ण की इस बात का कोई उत्तर नहीं है किसी के पास।

'होने वाले युद्ध के विषय में महाराज को विज्ञ तो करा दें!' उद्धव नियम के पक्के व्यक्ति हैं।

'बस उनसे अनुमति हेतु हस्ताक्षर ही लेना है। उनकी सलाह का कोई अर्थ नहीं।' अक्रूर बोले।

'चलो लड़ो! मरो!' कृष्ण ने गहरी साँस ली—'जनता मथुरा छोड़ना नहीं चाहेगी और हम युद्ध नहीं छोड़ सकते तो चलो सुनो घायलों की कराह। युद्ध में मारे गए वीरों की स्त्रियों का रुदन, माताओं की दहाड़ मारकर रोने की तीव्र ध्वनि, बिलखते बच्चों की अश्रुधार...चलिए सुनते हैं, देखते हैं! हमारी शान्ति शवों के ढेर पर ही है तो क्या करूँ मैं? जिसकी प्यास रक्त से ही बुझती है तो क्या कोई समझाए? जो कटते सिर और छटपटाते धड़ों में ही अपनी मुस्कान देखता है तो उसकी औषधि क्या हो सकती है? मैं तो स्वयं विक्षिप्त-सा हो गया हूँ।' कृष्ण की आँखें भर गई थीं, जो कोई देख नहीं पाया। वे उठे और नाक छिनकने के लिए बाहर निकल आए।

उग्रसेन की नीरस व्यवस्था। कृष्ण युद्ध से भागते। मथुरा पिसती-कटती-मरती। एक ऐसा वातावरण जहाँ मार्ग ही नहीं कोई। कृष्ण शब्द नहीं क्रिया चाहते हैं। रणछोड़ शब्द का अर्थ उनके लिए नहीं है। वे देव-विचारों से भी दुखी हैं—पिछला जन्म...अगला जन्म...और इसी आधार पर कर्म का निर्धारण! क्या मूर्ख विचार है! मृत्यु के बाद जन्म होगा और कहाँ होगा किसे पता है! मन का मिष्टान्न खा लीजिए और सोच-सोच भोगते रहिए सड़े विचार। बहुत से ऐसे मूर्ख हैं कि देवपुरुषों के विचार मान लेते हैं। अपने लोगों को तो और भी समझ नहीं है।...कृष्ण चाहते हैं कि जैसे आर्य-देव हमारी संस्कृति, परम्परा, भाषा, कार्यक्रमों में प्रवेश कर अपनी नई युक्ति खोज रहे हैं, नया गढ़ रहे हैं, जहाँ उनका अधिक और हमारा थोड़ा-सा है। और इसी जौ भर वस्तु को हम प्रसन्न हो स्वीकार रहे हैं तो हम क्यों नहीं ऐसा कर सकते हैं? नारद में मैं प्रवेश कर गया हूँ। लोहित ने ज्ञानदेव को साध ही लिया है। हम भी उन्हीं की भाषा में उत्तर देंगे। उनकी कोई अपनी परम्परा तो दिखती नहीं लेकिन यदि कुछ है भी तो हम उसी में प्रवेश कर उनको दिखा देंगे कि हम भी है विज्ञ। लेकिन सबकी मति मारी गई।...और अब चलो झेलो हंस और डिम्भक! और ये ऐसे हैं कि बिना प्राण दिये मानेंगे नहीं।

कृष्ण का माथा भारी हो गया।

युद्ध और पलायन के बीच निर्माण का वातावरण

कृष्ण अकेले हैं।

वे सोच रहे हैं—'अब मैं स्वयं को आर्य मानूँगा न अनार्य। यह तो प्राय: सभी जानते हैं, जो थोड़ी-बहुत बुद्धि का प्रयोग करते हैं कि आर्य-अनार्य के रक्त-सम्बन्ध मिल गए हैं। मैं अब व्यक्ति हो गया हूँ। मुझे ज्ञात हो गया है कि मेरे पूर्वज आर्य भी थे अनार्य भी। आज भी मेरे सम्बन्धी अनार्य भी हैं। मुझे तो सबका साथ-सहयोग मिल ही रहा है। गालव ऋषि ने भले ही मामा कंस को पढ़ाया हो लेकिन वे मुझे भी मानते हैं, बहुत कुछ नया बता चुके हैं।...कैसा युग चल पड़ा है भाई! विषमता का युग! उच्च वर्ग में आन्तरिक विरोध फल-फूल रहा है। उचित कार्यों-बातों का विरोध क्यों हो रहा है? यह तो अच्छा हुआ कि संघ बन गया और आपसी झगड़े खत्म हो गए। ग्वालों में मार-पीट बन्द है। मगध में चाण्डाल भाई बहुत हैं, जो हमारी बात स्वीकारते नहीं।

वे जरासन्ध को मानते हैं। और जरासन्ध हैं कि वे मुझे समझते नहीं। बस युद्ध और युद्ध! क्या करेंगे युद्ध जीत कर? बूढ़े हो रहे हैं घास तो उखड़ती नहीं, चले हैं खेत निराने! उन्हें चाहिए कि मेरे साथ आ जाएँ, फिर आर्य-अनार्य मिलकर एक नई संस्कृति की स्थापना करें, जो सर्वहित में हो, सबका विकास हो। सभी साथ रहें, सोचें अच्छा, करें अच्छा। मेरा भी विश्वास उठ रहा है, लोग कह रहे हैं कि 'कृष्ण तो कहते हैं कि युद्ध नहीं विकास चाहिए, शान्ति की बात करने वाले कान्हा कैसे बहते रक्त को स्वीकार सकते हैं!' मेरा अर्थ ही क्या जब मथुरा पर बार-बार आक्रमण हो रहा है! बार-बार युद्ध! ओह! मेरा चिन्तन! मैं तो चला था सबको किसान बनाने, शिल्प समझाने, नई युक्तियों से विकास का मार्ग दिखाने। और कहाँ फँस गया जरासन्ध के युद्ध-जाल में। स्वस्थ देह किसी कार्य के करने और होने में लगे तो बात बने। ओह! मेरा जीवन! अभी तो कर्मक्षेत्र का प्रारम्भ ही है और इस प्रकार का भार! कैसे जी सकूँगा आगे? क्या जीवन की इतिश्री कर दूँ? क्या करूँगा जी कर?'

कृष्ण का मुख एक भिन्न प्रकार की चिन्ता का चित्र प्रस्तुत कर रहा है, जहाँ आँख डबडबा गई है। खुले ओठ सूख गए हैं। एकटक निहारते कितनी देर हो गई, पता नहीं उन्हें। वे उठे और जल पीकर थोड़ा सहज हुए।

'...सब याद आते हैं गोकुल वाले और ब्रज वाले भी। लेकिन अब क्या सुख मिलेगा, मात्र स्मृतियाँ ही तो हैं, जहाँ थोड़ा मुस्कराकर, हँसकर, रोकर दिन काटा जा सकता है।...लेकिन कुछ भी हो मैं जीऊँगा और करूँगा वह सब जो आवश्यक होगा। मृत्यु को अपने हाथों गले लगाना ठीक नहीं। महादेव शिव के गण घूम रहे हैं राख लपेटे, शिव के निर्देशों का पालन कर रहे हैं। हमारे पास ऐसी व्यवस्था कहाँ है? कुछ ऐसा ही करूँगा मैं भी। बस एक महत्त्वपूर्ण कार्य हुआ है कि गोवध बन्द हो गया है। चोरी-छिपे भले कोई गोमांस खा रहा हो लेकिन इसकी मनाही तो है ही, समाज ने स्वीकार भी किया है। गाय हमारी माता जैसी है। जिस माँ को अपने शिशु को पिलाने के लिए दूध नहीं उतरता वह तो गाय का दूध ही पिलाती है। बस एक कठिनाई है कि व्यर्थ में यज्ञ हो रहा है मथुरा में। यज्ञ में आहुति हो रही है। लेकिन होना तो यह चाहिए कि निर्धनों में सामग्री बाँट दी जाए। यज्ञ का सार्थक अर्थ क्या है? कोई तो बताए! व्यर्थ बातें करते हैं, सत्य से साक्षात्कार नहीं कराते।...मयूर गाँव के लोग कितने भले हैं। सब लोहित के कारण है, उसका परिश्रम है। उसके कारण ही आर्यों में मातृशक्ति का भाव आया है। सुना है कि बहुत पहले से मयूर गाँव में मातृ पूजा होती थी। और मयूरपुर के लोग अनार्य ही तो हैं। सभी भेद मिटाने होंगे, सभी! हमें भाषा पर भी ध्यान देना होगा—लोक भाषा! हमारी बोली-बानी। अहा, यह कितनी मीठी है! मुझे तो विद्वानों की भाषा बोझिल लगती है, ऊब जाता हूँ। और किसान की बोली तो सुनते जाओ-सुनते जाओ।'

...यह कितना आश्चर्य है कि यहाँ शान्ति की मीठी भाषा किसी को समझ में नहीं आती। युद्ध का शोर समझ में आता है। और जरासन्ध को कटते हुए शवों से कोई संवेदना नहीं है। क्या करूँ मथुरा छोड़ दूँ क्या?'

कृष्ण उदारवादी हैं। आर्य-अनार्य एक करने पर तुले हुए हैं। सभी को अपने संघ

का सदस्य बनाने का जी-तोड़ प्रयास कर रहे हैं। लेकिन वे युद्ध भी जानते हैं ठीक से। उनके सामने सभी नत हैं। अब उनका प्रमुख कार्य है संघ का सदस्य बनाना, तब उनके विचार कार्य रूप में दिखाई देंगे। वह कोई कर्म करे, किसी कुल का हो, आर्य हो या अनार्य, किसान हो या शिल्पी, पशु पालक हो या हल चलाता हो—सभी होंगे संघ के सदस्य। कृष्ण यही चाहते हैं।

बार-बार के युद्ध से यादव वीर हताश हो गए हैं। उनमें दुर्बलता आ गई है। ऊर्जा संचित नहीं हो पा रही है। राज्य का सारा ध्यान युद्ध पर है। आवश्यक कार्य के लिए चेत ही कहाँ है? जरासन्ध की सेना आती है, जानबूझ कर खड़ी फसल रौंद कर चली जाती है। गदराए कच्चे अन्न मानो बिलख रहे हों। यह मूर्खता कैसी कि जो अन्न हमारा भोजन है, हमारी भूख मिटाता है, ऊर्जा देता है, उसी से जीवन चलता है, उसे नष्ट कर दिया जाए! आश्चर्य कि अन्न का मूल्य लोग समझते क्यों नहीं? किसान दरिद्र हो रहा है, वह अपना प्राण दे रहा है अवसाद में होकर। भोजन का उपाय ही तो हमारा सबसे बड़ा कर्म है। कौन समझाए जरासन्ध को! क्या वे मूर्ख हैं?

...और जरासन्ध शक्तिशाली! कौन युद्ध करेगा उनसे? शिशुपाल कृष्ण के सगे, लेकिन हैं जरासन्ध के मित्र। करुष देष के वक्र जरासन्ध के उपासक। हंस और डिम्भक सहायक। वक्रदन्त, करभ, मेघवाहन साथ हैं। मरू और नरक देश के शासक, यवन अधिपति, पाण्डुमित्र, भगदत्त—सभी जरासन्ध के अनुकूल। कृष्ण के मामा लगते हैं पुरुजित् वे भी कृष्ण के नहीं हैं। किरात देशों के अधिपति, पौण्ड्रक, भीष्मक भी जरासन्ध का गुणगान करते हैं। भीष्मक तो कृष्ण के नातेदार हैं, फिर भी झुकाव कृष्ण की ओर नहीं है, वे तो शत्रु का व्यवहार कर रहे हैं। कई यादव कुल जरासन्ध के भय से पश्चिम में चले गए हैं। मत्स्य हों या दक्षिण पांचाल के राजा, सभी डरे हुए हैं। सभी भागना चाहते हैं, जरासन्ध से दूरी में ही भलाई है। जो जरासन्ध को नहीं चाहता वह तो शत्रु होगा ही। कृष्ण भी भागना चाहते हैं। पलायन में ही अपनी जय देख रहे हैं कृष्ण।

कृष्ण की चिन्ता उचित है, आवश्यक भी। इसी चिन्ता से चिन्तन करेंगे वे और एक मार्ग खोज लेंगे। इस समय वे मथुरा छोड़ने पर विचार कर रहे हैं। और उधर हंस-डिम्भक युद्ध के लिए प्रस्थान कर गए हैं। आते हुए युद्ध और चिन्ता के बीच क्या करेंगे कृष्ण?

इस बार अन्न से घर भर गया, कोई अनहोनी घटना नहीं घटी। खलिहान में फसलों के बोझ मुस्कराते रहे। कुसमय न वर्षा हुई, न आई बाढ़। लवनी-दँवरी के समक्ष आँधी भी नहीं। हाँ कभी-कभी पूर्वी बयार से नमी आ जाती थी तो दँवरी नहीं हो पाती थी। पतिवाह पूजा समारोह भी बीत गया। प्रजा प्रकृति का धन्यवाद करती रहती, कभी सूर्य को देखकर, कभी नदी, कभी आकाश को निहारकर किसान दाँत दिखाते हुए अपनी प्रसन्नता व्यक्त करता रहता। पशु भी अपनी देह भाषा में मगन दिखते, और रँभाती गाय तो मानो प्रकृति को नमन कर रही हो।

आनन्द का वातावरण।

जेठ का मध्य, भीषण ताप! पक्षियों के लिए भरा जलपात्र किसी वृक्ष के नीचे रखा

हुआ दिख जाता। और डूबती, ऊपर उठती चोंच जल-बूँद घोंटती तो देखते ही बनता कि बुझी पक्षी की प्यास।...यही समय है कि खेती के उपकरण तैयार करके रख लो। गोबरहिया बन रही है, बरहा बरा जा रहा है, द्रोण ठीक हो रहे हैं, कठौता गढ़ रहा है कोई तो कोई पथरी को आकार दे रहा है। दोपहर में किसी छाँव में बैठकर कर्म के साथ बतकही हो रही है। चरकू, मेढकी, बुलाकी, डमरा, बबई बैठे हैं वट वृक्ष के नीचे।

'सुना है कि अबकी बड़ी सेना ले आय रहे हैं जरासन्ध।'

'आवें ससुर! अरे मारा कि सब नष्ट कर दिया मथुरा को।'

'इस बार कहो कि अन्न घर में धराय गया, नहीं तो गदहा का थूथन भी न मिलता, समझे!'

'कोई जाके कृष्ण महाराज को समझाता कि इतना उपाय जानते हो तो जरासन्ध से छुटकारे वाली कोई बात क्यों नहीं खोजते हो? काहे के शक्ति वाले हो भाई!'

'को कहे उनसे? अपने चूतड़ का ठिकाना नहीं, चलेंगे कृष्ण महाराज से बतियाने।'

'तो भोगो! मरो! लुटा जाओ! चलो मूसल थाम लो! लड़ो।'

'इस बार हंसवा आय रहा है। उसका भाई डिम्भक भी है। और ई सब नाक में लकड़ी डाल देंगे! बहुत बड़े वीर हैं, ठीक आदमी नहीं हैं।'

'तब तो इस बार मथुरा गई हाथ से।'

'सोचो कि गाय-बछिया कहाँ ले जाएँ।'

'घबराओ नहीं कछु उपाय तो होइहै भाई! हम किसान के लिए कृष्ण महाराज दिन-रात एक किए हैं। कवनो डहर तो निकलेगी।'

'सुना हूँ कि किशन जी मथुरा छोड़ने पर विचार कर रहे हैं।'

'कहाँ जइहैं, ई सोचो!'

'ऊ सोचे होइहैं! तुमको का है।'

'हम तो अब गाय-बछिया न बढ़ाएँगे। जहाँ हमारे कान्हा जावेंगे, वहीं हमारा भी ठिकाना समझो!'

'हम तो कोई बच्चा न करेंगे। मेहरिया के संग रात वाला परेम बन्द। का पता जाए की बेला बच्चा होवे वाली पीड़ा उठी तो।'

'गइया बियाएगी तो का करिहो?'

'अरे चुप! सरऊ कहीं के! बात समझो कि कवनो बिपत न मोल लो। सचेत रहो। बूझकर काम करो।'

'बात सही है। ई नहीं कि बोझा पीठ से लेकर पिछाड़े तक लाद लो कि काँखते रहो जिनगी भर।'

प्रतिदिन कोई-न-कोई विषय छिड़ जाता। कभी कंस का कभी कृष्ण का कभी जरासन्ध का। और इस समय तो जरासन्ध सबकी आँख पर चढ़े हैं।

और हंस तो सगा नातेदार है, जरासन्ध की बेटी से विवाह हुआ है उसका। उसकी स्त्री बार-बार उत्तेजित कर रही है कि 'बदला लो यही समय है। मेरे पिता को शान्ति मिलेगी। डिम्भक तुम्हारा भाई बलशाली है। आप दोनों कभी पराजय का स्वाद नहीं चखे हैं। मथुरा दुर्बल है। हमारी बहनें बिना पति के हो गई हैं। अस्ति और प्राप्ति के

अश्रु देखे नहीं जा रहे हैं। बहुतेरे यादव वीर पश्चिम को चले गए हैं, भय से। कोई ठहरता नहीं आप सबकी वीरता सुनकर। फिर देर क्यों ?'

हंस प्रतिदिन कुछ न कुछ सुनता रहता और एक दिन उसकी सेना मथुरा के निकट आ ही गई।

अभी पानी नहीं बरसेगा। पूर्वी हवा का प्रभाव है। बादल भी तो नहीं बन रहे हैं। कृष्ण और बलराम युद्ध की तैयारी में हैं। कृष्ण चाहते नहीं युद्ध लेकिन अपना अस्त्र-शस्त्र भंडार देख आए हैं। चक्र, गदा, भाला, मूसल, गोला, चाप, अग्निमारक आदि का परीक्षण कर लिया है।

'यह मेरा अन्तिम युद्ध है भैया।' कृष्ण ने बलराम से कहा।

'बनते तो बहुत वीर हो! क्या हो गया ? लड़ो अनुज लड़ो! यही जीवन है। मेरा हल तैयार है। एक कोठरी भरी है हलों से। हल के सैनिकों को मैंने सचेत कर दिया है।'

'आप कुछ भी कहें, यह युद्ध व्यर्थ लग रहा है। किसी अन्य को प्राणों का भले मोह न हो, जरासन्ध भले संवेदनहीन हो जाए, परन्तु मैं तो नहीं। मैं मथुरा छोड़ दूँगा भ्राताश्री। हमारे बहुत लोग मारे गए जो मथुरा के निर्माण में महत्त्वपूर्ण कार्य कर सकते थे। व्यर्थ में लड़कर मृत्यु को प्राप्त हो गए। मैं कभी रोता नहीं था लेकिन अब आँखें भर जातीं हैं भैया जब सोचता हूँ उनके अनाथ बच्चों के विषय में, उनकी स्त्रियों के लिए विचार करता हूँ तो जीने का मन नहीं करता।' कृष्ण का चेहरा उदास हो गया।

कृष्ण सबके लिए चर्चा का विषय बने हुए हैं। कृष्ण के यहाँ भावना है, भाषा है, और अपनी पूरी बात कहने की छूट है। अभिव्यक्ति की स्वतंत्रता से व्यक्ति तनाव में नहीं रहता। भला हो या बुरा वह अपनी बात तो कह लेता है। और यही जीवन है कि हम अपनी भाषा में अपना मत व्यक्त करें, जीवन को गति दें।

परसों युद्ध अवश्य होगा। कृष्ण-बलराम जान गए हैं, और किसी भाँति युद्ध जीतना है। कृष्ण के पास बहुतेरे कार्य पड़े हैं। स्त्रियों की सुरक्षा और युवाओं को शिक्षा का कार्य महत्त्वपूर्ण है। मार्ग बनाने हैं, बड़े तालाब और झीलों का निर्माण करना है, फलदार वृक्ष रोपने हैं, भ्रष्ट व्यवस्था को सुधारना है, आमजन को आततायियों से मुक्ति दिलानी है। ये बहुतेरे कार्य क्या दो दिन में पूरे होंगे ? नहीं! सुधारने में समय लगेगा। बनना एक प्रक्रिया है और उसमें समय लगता है, बिगाड़ने में भला कितनी देर! और अभी विन्ध्यक्षेत्र की स्त्रियों की सूचना लेनी है। वह देवी जो कृष्ण की मन से बहन लगती है, जो बच गई थी कंस के हाथ से छूटकर या कह लें किसी ने छुड़ा लिया उसे, वह विन्ध्यक्षेत्र की प्रधान है और कृष्ण के लिए कार्य कर रही है।

मथुरा की स्त्रियाँ जानती हैं कि जो युद्ध में जाएगा लौट कर नहीं आएगा। उन्हें यह भी पता है कि हम स्त्री भले हैं लेकिन पुरुषों से कम नहीं। मूसल से अन्न कूटते-कूटते हाथ में शक्ति भर गई है। एक मूसल मार दें गद्द से तो काँखकर बैठ जाएगा पुरुष। लेकिन युद्ध तो युद्ध है। शक्ति और समझ, नीति और संचालन, साहस और

धैर्य, न जाने कितनी व्यवस्था करनी पड़ती है—मानसिक भी शारीरिक भी, और युद्ध के उपकरण की समुचित व्यवस्था।

कृष्ण लेटे हैं। मुस्करा रहे हैं। बलराम को चैन नहीं है। वे पूरा घर रौंद रहे हैं।

'तुम आनन्द से पाँव पसारे हो। क्या वंशी बजाओगे वृन्दावन की तरह?' बलराम खीझे।

'तो क्या हाथ-पैर झटकूँ? चिल्लाऊँ कि हंस आ रहा है, भागो नहीं तो खा जाएगा? परसों युद्ध करेगा वह, पक्की सूचना है। मेरे गुप्तचर लगे हैं, सूचनाकर्मी प्रत्येक पहर सूचना दे रहे हैं। आप टहलते रहिए इस कोठरी उस कोठरी। सेना प्रमुख आप हैं तो कर क्या रहे हैं? मात्र माथा सहलाने से संकट नहीं टलेगा। हमारे पास भी अस्त्र-शस्त्र हैं। पत्थरों का ढेर यमुना किनारे लगा दिया गया है। जो अस्त्र-शस्त्र चलाने में निपुण हैं, वे कटि में उत्तरीय लपेट चुके हैं। भिन्दिपाल, परशु, तोमर, छुरिका, चक्र, हल, मूसल, लागंल, पाश, नख में बाँधा जाने वाला शूल, नाराच जैसे युद्ध के कई अस्त्र-शस्त्र हमारे पास हैं।' कृष्ण ने पलथी मार ली।

'तुम मेरा अपमान न करो! मैं चिन्ता में हूँ। भोजन पचाने के लिए नहीं टहल रहा हूँ। मेरे स्थान पर होते तब तुम्हारा मस्तिष्क ठनकता। हो बस वंशीवाले ही! इससे अधिक प्रकार के उपकरण है जरासन्ध के पास, और हंस तो नई युक्तियाँ, नए उपकरण गढ़ना जानता है।'

'सब जानता हूँ भ्राताश्री सब! यह भी पता है कि हंस की मानसिक दुर्बलता क्या है। वह अतिभावुक है। वह नातेदारी निभाना जानता है। इसी कारण वह जरासन्ध का साथ दे रहा है। और वह अपने भाई से प्रेम करता है, प्राणों से अधिक प्रेम! वह युक्तियाँ जानता है तो मैं भी कम नहीं हूँ, वह हमारी युक्तियों के जाल में फँसकर मरेगा।...आप भी भैया! अरे इन्द्र को देखिए। इतना कुछ छिन जाने के बाद भी वह मदिरा पीकर मस्त रहता है। विष्णु, ब्रह्मा, बड़े से बड़े देवों की विशिष्टता समाप्त हो गई और इन्द्र के माथे पर कोई गहरी रेखा नहीं खिंची। इसे कहते हैं इन्द्र! कि मस्त रहो! पीते रहो! और नृत्य के आनन्द में जीवन व्यतीत कर दो! जो आएगा दूसरा इन्द्र, वही ससुर सँभालेंगे देव-पीठ! क्या लेके कोई आया है क्या लेके जाएगा कोई।...लेकिन आप चिन्ता न करें। विजय हमारी ही होगी। और यह भी सत्य है कि हम पूरे संघ के लोग तीन वर्ष तक लड़ते रहें, तब भी जरासन्ध को हरा नहीं सकते। वे भाग तो जाएँगे लेकिन नानाश्री जरासन्ध मानेंगे नहीं, पुनः युद्ध हेतु पधारेंगे।'

'तुम कहते हो कि लड़ना नहीं है और लड़ते रहते हो। तुम्हारा अब तक का जीवन युद्ध और लड़ाई संघर्ष में ही तो बीता है। युद्ध छोड़कर क्या जीना हो सकेगा?'

'नहीं छूटेगा युद्ध तो लोग समाप्त होंगे, और देख लीजिएगा एक दिन यादव भी नहीं रहेंगे।'

'तुमने यहाँ तक सोच लिया कि हमारा कुल नाश हो जाएगा!'

'हाँ! लेकिन अभी तो अक्रूर, उद्धव, सात्यकी से कहना है सब तैयार रहें युद्ध के लिए। यमुना के किनारे शिविर लगा लें गुप्त रूप से। आक्रमण चाहे जिधर से हो हम पीछे न हटें।'

'युक्तियाँ तो बताओ जो तुमने सोच रखी हैं।'

'अभी नहीं परसों!' और कृष्ण ने पाँव पसार उत्तरीय ओढ़ लिया, जैसे वे थकान मिटा रहे हों।

और यह है परसों, जो आ गया है वर्तमान में, अभी-अभी।

'घबराइए मत भ्राता! मैंने पहचान करवा ली है हंस की। डिम्भक तो और भावुक है। हंस के बिना नहीं रह सकता एक पल भी।' कृष्ण मुस्कराए। बलराम समझ गए, वे भी कुटिल मन्दहास बिखेर कर अपने हल गिनने लगे।

'पूरा मथुरा उमड़ पड़ा है। जो युवा हैं, वे अपने घरेलू उपकरण लेकर यमुना के कछार में उतर गए हैं। मैं भी यमुना की ओर जा रहा हूँ। आप कोई दूसरी दिशा सँभाल लें।' कृष्ण रथ पर चढ़ गए।

'अक्रूर कहाँ है?'

'वे भी एक दिशा का निर्देशन करने गए हैं।'

कृष्ण का रथ आगे बढ़ गया। ज्ञानदेव के युवा समर्थक भी पत्थर बाँधे उपवन में मगध सेना पर दृष्टि लगाए हैं। लोहित के साथी नेतृत्व में लगे हैं। किसानों के पास जो है वही लेकर कृष्ण के पक्ष में खड़े हैं। सम्भव है घूँसा और थप्पड़ भी चले। और जब घूँसा चलेगा तो रक्त वमन होगा ही, दाँत टूटेंगे, पेट की आँतें फटेंगी, अंडकोश कूँचे जाएँगे। चाहे जो विधि अब अपनानी पड़े, मगध के सैनिकों को इस बार युद्ध का स्वाद ठीक से चखा देना है। चरकू, मेढकी, डमरा, बुलाकी अपने गाँव के युवा साथियों के साथ मथुरा को बचाने निकल पड़े हैं।

कृष्ण को सूचना हो गई है कि जलाशयों के आस-पास हमारे युवा छिपे हैं। यमुना के जल में अपनी नौकाओं पर सवार अपने मारक उपकरणों के साथ पूरी ऊर्जा से पतवार और लट्ठ थामे युवा वीर सचेत हैं। कृष्ण यह भी जानते हैं कि गदा युद्ध में मगध के सैनिकों से कोई जीत नहीं सकता। और गदा युद्ध वाले वीर मथुरा के पास हैं ही कितने! बलराम गदा प्रवीण तो हैं, लेकिन उनका विश्वास हल पर अधिक है। और उधर जरासन्ध के वीर आधुनिक उपकरणों में कुशल संचालक हैं। वे सब लड़ाके हैं, लड़ते और युद्ध करते रहते हैं। कभी घर का मुँह ठीक से देख नहीं पाते, अपनी स्त्री का सुख भी ठीक से नहीं मिलता उन्हें। वे अपहरण की गई कन्याओं से अपनी काम-वासना मिटाते हैं। और यह मथुरा है कि युद्ध नहीं चाहता। अपनी किसानी-खेती में मस्त है। अपनी स्त्री, बच्चों का सुख भोग रहा है। माता-पिता की सेवा में लगा है। मथुरा को व्यर्थ युद्ध से क्या मतलब? फिर भी लोग लड़ रहे हैं। लगे हैं मथुरा के लोग उसे बचाने में। मगध को युद्ध का अभ्यास है। और यहाँ के वीर शान्ति में विश्वास करते हैं, खेती करते हैं। कोई जोड़ नहीं है, कहीं समानता है न तुलना। और जीतना तो मगध को ही है। युद्ध की तरह युद्ध हुआ तो हंस की विजय निश्चित है।

कृष्ण चक्र चलाते हैं। गदा भाँजते हैं, कभी पत्थर फेंकते हैं और सोचते भी हैं कि 'फूफी का लड़का शिशुपाल मेरा सगा नातेदार भाई मेरी ओर नहीं है। पता नहीं

क्यों वह मुझसे ईर्ष्या करता है?' कृष्ण लड़ रहे हैं, लेकिन प्राण नहीं ले रहे हैं, वे घायल करते हुए आगे बढ़े जाते हैं जहाँ हंस युद्ध कर रहा है। वे ही पहचान रखते हैं हंस की। हंस से उनका युद्ध आवश्यक है। उसका हत होना ही जय है।

घोर युद्ध छिड़ा है।

मथुरा के वीर अधिक घायल हैं। हत भी अधिक।

कृष्ण मुस्कराए और निकट आ गए। बलराम को संकेत से समझाने लगे।

अब क्या था! ध्वनि गूँज गई—'हंस मारा गया! मृत्यु को प्राप्त हो गया हंस!'

चारों ओर शंख बज उठे। मथुरा के सैनिक उत्साह से भर गए और दो गुने साहस के साथ मूसल चलाने लगे। हंस पागल हो गया। उसकी बात कोई सुन नहीं रहा है। रौला उठा है, ललकार गूँज रही है। हंस विक्षिप्त-सा दौड़ रहा है कि मैं तो अस्त्र-शस्त्र बाँधे सेना का कुशल संचालन भी कर रहा हूँ तो यह मेरी मृत्यु की ध्वनि क्यों गूँज रही है?

ध्वनि दूर तक फैली। शब्दों से भरी गूँज डिम्भक तक गई। वह भी अपनी सैन्य टुकड़ी का संचालन कर रहा है। उसके हाथ से खड्ग छूट गया। उसकी सेना भागने लगी। उसने देखा मथुरा की ओर से नगाड़ा पीटने की गूँज हो रही है। सभी आनन्द से झूम रहे हैं। मगध के सैनिक हत हो रहे हैं। डिम्भक विक्षिप्त हो गया। भाई की मृत्यु की सूचना सुनकर वह अब जीवित कैसे रह पाएगा?

डिम्भक भागा और यमुना में कूद गया। फिर वह उतराया तो शव बनकर।

फिर क्या था। हंस के सैनिक सूचनाकर्मी ने सूचना दी कि डिम्भक का शव यमुना में उतराया है। असहाय हंस ने अस्त्र-शस्त्र त्याग दिया।

कृष्ण की मानसिक विजय है यह। किसी सेना का आत्मबल कैसा तोड़ा जाता है यह तो वही जानते हैं। और मगध के सैनिकों को खदेड़कर मथुरा के युवा वीर मार रहे हैं। भागते हुए मगध के बहुतेरे सैनिक यमुना के जल में समा गए।

एक बार फिर मथुरा में उत्सव का वातावरण। एक प्रसन्नता! लेकिन कृष्ण दुखी हैं। दुखी वे स्त्रियाँ हैं जिनके पति नहीं रहे। वे माताएँ छाती पीट रही हैं, जिनके पुत्र घर नहीं लौटे। विलाप करती बहनें। रोते-रोते सूख गए अश्रु वाले उदास मुख लिए बेटियाँ, भला कौन देख सकता है! घायलों की सेवा में लगे परिवार के लोग आनन्द में बजते नगाड़े नहीं सुन पा रहे हैं। उन्हें तो घाव सूखने वाला लेप तैयार करना है, औषधियाँ तैयार करना है। किसी की छाती में पीड़ा है तो किसी का हाथ टूट गया है। कोई कटे पैर की पीड़ा से कराह रहा है। मूर्छितों के सिर पर चंदन का पानी डाला जा रहा है। मथुरा में इस समय कष्ट अधिक है।

और कृष्ण सबसे दुखी। उन्हें यह भी दिखाना है कि उन्हें दुख नहीं है। वे समझाते भी हैं कि मुस्कराने से पीड़ा दूर होती है। बतियाने से चिन्ता दो कोस पर रहेगी। और एक दिन तो सबको यहाँ से जाना है, मृत्यु जब निश्चित है तो फिर काहे का रोना। दुख तो जीवन का अंग है, जीवन में देखा जाए तो दुख ही दुख है। फिर तो सहो और आगे बढ़ो!

लेकिन कृष्ण को बहुत कष्ट है—मानसिक कष्ट। उन्हें लग रहा है, देह में रक्त

नहीं अश्रु भरे पड़े हैं। नयन-नीर अब आँख में समाते नहीं, इसी कारण देह में प्रवाहित हैं—कृष्ण को आभास ऐसा ही है।

कृष्ण ने सोच लिया है—चाहे जो हो वे मथुरा छोड़ देंगे।

और अचानक उमस ने पराकाष्ठा दिखा दी है। बादल उमड़ पड़े हैं। घनघोर वर्षा होगी! सबके नयन बादल को देखने के लिए ऊपर उठे हैं।

गर्मी कब की बीत चुकी है। वर्षा का मध्य काल है। खेती-किसानी ठीक से हो जाए तो कृषकों की मुस्कान किसी सुन्दरी के मन्दहास से कई गुना अच्छी लगती है। और कृषक जुटे हैं जी-जान से अपने खेतों में। यही हैं हमारे अन्नदाता। यही हैं हमारे विकास के प्रथम व्यक्ति। किसान भीख नहीं माँगता, मूर्ख नहीं बनाता, वह गदा नहीं चलाता। वह ऋतु जानता है, प्रकृति का साक्षी है, श्रमजीवी है, शिल्पी है, प्रकृति का प्रहरी है। और कृष्ण हृदय से किसान हैं। वैसे तो उनके साथी सभी हैं, सब चाहते हैं कृष्ण को।

और कृष्ण ने पलायन का मन बना लिया है।

'क्या सोच रहे हो कृष्ण?' बलराम ने प्रश्न किया।

'सोचूँगा क्या! मैं तो मुस्कराता रहता हूँ कि प्रसन्न हूँ। मन-ही-मन मिष्टान्न खाया करता हूँ।' कृष्ण की दन्त पंक्तियाँ दिख रही हैं।

'ये तो है लेकिन तुमने हंस-डिम्भक को जिस युक्ति से प्राण देने पर विवश किया है, वह प्रशंसनीय है। अब क्या विचार है?'

'विचार! निर्णय कहें श्रेष्ठ! मैं तो भागूँगा यहाँ से और शीघ्र ही।'

'तुम ठहरकर मथुरा के नव-निर्माता भी बन सकते हो। पलायन कभी जीवन का उद्‌देश्य नहीं होना चाहिए।'

'जी, लेकिन यदि पानी न बरसा होता तो हमारी पराजय निश्चित थी। हम कुछ नहीं कर सकते थे। युक्ति तभी काम आती है, जब समय और प्रकृति साथ दे।'

'तो पलायन का अटल निश्चय है तुम्हारा?'

'इसके अतिरिक्त मार्ग नहीं है। बस, इस वर्ष की फसल हो जाए और खाने योग्य फल तो हम प्रस्थान कर देंगे। अभी वर्षा-काल का समय शेष है। मेरी समझ से दो माह बाद यहाँ से प्रस्थान करना ठीक रहेगा।'

'कहाँ जाओगे कान्हा?'

'बता तो चुका हूँ। अक्रूर जी, सात्यकि, श्याम, ज्ञानदेव, लोहित भी जानते हैं—द्वारका क्षेत्र। वहाँ अपना ही अधिकार समझिए भ्राताश्री। मैं तो क्षेत्र देख भी आया हूँ—कुशस्थली। ठाट से रहेंगे—चिन्तामुक्त! शिल्पी लग गए हैं नगर निर्माण वाले। कुछ गाँवों के लोग भी चले गए हैं गिरही बनाने के लिए। बड़ा मनोहारी दृश्य है वहाँ का।' कृष्ण को अवसर मिल गया है—'वहाँ से बौद्धिक और सामाजिक विमर्श का प्रारम्भ नए प्रकार से करेंगे। नए राजनीतिक विचारों पर बतकही होगी। आर्य-अनार्य एक करने का कार्य गति पकड़ेगा। हम और शक्तिशाली होंगे।...और फिर विवाह भी तो करना है।' कृष्ण हँसे।

'कहीं नयन मिल गए हैं क्या ?'

'अभी बता दूँ क्या! नहीं, बताऊँगा नहीं। विवाह काटने वाले बहुत बढ़ गए हैं।'

कक्ष में हँसी गूँज गई। प्रहरी ने सूचना दी कि अक्रूर, सात्यकि आ रहे हैं। लोहित ने भी आज्ञा माँगी है। वे देर से द्वार पर खड़े हैं।

'लोहित से कह दो कि कल प्रात: के बाद बैठक में आ जाएँ। आज समय नहीं है।' कृष्ण नहीं चाहते कि हमारी हँसी गम्भीर हो।

अक्रूर, सात्यकि ने आते ही आसन ग्रहण कर लिया है।

'क्या वार्ता हो रही है दोनों भाइयों में?' अक्रूर ने पूछा।

'यहाँ से द्वारका जाना है।' कृष्ण ने कहा।

'यह तो ज्ञात ही है।' सात्यकि बोले।

'और कोई सूचना है?' अक्रूर ने ऐसे पूछा जैसे वे कोई महत्त्वपूर्ण सूचना जानते हों।

'जरासन्ध नाना फिर आ रहे होंगे युद्ध करने!' कृष्ण तिरछा देख रहे हैं।

'कालयवन आ रहा है कालयवन! और उसे तो स्वयं जरासन्ध भी पराजित नहीं कर सकते। सबकी आँख में मथुरा गड़ रहा है। जबकि उनके आगे मथुरा बेचारा तिनका है।' अक्रूर की सूचना से बलराम के नयन फैल गए, लेकिन कृष्ण मन्दहास में मानो चिढ़ा रहे हों।

'आँख में तिनका ही गड़ता है अक्रूर जी।' कृष्ण बोले—'और हम तिनके नहीं हैं अब। हमारा गण महत्त्वपूर्ण है—अन्धक, वृष्णि। लेकिन मैं चाहता हूँ एकता, जिसकी आवश्यकता है। यौधेय, मालव, कुकुर, शिव औदुम्बर, अन्धक, वृष्णि, त्रिगर्त, माध्यमकेय, अम्बष्ठ, भोज क्यों मन-मस्तिष्क से एक नहीं हो रहे हैं, हमें यह चिन्ता है। मैं कालयवन के आने से चिन्तित नहीं हूँ।'

कृष्ण के यह कहने से सबका मुँह खुला रह गया कि कालयवन का भय नहीं है कृष्ण को! और कृष्ण ने अपनी बात रोकी नहीं है—'कालयवन के आक्रमण की सूचना मुझे मिल चुकी है, एक पक्ष पूर्व ही। नारद श्रेष्ठ ने मुझे बता दिया है। नारद स्वयं चाहते हैं कि कालयवन मथुरा पर चढ़ाई करे। मैंने ही कहा था नारद से।'

'तुम कब वार्ता करते हो, गोपनीय रहते हो, यात्रा करते हो, किसी को ज्ञात है?' बलराम खीझे।

'आप धैर्य रखें भ्राताश्री! और मेरी पूरी बात सुनें। कालयवन की मृत्यु की पूरी रूपरेखा तैयार है। अब उसका नाश निश्चित है। मेरी आँख में तो कालयवन गड़ रहा है। और वह अब जीवित नहीं रहेगा। हम यहाँ रहें चाहे द्वारका, वह रहेगा तो हमें दुखी करता रहेगा। और तब हमारा उद्देश्य पूरा नहीं होगा। हम द्वारका क्यों जा रहे हैं, इसलिए कि हम अपना बौद्धिक विकास कर सकें। यहाँ युद्ध के अतिरिक्त कोई कार्य है न चिन्तन। इस व्यर्थ कार्य में ये कृष्ण तो नहीं पड़ेगा। सो कालयवन का काँटा सदैव के लिए दूर करना पड़ेगा। और कालयवन मूर्ख है। वह युद्ध ही जानता है। वह नष्ट नहीं देख पाता। उसके यहाँ कई आर्य श्रेष्ठ आनन्द भोग रहे हैं, और उसकी हाँ में हाँ मिला रहे हैं। नारद जी इसी का लाभ लेकर उसे युद्ध के लिए तैयार कर रहे थे। जरासन्ध

तो चाहते ही हैं कि कालयवन मथुरा को मिटा दे। उनकी कई वार्ताएँ हो चुकी हैं।'

'आप बहुत सूचनाएँ रखते हैं।' अक्रूर ने विश्वास भरी साँस ली।

'नारद तो मेरे हैं। अब भला मैं सूचना से वंचित कैसे रह सकता हूँ। और सुनिए वह बहुत निकट आ गया है। हमें मिलकर एक ऐसी रणनीति तैयार करनी है कि वह हमसे युद्ध न कर सके। उसकी सेनाएँ बिखर जाएँ। वह हमारी युद्ध-नीति जान ही नहीं सकेगा तो क्या पाषाण से लड़ेगा। धूल में रस्सी बरने से कुछ नहीं होगा। वह बालू से तेल तो नहीं निकाल सकेगा!'

'करना क्या है यह तो बता मेरे भाई?' बलराम ऊँची बोली में बोले।

'विश्वास के साथ वरिष्ठ सदस्य बैठें और शान्त मन से धैर्य के साथ वार्ता करें तो सम्भवतः मार्ग दिख जाएगा। लोहित को भी बुला लेंगे, वह जनता का आदमी है, ज्ञानदेव भी। और मैंने तो युद्ध की रणनीति का चित्र भी बना लिया है।' कृष्ण ने कहा और आसन से उठ गए—'अब आप सभी आज विश्राम करें, कल स्वयं से विचार-चिन्तन और फिर परसों वार्ता।'

बैठक समाप्त हो गई। ठंडी हवा का झोंका आया। कृष्ण का उत्तरीय मुँह तक आया और फिर देह पर पसर गया। कृष्ण ने देखा सभी की देह-भाषा विश्वास और प्रसन्नता से भरी है। धियानी अपने अनुचरों से स्वादिष्ट पेय पात्र में उड़ेलवा रहा है।...और सन्ध्या भी तो हो चुकी है।

कृष्ण के गुप्तचर कालयवन की सेना में सैनिक बने आगे बढ़ रहे हैं। उन्हें मार्ग का निर्देश दिया गया है। कालयवन का प्रभाव पूरे भू-भाग पर है। वह सबसे बड़ी शक्ति का स्वामी कहा जाता है। और कृष्ण हैं कि बिना युद्ध किए विजय का विश्वास बनाए मुस्करा रहे हैं। उसका मथुरा की ओर आना कहीं से शुभ नहीं है। इतना अवश्य है कि वह भीतर से दुर्बल है, आत्म-शक्ति नहीं है उसमें। उसे ऋतुएँ प्रभावित करती हैं, वह अस्वस्थ जल्दी हो जाता है। आश्चर्य कि कृष्ण ने सब पता कर लिया है। कालयवन का मित्र पौंड्रक भी कम शक्तिशाली नहीं है। वह स्वयं को वासुदेव कृष्ण कहता है। विष्णु बना घूम रहा है। देवों की आँख में चुभ रहा है लेकिन कौन शत्रुता मोल ले, कालयवन का मित्र जो ठहरा।

और इधर मथुरा छोड़ने की तैयारी तीव्र गति में है। गाँव के गाँव विचार कर रहे हैं। गिन-गूँथ रहे हैं। समायोजित कर रहे हैं अपने उपकरण, गौएँ, अन्न। तो क्या शूरसेन क्षेत्र शून्य हो जाएगा? ऐसा नहीं है। बहुत लोग हैं जो अपनी माटी-पानी नहीं छोड़ना चाहते, अपनी इसी माटी में मिल जाना चाहते हैं। और कृष्ण हैं कि कालयवन को ठिकाने लगाने की व्यवस्था में लगे हैं। वे जानते हैं कि व्यक्ति रहना भी चाहता है और भागना भी। लड़ना स्वभाव तो नहीं है लेकिन कहीं-न-कहीं क्रोध बैठा रहता है।...और कृष्ण क्रोध से दूर शान्त! बाँसुरी बजाते हुए, गाते-नाचते, चाहे प्रसन्न रहें या दुखी। वे गीत में रहते हैं, धुन में गुनगुनाते हैं, बाँसुरी के छिद्रों से निकले स्वर में लीन हो उदासी मिटा देते हैं, और फिर मन्दहास!

मुचुकुन्द असुरों के शत्रु! देवों की ओर से उन्होंने कई युद्ध किए हैं, और उन्हें सार्थक परिणाम भी मिला है। लेकिन वे थक चुके हैं। युद्ध नहीं चाहते। मुचुकुन्द शान्तिप्रिय हो गए हैं। उन्होंने अपना नया संसार बसा लिया है। उनके अधिकार में कई गाँव हैं, और उनकी अपनी छोटी-सी सैनिक टुकड़ी भी है, जो उनकी सुरक्षा में है। मुचुकुन्द समाज जीते हैं अब। उनको राज्य-विस्तार से क्या अर्थ!

कृष्ण मुचुकुन्द से कई बार मिल चुके हैं, अपनी योजना बता चुके हैं। उन्हें कृष्ण पर विश्वास है, कृष्ण की महत्ता सुन चुके हैं बार-बार। शान्त मुचुकुन्द में एक बार पुनः ऊर्जा भर गई। वे स्वयं को रणनीति-कर्ता के रूप में देखने लगे। कृष्ण ने कहा था—'मान्यवर यह एक ऐसा ढूह है जो किसी को आगे बढ़ने नहीं देता।' मुचुकुन्द ने स्पष्ट कह दिया था कि 'मेरा सारा धन-यश आपका है। आप अपने प्रकार से प्रयोग कीजिए। लेकिन हम बलहीनों को बलवानों से युद्ध नहीं करना चाहिए। हर हाल में सन्धि का प्रस्ताव कर वार्ता से शान्ति स्थापित करनी चाहिए।' कृष्ण देर तक बात सुनते रहे, वे इतना ही बोले कि—'नाक से ऊपर पानी बहने लगे तो क्या शान्ति वार्ता!'

मुचुकुन्द जैसे नींद से जागे हों। इतने दिनों बाद वैचारिक वार्ता हुई थी। वे बाहर के देश-समाज से दूर थे। उन्हें लगता था कि लोग कितने छोटे हो गए हैं विचारों में। आपसी तालमेल तो है ही नहीं, भला इतना बँट-छँट जाएँगे तो क्या बना पाएँगे भविष्य? पाँच घर भी एक नहीं हो रहे हैं। मुचुकुन्द कृष्ण की कार्य योजना से प्रभावित ही नहीं, वे समर्पित भी हो चुके हैं। इतने दिनों बाद कोई अर्थयुक्त बतकही हुई है। उनका सारा क्षेत्र—वन, पर्वत, नदी सब कृष्ण का हो गया।

कृष्ण ने एक बार फिर अक्रूर, बलराम, उद्धव, सात्यकि को अपनी योजना दोहरा दी है।

और अब युद्ध, छल और एक महाशक्ति के नायक की नाश योजना!

कृष्ण के गुप्तचरों ने कालयवन की सेना को कई दिशाओं में भेज दिया। जो भी सैनिक टुकड़ी आती, पहले से सजग कालयवन की सेना के भेष में खड़े गुप्तचर-सैनिक विभिन्न मार्गों हेतु मार्गदर्शक बन जाते। मथुरा की ओर जाने वाले सैनिकों की संख्या बहुत कम है। कोई नन्दगाँव गया कोई गोकुल कोई गोवर्धन। भटके हुए सैनिक प्रकृति की मार से अस्वस्थ होकर भी मृत्यु को प्राप्त हो रहे हैं। कहीं लोहित हैं तो कहीं नन्दगाँव के वीर यादव। कालयवन की सेना को समाप्त होना ही है। अक्रूर, सात्यकि, श्वफलक ने भी अपनी सैनिक टुकड़ियाँ सँभाल ली हैं।

मुचुकुन्द तैयार हैं। वे देवों के लिए ही कार्य करते थे, जो भी देव विरोधी हुआ, वह उनका शत्रु हुआ। आज वे अपने सुरक्षा सैनिकों के साथ कृष्ण की योजनानुसार कार्य कर रहे हैं। कालयवन की बड़ी सेना बिखर गई है। बहुत कम सैनिक कालयवन के साथ हैं। कृष्ण ने कहा—'मुचुकुन्द जी कालयवन बहुत निकट है। आपकी सीमा में तो वह रात्रि में ही प्रवेश कर चुका है। हमारे और आपके सैनिक लगभग दस-बीसी गिनती तक ही होंगे। सूचना मिली है कि दो या तीन बीसी तक ही कालयवन की सेना

के सैनिक उसके पीछे हैं। हमारा एक भी वीर मृत्यु को प्राप्त न हो, हमें ऐसी रणनीति बनानी है। उद्धव जी गुप्तचरों के साथ लगे हुए हैं। एक बात और कि धैर्य नहीं खोना है। कालयवन को उत्पात मचाने दीजिए। अन्त में वह थक जाएगा।'

नगर के बच्चे और स्त्रियाँ घरों में बन्द हो गए। मुचुकुन्द का आवास एक बड़ी गुफा के आकार जैसा है। द्वार देख कर कोई नहीं कह सकता कि भीतर कई द्वार और कई महलनुमा आवास होंगे। सुन्दर वाटिका, पुष्पों से लदे वृक्ष और पुष्प लताएँ, गौएँ, अश्व, हाथी और हिरण भी। एक ऐसी भूलभुलैया कि जो इस आवास के विषय में जानते न हों वे भटक कर मार्ग पूछते फिरें।

कृष्ण अकेले खड़े हैं शस्त्रविहीन, पाँच कोस भर की दूरी पर रथ खड़ा है। सारथी तैयार है। अश्व स्वस्थ हैं। दौड़ने के लिए उतावले अश्वों की देह भाषा देखते बन रही है। अभी दुपहर नहीं हुई है। प्रतीक्षा है कालयवन की। सूचना हो चुकी है कि वह इसी मार्ग पर है।

और कालयवन की सेना धूल उड़ाती दिख जाती है। उसका रथ धीमी गति में है। कृष्ण को वह देख लेता है। कृष्ण शंख फूँकते हैं।

'यही कृष्ण है क्या?' कालयवन ने पहचान कराने वाले सैनिक से पूछा।

'रथ की गति तेज करो।' कालयवन के शब्द कृष्ण ने सुन लिए हैं। वे भी रथ पर सवार हैं। रथ भाग रहा है कृष्ण का आगे-आगे, पीछे कालयवन। मुख्य मार्ग से निकले छोटे मार्ग पर कृष्ण उतर जाते हैं, फिर मुख्य मार्ग पर आ जाते हैं। कालयवन गरज रहा है। ऐसा लगता है कि मानो वह विजय नाद कर रहा हो। लेकिन कृष्ण भागते जा रहे हैं। उन्हें मार्गों का ज्ञान है। वे उसे थकाना चाहते हैं।

'नीच, दुष्ट, भीरु, डरपोक! रुक जा व्यर्थ व्यक्ति रुक जा! आ मेरे सामने आ! मुझसे युद्ध कर, लड़ मुझसे रे कृष्ण! आज स्वाद तुझे चखाता हूँ युद्ध का।' कालयवन चिल्ला रहा है। शस्त्र लहरा रहा है। कृष्ण हाथ हिलाते पीछे घूमकर देखते हैं और मुस्कराते हुए भागते चले जाते हैं। कालयवन को कृष्ण की किसी योजना का आभास नहीं है।

मुचुकुन्द का क्षेत्र उर्वर है और आवास के आस-पास का क्षेत्र वृक्षों, झाड़ियों से घिरा हुआ। सूचना हो गई है कि कालयवन के आगे-आगे कृष्ण भाग रहे हैं और यह आवास क्षेत्र की ही दिशा है। तीव्र गति का अश्व सूचना कर्मियों के पास है, अश्व पवन की गति से बात करते हैं। मुचुकुन्द के सुरक्षा कर्मी तैयार हैं।

अरे यह क्या हुआ कालयवन का रथ रुक गया।

'ओह! यह पहिया टूट गया!' कालयवन रथ से उतर गया है।

कृष्ण पीछे देख रहे हैं, मानो वे कालयवन को चिढ़ा रहे हों। कृष्ण रथ से उतर गए। पैदल भाग रहे हैं, यह जताने के लिए कि भाग मेरे पीछे कालयवन अब मैं भी रथ से हीन हूँ।

कालयवन दौड़ा, लेकिन स्थूल देह से वह क्या दौड़ लगाता! और सामने गुफा द्वार। कृष्ण प्रवेश कर गए। द्वार पर द्वार, वीथिकाएँ, छोटे-छोटे उपवन, फिर एक द्वार, फिर वीथिका। घबरा गया कालयवन।

कालयवन की छोटी-सी सैनिक टुकड़ी बिखर गई। सब मारे गए। कहीं अक्रूर तो कहीं उद्धव तो कहीं बलराम! घिर गया कालयवन, खोज रहा है कृष्ण को विक्षिप्त-सा। इस समय कृष्ण को पा जाए तो खा जाएगा। मरोड़-मसल देगा, चढ़ बैठेगा छाती पर। लेकिन क्या कृष्ण दुर्बल हैं, नहीं! कृष्ण का एक प्रहार भी वह सह न सकेगा। वह पूरी तरह विज्ञ नहीं है कि कृष्ण कितने शक्तिशाली और चतुर हैं। आयुधों का संचालन हो या मल्ल युद्ध या युद्ध रणनीति, कृष्ण से अधिक कौन है विज्ञ! कृष्ण यहाँ चतुराई से कार्य कर रहे हैं। उनका कोई वीर न मरे न घायल हो।...और भाग रहे हैं कृष्ण।

'कहाँ चला गया! क्या यह सत्य है कि कृष्ण छलिया है!' कालयवन बुदबुदाया।

'अरे! यहाँ अपना पीला वस्त्र ओढ़ कर सोया है! धूर्त, भीरु, डरपोक, मुझे छल नहीं पाएगा तू।' कालयवन गरज रहा है।

और अब कूद पड़ेगा कालयवन पीले वस्त्र पर। वह मसल देना चाहता है सोए कृष्ण को। लेकिन कृष्ण तो सोए हैं नहीं, वे कहीं आड़ में वंशी बजाना चाहते हैं। देख रहे हैं कालयवन को। वह ढके और कुछ उठे हुए पीले वस्त्र की परिक्रमा कर रहा है। दाँत पीस रहा है। उदर सहलाते हुए मुष्टिका कस रहा है, हाथ में खड्ग लिए गरज रहा है। अपनी सम्भावित विजय पर ठहाका लगा रहा है।

कालयवन अपनी पूरी शक्ति के साथ पीले वस्त्र पर कूद गया। अरे यह क्या! एक प्रकाश उभरा और आँख चौंधिया गई! वह घँस गया दस हाथ गहरे कुंड में। भीतर दहकते अग्नि-खंड! कुंड के ऊपर गीली पतली लताओं को बिछा कर पीले चर्म से ढका था, जो दूर से किसी व्यक्ति के सोए होने का आभास कराता था।...और उसी कुंड में कूद गया कालयवन। अभी कुछ ही देर पहले दहकाए गए अग्नि-खंड में जलने लगा वह। लाख चिल्लाता रहा वह, लेकिन कौन आएगा बचाने। मुचुकुन्द के सैनिक कुंड को घेर कर खड़े हैं। मुचुकुन्द भी आ गए। क्रोध भी दृष्टि से जलते हुए कालयवन को देख रहे हैं।

...और कृष्ण वंशी बजा रहे हैं खम्भे की आड़ लेकर।

और विस्तारित हो गई बात कि चलो द्वारका!

कालयवन नहीं रहा। एक महाशक्ति नष्ट हो गई। मुचुकुन्द का क्षेत्र हो या मथुरा, उत्सव ही उत्सव! और यह सब हुआ कृष्ण के कारण। अभी तक जो असम्भव था सम्भव हुआ—इन्द्र, कंस, कालयवन नहीं टिक सके कृष्ण के आगे।

माथा पीट रहे होंगे सम्राट जरासन्ध! धीरे-धीरे वे पीछे खिसक रहे हैं। समय उनके साथ नहीं। भला कैसे रहता समय साथ, वे युद्ध और सीमा विस्तार जी रहे हैं, प्रतिशोध की अग्नि में जल रहे हैं। उन्हें ठीक से समाज में जीना चाहिए। तब रहता समय उनके साथ और वे आगे बढ़ते जाते। और तब तो कृष्ण उनके हो जाते, घोषणा होती कि जरासन्ध राजा ही नहीं कृषक भी हैं।

कालयवन के जलने का एक अर्थ यह भी है कि एक समय जल गया। एक काल बीत गया। एक व्यवस्था समाप्त हो गई। कृष्ण समय के साथ चलते हुए आगे भी हो

जाते हैं। वे पीछे को भुलाते हैं लेकिन ठीक से जानते हैं अपना भूत, तब कहीं जाकर निर्माण होता है। वे अब द्वारका में निर्माण-राग गाएँगे।

मुचुकुन्द का समय जाग गया है। अभी तक अपनी सीमा में सोये जैसे थे वे, अब जाग गए हैं। अब जो करेंगे कृष्ण के लिए करेंगे। वही योजनाएँ लागू होंगी, जो कृष्ण चाहते हैं। और योजनाएँ तो श्रमिकों, किसानों, शिल्पियों, स्त्रियों, बच्चों के लिए हैं। लेकिन क्या युवा ठगा-सा रहेगा, वृद्ध असहाय! ऐसा नहीं है, बूढ़े हमारी थाती हैं, अपने अनुभव का संसार समेटे वे युवाओं को दिशा दे रहे हैं। और युवा वर्ग पूरी निष्ठा से निर्माण में लगा है। वह उसका मूल्य प्राप्त करता है और आनन्द से परिवार-सुख में जी रहा है। कृष्ण समर्पित व्यक्ति हैं, और मुचुकुन्द समर्पित हैं कृष्ण के लिए, उनका सब कुछ कृष्ण का है।

नृत्य कर रहे थे कृष्ण ठंडे हो गए अग्नि कुंड के आगे और निहार रहे थे मुचुकुन्द। उन्होंने ऐसा कहीं नहीं देखा था। उन्हें लगा कि कृष्ण ने पूरा मस्तिष्क खींच लिया हो जैसे, सम्मोहित हो गए थे मुचुकुन्द। कृष्ण के नृत्य में आनन्द। वे जब भी नाचते हैं, एक कथा होती है। उनके नृत्य में उत्सव है, मिश्रण है। ओठ हों या हाथ-पैर का संचालन, कृष्ण के नृत्य में शब्द हैं और उनका स्पष्ट अर्थ भी। कृष्ण अपनी भाषा में रहते हैं, यही कारण है कि कृष्ण को चाहने वाले बहुत हैं। और मुचुकुन्द भी भाव विभोर हुए थे।

कृष्ण कहते हैं—'विचार साधन ही नहीं क्रिया भी है। गति तो चन्द्र में है, रथ में है, हम में और तुझमें है गति। लेकिन विचार गतिशील हो तो, भाषा में गति हो तो, कर्म गति में हो तो। निश्चित ही हम शिखर पर होंगे अपने नएपन के साथ।' बार-बार बात आती है कि तब पलायन क्यों? क्या गति के कारण? यहीं रहकर गति में आ सकते हैं। कालयवन नहीं रहा, कंस हैं नहीं। और कब तक जरासन्ध लड़ेगा! एक सीमा तो है, थकना व्यक्ति का स्वभाव है। और नहीं बात बनी तो कृष्ण भाग जाएँगे, और अब तो बात बने या बिगड़े बैलगाड़ी अपनी-अपनी नाध रहे हैं लोग। यह पलायन-गति निर्माण करेगी। वह इसलिए भी कि कोई कर्म से भाग नहीं रहा है। कर्म को कृष्ण ने समझाया कि जैसे श्वास के बिना जीवन नहीं है, वैसे ही कर्म के बिना भी जीवन नहीं है। और श्वास में एक गति है, जैसे रक्त में, जैसे भोजन के पाचन में। गति का होना जीवन होना है।

...और तब चलो द्वारका!

कृष्ण द्वारका क्षेत्र का कई बार भ्रमण कर चुके हैं। मार्ग का पता है, और ठहरने, विश्राम करने, रात बिताने का स्थान भी ठीक से ज्ञात हो चुका है। कहाँ जल है और कहाँ आहार, वे विज्ञ हैं। मथुरा के कई गाँव द्वारका के रैवतक की ओर प्रस्थान कर चुके हैं। कृष्ण, बलराम की गाड़ियाँ, रथ और आवश्यक वस्तुएँ तैयार हो चुकी हैं।

मथुरा में और आसपास के जो बचे हुए लोग हैं, और प्रस्थान का विचार कर चुके हैं, वे व्यस्त हैं। रौरा मचा है।

'उबटन मिल रहा है न चंदन।'

'नीम का तेल तो मिल गया न! ये लो अपना कर्णफूल, हार, मोरजुटना।' एक व्यक्ति अपनी पत्नी से कह रहा है।

'तुम अपनी पगड़ी रखे? सिंग, मुखौटा कहाँ रख दिए हो?'

'कपार पर है पगड़ी, लेकिन तुम देखो तब न! तुम्हें तो बस काजल दिखाई देता है।'

वंशी, तुरही, ढक्का, ढतुली, नगाड़ा जैसे वाद्य रखे जा चुके हैं बैलगाड़ी में। एक गाड़ी सोमरस से भरी है, इसमें सभी अपनी मदिरा रखे हैं। अस्त्र-शस्त्र, उपकरण एकत्र हो चुके हैं। धुरिया, मुद्‌गर, फरसा, चक्र, गदा, हल, मूसल, पत्थरमारक यंत्र कृष्ण के विश्वासपात्र अपने निर्देशन में गाड़ी में लदवा रहे हैं।

एक नारा गूँजता है—'चलो द्वारका! चलो रैवतक!'

हर्ष और उल्लास हो तो यात्रा सुखकर होती है। और यहाँ उत्साही-भावों की पराकाष्ठा है। कोई गीत गा रहा है, कोई चिल्ला रहा है, कोई लादते-लादते थक गया है। और इसी में किसी ने तीव्र लय में गाया—

सूत कात रही है मेहरिया, मेहरिया के हथवा रे पिराई
थोड़की हथवा रे सोहराऊ, हथवा रहा रे पिराई

'सरऊ! जौ लादना है तो गीत गा के जी चुरा रहे हो। चल रे गर्दभ! चल!'

चल पड़े शताधिक पाँव जिस ओर, गई उधर ही सभ्यता, और पली-बढ़ी संस्कृति। निर्माण, विकास और विचारों की गति से समाज पल-पल आगे बढ़ता रहेगा यह विश्वास कृष्ण को है। और कृष्ण के अश्व नाधे जा चुके हैं। बलराम भी बैठ गए हैं रथ में। बैलगाड़ियों, लैदून पशुओं, रथों का एक रेला निकल पड़ा है। पूरे मार्ग पर विचार करें तो यात्रा की लड़ी टूटती नहीं है, हर एक योजन की दूरी पर यात्रियों का समूह चलता हुआ दिखाई दे जाएगा।

'पीछे छूट रही मथुरा, दूर हो गया वृन्दावन, गोकुल की स्मृतियाँ ही रह गईं। कई मित्र, सखा-सखियाँ कहाँ छूट गए! अब स्मृति पर बल देने पर याद आएँगे नाम। वे पुराने वृक्ष जो पहचानते थे, वे नदियाँ जो पुकारती थीं, वे मार्ग जो नमन करते थे, वे खेत जो मुस्कराते थे, छूट गए सब के सब। वे स्वाद अब कहाँ मिलेंगे? माटी-पानी सब बदल जाएगा। वह वंशी की तान! पता नहीं अवकाश मिलेगा कि नहीं। कार्य का बोझ जीवन की मस्ती घटा देता है। कर्म उतना ही जितना मस्तिष्क सह सके, पीठ पर इतना न लाद दो कि पीठ भार उठाने लायक ही न रहे।....और अब तो समझने-समझाने के दिन आ गए। चिन्ता तो इस बात की है कि समझदार को कैसे समझाएँगे, वही आडम्बर भी करते हैं देखा-देखी। वहीं अन्धविश्वास फैलाते हैं, विश्वास बनाकर। समाज को बचाना ही होगा इस आत्मघाती मूर्खता से। यह धरती हमारी है, श्रम करने वालों की है। यह धरती इन्द्र की नहीं है'—कृष्ण न जाने क्या-क्या सोच रहे हैं। उनकी आँखें भर गई हैं।

रथ मंथर गति से आगे बढ़ रहा है। बैलगाड़ियाँ मचर-मचर चली जा रहीं। गाँव छूटने की पीड़ा सबके चेहरे पर स्पष्ट है। और आगे मार्ग दिख रहा है। साँझ होने वाली

है। दूर कहीं गाँव दिख रहा है। और बहुत दूर हो गई मथुरा, हस्तिनापुर, शूरसेन, पंचाल भी बहुत पीछे छूट गए।

'कृष्ण महाराज से कहो कि अब साँझ हुई है, आगे गाँव दिख रहा है। पड़ाव वहीं पड़ेगा।' बूटन ने धियानी से कहा।

'हाँ, इसके बाद की यात्रा कठिन है। आगे रेत ही रेत है।'

कृष्ण-बलराम ने विश्राम की आज्ञा दे दी। वे चाहते भी हैं कि यहीं विश्राम हो। अष्टभुजी से यहीं भेंट भी होनी है। वही कन्या जिसे लेकर योगिनी भागी थी कंस के हाथ से लपककर। पीछे दौड़ रही थीं—विजया, वैष्णवी, चन्द्रिका। सब अपने विश्राम का आनन्द लेंगे और कृष्ण अष्टभुजी से बात करेंगे।

पड़ाव पड़ गया। बैल सुस्ताने लगे। अश्व थके नहीं हैं लेकिन बैल जो लैदून हैं या गाड़ी में जोते जाते हैं, थक कर चूर हैं, भार तो उनके ही कन्धों पर है, और पुट्ठों से शक्ति तो उन्हें ही लगानी पड़ती है। आसन बिछ गए हैं। कहीं कुछ भोजन हेतु पक रहा है। चर्चा हो रही है। पशुओं के चारे की व्यवस्था गाँव के लोग करेंगे। पहले से ज्ञात है कि कृष्ण महाराज की यात्रा है, वे अपने समूह के साथ लम्बी यात्रा पर हैं, द्वारका तक जाएँगे। पड़ाव निर्धारित है, और वहाँ के लोग व्यवस्था हेतु सचेत हैं। कहीं कोई कठिनाई नहीं है।

'एक स्त्री अपने साथियों के साथ आपसे मिलने की इच्छुक है।' धियानी ने कृष्ण से कहा।

'आने दो।'

'मैं अष्टभुजा हूँ श्रेष्ठ!'

कृष्ण की दृष्टि उसके मुख पर ठहर गई। पलकें भूल गईं कि नयन के लिए मेरा झपकना आवश्यक है। 'अष्टभुजा! यही मेरे प्राण की प्रथम रक्षक थी। इसी के प्राण संकट में थे मेरे लिए। अष्टभुजा! क्या सार्थक नाम है! मैं तो धन्य हो गया!' कृष्ण ने मन-ही-मन कहा।

'बैठिए! अहा! क्या सुख मिला आपको देखकर दीदी!' कृष्ण की प्रसन्नता का ठिकाना नहीं।

'मैंने भी अपना सगा पा लिया है। भाई से पहली बार मिल तो रही हूँ, देख भी पहली बार रही हूँ, जिस कान्हा के बारे में प्रतिदिन सोचती थी। कैसा होगा मेरा कान्हा? मेरा सब कुछ तुम्हारा है कृष्ण। हम जेल में जन्मे और निकले हैं—एक ही दिन, एक ही रात, एक ही वातावरण, एक ही कारण। कान्हा कितना सोचा था कि भैया मिलेगा तो ये कहूँगी-वो कहूँगी, और तुम्हें देखकर आज सब कुछ भूल गई हूँ। मैं विन्ध्य क्षेत्र का व्यंजन लाना भी भूल गई। तुम्हारा यहाँ आना सुना था और यह भी ज्ञात हुआ कि तुम मिलना चाहते हो, मैं भागी आई। मेरा रथ देखो खड़ा है, अश्व अभी भी स्वेद से तर हैं। कान्हा मैं तुम्हें कितना चूमूँ, कान्हा! भैया!'

फूट-फूट कर रो पड़ी अष्टभुजी। कृष्ण भी रोने लगे। ऐसी संवेदनात्मक घड़ी सम्भवतः नहीं आई कभी। कृष्ण को बहन के मिलन का यह प्रथम आभास है। कृष्ण सामान्य रहते हैं। देवकी और वसुदेव से मिले थे तब भी सामान्य थे। नन्द बाबा छूट

गए, कोई विशेष प्रतिक्रिया नहीं हुई। लेकिन आज वह उनके सामने है जो उन्हें बचाने के लिए अपने प्राण लेकर कंस के कारागार में आ गई थी। एक बार फिर कृष्ण को ऋतु का आभास नहीं है। वे यह भी भूल गए हैं कि उन्हें कहाँ जाना है।

संवेदना देर तक ठहरती नहीं। कृष्ण सामान्य हो गए। अष्टभुजी ने भी नयन पोंछ लिया। बरसाती नक्षत्रें विदा हो रही हैं सो साँझ को हलकी सिहरन का अपना अलग ही सुख है।

'सुना है कि तुम स्त्रियों के हित हेतु कार्य कर रही हो?' कृष्ण ने पूछा। अभी भी उनकी आँखें गीली ही हैं।

'हाँ कान्हा, जो समझ में आता है मैं करती हूँ। मेरे पास बहुत सारी स्त्रियाँ हैं। कई गाँव जुड़ गए हैं। कम-से-कम एक गाँव में पाँच स्त्रियाँ तो हैं ही। मैंने भी सुना है कि तुम अलौकिक शक्ति के कारण विजयी हो रहे हो। मेरे लिए क्या कह रहे हो, जो कहो वही करूँ।'

'व्यक्ति बहुत स्वार्थी है बहन!' कृष्ण की आत्मीयता देखते बनती है—'मेरे पास शक्ति नहीं है कोई बाहरी, सब मेरे भीतर है। शक्ति नहीं युक्ति कहो। मैं धैर्य और समझ से कार्य करता हूँ। ये देव मुझे शक्तिमान मान रहे हैं। अनेक प्रकार के गुणों, विशेषणों का बोझ मेरे माथे पर लाद रहे हैं। मैं इन्हीं के बीच से कुछ सार्थक कर लेता हूँ। हाँ, तुम अब जो करोगी एक योजना के अनुसार करोगी, मेरे निर्देशन में।'

'जी, मुझे आप पर विश्वास है।'

'जितने भी जनपदीय प्रमुख कंस के विरोध में थे, वे मेरे पक्ष में हैं। तुम्हारी योजना वहाँ तक जा सकती है। तुम्हें पहला कार्य करना है कि जितनी भी लक्ष्मी बनी स्त्रियाँ घूम रही हैं, वे देवों के प्रभाव में हैं, उन्हें तुम अपना सदस्य बनाओ। वे अब तुम्हारे लिए कार्य करेंगी, यह आदेश है मेरा।'

'भैया मैं भी तो देव-प्रभाव में हूँ।'

'ओ! यह बात है!' कृष्ण हँसे—'सुना था कि योगिनी, विजया, वैष्णवी, चन्द्रिका अभी तक स्वस्थ हैं। यही तुम्हारी रक्षक हैं, माँ से बढ़कर।'

'मुझे पाला है माँ योगिनी ने। विजया तो प्रतिदिन आती रहती हैं। इन्हीं माँओं के कारण मैं देव प्रभाव में हूँ।'

'मैं आर्य-अनार्य एक करने की शपथ में हूँ। भेद मिटना चाहिए बहन। हमारे प्राण इसी भेद के कारण संकट में थे। तुम्हारा क्षेत्र आदिवासी है। वहाँ काम करना कठिन तो है, असम्भव नहीं। अपनी माँ को समझाओ, कहो कि मैं साथ हूँ। तुम संगठन बनाओ। हम माँ का सम्मान करते हैं। तुम्हारे क्षेत्र की जितनी भी माएँ हैं, वे सम्मान से जी सकें। कोई पुरुष अपनी स्त्री को भगा न सके। वृद्ध स्त्री की पूरी सेवा हो। निडर होकर किशोरियाँ और युवतियाँ घूमें।'

'भैया, मैं एक विरोध कर चुकी हूँ, कन्यादान का। योगिनी माँ बिगड़ पड़ीं। बोलीं कि 'तुम देव-कार्य में बाधक क्यों हो रही हो? देव कन्या को दान में ले रहे हैं।' भला स्त्री-पुरुष का दान होता है? हम कोई गाय-भैंस हैं? मैंने कहा—'माँ तुम चाहे जितना बिगड़ लो, मारो मुझे, घर से निकाल दो लेकिन कन्यादान का मैं विरोध करूँगी और

विन्ध्यक्षेत्र में तो होने नहीं दूँगी। कन्या की हत्या भी नहीं होने दूँगी।' कान्हा मेरी भी एक सेना है—मूसल, पत्थर, लट्ठ के साथ।'

'कभी मिलूँगा तुम्हारी माँ से। वे भी मेरी होकर रहेंगी। समय-समय पर मैं तुम्हें अपनी योजनाएँ बताऊँगा।'

'कान्हा अपनी वंशी बजाकर सुना दो। कभी सुनी नहीं वंशी तुम्हारी। जानती हूँ कि तुम अच्छा बजाते हो, कोई राग छेड़ दो कान्हा!'

और कृष्ण ने स्वीकार किया। वंशी की ध्वनि राग बनकर पूरे पड़ाव क्षेत्र में गूँज गई।

आगे पड़ाव है, चौपाल लगेगी।

यात्रा बढ़ रही आगे। निश्चित पड़ाव पर तीव्र अश्व धावक निर्धारित गाँव के ग्रामणी को सूचना देता कि कृष्ण-यात्रा आ रही है। उसे भी पहले से ज्ञात है कि कृष्ण आने वाले हैं, विश्राम यहीं करेंगे।

कृष्ण अष्टभुजा की स्मृति में खोए रथ पर ऊँघ रहे हैं—'कितना दूर हो गया हूँ अपनी बहन से। कैसे पली-बढ़ी होगी। मैं गोपों के साथ और वह देवियों के साथ। आदिवासी क्षेत्र में देवियों का जीवन निश्चित ही सामान्य नहीं रहा होगा। वैसे अष्टभुजा है तीव्र बुद्धि की, युवा है और पुरुष से कम शक्ति नहीं रखती। बाँह कसकर पकड़ ले तो आसानी से कोई मल्ल भी छुड़ा नहीं सकता। देखने से लगता है कि अष्टभुजा मल्ल और झल्ल दोनों है। क्या देह का सौष्ठव है! उसे खीर पसन्द है, हम भी मीठा भात ही खाते रहे हैं। अगले पड़ाव पर खीर ही बँटेगी।'

कृष्ण पूरे दिन ऊँघते रहे। उन्हें यात्रा में अपना प्रचार भी करना है। ये यात्रा 'प्रचार-यात्रा' होगी, यही सोच रखा है कृष्ण ने। फिर वे सोचने लगे—'इन्द्र से समझौता कर लेता तो कोई संकट ही न होता—न प्रचार न यात्रा-कष्ट। अब तो मार्ग तय ही हो गया है, तो व्यर्थ सोचना क्या? हाँ, अब नए प्रकार का स्वभाव बनाना होगा, जीने का प्रकार बदलना होगा, सोच और देखने का तरीका भी। अच्छे दिन की कल्पना ही नहीं, वास्तविकता में दिखे अच्छा दिन। दूर करने होंगे सारे अन्धविश्वास, उखाड़ फेंकने होंगे आडम्बर। मैं तो कहता ही रहता हूँ, 'मोक्ष कुछ नहीं है, व्यर्थ का शब्द है यह। मोक्ष का अर्थ है मुक्त होना। क्या कोई कर्म से मुक्त हो सका है, और मृत्यु के बाद तो सभी मोक्ष प्राप्त करते हैं—मुक्त हो गए जीवन से, देह से।'

ठहर गई यात्रा। उपवन में पड़ गया पड़ाव। पूर्व की भाँति बैठक जम गई। भात पकने लगा, दूध उबलने लगा और बजने लगे वाद्य—तुरही, नगाड़ा, झाँझ, ताल, वंशी। कोई ऊँची ध्वनि से बोला—'सभी भूमि गोपाल की।' सभी गोपाल हैं जो खेती करते हैं, गाय पालते हैं। हमारी संस्कृति मोर संस्कृति है। मोर का अर्थ किसान ही तो है।

कृष्ण उठे और चौपाल में चले आए। यहाँ मदिरा की मस्ती भी है, नृत्य भी, गायन भी। कोई स्त्री की चाल चल रहा है तो कोई मल्ल की नकल उतारकर ताल ठोंक रहा है।

उहाँ लागत बा रे घाम, देहिया के सूरत बिगड़ जाई
झुलस जाई नरम रे चाम, नदिया में डुबुक-डुबुक नहाई।

आपी-आपा के सब हैं। कोई कवि नहीं है लेकिन रच रहे हैं गीत। कोई संगीत नहीं जानता और पीट रहा है ढोल। कोई नृत्य नहीं जानता और मटका रहा है कटि। मस्ती ही मस्ती! कृष्ण देखकर हँस रहे हैं। बलराम गम्भीर बने बैठे हैं, जैसे कुछ घट गया हो और उनका मुँह फूल गया हो। यात्रा उन्हें अच्छी नहीं लग रही है।

कृष्ण नाचने लगे। जीवन नृत्य है। पाँव के ताल का क्रमबद्ध आघात। पाँव ताल से मिलान करती कटि मटकती हुई, फिर हाथ नृत्य का संकेत करते। उनके साथ कई नाचने लगे। 'ये छलिया है, अबूझ है, व्यंग्य है, गीत है, संगीत है। अरे कान्हा तू किस माटी का बना है रे! मल्ल हो या कोई युद्ध या कोई विचार-बैठक तू भारी रहता है सब पर।' बलराम सोचते रहे, नृत्य का आनन्द लेते रहे।

'तू नाचना बन्द कर कान्हा।' बलराम ने रोका—'तू तब भी नाच रहा था जब कालयवन मरा। तू नाचता रहता है! कुछ और करने-कहने को नहीं है क्या?'

'ये नृत्य बड़ी वस्तु है भ्राताश्री। कालयवन के समय के नृत्य ने मुचुकुन्द को आकर्षित किया कि नहीं? कंस मामा जब मरे तब के नृत्य ने तनाव दूर किया कि नहीं? नृत्य आनन्द है भैया! नृत्य न हो तो जीवन क्या? महादेव तो नाचते ही रहते हैं। इन्द्र नृत्य देखे बिना न सो सकते हैं न सोच। नृत्य देखना उनकी दिनचर्या में है। अब नृत्य के माध्यम से आज की बतकही होगी। आप देखते रहिए।'

और बैठ गए हैं—उद्धव, अक्रूर, ज्ञानदेव, लोहित, सात्यकी, श्वफलक, श्याम, गन्धभोज, देवक, बूटन, अकलू, सगेदू, काठा, छाछी, जमुनी, मटकी, छुछनी और कई गोप-गोपियाँ जो भागीदारी करेंगे, सुनेंगे।

'भ्राता बलराम जी डाँट रहे हैं कि नाचना मैं बन्द कर दूँ। मित्रो! हम अपना सब छोड़ आए—खेत, गाँव, सम्बन्ध और प्रकृति। भला नाचें न तो मस्तिष्क कैसे ठीक रहेगा। लेकिन हम मात्र पाँव थिरका कर, मटक-मटक कर ही नहीं रुकना चाहते। आगे हमें निर्माण करना है। नृत्य में सभी अंग क्रियाशील होते हैं तो हमें अपने निर्माण में हर प्रकार से तैयार रहना है। सुस्त रहकर आलस्य में जीकर हमें दुर्गंध नहीं सूँघना है। तो आइए हम अपना मस्तिष्क तनावमुक्त रखें, दन्त पंक्तियाँ चमकती हों, स्वच्छ हों। जीभ पर हमारा अधिकार हो, जो आप चाहें वही वह बोलें। लपलपाती जीभ उचित नहीं। बाँह और कन्धे मजबूत हों। कन्धा अवरुद्ध हो जाएगा तो शौच भी ठीक से धो नहीं सकते। गतिशील कन्धों पर ही हमारा पूरा निर्माण टिका है। कटि, नासिका, स्तन, छाती, नेत्र, कपोल, ओष्ठ सब सन्तुलित हों तो फिर देखिए कि यात्रा क्या सुख देती है। आज आप सभी मदिरा की मस्ती में हैं। यह मस्ती क्षणभर की है। जीवनभर का आनन्द निर्माण है, आप सभी को द्वारका क्षेत्र का विकास करना है, तब देखिएगा कि मस्ती कितनी देर रहती है।'

'मान्यवर, वहाँ भाषा की कठिनाई रहेगी।' अक्रूर बोले।

'आप कहीं भी जाएँ श्रेष्ठ, भाषा, बोली-बानी की समस्या तो रहती ही है। हर

कोस आपका लय बदल जाता है, बोली का संकेत हो या बोलने में स्वरों का उतार-चढ़ाव, वह बदल अवश्य जाता है। लेकिन हम भाषा जल्दी सीख लेते हैं। यह कोई गम्भीर समस्या नहीं है। और आपका अधिकार वहाँ पहले से है, हम कोई अपरिचित से नहीं रहेंगे। मुझे भी जानने-मानने वाले हैं। आप चिन्ता न करें।'

'हमारी एकता रहेगी तो कठिनाई नहीं होगी?' लोहित का स्वर ऊँचा है।

'एक नहीं रहेंगे तो मार नहीं दिए जाएँगे?' सगेदू बोले।

'यहाँ कोई भेद नहीं है। कोई भी अपनी बात कह सकता है।' उद्धव ने कहा—'हमारी प्रत्येक विजय आप सबकी एकता ही है। इतने शक्तिशाली कंस क्या हमसे हिल सकते थे?'

'वहाँ तो बौद्धिकों ने पूरा सहयोग दिया था। जिस राज्य के बौद्धिक, किसान जिसके पक्ष में हो जाएँ, उसे तो सफलता मिलनी ही है।' कृष्ण को अच्छा लगा कि चलो विमर्श प्रारम्भ तो हो गया—'हम सब अपने कुल के कई लोगों को छोड़ आए हैं। हमने सलाह से निर्णय लिया है कि मथुरा छोड़ना ही उचित है। जीवन का उद्देश्य मात्र लड़ाई नहीं है, कुछ सार्थक होना चाहिए, और इस हेतु समय चाहिए। हमारा समय युद्ध और संघर्ष में व्यय हो रहा था। हमारे कई बन्धु रैवतक में बसे हैं, हम वहीं निकट का क्षेत्र बसा लेंगे। अब तो यवनराज कालयवन भी नहीं रहा कि वहाँ तक खदेड़ने आएगा। लेकिन एक बाद याद आ रही है कि बौद्धिक डरता बहुत है। कालयवन को आगे बढ़ने की कला ऋषियों ने ही सिखाई थी। वे मार्ग बताते-सुझाते थे। कहीं लोभ था तो कहीं डर, और बौद्धिक को लोभ भी थोड़ा-बहुत रहता ही है। वह खेती तो नहीं करता, न गाय पालता है। वह सब करवाता है, अपने चिन्तन का दिखावा भी करता है।' कृष्ण हँसे।

'आप तो बौद्धिकों की आलोचना कर रहे हैं।' उद्धव को अच्छा नहीं लगा।

'आलोचना से ही बौद्धिक निखरता है। वह यात्रा करता है, जैसे हम आज कर रहे हैं। पानी, बानी, छानी सब भिन्न होते जा रहे हैं। अब आलोचना नहीं होगी तो बताइए हम अपनी भूलें कैसे सुधारेंगे? हम प्रकृति से प्रेरित हैं, हमारी यात्रा लम्बी है। यदि हम यात्रा न करते तो मर-खप गए होते, आज जो भी हम हैं चलते रहने के कारण हैं। अब हमारा चलना कर्म के आधार पर होगा। युद्ध नहीं। कोई लड़ाई नहीं। हम किसी देव, दानव, असुर, सुर को नहीं मानते, आर्य-अनार्य को भी नहीं। हम कर्मशील हैं, यही हमारी पहचान है। पत्थर काटने वाले, रथकार, कुम्भकार, सूत कातने वाले, बढ़ई, उपकरण गढ़ने वाले क्या बौद्धिक नहीं हैं? हम तो अपनी गाय को ही इष्ट मानते हैं। वह दूध देती है और गोबर से खेत की उर्वरा शक्ति बढ़ाती है। गाय का चर्म भी काम आता है। वह मर जाती है तो उसके मांस से गिद्ध अपनी भूख मिटाते हैं। हमारी देह किस काम की? पता नहीं कहाँ से यह चलन आ गया कि सभी अपना-अपना इष्टदेव बना रहे हैं। हम फँस रहे हैं साथियो! मैं तो कहता हूँ कि जिससे हमारा सांसारिक कार्य सिद्ध होता है, वही हमारा इष्ट है।'

'इष्ट हमारे तो आप हैं।' काठा ने बोलने का साहस दिखाया।

'कृष्ण महाराज की जय!' अकलू ने उद्घोष किया।

'जितने भी निर्माण-कर्मी हैं, उनकी आवश्यकता द्वारका में है।'

'कान्हा अब बात-बतकही छोड़ो। भात पक गया है, खीर भी...चलो! संकोच में तुमसे कोई कुछ कहेगा नहीं। भूख सबको लगी है। प्रातः यात्रा भी करनी है।'

चरकू, मेढकी, डमरा चाहते हैं कि वे अपनी टोली के साथ बतियाएँ लेकिन कृष्ण-बलराम चौपाल लगा लेते हैं। कृष्ण समझ गए कि ये ऊब रहे हैं। अब सबकी टोली अलग-अलग बतकही जमाएगी।

यात्रा चलती रही। जैसे चलती है कथा, जैसे बहती है नदी, जैसे बहती है पुरवाई, चलती रही यात्रा। आगे बढ़ने का आनन्द ही और है। नदियाँ, टीले, बरसाती नाले, यात्रा में पड़ने वाले गाँवों की संस्कृति, खेती के प्रकार, और आगे बढ़ती रही यात्रा।

कृष्ण कहा करते हैं बलराम से—'जैसे कथा में रौद्र, भय, उत्साह, करुणा, श्रंगार, प्रेम, सम्भोग, ईर्ष्या, मोह आदि कई भावनाओं, विषयों का मेल होता है, उसी प्रकार यात्रा में भी।' बलराम सुनना नहीं चाहते, फिर भी सुनते और कहते—'प्रेम हो गया क्या?'

कृष्ण ने कहा—'हाँ भ्राता थोड़ा प्रेम जाग गया है। मुझे विवाह की आवश्यकता हो रही है। रुक्मिणी से परिचय हुआ है। प्रेम पराकाष्ठा पर हो तो बात आगे बढ़ाऊँ। आप तो जानते हैं कि मैं प्रेमी व्यक्ति हूँ, क्रोधी नहीं।'

'जानता हूँ, तुम क्रोधी नहीं हो। लेकिन भीतर तुम्हारे आग तो है। मुख पर शीतलता अवश्य रहती है तुम्हारे। वैसे क्रोध भी आवश्यक है कृष्ण, और दिखना भी चाहिए। कभी-कभी क्रोध का रूप लड़ाई शान्त करा देता है। लेकिन भीतर का क्रोध तो उचित नहीं है।'

'आप सही नहीं कह रहे हैं कि मेरे भीतर आग है। मैं सदैव सामान्य रहने का प्रयास करता हूँ। हाँ क्रोध भी प्रेम के लिए हो तो अच्छा है। क्रोध कल्याण के लिए होना चाहिए, विनाश के लिए नहीं। और क्रोध की अधिकता तो सबका नाश कर देती है। मुझे पता है भैया कि सत्य कटु होता है। हमें वास्तविकता की अनदेखी नहीं करनी चाहिए, भावुकता ठीक है लेकिन इतनी भी नहीं कि सत्य छिप जाए। हमारा जीवन केवल रंजन नहीं है। नृत्य तो होता रहेगा, बाँसुरी आज नहीं तो कल बजा लेंगे, लेकिन अभी क्या आवश्यक है वह करना है। और अभी हमें मस्ती से यात्रा करनी है, मार्ग में जो मिलते हैं उनसे संवाद करना है और गोप-संस्कृति का प्रचार भी...।'

'तुम लगते हो बौद्धिक भाषण देने। ऊब नहीं होती तुम्हें?'

'भ्राताश्री!' कृष्ण ने जैसे बलराम को सुना ही न हो—'हम खाद्य ही तो एकत्र करते थे, आखेट करते, मछली पकड़ते और न जाने क्या-क्या किया इस पेट को भरने के लिए। फिर पालने लगे पशु, भेड़, बकरी, गाय, भैंस, सूअर और करते रहे खेती। आम की गुठली भूमि पर गिरी और उग फूट गया अंकुर, बेर भी उगा, अन्न को उगते-बढ़ते देखा हमने, और तब जाना कि यहाँ भी पेट भरा जा सकता है। मांस

ही नहीं अन्न भी हैं पेट भरने के लिए, स्वाद फलों में भी होता है। घास-पात से भी स्वस्थ रहा जा सकता है।'

'तुम कितना बोलते हो कृष्ण! अब चुप रहो! लगे गाथा कहने।' अब बलराम पूरी तरह झुंझला गए हैं। लेकिन कृष्ण चुप नहीं होंगे। उन्होंने इस बार भी बलराम को अनसुना कर दिया है।

'...हमारे पास छोटे-छोटे खेत हैं। हमारे किसान भाई दो बीसी अँजुरी खेत से ही जी-खा लेते हैं। देखिए खेतों को देखिए। मूँग, उड़द, कोदो कट गए हैं। ज्वार भी पक गया है, सावाँ और तिल भी। अभी धान पकने में देर है। आप तो वास्तविक किसान हैं भैया! तो देखिए न खेत-खलिहान और इस यात्रा को अपना स्नेह दीजिए। एक हल से लेकर बीस हल तक के किसान हैं यहाँ। देखिए सबके घर सामान्य हैं। बड़े किसान होते तो घर के आगे बड़ा-सा घेरा बनाते।...हम शिल्पी हैं भैया, अब हमारा शिल्प द्वारका के निर्माण में दिखेगा। हम आगे बढ़ेंगे, खेती करेंगे, घर बनाएँगे, पशु पालेंगे, यही हमारी प्रगति है। लेकिन इसमें नया होना चाहिए। द्वारका में भी अपना कुल बसा लेंगे। पहले हमारे कई कुल पशुओं के नाम पर थे, अब हमारे पूर्वज होंगे हमारी पहचान।'

कृष्ण बोलते रहे। बलराम अनसुने जैसे बैठे रहे। रथ बढ़ता रहा। छूटते रहे गाँव। और कृष्ण बतियाते रहे, वे यह भी जानते हैं कि भ्राताश्री सुन नहीं रहे हैं, उनकी बुद्धि कहीं और लगी है। और बलराम सोचते रहे कि क्यों आज कृष्ण के रथ पर बैठ गया।

बहुत कठिन है कृष्ण को सुनना और समझना।

कृष्ण जानते हैं कि विचार तभी पैदा होगा जब उसकी भूमि तैयार होगी। विचार हमारी थाती है। अब द्वारका में कोई शोषित नहीं रहेगा। कृष्ण शोषण के विरुद्ध हैं।

मथुरा में वातावरण नहीं बन रहा था। वे चिन्ता में थे कि जो कर्म कर रहे हैं वही सताए जा रहे हैं। कृष्ण अपनी शक्ति बढ़ाकर मथुरा में भी शोषण रोकेंगे। श्रम करने वालों का सम्मान होगा, उन्हें अधिकार मिलेगा। और द्वारका ऐसे नहीं बनेगी, वहाँ कठिन परिश्रम करना होगा। कहाँ लगेंगे वृक्ष, कहाँ बाँध बनेगा और खुदेगा कहाँ तालाब। बसाने होंगे गाँव। चास-पर-चास जोतने होंगे खेत। नए मार्ग भी सोच-समझकर कि जाएँगे किधर से। निर्माण में संघर्ष है, स्वयं से लड़ना होगा, तब कहीं बनेगी द्वारका-दर्शनीय! और ठोकर तो जैसे कह रही है कि चलो उठो और आगे बढ़ो।

कई दिन की यात्रा के बाद आ गई साँभर-झील।

'कितना बड़ा जलाशय है!' सगेदू को आश्चर्य हुआ।

'मुँह मत बा! उहाँ चलके बनाना है ऐसा ही।' काठा बोला।

और अब छिड़ गई है बतकही। आज जलाशय के किनारे दिन भी बीतेगा, और रात भी। फिर तो आगे पहाड़ है, रेत है, कठिन डगर है द्वारका की।

'सुनो-सुनो! जो सिखाए हैं कृष्ण महाराज, ऊ याद रखो।'

'का भैया?'

'हम चले आए हैं पूर्वजों से दूर। जो हमें धरोहर मिला है उसे सँभाल कर रखो। और डरो मत देवों से, देव डरपोक हैं। एक घुड़की में पादते फिरेंगे।'

'बूटन तो बिना डर के पादता रहता है।'

'का भैया! हवा तो सबको खुलती। रोक के देख पेटवा न फूल गया तो कहना।'

'अच्छा छोड़ो। कृष्ण महाराज कहे हैं कि मिलजुल के रहो, हमारी शक्ति बनी रहेगी। अपने परिवार में, पास-पड़ोस में, कुल में एकता बना के रखो कि कोई आ जाए लड़ने तो ऊ हग दे।'

'तुम न लड़ना अकलू।'

'और सुना ऊ यह भी कहे थे कि अब व्यर्थ की कथा नहीं होगी कि वो देव ऐसा था, तो इन्द्र देखता था नाच, देव स्त्री के पीछे भागता था। अब गाथा होगी किसान की, कथा होगी हमारी, बात चलेगी गाँव की कि—एक किसान गाँव में रहता था, उसके बैल स्वस्थ थे और दुधारू गाय थी...।

'हमारे घर की भी गाथा बना के कहो न धियानी!'

'अरे इस बूटन को चुप कराओ। ई बताओ कि तुम आज स्नान किए कि नहीं, देह से दुर्गंध आ रही है।'

'द्वारका में गोबर पाथकर बेचेंगे।'

'हे चरकू कुछ अच्छा नाहीं सोचे का?'

'मेढकी भाई! चरकुआ ठीक तो कहत है। उहाँ बहुत गाय मिलेंगी तो का गोबरा खाएँगे?'

'चलो तो उहाँ, देखो कि का-का होत है। उहाँ मल्ल भी होगा, झल्ल भी और किसानी भी होगी। लेकिन भाई हम भी अपना एक दल बनाएँगे। कृष्ण महाराज से कहेंगे कि हमारी टोली को भी हाँ कहो। कह तो रहे थे कृष्ण महाराज कि उहाँ परजा का राज रहेगा।'

'कहीं परजा राज करती है! सब मूरख बनाते हैं। हम तो पैदा ही हुए हैं कि गोबर काछते रहें।'

'इसी गोबरा पर खेतवा टिका है रे! नहीं तो इहाँ बाल बराबर अन्न न होय।'

वाद-विवाद छिड़ा है। कोई मदिरा पी रहा है, कोई दूध, कोई स्नान करके दंड-बैठक पेल रहा है, कोई अपनी स्त्री से बतिया रहा है। यात्रा की मस्ती और सन्देह कि होगा वहाँ क्या और विश्वास भी कि जब कृष्ण हैं और कृष्ण का पूरा संगठन है तो हम प्रजा को चिन्ता क्या। निर्देश तो उनका ही होगा। और कई निर्देश मिले हैं—'साँड़ हमारा प्रतीक है। जहाँ भी अवसर और स्थान मिले, वृक्षों के तने पर, किसी पाषाण पर, साँड़ का मुख बनाते चलो, मछली भी। यही तो हमारे ध्वज पर रहती है चिपकी हुई। चक्र भी बनाओ, पहिए की तरह, यह कृष्ण का प्रतीक है और हमारी यात्रा आगे बढ़ रही है। हमारी प्रगति का चिह्न है यह पहिया।'

निर्देशों का पालन करते, आगे बढ़ती यात्रा में कठिनाइयों का सामना करते लोगों

में तनाव नहीं है, थकान भी नहीं। हँसी, मस्ती, नयन सुख लेते आगे बढ़ते हुए लोग भोग-सम्भोग का भी सुख प्राप्त कर रहे हैं। कारण है कि कृष्ण के यहाँ अपनी बात कहने की स्वतंत्रता है।

आगे बढ़ गई यात्रा। पर्वत की चढ़ाई है। और पास ही होगा परशुराम का क्षेत्र और आश्रम भी। कृष्ण से देर तक वार्ता हुई। कृष्ण आश्रम में ठहरे हैं और बलराम भी। शेष लोग उसी तरह रात बिताते गाँव के किनारे। भार्गव वंश परशुराम को अपना अगुआ मानता है। परशुराम ने आश्रमों का विस्तार किया है। आश्रम के श्रेष्ठ को परशुराम ही कहा जाता है। वैसे परशुराम प्रमुख अब कहीं जाते नहीं। चक्र का ज्ञान उन्होंने ही कृष्ण को दिया है।

'आप सभी परशुराम हैं?' कृष्ण ने पूछा।

'जी, हम परशुराम हैं। लेकिन परशुराम प्रमुख की आज्ञा है कि अब कोई परशुराम नहीं होगा। हम सभी फरसा रखते हैं। लेकिन अब हम अपनी भूमि देवपुरुषों को दान दे देंगे। हाँ, श्रेष्ठ का आदेश है कि हम सभी परशुराम आश्रमवासी, सभी भार्गव आपका साथ दें। आप चाहें तो यहाँ भी कई गाँवों की भूमि अपने अधिकार में कर सकते हैं।'

कृष्ण मुसकराए। जैसे वे भूमि भी चाह रहे हों और मना भी कर रहे हों। वे पूरी रात भार्गव वंशी परशुधारियों से वार्ता करते रहे।

बढ़ती रही यात्रा। पार होता रहा पर्वतीय मार्ग। और आगे रेत ही रेत!

कौन जानता था कि परशुराम आश्रम में परशुराम श्रेष्ठ ही थे, जो अपनी पीठ की शाखा का निरीक्षण करने आए थे, लेकिन कृष्ण तो जानते ही थे!

और कृष्ण तो बहुत कुछ जानते हैं। वे साधारण जन और शोषितों को भी जानते हैं। सबको एक करने पर तुले हैं, अधिकार दिलाने के प्रयास में हैं। लेकिन प्रतिदिन उनका प्रेम भी कुंडी बजा रहा है। वे रुक्मिणी को याद कर लेते हैं। बात विवाह तक नहीं पहुँची है। लेकिन इस समय रुक्मिणी की याद एक किनारे है। वे सोच रहे हैं परशुराम के ही बारे में—'भला हुआ कि परशुराम ने खेती करने की घोषणा कर दी है। वैसे वे अपनी ही भूमि दान कर रहे हैं, अपने समर्थकों में। वे पूर्व में ही ढेर सारी भूमि अधिकार में कर चुके , अब वे बाँट रहे हैं। परशुराम ने उनको हानि पहुँचाई है, जो देवपुरुषों के हित में नहीं थे, समाज में एकाधिकार जताना चाहते थे। और अब तो परशुराम ने अस्त्र-शस्त्र त्याग दिया है। भार्गव वंशी अब युद्ध नहीं करेंगे, वे सामाजिक हो गए हैं। कृष्ण का यह प्रभाव है कि परशुराम स्वयं को सामाजिक कार्यकर्ता मान रहे हैं। परशुराम आश्रम का प्रत्येक समय सामाजिक है। सो अब खेती होगी, शस्त्र नहीं शास्त्र होगा।'

कई दिनों की यात्रा के बाद कृष्ण-बलराम द्वारका पहुँच गए हैं। ऋतु मनभावन है। लेकिन अब ऋतु का आनन्द ही नहीं लेना है, द्वारका बनानी है, ऐसी द्वारका कि पहचान हो कि 'कृष्ण की द्वारका!'

और बनने-बसने लगी द्वारका।

स्त्री चाहती है साथी
कि जहाँ बात बन जाए

कृष्ण का जीवन और समर्पित होता गया। विदर्भ, चेदि, मत्स्य आदि कई राज्यों में द्वारका की प्रतिष्ठा बनी रहे, यह कृष्ण की इच्छा है। जरासन्ध भी समर्थक हो जाए तो बात बन जाए। और जब बात बनती है तो साथी भी समान विचार का मिल ही जाता है।

वैसे अब द्वारका रच-बस रही है। कृष्ण का आवास अर्द्ध-वृत्ताकार है। दो मुख्य द्वार, आवास के किनारे छोटे-छोटे तालाब। प्रत्येक कक्ष में वातायन, हवा का प्रवेश और उसका बाहर निकल जाना। बैठक, विश्राम कक्ष, अतिथि कक्ष, चिन्तन कक्ष, मनोरंजन कक्ष, सभाकक्ष, व्यक्तिगत कक्ष और इसी तरह कई कक्ष कि आवश्यकता होने पर प्रयोग में लाया जा सके। कृष्ण की बाँसुरी प्रतिदिन प्रातः सायं बजती रहती है।

कृष्ण के बिना निर्देश के ही अन्नागारों, तालाबों, कूपों का निर्माण हुआ। नए मार्ग बने। एक दिन कृष्ण वंशी बजाते हुए सोचने लगे—'मेरी माटी भी क्या माटी है! मथुरा, गोकुल, वृन्दावन, फिर मथुरा और अब द्वारका! गिरही बनाते ही जीवन बीत रहा है। देह ने कई जगह की माटी का स्वाद लिया है। मुझे तो ग्राम या नगर विकास का प्रधान होना चाहिए। और देखिए कि कितना शीघ्र बदल रहा है सब।'

कृष्ण द्वारका भ्रमण हेतु निकलते तो देखते कि कितने आकर्षक भित्ति-चित्र बने हैं—हाथी, शेर, गाय, स्त्री, लता, मूसल, वंशी बजाता कोई व्यक्ति वृक्ष पर बैठा है, कोई गाय चरा रहा है। स्नानागार बने हैं घरों में। नालियाँ भी है पानी निकासी हेतु। आती-जाती बैलगाड़ियाँ और हल लिए जाते किसान कृष्ण को आकर्षित करते। उन्हें अपने होने की अनुभूति होती रहती। वे सोचते कि द्वारका आना व्यर्थ नहीं रहा।

और रच-बस गई द्वारका!

उपकरण खेती के सभी के पास हैं—हल, बरहा, द्रोण, खनित्र। खेल भूले नहीं हैं लोग। रहना और अच्छे से आ गया—केश, दाढ़ी-बाल, आभूषण, वस्त्र आदि से नए-नए प्रकार से सजना-सँवरना। व्यवसाय हो रहा है। गीत गाए जा रहे हैं ऋतुओं के। गाथा वाले गाथा बाँच रहे हैं। द्वारका में आनन्द ही आनन्द! आगे बढ़ने का सुख!

कृष्ण का कुल बड़ा था। वसुदेव की कई पत्नियाँ थीं। अक्रूर, श्वफलक, सात्यकि सभी कृष्ण के हैं। जन की कमी है न धन की न बल की। अब वे अपना परिवार बसाना चाहते हैं। स्त्री सुख के साथ-साथ संसार की गति आगे बढ़े। अपना एक रूप वे दे सकें, वे विचार करने लगे। लेकिन अभी बलराम भैया बीच में अटके पड़े हैं। लेकिन कितने दिन तक, उनका विवाह तो तय हो चुका है। वे शीघ्र ही एक स्त्री के प्रेम में गीत गाएँगे। हल कन्धे पर रख कर इतराएँगे। स्त्री-सुख का विचार आते ही उनकी मुस्कान पूरे दिन बनी रहेगी।

बलराम ने वृन्दावन की यात्रा की। मुचुकुन्द का हाल-समाचार लिया। वे संघ के निर्देशन में ही कार्य कर रहे थे। बलराम मित्रों से मिले और उन्हें एकता का पाठ पढ़ाया। उनकी गम्भीर बातें कोई सुनने को तैयार न था, सभी कृष्ण के विषय में सुनना चाहते थे। और चाहते थे कि कृष्ण एक बार ब्रज-क्षेत्र आकर दर्शन दे दें, अपनी वाणी

से मन भर दें, वंशी की धुन से पाँव थिरकवा दें। बलराम ने अपने विवाह की सूचना दी और मित्रों से पधारने का आग्रह किया।

निश्चित तिथि को राजा रेवत की पुत्री रेवती से बलराम का विवाह हो गया। कृष्ण ने हँसते हुए कहा था—'लो भैया आपके पाँव में बन्धन पड़ गया। बिना भाभी की आज्ञा के आप कहीं नहीं जा सकते, शौच भी नहीं।'

पूरे माह मस्ती और हँसी का वातावरण बना रहा।

द्वारका क्षेत्र में कई गाँव बस गए—खेतिहरा, हथनपुर, छेती, कोइलार, हथनाल, गोरगाँव, कुदारी, गायपुर, किछ्वापुर की चर्चा बहुत हो रही है। व्यक्ति जहाँ बस जाता है और समर्पण के साथ लगा रहता है तो वह स्थान सुन्दर हो जाता है। मन गिराकर रहना पीछे जाना है। यह अच्छा हुआ कि धियानी, लोहित, बूटन, काठा, सगेदू, अकलू, जमुनी, छुछ्नी, मटकी, छाछी एक ही गाँव में बसे हैं—कोइलार। और हथनाल में चरकू, मेढकी, बलामी, डमर, बबई ने अपनी गिरही बना ली है। प्रतिदिन बैठक होती है और बतकही का वातावरण बनता रहता है। यहाँ भी खुलकर बात होती है, सभी को अपनी बात कहने की स्वतंत्रता है।

शीत का मध्य। हेमन्त ने अपना प्रभाव दिखाना प्रारम्भ कर दिया है। लेकिन यह मथुरा नहीं है कि हाड़ काँपता रहे। 'बहुत अच्छा लग रहा है द्वारका में' यही सब कह रहे हैं।

'बड़ी शान्ति है भैया! किचकिच से दूर तो हुए।' सगेदू बोले।

'हाँ भैया! अब रहो अच्छे से। कह दो मेहरिया बच्चा पैदा करें और तुम हग-मूत कर अन्न पैदा करते रहो। खिलाते रहो, पालते रहो, पादते रहो—यही जीवन है।' काठा बोले।

'कभी तो ठीक से मीठा बोल बोलते।' सगेदू ने मुँह बनाया।

'का सही नहीं है, बोलो?' अकलू बोल पड़े—'इहाँ राजा की तरह रह रहे हो, समझे! उहाँ होते तो चूतड़ पर चार लात पड़ती रहती, तब लगता कि तुम हो संसार में।'

'अधिक मस्ती से चूतड़ फूल जाता है रे!' बूटन हँसे।

'अरे काठा! तनिक अलाव जला! आज कुछ शीत अधिक है।'

अलाव जल गया। पूरी रात बैठक करने का अभ्यास तो पहले से ही है। कार्य तो होता ही रहता है। कुछ मस्ती, कुछ बतकही न हो तो जीवन जैसे पत्थर का एक टुकड़ा, जैसे ठहरा हुआ गन्दा जल, जैसे ठूँठ पेड़, जैसे गोबर का कन्डा, जैसे बास मारता मूत, जैसे लकड़ाया मल। और ऐसी बात कोई कह दे तो लोहित लट्ठ लेकर छाती पर। लेकिन अब नहीं, यहाँ की बात ही और है।

'कुछ काम की बात भी हो।' लोहित को अपना उद्देश्य पता है—'हमें क्या करना है यह ज्ञात होना चाहिए। कालयवन जैसे बहुत घूम रहे हैं भू-भाग पर। यवनों का पूरा समूह वर्चस्व में है। ये यवन सिन्धु क्षेत्र में अधिक प्रभावी हैं। व्यापार करने के उद्देश्य से आए थे और अब अपना राज्य स्थापित कर रहे हैं। यहाँ तक भी आ सकते हैं। सागर

का तट बहुत लुभावना होता है। कोई भी आ सकता है। यवनों ने कई नगर बसा लिए हैं। ये तो अच्छा हुआ कि उनका प्रधान कालयवन मारा गया। हम सब असुर हैं लेकिन कृष्ण के प्रभाव में हैं। और कृष्ण महाराज आर्य-अनार्य एक कर रहे हैं। कुछ बातें मेरी अपनी हैं, जहाँ उनकी असहमति है लेकिन वे बड़े हैं, महान हैं, बौद्धिक हैं, कुलपति हैं, श्रेष्ठ हैं, और हम सामान्य। हम चाहते हैं कि यह समय असुरों का हो। लेकिन गर्ग ने सब काम बिगाड़ा है। वे चाहते तो कालयवन को अपनी ओर कर सकते थे। कालयवन को कहते हैं कि वह मूर्ख था लेकिन मित्रों उसके सम्बन्ध अप्सराओं से भी थे। उसके मित्र जरासन्ध, पौण्ड्रक थे। कई गोप भी उसकी ओर थे। मैं पोल नहीं खोलना चाहता हूँ। चलो! कालयवन नहीं रहा लेकिन वह अपनी यवन-संस्कृति तो छोड़ ही गया न!'

'अरे भाई! छोड़ो! अब क्या करना है कहो!' धियानी ने बात बढ़ा दी है—'इस समय कृष्ण विवाह के लिए चिन्तित हैं। बलराम रेवती को ले आए। अब कृष्ण की दृष्टि भीष्मक की पुत्री रुक्मिणी पर है। लेकिन शिशुपाल काँटा बना हुआ है।'

'तुम क्या चाहते हो मैं काँटा निकाल दूँ? मेरी कहाँ शक्ति?' लोहित थोड़ा चिढ़कर बोले और अलाव में फूँक मारने लगे।

'नहीं भाई! सब खेल नारद का है। मैं तो हर स्थान पर जाता हूँ सो जानता हूँ। नारद किसी के सगे नहीं हैं।'

'बात सही भी है। शिशुपाल की माँ कृष्ण की बुआ हैं। शूरसेन की पाँच बेटियाँ हैं—श्रुतश्रवा, पृथा, श्रुतदेवा, श्रुतकीर्ति, राजाधिदेवी। श्रुतश्रवा का विवाह चेदिराज दमघोष से हुआ है। दमघोष का सम्बन्ध हस्तिनापुर राज से भी है। शिशुपाल दमघोष का पुत्र है—कृष्ण की बुआ का पुत्र। विकलांग है वह। उसके जन्म के समय नारद आए और काँटा बो गए कि वसुदेव का पुत्र आने वाले समय में शिशुपाल का विरोधी होगा। झगड़ा तब से है। व्यर्थ की रार! कृष्ण को श्रुतश्रवा ने समझाया कि यह तुम्हारा भाई है, लड़ाई न करना तो कृष्ण ने कहा कि सौ त्रुटियों को मैं क्षमा कर ही दूँगा बुआ। भला कोई क्यों अपने सगे-सम्बन्धी से सौ त्रुटियाँ करेगा। शिशुपाल लगा है रुक्मिणी के पीछे। वह तो कामी है, लोभी है, बलात्कारी है, मनबढ़ई बहुत है उसके भीतर।'

'बलात्कारी! कहाँ से सूचना ले आए धियानी?' लोहित को आश्चर्य हो रहा है।

'घास नहीं छील रहा हूँ द्वारका में। मथुरा में नहीं हूँ अब। मैं विश्वासी हूँ कृष्ण महाराज का!...बभ्रु की पत्नी शालिनी थी। सुन्दर और काम-अंगों से आकर्षित करने वाली। पड़ गई दृष्टि शिशुपाल की। पहले तो आग्रह-निवेदन चलता रहा फिर बलात् घसीट लिया उसने। क्या करती शालिनी। शिशुपाल के पास शक्ति थी। जरासन्ध, पौण्ड्रक जैसे मित्र थे। वह चरित्र से ठीक नहीं है। कृष्ण महाराज कहते हैं—'स्त्री अपने अंगों को लेकर व्यथित है। क्या करे, कैसे सहेजे, जिसको देखो वही स्पर्श करने चला आ रहा है। स्त्री का आकर्षित करना उसका स्वभाव है, उसका होना ही हमारा होना है। हमारा प्रथम प्राण—आहार माँ से ही मिलता है। हमारा सौष्ठव भी स्त्री के कारण ही है। पहली क्रिया स्त्री से ही पालित-पोषित और निर्देशित होती है। लेकिन उसके साथ हठ नहीं, बलात् नहीं। स्त्री को प्रेम चाहिए।'

'इतना कठिन बोलोगे तो सब कपार के ऊपर से...।'

'थोड़ा कठिन भी सुन लो अकलू। बड़े लोगों के बीच में हूँ तो बोली-बानी उनके जैसी हो नहीं जाएगी का?'

'सुना है कि कृष्ण 'गणपति' नियुक्त कर रहे हैं। दस गाँव का एक गणपति। और ये कृष्ण महाराज की देख-रेख में कार्य करेंगे।' लोहित ने पूछा।

'हाँ, और देखिए कि होता है क्या-क्या। ये गणपति देवों की काट हैं, वे समझ ही नहीं पाए और गणपति नियुक्त। मुँह निहारते रह गए देव।'

'ऐसा नहीं है। देवों की बुद्धि तीव्र है, देखना वे इसी में स्थान बना लेंगे।' लोहित देवों को जानते हैं ठीक से—'हमारे यहाँ स्त्री श्रेष्ठ है। उसका सम्मान है। देवों का चलन है कि वे स्त्रियों को भेजकर किसी का भी चिन्तन व्यर्थ करवा देते हैं। स्त्री के उत्पीड़न की समस्या वहीं से आई है। हमारे यहाँ जो श्रम करते हैं वे श्रेष्ठ हैं, उनसे जीवन चलता है। उनके यहाँ जो नाचते-गाते हैं, लड़ते, मरते-मारते हैं वे श्रेष्ठ हैं। बहुत अन्तर है हमारे और उनके रहन-सहन में। कृष्ण कहते हैं—'धियानी तुम भी सुन लो।'सभी विवाह अलग-अलग कुलों में करें। देव-असुर सम्बन्ध बनें तो बात बने।' कृष्ण एक दिन सभी यवनों को हमारी ओर कर लेंगे, यह सत्य है। अब समय आ गया है ठीक से परिवर्तन लाने का। बस, आप सभी साथ रहें विचारों के साथ, क्योंकि विचार ही श्रेष्ठ हैं और शक्तिशाली भी। आपको एक नई बात बताते हैं कि ये शाप क्या है। कभी सोचा है शाप के विषय में? यह एक फटकार है, चीखना है, अहित की कामना है, धिक्कार है। चिल्ला कर जताना कि यह कार्य व्यर्थ हुआ है, मेरे अनुकूल नहीं है, आओ विरोध करें। और देव-समाज विरोध करने लगता है। यह शाप बन्द होना चाहिए। कृष्ण यही चाहते हैं।'

'हैं भी तो कृष्ण आदिवासी ही।'

'अन्धक भी यहाँ के पुराने वासी हैं।'

'ठीक है, लेकिन आज एक संकल्प लेते हैं हम कि किसी स्त्री का उत्पीड़न नहीं होगा, हम सहन नहीं करेंगे।' धियानी का स्वर ऊँचा है।

'सुना है कि कृष्ण विदर्भ देश की कन्या से विवाह करने वाले हैं।'

'बारात में हम सब जाएँगे। वे बुलावें या न बुलावें।'

'बारात वाला विवाह तो हो। कहीं भगा लाएँ तब?'

'तब कुशस्थली में चलकर भरपेट स्वादिष्ट व्यंजन चाँपकर खाएँगे।'

'खेती-किसानी भी देखो। बतकही से पेट नहीं भरेगा। देह में माँस है, न जान-परान। सूखकर लकड़ी हो गए। मेहरिया भगा देगी चाहे भाग जाएगी। जाँघ-जोर हो तो टिकती है मेहरी।' काठा ने सबको हँसा दिया।

कृष्ण ने सबको बसा दिया द्वारका में। कुम्भकार, रजक, बढ़ई, मछुआरे, रथ बनाने वाले, पानी ढोने वाले और कई प्रकार के शिल्पी, श्रमिक, किसान, गोपालक बस गए द्वारका में। मछुआरों ने अपने तालाब बना लिए हैं। वे मछलियाँ नदियों से भी पकड़ने

लगे हैं। भुनी हुई मछली के स्वाद में द्वारका के लोग भूल गए कि मथुरा की दिशा किस ओर है। सुख इतिहास भुला देता है। कृष्ण ने प्रचारित कर दिया है कि 'युद्ध से बौद्धिकता की हार होती है। और द्वारका में रहना है तो कृष्ण के साथ होकर रहना है। विरोध व्यर्थ का सहन नहीं है। और उधर अष्टभुजा की एक शाखा द्वारका में भी स्थापित हो गई है। कहीं संस्था तो कहीं संगठन तो कहीं समिति का बनना आपसी एकता और विमर्श के युग का संकेत है।'

कुछ भी हो काठा 'मेघा रे-मेघा रे' गा रहे हैं। अकलू को सुरक्षा की अब चिन्ता नहीं है। जमुनी, छाछी की बहुएँ कहीं भी आ-जा सकती हैं। लोगों को द्वारका की माटी से प्रेम हो गया है। कृष्ण सोचते और मुस्कराते हैं कि द्वारका आकर अच्छा किया।

कृष्ण चर्चा में हैं। शिशुपाल, रुक्मी, धृतराष्ट्र, भीष्म, सौभ नरेश, भीष्मक, द्रुपद, जरासन्ध प्रतिदिन कृष्ण की चर्चा करते हैं। और कृष्ण द्वारका में सागर किनारे ऊँची उठती लहरों में चित्र बनाते-बिगाड़ते जल के खेल का आनन्द भोग रहे हैं। कृष्ण को मानने वालों में—विदेह, कोशल, पांचाल, हस्तिनापुर, अश्मक, विराट आदि कई राज्य हैं, जिनके प्रतिनिधि आते रहते हैं और उपहार भी ले जाते हैं। कृष्ण का विस्तार हो रहा है, उनके विचार प्रचारित हो रहे हैं। लेकिन कृष्ण के कान में प्रेम का लय गूँज रहा है। वे प्रेम-लय का क्या करें? कृष्ण के लिए सम्भोग आवश्यक नहीं है, यह तो एक प्राकृतिक क्रिया है। लेकिन आवश्यक है स्त्री का साथ। एक ऐसा साथी जो हर क्षण साथ रह सके। बन्धन भी एक मर्यादा है व्यक्ति के लिए। सम्भोग तो सभी प्राणी करते हैं। लेकिन व्यक्ति सम्भोग आनन्द के लिए करता है, और अन्य जीव उत्पत्ति के लिए। यही कारण है कि व्यक्ति निन्दा का पात्र भी बनता है। और तनाव भरा जीवन हो तो आनन्द कहाँ? तनाव में सम्भोग भी कहाँ हो पाता है? लेकिन सम्भोग तनाव दूर कर देता है, यदि अपनी स्त्री की सहमति से हो तो।

कृष्ण सदैव यात्रा करना चाहते हैं। जन्म से लेकर अब तक यात्रा ही तो की है कृष्ण ने। उन्हें समय से चलना-डूबना आता है, वे तैरते भी अच्छे से हैं। उनके अनुसार समय लम्बा है परन्तु गहरा नहीं। लेकिन क्षण गहरा है, परन्तु लम्बा नहीं। बात-बात में गहरी बात कहने के अभ्यासी होते जा रहे हैं कृष्ण। और इसी में बाँसुरी के स्वर का आनन्द भी बिखेर देना चाहते हैं, जहाँ तक स्वर पहुँचे। कृष्ण कभी-कभी सोचते कि मेरी संगिनी मिलेगी तो कहूँगा—'मेरा हाथ, मेरे कन्धे सबके लिए हैं। क्या तुम मेरे लिए अपना हाथ दे सकोगी, मेरे कन्धे पर सिर टिका कर मुस्करा सकोगी? तुम्हारा कन्धा भी मुझे चाहिए। चलो बाँहें डालकर झूल लें, कुछ पेंगें बढ़ा लें, कुछ जल-क्रीड़ा कर लें। एक साथ एक बिन्दु पर विचार कर लें। तुम गर्व से कहो कि तुम स्त्री हो, जननी हो, तुमसे ही संसार है, यह सभ्यता-संस्कृति है।' कृष्ण मुस्कराए कि कोई साथी मिले तो अपना सब कहें। लेकिन कृष्ण बहुत गोपनीय हैं, उनके पेट का पानी कोई नहीं जान सकता। वे देव-व्यवस्था का विरोध करते हैं और देवपुरुषों का सम्मान भी। ज्ञानदेव की अच्छी प्रतिष्ठा है द्वारका में। कृष्ण विचारों का सम्मान करते हैं व्यक्ति का नहीं। कृष्ण बार-बार कहते हैं—'जो इस भू-क्षेत्र में आया है, रहने के उद्देश्य

से, उसे रहने का अधिकार है। यह धरती किसी के पिता की सम्पत्ति नहीं है। सभी एक समान व्यक्ति हैं—पशु से अलग!'

'अभिवादन श्रेष्ठ! एक व्यक्ति आपसे मिलना चाहता है। उसके साथ एक स्त्री भी है।' धियानी ने कृष्ण को सूचना दी।

'थोड़ी देर बाद भेजो।' कृष्ण ने कहा और सोचने लगे—'यह व्यक्ति अवश्य विदर्भ राज से आया होगा। साथ की स्त्री लक्ष्मी होगी। रुक्मिणी से यही बात तो हुई थी कि लक्ष्मी बनी देव-स्त्रियाँ घूम रही हैं। इन्हें अपने अधिकार में लो और एक नई व्यवस्था दो कि ये स्त्री ही वैभव की सूत्रधार है। बिना स्त्री के धन प्राप्त करना कठिन है। लक्ष्मी सबके घर में है—बेटी, पत्नी, माँ। हमारे सभी कर्म बिना स्त्री के सम्भव कहाँ हो पाते हैं। काम से कर्म तक स्त्री ही है। अब मेरी रुक्मिणी होगी द्वारका में लक्ष्मी श्रेष्ठ।'

कृष्ण ने आगन्तुक को प्रवेश की आज्ञा दी।

'बोलिए महाशय! आपका क्या हित करूँ?' कृष्ण ने आदर सहित पूछा और बैठने का संकेत किया। वह बैठा नहीं। उसके हाथ में पत्र है, आने का कारण पत्र ही है।

'आदरणीय को अभिवादन! यह पत्र विदर्भ राजकुमारी रुक्मिणी ने भेजा है। यह साथ में उनकी सहेली लक्ष्मी है, वैसे इस स्त्री का नाम मालिनी है, यह लक्ष्मी बन चुकी है।'

'पत्र!' कृष्ण ने झट से पत्र उस आगन्तुक के हाथ से ले लिया—'आप आसन ग्रहण करें मान्यवर! लक्ष्मी आप भी बैठो।'

व्यक्ति सकुचता हुआ एक रिक्त आसन पर बैठ गया। स्त्री कुछ देर तक खड़ी रही।

'शिशुपाल कहता है कि समय कृष्ण का साथ दे रहा है।' कृष्ण मन-ही-मन सोचते और मुस्कराते रहे—'मैं क्या करूँ समय का? क्या समय को नष्ट कर दूँ? लेकिन ऐसा कोई नहीं कर सकता। मैं तो अतिसाधारण ही था और हूँ भी लेकिन शिशुपाल समझता है कि मैं विशेष हूँ। यहाँ कोई विशेष नहीं है। यहाँ हल गढ़ने वाला भी श्रेष्ठ है। शिशुपाल तुम कभी भी मेरी बात समझ नहीं सकते।...रुक्मिणी का यह पत्र, क्या बात है?' कृष्ण को पत्र का ध्यान आया—'अब कुंडिनपुर मेरा, विदर्भ मेरा...मेरा विस्तार!'

और कृष्ण पत्र पढ़ने लगे—'आदरणीय श्रेष्ठ! प्रेम एक ऐसी मानसिक क्रिया है, जहाँ बुद्धि प्रेम-लय में ही झूमती-झूलती है। मेरी स्थिति यही है। मैं यश-वैभव से प्रभावित होने वाली स्त्री नहीं हूँ। मैं विचारों को महान मानती हूँ। आपसे बहुत प्रभावित हूँ। आप जन-नायक है, यह सुखकर है। आप तनाव मुक्त रहते हैं, यह तोष देता है। आप मुस्कराते रहते हैं, यह भीतरी आनन्द है। आप युद्ध नहीं चाहते, यह प्रगति की ओर जाने वाला मार्ग है। शालीनता आकर्षित करती है, और मैं आपकी ओर खिंची चली आ रही हूँ। आपसे अच्छा मुझे कोई नहीं दिखता। आप व्यर्थ किसी को रोकते नहीं है, स्वतंत्रता तो आपके यहाँ ही है। जीवन के विविध रंगों को स्वीकार करते हुए प्रेम से भागते नहीं है, स्त्री से पलायन नहीं करते। युद्ध से भी नहीं भागते लेकिन चाहते नहीं। अहिंसा में पूरा विश्वास है। भय नहीं है आपके यहाँ, और बाँटते हैं पौष्टिक दुग्ध।

विष से बचना तो आपको ही आता है। हे कृष्ण! मैं तन-मन से आकर्षित हूँ समर्पित हूँ। आप मुख की सुन्दरता नहीं देखते, आप विचारों को देखते हैं। आपकी वाणी से मानसिक कष्ट दूर हो जाता है। मुझे आपकी चाह है। लेकिन मेरे कृष्ण! ये शिशुपाल दुखी कर रहा है। बड़े भैया रुक्मी को पटा-फुसला लिया है। मेरे विवाह की तिथि भी तय हो गई है। मैं तिथि लिख रही हूँ। आप आइए अपनी सेना लेकर आइए और अपनी रुक्मिणी का हरण कर लीजिए। मेरी सहेली लक्ष्मिनिया घूम रही है, सूचनाएँ निरन्तर आपको मिलती रहेंगी। यह लक्ष्मी आपको पहचानने ही गई है। एक बार पुन: अनुरोध है कि रुक्मिणी को भुलाइए मत, आइए! मैं स्वयं आपके रथ पर सवार होकर चल दूँगी। कोई अन्य मुझे स्पर्श करे यह सहन नहीं होगा मुझसे। और शिशुपाल से मेरा विवाह हो गया तो मेरी हृदय गति थम जाएगी। हे कृष्ण मैं प्रतीक्षा करूँगी!'

'रुक्मिणी शालीन है, बुद्धिमती है, समझ रखती है। मुझे भी सूचना है कि रुक्मी नहीं चाहते कि मेरे साथ सम्बन्ध हो, शेष सभी भाई—रुक्मरथ, रुक्मबाहु, रुक्मकेश, रुक्ममाली और पिता भीष्मक तो हृदय से मुझे चाहते हैं। शिशुपाल जरासन्ध का मित्र हो गया है, यही घमंड है उसे कि 'कोई क्या कर लेगा जब जरासन्ध जैसी महाशक्ति मेरे पास है।' उसे क्या पता कि गर्व चूर होते देर नहीं लगती। शिशुपाल मेरा है, उसे मेरा साथ देना चाहिए लेकिन वह तो द्वारका को राज्य मानता ही नहीं। रुक्मी भी मुझे अभी चरवाहा ही समझ रहा है। गोपालक क्या श्रेष्ठ नहीं हैं? शिशुपाल ने सदैव प्रचार किया है कि मैं यशोदा का पुत्र हूँ, देवकी का नहीं। लेकिन सत्य छिपा है क्या? मेरी पहचान पर प्रश्नचिह्न! सभी जानते हैं कि जरासन्ध एक समझदार सम्राट हैं। वे चाहते हैं कि शिशुपाल को आगे कर विदर्भ और चेदि पर सम्पूर्ण मानसिक अधिकार कर लिया जाए तो उनके पड़ोसी राज्यों को जीतने में सुविधा होगी।...और रुक्मिणी तो प्रेम में पागल है, अवश्य वह कुछ गाती रहती होगी। भावनाएँ गीत की ओर जाती हैं तो भावना का मान बढ़ जाता है।' कृष्ण सोचते रहे।

'आदरणीय महाराज! क्या कह दूँ राजकुमारी से?' आगन्तुक व्यक्ति ने पूछा तो कृष्ण की जैसे नींद खुल गई हो। वे पलकें झपकाते हुए चुप रहे। कृष्ण की मुस्कान में शब्द होते हैं। वे मुस्कुराकर बात कर सकते हैं, हाँ-ना का उत्तर दे सकते हैं। आँखों के सहारे मुस्कान के साथ बात करना सरल नहीं है।

और कृष्ण मुस्कराने लगे। यहाँ वे हाँ कह रहे हैं।

आगन्तुक चला गया, लक्ष्मी रह गई।

और अन्त में जीत कृष्ण की हुई। शिशुपाल, रुक्मी, जरासन्ध की सैनिक टुकड़ी भाग खड़ी हुई। अब पता चला कि द्वारका में कितनी शक्ति है, वहाँ का प्रत्येक नागरिक सैनिक है, किसान है, कर्मशील है। कृष्ण के लिए कई रथ तैयार थे। गरुण का भी रथ था, लेकिन कृष्ण अपने व्यक्तिगत साथी और सारथी दारुक के रथ से रुक्मिणी को ले जाना चाहते थे, आए भी इसी रथ से थे। दारुक के शीघ्रगामी अश्वों की कहीं तुलना नहीं थी। द्वारकाधीश कृष्ण ने लक्ष्मी की सहायता से रुक्मिणी को अपने रथ

पर बैठा लिया था। रुक्मिणी भी धनुषबाण सँभाले कृष्ण की सुरक्षा में लग गई थी। एक संस्कारित अपहरण, एक स्वीकृति के साथ स्त्री-हरण। सभी जान गए कि ये कृष्ण ही हैं, उनकी शंख ध्वनि ही पहचान है। और कृष्ण ने शंख फूँक दिया था।

ग्यारह

हमारे सामाजिक अनुबंध हैं और हमारा विश्वास व्यवहार में है

यह संसार बड़ा विचित्र है। जीवन का हर क्षेत्र, समय, कार्य, व्यवहार, सम्बन्ध अनुबंधों से भरा है। जीवन जीना सुखकर नहीं है उनके लिए जो अनुबंधों को बन्धन की तरह स्वीकार करते हैं। वे जीते हैं छाती उत्तान किए, जिनके लिए यह आवश्यक है जीवन जीने के लिए। कृष्ण और उनका बसाया-बनाया समाज व्यवहार में विश्वास करता है, जीता है, और अन्य के लिए जीने का स्थान बनाता है। यह बड़ी बात है। व्यक्ति हैं हम तो समाज में ही जीना चाहिए, यही हमारे होने का आधार है। निर्माण और विकास हेतु आवश्यकता की पूर्ति तो समाज ही करता है।

कृष्ण का चिन्तन-क्षेत्र व्यापक होता जा रहा है। वे हर विषय जान-समझ लेना चाहते हैं। वे जीवन के कर्म क्षेत्र में पूरी तैयारी के साथ प्रवेश कर चुके हैं। अब तो उनके साथ रुक्मिणी भी हैं। कृष्ण मुस्कराते हैं यह सोचकर कि रुक्मिणी के सम्मान में जो भोज दिया गया था, उसमें ग्रामीण जन अधिक थे। भरपेट भोजन के बाद एक बार हेतु पकवान बाँधकर भी ले गए थे। काठा ने तो इतना भकोस लिया था कि कई दिन तक पेट झरता रहा। किसी तरह ठीक हुआ दही-माँड़ खाकर, ठंडा दूध पीकर। बाद में पता चला कि अधिक भोजन तो उसने किया ही था, कूप का गन्दा जल पीकर वह आया था, ताड़ी भी पी ली थी। उसके पेट में खट्टापन भर गया था, तभी वह झर रहा था। भोजन ऐसा करिए कि अपच न हो। लेकिन नहीं, मानेंगे नहीं! मिल जाए तो नटई तक ठूँस लेंगे।

यह कुछ क्षण की मुस्कान कृष्ण की, जो रंजन के लिए थी, वह चिन्तन की मुस्कान में बदल गई। और यह मुस्कान मुख पर नहीं आती है, भीतर ही भीतर स्फुटित होती रहती है। कृष्ण का सामाजिक संगठन शक्तिशाली है, विस्तार भी हुआ है उसका। बहुत कम समय में भोज, अन्धक, वृष्णि, मुनि और बौद्धिकों के गण बन गए हैं। कृष्ण उनके गणपति नियुक्त करते और वर्तमान का संवाद स्थापित करते रहते। कृष्ण को अवकाश नहीं है। इस माह उनसे मिलने गोपालक, कृषक, शिल्पी, स्त्रियाँ, और व्यापारी श्रमिक संघों के गण-प्रमुख आ चुके हैं। द्वारका अजेय होती जा रही है। कृष्ण सागर की उठती लहर नहीं गिनते वे व्यक्ति के मस्तिष्क की तरंगें समझने का पूरा प्रयास करते हैं।

कृष्ण की चर्चा सर्वत्र है। समाज हो या राजनीति, पड़ोसी राज्य हों या ग्राम समुदाय,

राज्य-कर्मी हों या कृषक सभी कृष्ण की बात करते हैं। जिसे देखो वही कृष्ण-कृष्ण कह रहा है। कृष्ण घोष हो गए हैं। उनकी सलाह हो या प्रस्ताव सभी मानते हैं। बलराम तो उनकी बुद्धि पर लट्टू हैं। द्वारका में जो मंत्रि-परिषद बनी है, वह राजा की निरंकुशता पर अंकुश लगाने के लिए बनी है। सेनापति भी राजा से विमर्श कर सकता है। सेनापति का सहमत होना आवश्यक भी है। कृष्ण की दृष्टि गन्धार, हस्तिनापुर, मद्र, उशीनगर, मत्स्य जैसे शक्तिशाली समृद्ध राज्यों पर तो है ही, मगध और अंग पर भी है उनकी दृष्टि, जो अपनी संस्कृति में हैं। यहाँ देव-संस्कृति का बूँद भर भी प्रचार नहीं है। कृष्ण की दृष्टि राज्यों को जीत कर अपनी सीमा बढ़ाने की नहीं है, वे अपने विचारों का विस्तार चाहते हैं।

आज कृष्ण की जनसभा हथनाल गाँव में है। चरकू को हथनाल का मुखिया चुना गया है। जनसभा की सूचना धियानी और लोहित को भी है। कृष्ण राज कार्य से अधिक समाज कार्य को महत्त्व देते हैं। अक्रूर, बलराम, उद्धव तो हैं ही राज कार्य जैसे उबाऊ कार्य के लिए, जहाँ स्वार्थ अधिक प्रभावी रहता है, जहाँ सीमा रेखा बढ़ाने की चिन्ता रहती है, जहाँ असुरक्षा का भय बना रहता है और कोषागार नींद में बाधा डालता रहता है। ... तो आज कृष्ण की सभा होगी और दोपहर का भोजन भी सबके साथ होगा।

'आप सभी प्रसन्न हों! हथनाल धन्य हो! आज आपके बीच कृष्ण महाराज आए हैं। आप सभी अपने कृष्ण को जानते हैं, अब पहचानने का अवसर है और सुनने का भी।' लोहित मंच पर खड़े हैं। कृष्ण अपने साथियों के साथ बैठे हैं—'हमारा संगठन बनना चाहिए, जिससे हम अपनी बात कह सकें। क्या है मन में यह बता सकें। क्या सोच रहे हैं, इस पर बतकही कर सकें। इसी तरह शान्ति आएगी। हम बात नहीं करेंगे तो लड़ेंगे। बात से झगड़ा समाप्त होता है, युद्ध भी टल जाता है। हम जिस भी समुदाय के हों, चाहे जैसा संगठन बनाएँ, किसी गण के सदस्य हों, किसी संघ के लिए कार्य कर रहे हों, हमें उदार होना चाहिए। हमारी स्वतंत्रता निरंकुश न हो और न ही किसी को कष्ट पहुँचाए। हमें मिल-जुल कर रहने का स्वभाव बनाना होगा। मेरे पिता ने मथुरा राज्य में तब कार्य किया था, जब लोग समझ ही नहीं रहे थे। आप सभी समझ वाले व्यक्ति हैं। आप सभी से अनुरोध है कि ठीक से हमारे कृष्ण महाराज को सुनें और समझें। आपसे ही परिवर्तन है, हम सबका होना आपसे है। पशु भी ध्यान से कोई वस्तु देखता और हमें सुनता है तो समझ लेता है। आप तो व्यक्ति हैं। मैं कृष्ण महाराज से निवेदन कर रहा हूँ कि वे अपना ज्ञान हम सभी को दें।' लोहित बहुत परिपक्व हो गए हैं।

'अभिवादन आप सभी श्रेष्ठ जनों का!' कृष्ण ने हाथ जोड़ लिया।

'अरे! इतने बड़े व्यक्ति होकर हाथ जोड़ कर आदर दे रहे हैं।' एक व्यक्ति बोला और वह प्रथम वाक्य में ही मुग्ध हो गया।

'मैं अब कृष्ण को छोड़ नहीं सकता।'

चारों ओर स्वर-शब्द गूँजने लगे। कहीं से तीव्र स्वर गूँजा—कृष्ण! कृष्ण!...कृष्ण! कृष्ण!...और पूरा जन समूह कृष्णमय हो गया।

कुछ देर चुप रहे कृष्ण। श्वेत दन्त-पंक्तियाँ स्पष्ट दिख रही थीं जो उनकी मुस्कान

में और सुन्दर लग रही थीं। धियानी मंच पर ही बैठा था। अपने दाँत निपोर कर वह भी अच्छा दिखने का प्रयास कर रहा है।

'आप सभी मेरे हैं।' कृष्ण ने बोलना प्रारम्भ किया—'यह धरती आपकी है। धरती माता है, हमें जीवन देती है फल और अन्न उपजा कर। माटी से हमारी गिरही बनती है। बाँस भी धरती के पेट से उगता है। यह धरती माता है, इसकी देखभाल करना ही हमारा प्रथम कार्य है। हम सब समाज के हैं, और समाज व्यक्ति का समूह है। लेकिन समूह तब बनेगा जब हम अपने सम्बन्धों के साथ होंगे। सम्बन्ध ही हमारा मूल अर्थ है। और जब समूह ठीक से बन जाएगा तब हम धरती मैया को सँवार सकेंगे।'

'कृष्ण महाराज की जय!' कहीं से तीव्र ध्वनि आई।

'कृष्ण-कृष्ण! कृष्ण-कृष्ण!...' स्वर गूँजा।

कृष्ण एक बार फिर चुप। फिर वही दन्त-पंक्तियाँ—'मित्रो! साथियो! साथी का बड़ा महत्त्व है। माता-पिता ने जन्म दिया, बूढ़े हो गए, समय पर संसार छोड़ दिया। आप अकेले हो गए। लेकिन मित्रो! साथी कभी नहीं मरता, एक के बाद दूसरा साथी बनता रहता है और हमारा साथ आगे बढ़ता हुआ नया समाज बनाता है। साथ का होना जरूरी है। साथ रहेंगे तभी सामाजिक सम्बन्ध मजबूत होंगे। हम एक-दूसरे पर निर्भर होते हुए भी आत्मनिर्भर रहेंगे, दृढ़ संकल्पों के साथ। कारण यह है कि हमारे पास साथी का साथ है। प्रत्येक संघर्ष सार्थक परिणाम के साथ आपका स्वागत करेगा। समाज हम बनाते हैं—परिवार, शिक्षा, आश्रम, साथी कर्मी, रंजन समूह, खेल, विवाह उत्सव या कोई सामूहिक कार्य। समाज व्यक्ति से है लेकिन व्यक्ति का तभी महत्त्व है जब उसका समाज हो। जब हमारा समाज बन जाता है, तब आता है रहने का प्रकार कि किसी विधि से रहें और यह रहना आता है व्यवहार से। उद्देश्य उचित हो, परिवार में एकता हो, मन के विचार व्यर्थ से परे हों, एक अच्छा-सा अनुशासन बना रहे लेकिन बोझ नहीं तो हमें आगे बढ़ने से कोई रोक नहीं सकता। और तब हमारी एक जीवन-पद्धति होगी, हमारे पास अधिकार होंगे। हम सुस्त होंगे तो पिछड़ जाएँगे। हम नहीं चाहते कि हमारी द्वारका अन्य राज्यों से पीछे रहे। हमारे किसान भाई पिछड़े कहे जाएँ। यदि हम पिछड़ गए तो शक्तिहीन हो जाएँगे। हमें जीतना चाहेंगे पड़ोसी राज्य, तब हम पराजित होकर टूट जाएँगे। मैं व्यक्तिगत रूप से युद्ध नहीं चाहता। हमारा संघ युद्ध नहीं चाहता, लेकिन अपनी सुरक्षा करेगा। अभी एक बात और सामने आई है कि कुछ युवा गाँव छोड़कर कुशस्थली में बसना चाह रहे हैं। क्यों? आप अपने गाँव में रहकर गो पालन करिए और दूध की नदी बहा दीजिए। आप उत्पादन करें, शेष मुझ पर छोड़ दें।'

'कुशस्थली में मार्ग अच्छे हैं। कूप का जल मीठा है। दुर्गन्ध नहीं है। और आप सभी श्रेष्ठ वहीं रहते हैं। वैद्य भी वहीं मिलते हैं। यहाँ क्या धरा है? घास-फूस, गोबर-मूत, कीचड़-खाँच, ऊबड़-खाबड़ मार्ग यही तो है यहाँ।' एक साहसी युवक खड़ा हो गया।

'बैठ जाओ साथी!' कृष्ण का माथा सिकुड़ गया। आगे वे बोले—'साथी! समझ गया मैं कि जब ऐसी व्यवस्था होगी तो समान व्यवहार का अर्थ क्या! इसका ध्यान रखेगा

संघ। पूरी समुचित व्यवस्था होगी। हमारा सारा कार्य गाँवों के लिए ही होगा।'

'लेकिन आप तो स्वयं मथुरा छोड़कर द्वारका आ गए। हमें क्यों मना कर रहे हैं?' दूसरे युवक ने प्रश्न किया।

'युद्ध अच्छा नहीं होता साथी! युद्ध टालना जीवन जीना है। हम निर्माण में विश्वास करते हैं, विनाश में नहीं। आपको यदि ऐसी कोई आवश्यकता है तो आइए हमारे यहाँ आपको स्थान मिलेगा। लेकिन व्यर्थ की भाग-दौड़ से समय नष्ट न करें।' कृष्ण को आश्चर्य हुआ कि ऐसे प्रश्न भी होंगे।

'कृष्ण महाराज जी! आप पर एक कलंक लगा है कि आपने किसी की मणि चुरा ली है। यह बात पवन की गति से बढ़ रही है। मान्यवर इस कलंक को दूर कीजिए।' तीसरा व्यक्ति बोला।

'साथियो! आप सभी के प्रश्न उचित हैं। प्रश्न होने चाहिए तभी निखार आएगा, त्रुटियाँ दूर होंगी। देखिए! मैं ऐसा व्यक्ति नहीं हूँ कि अपनी सीमा रेखा बढ़ाऊँ। चाहूँ तो पूरे भू-भाग का अकेला सम्राट बन सकता हूँ। लेकिन सम्राट का क्या अर्थ? मैं तो विचारों के विस्तार में लगा हूँ। और जिस राज्य के प्रधान के पास विचार नहीं हैं, या वे दुर्बल हैं तो ईर्ष्या करते हैं मुझसे। और मैं ईर्ष्यालु नहीं, मैं तो खेतिहर किसान हूँ। मैं किसी पद का लोभी नहीं रहा न किसी के धन की चाह रही। लेकिन प्रश्न खड़ा है तो उत्तर देना होगा और प्रमाण भी कि मेरे पास मणि नहीं है। और ये मणि है क्या? कुछ नहीं है यह। मात्र एक चमकदार वस्तु जिसे गले में पहना जा सकता है। इसे सूर्यदेव नामक व्यक्ति जो देव हैं ने मित्रता निभाने के लिए सत्राजित को दे दिया था। मणि का प्रभाव यह था कि वह देव-लोक में बिना अवरोध के घूम सकता था। सत्राजित ने मणि दिखाकर ढेर सारा धन भी एकत्र कर लिया था। गौएँ भी बहुत अधिक हो गई थीं। उसका भाई प्रसेन उत्साह में मणि गले में लटकाकर जंगल में आखेट करने गया लेकिन वहाँ से वह जीवित नहीं बच पाया। वहाँ के लोग मणि के विषय में जान चुके थे। उस क्षेत्र का ग्रामणी शक्तिशाली था—सिंहवान। उसने प्रसेन को मार डाला और मणि ले ली। उसने सोचा होगा कि मैं भी देव-लोक भ्रमण कर आऊँगा और स्त्रियों के नृत्य देखकर आनन्दित हो लूँगा। मणि की सूचना कई गाँवों के अधिपति रीक्ष समुदाय के प्रमुख जाम्बवान तक पहुँची। लोभ जो न कराए। जाम्बवान सिंहवान से जूझ गए। और अन्त में सिंहवान मारा गया। अब वह मणि जाम्बवान के पास है। लेकिन अपनी करनी छिपाने के लिए सत्राजित ने मुझे दोषी घोषित कर दिया है। आप चिन्ता न करें, परिणाम सामने होगा। मैं मणि जाम्बवान से लाकर आपको दिखा दूँगा। लेकिन मित्रों ये मणि है क्या? व्यर्थ का पत्थर है। इससे जौ नहीं होगा, बाजरा भी नहीं। इसे देखकर दूध भी कोई गाय नहीं देगी। क्या पेट भरेगा इससे? हमारा ध्यान व्यर्थ की वस्तुओं पर रहता है, यही कारण है पिछड़ने का। एक अन्तिम बात कि समाज में आपसी संवाद होना चाहिए। कई प्रकार के समाज हैं, हमें सबसे बात करनी चाहिए। तब हमारा दायित्व बढ़ेगा और हम बौद्धिक विकास के साथ-साथ आर्थिक विकास भी कर सकेंगे। और यहाँ भी हमारी व्यावहारिक शक्ति प्रभावित करेगी। हमारा एक होना कभी देव-लोक को पचेगा नहीं, इसी कारण वे कभी मणि

देकर, कभी स्त्री–सुख उपलब्ध कराकर हमारे चिन्तन क्षेत्र को प्रभावित कर रहे हैं।' कृष्ण ने लम्बी श्वाँस खींच ली।

'मेरी भी अन्तिम बात कि हम आपके साथ चलेंगे मणि लेने। और जाम्बवान को बता देंगे कि वे मेरे होकर रहें। और महाशय! सुना है कि आप ईश्वर हैं, अलौकिक शक्ति है आपके पास। सत्य क्या है?' व्यक्ति समझदार है।

फिर ध्वनि गूँज उठी—कृष्ण कृष्ण!

'मैं विरोधी व्यक्ति हूँ। कोई किसान का अहित करेगा तो विरोध करूँगा, श्रमिक हों या शिल्पी या गोपाल कोई भी शोषण करेगा तो उसका मैं विरोध करूँगा। कुछ लोग मुझे ईश्वर बता कर मेरे विरोध को छिपाना चाहते हैं। न मैं ईश्वर हूँ न कोई अन्य शक्ति है मेरे पास। मैं आप जैसा व्यक्ति हूँ। शौच जाता हूँ, हवा छूटती है, मैथुन करता हूँ, बाँसुरी बजाता हूँ, जैसे आप रहते हैं, वैसे मैं भी रहता हूँ। बस मुस्कराने का उपाय करता हूँ, और मेरी मुस्कान आपके आनन्द में है, आप सुखी रहेंगे तो मैं प्रसन्न रहूँगा। सत्य बोलता हूँ, चाहे किसी को अच्छा लगे या बुरा। मेरा सत्य सदैव आगे रहेगा। हाँ भूल गया था कहना कि मैंने एक सेना बनाई है—नारायणी सेना। आप सभी सेना में आकर अपना योगदान दे सकते हैं। यह युद्ध की ही नहीं निर्माण और विकास की सेना है। प्रशिक्षण प्रारम्भ है। आपका स्वागत है नारायणी सेना में।'

'कृष्ण महाराज की जय!'

हथनाल गाँव में कृष्ण की चर्चा चलती रहती है। ज्वार–बाजरा बोया जा चुका है। खेती का काम जोरों पर नहीं है। गाएँ बहुत ब्यायी हैं। चरकू, मेढकी, बदामी, डमरा, बबई मस्त हैं। कोई दुख नहीं है। सबको पता है कि गन्दा पानी नहीं पीना है, सड़ा फल नहीं खाना है। आँख में चरकू के बिलनी हो गई थी, तो बबई ने आम्रपत्र तोड़कर उससे चुकचुकाते रस को बिलनी पर छुआ दिया था, लेकिन आँख बचाकर। दो दिन में सूख गई थी बिलनी।

'भैया कृष्ण महाराज का कलंक दूर हो गया।' डमरा बोला।

'कलंक तो दूर हुआ ही जाम्बवान की बेटी जाम्बवती को कृष्ण महाराज ने मेहरी भी बना लिया।' मेढकी ने कहा।

'अब उनके पास दुई मेहरी हो गईं।' चरकू बोला—'लेकिन ई बात पुरानी भई। कृष्ण की मेहरी है, ऊ रानी है, नहावत–धोवत है तो फूल डाला जात है पानी में। समझे बदामी।'

'हरे बबइया! तोर गाय बियाए वाली रही। का हुआ? इहाँ काहे बैठा है रे?' मेढकी को सबकी सूचना रहती है।

'जा रहे हैं भैया। जी ऊब गया है इस गाय से, मनबढ़ी गाय है ससुरी। खेड़ी खाय के वास्ते लपकती रहती है।' बबई उठा और चल दिया।

'लो धियानी भैया आ रहे हैं। अभी सोचा ही था कि कब आवेंगे धियानी, और आ गए।' चरकू ने धियानी को देख लिया है।

बदामी, चरकू, डमरा, मेढकी ने धियानी के पाँव छुए। आसन रिक्त हो गया। धियानी कृष्ण के निर्देशानुसार पड़ोसी गाँवों का भ्रमण करते रहे थे।

'कोई नई बात-समाचार है का भैया?' मेढकी ने पूछा।

'तुम जाम्बवान के बाद का हाल तो जानते नहीं हो।' धियानी बोले।

'कहाँ भैया! कौन जाए उहाँ। रुक्मिणी रानी आई थीं तो कई दिन भोज चला था। जाम्बवती रानी का समाचार सुना बस। खेती-किसानी से बाद कोई पहर बचता कहाँ है कि कुशस्थली जाएँ।' डमरा ने कहा।

'जाम्बवती रानी के बाद छह और विवाह हो गए कृष्ण नारायण के। सुनना चाहते हो तो पहले गरम दूध पिला दो एक पात्र भरकर।'

बदामी दूध लेने चला गया। धियानी का स्वागत करना गौरव की बात है। दूध आ गया।

'सुन लो तुम भी! काम तो कुछ है नहीं तुम लोगों को। गाथा सुनने का स्वभाव बन गया है तुम सबका।' धियानी ने कथा प्रारम्भ कर दी—'कृष्ण महाराज ने मणि अपने पास नहीं रखी, वे सत्राजित को दे आए। लेकिन उसने लिया नहीं, इसके बदले वह मणि और अपनी पुत्री कृष्ण महाराज को दे आया। यह भी तय हो गया कि मणि के द्वारा जो कुछ प्राप्त होगा देव-लोक से उसका एक भाग द्वारका को देना होगा। वह धन किसानों के विकास हेतु व्यय होगा। सत्राजित की पुत्री सत्यभामा कृष्ण की हो गईं। कुछ समय बाद सूर्यदेव की पुत्री कालिन्दी से विवाह करके वहाँ भी प्रभावित करके उन्हें अपना बना लिया। उज्जैन की कन्या मित्राविन्दा भी कृष्ण की पत्नी बनीं। कोसलपुरी के राजा नग्नजित की कन्या कृष्ण महाराज को चाहती थीं। यह बात पिता को ज्ञात होते ही उन्होंने अपनी कन्या सत्या का विवाह हमारे कृष्ण महाराज से कर दिया। केकय देश की राजकुमारी भद्रा और मध्यप्रदेश की राजकुमारी लक्ष्मणा भी कृष्ण की संगिनी हुईं। मित्रो! हमारे कृष्ण महाराज जो अब कृष्ण नारायण हो गए हैं। बड़े उदार, दयालु और मित्र सम्बन्ध बनाने में अग्रणी हैं।' धियानी ने वाणी को विराम दिया।

हथनाल के बीस युवा नारायणी सेना में प्रवेश पा चुके हैं। कृष्ण का कहना है कि जीवन एक यज्ञ है और कर्म आहुतियाँ। व्यर्थ की अग्नि जलाकर पदार्थ का धुआँ उठाने से कोई कार्य सिद्ध नहीं होगा। लेकिन अब तो देवपुरुष इसी यज्ञ को माध्यम बनाकर अपना जीवन चला रहे हैं, और कृष्ण को सबके जीवन से मोह है। वे निन्दा नहीं करते, मित्रता करते हैं, समझाते हैं और साथी बन जाते हैं।

कृष्ण ने धियानी और लोहित का घर देखा, वहाँ की वस्तुएँ देखीं। हाथी दाँत की गुरिया, हाथी की हड्डी में छेद करके बनी माला, हल, मूसल, पथरी, कठौता...कई उपकरणों को निकट से देखा-परखा। वे नाविकों के घर भी गए। निषादों से मिले, बनती नाव का मूल्य पूछा। वे सबके होना चाहते हैं। सबकी सुनते हैं, और अलोचना होने पर भी मुस्कराते हैं विचार करते हैं, लड़ते नहीं हैं। द्वारका में आनन्द आ रहा है कृष्ण को, वे खुलकर जी रहे हैं जीवन। वैसे यहाँ का वातावरण भी अनुकूल है, औसत तापमान रहता है। ठंड के दिनों में तो बहुत मस्ती रहती है। वे स्त्री का सम्मान करते हैं, यही कारण है कि स्त्रियों की सहमति से ही उन्होंने उन्हें अपनी संगिनी बनाया है।

इन्हीं सम्बन्धों के माध्यम से कृष्ण का विस्तार होने लगा। कृष्ण ऐसी स्थिति बना देना चाहते हैं कि पता करना कठिन हो जाए कि कौन आर्य है कौन अनार्य।

द्वारका की भूमि मोहक है। काँटेदार छोटे वृक्ष, और झाड़ियाँ काटकर किसान खेती की भूमि तैयार कर रहे हैं। द्वारका में दस, बीस और सौ ग्रामों के अधिपतियों ने अपने अधिकार का प्रमाण-पत्र बलराम से प्राप्त कर लिया है। कृष्ण सभी अधिपतियों के यहाँ सभा कर चुके हैं और गम्भीरता से कह चुके हैं—'जो खेतिहर और पशुपालक समाज है, जो कुछ नया गढ़ते हैं और श्रम करके खेत-गिरही बनाते हैं, मार्ग समतल करते हैं, कूप खोदते हैं, उनकी बात पहले सुनी जाए। वे ही राज्य की रीढ़ हैं। राजा श्रेष्ठ नहीं है, वह सामान्य व्यक्ति है। कुछ बौद्धिक कह रहे हैं कि राजा ईश्वर का प्रतिनिधि होता है, यह स्वीकार नहीं है। यह बुद्धू बनाने का उपक्रम है। ईश्वर शब्द गढ़ कर देवों में विशेषकर व्यास महाराज एक व्यर्थ की शक्ति की कल्पना कर हमें मूर्ख ही बना रहे हैं। कर्म ही सब कुछ है और आपसी सद्भाव ही हमारे बौद्धिक होने का प्रमाण है। स्मृति में रहे कि बिना कुछ कर्म किए पेट नहीं भरने वाला है।'

विचार तो नदी के समान है। विचार से ही कर्म और क्रिया होती है। हमारे कर्म नदी के तट के समान हैं कि हम विश्राम कर सकते हैं, स्वच्छ हो सकते हैं। नदी को ठीक से निहार सकते हैं। कृष्ण कहते हैं—'हम साधारण लोग यदि कर्म को ही ईश्वर मान लें तो हम जल हो जाएँगे—शुद्ध जल! हमें न अधिक क्रोध करना है न अधिक काम-कामना में फँसना है। यह भी ध्यान रखना है कि हमारी स्मरण शक्ति क्षीण न हो।' कोइलार गाँव के सभी युवा कृष्ण से प्रभावित है और अपनी खेती-किसानी के बाद समय निकाल कर 'नारायणी सेना' का प्रशिक्षण प्राप्त कर रहे हैं।

हवा ऐसी मीठी-मधुर है कि छाती में मानो प्राण भर देगी। फूल तो ऐसे लुभा रहे हैं, जैसे वे भोजन करना भुला देंगे। नदी ऐसे कलकल करती बह रही है कि वह बैठा व्यक्ति आज घर नहीं जाना चाहता। सागर की ऊँची लहरों ने दूर गाँव के यात्रियों के अपने किनारे बुला लिया है। कभी-कभी वातावरण ऐसा हो जाता है कि हर वस्तु एक व्यक्ति की तरह बतियाने जैसी अनुभूति देती है।

...और अब तो भौम को अपने अधिकार में करने की चिन्ता कृष्ण को है। असुरराज भौम वैसे तो देव विरोधी हैं, देव क्षेत्र के कई भू-क्षेत्र अपने अधिकार में कर रखे हैं। लेकिन उनका स्त्रियों के प्रति व्यवहार ठीक नहीं है। वह राजकुमारियों और सुन्दर स्त्रियों का अपहरण करवाते हैं और कड़ी सुरक्षा में रखते हैं। कृष्ण को किसी न किसी युवती के अपहरण की सूचना मिलती रहती है।

'मेरी समझ में नहीं आ रहा है भ्राताश्री कि इस भौम का क्या करूँ?' कृष्ण के माथे पर रेखाएँ उभर आई हैं।

'तुम पूरे संसार को ठीक करने का ठेका ले रखे हो क्या? द्वारका में रहो, सुरा का सुख लो। क्यों व्यर्थ के झंझट में भाग-दौड़ करते रहते हो? जीवन है ही कितने दिन का।' बलराम की मस्ती सिर चढ़ी है।

'वह हमें भी अपमानित कर रहे हैं, जो हमारे सम्बन्धी आर्य हैं वे बहुत सताए जा रहे हैं। भौम ने अपने चारों ओर ऊधम मचा रखा है।'

'तो क्या चाहते हो? कहो, ठीक-ठीक कहो, क्या सोचा है?'

'नारद ने कहा है कि नारायणी सेना लेकर जाऊँ और भौम को पहले समझाऊँ, नहीं तो...।'

'ये नारद तुमको बिगाड़ रहा है कृष्ण! वह देव-हित का व्यक्ति है।'

'बार-बार कह चुका हूँ भैया कि हमारे विचार विस्तारित नहीं होंगे, क्रियान्वित नहीं होंगे तो हम क्या प्रगति करेंगे? हम वनवासी ही थे और अभी भी हम हैं वन के प्राणी। खेत न हो तो आहार कहाँ? वन से निकल कर कंदरा फिर झोंपड़ी और आज यह स्थिति। चुप रहने से कुछ नहीं होगा, पेट बढ़ेगा। हम उदर-श्रेष्ठ कहाएँगे। चलिए एक चषक और ढालिए।'

मुस्कान गम्भीर होती गई। फैली आँखें सोचना चाहती हैं, कुछ कहना भी। हवा ने ऐसी मिठास घोल दी है मधुर-मधुर कि जी नहीं चाहता कहीं जाना। कृष्ण ने इस तरह से चषक को मुँह से लगाया कि बस दो बूँद ही मुँह में जाए। वे बोले—'भैया अभी बहुत कार्य पड़े हैं। आप बस द्वारका सँभाल लीजिए। पौण्ड्रक को देखना है, उसे मार्ग पर लाना बहुत आवश्यक है। वह स्वयं वासुदेव कृष्ण बन बैठा है, मुझे निन्दित करता रहता है। वह स्वयं विष्णु कहलाना चाहता है। वह मेरी ही वेशभूषा में रहता है। भैया करुष राज को लेकर रहूँगा और उसका गर्व चूर करूँगा।'

'लेकिन तुम अभी भौम की बात कर रहे थे। क्या सुरा ने प्रभाव दिखाना प्रारम्भ कर दिया है?'

'नहीं भैया मैं समय और मात्रा का विशेष ध्यान रखता हूँ। हाँ भौम के विषय में उद्धव, अक्रूर, लोहित से भी बात करनी है।'

'धियानी से कहो कुछ अच्छा-सा स्वादिष्ट चटक व्यंजन लाए। अब बस! कुछ खाकर विश्राम की इच्छा है। तुम भी यहीं सो जाओ कान्हा। तुम्हारे साथ रहने का आनन्द ही कुछ और है।'

नारायणी सेना ने भौम क्षेत्र में डेरा डाल दिया था। भौम की राजधानी प्राग्ज्योतिषपुर थी। गरुड़रथ और माधवरथ कृष्ण के आगे-पीछे लगे थे। कृष्ण गरुड़रथ पर सवार थे, सत्यभामा भी इस बार साथ थीं। भौम का आवास पहाड़ों के घेरे में था, और आवास के किनारे जल से भरी खाई गहरी थी। पर्वतों से मार्ग खोजते नारायणी सेना भौम के किले तक पहुँच गई। भौम के विश्वासपात्र असुर मुर ने जगह-जगह जाल लिए सैनिक तैनात कर रखे थे। देवता साहस भी करते तो फँसकर दम तोड़ देते या मार दिए जाते। नारद ने कृष्ण को सब कुछ बता दिया था। दारुक, गरुण, अक्रूर, सात्यकि, बलराम कृष्ण के निर्देशन में जाल लिए सैनिकों को बन्दी बना लिया गया। यहाँ भी कृष्ण ने भौम के सैनिकों को समझाकर आत्म-समर्पण करवा दिया। सब कृष्ण के हो गए। मुर को ज्ञात हुआ कि नारायणी सेना ने घेरा बना लिया है। लेकिन

बेचारा मुर देर से जागा। उसके सभी पुत्र—ताम्र, अंतरिक्ष, श्रवण, वसु, नभ स्थान, अरुण, विभा वसु ने अपने पिता के मरते ही पीठ को सेनापति तो बना लिया लेकिन अब कहाँ बचाव था। और अन्त में कृष्ण की सूझबूझ से भौम मारे गए, उनके सैनिकों ने कृष्ण को अपना नेता मान लिया।

कृष्ण के आदेश से बन्दी बनाई गई सोलह सौ युवतियाँ बन्धन से मुक्त हो गईं।

कृष्ण ने तत्काल सभा की।

'प्राग्ज्योतिषपुर के आदरणीय बँधुओ! आप सभी मेरे अपने हैं। अन्तर इतना है कि आप मार्ग भटक गए हैं। मेरे साथ आइए, मैं आपको सत्य का मार्ग दिखाता हूँ। विष्णु कोई और नहीं, मैं हूँ विष्णु। मैं आपकी हर प्रकार से सहायता करूँगा। पालन करूँगा आपका, मैं नारायण हूँ—कृष्ण नारायण। आपकी रक्षा में मेरी नारायणी सेना तत्पर रहेगी। आप मेरी सेना में प्रवेश करके अपनी रक्षा स्वयं करने का प्रशिक्षण लीजिए। हमारी द्वारका आपके साथ है। हम कृषि कार्य को बढ़ावा दे रहे हैं। हम नहरें निकालेंगे, बाँध बनाएँगे और नए-नए गृहस्थी के उपकरण भी गढ़ेंगे। हम सभी द्वारका के लोग राजनैतिक अखंडता के लिए संघर्षरत हैं। आप मेरे सत्य के साथ रहेंगे तो आनन्द आएगा। आप देव विरोधी हैं तो मैं भी हूँ, लेकिन किसी भी प्रकार के अन्याय और बुद्धू बनाने वाली बातों के विरोध में हूँ। अभी यह प्रचारित किया जा रहा है कि व्यक्ति अमर हो सकता है। मित्रो! अमरता व्यर्थ है और आत्मा भी। व्यक्ति ही श्रेष्ठ है। सबकी मृत्यु निश्चित है। मेरी भी। जब तक देह और मस्तिष्क है तब तक कार्य करते रहें, यही बड़ी बात है। मेरी इच्छा है कि आपकी यह धरती हरी-भरी स्फुटित लहराती रहे। जहाँ खोजूँ वहाँ जीवन मुस्कराता मिले। स्वस्थ बीज उगें, अन्न भंडार भरा रहे। साधन उपलब्ध हों। न हो द्वेष, न बैर, न कोई हिंसा, न कोई उदासी। बचपन जैसी प्रसन्नता बनी रहे सदैव—मैं चाहता हूँ। साथियो! मैं हिंसा नहीं चाहता, यह युद्ध भी नहीं होता यदि भौम महाशय स्वीकार करते मुझे और स्त्री का अपमान न करते। स्त्री जननी है, साथी है, प्रेम है, प्रगति है, प्राण आधार है, शिक्षिका है। वही हमें पहले सिखाती-समझाती है।'

'कृष्ण की जय!

'कृष्ण कृष्ण कृष्ण...।'

कुछ देर कृष्ण चुप रहे। सत्यभामा भी मुँह निहारती रह गईं कि ऐसे हैं कृष्ण! और कृष्ण ने पुनः बोलना प्रारम्भ कर दिया है—'आपके महराज भौम ने सोलह सौ स्त्रियों को बिना कारण बन्दी बना लिया था। क्या यह उचित था? अब ये स्त्रियाँ लक्ष्मी होंगी—मेरी लक्ष्मी! और ये रुक्मिणी के निर्देशन में कार्य करेंगी। सत्यभामा जी बैठी हैं, आपका पूरा सहयोग करेंगी। आप सभी को यह छूट भी है कि आप अपना घर बसा सकती हैं या बिना ब्याह के रह सकती हैं। आप सभी स्त्रियों की सुरक्षा स्वयं देखूँगा।'

'कृष्ण कृष्ण कृष्ण...।'

'यह संसार किसानों का है, जो नया गढ़ते हैं उनका है। आपके श्रम से जो भी प्राप्त होता है, उस पर किसी का अधिकार नहीं है। आप शब्दों के मोह में फँसकर

अपने श्रम का कोई अंश न दें, न अन्न न फल न कोई उपकरण। अब कोई अधिपति, राजा, देवपुरुष या सेना के लोग प्रजा के लिए हैं, किसानों के लिए हैं। कोई भक्षक नहीं रहेगा अब, ये सभी रक्षक होंगे। आप अपना राजा चुनें और गण बनाएँ। मेरी इच्छा है कि यहाँ का जन समुदाय एक हो, सभी श्रमिक एक हों, बौद्धिक एक हों, योद्धा एक हों। धरती को अच्छा बनाने का कार्य हो। राजा पर अंकुश हो आपका। हम सभी कृष्ण हैं, हम काले हैं लेकिन हमारे पास बड़ा हृदय है, कर्म है, एकता है, बुद्धि है। हम कभी पराजित नहीं होंगे। मैं नारायण हूँ—कृष्ण नारायण! आप सभी को साधुवाद कि आपने ठीक मुझे सुना—अभिवादन!'

'कृष्ण नारायण की जय!'

'कृष्ण कृष्ण कृष्ण...।'

बारह

कृष्ण पांचाल क्षेत्र में बीज बो आए। वहाँ उनके प्रभाव से महाराज द्रुपद भी विज्ञ हुए थे। कृष्ण ने कई सभाएँ कीं। प्रजा के बीच में अपनी बात रखी। किसानों, बौद्धिकों से मिले। लोगों की समझ में आया था कि जो पढ़ाया गया है वही नहीं पढ़ना है, जो सुनाया गया है वही नहीं सुनना है, जो बोलने के लिए कहा गया है वही नहीं बोलना है, जो विचारने को कहा गया है, वही नहीं विचारना है। कुछ अपनी बुद्धि दौड़ानी है, अपना भी मिलाना है, थोड़ा आगे कुछ नया-सा। ऐसा नहीं होना चाहिए कि जो सामग्री दी गई है वही मूर्ख की तरह निहारते रहो। क्या मान लोगे यदि कोई कह दे—जूठा खाओ, चिथड़ा पहनो, घास पर लोटो, गोबर चिपोड़ो? अरे भाई कुछ भी स्वीकार नहीं बिना जाने-बूझे।...और कोई रहे न रहे श्रम तो रहेगा, श्रमिक रहेंगे। वह इसलिए कि श्रमिक को विश्वास है, उसका मनोबल ऊँचा है, साहस है, कार्य करने की असीम क्षमता है। प्रकृति को सह सकता है वह। प्रकृति का अभ्यासी है वह। वह चोरी नहीं करता, स्वेद बहाता है तब अन्न पाता है। जाल नहीं बिछाता किसी व्यक्ति को फँसाने के लिए। वह शिष्ट है और स्वस्थ रहता है, और प्रसन्न भी।

कृष्ण की बात घर-घर पहुँच रही है। उनकी घोषणा है कि हमारी किसान-संस्कृति है। किसान नदी, वृक्ष, कूप, धरती, सूर्य का अभिवादन करता है। कृष्ण देवों को अपनी पहचान में मिलाकर स्वीकारते हैं, उन्हें भगाने का उपक्रम नहीं करते।

हम बड़े न तुम बड़े
हम खाएँगे एक पत्तल में

इन्द्रप्रस्थ भी बस गया। खाण्डव वन में हरियाली छा गई, फूल-फल, अन्न से खेत भर गए। नागों में नई चेतना आ गई। और उधर द्वारका में कई गाँव बस गए और सभी

सुखी, सभी परिश्रमी। चारों ओर नई ऊर्जा का संचार। इन्द्र निर्बल होते जा रहे हैं। नागों ने भी उनका साथ छोड़ दिया है। कृष्ण ने अनेक प्रश्न उठाए हैं—देव सबका गुरु क्यों है? श्रेष्ठ क्यों? देव के अधीन राजा होगा, देव दंड से मुक्त होगा, उसे बाँधा नहीं जा सकता, राजा को प्राप्त वस्तु का एक भाग देव का, देव ही पवित्र है और वह मृत्यु दंड का अधिकारी नहीं है, उसे धक्का नहीं दिया जा सकता क्यों? कृष्ण के प्रश्न ऐसे हैं कि उत्तर नहीं है किसी के पास। वे कहते भी हैं—'जो अन्न उपजाते हैं, सही अमरता के स्वामी हैं।'

श्रेष्ठ असुरमय के कारण असुरों की शिल्पी शाखा कृष्ण के साथ है। इन्द्रप्रस्थ भी कृष्ण की सलाह से चल रहा है। नारायणी सेना से अब सभी डरने लगे हैं। द्वारका का प्रत्येक युवा नारायणी सेना का सैनिक है। वह पेट के लिए चाहे जो कार्य करे—बर्तन बनाए या गाय-बकरी चराए लेकिन वह सैनिक भी है। वह प्रशिक्षण प्राप्त प्रामाणिक सदस्य है नारायणी सेना का। एक ध्वनि पर मूसल लेकर तैयार है। कृष्ण ने नारायणी सेना के कारण ही कई राज्यों पर अधिकार कर लिया है। पौण्ड्रक का करुष राज्य हो या काशी, कृष्ण का मानसिक अधिकार है। वैसे भी काशी तो कृष्ण के पूर्वजों की रही है। इस समय भी काशी में गोप अधिक हैं, गाय-भैंस पालते हैं। वहाँ दूध की कोई कमी नहीं है। गंगा नदी के किनारे के प्रायः सभी गाँव गोपालों के हैं।

कृष्ण मुस्कराते हैं। आज वे किसी से बात नहीं करेंगे। रुक्मिणी, जाम्बवती, सत्यभामा से वे बोल चुके हैं कि आज वे अकेले नाचेंगे, वंशी बजाएँगे। वे स्मृति-प्रदेश में जाना चाहते हैं।

'...मैं ईश्वर नहीं हूँ। शब्द ईश्वर है। जिसके पास शब्द है, कुछ नया करने का विचार है, बुद्धि है, वह बौद्धिक है और यही तो ईश्वर है, यहाँ न कोई देह है न कोई अलग से शक्ति। पशु हों या ऋतुएँ या जो वास्तविक है, मैं ही तो हूँ वहाँ, मेरा ही प्रेम है सर्वत्र। काम-भोग आवश्यक है, इसी सम्भोग ने जगत बनाया है—काम-पीड़ा! पीड़ा से नई युक्तियाँ समझ में आती हैं। हम सब नंगे हैं और किसी वस्तु या व्यक्ति को नंगा देखना चाहते हैं। व्यक्ति यदि प्रेम न करे तो उसका कुछ भी नहीं। प्रेम में हम नंगापन चाहते हैं—वास्तविक, तभी सृजन है, विस्तार और आनन्द का विकास है। यहाँ एक स्वीकृति है, और तब मुस्कान का जन्म होता है। यहाँ चूकना नहीं है। यहाँ एक कार्य का समापन है।...हमारे मन के आगे भी स्वप्न है, भाषा है, हमारा भीतरी सच है।' कृष्ण बाँसुरी फूँकते हैं, उसके छेद निहारते हैं और एक स्वर निकालते हैं—सारेग, ...मगरे...सा नि ध प...रे सा... । वे उठे और निहारने लगे अपना सारंग धनुष, कौमोदकी गदा, खेत्रीय हल, सुनन्द मूसल, और बीसों रखी-पड़ी बाँसुरियाँ—कुछ छोटी कुछ बड़ी और मोटी।

'आदरणीय को अभिवादन। एक ब्रह्मदेव जो बहुत ही दुर्बल है, निर्धन जान पड़ता है। आपको अपना सखा बता रहा है, मिलना चाहता है, उस महाशय का नाम सुदामा है। मुख्य द्वार के प्रहरी ने उसे रोक लिया है। आपकी आज्ञा की प्रतीक्षा है।' प्रहरी एक साँस में बोल गया।

'सुदामा! मेरा अपना सुदामा!' कृष्ण दौड़ पड़े मुख्य द्वार की ओर।

सभी आश्चर्य में कि कृष्ण महाराज क्यों नंगे पाँव मुख्य द्वार की ओर भागे जा रहे हैं।

गले लिपट गए कृष्ण देखते ही सुदामा को। रोने लगे। भावना सिर चढ़कर बोल रही है, जैसे वे कोई बालक हों। सुदामा की क्षीण काया, संकोची स्वभाव, हीन भावना का भाव, मुस्कराहट में निरीहता, लेकिन आँखें भरी हुई। दोनों महल के विशेष विश्राम कक्ष की ओर। शब्द किसी के पास नहीं, अर्थ भी नहीं, लेकिन एक भाषा है—प्रेम की मूक भाषा। मुख पर मिलन के आनन्द की लिखावट। एक स्वर गूँज रहा है—'कहाँ थे मित्र? कैसे हो? इतने दिनों बाद स्मृति आई? मैं तो राजकाज में व्यस्त था और तुम?'...

'पेट भरने का उपक्रम भी समय खा जाता है, अभाव कहीं आने-जाने नहीं देता, मुझे आपके यश से डर लगता कि कहीं मेरी पहचान भूल न गए हों आप।'...

और अब सब अनौपचारिक! सुदामा ने स्नान किया। जलपान से निवृत हो आसन पर बैठ गए।

'संकोच न करो सुदामा, यह कृष्ण का नहीं तुम्हारा कक्ष है। पसरकर बैठो। और यह क्या है? खोलो! दिखाओ! मित्र तुम भी न...!' और कृष्ण ने वह गठरी देख ली, जिसे सुदामा छिपा रहे थे।

कृष्ण रोए जा रहे हैं। आज पता नहीं क्या हो गया है। जैसे कोई सुध ही न हो। सुदामा के पाँव दबाए गए, अनुचर ने सुदामा की बहुत सेवा की। थकान जाती रही। और वह खुली पड़ी गठरी निहारती रही, जिसमें सावाँ है।

'कितना अच्छा सावाँ है! मित्र तुम बहुत बुद्धू हो। भाभी ने सावाँ भेजा है मेरे लिए और तुम!...अभी इस सावाँ की खीर बनेगी, अभी इसी समय। और हम दोनों साथ खाएँगे।' कृष्ण ने अनुचर को आज्ञा दी कि अभी खीर बनाई जाए।

'सुदामा, तुम मेरे मित्र हो। यह सब तुम्हारा है। आज तुमने मेरी बड़ी समस्या का समाधान कर दिया है। तुम देवपुरुष हो। तुम आर्यों में जाकर मेरे विचार प्रचारित करोगे।'

'कान्हा आपका यश बहुत है। यही सुनकर आपकी भाभी ने ठेल-ठाल कर भेज दिया आपके पास।' सुदामा संकोच छोड़ रहे हैं।

'तुम सखा हो कि मेरे अधीन कर्मचारी हो? मुझे आप कह रहे हो! तुम नहीं कह सकते? भेद नहीं सुदामा भेद नहीं!'

'अच्छा चलो तुम...। मैं सब करूँगा जो तुम कहोगे लेकिन घर है न द्वार, भोजन के लाले पड़े हैं। मैं इसी हेतु आया था कान्हा। लाज भी आती थी। भिक्षा माँगकर घर चला रहा था। अब दुर्बल हो गया हूँ। कोस भर चल दूँ तो थक जाता हूँ। तुम्हारी भाभी प्रतिदिन ताने मारती है कि तुम्हारा मित्र इतना बड़ा व्यक्ति है। द्वारकाधीश है और तुम द्वार-द्वार तंदुल माँग रहे हो। कोई सुनेगा तो क्या कहेगा कि देखो कृष्ण नारायण के बचपन का सखा भिखारी है।'

'समय बहुत हठी होता है सुदामा। अब समय तुम्हारा आ गया है। ये सावाँ तो ऋण हो गया मित्र! भाभी का कष्ट आज ज्ञात हुआ है। कल ही तुम्हारे नगर में शिल्पी

जाएँगे, श्रमिक भी। तुम्हारा आवास बनेगा और सुविधाएँ जो आवश्यक होंगी, तुमको प्राप्त होंगी। मैं द्रवित हूँ कि तुम माँगने जाते हो अपने पेट के लिए, भाभी के लिए। तुम्हारी सारी व्यवस्था करता हूँ।'

कृष्ण को लगा कि सुदामा कितना बड़ा है। अपनी निर्धनता में भीख माँगकर जुटाया गया सावाँ लेकर आया है मुझे देने—एक सादर भेंट! कृष्ण धन्य-धन्य कहने लगे। सुदामा अहंकारी नहीं हैं, कृष्ण भी नहीं। यही कारण है मित्रता गाढ़ी है। कृष्ण सोचने लगे हैं—जनता कितनी असहाय है, निर्धन है, कैसे पेट पालती है, हम महलों में बैठे स्त्रियों से पाँव दबवाने वाले क्या जानें। हम तो सुन्दर दासियों के नितम्बों पर थपकी देकर आनन्दित होने वाले लोग हैं। और सुदामा है कि भूखे पेट, थकान भरी देह से अपनी स्त्री को क्या सुख देता होगा!

'सुदामा क्या चाहते हो, बोलो? कहो तो द्वारका का स्वामी बना दूँ।'

'नहीं सखा नहीं! मैं तो मात्र अपने परिवार के लिए भोजन की व्यवस्था चाहता हूँ, और इसके लिए कार्य भी करना चाहता हूँ। किसी आश्रम में शिक्षक बन जाऊँ तो परिवार का भरण-पोषण हो जाए।'

'धत! तू भी सुदामा! किससे माँग रहा है तू भाई! तू मेरे सामने रह बस, तुझे देखकर ऊर्जा भरता रहूँगा और तेरी सारी समस्या मेरी, मेरे मित्र तुम क्या हो मेरे लिए तुम नहीं जानते, आज मैं शक्तिशाली हो गया हूँ तुझे पाकर।'

सुदामा सोचने लगे, 'मेरे में है ही कितनी शक्ति कि शक्तिशाली हो गए कृष्ण। देह में माँस है नहीं, टाँग बझती है चलने पर, कहीं कृष्ण मेरे साथ हँसी तो नहीं कर रहे हैं?'

'क्या सोच रहे हो सुदामा? अब तो मुझे सोचना है। जानते हो, यह भूमि काम करने वालों की है श्रमिकों की है और श्रमिक श्रम के बाद प्रसन्न रहता है। लेकिन निर्धन, जिसका पेट न भरता हो वह प्रसन्न नहीं रहता। दरिद्रता अप्रसन्नता का कारण है सुदामा। हमारी व्यवस्था दूषित हो चुकी है तभी तो निर्धन, रोगी और अपराधी बढ़ रहे हैं। कहीं-न-कहीं शिक्षा की भी आवश्यकता है।'

'आप कैसे हो गए कृष्ण! अच्छे वाले कृष्ण! मुझे कभी-कभी आप कह लेने दीजिए। आप सबको अपने जैसा समझते हैं, बनाना चाहते हैं। आपकी बौद्धिकता में व्यर्थ कामनाओं के लिए स्थान नहीं है। त्याग ही तो शान्ति का मार्ग दिखाता है कृष्ण! मैं निर्धन अवश्य हूँ लेकिन मेरी बुद्धि अभी ठीक है। आपका साथ मिल गया है तो अवश्य ही समय का सदुपयोग होगा।'

'जानता हूँ तुम्हारी बौद्धिकता। तुम दयालु और मृदुभाषी भी हो। तुम्हें लोकप्रिय होते देर नहीं होगी। लेकिन अब जो कार्य तुम्हें देने जा रहा हूँ, वहाँ कभी-कभी कठोर भी बनना पड़ेगा। पूर्वाग्रह छोड़कर कार्य करना होगा। सीधे व्यक्ति का मुँह कुत्ता भी चाटता है सुदामा। आँख मिला दो तो सिंह भी डर जाता है। तुम योगी हो, समान दृष्टि से देखते हो चाहे सुख हो या दुख। वही संन्यासी है जो राग-द्वेष से रहित हो, और तुम हो। वे माता-पिता शत्रु हैं बच्चों के जो शिक्षा नहीं देते। तुम्हारा काम है कि गुरुकुल में अधिक से अधिक बच्चों का प्रवेश हो। आज से तुम मेरे क्षेत्र के समस्त गुरुकुलों

के प्रभारी हो। और एक कार्य यह भी कि कोई निर्धन न रहे। सबको कार्य अवश्य मिले। तुम्हारा भ्रमण कार्य कल से प्रारम्भ। तुम गुणी हो सुदामा! तुम्हारे अन्दर व्यर्थ की कामनाएँ नहीं हैं।'

सुदामा पुलकित होकर भीतर ही भीतर मुस्कराते रहे। क्या बोलें? शब्द हों तब न!

'क्या सोच रहे हो कि कृष्ण तुम्हें बोलने नहीं दे रहा है? अरे अब तो इस आश्रम उस आश्रम भटकोगे ही। बोलना तब, जब जी में आए और सारी त्रुटियाँ बिना डर के मुझे बताना। आपका ध्यान कर्म पर ही होना चाहिए परिणाम पर अधिक नहीं। ठीक से किया गया कार्य तो परिणाम देगा ही। सुख-दुख में समान रहना आवश्यक है, अधिक भावुकता की आवश्यकता नहीं है। तुम बौद्धिक हो सुदामा, स्वार्थ नहीं है तुम्हारे भीतर। आवश्यकता थी और जीना आवश्यक था तब तुम मेरे पास आए, नहीं तो इतने दिन जीवन की नैया खे ली थी—सत्तू खाकर। तुम बड़े हो गए, महोदय हो गए—महाशय! लेकिन छोटी बातें भी भूल न जाना। आज से तुम निर्धनों के नेता हो गए। तुम उनकी निर्धनता को दूर करने का उपाय बताओगे। पुराना काल बीत रहा है सुदामा! एक काल का अवसान है—अन्तिम प्रहर। एक साँझ में हम जी रहे हैं। कल नया प्रभात होगा। नए भोर में नई किरण के साथ बीज बो दिया गया है।'

कृष्ण-सुदामा ने एक ही पात्र में खीर खाई और देर तक बतियाते रहे। यह ऐसा मिलन है, जहाँ कोई दूरी नहीं। कृष्ण धनी-निर्धन में भेद नहीं चाहते हैं। वैसे कुछ बतरस हुई थी जब सुना बलराम ने कि सुदामा आया है और विशिष्ट कक्ष में ठहरा है, कृष्ण उसकी सेवा में लगे हैं। बलराम को अच्छा नहीं लगा था। वे बोले थे—'कान्हा की भी पता नहीं कैसी माटी है। जब देखो तब कोई-न-कोई उसकी पहचान का आया रहता है, भकोसता है और ले भी जाता है एक भारी गठरी। और अब तो सुदामा है, पता नहीं क्या दे देगा कान्हा। पूरा समय खा जाते हैं ये आने वाले।'

लोक में विश्वास हुआ दृढ़
और हुआ घुमक्कड़ जीवन

समाज को समझाना उसे बदलना आसान है। परिवार को कठिन है समझाना। यहाँ बहुत मीन-मेख है, बिना सिर-पैर की बात है। यहाँ सबको अपनी बात ही सत्य लगती है। परिवार में व्यक्ति बड़ा होता है, उसकी नग्नता, गन्दगी, शौचादि सब जानते हैं, हकलाना भी झगड़ना भी रूठना भी पता है सबको। बच्चा बड़ा होकर भी बच्चा रहता है घर में।

कृष्ण परिवार में दबे नहीं रहे। राजकार्य में उलझे नहीं रहे। उन्होंने स्वयं को समाज के सामने परोस दिया, बिखेर दिया अपने को और वे विस्तार पा गए। क्रोध ज्ञान और विवेक को नष्ट करता है। हमें प्रतिकार नहीं उपकार करना चाहिए—शायद यही सोचते हैं कृष्ण और क्रोध नहीं करते। लेकिन ऐसा नहीं है कि कोई उनको व्यर्थ में खोदता रहे और वे चुप मुस्कराते रहें। वे घर में कान्हा हैं, गोपाल हैं, और समाज में कृष्ण नारायण!

'चुप क्यों हो कान्हा? बोलो कुछ, बात आगे तो बढ़े।' वसुदेव के मुख पर मुस्कान नहीं है।

'आपने सभा बुलाई है व्यक्तिगत रूप से तो आप ही पहल करें पिताश्री।' कृष्ण समझ गए कि आज कहीं कोई खोट मेरी पकड़ी गई है—'ये देव-प्रमुख के ज्ञान को ब्रह्म-ज्ञान कहते हैं। ये कौन सा ज्ञान है, कोई बताए तो! क्या इस ज्ञान से खेती हो सकती है? गाय अधिक दूध दे सकती है? फल रसदार हो सकता है? कौन-सा ज्ञान है ये? ये ज्ञान है देव-हित साधने का ज्ञान कि जनता को कैसे मूर्ख बनाया जाए, जहाँ देवों का कुछ व्यय न हो। पिताजी! ऐसे ज्ञान की आवश्यकता नहीं है। और आपने जो कहा कि मैं आपका पुत्र नहीं तो उचित ही है। पालने वाले माता-पिता ऐसा नहीं कहते, इसी कारण यशोदा मैया और नन्द बाबा आपसे श्रेष्ठ हैं। वे जानते हैं कि वे मेरे जन्मदाता नहीं है, फिर भी प्राणों से अधिक प्रेम करते हैं। जो पालता है उसे मोह अधिक होता है, उसकी संवेदना बड़ी होती है। मैं नन्दन हूँ। कृष्ण नारायण नन्दन! क्यों बल्लू भैया उचित है?' कृष्ण की कुटिल मुस्कान को सब समझ रहे हैं। बलराम निर्निमेष निहारते रहे कृष्ण को।

'पिताजी! इस कान्हा के सखा बहुत हैं। वही सब इसका मस्तिष्क उलट दिए हैं। और घूमता बहुत है, कहीं ठहरता नहीं, कभी इस गाँव तो उस गाँव। कान्हा का भाषणी-स्वभाव हो गया है पिताजी। कहता है कि जो विवश हो उसकी आँख खोलिए और खोजिए उन वस्तुओं, विषयों को जिसने हमारे समाज को सड़ा रखा है।'

'अक्रूर जी, उद्धव जी, सात्यकि जी साक्षी हैं कि बिना बोले बात कैसे आगे जाएगी। और मेरे सखा कुछ करते हैं, मेरे निर्देशन में रहते हैं। तालाब हो या कूप जाकर खुदवाते हैं। और बल्लू भैया का कक्ष-क्षेत्र देख लीजिए। अभी भी सौ से अधिक गदा सीखने वाले दंड पेल रहे हैं तो भकोसते भी हैं, और ले भी जाते हैं बलरामश्री की इच्छा से। भैया दक्षिणा लेते नहीं हैं। अब गाँव बेच देंगे क्या नाम के लिए? पहलवान बनाकर क्या कर रहे हैं भैया, स्वयं वे ही बताएँ कि क्या सन्देश दे रहे हैं। अभी सुयोधन भी आएँगे हस्तिनापुर के गदा सीखने।'

'तुम किसी को छोड़ते नहीं हो कृष्ण। और यही तुम्हारी विजय है।' वसुदेव मुस्कराने लगे। उद्धव बोलना चाहते हैं—कृष्ण कृष्ण कृष्ण। लेकिन वे चुप रहे। कृष्ण को सुनना बोलने से कई गुना लाभकारी है।

'देखिए पिताजी आप मेरा विरोध कर रहे थे लेकिन अब आप प्रसन्न हैं।'

'कान्हा! हम देवों की व्यवस्था से प्रभावित रहे हैं। देव हमारे सहयोगी हैं। और तुम देवों का विरोध कर रहे हो। यह उचित नहीं है। प्रभावशाली देव हमें हानि पहुँचा सकते हैं।' वसुदेव बोले।

'लेकिन अब उनका प्रभाव नहीं रहेगा।' कृष्ण ने बात बढ़ा दी—'हमारी पहचान है, रहन-सहन है, अपनी क्रियाएँ हैं, आर्थिक-सामाजिक हमारी अपनी व्यवस्था है, राज हमारा है, लोग हमारे हैं तो देवों का क्या कार्य और क्या अर्थ!'

'तुम्हें ईश्वर मान लिया गया। अलौकिक शक्ति का स्वामी। वेद व्यास ने पहले यही घोषणा की थी। अब तो घर-घर में तुम्हारा मान है।'

''जी पिताश्री, लेकिन ये ईश्वर है क्या? कोई बताए कि मैं ईश्वर क्यों हूँ? यह शब्द मात्र हमें मूर्ख बनाने के लिए रच दिया गया है। वेदव्यास भी देव-जाल में उलझे हैं। आदिवासी होते हुए भी यहाँ की संस्कृति को विस्तारित नहीं करते। न जाने क्या-क्या रचते-बोलते रहते हैं। हम कर्मशील हैं पिताश्री, हमारे यहाँ किसी भी व्यर्थ शब्द, भावना, विश्वास की आवश्यकता नहीं है। मैं ईश्वर नहीं हूँ। गोप हूँ मैं, कृषक हूँ, गोपाल हूँ, आपका पुत्र हूँ, बल्लू भैया का भाई हूँ।'

'तुम ईश्वर होकर भी ईश्वर की आलोचना करते हो! मेरी कोई बात स्वीकार नहीं। लगता है तुम मेरे पुत्र हो ही नहीं।' वसुदेव का मुँह खुला रह गया।

'हाँ आलोचना तो होगी ही, जो प्रगति में बाधा डालेगा। जो व्यर्थ में हमें फँसाने का उपक्रम करेगा। व्यर्थ के गीत गाएगा, व्यर्थ कथाएँ रचेगा। उसकी आलोचना होगी। मेरा भी प्रश्न है कि हमें क्यों ईश्वर बना रहे हैं। भला इसमें मेरा या समाज का क्या हित है? एक व्यक्ति को ईश्वर क्यों बना रहे हैं? किसी के पास उत्तर नहीं पिता जी! मैं बताता हूँ—ये देव मुझे ईश्वर जैसे शब्द-भाव में फँसाकर अपना हित साध रहे हैं। ये हमारी संस्कृति में प्रवेश करना चाहते हैं, फिर अपना ढेर सारा सामान मिलाकर एक नई सामग्री परोसना चाहते हैं। विष्णु और इन्द्र का अवसान है, ये तिलमिलाते हैं। यह आपके मेरे बीच के संवाद का परिणाम है। आप आश्वस्त रहें। आपका कभी अपमान नहीं होगा, निन्दा भी नहीं।...आप से निवेदन है कि देव-देव की रट से बाहर आइए। देव-विचार सड़े हैं, बासी वस्तुएँ कभी सुपाच्य नहीं होतीं। मैं तो टटका हूँ, अभी-अभी का विचार है। हमारा समाज स्वस्थ रहेगा तभी वह सहायक होगा। कोई व्यक्ति यदि निर्बल है? तो वह क्या सहयोग करेगा। हमें समाज के पुष्ट होने के विषय में सोचना चाहिए। यह तभी होगा जब हम आत्मविश्वासी होंगे। सुदामा को कार्य दे दिया है, परिणाम आपके सामने आ जाएगा। वह दरिद्रों के लिए कार्य करेगा और आश्रमों का निरीक्षण। किसकी योग्यता कहाँ पर है, इसका तो ध्यान रखना होगा पिताश्री। योग्य व्यक्ति को उसके योग्य कार्य। हमारे अधिकारियों सभासदों में त्याग की भावना होनी चाहिए। त्याग से कुशलता बढ़ेगी, नई दृष्टि का ज्ञान होगा और तब हमारी उपज अच्छी होगी। हमें अब समानता पर कार्य करना है पिताश्री। क्यों अक्रूर चाचा ठीक कह रहा हूँ न?'

'मैं कृष्ण से सहमत हूँ। अच्छी बात तो यह है कि हम सभी भावुक हो जाते हैं कृष्ण को सुनकर।...अब साधारण जीवन जीने और कर्तव्य का पालन करने का युग आ गया है। अब विपक्ष की बात भी सुनना आवश्यक है कि पता चले कि सत्य कहाँ है। हमारे समाज की पहचान समता में है। असमानता कभी समाज को स्वीकार नहीं है।' अक्रूर भावुक हैं।

'अब ऐसी स्थिति न आए कि आक्रमण करना पड़े।' उद्धव बौद्धिक व्यक्ति हैं—'हम कभी भी किसी भी राज्य में बिना रुकावट के आ-जा सकें। एक पक्षी की तरह, एक नदी की भाँति, एक पवन के सहलाते झोंकों की तरह।'

'लेकिन कोई आक्रमण करे तो झपट पड़ें सिंह की तरह।' सात्यकि बोले—'हम कर्तव्य पालन कर रहे हैं तो इसका अर्थ नहीं कि हम निर्बल हैं।'

'यहाँ आक्रमण की बात कहाँ से आ गई ? हमें तो साधारण लोग चाहिए, जिससे नया समाज बना सकूँ। और साधारण जन आक्रमण नहीं करता।' कृष्ण को अच्छा नहीं लगता जब लोग विषय से भटक जाते हैं—'इन्द्र को आप भी जानते हैं, मैं भी...। वह किसी स्त्री को स्त्री नहीं मानते, वस्तु जानते हैं। और ऐसी देव-व्यवस्था को आप स्वीकार रहे हैं। आचरण से जो हीन हो किसी पद पर हो चाहे राजा ही, उसे पदच्युत कर देना चाहिए। राजा वसंत ऋतु की तरह होता है—न कड़ी धूप, न शीत। उसे प्रसन्न रहना चाहिए और ईर्ष्या तो बिल्कुल नहीं, तभी वह संचालन कर सकता है सात्यकि जी। विवाद के जितने भी कारण हैं राजा को विज्ञ होना चाहिए—ऋण, धरोहर, साझा व्यापार, बिना स्वामी के वस्तु का विक्रय, वेतन न देना, दान वापस लेना, प्रतिज्ञा के विरुद्ध आचरण, क्रय-विक्रय विवाद, सीमा विवाद, कठोर वाणी, चोरी, पर स्त्री गमन, द्यूत आदि अनेक कारण हैं विवाद के।'

'आज हम लोक नायक कृष्ण नारायण से ज्ञान की आवश्यक बातें सुन रहे हैं।' उद्धव प्रसन्न हैं।

'उद्धव जी! राज्य का हमारे समाज से अनुबन्ध हुआ है कि राज्य प्रजा का हित करेगा। राज्य की सम्प्रभुता सबसे ऊपर है। लेकिन राजा निरंकुश नहीं चाहिए, वह उदार हो। मैं तो सम्प्रभुता की डोर जनता के हाथ में चाहता हूँ। मैं गोपों को एक नाम और देना चाहता हूँ—जन संरक्षक। यही लोग सम्प्रभुता की रक्षा करेंगे। लोक-जीवन को समर्पित होना ही राजा का राजधर्म है। क्या हम मथुरा में समर्पित थे ? वहाँ तो पूरा समय युद्ध करने या युद्ध -विचार में ही बीत जाता था।'

'कान्हा! सुना है कि हमारे परिवार के जो लोग मथुरा में छूट गए हैं, वे दुखी हैं और तुमसे मिलना चाहते हैं।' वसुदेव ने सूचना दी।

'मुझसे नहीं पिताश्री, माँ से मिलना चाहते हैं—देवकी माँ से। मुझे पूरी सूचना है। और उनके साथ कुछ देवपुरुष भी आने वाले हैं। अक्रूर जी का परिवार भी उतावला है। गोप और वृन्दावन के लोग मुझसे मिलना चाहते हैं।'

कृष्ण अब बार-बार कह रहे हैं—'कर्म करना ही हमारा कर्तव्य है। परिणाम का विचार करके कर्म करना अच्छा नहीं है लेकिन परिणाम की प्रतीक्षा तो रहती ही है। लेकिन परिणाम पर समय का अधिकार है। कर्म रहित जीवन भार स्वरूप है।'

चित्रों में स्मृतियाँ हैं
कि कठिन है भावुक क्षण जीना

बिना इतिहास के विकास सम्भव नहीं है। देखा-सुना-पढ़ा गया ही साथी है हमारा। पीछे देखना आगे बढ़ने की प्रेरणा है और सहायक भी। कृष्ण की यात्रा थमी नहीं है। राजकाज से दूर अपनी शैली में, अपने संसार में मस्त हैं कृष्ण। द्वारका से दूर इन्द्रप्रस्थ और हस्तिनापुर के बीच बसे कुरुक्षेत्र जाने का विचार बना है इस समय। कृष्ण ने फाल्गुन की अमावस्या की तिथि निश्चित कर दी है। मथुरा, इन्द्रप्रस्थ, हस्तिनापुर को भी सूचना हो जाएगी कि कृष्ण कुरुक्षेत्र में यमुना नदी के किनारे सभा करेंगे।

कृष्ण की पहचान एक विराट व्यक्तित्व के रूप में हो चुकी है। वे उदारता की प्रतिमूर्ति कहे जाने लगे हैं। कोई राजकीय सलाह लेने तो कोई सामाजिक संगठन का गुर सीखने तो कोई अपने सखा कान्हा से मिलने-देखने को आतुर, सब अपनी-अपनी तैयारी में लोग लग गए हैं।

कुरुक्षेत्र में अपार जन समूह। मीलों दूर तक फैले शिविर, दंड पेलते, भोजन पकाते लोग। यमुना में स्नान करते उत्साही। अपने कृष्ण को देखने की ललक लिए मुस्कान बिखेरते लोग पुलकित हैं।...और कृष्ण कुरुक्षेत्र में।

कृष्ण के साथ बलराम, सात्यकि, उद्धव, अक्रूर, लोहित, धियानी आए हैं। कृष्ण परिवार के साथ हैं। कुरुक्षेत्र में कृष्ण की परीक्षा है कि वे अपनी स्मृतियों में कैसे जाना चाहेंगे। और क्या कहेंगे।

...एक भावुक क्षण

मथुरा से अक्रूर के भाई उपमदु, उपक्षत्र, गन्धभोज का परिवार उपहार लेकर कुरुक्षेत्र आया है। वृन्दावन से नन्द बाबा और यशोदा को द्वारका से आए जन देखना चाहते हैं। कुरुक्षेत्र की जनता कब यशोदा मैया को देख ले—चाहत बनी है। यशोदा उपहार में घी और कृष्ण को अपने हाथ से खिलाने के लिए माखन लेकर आई हैं। कृष्ण, बलराम, नन्द बाबा के शिविर में ठहरे हैं। कृष्ण के सखा मधु, श्रीदामा, उत्तम, रुद्रसेन इतने उत्साही हैं कि पाँव भूमि पर पड़ते ही नहीं हैं। सुनन्द, उपनन्द, केलिनन्द युवाओं पर दृष्टि रखे हैं कि कोई निन्दा का कार्य-व्यवहार न कर बैठें युवा। जगधर, माघी, जिवधन, नौमी, गोगी सोच रहे हैं कि कृष्ण से कहेंगे क्या ? कान्हा की रक्षा तो उन्होंने भी की है। स्मृतियों के अपने संसार में टहलते कृष्ण का दर्शन करने आए लोग स्वयं को भूल से गए हैं।

और गोपियाँ तो कहिए मत ! कृष्ण को बचपन में दुलारने वाली ललिता, विशाखा, यशवंती, फूली नहीं समा रही हैं। कपिला, वीना, अनुराधा, मधुरिमा, नीरजा, चित्रा, मृगी, रति, पुष्पा, नीरा, कामिनी, स्वाति और छमिया तो पूरी रात नाच-गा रही हैं। पूरा कुरुक्षेत्र उत्साह और आनन्द से भरा हुआ है।

कृष्ण ने माँ यशोदा के हाथ से माखन खाया। नन्द बाबा बूढ़े हो गए हैं। कृष्ण अश्रु बहाते रहे, मन्दहास बिखेरते रहे, श्वेत दन्त-पंक्ति नन्द-यशोदा को लुभाती रही। यशोदा पुलकित, नन्द हर्षित इतने कि कोई सीमा न हो। सभा कल होगी। आज का पूरा दिन माँ के लिए बाबा के लिए कान्हा का।

'द्वारका में कोई माखन खिलाने वाला नहीं है मैया। मैं कितना रिक्त हो गया हूँ। कैसे जी रहा हूँ मैया तुम्हारे बिना यही नहीं समझ पाता हूँ। कृष्ण नारायण, महाराज, द्वारकाधीश, लोकनायक, न जाने क्या-क्या कहते हैं सब। लेकिन मैया यह सब अच्छा नहीं लगता। ऐसा मुझे प्रतीत होता है कि मुझे यह कहकर मूर्ख बनाया जा रहा है। मैं तो तुम्हारा कान्हा हूँ, ब्रज का गोपाल हूँ।' कृष्ण के शब्द समाप्त नहीं हो रहे हैं, वे बोलते जा रहे हैं।

यशोदा और नन्द बाबा निर्निमेष निहारते अपने कान्हा को !

'तुम्हारा पालना और तुम्हारे खिलौने अभी भी रखे हैं कान्हा। मैं देखती हूँ उसी

में तुम्हें। तुम तो हो किसी और के लाल! मैं तो तुम्हें पालने वाली माँ हूँ। तुम्हारे लिए मैंने प्रसव-पीड़ा तो सही नहीं है। लेकिन कान्हा तुम्हारी मुस्कान के लिए संसार की सारी पीड़ाएँ मैं सह सकती हूँ।'

'मैया मुझे बहुत कुछ व्यर्थ लगता है। मेरी माँ मेरे पिता औपचारिक लगते हैं। मेरा मन नहीं लगता। देखो मैया मैं बड़ा हो गया हूँ लेकिन तुम माखन खिला रही हो! बाबा भी कौर खिला रहे हैं। वसुदेव पिता तो हैं लेकिन हमारे नन्द बाबा नहीं और मैया तो कोई हो नहीं सकता। मैया तो मात्र मेरी मैया यशोदा!' और कृष्ण ने अपना सिर यशोदा के काँधे पर टिका दिया।

पूरे दिन कृष्ण की चर्चा रही। गोपियाँ कृष्ण के बचपन की नकल करतीं तो कृष्ण के मित्र संघर्ष अभियान की बात छेड़ते—पूतना कैसे मारी गई...केशी की बात तो पूछो मत! और कालिय नाग! वे भी ससुर बहुत बनते थे।...अघ भी क्या मस्त था।...और गोवर्धन! इन्द्र ने भी पानी माँग लिया! चले थे कान्हा से लड़ने!

...और आज का दिन अमावस है।

...सभा लग गई है। मंच बन गया है। नन्द बाबा और मैया यशोदा को सम्मान सहित बैठाया गया है। मंच पर कृष्ण तो हैं ही, बलराम, उद्धव, लोहित ने भी स्थान ग्रहण कर लिया है।

कृष्ण ने शंख फूँक दिया।

'मेरे आदरणीय अग्रज और साथियो! एक अच्छा अवसर, एक अच्छा दिन हम सभी कृष्ण के साथ हैं। और आप यहाँ आए हैं।'

'अरे ई तो लोहित हैं! छाँगुर के सपूत!' कहीं से ध्वनि आई।

'समय बदल गया है। यह कृष्ण नारायण जी का समय है। हम उनके साथ हैं तो समय के साथ हैं। कृष्ण जी का कहना है कि किसानों, शिल्पियों, श्रमिकों, निर्बल-असहायों एक हो जाओ। तब देखो शक्ति अपनी। कई इन्द्र भी कुछ बिगाड़ नहीं सकते। अपनी बात आप स्वयं कहें, बिना संकोच। कृष्ण हमारे सहचर हैं, साथी हैं, सखा हैं। ऐसा मित्र कहाँ मिलेगा आपको?' लोहित ने भूमिका बना दी है—'निर्भय बनिए, मेरी तरह। ये धरती किसी के पिता की नहीं है। ये धरती है भूमिपुत्रों की, जो खेती करते हैं, वृक्ष लगाते हैं, गाय पालते हैं, उसके गोबर को खेतों में डालकर उर्वर बनाते हैं खेत, जो नदी के पानी को गन्दा नहीं करते, पशुओं से प्रेम करते हैं, ये धरती उनकी है। अपने अधिकार माँग लो व्यवस्था से, सत्ता से, और उचित अधिकार न मिले तो उपाय करो। उपाय के लिए आओ निर्धनो एक हो जाओ! ये जीवन किसी का दिया हुआ नहीं है, ये जीवन मात्र माता-पिता के कारण है, और हम सब एक प्राकृतिक क्रिया से पैदा हुए हैं। मैं उद्धव जी को आमंत्रित कर रहा हूँ, वे अपने अनुभव यहाँ बाँटें। लेकिन बोलिए—कृष्ण कृष्ण कृष्ण।'

गूँज उठी ध्वनि चारों ओर—कृष्ण कृष्ण कृष्ण।

लोहित की भाषा निखरती जा रही है। अनुभव भी बढ़ा है। मयूरपुर के लोग बहुत आनन्दित हैं कि उनका लोहित कहाँ से कहाँ पहुँच गया।

'नन्द श्रेष्ठ और यशोदा जी को अभिवादन। आप सभी श्रेष्ठ हैं और आदरणीय

भी कि आप कृष्ण को सुनते आए हैं। कृष्ण जी ने सुदामा नाम के निर्बल ब्राह्मण को भी मान दिया है। हमारा विरोध व्यक्ति से नहीं है, व्यवस्था से है। आज सुदामा आश्रमों के निरीक्षक हैं, निर्बलों के सहायक हैं, शिक्षा का प्रसार करने में लगे हैं। आर्य-अनार्य भेद मिटाने का सार्थक प्रयास कर रहे हैं। द्वारका जाकर हमारी चुनौतियाँ बढ़ गई हैं, हमारे सरोकारों का विस्तार हो गया है। मैं भी बौद्धिकों को एक करने की बात करता हूँ। बौद्धिक वर्ग बिखरा हुआ है। कोई देवों की ओर है तो कोई आर्यों की ओर तो कोई देवपुरुषों को सम्मानित करने में लगा हुआ है। सबको सामान्य प्रजा से वार्ता करनी चाहिए और तब अपनी बुद्धि का प्रयोग करना चाहिए। मैं कृष्ण से अनुरोध करूँगा कि प्रत्येक गाँव में एक बौद्धिक व्यक्ति की व्यवस्था करें, जो प्रजा के साथ हर घड़ी साथ रहे अपनी सूझ-बूझ के साथ। और मित्रो! बौद्धिक वही है जो अहंकार से रहित है। ऐसा भावुक न हो कि सदैव रोता रहे—बात-बात पर। बुद्धिमान शोक नहीं करता, हर्ष भी नहीं। वह शोक से उबरने का उपाय खोजता है। हृदय को बलवान होना चाहिए। आप नियम से रहेंगे, संयम जानेंगे, व्यायाम करेंगे तो हृदय को शक्ति मिलेगी, और तब आपके ज्ञान में वृद्धि होगी। तब परिणाम दिखेगा, आपकी त्रुटियाँ भी स्पष्ट होंगी। परिणाम का सुख सागर जैसा गहरा और आकाश की तरह ऊँचा होता है। आप सभी को मेरी बात अच्छी लगे तो मेरा आना सार्थक हुआ। एक बात पुन: कि जो बौद्धिक हैं वे एक हो जाएँ। अभिवादन!' उद्धव स्वेद से भीग गए हैं। प्रजा के बीच बोलना कठिन होता है, यहाँ कोई कक्ष नहीं है विमर्श का। यहाँ सीधे प्रजा दिख रही है। लेकिन आज उद्धव का विश्वास बढ़ा है। वे प्रसन्न दिख रहे हैं, भले स्वेद पोंछ रहे हैं।

कृष्ण का भाषण होने वाला है। पूरी भीड़ उत्साहित है। माघी, जगधर, नौमी, गोगी आगे बैठे हैं। श्रीदामा, उत्तम, पेंघा, मधु रुद्रसेन भी पीछे से आगे आ गए हैं। सबको कृष्ण के निकट जाने की चाह है। और जहाँ चाह है वहीं राह है। बिना इच्छा के तो भोग-सम्भोग भी सम्भव नहीं है। और कृष्ण इच्छा हैं। कृष्ण यथार्थवादी हैं। उन्हें देह से इनकार नहीं है, शरीर ही सब कुछ है। जीवन को उदास नहीं प्रसन्न देखना चाहते हैं। यही कारण है कि कृष्ण अच्छे लगते हैं।

कृष्ण मंच पर हाथ में बाँसुरी लिए, मन्दहास में हाथ ऊपर हिलाते हुए, अभिवादन की मुद्रा।...गूँजती ध्वनि—कृष्ण...कृष्ण...कृष्ण...।

बज उठी बाँसुरी, धुन पर धुन! कृष्ण की थिरकती अँगुलियाँ। ओठ से निकली फूँक स्वर-धुन में बदलती बाँसुरी के छिद्रों से बाहर होती। स्वर का विस्तार और मुग्ध भीड़। सहस्त्रों उठते हाथ, कहाँ खो गए, सुध-बुध ही नहीं कि आए कहाँ से हैं और अब सिर पर सवार होने वाला है मणनी-लवनी का कार्य।

'मैं अभिवादन करता हूँ मैया का और बाबा का। आप सभी को नमन करता हूँ। मैं वही कान्हा हूँ आपका। आप आएँगे और इतनी संख्या होगी, विश्वास नहीं था। मेरे रक्त की एक-एक बूँद आपकी है, ये रोम छिद्र आपके, जो मेरा है सब आपका। मैं सार्वजनिक रूप से स्वीकार करता हूँ कि मेरा जीवन निरर्थक है मैया यशोदा के बिना। क्या मैं नन्द बाबा को छोड़ कर मुस्करा सकता हूँ? नहीं! मुझे

कोई राजपाठ नहीं चाहिए, न यश न नेतृत्व, मुझे मैया चाहिए। लेकिन मित्रो! मैंने इस संवेदना को बाँध दिया है। कुछ नया करने की ललक है आपके लिए। आज भी मैं गोकुल, वृन्दावन नहीं भूला हूँ लेकिन क्या कभी बचपन आया है? बाँसुरी बजाता हूँ, सबको याद करता हूँ और स्वयं प्रसन्न रहने का उपाय करता हूँ। मैं नहीं चाहता हूँ कि आप उदास रहें, दुखी हों, जीवन से पलायन करें। चाहता हूँ कि आप नृत्य करते रहें। मैं मैया के सामने बचपन में खूब नाचता था। मन का संगीत बजना चाहिए, संवेदनाएँ जीवित रहें और उत्सुकता बनी रहे, तभी खेती होगी, गागर गढ़ी जाएगी, जलाशय बनेगा।'

'आप तो ईश्वर हो गए हैं। अतिरिक्त शक्ति है आपके पास, आप तो कुछ भी कर सकते हैं।' पेंघा से रहा नहीं गया।

'नहीं पेंघा! मैं ईश्वर नहीं हूँ। पिताश्री से भी कह चुका हूँ। मैं व्यक्ति हूँ। आहार, निद्रा, भय, मैथुन के गुण मेरे अन्दर हैं। मैं शौच भी जाता हूँ, मेरे बच्चे भी हैं, भूख भी लगती है, एक जीवन साथी की आवश्यकता भी लगती है। मैं ईश्वर कहाँ से हूँ? और यदि ईश्वर भी यह सब करता है तो वह व्यक्ति है। और तब ईश्वर शब्द का अर्थ व्यर्थ है। मैं वृक्ष हूँ, बिना वृक्ष के मैं नहीं हो सकता। अगर जल के बिना जीवन सम्भव नहीं है तो मैं नदी हूँ। पवन भी, पर्वत भी, सूर्य और चन्द्र भी, हमारा अस्तित्व प्रकृति से है। मेरे किसान भाइयो! मेरे आदरणीय शिल्पियो! आपके पास स्वस्थ देह है, बहुत कुछ कर सकते हैं आप। अन्धविश्वास आपका सबसे बड़ा शत्रु है, जो अन्धविश्वास का प्रसार कर रहे हैं, उन्हें गाँव निकाला दो। हम बौद्धिक प्राणी हैं, बौद्धिक कभी मरता नहीं, वह विचारों में जीवित रहता है। हमारे पास नियम है तो परिश्रम भी है। हमारी पहचान ही सत्य है, धर्म है। हमारे खेतों को पानी मिले, गोबर मिले, वे जोते जाएँ, फसलें उगें और अन्न से भर उठे घर। यही तो हमें चाहिए। अब इसमें कोई व्यर्थ विश्वास प्रवेश करेगा तो हम सहन नहीं करेंगे। किसी भी माध्यम से आप एक हो जाएँ तो आप अपनी शक्ति का अनुमान नहीं लगा सकते। मेरे साथ मेरी मैया का स्नेह है, मेरे बाबा का अनुभव है, उनकी दृष्टि मेरे साथ है। आपके पास भी होगी, आप उपयोग करें। यह धरती भी मेरी माँ जैसी है, हमारे अन्न भंडार भर देती है। हमारे पास चेतना है, हम प्रयोग करें कि यह कुल्हाड़ी किस काम आएगी। धनात्मक सोचें, क्रियात्मक बनें। पृथ्वी भी संगठित परिवार की तरह है। हमारे पास समय कम है, हम क्रिया वाले हैं। देवों के पास बहुत समय है, वे व्यर्थ वाले हैं। वे मात्र उपाय खोजते हैं कि वे कैसे लाभ में रहेंगे। आप चूल्हे भाड़ में जाएँ तो जाएँ। वे मृत्यु के बाद भी आपके पुत्रों से कर ले रहे हैं, मानो वे मृत्यु-कर माँग रहे हों। मृत्यु के बाद सम्बन्ध कैसा? मृत्यु एक सत्य है, यहाँ जीत-हार का क्या अर्थ? आपको किसी-न-किसी माध्यम से ठगने का दौर प्रारम्भ हो चुका है। आप बचें। मृत्यु तो एक आनन्द है भाई, फिर भय किस बात का? ये मोर पंख भय दूर करता है, इसी कारण लगाता हूँ। आप सभी मोर हैं, मोर पंख अपने द्वार पर टाँग दीजिए या उसका चित्र बना दीजिए, पता तो चले कि यह किसान का घर है, यहाँ कृष्ण का समर्थन है।'

कृष्ण का गला सूख गया है। उन्होंने जल पिया—'साथियो! बहुत सी बातें लोहित

और उद्धव जी ने कह दी हैं। बस इतना ही मुझे कहना है। मैं प्रसन्न हूँ कि मेरा विश्वास बना है और आपका विश्वास मेरे साथ है।'

'अभी और सुनेंगे आपको कान्हा।' यह माघी की ध्वनि है।

'अभी जी नहीं भरा कृष्ण!' गोगी बोले।

'आप इतने श्रेष्ठ हो गए हैं। तो इतना ही!' मधु ने हाथ उठाया।

'मेरे माखन का तो मूल्य शेष ही रह गया।' कपिला बोली।

'आप विश्राम कर लें। जल पी लें! सामान्य हो जाएँ तब बोलें। लेकिन अभी और चाहिए।' यह केलिनन्द का आदेश होता लेकिन यहाँ निवेदन का स्वर है।

वैसे भी अपनों के सामने बोलना हो तो थोड़ा असहज होना स्वाभाविक है। कृष्ण ने फिर जल पिया। बाँसुरी की धुन से संकोच दूर किया। मैया यशोदा मुग्ध, नन्द बाबा निर्निमेष निहारते कृष्ण को। शान्त वातावरण, भीड़ के चेहरे खिले हुए। कृष्ण क्या चाहते हैं, ये तो वे ही जानें। सम्भवत: वे लोक-संग्रह करना चाहते हैं। प्रेरणा तो लोक से ही मिलती है। जब भूमि प्रजा की है तो कोई अन्य स्वामी क्यों है? देव-सत्ता का क्या कार्य है यहाँ? कृष्ण लोक-सत्ता चाहते हैं। कृष्ण भले न पहचानते हों लेकिन इस सभा में बिना अपनी पहचान बताए इन्द्र के प्रतिनिधि, जरासन्ध के लोग, स्वयं वाण और तक्षक नाग भी उपस्थित हैं। नारद श्रेष्ठ आए हैं, इसकी सूचना कृष्ण को है लेकिन यह गोपनीय है।

'साथियो! मैं सबको देख रहा हूँ। बहुत से मुखड़े पहचान में आ रहे हैं। जगधर, माघी, नौमी, जिवधन, गोगी को भला कभी भुलाया जा सकता है। यह जीवन तो आपका ही है। श्रीदामा, पेंघा, उत्तम, रुद्रसेन, मधु की स्मृतियों से ही जीने की इच्छा बनी हुई है। अनुराधा, वीना, ललिता, मधुरिमा, चित्रा, रति, रेवती, नीरा, छमिया के मक्खन क्या मेरी स्मृति में नहीं हैं। अब कौन माखन खिलाने वाला है और बाँसुरी सुनने वाला। अब तो माखन माँगने पर भी नहीं मिलता, कहते हैं कि उदर बढ़ जाएगा। बाँसुरी तो मैं अकेले में फूँकता रहता हूँ। बहुत सारे अवरोध है और बन्धन हैं जीवन में। तय करना है कि कौन सा बन्धन उपयोगी है। साथियो! बार-बार कहा जा रहा है कि मैं ईश्वर हूँ। भला ईश्वर के हाथ में शस्त्र होता है? और मैं तो धनुष भी लेता हूँ, चक्र भी चलाता हूँ। ईश्वर की जो कल्पना की गई वहाँ किसी प्रकार के शस्त्र या उपकरण की आवश्यकता नहीं है, बाँसुरी की भी नहीं। ईश्वर बाँसुरी क्यों लेगा? ढोल क्यों नहीं? ढोल लेगा तो झाँझ क्यों नहीं? प्रश्नों के उत्तर नहीं मिलेंगे।...साथियो! यज्ञ कुछ नहीं है, व्यर्थ है अग्नि में घृत जलाना। कर्म ही यज्ञ है, साधना है। अभ्यास करें अनुभवी हों यही साधना है। चेतना का विकास होगा तब नया विधान बनेगा। कर्म से ही पीड़ा का अन्त होगा। एक देवपुरुष एक किसान से गाय छीन रहा था यज्ञ के लिए। किसान लड़ गया, नहीं दी अपनी गाय, तर्क किया उसने, देवपुरुष के पास उत्तर नहीं था कि यज्ञ से गाय का क्या सम्बन्ध है। बच गई किसान की गाय। सभी स्वार्थी हैं, कुछ न कुछ चाहते रहते हैं, दूध-अन्न भी और स्त्री भी। लोभ ठीक नहीं साथी। स्वार्थ और लोभ दुख का कारण है। संसार में दुख की कमी नहीं है। जन्म, मरण, शोक, रुदन, वृद्ध, अप्रिय का संयोग, प्रिय का वियोग, इच्छानुसार किसी वस्तु

का न मिलना, दुख ही दुख तो है। इसका उपाय होना चाहिए लेकिन किसी को दुख पहुँचाकर सुखी होने का उपाय उचित नहीं। क्या करना है यह आपको सोचना है, बिना मन-देह-वाणी को दूषित किए विचार करना है कि आप श्रेष्ठता की ओर कैसे जाएँगे। हमारी इच्छाएँ तीव्र हैं—जीने की, सुख भोगने की आदि-आदि। यह भी दुख का कारण है। व्यर्थ इच्छाएँ नहीं होंगी तब जीवन पूर्ण की तरह लगेगा, और तब दुखों के अन्त होने का आभास होगा। युद्ध से कभी दुखों का अन्त नहीं होगा। जहाँ हिंसा होगी, वहाँ संगठन भी नहीं होगा। साथियो! मैं हिंसा में विश्वास नहीं करता, भले शस्त्र चलाना जानता हूँ। अहिंसा ही हमारे प्रगति का मार्ग प्रशस्त करेगी। आपकी खेती बनी रहे, आप निर्भय हों, अनुभवी बनें और समाज के कार्य में योगदान दें। मैं यशोदा का पुत्र कृष्ण आपका कान्हा, आपके साथ हूँ। सदैव रहूँगा आपका। कोई भी समस्या हो आप द्वारका सन्देश भेज सकते हैं, भले ही आप वाण के राज्य के हों या जरासन्ध के। आपने मुझे लोकपुरुष माना है तो मैं आपका हूँ। आज की सभा समाप्त होती है। जाइए लवनी-मणनी का समय सिर पर सवार है!'

कृष्ण ने वाणी को विराम दिया। चारों ओर ध्वनि गूँजने लगी-कान्हा...कान्हा... कान्हा। कुछ लोग कृष्ण...कृष्ण...कृष्ण कह रहे हैं।

तेरह

हस्तिनापुर का राजपरिवार ... और कृष्ण की भूमिका

युधिष्ठिर को राज नहीं करना चाहिए, खाकर सोना चाहिए। न क्षमता है निर्णय लेने की, न वे जनता के बीच जाना चाहते हैं। इन्द्रप्रस्थ बस गया, अब कपार भारी हुआ है उनका। करें क्या? भरें क्या? और तब उन्हें कृष्ण याद आए।

और अब कृष्ण इन्द्रप्रस्थ में हैं और युधिष्ठिर और उनके भाई—भीम, अर्जुन, नकुल, सहदेव, जिन्हें पांडव कहा जाता है, के साथ बैठकर खूब खरी-खोटी सुना रहे हैं।

'आप सभी से अच्छे आपके भ्राता सुयोधन हैं। वह जनता के बीच जाते हैं और उनका ही अधिकार था हस्तिनापुर पर। देखिए! वाण भी हमारे हुए हैं, उन्हें उनकी प्रजा ही देवता मानने लगी है। वे बुरे नहीं हैं, जो जनता का है वह बुरा नहीं है। सबने वाण को बुरा समझा लेकिन मैंने जाना तब, जब उससे बिना बाधा के बात हुई। वाण कहते हैं—'हम किसान प्रकृति के लोग हैं नारायण कृष्ण! हमारे पास ऊर्जा है, गर्मी है, खेती है, उर्वरा शक्ति है। देवता क्या हमारी प्रजा से बढ़कर हैं? वह प्रजा को सर्वोपरि मानते हैं। वैसे ही सुयोधन है। लेकिन चलो! अब बँटवारा तो हो गया लेकिन यदि शब्दों पर लगाम न रहा और ईर्ष्या बढ़ती रही तो परिणाम ठीक नहीं होंगे। देखिए मुझे, ठीक से देखिए! मैं वाण परिवार से सम्बन्ध बनाना चाहता हूँ। वाण की भी यही इच्छा है। सम्बन्ध बनेंगे तब भेद मिटेगा युधिष्ठिर!'

'हम राजसूय यज्ञ करना चाहते हैं।' युधिष्ठिर बोले।

'लेकिन जरासन्ध के रहते सम्भव नहीं।' कृष्ण ने कहा।

और तय हुआ कि जरासन्ध को मार्ग से हटाया जाए। जरासन्ध की गोपनीयता कृष्ण जानते हैं।

'मैं आप सभी से अप्रसन्न हूँ। आप राजतंत्र में विश्वास कर रहे हैं। गणतंत्र को महत्त्व नहीं दे रहे हैं। हमने स्वयं गणसंघ बनाने के निर्देश दे रखे हैं। राज-मोह छोड़िए और प्रजा हित में कार्य करिए। सुयोधन से रार कैसी ? अब आप सत्ता में आ गए हैं तो आपको कूप, तालाब, मार्ग, वृक्ष पर ध्यान देना चाहिए। श्रमिकों, शिल्पियों, किसानों से संवाद करना चाहिए, जिससे समस्या का समाधान हो सके और आवश्यकता की पूर्ति समय से हो सके। लेकिन आप राजसूय यज्ञ में लगे हैं, और वह भी जरासन्ध के जीवित रहते। मैं आपसे पूछ लूँ कि जरासन्ध को क्यों मारना आवश्यक है तो उत्तर नहीं है किसी के पास। वे साम्राज्यवादी व्यक्ति हैं। मेरे सगे हैं, सम्बन्धी हैं। कौन अपना विस्तार नहीं चाहता ? आपने अपना विस्तार किया, यहाँ की भूमि पर अधिकार किया, नाग अप्रसन्न हुए कि नहीं, ये भूमि तो नागों की ही है। तक्षक नाग तो अवसर खोज रहे हैं। जिसको जहाँ स्थान मिलता है, घेर लेता है। सुयोधन के मामा शकुनि हस्तिनापुर में कुंडली मार कर बैठे हैं। वे किसी को आनन्द से जीने देंगे भला ! हस्तिनापुर की रक्षा शकुनि मामा से नहीं हो सकती, भला बिल्ली से दूध की रक्षा हुई है ? युधिष्ठिर को सीखना होगा। कोई माँ के पेट से सीखकर नहीं आता। आप देवता का बीज बोते हो तो, फसल देवों जैसी होगी। बुद्धिता का बीज बोओ, रोटी-बेटी एक करो तब प्रजा की दरिद्रता दूर होगी।'

अनुचर मीठा जल रख गया। कृष्ण की बात किसी को अच्छी भले न लगे, अर्जुन चाव से सुन रहे थे। वे आलसी नहीं हैं। और बात जरासन्ध को मार्ग से हटाने और राजसूय यज्ञ पर ही टिकी रही। भला कृष्ण के बिना राजसूय यज्ञ की कल्पना भी कर सकते हैं युधिष्ठिर ?

कृष्ण ने जरासन्ध के विषय में विस्तार से बताया कि ये दो व्यक्तियों का एक ही नाम है। पता नहीं चलता कि आज या अभी कौन जरासन्ध है पहला वाला कि दूसरा वाला। जरा अनार्य थी, जिसने पाला। वह रूप बदलने में कुशल थी। वह मगध की राजधानी में गृहदेवी का स्थान पा चुकी थी। घरों की दीवार पर या वृक्ष के तने पर उसका चित्र अंकित किया जाता था। जरासन्ध के घर के द्वार पर भी जरा का चित्र अंकित था। जरासन्ध में एक कमी थी कि कोई मल्ल-युद्ध के लिए चुनौती देता तो वह सहर्ष स्वीकार करता था। कृष्ण यही चाहते थे युद्ध न हो, मल्ल हो और भीम जरासन्ध का वध कर दें।

कृष्ण पांडवों के साथ मगध पहुँच गए। उन्होंने वेश बनाया देवपुरुषों का, लेकिन जरासन्ध ने जान लिया कि ये देवपुरुष नहीं है और छल से युक्त मुझे मल्ल की चुनौती दे रहे हैं। वैसे भी युद्ध करने वाले की देहभाषा पहचान में आ जाती है। कृषक और सैनिक की चाल में अन्तर होता है। विद्वान और व्यापारी के पड़ते पग से पहचान हो जाती है। कर्म के अनुसार देह अपनी भाषा बना लेती है।

...और अन्त में चुनौती स्वीकार कर जरासन्ध ने भीम से मल्ल किया। थक गए भीम, थक गए जरासन्ध। भीम जानते थे कि एक भाई छिप जाता है और उसी समय दूसरा निकल आता है। भीम ने जरासन्ध प्रथम को छिपने का अवसर नहीं दिया और उसके प्राण...। जरासन्ध प्रथम को उठाकर दूर फेंक भीम ने ठहाका लगाया। भीम-गर्जना सुनकर जरासन्ध द्वितीय जूझ गया, और फिर थक-हार कर गिर पड़ा। भीम विजयी हुए। मगध जरासन्ध से मुक्त हो गया।

कृष्ण किसी का भी राज्य हड़पना नहीं चाहते थे। उन्होंने जरासन्ध के पुत्र सहदेव का राजतिलक कर दिया। कृष्ण ने गणसंघ की शिक्षा सहदेव को दी और स्वतंत्र रहते हुए कार्य करने की सलाह। कृष्ण गण और एक तंत्र के बीच का कोई लचीला विधान खोज रहे थे। वे देव-विधियों और सहिष्णुता से प्रभावित थे।

जरासन्ध ने अनेक अधिपतियों को बन्दी बना दिया था। सहदेव का आदेश हुआ और सब छोड़ दिए गए। वैसे जरासन्ध की मंशा थी कि इनकी हत्या करके पूरे भू-भाग में भय का वातावरण बनाया जाए। और अब वे बन्दी कृष्ण की शरण में आ गए। सबने सहदेव से बदला न लेने की शपथ ली और कृष्ण के निर्देशन में कार्य करने का संकल्प लिया। मगध में नए विचार का प्रारम्भ हुआ, जैसे नया समय हो! और अभी-अभी भोर हुआ हो!

द्वारका से कोई टकरा नहीं सकता था अब, यह युधिष्ठिर, सुयोधन आदि अनेक राजा जानते थे। कृष्ण की कूटनीति ऐसी कि भनक तक न लगती और कृष्ण पक्ष दृढ़ हो जाता। देवपुरुष अपनी संस्कृति का प्रसार पूरी तरह से पांचाल, कुरुक्षेत्र, हस्तिनापुर तक कर ही चुके थे। कृष्ण को थोड़ी चिन्ता थी। लेकिन स्वयं पर विश्वास था। कृष्ण एकलव्य के विषय में भी सुन चुके थे कि कौरवों-पांडवों के गुरु द्रोण ने एक आदिवासी युवक का दाहिना अंगूठा कटवा लिया। उसका दोष यह था कि वह अर्जुन से प्रवीण था धनुर्विद्या में। आदिवासी था, उसे अपनी धनुष-कला पर विश्वास था और अभ्यास भी। एकलव्य जरासन्ध की सेना में अच्छे पद पर था। लेकिन एकलव्य इसी से तोष में था कि इतने बड़े अर्जुन के साथ उसका नाम जुड़ जाएगा। इन मूलवंशियों की यही कमी है कि वे शब्दों के जाल में फँसकर प्रसन्न होते रहते हैं। सबको एक सूत्र में बाँधने की, आर्य-अनार्य भेद मिटाने की, सुर-असुर के व्यर्थ झगड़े को समाप्त करने की चिन्ता थी कृष्ण को। वे चाहते थे—देव हों या दानव, दैत्य ही क्यों न हों, सब एक पात्र में बैठकर खाएँ-पिएँ और मस्ती करें। सम्बन्ध बनाएँ, जीना ही कितने दिन है! कृष्ण को चिन्ता यह भी थी कि यवन, शक, किरात को कैसे समझाएँगे। हस्तिनापुर का हाल ठीक नहीं है, और वे इन्द्रप्रस्थ युधिष्ठिर की ओर हो गए हैं। अब उन्हें ज्ञात हुआ कि युधिष्ठिर कितना निर्बल, भययुक्त है। कृष्ण दुखी तब भी हुए थे जब लाक्षागृह में छह आदिवासी जल मरे थे। चाहते तो युधिष्ठिर आदि पांडव बचा सकते थे। लेकिन उनको तो अपनी मृत्यु का साक्ष्य प्रस्तुत करना था कि ये जो जलकर मरे हैं वे हम हैं। सन्देह बनाने का एक उपक्रम था यह।

कुछ लोग कृष्ण को ही मुनि मानने लगे हैं—एक श्रमण व्यक्ति। वे कहते भी हैं कि 'मैं तो व्यास हूँ। मैं मुनि हूँ। घूमता रहता हूँ, अपनी बात परोसता रहता हूँ।' कृष्ण जानते हैं कि इन्द्र बहुत से कृष्णों से लड़ चुके हैं। एक कृष्ण सदैव तैयार रहता था। इन्द्र असुरों को कृष्ण कहते थे। असुर का अर्थ काला यानी कृष्ण। कृष्ण पहले कृष्ण नहीं हैं।

राजसूय यज्ञ की सलाह नारद ने दी है, और नारद की यह सलाह अच्छी नहीं है, आपसी फूट की सलाह है। सब लड़ते रहेंगे आपस में तो देव आनन्द से रहेंगे। देवों की मस्ती की ओर किसी का ध्यान नहीं जाएगा। नारद ने युधिष्ठिर को समझा दिया कि 'नास्तिकता, झूठ, क्रोध, प्रमाद, देवपुरुष का साथ न देना, आलस्य, देववाणी की रक्षा न करना राज्य-पतन के कारण हैं। देव संस्कृति और देव कथाएँ पढ़ना-सुनना-सुनाना ही सफलता का मंत्र है।' क्या मूर्ख बनाया है नारद ने। कृष्ण जानते हैं कि नारद घुस गए तो सब चौपट। लेकिन अब तो राजसूय यज्ञ होकर रहेगा। आमंत्रण राजाओं के पास पहुँच गए थे। अब वे पधार भी रहे हैं।

शिशुपाल हों या सुयोधन सभी चकित थे इन्द्रप्रस्थ भव्य भवन देखकर, और ईर्ष्या भी कि इतनी ढेर सम्पत्ति प्राप्त कर रहे हैं भेंट में युधिष्ठिर। कोई राज्य वर्षों तक एकत्र करे तब भी वह पासंग के बराबर ही रहेगा। हस्तिनापुर, गांधार, मत्स्य, मथुरा, काशी, मगध, द्वारका आदि कई राज्यों के राजा, बड़े अधिपति पधारे थे अपनी भारी भेंट के साथ। मृगछाला, भेड़ ऊन के वस्त्र, गौएँ, भैंसें, अश्व, हाथी, रथ, ऊँट तो मिले ही। सुन्दरियाँ जो दासी थीं, श्रमिक जो श्रम में निपुण थे, वे भी युधिष्ठिर की सेवा में सदैव के लिए उपहार के रूप में प्राप्त हो गए। बड़े किसान और देवपुरुष भी यथाशक्ति भेंट प्रस्तुत कर अपनी उपस्थिति प्रमाणित कर रहे थे। मन-ही-मन सबने युधिष्ठिर को सम्राट मान लिया।

बात जो लगती है हृदय को, चुभती रहती है

...और फिसल गए सुयोधन, गिर पड़े पानी में। हँसी हुई। युधिष्ठिर की पत्नी द्रौपदी ने देखा और मुँह से निकल पड़े शब्द हृदय को भेदने वाले—'अन्धे का पुत्र अन्धा ही होगा।' विकलांगता को हँसी का शब्द नहीं बनाना चाहिए। और बात सुयोधन की हो तो! वे तो पहले से ही ईर्ष्या की अग्नि में जल रहे हैं। सुयोधन पर क्या बीता होगा, कैसे कटी होगी रात और दिन भी...। मन मारकर वे अपने मित्रों-सहयोगियों के साथ सामान्य रहने का प्रयास तो करते लेकिन मुख पर एक भिन्न प्रकार का चित्र उभरता रहता।

'हम सभी आभारी हैं कृष्ण के कि वे हमारे बीच हैं।' युधिष्ठिर बोले—'कृष्ण पर्यावरण के प्रतीक हैं। वे ज्ञान-सम्पदा हैं हमारे लिए। हम उन्हें आदि पुरुष की तरह देखते हैं। कृष्ण का कहना है कि 'एक दिशा में रहना ठीक नहीं। पूरा जीवन जीना चाहिए।' वे बुराई का विरोध करते हैं। और यदि कहीं ऊर्जा है तो वह कृष्ण में है। मैं कृष्ण की पूजा करता हूँ। अभिनन्दन करता हूँ। कृष्ण ही हमारे भूपति हैं। हम सबको उनकी अधीनता स्वीकार करनी चाहिए, उनकी शरण में जाना चाहिए। और हमारे श्रेष्ठ

भीष्म जी की भी यही आज्ञा है। मैं आप सभी के समक्ष यदु-श्रेष्ठ कृष्ण नारायण की अग्रपूजा के लिए अनुमति देता हूँ।'

अग्रपूजा वह भी कृष्ण की! शिशुपाल कैसे सहन कर सकते हैं। कृष्ण जानते हैं कि जहाँ शिशुपाल होंगे, वे मेरा विरोध अवश्य करेंगे। शिशुपाल कृष्ण की बुआ श्रुतश्रवा के पुत्र। इतना गहरा सम्बन्ध और विरोध! शिशुपाल ने विरोध जताया—'मैं चेदि नरेश। मेरे रहते इस तुच्छ प्राणी कृष्ण का अभिनन्दन! असम्भव है यह। यह छलिया है। मेरे कुल का है, सम्बन्धी है, लेकिन झूठा है। विष्णु बना घूमता है, हिंसा करता है और अहिंसक बना रहता है। युद्ध करता है और शान्ति का सन्देश देता है। इसकी करनी और कथनी में अन्तर है। यह कहीं का राजा नहीं है। घुमन्तू है। यह गण का व्यक्ति है और हम एकतंत्र में विश्वास रखते हैं। इसकी अग्रपूजा कैसे हो सकती है? यह गोप है, गाय चराने वाला, गोबर उठाने वाला। इसने अपने सम्बन्धियों का वध किया है, दोषी है यह। इसे तो मृत्यु दंड मिलना चाहिए। यह पेटू है, यह आचार्य नहीं है। यह दीक्षा में भी गधा था। अभी कुछ दिन पूर्व ही हमारे सम्मानित सम्राट जरासन्ध का इसने वध करवा दिया था, छल से। यह देवों की ओर है कि अनार्यों की ओर पता नहीं चलता। अग्रपूजा तो मेरी होनी चाहिए। द्रुपद, द्रोण, भीष्म, वेद व्यास, अश्वत्थामा, कृप, सुयोधन, रुक्मी, शल्य, कर्ण जैसे श्रेष्ठ वीरों और मेरे रहते इस तुच्छ प्राणी की पूजा कैसे हो सकती है?'

शिशुपाल के पक्ष में भी कुछ राजा अवश्य थे। कृष्ण समझ गए कि यहाँ शिशुपाल बात बिगाड़ देगा। वे निर्णय ले चुके थे कि शिशुपाल का वध कर देना चाहिए। वे बोले—'मैं तुम्हें सदैव क्षमा करता रहा हूँ शिशुपाल। तुम मुझसे आयु में छोटे हो, मैं तुम्हारा बड़ा भाई हूँ, फिर भी तुम्हारे सम्बोधन में आदर जैसे शब्द नहीं है। तुमने बभ्रू की स्त्री से बलात्कार किया है, क्या यह शोभनीय है? रुक्मिणी तुम्हें नहीं चाहती थी, लेकिन रुक्मी को मित्र बनाकर तुमने विवाह का हठ किया, यह क्या अच्छी बात है? तुम्हारी दृष्टि में मैं दास हूँ, नीच हूँ, राजा नहीं हूँ तो ठीक है। लेकिन विचार करो प्रजा के लिए कार्य करना क्या अनुचित है? मुझे जो अनुचित लगता है, उसका मैं विरोध करता हूँ। युधिष्ठिर हमारा अभिनन्दन कर रहे हैं तो करें लेकिन मैं पूजा-प्रार्थना का विरोधी व्यक्ति हूँ। प्रार्थना किससे यह तो भेद जैसा है, व्यक्ति से अलग होने का उद्यम है। प्रार्थना नहीं विचार करना चाहिए। हमारे पास स्वर होना चाहिए, लय चाहिए, तब कहीं हमारा मस्तिष्क सार्थक दिशा में सोचेगा। लय आनन्द है, बाँसुरी तो माध्यम है, इससे दुख बिसर जाता है शिशुपाल। शंख उद्घोष करता है, यह नाद है, एक प्रकार की घोषणा है। आज बाँसुरी नहीं लाया हूँ नहीं तो तुम्हारे क्लेश दूर कर देता राग से, स्वर से। लेकिन अब तो व्यर्थ है। तुम्हें जीवित रहने का अधिकार नहीं है, तुम प्रगति में बाधक हो। लो शंख फूँक रहा हूँ। यह घोषणा है तुम्हें मृत्युदंड देने की।'

और कृष्ण ने चक्र चला दिया। कोई जब तक कुछ समझता-सोचता, शिशुपाल घायल होकर भूमि पर गिर पड़े। कुछ ही पल में वे धरती से विदा हो गए।

'युधिष्ठिर!' कृष्ण की वाणी मधुर नहीं है—'मेरा अभिनन्दन कर रहे हैं आप

तो इसका अर्थ यह नहीं कि आपकी आलोचना नहीं होगी। आप अपनी त्रुटियों, निर्बलताओं को दूर कीजिए। आप पूरी तरह देवों के चंगुल में फँसे हैं। देवयज्ञ का पक्ष लेना ठीक नहीं है। यह यज्ञ मात्र उनका लाभ ही है, स्वार्थ है यह। ऋषि-यज्ञ में भी देव अपना भाग निर्धारित कर रखे हैं। हम भी यज्ञ करते हैं लेकिन यज्ञ का नाम नहीं देते। हम अतिथि सेवा करते हैं, सन्तान उत्पन्न करके उसका पालन करते हैं, हमारे किसान और गोप भाई पशुओं को पालते हैं, उनकी रक्षा करते हैं। हमारे जीने के प्रकार को संस्कार और यज्ञ का नाम देकर ये देवपुरुष हमारे अन्दर प्रवेश कर रहे हैं। आप सभी जान लें कि मैं यहाँ का आदिवासी पुरुष हूँ। और हम किसी की थोपी हुई संस्कृति या पहचान के लिए बाध्य नहीं हैं। युधिष्ठिर! अब भी आप चेत जाएँ। आप मेरी शरण में हैं। राज्य का कार्य ठीक से देखें और व्यसन छोड़ें। कामुक न बनें। आपके मंत्री आपकी आज्ञा स्वीकारें। सभी का प्रतिनिधित्व हो मंत्रि परिषद में—देवपुरुष, गोप, कृषक, शिल्पी। अपने विषय के श्रेष्ठ लोगों को स्थान दें आप। एक गाँव के मुखिया हों या दस-बीस या शत ग्रामों के मुखिया—ये आपके महत्त्वपूर्ण अंग हैं। इन पर लगातार दृष्टि रखनी होगी—उदारवादी दृष्टि। आपकी सफलता में खोट होगा तो आलोचना होगी। आप मेरी शरण में हैं, यह ध्यान रहे। यह भी स्मृति में रहे कि यदि राजपुत्र दुराचारी हो जाए तो उसे चाहे जो दंड मिले लेकिन उसे राज्य से निकलना नहीं चाहिए, नहीं तो शत्रु से मिलकर वह भेद कर सकता है।'

भीष्म हों या सुयोधन या अन्य राज्य के राजा, अधिपति, सभी कृष्ण को सुनकर मुग्ध हो रहे हैं। कैसे हैं कृष्ण! मोह लिया!...और शिशुपाल की मृत देह वहाँ से हटा दी गई थी। भूमि को स्वच्छ कर दिया गया था।...और कृष्ण बोलते रहे—'मैं युधिष्ठिर से ही नहीं आप सभी से भी कह रहा हूँ। मेरे साथ आइए और बिना भय के राजकार्य कीजिए। आपके पास कौए की तरह चेष्टा होनी चाहिए, और आपको गिद्ध की तरह दृष्टि रखनी होगी, श्वान की तरह चौकन्ना रहना होगा। लक्ष्य पर दृष्टि बगुले की तरह आवश्यक है। पराक्रम न हो तो राजकार्य छोड़कर देवपुरुष की तरह भिक्षा माँगिए, नहीं तो सिंह के समान पराक्रमी बनिए, आहार थोड़ा लें, गृह-मोह से दूर हों तो आप का भय जाता रहेगा, और आप सार्थक और लोकप्रिय राजा कहलाएँगे।'

'...मैं नहीं चाहता कि किसी राज्य के दो भाग हों। इससे शत्रुता बढ़ती है। अब युधिष्ठिर अपने बंधुओं को कैसे संतुष्ट रखेंगे, वे ही जानें। मैं इतना कहूँगा कि वे दयावान हों, मद में अधिक मस्त न हों, हिंसा में विश्वास न करें। फल की इच्छा भी करें यदि कर्म सार्थक किया है तो। हमारा स्वामी हमारा मस्तिष्क है, हमें विचार कर बुद्धि से कार्य करना है। हमारी संस्थाएँ, हमारा संघ, हमारे गणपति दक्षिण तक विस्तार पा गए हैं। आप मेरे अपने हो गए हैं। अब आप भेद मिटाइए—निर्धन-धनवान, आर्य-अनार्य का भेद। नाग हमारे हैं, पश्चिम के असुर हमारे अपने हो गए हैं। किसी भी दिशा में आप जा सकते हैं, विचारों का विस्तार कर सकते हैं।'

सभी नत थे, स्वीकार रहे थे कृष्ण को। कृष्ण ने अन्तिम वाक्य कहा—'-अब

आपसे विदा लेता हूँ। मेरा अभिवादन आप सभी स्वीकारें। मैं अब चला ऋषि मन्दपाल को खोजने। ये ऋषि महाशय घूमते रहते हैं, जिसको भी पुत्र की इच्छा से सम्भोग की आवश्यकता होती है, उपलब्ध रहते हैं। मैं भी देखूँ कि इस व्यक्ति की दिनचर्या क्या है, और समाज हेतु क्या विचार रखते हैं।'

और जो नहीं होना चाहिए, हो रहा है तो लाज कैसे बचेगी

कृष्ण द्वारका भागे आए। क्या करें कोई मानता ही नहीं। सबकी आँख में गड़ रही है द्वारका। कृष्ण की ख्याति पच नहीं रही है। शिशुपाल के मित्र सौभ नरेश ने ठान लिया था कि वह कृष्ण से बदला अवश्य लेगा। वह अभी भी मित्र के शोक में था और अवसर पाकर द्वारका को घेर लिया था। लेकिन द्वारका की भौगोलिक स्थिति ऐसी नहीं थी कि कोई आसानी से आक्रमण कर सके। फिर भी सौभ नरेश ने तहस-नहस तो कर ही दिया था। बलराम, प्रद्युम्न, साम्ब ने सामना किया। बहुत कुछ बिगड़ गया लेकिन यादव वीर पराजित नहीं हुए। सौभ सेना थक-हारकर लौट गई। लेकिन कृष्ण को तो यह सहन नहीं कि वे बनाते चलें और वर्षों के बने-बनाए को कुछ दिन में ही कोई नष्ट कर दे, वह भी बिना कारण के।

कृष्ण के नेतृत्व में सौभ पर आक्रमण हेतु कई बार सभाएँ हुईं। कृष्ण युद्ध के निमित्त यात्राएँ करने लगे। दारुक का रथ सदैव तैयार रहता। अहिंसा का सन्देश देने वाले कृष्ण के व्यक्तित्व पर यह युद्ध धब्बा जैसा था। कृष्ण की आलोचना हो सकती है। लेकिन एक सूचना जो मात्र कृष्ण महाराज को बताई गई थी कि 'हस्तिनापुर से द्यूत का आमंत्रण इन्द्रप्रस्थ आया है' उससे कृष्ण की चिन्ता बढ़ गई। वे समझ गए कि पांडव अपमानित होकर रहेंगे। हो सकता है कोई कारण ढूँढ़कर सुयोधन द्रौपदी से प्रतिशोध भी ले। द्रौपदी ने तो सुयोधन की हँसी उड़ाकर बहुत बड़ी त्रुटि कर ही दी थी।

कृष्ण की चिन्ता दो दिशाओं की थी—एक तो सौभ के नगर मृत्तिकावती पर आक्रमण की तैयारी, और दूसरा पांडवों को बचाना। वे अकेले बैठे कई पहर विचार करते रहते। वे कहीं से भी भागना नहीं चाहते थे। यहाँ आँख मूँद लेने से हानि पूरी तरह सम्भव है।

नारायणी सेना तैयार होने लगी। युद्ध का अभ्यास होने लगा। लेकिन कृष्ण को कुछ भी अच्छा नहीं लग रहा था।

हस्तिनापुर याद आते ही तपेसर दुखी हो ज़ाते हैं।

'का सोच रहे हो तपेसर?' मुरली ने पूछा

'हस्तिनापुर के अलावा है कहाँ कुछ उनके पास।' दामोदर बोले।

'हाँ दामोदर! देख रहा हूँ कि दोनों चचेरे भाई कितनी कटुता से भरे हैं।' जिस

परिवार में कोई संबंधी स्थायी रहने लगेगा तो वहाँ फूट पड़नी ही है। मामा शकुनि की निपुणता है जो हस्तिनापुर में रह रहे हैं, सुयोधन को पढ़ा-सिखा रहे हैं। युधिष्ठिर को न्योता भेजा गया था जुआ खेलने का। युधिष्ठिर महा जुआड़ी व्यक्ति। आए खेलने और खेलने के दाँव-पेच में कमजोर। हार गए सब। यह शकुनि-चाल है। धृतराष्ट्र ने तो कहा था अपने पुत्र सुयोधन से—'अपने पास जो है, उसी से तोष करना चाहिए। किसी का ऊँचा ललाट देखकर जलना ठीक नहीं। डाह तो अपमान दिलाती है और पराजय का कारण बनती है। अपने पास जो है, वही सुख देता है। शेष वस्तुओं की चाह क्यों?' लेकिन युधिष्ठिर की अपार सम्पदा देखकर सुयोधन के मन में शान्ति कैसे हो सकती है।

'जुआ तो खेलना ही नहीं चाहिए था। राजा ही यह कर्म करेगा तो जनता क्या करेगी? वह तो बड़ों की नक़ल करती है, उदाहरण देती है।' नन्द लाल ने कहा।

'यदि कोई राजा जुए का और युद्ध का आमंत्रण स्वीकार नहीं करता था तो वह कायर कहलाता था—डरपोक।' तपेसर बोले।

'अरे रहते डरपोक! ससुर खेल में फिसड्डी रहे युधिष्ठिर, राजकाज में भी बाबा जी रहे। लेकिन जुए का लती रहा युधिष्ठिरवा। कमजोर, ढुलमुल, निर्बल, भाइयों के पराक्रम पर सीना फुलाता था। उसे सिंहासन चाहिए था। वह हस्तिनापुर के लायक था ही नहीं।' बहुत चिढ़े हैं मुरली।

'लेकिन मितभाषी थे युधिष्ठिर।' तपेसर बोले—'लेकिन ऐसे जुआ खेलना! लानत है ऐसे चरित्र पर! धन-दौलत, हाथी-घोड़ा, घर-द्वार हार गया, भाई भी हार गया! भाइयों पर युधिष्ठिर ससुर का क्या अधिकार? किसी के जीवन पर अधिकार वाली बात समझ में नहीं आती। और इतने योग्य भाई सिर झुकाए बैठे रहे कि लो मार लो जितना चाहो!'

'अरे भाई वह तो अपने को भी हार गया था।'

'वाह रे जुआ! इनसान बिल्कुल वस्तु हो गया।'

'यही तो बात है। हार गए युधिष्ठिर महाराज अपने को, तब कैसे दाँव लगा सकते थे। लेकिन शकुनि ने मूर्ख बना दिया कि लगाओ दाँव और फिर युधिष्ठिर मूर्ख रहे—दाँव लगा दिया द्रौपदी को और हार गए। यही चाहते थे सुयोधन भाई! अब तो सब दास-दासी। आदेश हुआ कि द्रौपदी को यहीं इसी सभा में उपस्थित करो। चाह थी, सबके सामने नंगा करने की। दासी हो गई द्रौपदी हेतु लाज शब्द नहीं रहा अब। सुशासन को आदेश हुआ कि द्रौपदी को घसीटकर सभा में लाए। आश्चर्य तो यह है भाई कि इतने आदरणीयों ने अपना मुँह बन्द रखा था। जैसे वे इस कृत्य को देखना चाहते हों।'

'अपने घर की बहू के साथ ऐसा व्यवहार! छी! मन करता है कि नटइया धई के दबा दें। कहो तपेसर ई दास-दासी भी तो आदमी ही हैं न! तब काहे पशु से भी बदतर हैं। मान लिया कि वह दासी है, तो क्या! घसीटोगे? नंगा करोगे? ऐसा मूर्ख नहीं देखा। अरे भाई गजब के आदमी हैं सब, और हम इन्हीं वीरों पर इतराते हैं।' मुरली क्रोध में हैं।

'यही घटना सबसे दुखी करती है मुरली।' तपेसर बोले—'द्रौपदी ने युधिष्ठिर को खूब सुनाया। लेकिन जुआरी को भला लाज कहाँ! पूरा राज-समाज बिगाड़ दिया

इस मूर्ख ने। लेकिन कृष्ण को अनुमान लगाना आता है। वे जान गए कि द्रौपदी के साथ कुछ खेल हो जाएगा। वह तो स्वयंवर से ही आँख में गड़ रही थी। सुन्दर थी, कामुक लगती थी, अपील थी उसमें। बूढ़े भी आकर्षित होते थे।'

'जल्दी अपनी बात कहो, लगे ज्ञान पेलने।' गोपाल खीझे।

'तपेसर कुछ अलग कुछ कहेंगे ऐसा लगता है।' दमोदर कान लगाए हैं कि कुछ नया बोले तपेसर।

'इनकी बात न जाने कहाँ से आई है।' नन्द लाल हँसे।

'असल बात कहते हैं। जो न हो सके वह क्यों कहना।' मुरली ने तपेसर का पक्ष लिया।

'तुम लोग सुनते नहीं हो भाई!' तपेसर का माथा सिकुड़ गया—'मुझे जो समझ में आ रहा है वह कह रहा हूँ लेकिन सुनो तो सही। तुम लोग कृष्ण को ईश्वर मानकर हलके में मत लो। वे बहुत बुद्धिमान, तर्कशक्ति के स्वामी और सही अनुमान लगाने वाले व्यक्ति हैं। उनको खबर हो गई कि जुआ खेलने के लिए युधिष्ठिर को हस्तिनापुर से बुलावा आया है। जुए के लती युधिष्ठिर मानेंगे तो हैं नहीं। उस समय कृष्ण सौभ नरेश का दिमाग ठीक करने की तैयारी कर रहे थे। अब युद्ध तो होना ही था। लेकिन वे अपने यादव वीर युधिष्ठिर और उनके भाइयों की सहायता के लिए भेज चुके थे। कई स्त्री-संघ बना रखे हैं कृष्ण ने, मुझे तो ऐसा ही लगता है कि हस्तिनापुर में द्रौपदी की रक्षा के लिए भी कृष्ण ने स्त्रियाँ लगा रखी थीं।'

'चाहे जो हो लेकिन तपेसर के कहने में जान है। यहाँ विश्वास हो रहा है। मूर्ख बनाने वाली बात नहीं है।' गोपाल ने कहा।

'...तो मित्रो! सुशासन गया द्रौपदी को लाने सभा-कक्ष में। सूचना हो गई यादव वीरों को, फिर क्या था, घिर गया पूरा कक्ष। और उधर स्त्री-संघ ने भी कटि में दुपट्टा कस लिया। कहाँ जाएँगे बच्चू! लेकिन दुष्टई सूझ जाएगी तो क्या करे कोई? द्रौपदी का झोंटा पकड़ के लगा घसीटने सुशासन। द्रौपदी चीखी—'मैं कपड़े से हूँ छोड़ दे।' लेकिन वह माने तब न। आ गई वह सभा-कक्ष में। और फिर वही चुभने वाली बात कि 'द्रौपदी को नंगा करके मेरी जाँघ पर बैठा दो।' भला ऐसा व्यवहार किया जाता है? भले वह अब दासी हो गई। किसी औरत को सबके सामने नंगा करना कितना बड़ा अपराध है! लेकिन यह क्या! स्त्रियों ने सभा में घुसकर द्रौपदी को घेर लिया। उनके पास हथियार भी था। स्त्री प्रमुख ने चिल्लाकर कहा—'अरे किसको-किसको नंगा करेंगे युवराज! हम सब सौ हैं, और भी अभी आ रही हैं। पूरे हस्तिनापुर में विद्रोह फैलाना है तो बोलो! यह जो हो रहा है इसकी सूचना कृष्ण नारायण तक पहुँचाई जा रही है। और कृष्ण जी को रुष्ट करने का परिणाम सबको पता है।'

'आप चाहें तो सभा के बाहर निकलकर देख लीजिए।' दूसरी स्त्री बोली थी—'यादव वीर तैनात हैं। सब नारायण-नारायण का उद्घोष भी कर रहे हैं। लो! वस्त्र लोगे न! ये लो!' और उसने अपनी धोती उतार कर फेंक दी सुशासन के मुँह पर। वह एक दुपट्टा पहने थी और स्तन भी किसी छोटे कपड़े से ढके थे। उसकी देखा-देखी सभी स्त्रियाँ अपनी धोती फेंकने लगीं, लग गया धोती का ढेर! अब कहाँ लजाएँ

कौरव ? और मुँह किधर करें ? युधिष्ठिर और उनके भाई जो पांडव कहे जाते थे—अर्जुन, भीम, नकुल, सहदेव का सिर तो पहले से ही नीचे था।

'आज से रानी द्रौपदी हमारी नेता हैं।' स्त्री-प्रमुख जोर से बोली—'हम आपका बहिष्कार करते हैं। आप सभी हमारी रानी द्रौपदी से क्षमा माँगिए।'

'हमें कृष्ण महाराज से आदेश मिला है कि यहाँ कोई अनिष्ट न हो।' एक यादव वीर सभा कक्ष में प्रवेश करते ही बोला था।

एक भिन्न प्रकार की स्थिति हो गई थी। द्रौपदी ने अनेक प्रश्न किए और यह भी कहा कि 'मैं जानती कि युधिष्ठिर जुआरी हैं और राज-कार्य में ढुलमुल हैं तो मैं ब्याह ही न करती।' अगर सुयोधन की बहन सुशीला ऐसी स्थिति में होती तो ? क्या कोई माता गांधारी को नंगा करता तो आप सभी सहन करते ? सुयोधन क्या सहन करते यदि कोई अन्य व्यक्ति इनकी पत्नी भानुमती को नंगा करता ? कोई उत्तर नहीं है आपके पास।'

सुयोधन का भाई विकर्ण बेकल है। वह अपने भाइयों को भरी सभा में कोस रहा है। सवाल कर रहा है। द्रौपदी के पक्ष में निर्भीक खड़ा है। बात बिगड़ रही है। सब डर भी गए हैं। भीष्म, कृप, द्रोण, धृतराष्ट्र, विदुर के पास शब्द नहीं हैं। पांचाल, द्वारका, और कृष्ण के सभी सहयोगी राज्य विरोधी हो जाएँगे तो हस्तिनापुर की औकात ही क्या रहेगी ?

...और द्रौपदी सहित सभी पांडव मुक्त कर दिए गए, राजपाठ मुक्त, जीता हुआ धन वापस हो गया। जैसे थे वैसे हो गए। इसे कहते हैं भय।

स्त्री-संघ ने नारा लगाया—'द्रौपदी की जय!'

एक नई शक्ति—नारी-शक्ति के साथ, पांडव वापस लौटे।

तपेसर ने साँस ली, थोड़ा विश्राम, और फिर वहीं आ गए अपनी बात पर जो उन्होंने सुन रखी है।

'द्रोणवा जितना स्वार्थी कोई नहीं है।' तपेसर एक गिलास पानी गटक चुके हैं—'बड़ा दुष्ट व्यक्ति था। भला बताइए कोई अर्थ नहीं, न सिखाया न पढ़ाया और दक्षिणा माँग रहा है। सब नटइ चाँपने वाले हैं।...एक आदिवासी व्यक्ति की प्रतिभा को माटी में मिला दिया। जरतुहा रहा द्रोणवा।'

'फिर बुलावा भेजा धृतराष्ट ने जुआ खेलने के लिए, कितने महामूर्ख थे सब।' दामोदर बतकही में रहना चाहते हैं।

'हाँ भेजा, और देखिए कि इस बार भी स्वीकार कर लिया युधिष्ठिर ने। अबकी एक ही दाँव चला— जो हारेगा वह बारह बरस वन में रहेगा, और एक बरस अज्ञातवास में। यदि अज्ञातवास में पहचान लिया गया तो फिर बारह बरस का बनवास और फिर अज्ञातवास। सुयोधन भाई ने सोचा कि हम तो जीत ही जाएँगे और पहचान लेंगे तो फिर तेरह बरस पांडव रहेंगे वन में। और जीत गए सुयोधन भाई। पांडव वन में चले गए। इन्द्रप्रस्थ गया तेल लेने। हस्तिनापुर के अधिकार में आ गया इन्द्रप्रस्थ।'

'इतना सब अपमानित हुए तब भी वही मूर्खता कर गए पांडव।' मुरली को बहुत गरियाने का मन कर रहा है और अपने ही मुँह पर चार थप्पड़ मारने का। तपेसर की भी आँख नहीं उठ रही है। ऐसी कथा कहने में भी लाज आ रही है।

और राज परिवार की कथा चल रही है

पांडव बारह वर्ष तक भटकते रहेंगे जंगल-जंगल। और फिर एक वर्ष तक अज्ञातवास। पांचाल, चेदि, केकय राज्य में हस्तिनापुर के जुए की चर्चा सर्वत्र हो रही थी। युवराज की निन्दा होने के साथ-साथ, धृतराष्ट्र को पुत्र-मोही कहा जा रहा था और इधर कृष्ण युधिष्ठिर की आलोचना कर रहे थे। कृष्ण ने अर्जुन को अपना सखा बताते हुए कहा था—'किसान और मैं दोनों दिखाई देने वाले प्राणी नहीं हैं, समझने वाले हैं। अर्जुन पहले मुझे समझो ठीक से, फिर समाज को जानो, और आप सभी पांडव ऐसा करो। देह ही सब कुछ है, कर्म ही हमारा बल है और मृत्यु मुक्ति है। कर्म दिखाई देना चाहिए, मैं कर्म हूँ, ऐसा समझो ! तुम सभी कर्म हो, लेकिन क्रियाशील बनोगे तब। आगे आने वाला समय आलस्य का नहीं है। युधिष्ठिर का नहीं है यह समय। अर्जुन की आवश्यकता है। साधारण जन भी महत्त्वपूर्ण होंगे। किसान को सर्वश्रेष्ठ कहना होगा, खेती को उत्तम कर्म घोषित करना होगा। हो सकता है युद्ध हो, मुझे ऐसा लगता है। सुयोधन मानेंगे नहीं, वे हठी हैं, वीर हैं, उनके पास अनुभवी सेना है, प्रजा भी उनके साथ है। हाँ, देवपुरुषों का वर्ग रुष्ट है। सुयोधन ने अपने विस्तार से अनुमान लगा लिया है कि यदि युद्ध होगा तो विजय उनकी ही होगी। वे इन्द्रप्रस्थ में आपको सुख से रहने नहीं देंगे। आप सभी युद्धाभ्यास करिए, अस्त्र-शस्त्र धोइए और माँजिए, कहीं से नई युद्ध-विधि सीखिए। नहीं तो आगे आने वाले समय में अभी और कष्ट उठाना पड़ सकता है। वैसे मैं युद्ध नहीं चाहता, थोड़े में तोष कर जीवन यापन कर लेना ही बुद्धिमानी है, और यहाँ तो आपका अधिकार भी नहीं बनता सत्ता का।'

द्रौपदी ने भी कृष्ण से अपनी व्यथा का रोना रोया। वह मन-ही-मन कहती रहती, 'भीम सुयोधन की जंघा तोड़े या न तोड़े, मुझे वह मिल जाए तो मैं वह सब कुछ नोच-बकोट लूँगी जिस पर वह पुरुष होने का गर्व करता है। मैं अब स्त्रियों का नेतृत्व कर रही हूँ।' कृष्ण सान्त्वना देते, और हर समय साथ देने का वादा करते। भोजन भले कम हो, लेकिन तेवर तो पूछिए मत! दिन-रात इन्द्रप्रस्थ बचाने और बदला लेने की बातें।

कृष्ण द्वारका जाने ही वाले थे कि देवपुरुषों का नेतृत्व करने वाले दुर्वासा पांडवों के कुटीर में पधारे। उनके साथ सौ शिष्य भी थे। किसी तरह जीवन यापन करने वाले पांडव औचक दुर्वासा को देखकर घबरा गए। युधिष्ठिर ने कृष्ण के कान में कहा—'ये बिना भोजन जाएँगे नहीं। हमारा बहुत अपमान होगा! क्या किया जाए श्रेष्ठ ? कुछ है नहीं मेरे पास।'

कृष्ण भी चिन्तित हो गए थे कि यह तो मूर्खतापूर्ण कार्य है।

'ऋषि श्रेष्ठ! मैं कृष्ण हूँ। द्वारका का कृष्ण!'

दुर्वासा ने कृष्ण का नाम सुना तो वे घबरा गए—'आप ही कृष्ण नारायण हैं ?'

'हाँ मैं कृष्ण ही हूँ। आपका सम्मान है। लेकिन आप इतने लोगों के साथ भोजन हेतु यहाँ पधारे हैं, यह बात समझ में नहीं आई।'

'मैं देवपुरुषों में श्रेष्ठ हूँ। किसी के यहाँ कभी भी जा सकता हूँ।'

'यह आपकी भूल है श्रेष्ठ। देवपुरुष होने का क्या अर्थ? मैं कहूँ कि मैं कृष्ण नारायण हूँ किसी को भी सता सकता हूँ तो क्या यह अच्छी बात होगी? आपको सहायता करनी चाहिए लेकिन आप तो उल्टे अपमानित करने पर तुले हैं। कैसे आप देवपुरुषों के वर्ग का नेतृत्व करते हैं? आपको ज्ञात है कि पांडव कौन हैं? और यह भी ज्ञात है कि इन पर क्या बीत रही है इस समय?

'मुझे तो भोजन चाहिए।' दुर्वासा के माथे पर बल थे—'मेरी रात्रि जहाँ होती है, वहीं मैं विश्राम करता हूँ। यदि मेरी सेवा नहीं होती है तो मैं शाप दे देता हूँ।'

'तो आपको भोजन चाहिए!' कृष्ण का स्वर बदल गया—'आप देवपुरुष हैं, नेतृत्व करते हैं, शाप देंगे! क्यों? एक असहाय के यहाँ ठहरेंगे क्यों? किसने यह अधिकार दिया है? यह तो सताने वाली बात है। देवपुरुष हैं तो क्या सिर पर मूत्र विसर्जन करेंगे? ऋषिवर! आपको श्रेष्ठ हम मानते हैं, इसका अर्थ यह नहीं कि आप मूर्खतापूर्ण कार्य करें और शाप देते चलें। शाप अपनी तुमड़ी में बाँधे रहते हैं क्या? चलिए आज मुझे शाप दे दीजिए कि कान्हा की मुरली नहीं बजेगी आज के बाद। आपका शाप है क्या? विरोध ही है, आप विरोध करेंगे आपका वर्ग विरोध करेगा। हम आपका विरोध स्वीकार नहीं करते हैं, नहीं मानते आपका शाप! क्या कर लेंगे आप हमारा? हम स्वयं आपका विरोध करते हैं। आपको हम देवपुरुषों का अगुआ नहीं मानते हैं। नेतृत्व करने वाला भला इतना क्रोधी होता है! क्या दीक्षा पाई है आपने? मैं द्वारका का कृष्ण नारायण किसी दिन आपके कुटीर पर आ जाऊँगा एक सैनिक टुकड़ी के साथ और भोजन माँगूगा, आप मेरे राज्य में हैं। समाज का हित सोचिए, ऋषि समाज का! व्यक्तिगत स्वार्थ से ऊपर उठिए! अपने उदर पर चढ़े मांस को गलाइए, नहीं तो रोगी हो जाएँगे। आपने एक राजा का अपमान किया है, आपको दंड तो अवश्य मिलेगा, समय की प्रतीक्षा कीजिए। आज से दुर्वासा का नाम हमारे लिए समाप्त हो गया। यदि आपको किसी देवपुरुष को देखना है तो सुदामा को देखिए, कैसे वे समाज के निर्माण में लगे हैं।'

कृष्ण की फटकार से दुर्वासा नत् हो गए। कोई मानेगा तभी तो वे श्रेष्ठ, नहीं तो रहें अपने मन से बड़े, पूछता कौन है! और अब तो वे कृष्ण की दृष्टि से उतर गए हैं। क्या उल्लू हैं दुर्वासा जो इतने लोगों के साथ वन में किसी तरह जीवन यापन करने वाले पांडवों के यहाँ भोजन हेतु पधारे हैं। कृष्ण को लगता है कि यह सुयोधन की चाल है—दुर्वासा रुष्ट होंगे तो पूरा देवपुरुष समाज पांडवों से रुष्ट हो जाएगा।

दुर्वासा चले गए, स्वयं अपमानित होकर। मूड़ी गोते-गोते।

प्रश्नों के उत्तर

वन का जीवन आसान नहीं होता उनके लिए, जो महल में रहते हैं। जो मालपुआ खाकर डकारते हैं। उनसे धूल का एक कण भी पाँव में देखा नहीं जाता—उनके लिए यह जीवन कठिन है। लेकिन इस वन-जीवन को यदि लक्ष्य मान लिया जाए तो जीवन के जीने पर ध्यान नहीं रहता, तब मात्र लक्ष्य ही दिखता है। पांडव एक उद्‌देश्य के लिए जी

रहे हैं। वे प्रतिकार में जी रहे हैं। उन्हें उत्तर देना है। बारह वर्ष कम नहीं होता, बनाना है कुछ तो बना लो जीवनभर के लिए। और मिटना है तो पता नहीं लगेगा कहाँ गए। पांडव युद्ध की आशंका में हैं, और इस हेतु वे निर्माण में लगे हैं।

अर्जुन ने जी-जान लगा दिया है। सबसे अधिक पीड़ा अपमान की उन्हीं को है। वे महादेव से अस्त्र-शस्त्र प्राप्त कर रहे हैं तो उनसे धनुष विद्या भी सीख रहे हैं। अर्जुन इन्द्र से भी निवेदन कर आए कि वे उन्हें युद्ध कला की सूक्ष्मता समझाएँ। दिन-रात एक किए हैं अर्जुन। उन्हें सफल होने का विश्वास है।

भीम की पीड़ा कम नहीं है। वे सुयोधन के अनुज सुशासन और सुयोधन को जीवित नहीं देखना चाहते हैं। भीम ने गदा संचालन की कला बलराम से सीखी तो थी लेकिन वे और निपुण होना चाहते हैं। उन्हें पता चला कि वानर समाज में कोई गदा युद्ध की प्राचीन कला जानता है। संयोग से उसका भी नाम हनुमान ही है। भीम गदा-कला में महारथी सिद्ध हो चुके हैं। वानर श्रेष्ठ ने भीम को भार उठाने की कला भी सिखाई।

...और युधिष्ठिर को युद्ध-कला में आनन्द नहीं आता था। वे भिन्न-भिन्न समाज में बैठते, बात करते और प्रजा के कष्टों से द्रवित होते रहते। एक दिन उन्हें यक्ष श्रेष्ठ मिल गए। उन्होंने प्रश्नों की झड़ी लगा दी, वे देखना चाहते थे कि युधिष्ठिर की बौद्धिक सीमा कहाँ तक है। यक्षों के यहाँ नियम था कि कोई भी वार्ता हो विमर्श हो या कोई गाथा हो, अन्त में प्रश्न पूछे जाएँगे। यक्ष श्रेष्ठ से वार्ता समाप्त हो जाने के बाद कई प्रश्नों के उत्तर उन्हें देने ही हैं, नहीं तो यक्ष समाज में प्रवेश न हो सकेगा।

यक्ष श्रेष्ठ के प्रश्न तैयार हैं—व्यक्ति का साथ कौन देता है? पृथ्वी से भारी, आकाश से ऊँचा क्या है? कौन चलता है वायु से तीव्र? राज्य से बाहर जाने पर कौन आपका मित्र? व्यक्ति प्रिय कब बन जाता है? कब व्यक्ति शोक नहीं करता? कब बन जाता है व्यक्ति अर्थवान? संसार में श्रेष्ठ धर्म क्या है? उत्तम लाभ क्या है? कौन है सुखी संसार में? संसार में आश्चर्य क्या है?

प्रश्न जो पढ़े-पढ़ाए न गए हों या कभी प्रश्नों जैसी स्थिति न बनी तो उत्तर देना बहुत आसान नहीं होता। लेकिन युधिष्ठिर को वन-जीवन को सामाजिक बनाना है तो उत्तर तो देना ही है। वे बोले—'यक्ष श्रेष्ठ! आप ज्ञानी हैं, कई दिनों की आपसे वार्ता से यह ज्ञात हो चुका है। मैं आपके सामने अज्ञानी हूँ, कुछ सीखने ही आया हूँ। लेकिन आपका आदेश है तो प्रश्नों के उत्तर दे रहा हूँ। उत्तीर्ण हूँ कि नहीं ये तो आप ही बताएँगे।'

युधिष्ठिर ने मन को एकाग्र किया, फिर बोले—'श्रेष्ठ! व्यक्ति का सच्चा साथी धैर्य है। बिना धैर्य के उतावलेपन में कार्य बिगड़ सकता है और समझ में त्रुटि आ सकती है। धैर्य हमें विचार करने का समय देता है।...श्रेष्ठ! मेरी समझ से माता पृथ्वी से भारी है। वह अपनी कोख में नौ माह तक भ्रूण को रखकर आकार देती है, उसे व्यक्ति बनाती है। माता का यह समय सबसे कठिन होता है। वह भोजन कैसे करती होगी, करवट कैसे बदलती होगी, शौच करना और उसे स्वच्छ कैसे करती होगी।

शरीर की सभी क्रियाएँ कितनी बाधक होती होंगी यह तो माता ही जान सकती है। हम कल्पना मात्र से सिहर जाते हैं।...श्रेष्ठ! यह प्रश्न बहुत सरल है। भला कौन नहीं जानता कि मन वायु से तीव्र गति से भागता है। मैं यहाँ हूँ और मेरा मन इन्द्रप्रस्थ में लगा है, और तुरन्त सुयोधन के यहाँ चला जाएगा।...श्रेष्ठ! अहंकार का त्याग ही व्यक्ति को प्रिय बनाता है। और किसी अन्य राज्य में हमारा मित्र और कोई नहीं, हमारी विद्या ही है। ज्ञान ही साथ रहता है। ज्ञान ही सम्मान दिलाता है।...श्रेष्ठ! हमारा क्रोध हमारा बड़ा शत्रु है, इसे त्यागकर कोई व्यक्ति शोक नहीं करता। भला क्रोध त्यागने से दुख भी होता है!...श्रेष्ठ! इसी प्रकार हम यदि लोभ त्याग दें और काम को वश में कर लें तो हमें स्वयं को अर्थवान होने की अनुभूति होने लगेगी। और श्रेष्ठ दया ही हमारा धर्म होना चाहिए। किसी असहाय की सहायता करना, रोगी हो या भूखा हमें उसकी हर सम्भव सहायता करनी चाहिए।...श्रेष्ठ व्यक्ति के लिए तो स्वास्थ्य लाभ से बढ़कर कुछ भी नहीं है। रोग न हो और मानसिक रूप से स्वस्थ और प्रसन्न रहे तो, हर कार्य आसान हो जाता है। और यदि ऋण न हो तो व्यक्ति का सुखी होना निश्चित है।...श्रेष्ठ! आपने आश्चर्य पूछा है तो हम प्रतिदिन आश्चर्य में रहते हैं। कुछ ऐसा घट जाता है कि मुँह खुला का खुला रह जाता है। लेकिन महाशय! कृष्ण नारायण ने हमें बताया है कि मृत्यु ही सत्य है। यह जानते हुए भी हम भूल जाते हैं, यह तो बड़ा आश्चर्य है न श्रेष्ठ! लेकिन जीने की इच्छा ही हमें कर्म करने की ओर प्रेरित करती है। हमें सत्य को सहज ही स्वीकारना चाहिए श्रेष्ठ!'

यक्ष-समाज युधिष्ठिर का हो गया। बात करने और उत्तर देने में कृष्ण का पूरा प्रभाव दिख रहा था, अब वे सतर्क भी रहने लगे हैं।

...और द्रौपदी चाहे जहाँ रहे, उसका बिन्दासपन ही उसे कष्ट दे रहा है। देहयष्टि इतनी आकर्षक है कि काम-निवेदन सदैव दिखता रहता है, और देखने वाला सुध खो देता है। सुयोधन के बहनोई जयद्रथ ने जबसे उसे देखा है, तब से खो गए हैं द्रौपदी में—'द्रौपदी का श्याम रंग स्वाद बदलने की प्रबल इच्छा जगा देता है। बहुत बात करने का मन करता है उससे। वह निकट रहे तो विनोद भी करूँ। उसके कर्ण कितने आकर्षक हैं और खुले केश तो जैसे घटा छा गई हो काली। देह में कहीं भी व्यर्थ का घृत नहीं है, कटि तो जैसे आनन्द ही देने वाली है, और नितम्ब तो जैसे काम-सुख की सीमा ही बढ़ा देंगे। स्तन हों या कपाल, काम-लोभ से व्यक्ति वंचित कैसे रह पाएगा!'

और फिर जयद्रथ ने द्रौपदी का अपहरण कर लिया। लेकिन सुख क्या मिला—अपमान का सुख! पांडवों को ज्ञात हो गया और जयद्रथ को अपमानित होना पड़ा। अर्जुन ने तो यहाँ तक कह दिया कि 'आप मेरी चचेरी बहन सुशीला के पति न होते तो मृत्यु खड़ी होती सामने।'

पांडवों का एक और शत्रु हो गया, वह भी अपना नातेदार-सम्बन्धी।

अर्जुन ने भी खूब सम्बन्ध बना लिए थे, कई विवाह-सम्बन्ध से वे स्वयं को शक्तिशाली समझने लगे थे। नाग-कन्या उलूपी से विवाह करके अर्जुन नागों में प्रिय

हो गए। यह बड़ी सफलता थी। यही नहीं, मणिपुर की राज-कन्या चित्रांगदा ने भी अर्जुन को अपना पति स्वीकार कर लिया। अर्जुन के पक्ष में पूरा मणिपुर आ गया। ये उपलब्धियाँ थीं, सिर्फ विवाह-सम्बन्ध की औपचारिकताएँ नहीं थीं।

पांडव शक्तिशाली होते गए। और तब जब भीम ने हिडिम्बा से विवाह कर लिया समाज के हर क्षेत्र में पांडवों का हस्तक्षेप हो गया।

...वन-जीवन का समय समाप्त हो गया था, अब तो अज्ञातवास का प्रारम्भ है। बहुत रह लिए काम्यक वन और द्वैतवन में पांडव। अब चिन्ता थी कि कहाँ अज्ञातवास व्यतीत किया जाए? और अन्त में निर्णय हुआ कि मत्स्य नरेश विराट के यहाँ पहचान बदलकर रहा जाए। वैसे भी एक वर्ष का समय होता ही कितना है।

...और तब युधिष्ठिर बने कंक, जो राजा का मन बहलाने का कार्य करने लगे—जुआ खेलना, बात करना आदि। भीम बने बल्लभ रसोइया, जो राज परिवार में भोजन बनाने का कार्य सँभाल रहे थे। अर्जुन ने स्त्री का वेष धर लिया था और नाम पड़ा—वृहन्नला, जिन्हें संगीत सिखाने का कार्य दिया गया। नकुल ग्रंथिक हो गए, घोड़ों की देखभाल होने लगी और सहदेव तंत्रिपाल, चरवाहा बन गए। बात अटक जाती है द्रौपदी पर, काम-निवेदन इतना प्रबल है कि दृष्टि हटती नहीं। और एक दिन विराट की पत्नी रानी सुदेष्णा के भाई कीचक की दृष्टि द्रौपदी पर पड़ गई। द्रौपदी रानी के साथ रहती थी, उनका सौन्दर्य निखारती, केश ठीक करती रहती। कीचक का नाम मल्ल युद्ध के महान योद्धाओं में था। कहा जाता था कि भीम के अतिरिक्त कोई जोड़ीदार नहीं है कीचक का। द्रौपदी के लिए कीचक पागल हो गया, और एक दिन बलात् सम्भोग हेतु यत्न करने लगा। सूचना भीम को हुई, फिर क्या था! पूरी रात मल्ल चला, और अंत में कीचक मारा गया।

...पांडव पहचान लिये गए। कीचक वध से निश्चित हो गया कि पांडव विराट के यहाँ ठहरे थे। अब एक वर्ष की गणना होने लगी। सुयोधन कहते, 'एक दिन शेष था।' और पांडव कहते, 'हमारा वर्ष पूरा हो गया था। सुयोधन हठी हैं, मानेंगे नहीं, एक अंगुल भूमि भी देने को तैयार नहीं, जबकि सब अपने सगे है।

...एक प्रयास और था कि कृष्ण शान्ति दूत बनकर हस्तिनापुर जाएँ, सुयोधन से वार्ता करें। वहाँ भीष्म हैं, द्रोण, कृप, विदुर, धृतराष्ट्र हैं। बात करने से बात बनेगी। नहीं तो युद्ध तो है ही अन्तिम निर्णय।

कृष्ण नारायण चल दिए हस्तिनापुर। मार्ग में बोलते-बतियाते सारथी दारुक से। हस्तिनापुर का राजभवन हो या वहाँ की प्रजा, बहुत सम्मान था कृष्ण का। सुयोधन ने भी विचार किया—कर्ण, शकुनि, सुशासन से प्रतिदिन वार्ता होती रहती। सूचना भी थी कि कृष्ण आ गए हैं शान्ति का प्रस्ताव लेकर।

'आप सभी श्रेष्ठों को अभिवादन करते हुए अपना प्रस्ताव रख रहा हूँ।' कृष्ण बहुत सहज थे—'महाराज युधिष्ठिर ने द्यूत के नियमानुसार बारह वर्ष का वनवास और एक वर्ष का अज्ञातवास पूरा कर लिया है। अब उन्हें इन्द्रप्रस्थ सौंप दिया जाए। उन्होंने

राजसूय यज्ञ करके आपके कुल का मान बढ़ाया है। उनका अधिकार वापस दें महाराज, जिससे वे इन्द्रप्रस्थ की प्रजा की सेवा कर सकें। आपको सब विदित ही है महाराज, मैं पुन: वही बात नहीं कहना चाहता। आपका वंश श्रेष्ठ है, इसका मान रखिए। उत्तम कुल के होते हुए यह कार्य, जो अनुचित है, आपको शोभा नहीं देता। किस बात का हठ! सुयोधन अच्छे व्यक्ति हैं, उन्हें अपने हस्तिनापुर को देखना चाहिए। हो गया खेल, रह गया उनके हठ का मान। उनकी बात अस्वीकार नहीं की गई। द्रौपदी ने राजसूय यज्ञ में सुयोधन को अनुचित शब्द कहा था, उसे भी भरी सभा में दंड मिल गया है। श्रेष्ठ! युद्ध किसी समस्या का समाधान नहीं है। वार्ता हेतु अभी भी द्वार खुले हैं। यह कोई कठिन कार्य नहीं है मिलजुल कर रहना। और शान्ति की स्थापना तो और भी सरल है महाराज! आप अपने पुत्रों को नियंत्रण में रखिए। पांडवों की ओर से पूरी तरह निश्चिन्त रहिए। मैं हूँ तो आपको चिन्ता की आवश्यकता नहीं है। श्रेष्ठ! वैर से कोई परिणाम अच्छा नहीं होता। सार्थकता जीवन की या राज्य की तभी है जब मित्र हों और युद्ध न हो। पांडव आपके पुत्र ही हैं। परिवार के सदस्य ही मित्र हो जाएँ तो इससे शुभ क्या हो सकता है। पांडवों के साथ आने से हस्तिनापुर शक्तिशाली ही होगा। युद्ध का मार्ग विनाश का मार्ग है। नर-संहार उचित तो नहीं है न श्रेष्ठ! पांडवों के साथ वनों के जन हैं, नाग हैं, कई सम्बन्धी हैं उनके, पांचाल और मत्स्य भी उनका है, और मैं हूँ उनके साथ। मैं तो आपके भी साथ हूँ। आप विस्तार दीजिए अपने विचारों को तब परिणाम समझिए महाराज कि नारद और परशुराम भी हमारे हैं।...द्रौपदी अपमानित हुई तो प्रजा में हमारी ही निन्दा हुई, लोग कहने लगे कि ऐसा घृणित राज-परिवार नहीं देखा, जहाँ घर की बड़ी बहू को पुरुषों के सामने नंगा करने का प्रयास किया जाए। यह घटना पूरे भू-भाग में चर्चा का विषय बनी हुई है। और तब भी पांडव चुप रहे, सह गए, घोंट लिए अपमान का थूक। आप पांडवों की सहनशीलता देखिए! वे नहीं चाहते कि हमारी और निन्दा हो। प्रजा के सामने सिर नीचा करना पड़े, नहीं चाहते वे। मेरी इच्छा है श्रेष्ठ कि बिना किसी वस्तु के नष्ट हुए, योद्धाओं को पूर्ण रूप से सुरक्षित करते हुए, बिना किसी कष्ट या बाधा के शान्ति स्थापित हो जाए तो कितनी भली बात होगी। आप सभी एक साथ रहेंगे तो इस भू-भाग के समस्त अधिपति आपकी अधीनता स्वीकार करेंगे। एक बार पुन: कि आप सभी मित्र हैं, यह ठीक से आपको समझना है। युद्ध तनाव उत्पन्न करता है। व्यर्थ ही सारी शक्ति लगती है, और लड़कर कुछ प्राप्त भी नहीं होता, नष्ट ही होता है।' कृष्ण अभी और कहना चाह रहे थे, लेकिन सुयोधन खड़े हो गए।

'आप आदरणीय हैं कृष्ण! लेकिन इसका अर्थ यह नहीं कि आप मात्र पांडव हित की ही बात करें।' सुयोधन ने अपना पक्ष रखा—'बौद्धिक कहते है कि जो वीर होता है, जिसे निर्माण करना है, उसे इस हेतु उद्योग आवश्यक है। मैं अपना उद्योग कर रहा हूँ। क्यों अपना माथा झुकाऊँ? आप सदैव मुझे चाँपते रहते हैं। पितामह भीष्म हों या आचार्य द्रोण या काका विदुर सभी मेरी त्रुटि निकालते हैं। मैंने क्या किया है? द्रौपदी ने अपशब्द कहे, जो मुझसे सहे नहीं गए। इसमें मेरी भूल क्या है? पांडवों ने जुए का आमंत्रण स्वीकार किया, और सब हार गए, इसमें मेरी त्रुटि

क्या है? जुए में हार कर वन गए तो मेरा दोष उसमें कहाँ ठहरता है कृष्ण? हमें क्यों मारेंगे पांडव? क्या बिगाड़ा है उनका? कुरुवंश के ज्येष्ठ पुत्र का ज्येष्ठ पुत्र हूँ। मेरे पिता हस्तिनापुर के महाराज हैं। और मेरे भी सम्बन्ध कम हैं न निर्बल। प्रजा मेरे साथ है, लोग युधिष्ठिर को ही धिक्कार रहे हैं कि वस्तुओं को दाँव पर लगाना उचित था लेकिन क्या व्यक्ति दाँव पर लगाया जा सकता है? कहीं से भी मेरी त्रुटि नहीं ठहरती, फिर भी आप पांडवों का पक्ष ले रहे हैं। प्रत्यक्ष या परोक्ष रूप से उन्हें साहसी, वीर-योद्धा और अजेय बता रहे हैं। हम भी निर्बल हैं न भीरु, हमारे भीतर भय नहीं है कृष्ण! पूरा राज्य मेरा है, मेरे पिता का है। कौन है जो हमारे राज्य पर कुदृष्टि डालने का साहस कर सकता है? इन्द्रप्रस्थ की क्या बात, सूई की नोक बराबर भूमि भी अब पांडवों को नहीं मिलने वाली।'

कृष्ण ने धृतराष्ट्र और सुयोधन को बहुत समझाया, परिणाम बताया लेकिन बात बनी नहीं, वरन और बिगड़ गई बात। सुयोधन कृष्ण को बन्दी बनाने का उपक्रम रचने लगे। कृष्ण को पता चल गया कि सुयोधन की योजना क्या है।

फिर क्या था! कृष्ण गम्भीर हो गए। सभी निःशब्द, मानो काठ मार गया हो। भीष्म, धृतराष्ट्र, द्रोण, कृप तो पहले से ही चुप थे। महाराज और सुयोधन के विरुद्ध किसी में साहस न था कि कोई कुछ बोले। हाँ, विदुर ने कृष्ण के पराक्रम का वर्णन अवश्य किया। कहाँ तो वार्ता हो रही थी और एक परिणाम हेतु कृष्ण अड़े थे कि अब उन्हीं को बन्दी बनाने की योजना बन गई। सुयोधन की बुद्धि मारी गई।

'सुयोधन! मैं तुम्हारा मान करता हूँ। कहता भी हूँ कि, कुछ सीखना है तो सुयोधन से सीखो! अपने राज्य के लिए प्रजा के लिए समर्पित सुयोधन अपने अधिकार जानते हैं। प्रजा में जाते हैं, उनका मान है। उनके मित्रों की एक बड़ी शृंखला है। लेकिन राजकार्य में न उनका कोई मित्र है न सम्बन्धी न परिवार के श्रेष्ठ। सुयोधन बात उचित कहते हैं। लेकिन आज क्या हो गया है तुम्हें? जब एक साथ मिलकर पूरे भू-भाग पर राज भोगने का अवसर आया तो क्यों तुम्हारी मति मारी जा रही है मित्र? और जहाँ तक मुझे बन्दी बनाने की योजना है तो यह तुम्हारी भूल है—सबसे बड़ी भूल! भला कोई प्रेम को बाँध सकता है? कहीं बाँसुरी का स्वर बन्धन स्वीकार करता है? मैं यायावर हूँ सुयोधन! तुम मुझे अभी समझ नहीं पाए, यह आश्चर्य है। हठ ठीक नहीं है, युद्ध परिणाम नहीं देता सुयोधन! जीवन प्रसन्न रहे तभी वह जीवन है। महत्त्वपूर्ण वही हैं, जो साधारण से रहते हैं। क्या मिलेगा वैरी बनाकर? युद्ध में कुछ दिखता नहीं, हम साधारण नहीं रहते और तब कुछ दिखता नहीं, मात्र प्राण लेने की इच्छा बनी रहती है। क्या किसी को मारना अच्छा है? कौन मृत्यु की इच्छा करेगा? सुयोधन! मैं किसी को कष्ट देना या मिटाना नहीं चाहता लेकिन सत्य और जीवन के लिए यदि युद्ध आवश्यक हुआ तो ठीक है, मैं स्वीकार करता हूँ। तुम जानते हो कि मैं पांडवों की ओर हूँ, फिर भी तुम शान्त नहीं हो! युद्ध तो तब हो जब सबका आनन्द हो, और ऐसा असम्भव है। युद्ध में मरने वाले का परिवार क्या प्रसन्न रहेगा? कुछ बिगड़ा हुआ बन जाए युद्ध से तो ठीक लेकिन ऐसा भी कहीं नहीं होता। तो मेरे सखा! फिर युद्ध क्यों? और रही बात मुझे बन्दी बनाने की, तो मुझे ठीक से

देखो! मेरी नयनों से अपने नयन मिलाकर देखो! थोड़ा ठहरो और देखो! क्या मैं बन्दी बनाया जा सकता हूँ? मैं वर्तमान हूँ सुयोधन! मैं किसी की इच्छा नहीं रखता, देव-लोक की भी नहीं, न राज्य की न महल की इच्छा। मेरे यहाँ बहुत कुछ स्वीकार है, अस्वीकार का भी अर्थ है मेरे यहाँ। मोक्ष तो इसी धरती पर है—मुक्त होना! लेकिन मेरे जीवन का लक्ष्य मुक्त होना नहीं है, चलते रहना है। क्योंकि चलने से ही भविष्य बनता है, और मैं भविष्य हूँ। मेरे यहाँ आनन्द है सुयोधन! मेरे साथ आओ! जैसा जीवन है स्वीकार करो! पूरा संसार स्वीकार पर टिका है। यदि कहीं विचार भटक जाएँ और ज्ञात हो जाए तो सुधारने में बुराई नहीं है मित्र! यदि तुम मेरी शक्ति ही देखना चाहते हो तो देखो—पांडव, अन्धक, वृष्णि वंश तो पूरी शक्ति के साथ मेरे साथ हैं। इसी हस्तिनापुर नगर में भी हैं। आप बन्दी बनाकर तो देखो कि आपका क्या हाल होता है। देव हों या इन्द्र, यक्ष, नाग सभी मेरे अपने हैं। जितने शस्त्र मेरे पास हैं, उसके नाम भी तुम नहीं जानते होगे। अग्नि हो या जल या फिर वायु सारी विधा मेरे पास है। मैं कभी पराजित नहीं हुआ हूँ, भले युद्ध मेरा उद्देश्य नहीं। नरसंहार न हो इस हेतु मथुरा का त्याग कर दिया था और तुम युद्ध की बात करते हो! आओ! सुयोधन आओ! मुझे बन्दी बना लो! अपने सैनिकों से कहो कि वे मुझे पकड़ लें, बाँध दें डोर से। क्यों चुप हो गए? क्यों सिर झुक गया? चलो अब युद्ध ही सही। विनाश के समय बुद्धि विपरीत हो जाती है। लो मैं शंख फूँक रहा हूँ। कल फिर आऊँगा तुम्हारे यहाँ तो बाँसुरी भी बजाऊँगा, और अपना विस्तार दिखाऊँगा। तुम जहाँ जाओगे, हमें पाओगे।'

कृष्ण ने शंख फूँक दिया। एक ध्वनि दूर तक फैल गई।

एक महायुद्ध जिसका अर्थ नहीं, मात्र हठ है कि लड़ेंगे

पांडव और सुयोधन अपने भ्राताओं के साथ जिन्हें कौरव कहा जाता है, पूरी शक्ति के साथ लगे हुए हैं। कौन जीतेगा, कौन हारेगा, पता नहीं। युद्ध करने वाले को जीत का विश्वास होता है। और कर्ण तो अतिविश्वास में हैं। कर्ण का भी अपना जीवन है। अपमानित जीवन! व्यंग्य सहता हुआ जीवन! प्रतिभा को न कोई पहचान मिली न सम्मान। धन्य हो कर्ण तुम कि सब सहते हुए भी छाती उत्तान किए जी रहे हो। एक अधिरथ का पुत्र! और इतनी प्रतिभा! किसी को पचते नहीं कर्ण। सुयोधन के मित्र कर्ण अब अंग देश के राजा हैं, यह राज्य उन्हें सुयोधन ने मित्रता निभाते हुए दिया था। कर्ण को युद्ध नीति का विशेष ज्ञान है। लगातार युद्ध करने की क्षमता है, तभी विश्वास दृढ़ हुआ सुयोधन का कि जीत तो हमारी ही निश्चित है। और अपनी जीत पांडव भी मान रहे हैं। यहाँ अर्जुन का विश्वास है कि उनके जैसा धनुर्धर कोई नहीं, पराजित होना तो सम्भव है ही नहीं। और कृष्ण की बौद्धिक क्षमता, संघर्षों-युद्धों का अनुभव। बिना लड़े भी जीत जाने की कला। साहस और मुस्कान का अद्भुत मेल! कृष्ण जहाँ होंगे, वहाँ सफलता होगी। दोनों ओर, विश्वास की पराकाष्ठा से ऊर्जा भर रही है और सेनाएँ खड़ी हैं। युद्धारम्भ की ध्वनि नहीं हुई है अभी। हिनहिनाते अश्व,

झूमते हाथी, शक्ति से भरपूर छाती उत्तान किए योद्धा! अपनी पंक्ति में आदेशों की प्रतीक्षा में तैयार खड़े पैदल सैनिक। क्या दृश्य है! भाई-भाई एक-दूसरे के प्राण प्यासे! सब चाहते हैं दूसरे की मृत्यु! छोटी बात बढ़कर कितनी हो गई बड़ी कि अब सहस्त्रों कटेंगे सिर!

उलझ गया मोह और विश्वास के बीच में विवेक

एक ऐसा युद्ध जिसकी चर्चा सदैव होती रहेगी। और ऐसे युद्ध में सभी अपना सम्बन्ध निभाने आए हैं, यह जताने आए हैं कि 'मैं हूँ आपका अभिन्न मित्र...मैं सखा...मैं हूँ आपकी सन्धि के अनुसार चलने वाला...मैं अपना वचन निभा रहा हूँ।' कुछ भी हो युद्ध तो होकर रहेगा।

पांडव सेना के सात भाग बने हैं। महारथी हैं—द्रुपद, विराट, शिखंडी, धृष्टधुम्न, सात्यकि, चेकितान, भीमसेन। ये महारथी अपनी सेना के साथ तैयार हैं। कृष्ण सारथी बने हैं अर्जुन के। अर्जुन कहीं से भी किसी से युद्ध कर सकते हैं, उन्हें महारथियों के बन्धन में नहीं बाँधा गया है।

कौरव सेना के ग्यारह भाग हैं। इस सेना में न तो वीरों-योद्धाओं की कमी है न तो महारथियों की। भीष्म, द्रोण, कर्ण, कृप, शल्य, अश्वत्थामा, जयद्रथ, कृतवर्मा, भूरिश्रवा, भगदत्त के नाम से ही शत्रु सेना में सिहरन हो जाती है। बलराम और रुक्मी तटस्थ हैं, वे घर बैठे आनन्द ले रहे हैं—'जाओ मरो-लड़ो मूर्खो! जीवन का आनन्द तुम क्या जानो।' इधर बीच बलराम प्रतिदिन मदिरा पीने लगे हैं। वैद्य जी ने मदिरा की मात्रा कम करने को कहा है।

अहा! जीवन का सुख है!

ओह! युद्ध! कितना रक्त बहा है!

कौन जानता है जीवन सुख, और कौन रक्त सोचकर भावुक हो जाता है, क्या पता! लेकिन अभी तो सारे महारथी याद कर रहे हैं युद्ध के नियम—'कोई भी अन्यायपूर्ण लड़ नहीं सकता। सूर्यास्त के बाद युद्ध बन्द हो जाएगा, कोई भी कहीं भी आ-जा सकेगा, वार्ता कर सकेगा। समान बल-शक्ति वाले ही आपस में टक्कर देंगे। सेना दूर हटने लगेगी तो वाणों से प्रहार करना मना है। हाथी सवार हाथी सवार से, घुड़सवार घुड़सवार से, पैदल पैदल से ही युद्ध करेंगे। यदि ज्ञात हो जाए कि शत्रु मुझ पर विश्वास करने लगा है या वह शस्त्र भूमि पर गिरा देता है या वह डरकर हारकर सिर झुका लेता है तो उस पर प्रहार नहीं करना है। बिना सावधान किए किसी से कोई नहीं लड़ेगा। निहत्थे, पीठ दिखाकर भागने वाले, असावधान, कवच से रहित पर कोई शस्त्र नहीं चलाएगा। शस्त्र पहुँचाने वाले, अनुचर, जल पिलाने वाले, भेरी बजाने वाले, शंख फूँकने वाले, सारथी पर भी न कोई बाण चलाएगा न कोई शस्त्र।

नियमों, बन्धनों के साथ युद्ध हो तो परिणाम सही निकलता है। और इस युद्ध में संकल्प बहुत हैं। वचनों से बँधे योद्धा कितने सार्थक होंगे—क्या पता! भीष्म का संकल्प है कि वे पांडवों का वध नहीं करेंगे। भीष्म कर्ण एक साथ युद्ध-भूमि में नहीं

जाएँगे। कर्ण अर्जुन के अतिरिक्त किसी पांडव का वध नहीं करेंगे। और कर्ण हैं कौरव पक्ष के महान योद्धा।

इस युद्ध में संकल्पों, वचनों, शापों, आशीर्वादों की भरमार है। देखें कि क्या परिणाम होता है—किसका संकल्प पूरा होता है, किसका वचन रहता या टूट जाता है, किसके आशीर्वाद अपनी प्रतिष्ठा बचाने में सफल होते हैं, किसके शाप कहाँ तक दौड़ लगाते हैं, देखना अभी शेष है!

सभी सतर्क हैं! नकुल का शंख सुघोष नहीं बजा। कई बार वे प्रयास करके थक गए। सहदेव हँसे और भीम ने डाँटा, 'एक शंख नहीं फूँका जा रहा—हुँह!' अर्जुन का शंख देवदत्त तो एक फूँक मारिए कि गूँज उठता है। अभी थोड़ी देर में ध्वनि गूँजेगी। भेरी बजाने वाले भी ध्वनि विस्तारित करेंगे। अर्जुन अपने रथ नन्दिघोष पर सवार हैं लेकिन थोड़े उदास, थोड़ी घबराहट के साथ, कुछ-कुछ माथा सिकुड़ा हुआ। कर्ण का रथ नहीं है, वे युद्ध नहीं करेंगे जब तक भीष्म युद्ध-भूमि में हैं। कर्ण का रथ अपने शिविर के आगे सर्पध्वज के साथ खड़ा है। अर्जुन के रथ का कपिध्वज लहरा रहा है। कृष्ण के पास कोई रथ नहीं है, वे इस युद्ध में अर्जुन के सारथी हैं, अधिरथी हैं। उन्हें आनन्द आता है रथ हाँकने में। द्वारका की यात्रा में उन्होंने रथ भी हाँका था। उनका यह संकल्प था कि वे इस युद्ध में शस्त्र नहीं उठाएँगे। कृष्ण के सारथी दारुक को अवकाश है, वे अपने आनन्द में हैं। सुयोधन के रथ पर सारथी प्रतिकामी घोड़ों की लगाम थामे हैं। अश्वत्थामा, आशुतोष, राजकर्मा, डिडिंभण नाम के हाथी विशेष रूप से सजे हैं।

धृतराष्ट्र की इच्छा थी कि अब युद्ध हो ही रहा है तो प्रतिदिन की सूचना मुझे मिलनी चाहिए। संजय को सूचना-प्रमुख बनाया गया। उनके सूचना कर्मी कहीं भी, कभी भी बिना रोक-टोक आ-जा सकेंगे। उनके कई कर्मी अपने तीव्र धावक अश्वों के साथ घूम रहे हैं।

...लेकिन अर्जुन तनाव में हैं। घोर उदासी! अवसाद के लक्षण! ओह! युद्ध के समय ऐसी मानसिक स्थिति! भावना पर कोई नियंत्रण नहीं है अर्जुन का। युद्ध अन्तिम निर्णय है। यहाँ पूरी ऊर्जा एकत्र कर प्रहार करना होता है, न कि भावना में बहकर हाथ ढीले...। युद्ध तो विचारों का भी होता है। कर्म के मार्ग में व्यक्ति को कई युद्ध लड़ने पड़ते हैं, जहाँ रक्त नहीं बहता। रक्त वाला युद्ध उचित नहीं है।...आज कुरुक्षेत्र की रणभूमि में अर्जुन भावनाओं की पराकाष्ठा में हैं, द्रवित हैं।

'मैं युद्ध नहीं चाहता कृष्ण! मैं अपने सगे-आदरणीयों पर बाण कैसे चला सकता हूँ!' और अर्जन ने अपना धनुष रख दिया।

कृष्ण को पता था कि यह नाटक होने वाला है। प्रात: काल से ही अर्जुन का मुँह बना है, जैसे उसके शरीर में प्राण ही न हो। अब अर्जुन को कैसे समझाएँ कृष्ण कि शस्त्र का प्रयोग न भी हो तो भी वैर भाव रखने वाला शत्रु विनाश करा देगा। बुद्धिमान वह है जो विपरीत परिस्थितियों और होने वाले ऋणात्मक परिणाम को समझे।

कृष्ण ने कहा—'अब तो देर हो चुकी है अर्जुन! मैं कहाँ कभी युद्ध के पक्ष में रहा। लेकिन अब रणभूमि है सामने, और आवश्यक है युद्ध-कर्म। यहाँ बिना लड़े

परिणाम के भय से भागना नपुंसकता है। भीरु व्यक्ति की कहीं प्रतिष्ठा नहीं रहती। अपनी प्रजा को, मित्रों को, सम्बन्धियों को क्या उत्तर दोगे? द्रौपदी के सामने जा सकोगे कभी? अर्जुन! मोह की छाया से दूर हटो! विवेक से काम लो! तुम रणक्षेत्र में हो, शत्रु खड़ा है शस्त्र बाँधे, और तुम मुँह लटकाए हो! अब तो युद्ध करना ही होगा। क्यों सारथी मुझे बनाया? क्या भागने के लिए रणभूमि से?'

अर्जुन में कृपा का भाव आ गया है। उदार मन संवेदना के अन्तिम छोर पर खड़ा युद्ध को व्यर्थ समझ रहा है। अर्जुन को नहीं चाहिए राज, सुख, भोग, जहाँ स्वजनों का वध करना पड़े अपने जीवन के लिए। कृष्ण समझा रहे हैं, तैयार कर रहे हैं। और अर्जुन कह रहे हैं—'ये हमारे सम्बन्धी मूर्ख हैं, इनके पास दृष्टि नहीं। लेकिन मैं देख-समझ सकता हूँ कृष्ण! इनके पास विवेक नहीं था न लाज थी, इन्होंने द्रौपदी के साथ अनैतिक व्यवहार किया। लेकिन मेरे पास तो बुद्धि-विवेक है। मैं तो बौद्धिक हूँ, बुद्धि से जन्मा हुआ व्यक्ति! तो क्यों बाण चलाऊँ अपने आदरणीयों और सगे-सम्बन्धियों पर? सभी ने मुझसे अपार प्रेम किया है बचपन में। मुझे लोभ नहीं है कृष्ण!'

कृष्ण जानते हैं कि यदि अर्जुन भागते हैं तो मारे जाएँगे या यातना गृह में जीवन बन्दी हो जाएगा सदैव के लिए। सुयोधन छोड़ने वाले नहीं हैं। परिणाम अर्जुन भी जानते हैं लेकिन अपने भावनात्मक तनाव का क्या करें? इस समय अर्जुन विषाद के चरम पर हैं, उन्हें ज्ञान और कर्म का बोध नहीं है। कैसे भावनाएँ इतनी प्रबल हो गईं? क्या युद्ध के परिणाम से भावुक हो गए हैं? कृष्ण से प्रश्न पूछते हैं वे और कृष्ण भी अपनी अन्तिम सीमा तक समझाते हैं। परिणाम के पक्ष में होने का विश्वास दिलाते हैं।

कृष्ण के माथे पर गम्भीर रेखाएँ उभर आईं, बोले—'बुद्धि और व्यवहार का प्रयोग करो अर्जुन! बुद्धि ही श्रेष्ठ है और विवेक तो और...। कर्म और व्यवहार से बुद्धि का विकास होता है, और तब अनुभव से ज्ञान बढ़ता है। तुम तो बौद्धिक हो। इस समय के कर्म को पहचानो अर्जुन! किसी के भी मृत्यु से व्यथित होने की आवश्यकता नहीं है। जन्म होगा तो मृत्यु भी होगी, चाहे कोई हो। जन्म से हर्ष और मृत्यु से शोक का कोई अर्थ नहीं, ये व्यर्थ की भावनात्मक क्रियाएँ हैं। व्यक्ति बचपन के बाद किशोर होता है। युवा होकर सुख भोगता है, स्त्री-सुख भी। कर्म करता है, उसी कर्म का परिणाम है कि आज हम ऐसे हैं। और फिर व्यक्ति बूढ़ा होकर अनुभव बाँटता हुआ मृत्यु को प्राप्त हो जाता है। यही प्रकृति का नियम है, यही नियति है। हे अर्जुन! हे श्रेष्ठ धनुर्धर! व्यक्ति के पास सुख ही सुख है, दुख तो थोड़ा-सा है, लेकिन एक दुख कई सुखों पर भारी है, इसी कारण दुख बोझ लगता है। तुम मेरे साथ हो, तुम्हें हर परिस्थिति में समान रहना चाहिए। मुझे देखो अर्जुन! मुझे! ठीक से निहारो मुझे! समझो! मैं राजनीतिक व्यक्ति हूँ, लेकिन कृषक भी हूँ और लोक सेवक भी। मैं सबका सखा हूँ, साथी हूँ। क्या मैं तुम्हारा मित्र नहीं? मुझे देखो! और युद्ध करो, यही तुम्हारा कर्म है इस समय। मेरी ओर आओ अर्जुन! यहाँ आनन्द है। जैसे किसान प्रसन्न होता है आकाश में बादल देखकर, तुम्हें भी आनन्दित होना चाहिए

युद्ध के परिणाम का अनुमान लगाकर। वृक्षों में फूल आ गए हैं, नदी आगे बढ़ रही है, अन्न पक रहा है, दूध-दही की कमी नहीं है, और मुझे तो माखन प्रिय है। तुम्हें प्रकृति का संकेत है कि आने वाला समय तुम्हारा है। मैं कृष्ण हूँ, तुम्हारा कृष्ण! किसान भी कृष्ण है, वह धूप में कार्य करते-करते कृष्ण हो गया है। नारायण कोई और नहीं, कृषक ही है। और मैं हूँ कृष्ण नारायण!'

अर्जुन देख रहे हैं कृष्ण को! कृष्ण के प्रभाव से परिचित हो रहे हैं।

'...कौन चाहता है कि रक्त बहे, सिर कटे, बिना बाँह के रहें, पाँव के बिना जीवन व्यतीत करें—कौन चाहता है! लेकिन युद्ध हुआ तो भागना न पड़े ऐसा उपाय करना चाहिए। अर्जुन! जो लड़ नहीं सकता वह शान्त भी नहीं हो सकता, और शान्त नहीं रहेगा तो वह विक्षिप्त हो जाएगा। लेकिन जो शान्त नहीं रहेगा वह लड़ेगा भी कैसे? मन तो चंचल है। मन आसानी से शान्त नहीं होता। मन को वश में करो! मन के मन की मत सुनो! यहाँ विवेक का कार्य है। तुम अभ्यासी हो, मन को एक ओर ढकेल दो। हम निर्णायक मोड़ पर हैं। हमारी प्रगति निश्चित है। और मैं हूँ तो जीत भी निश्चित समझो, फिर भी परिणाम न तुम्हारे हाथ में हैं न मेरे। हम अनुमान लगा सकते हैं, अपने कर्म पर विश्वास कर सकते हैं। हमारी देह ही विराट है, हमारा मस्तिष्क ही श्रेष्ठ है, इसी में सारी शक्ति समाहित है। हम संचालक हैं। हमारे संघर्ष से नया मार्ग बनता है। और आज तो संघर्षों के परिणाम निचोड़ लेने का समय है अर्जुन! और तुम मोह में फँसे हो। जिसे मोह होता है, उसे परिणाम नहीं मिलता। हमारी सीमा कर्म करने तक है। फल तो मिलेगा ही। लेकिन फल की इच्छा सदैव सोचते रहना ठीक नहीं, इससे कर्म प्रभावित होता है। मात्र कर्म करना आवश्यक है। कर्म तभी सार्थक होगा, जब हम अपनी बुद्धि से विवेक से समझकर कर्म करेंगे। एकाग्रता जरूरी है, और तुम एकाग्र नहीं हो। तुम सारे शूल जो अवरोधक हैं, तोड़ डालो अर्जुन! सुख-दुख के भावनात्मक प्रभाव से बचो अर्जुन! तब बुद्धि ठीक से कार्य करेगी।'

कृष्ण देर तक समझाते रहे। वे समझ गए कि अर्जुन समझ जाएँगे कर्म। कृष्ण ने कहा—'जीवन मस्ती का नाम है, जीने का नाम है जीवन। किसी तरह व्यतीत करने या ढोने का नाम जीवन नहीं है। अपना जीयो अर्जुन! तुम अब भीष्म, द्रोण, द्रौपदी नहीं जियोगे। मैं अपना जीता हूँ, बलराम का थोड़े जीता हूँ! न पिता वसुदेव का न मैया यशोदा का। मैं अपने विचार जीता हूँ, और विचार मरता नहीं, व्यक्ति मरता है। जो हमारे भीतर है वह तो प्रसारित हो गया, वह मरेगा कैसे! युद्ध में मरना या मारना तो इस जीवन में अभिनय जैसा है।...जी भरकर युद्ध का आनन्द लो। सुख हर जगह है, बिखरा है, समेटो सुख और जीयो जीभर कर! चलो मुस्कान लाओ मुख पर, ओष्ठ स्फुटित करो! तनाव दूर होगा, उदासी जाएगी, तैयार हो जाओगे युद्ध के लिए! कर्म के लिए! एक सार्थक कर्म! यही तुम्हारा इस समय का कर्म क्षेत्र है!'

अर्जुन के चेहरे पर मुस्कान फैल गई!

और अब युद्ध

कृष्ण चतुर थे। वे सोचते बहुत थे। हो सकता है वे भीष्म को कर्ण के साथ युद्ध न करने के लिए मना लिये हों। कर्ण अपने शिविर में स्वयं पर पछता रहे थे कि 'मेरा जन्म निरर्थक हो गया। सुयोधन से कब अपनी मित्रता प्रमाणित करूँगा।' लेकिन अब तो वचन और आदेश का पालन करना ही था।

भीष्म ने शंख बजाया। अर्जुन ने भी शंखनाद से अपनी उपस्थिति बता दी। गूँज उठी शंख ध्वनि, बज उठी भेरी, नाद ध्वनि विस्तारित हो गई। भीषण युद्ध! भीष्म ने पहले दिन सर्वतोमुख व्यूह की रचना की। भीष्म की युद्ध-कला देखकर शस्त्र ठहर जाते। उनका सामना कोई नहीं कर पा रहा था। भीष्म से सतर्क रहना आवश्यक था। लगता था कि वे पांडवों को छोड़कर किसी को छोड़ेंगे नहीं। अर्जुन व्यर्थ थे भीष्म के आगे। अनुभव ने अपना प्रभाव दिखा दिया था। कई दिन तक युद्ध होता रहा। कृष्ण ने वचन दे रखा है कि वे इस युद्ध में शस्त्र नहीं उठाएँगे। लेकिन आज भीष्म को नहीं रोका गया तो अर्जुन बुरी तरह घायल हो जाएँगे। और कृष्ण रणभूमि में कूद पड़े। घोड़ों की लगाम छूट गई। रथ खड़ा हो गया। अब कृष्ण के साथ लड़ने का किसमें साहस। भीष्म ने शस्त्र रख दिया, उन्होंने कृष्ण को नमन किया।

...और फिर दसवें दिन भीष्म के सामने शिखंडी! यह न पुरुष है न नारी। और भीष्म ने इसे स्त्री मान लिया है। वैसे भी शिखंडी वीर महारथियों में हैं, लेकिन भीष्म की दृष्टि में स्त्री हैं। भीष्म अपने सामने शिखंडी को देखते ही किसी अन्य दिशा में वाण चलाने लगे। शिखंडी की आड़ में अर्जुन ने भीष्म पर वाणों की वर्षा कर दी। भीष्म बुरी तरह घायल। भूमि पर गिर पड़े भीष्म, और युद्ध ठहर गया!

हस्तिनापुर राज परिवार के प्रमुख श्रेष्ठ, सबके पितामह आयु श्रेष्ठ भीष्म शिविर में पहुँचाए गए।

ग्यारहवें दिन कौरव सेना के द्रोण सेनापति हुए। द्रोण कौरव-पांडव के गुरु थे। कौरवों को भीष्म की अनुपस्थिति खल रही थी। लेकिन द्रोण और कर्ण के कारण अब भी उनकी शक्ति भारी थी। लेकिन पांडव कृष्ण के विश्वास के साथ थे। कोई अपने को कम नहीं समझ रहा था। भीष्म के रणभूमि में न होने से पांडवों को तोष था, मानो वे किसी बड़ी सेना से विजय पा गए हों।

द्रोण की नीति थी कि युधिष्ठिर बन्दी बना लिए जाएँ तो युद्ध समाप्त हो जाएगा। कृष्ण समझ गए कि अब कौरव छल-कपट से कार्य करेंगे। लाख प्रयास के बाद भी कृष्ण के कारण युधिष्ठिर बन्दी नहीं बनाए जा सके। सुयोधन द्रोण से झगड़ जाते। परन्तु क्या करें द्रोण! अर्जुन और कृष्ण के आगे एक नहीं चली उनकी। दूसरी बात कि द्रोण खिन्न थे सुयोधन की वाणी से, वे अपमान की अनुभूति से क्षुब्ध थे। और फिर अगले दिन चर्चित चक्रव्यूह की रचना...। इस व्यूह में युद्ध करने, प्रवेश और निकलने की विधि अर्जुन ही जानते थे। और अर्जुन अनुपस्थित। अर्जुन पुत्र अभिमन्यु

ने इस व्यूह का सामना किया। वे इस व्यूह के बारे में जानते थे, बस उन्हें व्यूह तोड़कर निकलना नहीं आता था। फिर क्या था! अभिमन्यु व्यूह के मध्य में घिर गए। लेकिन किसी एक में साहस न था कि वह इस युवा वीर का सामना कर सके। अद्‌भुत युद्ध-कौशल! कृष्ण ने ही तो सिखाया था। भला उनका शिष्य कैसे पराजित हो सकता है! लेकिन है तो अभी सद्य युवा ही, युद्ध-भूमि में लड़ने का अनुभव नहीं था, और युद्ध मात्र उत्साह से नहीं जीता जा सकता। अभिमन्यु को अस्त्र-शस्त्र से विहीन कर दिया गया। और फिर द्रोण, कर्ण, सुयोधन, जयद्रथ आदि सात बड़े महारथियों ने घेर कर इस उभरती प्रतिभा का अन्त कर दिया। एक निहत्थे पर प्रहार, एक साथ सात महारथी एक युवा से लड़े वह भी जब वह शस्त्र विहीन था।

पांडव पक्ष बहुत दुखी था, वे अभिमन्यु की मृत्यु सह नहीं पा रहे। कृष्ण का समझाना व्यर्थ था। इस बेला में क्या कोई शब्द अच्छा लगेगा! पता चला कि जयद्रथ ने ही योजना बनाई थी, और वही अभिमन्यु की मृत्यु का कारण बना था। अर्जुन ने जयद्रथ का वध करने की शपथ ली। अब वे रहेंगे या जयद्रथ। और अब युद्ध के नियम आले पर रख दिए गए। चाहे जैसे, जिस विधि से, लक्ष्य मात्र वध करना हो गया। साँझ होने से पहले ही जयद्रथ मारा गया। पांडव हर्षित हुए।

...फिर भी कौरव पक्ष भारी था। जयद्रथ के मरने से कौरवों को आघात पहुँचा था। वे अब पूरी शक्ति से नई युद्ध योजनाओं के साथ युद्ध करेंगे। कर्ण और द्रोण की युद्ध-नीति का काट अर्जुन के पास न था। कृष्ण की सलाह थी कि रात्रि में भीम का पुत्र घटोत्कच कौरवों पर आक्रमण करे। घटोत्कच रात्रि-युद्ध में पारंगत था। फिर क्या था! कौरव सेना कटने-मरने लगी। घटोत्कच की योजना थी कि कर्ण के शक्तिशाली शस्त्र व्यर्थ होते जाएँ, और वे अर्जुन को मारने में असफल रहें। आश्चर्य कि घटोत्कच के युद्ध से कौरव सेना भागने लगी। लगा कि एक दिन में युद्ध समाप्त हो जाएगा। कर्ण और सुयोधन घबरा गए। कर्ण ने उस अस्त्र का प्रयोग किया, जो अचूक था, जिसे अर्जुन के लिए सुरक्षित रखा गया था। अस्त्र लगते ही घटोत्कच मृत्यु को प्राप्त हो गए।

भीम फूट-फूट कर रोए।

युद्ध में कोई-न-कोई वीर मृत्यु को प्राप्त हो रहा था। पैदल सेना के तो जैसे प्राणों के अर्थ ही नहीं, कौन उनकी सूचना लेता है। शवों का ढेर! आती दुर्गंध से जीना-लड़ना कठिन! फिर भी समझ नहीं आई कि क्यों हम लड़ रहे हैं। कौरवों को पूरा हस्तिनापुर चाहिए और पांडवों को अपना अधिकार! तो ये और राज्यों के राजा, महारथी, बौद्धिक, समझदार लोग समझते क्यों नहीं कि ये शवों के ढेर और बाद में इनके परिवार के बिलखते लोगों के बीच राज्य कैसे करोगे? राज्य तो व्यक्ति से ही बनता है। प्रजा ही नहीं रहेगी, वीर ही समाप्त हो जाएँगे तो राज्य किस काम का? लेकिन व्यर्थ है अब कुछ कहना इन बड़ी-बड़ी मूँछ वालों के बीच।

युद्ध का पन्द्रहवाँ दिन

और द्रोण का भीषण युद्ध! उनको रोकने-काटने वाला कोई नहीं। द्रोण के युद्ध संचालन से हाहाकार मच गया। कृष्ण समझ नहीं पा रहे थे कि इस गुरु को कैसे मार्ग से हटाया जाए। द्रोण एक कलंकित गुरु, एक ऐसा आचार्य जो अपनी ख्याति और स्वार्थ देखता है। सुख भोगने वाला महारथी आचार्य द्रोण! पुत्र-मोह की पराकाष्ठा वाला आचार्य! कृष्ण मुस्कराए, उन्हें द्रोण की मृत्यु का उपाय सूझ गया था। कुछ भी हो द्रोण पुत्र-शोक सह नहीं सकते थे। कृष्ण मनोवैज्ञानिक हैं, वे जान गए कि द्रोण की दुर्बलता क्या है। कृष्ण ने भीम को सूचना दी कि अश्वत्थामा नाम के हाथी को वह मार गिराएँ। कुछ ही देर बाद सूचना मिल गई कि अश्वत्थामा हाथी मारा गया। पांडवों ने ऊँची ध्वनि में कहना प्रारम्भ कर दिया कि अश्वत्थामा मारा गया! मर गया अश्वत्थामा! अर्जुन और युधिष्ठिर भी कह रहे थे। द्रोण को जैसे काठ मार गया। वे ध्यान से युधिष्ठिर को सुन रहे थे। उन्होंने सुना, 'अश्वत्थामा मृत्यु को प्राप्त हो गया है, वह नर था'...आगे के शब्द द्रोण सुन न सके, वे गिर पड़े और तत्काल धृष्टद्युम्न ने द्रोण का वध कर दिया। एक महान आचार्य! एक दोषी-लोभी आचार्य! एक प्रतिस्पर्धा लेने का हठी आचार्य! लेकिन महान उसकी विधा, उसका सैन्य-संचालन...द्रोण सदैव स्मृति में रहेंगे!

कर्ण सेनापति बने और सोलहवें दिन का युद्ध प्रारम्भ हो गया

कर्ण ने मकर-व्यूह की रचना की। वचन के अनुसार वे किसी पांडव का वध नहीं कर सकते थे। और नकुल को प्राण दान दे दिया था कर्ण ने। कृष्ण ने कहा—'शीघ्र कर्ण का वध करो!' और घोर संग्राम होने लगा। दोनों महारथी एक-दूसरे पर भारी पड़ते। 'आज मिला है कोई लड़ने वाला,' यही कर्ण सोचते और अर्जुन भी यही।...युद्ध दूसरे दिन भी होता रहा।

भीम ने सुशासन को मार डाला और छाती चीर कर लहू मुँह में पोतने लगे थे। भीम पागलों की तरह ठहाके लगाते घूम रहे थे। कौरवों क्री सेना भागने लगी। युद्ध पांडवों के पक्ष में था।

सहसा कर्ण के रथ का पहिया निकल गया। कर्ण रथ से उतरकर रथ ठीक करने लगे। कृष्ण ने कहा, 'चलाओ बाण अर्जुन! ये शस्त्र उठा लेगा तो तुमसे नहीं मरेगा। अब नियम न देखो! नियम तो कब के टूट चुके हैं।'...और बाणों के प्रहार से कर्ण बुरी तरह घायल हो गए। अर्जुन ने कई बाण छोड़े। बाण गर्दन और मस्तक पर लगते रहे, एक बाण बीच छाती में घँस गया, और कर्ण की इहलीला समाप्त हो गई।

एक महावीर, महारथी, श्रेष्ठ धनुर्धर, सदैव अपमानित होते हुए भी छाती उत्तान किए जीता रहा, ऐसा व्यक्ति जिसने अपना निर्माण स्वयं किया। आज एक भयमुक्त जीवन समाप्त हो गया। कर्ण की कथा सदैव याद रहेगी!

और अब बचा ही क्या है कि युद्ध होगा। अब तो औपचारिकता लगती है। कृष्ण की नीति और पांडवों के धैर्य-विश्वास ने पूरे युद्ध पर अपनी पकड़ बना ली है।

युद्ध का अठारहवाँ दिन

युधिष्ठिर ने मामा शल्य का वध कर दिया। और उधर सहदेव ने मामा शकुनि का। अकेले सुयोधन और अश्वत्थमा क्या करेंगे। पांडव बचे थे, कृष्ण अभी भी साथ थे। अपनी स्थिति देख सुयोधन व्याकुल हो गए। सेना भाग गई। पूरा कुरुक्षेत्र कटे सिर, हाथ, पैर, धड़ों से पटा था। रक्त के थक्के सूख गए थे। धरती का चित्र ही विचित्र हो गया था। सुयोधन ने देखा कि उसका रथ भी नहीं है, कहीं टूटा-बिखरा पड़ा होगा। कोई सहायक नहीं है सुयोधन का, पता नहीं कहाँ अश्वत्थामा चला गया। आचार्य कृप भी दिखाई नहीं दे रहे है। क्या करें सुयोधन? ऐसे दिन आ जाएँगे कल्पना नहीं थी उन्हें। कैसे सब मरते-बिलाते चले गए सोचकर विक्षिप्त हो गए सुयोधन।

...और तब एक सरोवर की ओर भाग चले सुयोधन। पांडव खोजने लगे कि कहाँ गए सुयोधन! कुरुक्षेत्र के पास वाले गाँव में जब पांडव पहुँचे तो पता चला कि एक व्यक्ति विक्षिप्त-सा भागा जा रहा था सरोवर की ओर, उसके हाथ में गदा थी।...और फिर सुयोधन पकड़ लिए गए।

सुयोधन ने कभी पीछे हटना नहीं सीखा था। अर्जुन और भीम के ललकारने पर वे गदा-युद्ध के लिए तैयार हो गए। दोनों बलराम के शिष्य दोनों आचार्य द्रोण के सिखाए हुए। दोनों एक ही आयु के बलशाली, देह-शक्ति के धनी। गदाएँ टकराने लगीं। सुयोधन और भीम हुँकार भरने लगे, पूरी शक्ति से गदा प्रहार करते समय भीम और सुयोधन के मुख से निकलते शब्द— हई, हई, हु हु, हूँ हुँ...। सुयोधन पर भीम के प्रहार का कोई असर नहीं, और सुयोधन के प्रहार से भीम का विचलित हो जाना तो सभी पांडव देख रहे थे। कृष्ण समझ गए कि भीम जीत नहीं पाएँगे। कृष्ण ने भीम को संकेत दिया कि सुयोधन की जाँघ पर प्रहार करो। और फिर वही हुआ! सुयोधन पूरी तरह घायल भूमि पर पड़े हैं! मृत्यु की प्रतीक्षा के अतिरिक्त अब बचा ही है कौन-सा कर्म!

चौदह

कृष्ण अकेले
कि हो गई बाँसुरी बहुत पुरानी

पानी बरसता है तो कृष्ण आनन्दित होते हैं। वे स्मृति में चले जाते हैं। सोचते हैं, विचार करते हैं और मार्ग देखते-खोजते हैं।

पानी बरस रहा है—मूसलधार!

'जब से जन्म लिया है, रक्त ही देखता रहा हूँ।' कृष्ण सोचने लगे—'मेरे जीवन की कथा नरसंहार पर ही टिकी है, ओह! कैसा रहा जीवन! आज पूरे पैंतीस बरस हो गए कुरुक्षेत्र के युद्ध से द्वारका आए। शान्ति तब मिली, जब सब मर-बिला गए। लेकिन शान्ति कहाँ, मन कितना व्याकुल है। अब इस मन का क्या करें जो द्वारका में लगता नहीं। और अब वह बात नहीं जो तीस बरस पहले थी। क्या मेल-जोल था, क्या मस्ती थी। देवर-भाभी कितना रंजन करते थे। अब तो सबका मुँह फूला है। क्या कमी रह गई? क्या चाहने लगे लोग? बहुत भ्रम फैलाया जा चुका है, सब कान के कच्चे हो गए हैं। सब श्रेष्ठ बनने लगे हैं, और जताने लगे हैं कि जो मैं कह रहा हूँ वही सत्य है। कितने प्रश्न हो गए हैं द्वारकावासियों के पास। कैसी हो गई द्वारका!'

कृष्ण के केश श्वेत हो गए हैं, दाढ़ी भी...और दाढ़ी बढ़ भी गई है। पूरी तरह से आयु के अन्तिम वर्ष की तरह लग रहे हैं लेकिन अभी दिनभर चलेंगे तो ढाई कोस तो चल ही लेंगे।

'अब गोपों का विश्वास समाप्त हो जाएगा। सब उजड्ड हो गए हैं। पता नहीं क्यों लड़ते रहते हैं। जब से कुरुक्षेत्र से आए हैं, जो युवा थे तब, अब तो अधेड़ या वृद्ध हैं—पगलाए हैं सब के सब। न तो कोई बहन-बेटी समझ रहा है न बहू। अधेड़ तो अपनी काम-शक्ति को प्रमाणित करना चाहते हैं, मदिरा पी रहे हैं। ऊर्जा है नहीं देह में और चले हैं प्रयोग करने! क्या दशा बना ली है लोगों ने! ऐसे में कौन विश्वास करेगा! अब लोग ब्रह्मदेव पर विश्वास करेंगे, वे अपना स्वस्थ समाज बना रहे हैं—अपने लिए, अपने हित के लिए, जिसमें वे जीएँगे ठाठ से और लोग होंगे उनके आज्ञाकारी। धीरे-धीरे सबका स्वभाव हो जाएगा—चरण वन्दना का स्वभाव। सभी नत रहेंगे इन देवपुरुषों के आगे। बहिष्कार करने की प्रवृत्ति बढ़ेगी। जिसकी जितनी क्षमता होगी, वे उतना ही जी पाएँगे। गोप तो गोबर टारने की कला भी भूल जाएँगे। क्या करूँ? आयु अधिक हो गई है, सुनता भी नहीं है कोई। मेरा कर्म समाप्त हो गया, तो क्या अब जीने की इच्छा भी जाती रहेगी?'

ऐसा लगा कि कृष्ण रो देंगे। उनका बनाया बिगड़ रहा है।

'क्या सोच रहे हैं कृष्ण नारायण?' बलराम ने सम्मानित ढंग से पूछा—'क्या हो गया है तुम्हें? आँखें गीली क्यों हो जाती हैं जब देखो तब?' बलराम भी किसी तरह चल-फिर रहे हैं। इतनी दंड-बैठक की है कि अब घुटने पीड़ा दे रहे हैं, बड़े भी हो गए हैं घुटने और टेढ़े भी। किसी काम के नहीं रहे बलराम। अब मृत्यु की प्रतीक्षा है। हो सकता है वे ऊबकर वन चले जाएँ।

'सोच रहा हूँ श्रेष्ठ गदाधर बलराम जी कि कुरुक्षेत्र का युद्ध कैसा था? कैसे थे योद्धा?'

'बताओ! तुम्हीं तो थे वहाँ सबसे चर्चित! मैं तो यहाँ दही खा रहा था और सन्ध्या को मदिरा। मैं ऐसे पचड़े में पड़ने वाला नहीं। तुम से अभी हस्तिनापुर के विषय में सुनूँगा लेकिन इतना जान लो कि अब हमारी पीढ़ी गई घास छीलने। भोग-विलास के कारण यादव संयम खो रहे हैं, न तो सहन शक्ति है न धैर्य। यादव बचेगा नहीं, बहुत मदिरा पी रहा है।'

'श्रेष्ठ! मैं आपको क्या बताऊँ! आप तो प्रतिदिन सन्ध्या को दो चषक चढ़ाकर मस्त होकर सो जाते हैं, और इधर नींद नहीं आती। सोचता हूँ कि क्या हमारी पीढ़ी घटनाओं की चर्चा करेगी या कुछ और? अब तो लगता है कि वह बात करने लायक भी नहीं रह सकेगी। सभी अपने कर्म से विमुख हैं। चिन्ता करते हैं तो मदमस्त होने की। आने वाले समय में क्या पता कितनी विकलता हो, संत्रास हो, अराजकता हो या आपस में लड़ाई हो, क्या पता! अब तो द्वारका के समाज को सोचना है। मैं तो बूढ़ा हो गया भैया!'

'तो क्या मैं युवा हूँ?'

कृष्ण थोड़ा हँसे।

'मुझे कुरुक्षेत्र और हस्तिनापुर और वे सभी पात्र याद आते हैं भैया! कैसा था अर्जुन! बड़ा दक्ष था युद्ध में, प्रेम में भी। बहुत सुख लिया। स्त्रियाँ मरती थीं उसे देखकर। जो भी हो प्रेम हो या युद्धकला, उसमें ग्रहण करने की अद्भुत क्षमता थी। यह तब बहुत विचित्र लगा कि मैं इन्द्र विरोधी था लेकिन वह इन्द्र का प्रिय पात्र बना। कहते हैं कि यह उन्हीं का पुत्र था, सिखाया भी था इन्द्र ने अर्जुन को युद्ध कला।...और कर्ण भी ऐसा ही था। बहुत याद आती है कर्ण की भी।'

'तुम पहले जैसा नहीं बोल रहे हो कृष्ण।' बलराम बोले।

'सब अभ्यास की बात है भ्राताश्री और पहले का समय कुछ और था, भाषा और थी।...कभी-कभी लगता है कि कर्ण को चूम लूँ चलकर। लेकिन अब वह संसार में नहीं है। मृत्यु का कारण भी मैं ही हूँ। अर्जुन परिवार के लिए जी रहा था, भाई के लिए और राज-सुख के लिए लेकिन कर्ण मूल्यों के लिए, मित्र के लिए, समाज के लिए, अपनी प्रतिभा को प्रमाणित करने के लिए। अर्जुन अकेला नहीं था भ्राता श्री! लेकिन कर्ण के पास न कोई भाई न सम्मानित माता-पिता, न धन-वैभव। वह अपमानित जीवन जीता रहा और अपनी प्रतिभा प्रमाणित भी करता रहा। भ्राता मेरी समझ में नहीं आता कि जो श्रेष्ठ है वही योग्य है क्या? कर्ण ने तो दिखा दिया कि मैं श्रेष्ठ नहीं लेकिन योग्य हूँ, मेरी योग्यता ही मेरी श्रेष्ठता है। कोई जन्म से महान नहीं होता, कर्म से होता है महान। रंगभूमि में अपनी योग्यता प्रमाणित करना हो या द्रौपदी के स्वयंवर में लक्ष्य भेद, वह वंचित ही रहा। उसे भाग लेने नहीं दिया गया। कैसा लगा होगा भैया? मैं तो लड़ जाता, और मारा-पीटी कर देता। वंशी बजाने की प्रतियोगिता हो और मुझे रोक दिया जाए तो क्या यह मरने से कम होगा भैया? और कर्ण का तो सार्वजनिक रूप से सबके सामने अपमान हुआ। कर्ण समाजधर्मी है, वह लोक में विश्वास करता है, कुल-परिवार में नहीं। वह जन्म देने वाली माँ में नहीं, पालने-पोसने वाली माँ में विश्वास करता है। जिसने बिना जन्म दिए दूध पिलाया, माखन खिलाया, शौच्र करने पर धोया, नाक पोंछा, कभी वमन हो गया उसकी धोती पर या शौच हो गया तो भी वह घिन्नाई नहीं, ऐसी माँ का अर्थ है। वह कभी पांडवों की माँ कुन्ती की ओर नहीं रहा, जो उसे पुत्र कहती थीं। मुझे कर्ण बहुत प्रिय है भ्राता!'

कृष्ण रुक-रुक कर बतियाते रहे। दो बूढ़े, कभी युवा थे, बच्चे थे, तब से बात

करते गप मारते आज इस आयु तक चले आए। अब तो द्वारका में कोई बात नहीं करता। भाषा विहीन हैं क्या सब! सब झाड़-झंखाड़ के जैसे हैं—कँटीले! सरोकार विहीन है यह पीढ़ी। यही सब देखकर कृष्ण उदास रहने लगे हैं।

कृष्ण सोचने लगे—'कैसा युग है! आन्तरिक विरोध का युग। दास प्रथा के समय का युग। सामाजिक विषमता और दुर्व्यवस्था का युग। युद्ध के वातावरण का युग। तो क्या व्यर्थ-काल अब बीत जाएगा? क्या समय अपनी अलग से पहचान बनाएगा? भौतिक युग का आरम्भ होगा? क्या पता! मैं तो बूढ़ा हो चुका हूँ। और यह भी तो सूचना लेगी हमारी पीढ़ी कि इस युग में एक कृष्ण हुआ करता था। क्या पता! लोग मुझे क्या कहेंगे। हो सकता है कहें कि कृष्ण बहुत बुरे थे, अभिनेता थे, लीला करते थे, ठग लिया कितनों को। हो सकता है कि लोग मुझे अच्छा कहें, लोकपुरुष, समाज-निर्माता या किसानों का हितैषी कहें—क्या पता? क्या कहेंगे लोग? मैं तो अनार्यों का मित्र रहा हूँ। लेकिन वे अनार्य जो अत्याचारी थे, मैं उनका शत्रु था। मुझे अत्याचार पसन्द नहीं है। मेरे सम्बन्ध तो असुरों से अधिक रहे हैं। क्यों नहीं समझ रहे थे असुर मेरी बात, और देवों को समझ में आ रही था, तो क्या यहाँ भी देवों की चाल थी? कुछ भी हो, लेकिन अब तो मैं बूढ़ा हो गया, कर ही क्या सकता हूँ। मैंने कितनी बार कहा था कि जो वर्तमान में दूध दे रहे पशु हैं, उनका मांस मत खाओ। जीभ से पानी पीने वाले, हंस, मोर, उलूक, कोयल, कौआ, सारस, शुग्गा भी खाने योग्य जीव नहीं हैं। ये तो अपनी समझ है कि किसे खाए किसे न खाएँ—संतुलन तो बना रहना चाहिए। अब हम पशु नहीं हैं, जब थे तब थे। अब विवेक है, विकसित होती बुद्धि है, भाषा है, जीने की कला है, संगीत है, उपकरण हैं। हम सब कुछ है, सोचकर तो देखें। पशु हमें दूध देता है, चमड़ा देता है, शक्ति-बल देता है।...क्या कहूँ! अब बौद्धिक बात किससे करूँ? उद्धव जी भी चले गए, मोह त्याग दिया। मैं मोह में हूँ क्या? मुझे कोई मेरी त्रुटियाँ बताए। मैं अपने को समझ कर देह त्यागना चाहता हूँ।' कृष्ण गहरी उदासी में डूब गए।

'कहाँ खो गए कृष्ण महाराज? मैं कितनी देर से प्रतीक्षा में हूँ कि कुछ कहोगे-सुनोगे। कर्ण की बात चल रही थी। थोड़ा और बताओ! तुम्हीं ने तो हस्तिनापुर का आनन्द लिया है।' बलराम खाँसने लगे। वे कई वर्ष से सूखी खाँसी से व्यथित हैं।

'आप अभी कर्ण के पास ही हैं। मैं तो बहुत दूर निकल गया था। क्या कहूँ भैया, अब स्मृति काम करती है न बुद्धि। आप भी कई बातें, वस्तुएँ भूले रहते हैं। कल स्नानगृह में आप अपना हल खोज रहे थे।' कृष्ण थोड़ी देर रुके, फिर सोचते हुए बोले—'भैया! कर्ण भले ही ऊँचे कुल में न पला-बढ़ा हो लेकिन था वह बड़े विचार वाला। उसने एक बार कहा था, 'मेरा धन याचकों के लिए है चाहे वह देवपुरुष हो या कोई और। मेरा यौवन पत्नी के लिए है, फिर मेरे लिए किसी सुन्दरी का विशेष अर्थ नहीं। और मेरे प्राण युद्ध स्थल के लिए हैं, क्योंकि वीर-महारथी के लिए कहीं और मरना शोभा नहीं देता।' पता नहीं क्यों इस आदर्शवादी व्यक्ति पर परशुराम क्रोध कर बैठे। उच्च कुल का हो न हो, क्या अर्थ! कार्य तो कोई अनैतिक नहीं किया न! कर्ण से कोई कुछ

भी माँगकर देखे, जिसने जो माँगा उसने दिया। भला कर्ण का क्या दोष! युधिष्ठिर ने स्वयं जुए में द्रौपदी को दाँव पर लगाया था। मुझे कर्ण ने बहुत प्रभावित किया है। भैया मेरा भी विश्लेषण होना चाहिए। मैया यशोदा और बाबा नन्द को छोड़कर चला आया मथुरा। व्यर्थ रहा मेरा जीवन। संवेदना माँ से आती है और ऐसी माँ जो पालती-पोसती है, वह दूर होना नहीं चाहती। और जन्म देने वाली कितनी माएँ मैंने देखी-सुनी हैं कि प्रेमी के प्रेम में फँसकर अपनी सन्तान छोड़कर भाग जाती हैं। मैं स्वयं को क्षमा नहीं कर पाता भैया! पूरा जीवन इसी पीड़ा में रहा। और कर्ण अपनी राधा माँ को छोड़कर कुन्ती के पास नहीं गया, जो माँ होने की बात बार-बार कहती थीं, जो मुझे झूठ लगता है। क्या कर्ण कर्मशील नहीं? कर्मयुक्त नहीं? मैं कर्म का डंका पीटता रहा कि कुछ करना है तो यशोदा से दूर रहना है। यही बन्धन मुक्त होना है। मैंने तो कई विवाह किए, क्या यहाँ बन्धन में नहीं बँधा—बेटे आदि कितने दुष्ट हो गए हैं, सब लड़ते रहते हैं। कर्ण को कुन्ती बुआ ने फुसलाया, भीष्म ने बहिष्कार किया, द्रोण चिढ़ते रहे, परशुराम व्यर्थ में क्रोध करते रहे, इन्द्र ने उसका कवच माँग लिया। वह भी तो व्यक्ति था। अरे जीने दो भाई उसे एक महारथी का जीवन! और मेरा कुरुक्षेत्र का जीवन! ओह! भीष्म, द्रोण, कर्ण, जयद्रथ के साथ छल मैंने किया भैया! मैंने किया!' कृष्ण की आँखें भर गईं। बलराम देखते रहे।

पानी ठहर गया है कब से, लेकिन अभी बादल छाए हैं। अच्छे लग रहे हैं बादल, तब भी अच्छे थे जब गरज-चमक के साथ बरस रहे थे।

'ये कौन गा रहा है कान्हा?', बलराम ने पूछा।

'यह यहाँ का नहीं है। काशी से पूरब के दस कोस दूर बसे गाँव से आया है। कुरुक्षेत्र में सैनिक था। मुझसे पूछकर यहाँ आकर बस गया है। यादवों के साथ मदिरा पीने लगा है। अब तो प्रतिदिन पीता है और गाता है। ठीक से सुनिए, देखिए कि क्या गा रहा है।'

चढ़ि अइले बादर रे चढ़ि अइले बादर
कि खेतवा में नाचेला मोर
तोरी मेहरिया के कमरिया रे पातर
कि हमरी मेहरिया रे गोर

बलराम मुस्कराए, लेकिन झुर्रियों में मुस्कान खो गई है।

कृष्ण बोले—'वंशी बजाने का मन कर रहा है। पता नहीं कहाँ रख दी गई हैं मेरी बूढ़ी बाँसुरी। सौ से अधिक थीं, अब कहीं कोई पड़ी लुढ़क रही है। मेरी एक भी वस्तु ठीक से लगी-सजी नहीं है।'

'अब तू वंशी बजाएगा! फूँकेगा तो भों का स्वर निकलेगा, नहीं तो पिर्र-पिर्र...पों पों पों। न अँगुली उठेगी, न छेद बन्द होगा।' बलराम हँसे। कृष्ण भी हँसी नहीं रोक पाए।

घनघोर बादल छा रहे हैं। पानी बरसेगा अवश्य। बूढ़े सैनिक का स्वर दूर कहीं से अभी भी सुनाई दे रहा है—'...नाचेला मोर!'

धुँधली होती स्मृतियाँ थोड़ी-बहुत बची हैं और पीछा नहीं छोड़ती हैं

शरद ऋतु आ गई। न शीत न गर्मी। बरसात तो जा चुकी है। परसों शरद-पूर्णिमा हो जाएगी। आज भी टह-टह अँजोरिया है। कृष्ण जब युवा थे तब इसी चन्द्ररात्रि में आनन्द लेते थे। वैसे भी वे ऋतु देखकर मस्ती मारने वाले रहे हैं। लेकिन आज की श्वेत चाँदनी मस्ती या विचार करने के लिए नहीं है। आज स्वयं में खो जाने, बुदबुदाने और बुद्धि पर बल देकर कुछ याद करने की है यह अँजोरिया रात। सोचते रहते हैं कृष्ण कि 'क्या कुरुक्षेत्र में नियमानुसार युद्ध हुआ था, इसे ही धर्म युद्ध कहा जाएगा तो अधर्म युद्ध कैसा होगा ? धत, छिः...मुझे तो घिन आ रही है युद्ध सोचकर। कुरुक्षेत्र से जब द्वारका आया था तो कितने घायल सैनिक थे, और जो मर गए थे उनकी यादें थीं। कितनी दुर्गंध फैली थी दूर तक, कुरुक्षेत्र और आस-पास गाँवों तक कि साँस लेना दूभर था। बलराम भैया से यह सब कहूँगा कि कितना कष्ट था कुरुक्षेत्र में तो सुनेंगे नहीं, वह बस एक रट लगाएँगे कि 'सुयोधन को नियम विरुद्ध क्यों मारा भीम ने और तुमने जाँघ पर प्रहार के संकेत क्यों किए ?' अब उन्हें कौन समझाए कि समय के अनुसार चलना पड़ता है। खुद तो द्वारका में रहे, छाँव में बैठकार मदिरा छानते रहे। सारे सुख भोगे। बस एक गदा ढोते रहे, देखते रहे। एक हल की धूल हटाते रहे, और जीवन बीत गया। अरे अपने कान्हा से पूछो कि कितना भटका है वह, कितना दौड़ा-भागा है, कितना माथा गरम किया है, कितनी बार बोलते-बोलते गला सूखा है। लेकिन कोई पूछेगा क्यों ! मैं तो अलौकिक शक्ति का स्वामी जो ठहरा ! इसी व्यर्थ और झूठ की शक्ति ने तो मुझे चौपट कर दिया, और लोग मुझ पर विश्वास करने लगे। यह झूठ स्वयं के विकास में बाधक है। हो सकता है इसी कारण ये गोप आलसी हो गए। मदिरा पीने लगे हैं काम-धाम छोड़कर।...पता नहीं क्या व्यर्थ भर गया है मेरे अन्दर ! लगता है कोई आ रहा है। कर्ण हैं क्या कि भीष्म हैं ? अरे कहीं द्रोण तो नहीं ? ओह ! ये तो मर गए हैं। आएँगे कैसे ? कितनी घबराहट हो रही है ! जल पी लूँ क्या, अपनी मानसिक स्थिति को क्या कहूँ ? बुढ़ापे में बुद्धि विक्षिप्त सी हो जाती है। मुझे स्वप्न अब कम दिखाई देता है। देखता हूँ तो कर्ण, द्रोण, भीष्म को मदिरा पीते और नन्द बाबा को सेरभर दूध पीकर डकारते। और मैया यशोदा माखन खिलाने के लिए मेरे पीछे-पीछे दौड़ रही हैं, और मैं चिढ़ा-चिढ़ा कर भाग रहा हूँ। पकड़े जाने पर नंगे चूतड़ पर चार चपत !' कृष्ण देर तक मुस्कराते रहे।

फिर उन्हें लगा कि कोई आ रहा है। अनुचर था जो कहने आया है कि बलराम जी आ रहे हैं। कृष्ण ने अनुचर को संकेत से बताया कि ये चषक हटा दो, और यह उत्तरीय मेरे कन्धे पर डाल दो।

'अकेले-अकेले आनन्द मना रहे हो क्या कान्हा ?' लड़खड़ाते बलराम ने किसी तरह आसन ग्रहण किया।

'आप आधा सेर चढ़ा लेते हैं तो आप चेतना में नहीं रहते। इतना क्यों पीते हैं ? भीतरी अंग व्यर्थ हो जाएँगे।'

'अब भीतर है ही क्या। मूत्र तक तो ठीक से निकलता नहीं। और जीवन है ही कितना!'

'द्वारका के लोगों को लगता है भैया कि सारे कार्य हो चुके हैं। तो क्या सब कपार पर मल त्याग करेंगे और आग में मूतेंगे? सब मूर्ख हैं, बिना ऋतु के गाते-बजाते हैं। बहुत चढ़ गए हैं सिर पर ये युवा, बोली बोलते रहते हैं, और हँसी उड़ाकर देवपुरुषों, ऋषियों का अपमान कर रहे हैं, जब देखो तब चिढ़ाते रहते हैं। किसी को ठीक से जीने नहीं दे रहे हैं। वैसे हैं भी व्यर्थ ये ऋषि। मूर्ख बनाने वाले मंत्र लय में पढ़कर क्या भला करेंगे ये ऋषि? साम्ब, बभ्रू, सारण, सुवर्ण दिन-रात इसी चक्कर में रहते हैं कि कोई देवपुरुष मिले तो दौड़ा लिया जाए। सभी देवपुरुष-ऋषि रुष्ट हो गए हैं द्वारका से। नारद की चाल हो सकती है, हो सकता है वे ही झगड़ा लगा रहे हो हमारे संघ में। मुझे याद आ रहा है भैया, जब मैं कुरुक्षेत्र के युद्ध के बाद द्वारका आ रहा था तो उत्तंग नाम का एक देवपुरुष मिला था, उसने मुझे डाँटा और कहा—'तुमने ही सब नाश करा दिया! कृष्ण अब आप को बहुत कष्ट उठाने पड़ेंगे। देवपुरुषों का एक बड़ा वर्ग आपसे रुष्ट है। सँभल के रहना। देखना कहीं द्वारका में सेंध न लग जाए। पूरा देवपुरुष समुदाय द्वारका में विद्रोह हेतु सोच रहा है। बस एक ही बिन्दु पर कार्य हो रहा है कि द्वारका में फूट डालो और संघ को समाप्त कर दो।'

'यह सब छोड़ो। फिर कभी अपना दुखड़ा गाना। इतना तो ज्ञात हो ही गया है कि अब बात बिगड़ती जा रही है द्वारका में। लेकिन तुम हस्तिनापुर सुनाओ। लेकिन पहले भोजन कर लो। भूख लगी है।'

कृष्ण ने पेट पर हाथ फेरा—'कितना कम हो गया है भोजन! शौच भी ठीक से नहीं होता। अब तो कभी-कभी विरेचन के लिए औषधि लेनी पड़ती है।'

विभावरी रात नहीं है। गहरी चाँदनी फैली है। आँगन में कृष्ण-बलराम बैठे भोजन कर रहे हैं—धीरे-धीरे रस लेकर।

कौन है बौद्धिक! वे हैं जो क्रोध को वश में करते हैं, शीत हैं और लक्ष्य से भटकते नहीं। वे हैं जो हर्ष में अति नहीं करते, अभिमान में चूर नहीं होते। जो उद्दंड नहीं हैं और किसी को कष्ट नहीं देते, वे हैं बौद्धिक। शीत हो या ऊष्म या जलधारा, जो समान भाव से रहते हैं वे हैं बौद्धिक। सम्पन्न होने पर जो गर्व करते हैं न तो प्रभाव जताने का प्रयास करते हैं, और दरिद्र होने पर सन्तोष करते हैं, उन्हें बौद्धिक कहना अच्छा लगता है। आपत्ति आने पर सामना करने वाले, स्वयं को वश में रखने वाले, समय को व्यर्थ नष्ट न करने वाले, गर्व से रहित व्यक्ति बौद्धिक हैं। ये महान हैं, इन्हें समझना आवश्यक है। और जिनमें हो मित्रता का भाव, जो हों निष्ठावान, सत्यवादी और दृढ़ विचार वाले ही बौद्धिक कहलाते हैं।

'अब क्या सोचने लगे? आधी रात आने को है, कुछ तो बोलो हस्तिनापुर...।' बलराम की आँख में नींद नहीं है—'कल दिन भर सोते रहना, नहीं आऊँगा तुम्हारे कक्ष में। शरद पूर्णिमा को अब अपना सुख-दुख बाँटेंगे।'

'दिन में सोना, इस ऋतु में! ज्वर को आमंत्रण देना है क्या? आप तो कभी रुग्ण हुए नहीं। हुआ तो मैं हूँ। यात्राएँ करता रहा, पानी बदलने से गला गड़ता रहा, नेटा बहता रहा, मुझे ज्वर का आभास है, ज्वर हाथी के बल को भी हरा देता है। शीत, घाम, लू-लहर तो मैंने सहन किए हैं। आपकी तरह केवल गदा और हल नहीं निहारता रहा हूँ!'

'ठीक है! कान्हा ठीक है। मैं जानता हूँ, बात में कभी कोई तुमसे जीत सका है कि मैं जीतूँगा। लेकिन सुना दो अनुज हस्तिनापुर को, बता दो कुछ पापों के विषय में, कुरुक्षेत्र तुम्हारी चर्चा में बहुत रहा है।'

'क्या सुनाऊँ भ्राता श्री! रोने का मन करता है। कहीं अच्छा नहीं हुआ। द्रौपदी को सोचता हूँ तो लगता है कहीं चलकर जीभर रो लूँ, पीट लूँ माथा और युधिष्ठिर, भीष्म, द्रोण को उठाकर पटक दूँ। जैसे सब नपुंसक हों। भला जुए में स्त्री जीती-हारी जाती है? मैं अपनी सत्यभामा, जाम्बवती को दाँव पर लगा सकता हूँ? हारे-जीते वे, और लजाता मैं हूँ।...द्रौपदी देवपुरुषों की व्यर्थ बातों में विश्वास नहीं करती थी। उसके यहाँ चार्वाक ऋषि और श्रमण आते थे, वह प्रभावित होती रहती थी। यही कारण है कि वह चुप नहीं थी। 'हमारा बोलना ही हमारा होना है,' मैंने उससे कहा था एक बार— 'हम नहीं बोलेंगे, अपनी बात नहीं रखेंगे तो पशु हो जाएँगे।' और वह समझ गई थी। लेकिन इसका बिगड़ा रूप यह था कि वह बढ़-चढ़ कर बोलती थी, कहाँ क्या कहना है, किसको कहना है, उसे इसका ज्ञान ठीक से नहीं था।'

'तुम तो बहुत मानते थे। बहुत सुन्दर थी न!' बलराम अधलेटे हैं।

'देखे तो आप भी हैं। श्याम रंग कितना आकर्षक था। स्वयंवर के समय उसे सब निहारते ही रह गए थे, और सब प्रतियोगिता हार गए। कर्ण जीत जाता लेकिन द्रौपदी अपने शब्दों को वश में करना नहीं जानती थी। उसका कहना कि वह 'सूतपूत से विवाह नहीं करेगी,' यह उचित नहीं था भैया। क्या सूत-पुत्र का कोई अर्थ नहीं है योग्यता की परीक्षा में? यह पहला शूल उसने कर्ण को गड़ाया था। वह अंगराज कर्ण था!'

'तुम स्वयंवर में भाग लेते तो क्या प्रतियोगिता जीत जाते?'

'आप व्यर्थ बातें करते हैं, इसका कोई उत्तर है! आप भी तो थे वहाँ, आपको भाग लेना चाहिए था। आपके सामने मेरी क्या सामर्थ्य! वैसे आप अपनी गदा से चाहे हल से उस मछली की आँख फोड़ सकते थे—मुझे विश्वास है।'

'चुप रहो! लगते हो उल्लू के ढक्कन की तरह बतियाने!' बलराम खीझे, वे बैठ गए। जल पीकर खाँसे, और एकटक निहारने लगे कृष्ण को।

'रुष्ट न हों श्रेष्ठ! मैं वही हूँ...हाँ तो कर्ण उस स्वयंवर में सबसे आकर्षक था। देह का सौष्ठव हो, नयनों की गम्भीरता या सिंह सी गति, वह देखते बनता था। जब वह चलता था तो छाती उत्तान हो जाती। उस स्वयंवर में वह सबसे सुन्दर और आकर्षक था। देखने से लगता था कि वह कामकला में भी निपुण है। द्रौपदी बहुत सुखी रहती।...और द्रौपदी को देखकर न जाने क्या-क्या लोग कल्पना कर लेते थे। बड़े नयन और ठोस कुच, उभरे नितम्ब और क्षीण कटि, पेट पर थिरकती नाभि और पेट के ऊपर बनी त्रिबली देखकर कोई भी व्यक्ति अपनी सुध खो देता था। बहुत आकर्षक स्त्री थी भैया! बहुत!'

'ऐसे कह रहे हों जैसे मैं था ही नहीं!'

'आपने द्रौपदी को बार-बार नहीं देखा है, मैंने देखा है। और उसका यही रूप सबकी आँख में गड़ता था।...उसकी बोली बहुत बुरी थी। राजसूय यज्ञ में उसने कितनी ओछी बात कह दी, वह भी सुयोधन को, वह हस्तिनापुर का युवराज था। 'अन्धे का बेटा अन्धा...।' कोई नहीं सहेगा भैया! कोई नहीं! मैं भी नहीं, आप भी नहीं। बहुत मोटी जड़ थी, गहरी धँसी हुई युद्ध की। मैं द्रौपदी को यहाँ पर अच्छा नहीं मानता। उसके एक वाक्य ने पूरे भू-भाग को रक्त-रंजित कर दिया। मेरा जीवन भी भागा-दौड़ी में बीता। वह कीचक की आँख में गड़ रही थी। कीचक उसे देखते ही काम-सुख की कल्पना करने लगा। कुछ लोग तो श्याम रंग का स्वाद लेना चाहते थे, जो गौरवर्णी थे।'

'तुम्हें कितना याद है, बहुत तीव्र स्मृति है। और तुम भी मूर्ख ही थे कि इन मूर्खों, स्वार्थियों और संवेदनहीन लोगों के लिए दौड़ते-भागते रहे। क्या मिला बोलो ?' बलराम अधलेटे हो गए।

'आप चुपचाप सुनिएगा कि बीच में बोलकर भुलवा दीजिएगा ? वैसे ही लेटे-लेटे सुनिए, बीच में टोकिए मत, हूँ-हाँ करते रहिए, हुँकारी भरिए।'

'ठीक है कृष्णनू! लेकिन ये बोली कहाँ से सीख ली है ?'

'कुरुक्षेत्र के युद्ध से बहुत से लोग द्वारका में बसने के लिए काशी, कोशल, मगध की दिशा से आ गए हैं। भैया! बड़ा आनन्द आता है उनसे बतियाने में। वे अपने बोलने में आधे से अधिक बोलने का ढंग प्रयोग करते हैं। उनके स्वर उच्चारण से ज्ञात हो जाएगा उनका ढंग। शब्द और देह भाषा तो है ही। भैया! वे जीना और कहना जानते हैं। मैंने निकट से देखा है, वे प्रतिदिन आते रहते थे मेरे पास। अब कोई नहीं आता। सब पीकर मस्त हैं, अकर्मण्य हो गए हैं सब। पहले मैंने देखा था उनका जीवन एक उत्सव की तरह था, जैसे वे आनन्द लेते हुए जीवन का खेल खेल रहे हों। तब मैंने भी जाना कि जीवन जीना है, ढोना नहीं है—मस्त गाते-बजाते हुए।'

'अब याद करूँ कि कहाँ था।' कृष्ण स्मृति पर बल देते हैं—हाँ, फिर तो सभा में द्रौपदी को नंगा करने का प्रयास गया। यदि लक्ष्मिनियाँ न आतीं तो कितना बड़ा अनर्थ हो जाता, सम्भवत: सामूहिक बलात्कार...! यहाँ मैं स्वयं ही लाज से मूड़ी गड़ा लेता हूँ।...मुझे लगता है द्रौपदी ने जीवन-साथी ठीक नहीं चुना। उसके पिता दोषी थे, वे चाहते थे कि अर्जुन जैसा धनुर्धर ही उनकी पुत्री का वरण करे, जिससे द्रोण को मारा जा सके, जो द्रौपदी के पिता के मित्र थे, लेकिन बिगाड़ हो गया था। छि: ! सबका उद्देश्य किसी-न-किसी को मारना ही था। भैया! स्त्री झगड़े का कारण क्यों बन जाती है मेरी समझ में नहीं आता। स्त्री सुख-सुविधा, ऐश्वर्य की लोभी हो जाती है और इस हेतु वह अपने बच्चों को छोड़कर किसी अन्य पुरुष के साथ भाग भी जाती है, क्यों भैया ? और द्रौपदी ने अर्जुन के गले में वरमाला तो डाली लेकिन सुख लिया युधिष्ठिर ने, वह रानी बन गई थी, उसे अर्जुन के साथ ही रहना चाहिए था।'

'रात बीत रही है। भोर होने में एक पहर शेष है। और तुम ठीक से बता भी नहीं रहे हो, या मैं ठीक से सुन नहीं रहा हूँ।' बलराम नींद में हो गए, टाँग पसार कर गहरी साँस लेने लगे।

कृष्ण को अब नींद कहाँ। वे टुकड़े-टुकड़े में सोचने लगे। कभी आँगन में टहलते

कभी चन्द्र देख कर मुस्कराते, कभी अपनी छाया नापते। एक आग है जो दहक रही है—उपले की आग। सुलग रही है, धीरे-धीरे राख हो रही है, लेकिन अभी गरम है राख। कृष्ण के भीतर अभी भी बहुत भरा है। उनकी स्मृतियों से निकलेगा कि नहीं, ये कृष्ण भी नहीं जानते। उन्हें पता है कि क्षमा शान्ति का साधन है और अहिंसा सुख का। बहुत बल देने पर भी उन्हें याद नहीं आता कि उन्होंने कहाँ-कहाँ क्षमा और अहिंसा का सहारा लिया है, और कहाँ उनका सुख-शान्ति से जीवन बीता है। उन्हें इतना अवश्य याद आता है कि उन्होंने किसी को बहन किसी को सखा मानकर व्यस्त जीवन में व्यस्तता की बढ़ोत्तरी कर ली थी। सदैव भागते रहे, अपना जीवन होते हुए भी अपना नहीं जी पाए। कृष्ण हँसते हैं, कहते हैं—'दुख का भी एक सुख है। प्रेम में भी एक दुख छिपा है। मिलन के आनन्द के साथ-साथ कहीं से झाँकता कष्ट दिख जाता है। हँसी में एक रुदन है और रोने में ठहाका भी।' कृष्ण भावुक हो गए हैं अब। जब युवा थे तो अनुभव बटोर रहे थे। और समझ गए थे कि जीतने की आकांक्षा है तो पीछे हार भी है। कृष्ण के लिए जीवन जीना एक भावना है, तभी जीवन का खेल खेला जा सकता है। वे जीतना नहीं खेलना जानते हैं और चाहते भी हैं कि खेलता रहूँ अन्तिम साँस तक। अब वे सोचते हैं कि 'साँस तो चल रही है, अब कौन-सा खेल खेला जाएगा।'

कृष्ण को प्यास लगी है। उन्होंने आज कम पानी पिया है, भूल गए होंगे पानी पीना। वे उठे और पानी से भरा जल पात्र मुँह से लगाकर पानी पीने लगे—गट्ट-गट्ट। गले की घंटी ऊपर-नीचे हो रही है। देखकर या सुनकर जाना जा सकता है कि प्यासे कृष्ण पानी पी रहे हैं।

फिर वे सोचते हैं कि 'अभी भोर नहीं हुआ है। बिना भोर हुए सोऊँगा नहीं। दिन चढ़ जाएगा तब तक सोता रहूँगा। अब कौन पूछता है कृष्ण को! कोई जगाने वाला है न सुलाने वाला! ओह! मेरा जीवन!!' कृष्ण ने मन-ही-मन कहा—'झुकना भी एक कला है। प्रेम हो या काम-कला या प्यास लगी हो, पीने के लिए जल चाहिए तो नदी में झुकिए, तब देखिए आनन्द मुँह धोने और पीने का।'

कृष्ण आँगन में टहल रहे हैं। उन्होंने देखा कि बलराम भैया गहरी नींद में हैं, और चंद्र भी दूर चला गया है। उनका मन बैठने का नहीं है। कृष्ण सोचने लगे, स्वयं से बतियाने लगे, प्रश्न करने लगे, उदास होने लगे—'क्या करूँ मैं? समय के बदलने की गति तीव्र है। हम यदुवंशियों को व्रात्य, वर्ण संकर, संस्कारहीन कहा गया था। थोड़ा समय मेरे पक्ष में रहा, अब फिर वही बातें कि गोप अनार्य हैं, अरे भाई! हैं तो हैं! क्या अनार्य व्यक्ति नहीं हैं? जैसे देवपुरुष शौच करता है, सम्भोग और भोजन करता है, भाषा बोलता है, मूत्र त्याग करता है, वैसे ही अनार्य करते हैं। और अब तो हमें देवपुरुष विरोधी कहा जा रहा है। कितना साथ दिया है मैंने, अरे सुदामा का वैभव तो देखते! अब तो मेरी गरुण पताका भी नष्ट हो गई। कई वर्ष पहले मैंने गरुण को अवकाश दे दिया था। पता नहीं मछली वाली पताका बचेगी कि नहीं। वैसे अभी मछली-ध्वज हर गाँव के मुखिया अपने द्वार पर फहरा रहे हैं। लेकिन कब तक? ऐसी अराजक स्थिति में ध्वज कब तक टिकेगा? युवा यादव उजड्ड-अक्खड़ हो गए हैं। गणों में विरोध

होने लगा है। संघ के अस्तित्व समाप्त हो रहे हैं। अब तो ठीक से चला भी नहीं जाता, शीघ्र ही थक जाता हूँ। क्या करूँ, कैसे करूँ? मेरे सामने मेरा बनाया बिगड़ रहा है।'

कृष्ण थक गए हैं। सोचते, टहलते, बुदबुदाते सही में थक गए हैं कृष्ण। प्यास नहीं लगी है, फिर भी दो घूँट जल पी रहे हैं। वे आँगन में बनी वेदी पर बैठ गए हैं, वहाँ चन्द्र-प्रकाश नहीं है, कक्ष की छाया पड़ रही है।

'....क्या आवश्यकता थी कुरुक्षेत्र जाने की? हस्तिनापुर का जीवन छल-छद्म से भरा था। मेरा जीवन कलंकित हो गया, कई धब्बे लग गए। मेरे अन्दर भी कई दुर्बलताएँ हैं। सुख-दुख समझता हूँ, झेलता हूँ, फिर भी पचड़े में पड़ जाता हूँ। क्रोध से अपनी शक्ति नष्ट भी कर चुका हूँ लेकिन तब आवश्यक था क्रोध। सोचता हूँ तो लगता है मैं स्वयं में कितना जटिल हो गया था। मुझे समझ नहीं सका था सुयोधन, यही कारण था कि उसने मुझे न लेकर मेरी सेना का चयन किया युद्ध के लिए। उसे क्या पता कि युद्ध युक्ति से, बुद्धि-विवेक से, सार्थक योजनाओं से, समय को समझने से जीता जाता है। सेना तो एक भीड़ है, जो अवरोध का कार्य करती है। क्या कहूँ मैं! मुझे अच्छा लगता है अपने ढंग से मरना, लेकिन किसी अन्य के ढंग से जीना अच्छा नहीं लगता। मैं कोई कच्चा राजनीतिज्ञ नहीं रहा, मेरी राजनीतिक योजनाएँ कोई समझ नहीं पाता था लेकिन कुछ-कुछ सुयोधन को मेरी चाल के विषय में सन्देह हो रहा था। सुयोधन को देखकर ऐसा ही लगता था। सुयोधन था बहुत उचित व्यक्ति। कौन चाहेगा कि राज्य में फूट हो! सुयोधन भी नहीं। उसने तो पांडवों को समझाया था कि 'क्या कर रहे हो, ठाठ से रहो! लेकिन राज तो मैं ही करूँगा, सत्ता सँभालूँगा मैं।' पांडवों ने जब विरोध किया तब उसने कड़ाई की। उसी के दिए गए धन से इन्द्रप्रस्थ का महल बना था और वह अपमानित भी हुआ था।...क्यों सुयोधन ने दिलवाया खांडव वन पांडवों को, खांडव क्षेत्र तो नागों का था। क्या वह पांडवों और नागों में शत्रुता चाहता था कि नाग और पांडव आपस में लड़ मरें? प्रश्न कई हैं जो घेरते हैं मुझे। वैसे सुयोधन बहुत हठी था। लेकिन उसने युद्ध में छल नहीं किया, यदि अभिमन्यु वध छोड़ दें तो। वह चाहता तो अन्त में गदा युद्ध के समय भीम को न चुनकर युधिष्ठिर को चुनता, और युधिष्ठिर तो एक गदा में लद्द से ढह पड़ते। समान बल वाले से युद्ध करना सुयोधन ने न्याय समझा और अन्त में छल से मारा गया। ओह! मेरा यहाँ भी हाथ रहा! छल भरा मेरा जीवन हाय!' कृष्ण वेदी से उठ गए। उदास, हताश जैसे वे कोई बड़ा युद्ध हार गए हों। वे कक्ष की ओर जाने लगे। वैसे नींद का कहीं नाम नहीं है।

आँगन में उजाला फैल गया है। यह चंद-प्रकाश नहीं है, भोर की वेला है। और पक्षी जाग गए हैं। कृष्ण ने एक उड़ती चिड़िया को मुँडेर की ओर जाते देखा। वे स्फुटित हो गए।

पीछे जाना भी जीना हुआ करता है

पूरी रात चाँदनी फैली रहेगी। आज क्षण भर भी कृष्ण-पक्ष का प्रभाव नहीं रहेगा। यशोदा खीर बनाकर पूरी रात आँगन में रखती थीं। खीर में चंद-प्रकाश ऐसा समा जाता कि खीर-स्वाद का आनन्द शीत-स्वाद में बदल जाता था। अब कौन पूछता है कृष्ण को

बुढ़ौती में। कई शरद-पूर्णिमा आईं-गईं, खीर का स्वाद नहीं मिला। अभी तो दिन निकला है, अभी चिड़िया चहक रही हैं, कौए काँव-काँव कर रहे हैं। आँगन में बनी वेदी पर धूप-छाँव है। आधी वेदी पर पूरी तरह से छाया है।

कृष्ण वेदी पर बैठे हैं, वे जलपान कर चुके हैं।

कृष्ण को भीष्म व्यर्थ व्यक्ति लगते हैं, वे सोचते हैं—'ऐसी प्रतिज्ञा की क्या थी आवश्यकता जो हस्तिनापुर के हित में न हो ? न परिवार का भला हुआ न राज्य का। पूरी विकास यात्रा बाधित रही भीष्म के कारण। अविवाहित रहे भीष्म, हस्तिनापुर का हित चाहते तो समय के साथ रहते, विवाह करते, राज करते। पिता शान्तनु तो मर गए थे। हस्तिनापुर को सुरक्षित रखने में भीष्म का हस्तक्षेप बहुत आवश्यक था लेकिन चुप रहे वे। कैसे वीर-महाबली थे ! हमें तो वे दुर्बल जान पड़ते हैं। क्या युद्ध लड़ने वाला ही वीर कहलाता है ? सुदामा ने तो कोई युद्ध नहीं किया, लेकिन हैं तो वह भी महत्त्वपूर्ण।...पूरा कुरु परिवार केवट की सन्तान है। केवट-कुल अभी तक फूला नहीं समाता कि हम हैं हस्तिनापुर के स्वामी। हो सकता है आगे आने वाले इतिहास में अपना अधिकार जाता दें केवट !...भीष्म को जब पता था कि कर्ण को कुन्ती पुत्र मानती हैं, तो कर्ण को अधिकार क्यों नहीं दिलवाए ? वे बस परिवार के व्यक्ति रहे, हस्तिनापुर के नहीं। बच्चों को पालते रहे—पुत्र-पौत्र। कोई योजना नहीं बनाई उन्होंने जो समाज या राज्य हित में हो। दाढ़ी बढ़ाकर बतियाने से अवकाश कहाँ था उनको। एक हमारे बलराम भैया हैं, भले कहीं आए-गए कम हों, लेकिन खेती-किसानी तो वे ही करते थे। महत्त्वपूर्ण हैं—नए उपकरण, नए विचार खेती के, नई व्यवस्था खेत को उर्वर बनाने की, जिसमें भैया लगे रहते थे। हाँ, मदिरा पीते थे भैया, मानते नहीं थे।'

वेदी पर धूप आ गई है। कृष्ण ने कल स्नान नहीं किया, आज वे नहाएँगे। वही धियानी का बेटा सम्पत कृष्ण की सेवा में लगा रहता है—आठों पहर। वह पीठ रगड़ता है, सिर धोता है और पैर मलमल कर स्वच्छ बना देता है। देह पोंछकर जब वेदी पर कृष्ण को बैठाता है तो लगता है कि कृष्ण कितने आकर्षक रहे होंगे अपनी युवावस्था में।

कृष्ण कक्ष के आगे बनी दीर्घा में आ गए हैं, यहाँ भी पत्थर की वेदी बनी है। यहाँ बैठा या लेटा जा सकता है। ठीक से आसन बिछा हुआ है। टेककर बैठने के लिए गद्दी लगी है। बहुत सुन्दर लग रहे हैं, कृष्ण। सम्पत ने बाल सँवार दिए हैं, दाढ़ी को फेर दिया है। दाढ़ी में एक तिनका फँस गया है, वह वही निकाल रहा है। कृष्ण ने कहा—'जाने दो सम्पत, फँसा रहने दो तिनके को, ये मेरा अब क्या बिगाड़ सकता है।'

कृष्ण गरम दूध पी रहे हैं। सम्पत वहीं बैठा है।

'तुम्हारे पिता धियानी ने भी मेरी बहुत सेवा की थी। उनकी बहुत याद आती है। लोहित को भूल नहीं सकता। आमजन से निकलकर कैसे अपनी विशिष्ट पहचान बनाई थी लोहित ने। आज उसकी कमी कष्ट देती है।' कृष्ण कहाँ खो गए, उन्हें स्वयं पता नहीं। लेकिन अभी भी भीष्म आ रहे हैं स्मृति में—रुक-रुक कर।

'तुमने तो देखा नहीं होगा भीष्म को, सुना तो होगा ही।' कृष्ण को आज सम्पत मिल गया है, उसे क्या पता है, उसे हूँ-हाँ कहते हुए अपनी उपस्थिति देनी है—'मुझे तो

लगता है सम्पत कि भीष्म भीतर से डरपोक व्यक्ति थे। द्रौपदी जब अपमानित हो रही थी, तब वे चुप थे। लगता था स्पष्ट कि वे सुयोधन की ओर झुके थे। यह झुकाव सत्ता सुख का था या सुयोधन से भय का।...अब देखो! पांडवों को मारने की लाक्षागृह की योजना बाद में ज्ञात हो गई, तब भी चुप थे। भीष्म विरोध करते डटकर तो सबकी घिग्घी बँध जाती लेकिन इतनी बड़ी घटना पर चुप! मूर्ख थे क्या भीष्म! सम्पत बोलो कुछ!'

'मुझे सुनने में बड़ा अच्छा लग रहा है आदरणीय।' सम्पत क्या बोलेगा!

'अच्छा ठीक है।...मैं बहुत दुखी हुआ था जब कुन्ती बुआ के पुत्र वन-वन भटक रहे थे और कुलश्रेष्ठ भीष्म पितामह सुख भोग रहे थे। अपनी पौत्र-वधू को कोई घसीटे तो भला कोई चुप रह सकता है? बनते हैं श्रेष्ठ, विद्वान, साहसी, कुरु वंश के रक्षक...भीरु हैं वे। क्या लजाने और मूड़ी गोते-गोते नाखून से भूमि खोदने से समस्या का हल हो सकता है? क्या द्रौपदी के प्रश्न का कोई उत्तर नहीं? हाँ-हाँ कोई उत्तर नहीं! भला स्वयं को हारा व्यक्ति कैसे दाँव खेल सकता है? पांडव भी कैसे हैं श्रेष्ठ? न तो विचार है न विवेक। वे बुद्धि से काम लेना जानते ही नहीं। खड्ग भाँजने से, गदा चलाने और धनुष साधने से क्या कोई श्रेष्ठ हो सकता है? भीष्म मानसिक रोगी लगते हैं। भला काम-सुख से वंचित रहना उचित है, बुद्धि बिगड़ नहीं जाएगी क्या? प्रतिज्ञा एक अर्थ रखती है, ठीक है, लेकिन स्त्री के देह का सुख क्या बड़ा अर्थ नहीं रखता? स्त्री प्रेम है, भावना है, कला है, संवेदना है, मुस्कान है, भाषा और दृष्टि है स्त्री। स्त्री-पुरुष एक-दूसरे के लिए आवश्यक हैं। यह प्राकृतिक आनन्द है, प्रेम है, पशु-पक्षी में भी, सर्प में भी और जलचरों में भी। भीष्म त्यागी तो नहीं थे। स्त्रियों के बीच में रहने वाले व्यक्ति थे, प्रतिदिन सुन्दरियाँ देखते थे। सम्पत! मुझसे तो रहा न जाता। मैं तो स्त्री-प्रेमी व्यक्ति रहा हूँ। स्त्री हमारा विवेक है, भला मैं कैसे दूर हो सकता हूँ। मैं तो गोकुल, नन्दगाँव से स्त्री के साथ रहता आया हूँ।...अरे तुम सुन भी रहे हो कि बस पैर ही दबा-सहला रहे हो सम्पत!'

'सुन रहा हूँ आरणीय! समझ भी रहा हूँ।'

'अच्छा, थोड़ा दाढ़ी खुजला दो। तेल नहीं लगाया न! इसलिए चुनचुनाहट हो रही है।...तुम्हारे पास कितना खेत है सम्पत? कम तो नहीं है?'

'नहीं आदरणीय, आवश्यकता भर है।'

'सुनो! मुझे आदरणीय-वादरणीय मत कहा करो। तात नहीं कह सकते।.हाँ तो बोलो कितना खेत है?' कृष्ण बड़े प्रेम से दाढ़ी सहलवा रहे हैं। उनकी आँख अधखुली है, कभी-कभी आँख मूँद भी लेते हैं।

'दो हल की खेती है तात। चार बैल हैं, पाँच गौएँ।'

'थोड़ा नाक सहला दो, मूँछें सीधी कर दो।...बस इतना ही है। अभी बुलवाता हूँ किसी मंत्री को। तुम्हारे पास कम-से-कम बीस हल की खेती हो, और पचास गौएँ। रहने के लिए अच्छा-सा घर।' कृष्ण की पीठ में खुजली हो रही है, सम्पत तेल लगा रहा है।

बलराम रूठे हैं। हो सकता है स्वस्थ न हों। कृष्ण के पास वहीं सम्पत है। वह इतनी सेवा कर रहा है कि कृष्ण के पास भी शब्द नहीं हैं। कल वे बिस्तर पर ही मूत्र त्याग दिए थे नींद में। उठे तो संकोच हुआ लेकिन सम्पत जान गया। उसने सब धोया-कचारा और स्वच्छ आसन बिछा दिया। कृष्ण एकटक निहारते रहे सम्पत को, उनके नयन बता रहे थे कि वे कह रहे हैं—जुग-जुग जीयो बेटा सम्पत! जुग-जुग!!

कृष्ण की दैनिक क्रियाएँ अब कैसे हो रही हैं, किसी को पता नहीं। सब अपने में मस्त हैं, झगड़ रहे हैं—लड़-मर रहे हैं।

कृष्ण का एक समय था कि नाम सुनकर कोई भी सिहर जाता था। और कहीं कृष्ण ने रुष्ट होकर घुड़क दिया तो सामने वाले का पाद निकल जाता था। बड़े आकर्षक थे कृष्ण अपने समय में, कोई भी भागा चला आता देखने। क्या खिला-पिला दें कृष्ण को, क्या उपहार दे दें कृष्ण को, कैसे थोड़ा बतिया लें कृष्ण से। कृष्ण को सुनने के लिए इतनी भीड़ जुटती थी कि देह से देह रगड़ाती रहती थी। धृतराष्ट्र भी कृष्ण को प्रसन्न करने का पूरा प्रयास करते थे। दास-दासियाँ, सन्तान रहित स्त्रियाँ, रथ-घोड़े और न जाने क्या-क्या परोसते-भेजते रहते थे हस्तिनापुर के महाराज। प्रबल शक्ति के स्वामी कृष्ण नारायण के आगे सभी नत् थे।...आज कृष्ण के साथ केवल सम्पत है।

कृष्ण को बहुत याद आता है गोकुल, नन्दगाँव, बरसाना। मित्र याद आते हैं, खेत और यमुना की स्मृतियाँ अभी धरी हों जैसे कहीं कोने-अंतरे। लेकिन किससे कहें।

'एक शंखधर था सम्पत! मूर्ख था। पता नहीं मेरे गाँव का था कि गोकुल का या कि बरसाने का, यह याद नहीं आ रहा है। लेकिन था मूर्ख। सामने ऊँची भूमि देखकर मूत्र त्यागता था और मूत्र उसकी देह पर, और टीला हो तो मूत्र मुँह पर... ।' कृष्ण हँसे। कितने दिन बाद वे हँसे हैं—'और पूरब से हवा चलती थी तो पूरब की ओर मुँह करके, मुँह में पानी भरकर कुल्ली करता था। मुँह की कुल्ली उसकी देह पर और कभी-कभी हवा की गति अधिक होती थी तो, पानी सीधे मुँह पर, उसका मुँह कुल्ली के पानी से धुल जाता था।' कृष्ण हँसते रहे—'और जानते हो एक मन्दपाल ऋषि थे। घूमते रहते थे पिंजरे में सुग्गा लिए, किसी को आवश्यकता होती सन्तान की तो वह स्त्री उनके पास आ जाती थी। वे गर्भाधान वाले थे।...एक से बढ़कर एक पात्र थे सम्पत कि हँसते रहो, जीते रहो।' कृष्ण अभी भी हँस रहे हैं। उन्हें खाँसी आ गई है। सम्पत ने जलपात्र से पानी पिला दिया है। वह कृष्ण की पीठ सहला रहा है और कभी छाती भी... ।

'आप अधिक मत बोलिए तात! लेट जाइए साँझ तक। जो कहना हो मन-ही-मन कहिए।' सम्पत सिर सहलाने लगा। कृष्ण को यह सुख सम्पत के अतिरिक्त कौन दे सकता है।

कृष्ण को बार-बार हस्तिनापुर याद आ रहा है—'कर्ण कितने अच्छे थे, युधिष्ठिर की तुलना में तो अधिक आदर्शवादी व्यक्ति थे ही। पता नहीं कैसे युधिष्ठिर जैसे जुआरी, आलसी को अपना आदर्श मान रही थी प्रजा। युधिष्ठिर लोभी प्रकृति के थे, और कर्ण दानवीर, कर्मशील, श्रेष्ठ धनुर्धर, महारथी। क्यों उपेक्षा हुई ? आने वाली सन्तानें प्रश्न तो करेंगी ही। कितना हँसेगी पीढ़ी कि स्वयं राजा कह रहा है कि द्यूत यज्ञ के समान

है। द्यूत से राज्य हड़पना चाहता है। ओह! कैसा घृणित लोभ है। और मूर्ख युधिष्ठिर द्रौपदी को दाँव पर लगाने के पूर्व उसके सौन्दर्य का वर्णन करता है कि द्रौपदी युग की अद्भुत सुन्दरी है, उसकी देह-भाषा का बखान करता है—छि: कैसे विचार हैं!'

'तुम जाओ! थोड़ा घूम-टहल लो, चाहो तो घर हो लो। मुझे आँगन की वेदी पर बैठा दो। वहाँ अब धूप नहीं है, सूर्य ढल रहा है।' कृष्ण ने सम्पत से कहा।

कृष्ण वेदी पर आ गए—'मुझे लगता है कि अर्जुन डर गया था देखकर महारथियों को कुरुक्षेत्र में—भीष्म, द्रोण, कृप, जयद्रथ, अश्वत्थामा, सुयोधन। मैं तो युद्ध से बचता ही रहा हूँ, जहाँ तक हो सका है। कौन जाए हाथ-पैर कटवा कर असहाय जीवन जीने! पंचाल, केकय, मत्स्य सब अपने थे। कोई थोड़ा ऊँचा कोई नीचा, तो लड़ूँ क्यों? क्यों ऊँचा लिलार देखकर किसी का फोड़ूँ? लेकिन मैंने भी लड़ाई कम कहाँ की है, लड़ता ही तो रहा हूँ, कितना व्यर्थ रहा जीवन में लड़ना—ओह!

'...मुझे अच्छा नहीं लगा जब पांडव द्वैतवन में थे और हिरनों को मारते थे। एक भी हिरन नहीं बचा था।...युधिष्ठिर भगेड़ू था, भागता रहता था, काम करना नहीं चाहता था। और भीम तो मूर्ख था, युद्ध में लड़ना जानता था लेकिन युद्ध की समझ नहीं थी। सुयोधन या जरासन्ध के हाथों बिना भाव के मारा जाता सस्ते में! कर्ण के आगे टिकने का प्रश्न ही नहीं था। मैंने देखा है कि वे युद्ध में पाद मारते थे लड़ते-लड़ते।...पता नहीं क्यों इधर-उधर की बातें याद आ रही हैं।...एक बार संजय मेरे यहाँ आया था। मैं अर्जुन के साथ मदिरा पी रहा था, सत्यभामा भी साथ थी। क्या मस्ती थी! याद करता हूँ तो मस्त हो जाता हूँ। हस्तिनापुर में बताया तो होगा ही कि अर्जुन और कृष्ण मद्य में मस्त थे। समझे कोई हमें मदिरा पीने का अभ्यासी, हमें न अन्तर पड़ा है न पड़ेगा, और मैं मद्य की मात्रा ठीक से जानता हूँ कि कितना आवश्यक है लेना। अरे सम्पत! कहाँ है तू! आ एक चषक बना तो मदिरा!' सम्पत कहाँ जाएगा! उसके जीवन का उद्देश्य ही है कृष्ण की सेवा करना है। वह अपना पितामह मानता है कृष्ण को।

सम्पत वहीं है।

'अरे देख रे सम्पत कोई गिरा तो नहीं पी के नारी-मोहरी में!' कृष्ण हँसे—'अरे ई ढेर पियले हवे का रे!' उन्हें बड़ा आनन्द आया काशी की बोली बोलकर।

सम्पत ने चषक तैयार कर दिया है।

'हमारे विवाद की जड़ क्या है सम्पत?' कृष्ण ने एक छोटा घूँट गटक लिया है—'स्त्री और सम्पत्ति। स्त्री की चाहत बढ़ी और सम्पत्ति का लोभ, यह इच्छा कभी मरती नहीं सम्पत। मुझे कुरुक्षेत्र में एक बार सभा करने का अवसर मिला था। वहाँ कुछ ऐसे ऋषि मिले जो खेतों में गिरा हुआ अन्न एकत्र करते थे। अन्न का एक दाना व्यर्थ न हो, उनका उद्देश्य था। वे ज्ञान बाँटते रहते थे और चिन्तन करते थे, उन्हें मुद्गल कहा जाता था। ऐसे जीने वाले महान लोग भी मिले हैं।...कभी-कभी सोचता हूँ कि दारुक को बुलाऊँ और बतियाऊँ जी भरकर, रोऊँ भी जब तक चाहूँ। लेकिन छोड़ो दारुक-पारुक। सब अपने में मगन हैं। कोई नहीं सुनता अब, सब अपनी स्त्री के साथ मस्त हैं।...मेरा भी समय था सम्पत मेरा भी! आर्य कहते थे हम प्रकाश हैं और अनार्य अन्धकार। अनार्य कहते थे हम कर्म हैं और तुम व्यर्थ। मैं कहता था सभी

मेरे पास आएँ और अपने कर्म अँगुली पर गिनाएँ। पता नहीं मैं आर्य-अनार्य को एक करने में कितना सफल हो सका हूँ, और अब तो आयु भी नहीं है कुछ करने की।...सम्पत! पूरे भू-भाग में मैंने ही सबसे पहले बताया कि रहा कैसे जाता है। संवेदना का अर्थ क्या है और कर्म किसे कहते हैं—करना क्या है, कैसे करना है। प्रेम, द्वेष, भागना-पराना क्या है। व्यक्ति अपनी पहचान कैसे करे? कितनी ऊर्जा भरी है उसमें, वह जाने कैसे? मैंने बहुत प्रयास किए हैं सम्पत बहुत! कि समाज में नई ऊर्जा आ जाए। आर्यों ने हमसे सीखा, हमने भी उनसे सीखा। हम खेतिहर किसान हैं। पशु पालते हैं। हमारी संस्कृति मोर-संस्कृति है। गोप हैं हम, प्रेम करते हैं पशु हो या व्यक्ति। हम कभी किसी से भेद नहीं करते। जो बाहर से आए, वे भेद करते हैं, हमसे घृणा करते हैं। क्या किसान की देह से दुर्गन्ध आ रही है? वे हमारे क्षेत्र हथियाते रहे, हम अन्न देते रहे, श्रम करते रहे। ओह! हमने कैसा समाज बना दिया! क्या यही जीवन है? क्या करेंगे सब लेकर?'

सम्पत ने देखा कृष्ण बहुत हताश हैं। वे ऊपर निहार रहे हैं, जैसे दूर कहीं पक्षी उड़ रहा है या कोई बादल दूर देश भागा जा रहा है।

'एक चषक और बनाओ सम्पत।' कृष्ण ने कहा।

'...संस्कृति तो हमारे जीवन से जुड़ी होती है। लेकिन गोप-संस्कृति नष्ट हो जाएगी क्या? हमारी आवश्यकताओं को अभिव्यक्ति देती संस्कृति को गोप-कृषक के नाम से हम जानते-समझते हैं। सबका अर्थ एक ही है। आइए जिसका जी चाहे खा ले जी भर दही, सेर भर पी ले दूध गरम-गरम। हमारी मँड़ई में सो ले पुआल बिछाकर—रातभर! सबका स्वागत है यहाँ।...युद्ध बहुत हुए, कुछ परिवर्तन नहीं हुआ। हमने व्यर्थ ही और लड़ना सीख लिया। कभी कल्पना भी नहीं थी कि भाई-भाई में इतना बड़ा युद्ध होगा। लड़ते तो राजकुल हैं, एक-दूसरे का राज्य हड़पना चाहते हैं। लेकिन अपने भाई का राज्य! क्या सन्देश जाएगा प्रजा में!'

किसी के आने की आहट है। कृष्ण का ध्यान भंग हो गया। वे द्वार की ओर देखने लगे। उन्हें लगा कि बलराम आ रहे हैं सन्ध्या की बैठकी के लिए।

'सम्पत देख तो कोई आ रहा है क्या? हो सकता है भ्राताश्री हों। पहले मुझे यह उत्तरीय ओढ़ा दे। नाटक करके सो जाऊँगा। अभिनय ही तो करता रहा हूँ सम्पत अभिनय ही!'

और कृष्ण ने उत्तरीय तान लिया। वे अब लम्बी श्वास भर रहे हैं।

घर-घर झगड़ा
घर-घर मदिरा

वसंत आता दिख रहा है। पतझड़ की वायु एक भी बूढ़ा पत्ता नहीं छोड़ेगी। इस बार का वसंत कुछ भिन्न रहेगा। हर गाँव में मदिरा बनने लगी है। लोग पेटभर पी रहे हैं, मर रहे हैं। कृष्ण सुनकर उदास हो जाते हैं। कोई रोकने-वाला है न टोकने वाला। बूढ़े बार-बार कह रहे हैं कि मदिरा इतनी अधिक मत पीयो। लेकिन मानता कौन है, उलटे चार बात सुना देते हैं। बूढ़े अपमानित होकर मन-ही-मन अशुभ शब्द उच्चारित करते

चले जाते हैं। कृष्ण का सम्मान भी खो रहा है। युवा वर्ग उनके सामने ही मद्य में चूर होकर लुढ़कता रहता है। भय और आदर चला गया है कहीं ऊँचे टीले पर। गणों में फूट पड़ गई है। मदिरा पीकर चेतना खो दी है सभी ने, एक-दूसरे का दोष निकाल रहे हैं। कब किसकी कौन हत्या कर देगा, कोई नहीं जानता। आए दिन शव मिल रहे हैं—नाले में, खोह में, खेत में। जो जिस गाँव में है वहीं लड़-झगड़ रहा है। बिना बात की लड़ाई है, कोई कारण नहीं है, मात्र बतरस और लड़ाई। 'मेरी बात सत्य है'—यही मनवाने का हठ, नहीं तो झगड़ा, मारकाट। सब ऋषियों की चाल है। फूट डालकर वे अपने अपमान का प्रतिशोध ले रहे हैं। यादव बहुत हँसी उड़ाते थे ऋषियों की। अब लो! गई चेतना पानी भरने, और अब मरो-कटो आपस में मूर्खो!

वसंतोत्सव पन्द्रह दिन चलता है। मुख्य उत्सव के सात दिन आगे-पीछे तक हुड़दंग करते रहते हैं युवा। इस ऋतु में मदिरा न पीयें तो मानो जीएँगे नहीं। मदिरा कोई भोजन नहीं है लेकिन अब द्वारका में यह भोजन से अधिक आवश्यक हो गया है। कृष्ण और बलराम ने भी पूरी इच्छा भर फाग मनाया है, खेला है। लेकिन अब फाग खेलने के साथ-साथ गुप्त अंगों को लेकर अभद्र बोली बोलने लगे हैं द्वारका के लोग। यह कृष्ण को अच्छा नहीं लगता। वैसे इस ऋतु में काम प्रबल रहता ही है। ऋतु की मस्ती छाई रहती है। पूरी प्रकृति ही मदमस्त लगती है। पवन का झोंका भी मस्ती से आता-जाता है, जैसे वह किसी स्त्री का आँचल उड़ा देगा। देवपुरुष गोपों के पेट की बात जानते हैं, और जो बात न भी जानते होंगे तो इस फाग में उगलवा लेंगे।

और आग लग गई। फैल गई आग!

भोजों, वृष्णियों, अन्धकों में विद्रोह फैल रहा है। प्रतिदिन लड़ रहे हैं। हत्याएँ बढ़ती जा रही हैं। स्त्रियों के बलात्कार की घटनाएँ हर दिन सुनने को मिल रही हैं। अधेड़ हों या युवा या किशोर स्त्री से बलात् सम्भोग करने से न कोई हिचकता है न डरता है। द्वारका की व्यवस्था बिगड़ गई है। व्यवस्था बनाने वाले ही द्वारका को नष्ट करने पर तुले हैं। कौन किससे कहेगा कि लड़ो मत! बस एक ही बात कि तुम बड़े कि हम बड़े...और लात-घूँसा, डंडा-लाठी, पत्थर-मूसल। कोई हाथ तोड़वाकर टहल रहा है, कोई टाँट घिसिरा रहा है।...ओह! कैसी हो गई द्वारका! पहले कितनी अच्छी थी, सम्मानित द्वारका! सभी राज्य अभिवादन करते नहीं थकते थे। भोज, अन्धक, वृष्णि, शिनि, कुकुर, सात्वत सब साथ रहते, जीते और खाते-पीते थे। अब एक-दूसरे को फूटी आँख से भी देखना नहीं चाहते।

कृष्ण भी एक बार दुर्वासा पर हँसे थे। हो सकता है देवपुरुषों के अगुआ दुर्वासा के मन में तभी बैठ गया हो कि यादवों का नाश करके ही अन्तिम साँस लेंगे। तब दुर्वासा झेंप गए थे कृष्ण के आगे और लज्जित भी हुए थे। कारण एक दिन में नहीं बनता, यदि बड़ा हो तो और भी समय लगता है। और धीरे-धीरे ईर्ष्या-द्वेष ने अपनी पकड़ बना ली है। अब क्या, लड़ो-मरो! दहकती आग में झुलसो!

सूचना फैल गई कि गोपपुर में लड़ाई हो रही है। दस से अधिक मर चुके हैं। अभी दो दिन शेष हैं फाग के उत्सव में। कैसे उत्सव मनाएँगे इस बार! हथिनपुरा, खेतीहरा, छेती, कोइलार, मोरगाँव, हथनाल, कुदारी, दुधार गाँव भी चपेट में हैं। कोई घास में

छिपाए है मूसल तो कोई भूसे वाले घर में। किसी के पास मूसल नहीं है तो मूँज उखाड़ कर एक ओर पत्थर बाँध कर चला रहा है।

प्रतिदिन मारपीट और हत्या हो रही है।

यहाँ नारद पर सन्देह हो रहा है, और उनकी भूमिका महत्त्वपूर्ण मानी जा रही है। नारद ने ही दलों को बँटवा दिया यादवों के कई दल बन गए।

बभ्रु, सात्यकि, सारण, प्रद्युम्न, चारुदेष्ण सब आक्रोश में हैं। कृतवर्मा का सिर काट दिया गया है। अब वह संसार में नहीं है। मैरेयक मदिरा की मस्ती सिर पर सवार है। चारों ओर ऊँची ध्वनि गूँज रही है। कुछ यादवों ने अपने लड़ने वाले उपकरण मूसल, लाठी, पत्थर, खड्ग घासों में छिपा रखे हैं। ऊँची बढ़ी हुई सरपतों के बीच से अपने शस्त्र निकाल कर मारकाट करने लगे हैं ये यादव।

कुछ लोग चिल्ला रहे हैं कि यही साम्ब झगड़े का कारण है। इसी ने ऋषियों का उपहास उड़ाया है। और उन ऋषियों ने ही झगड़ा लगा दिया है। यदि कोई समझाता तो उसे भी मार दिया जाता। कोई घर के भीतर नहीं है। सब बाहर निकल आए हैं। स्त्रियाँ चुपचाप बन्द हो गई हैं अपने घरों में। पूरा वातावरण युद्ध जैसा हो गया है। कोलाहल से वातावरण गूँज रहा है। लेकिन कहीं चुप्पी भी भय से शान्त बैठी है।

द्वारका के सभी गाँव रक्त से लाल हो गए हैं। कुरुक्षेत्र में अपना ही रक्त बहा और यहाँ भी अपना। साम्ब, प्रद्युम्न, चरुदेष्ण, अनिरुद्ध, गद सब मारे गए। अपने ही घर में लड़ाई हो रही है। अपने ही खेतों में शव पसरे पड़े हैं।

कृष्ण ने सुना कि प्रद्युम्न को किसी ने मार दिया है। पूरा यादव समाज मारकाट कर रहा है। वे भी निकल आए महल के बाहर। देखा कि एक मूँज में पत्थर बँधा पड़ा है। वे उसी को घुमाने लगे। लेकिन कब तक? बूढ़ा शरीर लड़ेगा कितना?

'अच्छे दिन बीत गए कृष्ण! अब रहने दो! रख दो मूँज-सरपत और यह पत्थर भी। मूसल उठाने की शक्ति कहाँ बची है अब! तुम्हारा समय गया बहुत पीछे। आने वाला समय संत्रास का होगा या विकास का यह तुम भी नहीं जानते। लोग सुख से रहेंगे कि दुख भोगेंगे कौन जानता है। आने वाले समय में लोग छल-कपट से रहेंगे और हड़पने का प्रयास करेंगे कि भाई-भाई में मेल-मिलाप रहेगा यह तुम कैसे बता सकते हो। बड़ी नग्नता आ गई है। मदिरा आवश्यक हो गई है, लोकलाज आले पर पड़ा है। चलो! तुम्हारा समय समाप्त हो गया है।' कृष्ण के मन ने कृष्ण से कहा।

लड़ाई-झगड़े के बीच में ही बलराम द्वारका छोड़कर वन चले गए। वे अब द्वारका नहीं आएँगे। उद्धव पहले ही द्वारका छोड़कर अन्यत्र जा चुके हैं।

शवों का ढेर लगा है। दारुक स्त्रियों को हस्तिनापुर पहुँचाने की व्यवस्था में लगे हैं। कृष्ण को कोई पूछ नहीं रहा है, और पूछ भी कहाँ कोई रहा था।

सम्पत के साथ आँगन की वेदी पर कृष्ण बैठे हैं। आँखें सूजी हैं। वे कई दिनों से रो रहे हैं।

कौए वेदी पर आते हैं, काँव-काँव करते मुँडेर पर बैठ जाते हैं। कौए कृष्ण से डरते नहीं हैं। अभी-अभी एक कौआ कृष्ण की जाँघ पर आकर बैठा है।

मन कर रहा है, करूँ लम्बी यात्रा
जिसका अन्त न हो

कृष्ण पिछले सात दिन से स्वास्थ्य के कारण व्यथित थे। एक दिन वमन हुआ, वह ठीक हुआ तो पेट चलने लगा। दो दिन तो कई बार शौच जाना हुआ। परसों मल सूखकर कंडा हो गया था। पूरी शक्ति लगा रहे थे कृष्ण जबड़ा बैठाकर, फिर भी एक लेंड़ी नहीं निकली। उनकी आँखों में आँसू आ गए थे, और स्वेद से तर भी थे वे। कृष्ण ने सम्पत को पुकारा था। सम्पत अँगुली डालकर सूख गए मल को निकालता रहा, और कृष्ण आह-आह करते रहे। सम्पत से कृष्ण का कष्ट देखा नहीं गया। वह रोने लगा था। लेकिन जब सूखा अटका हुआ मल निकलकर बाहर आ गया और पेट शुद्ध हो गया तो कृष्ण ने चैन की साँस ली, थोड़ा मुस्कराए भी थे। सम्पत की प्रसन्नता तो देखते बनती थी।

आज कृष्ण बिल्कुल स्वस्थ हैं।

'सम्पत क्या कर रहे हो?' कृष्ण ने पूछा।

'कुछ नहीं तात, बैठा हूँ।' सम्पत बोला।

'बैठे क्यों हो मेरे पास आओ!' कृष्ण ने बुलाया।

सम्पत कृष्ण के बगल में बैठ गया। वह बहुत उदास है।

'सम्पत देखो कोई बड़ी-सी झोली है, कहीं पड़ी होगी। और सुनो! बाँसुरी ले आना पुरानी वाली—कई होंगी।'

सम्पत कृष्ण के मन की बात कैसे जान पाता। वह उठा और बाँसुरी लेने चला गया।

'मेरा जीवन कितने आश्चर्यों से भरा है। बहुत सुख भोगा मैंने। क्या नहीं देखा, क्या नहीं पाया। आज भले अकेला हूँ, कल नहीं था।...अरे वह पौंड्रक! स्वयं को वासुदेव कृष्ण कहता था। वह मेरी नकल करता था—वस्त्र हो या रंग या बोली-बानी। नकल में बुद्धि लगाता रहता था। प्रजा को भ्रम डाल रखा था। यह कहो कि जाम्बवती नहीं देख पाई, नहीं तो मुझे ही समझ लेती और देह समर्पित कर देती।' कृष्ण सोचते रहे, हँसते रहे—'और जाम्बवती मुझे बड़ी प्रिय है। और बेटा साम्ब भी बहुत प्रिय था मुझे। मैं साम्ब में अपने को पाता हूँ। वह बहुत खेलता था बचपन में, रंजन करता था, हँसी उड़ाता था सबकी और अभिनय करता था—जैसे मैं। एक दिन मेरी बड़ी वाली वंशी बजा रहा था, एक पैर पर दूसरा पैर रखकर।....जाम्बवती का आदिवासी सौन्दर्य! कितना सुख देता था! श्याम रंग के मुख पर उसके बड़े-बड़े नयन और श्वेत दूध जैसी दन्त-पंक्तियाँ मोह लेती थीं, जब वह मन्दहास में दाँत दिखाती थी। मेरी सारी थकान दूर हो जाती थी जाम्बवती के निकट बैठकर।' कृष्ण सोचते रहे, निहारते रहे आकाश।

सम्पत कई बाँसुरी ले आया—नई भी पुरानी भी, बड़ी और छोटी भी।

'सम्पत मुझे पकड़ो। मैं वंशी बजाऊँगा पुरानी वाली, एक पैर पर एक चढ़ाकर। अब ऐसी मुद्रा में खड़ा होऊँगा तो गिर जाऊँगा। ठीक से पकड़ लो।'

कृष्ण बाँसुरी बजाने लगे। सम्पत उन्हें पकड़े रहा। कृष्ण कितने सुन्दर लग रहे

हैं आज भी। बढ़ी हुई दाढ़ी, लम्बे केश, घुटने तक धोती, गले में लटकता उत्तरीय। आँखें बन्द कर वे देर तक धुन निकालते रहे। उनके नयन सजल हैं।

'मैं नहीं रहूँगा तो तुम अधिक दुखी तो नहीं होगे?' कृष्ण ने बाँसुरी कमर में खोंस ली है, वे नाचना चाह रहे हैं।

'तात! आपके बिना मेरा जीवित रहना सम्भव नहीं है। आप नहीं रहेंगे तो मैं किसकी सेवा करूँगा?' सम्पत के नयन गीले हैं।

'अच्छा सुनो! ध्यान से सुनो!! हम सब यादव कितने थे! सबकी चलती भी थी। आतंक भी था। लेकिन क्या हुआ, सब मर-मिट गए! अट्ठारह कुल थे यादवों के, अपना समाज था, राज्य था, खेत था, अस्त्र-शस्त्र अपने थे। सब धरा रह गया। सब बिला गया!' कृष्ण थोड़ा ठहरे।

'देखो सम्पत! देवपुरुष अपना समाज बना रहे हैं। अब तुम अपना अलग समाज बनाओ। अपने भाई-बंधुओं को एकजुट करो, सम्बन्धियों को समझाओ। मैं तुम्हें धन देता हूँ। पचास हल की खेती तुम्हारे नाम करता हूँ। ये सहस्त्र गौएँ भी तुम्हारी हुईं। कोई पूछे तो कह देना कि कृष्ण नारायण ने दिया है। प्रमाण के लिए यह मेरी एक पुरानी बाँसुरी, यह एक खड्ग, यह गोकुल वाली लकुटिया और यह मोरपंख। मैं हस्ताक्षर किए देता हूँ सब पर।....अपना समाज बनाओ सम्पत, जिससे मुझे शान्ति मिल सके। ऐसा समाज जहाँ रक्त न बहे, प्रेम बढ़े, वैभव हो, नम्रता बनी रहे—ऐसा समाज बनाओ सम्पत! मेरी सलाह है कि तुम व्यापार करो। व्यापार में पूरा समय लगाओ। आगे बढ़ते देर नहीं लगेगी। अपने लोगों को प्रेरित करो कि अब वे खेती के साथ व्यापार भी करें। कुछ लोग व्यापार को ही उद्देश्य बना लें। व्यापारी समाज का एक अर्थ होता है। वह विकास चाहता है, समृद्ध होना ही उसका उद्देश्य रहता है। और सुनो! गो-शालाएँ बनवाओ, गाय-भैंस के दूध का व्यापार करवाओ। गो-संवर्धन के विषय में तुम्हें एक बार बताया था। पूरी द्वारका दूध से भर जाए।....सम्पत प्यास लगी है, जल पिला दो।'

कृष्ण जल पीने लगे। सम्पत उन्हें निहारता रहा।

'तुम्हारा व्यापार बढ़ेगा सम्पत। दुग्ध उत्पादन से पूरे भू-भाग को अचम्भित कर दोगे तुम। मेरा प्रमाण तुम्हारे पास है। तुम्हें पहचान मिल जाएगी। हस्तिनापुर, पांचाल, चेदि, मथुरा, मत्स्य, विदर्भ आदि अनेक राज्यों में तुम व्यापार को विस्तार दे सकते हो। अभी व्यापार की ओर किसी का ध्यान ठीक से गया नहीं है। सब युद्ध करते रहे नष्ट होते रहे। अब तुम विकास करोगे, युद्ध नहीं अब, अब व्यापार होगा। मुस्कान बिखरेगी, व्यापार की सुगन्ध विस्तारित होगी। जाओ ले आओ मेरी बाँसुरी, खड्ग, लकुटिया और मोर पंख। मैं हस्ताक्षर करके तुम्हें दे दूँ। और सुनो! उत्तरीय ओढ़ा दो, नींद आ रही है। यदि मैं यहाँ से चला जाऊँ तो मुझे ढूँढ़ना नहीं, जो बताया है वह करना। अब तुम स्वतंत्र हो!'

सम्पत आँसू बहाता, निहारता रहा अपने कृष्ण को!

दूर निकल आए कृष्ण। छूट गई द्वारका, जिसे बनाने में कृष्ण ने पूरा जीवन लगा दिया

था। कृष्ण चले जा रहे हैं झोली लटकाए। झोली में एक धोती, एक उत्तरीय और दो बाँसुरी हैं—एक छोटी एक बड़ी। एक बाँसुरी कटि में खोंसे हैं। सिर पर पगड़ी बाँधे चले जा रहे कृष्ण। हाँ, झोले में जलपात्र है और भुने हुए अन्न के कुछ दाने हैं। हाथ में टेकने के लिए उनकी नाक के बराबर की एक लाठी है।

श्रमण भी घूम रहे हैं—इस गाँव से उस गाँव। एक फल या अन्न खाकर रहते हैं। कुपोषित होकर जीना उचित नहीं है लेकिन कृष्ण अब उपदेश नहीं दे सकते। जीवन में दुख ही दुख है कृष्ण ने समझा था और दूर करने का उपाय भी किया था। किसी को दुखी करने की उनकी इच्छा कभी नहीं रही। कृष्ण को श्रमण मिल तो जाते हैं, लेकिन कृष्ण बोलते नहीं। मुस्कराते हुए मन-ही-मन कहते हैं—माँग कर खाओगे, घूमोगे कि कुछ अच्छा करोगे भी!...और कृष्ण आगे बढ़ते जाते।

गाँव देखकर कृष्ण ठहर गए।

कृष्ण ने देखा एक ग्वालिन दूध दुह रही है। दूसरी पास ही खड़ी है। दूसरी ग्वालिन का पेट उभरा हुआ है, वह गर्भवती लगती है।

'साँझ हो गई बाबा, यहीं ठहर जाओ! का निहार रहे हो बाबा?' दूसरी ग्वालिन ने कहा।

'कह दो बैठ जाएँ। दूध गरम करके पिला दूँगी तो थकान चली जाएगी।' दूध की धार बड़े मुँह वाले मटके में गारती हुई ग्वालिन बोली।

वे कृष्ण को पहचानती नहीं हैं।

स्त्रियाँ युवती हैं। सुन्दर हैं। दूध दुहने वाली ग्वालिन के उभरे नितम्ब आकर्षक लग रहे हैं। ठोस कुच से आभास होता है कि यह स्त्री श्रम करती है। कृष्ण को फिर जाम्बवती याद आ गई। वे जमुनी गैया को याद करने लगे, जब उसके थन दूध में भर जाते थे तो ऐसे ही पैर फैलाकर खड़ी रहती थी, और दूध गरवाती रहती थी—गर्रऽऽगर्रऽऽ।

'क्या सोच रहे हैं बाबा?' गर्भवती स्त्री बोली—'हम लोग अच्छे व्यक्ति हैं आप चिन्ता न कीजिए। आपकी झोली कोई नहीं निहारेगा। हमारे बाबा कहते थे, एक कृष्ण महाराज हैं, जो खेती-किसानी की बात करते हैं, गाय पालने को कहते हैं। हमारे पास पहले बकरियाँ थीं। बाबा ने कृष्ण महाराज को देखा था, उन्हीं की बात सुनकर वे गाय पालने लगे। आज हमारे पास पाँच गाएँ हैं, सब दूध देती हैं। आपको सेरभर दूध पिलाएँगे। आप युवा हो जाएँगे।' स्त्री हँस दी।

'कितनी अच्छी हैं ये युवतियाँ!' कृष्ण सोचने लगे। वे मिट्टी की वेदी पर बैठ गए हैं—'ये कितना सुख देती होंगी अपने पुरुषों को। स्त्री प्रेम और सुख के लिए बनी है, उसका आदर होना चाहिए। स्त्री को युद्ध का कारण नहीं बनाना चाहिए। और ये प्रजा कितना सुख दे रही है। हम सत्ताधारी लोग तो केवल दुख ही बाँटते रहे हैं। युद्ध करते रहे हैं, रक्त बहाते रहे हैं। खड़ी गदराई फसलें रौंदते रहे हैं। पकी फसलें जलाते और कूपों में विष घोलते रहे हैं। हम सत्ताधरी केवल मृत्यु देखना चाहते हैं। और ये प्रजा जीवन देखती है। प्रजा कभी लड़ती नहीं, लड़ना जानती भी नहीं। प्रजा न हो तो राजा किस काम का—व्यर्थ है राजा व्यर्थ! और राजा न हो तब भी लोग रहेंगे। खेती

करेंगे, पशु पालेंगे, साँस लेंगे, स्नान करेंगे, गीत गाएँगे, बाँसुरी बजाएँगे, नाचेंगे। निरर्थक हूँ मैं, और ये युवतियाँ सार्थक हैं।'

'आप किसी चिन्ता में हैं?' पहली स्त्री ने दूध दुह लिया है।

'कोई चिन्ता नहीं पुत्री, कोई चिन्ता नहीं। अब तो रिक्त हूँ और जो रिक्त है वह मुक्त है। हाँ सुनो! यह दूध इस पुत्री का तो नहीं है। मैं गर्भवती स्त्री के भाग का भोजन ग्रहण नहीं करता, जल भी नहीं।'

'नहीं बाबा, नहीं! आप आइए हमारी मँड़ई में बैठ जाइए। साँझ हो गई है।' स्त्री दूध का मटका घर में रखने चली गई।

मँड़ई के बाहर आसन बिछ गया है कृष्ण बाबा का। ऊपर खुला आकाश कृष्ण पूरी तरह देख रहे हैं। जेठ का महीना है। गर्मी बहुत है, लेकिन रात में आराम है। वायु की मन्द गति सुख दे रही है।

कृष्ण पुआल की बनी गद्दी पर केहुनी रखकर अधलेटे हैं—'मैं कहाँ सर्वश्रेष्ठ रहा! मैं तो अपने विवेक से अच्छा ही करता रहा हूँ। शिशुपाल ने ठीक ही तो कहा था, मैं श्रेष्ठ कहाँ! सुयोधन ने तो मुझे कंस के दास का बेटा कहा तो क्या, मैं दास का बेटा हूँ, और हूँ तो गर्व है मुझे कि यहाँ तक पहुँचा। मेरा यश सर्वत्र रहा और सुयोधन देख! मैं पूरी आयु जी भी रहा हूँ। तू एक वाक्य कहकर मेरा मान माटी में नहीं मिला पाया। देख! ये गाँव के लोग एक बूढ़े का कितना मान रखते हैं, यह सुख तुझे नहीं मिला होगा।'

कृष्ण आकाश देख रहे हैं। झुरकती वायु से स्वेद नहीं, बहुत आराम मिल रहा है।

'बाबा दूध गरम है, फूँक-फूँक कर पीजिएगा।' स्त्री दूध भरा पात्र ले आई है। एक छोटा पात्र है जिसमें थोड़ा दूध उझलकर पी लेंगे कृष्ण बाबा।

'अरे उठ रे! देखना चोट न लगे! यही तो हमारे मूलधन का ब्याज है—पोता है।' दादा अपने पोते को दुलार रहे हैं, पास में खड़ी दादी मुस्करा रही हैं।

कृष्ण देखकर प्रसन्न हो रहे हैं। घर लोगों को कृष्ण बाबा से कोई असुविधा नहीं है, वे अधिक प्रसन्न हैं कि एक बूढ़े व्यक्ति की सेवा का अवसर तो मिला।

पूरे गाँव में सूचना हो गई है कि एक बूढ़े बाबा शिवधानी के घर पधारे हैं। वे लम्बे हैं, श्वेत केश हैं उनके, बाँसुरी कटि में खोसे हैं। देखकर नहीं लगता कि साधारण व्यक्ति रहे होंगे।

पूरा गाँव एकत्र हो गया है। श्वेत चाँदनी बिखरी है। किसी का भी मुँह देखकर पहचाना जा सकता है। एक बूढ़े व्यक्ति ने कृष्ण के निकट जाकर उन्हें ठीक से निहारा, फिर उनके पाँव छूकर वह हाथ जोड़कर कहने लगा—'आप कृष्ण नारायण तो नहीं हैं? एक बार मैं भी उनको देख चुका हूँ।'

'कृष्ण! कृष्ण नारायण! अरे द्वारका के नाथ!' चारों ओर ध्वनि गूँज गई।

कृष्ण मुस्कराए।

'मैं तो देखते ही पहचान गया कि आप कृष्ण महाराज ही हैं। वही ललाट, वहीं नयन, वही मुस्कान, कटि में लटकती बाँसुरी—भला कृष्ण महाराज के अतिरिक्त कौन हो सकता है!' बूढ़े व्यक्ति ने हाथ जोड़ लिए हैं।

'हाँ मैं कृष्ण हूँ। लेकिन न कृष्ण नारायण हूँ न कृष्ण महाराज, न तो द्वारकाधीश ही हूँ। मैं हूँ तुम्हारा कान्हा—बूढ़ा कान्हा! श्वेत बालों वाला, झुककर लाठी टेककर चलने वाला कन्हैया। मैं तुम्हारा वंशीधर। मैं हूँ तुम सबका गोपाल—कृष्ण गोपाल! आज आपके बीच आकर एक बूढ़ी प्रसन्नता की अनुभूति हुई है। मुझे लग रहा है कि अपने परिवार के बीच हूँ, अभी-अभी गौएँ चराकर आया हूँ।'

सभी अभिभूत हैं। पूरे जीवन में किसी ने ऐसा विराट व्यक्तित्व का व्यक्ति नहीं देखा है। और कृष्ण की महानता के गुण तो सर्वत्र प्रसारित हैं। कोई दौड़कर पुष्प ले आया, कोई पाँव पखारने के लिए कठौते में जल।

'मेरे जीवन की सबसे महान घड़ी आज है। मैं कृष्ण महाराज को देख रहा हूँ, जो कल्पना में नहीं था।' दूसरे बूढ़े ने अनुरोध किया—'आप कान्हा बाबा हैं, हम बहुत प्रसन्न हैं। आपसे मेरी प्रार्थना है कि आप कुछ हमें भी बताएँ। हमसे बोलें-बतियाएँ। हमें बताएँ कि आप कैसा भोजन पसन्द करेंगे।'

'मेरे सखा! मुझे भोजन में कोई विशेष रुचि नहीं है। साँस चल रही है, कंठ शब्द उगल रहे हैं, पाँव आगे बढ़ रहे हैं, दैनिक क्रियाएँ हो रही हैं तो भोजन भी आवश्यक है। जान-बूझकर भोजन न करना आत्महत्या जैसा है। तो चलो आज जौ की रोटी और गरम दूध...। रोटी को दूध में मलना पड़ेगा, तभी खा पाऊँगा।...हाँ तो आप मुझे सुनना चाहते हैं। मेरे दोनों ओर बूढ़े साथी आकर बैठ जाएँ। स्त्रियाँ एक ओर और पुरुष एक ओर।...और साथियो! मेरी पुत्रियो! क्या सुनाऊँ! बहुत कुछ तो बिसर गया।'

'आप जो कहेंगे हमें अच्छा लगेगा। हूँ-हूँ भी करेंगे तब भी।' यह एक युवा का स्वर है—'लेकिन आपकी वंशी हम सुनेंगे बाबा!'

'चलो ठीक है! मैं स्वयं प्रसन्न हूँ आपको पाकर।...देखिए! व्यक्ति बनाता रहता है, और बिगाड़ता भी है। उसे बिगड़ने की अनुभूति होनी चाहिए। रोना-हँसना एक क्रिया है, जहाँ हम तैयार होते हैं, लेकिन तैयार होने पर क्या करते हैं, इसका महत्त्व है। एकान्त में स्वयं के लिए सोचो! मुझे अब एकान्त मिला है। बहुत अच्छा लगता है अपने में होना। जो युवा हैं वे अपने बूढ़े माता-पिता के विषय में सोचें, कर्म करें और तनाव मुक्त रहें। जो वृद्ध हैं वे अपना अनुभव बाँटें। मैं तो पूरा भू-भाग जीता रहा हूँ। अन्त में एक त्रुटि रह गई कि मेरे नन्द बाबा, यशोदा मैया मेरे लिए तरसते रहे। मुझे अवकाश नहीं मिला। लेकिन चाहता तो मैं बाबा-मैया के लिए भी जी सकता था। चाह होनी चाहिए, तभी जीवन का जीना माना जाएगा और आनन्द आएगा, मुस्कान बनी रहेगी। मेरे भाई-बन्धुओं-पुत्रों में चाह ही नहीं थी न जीने की न कुछ करने की। न तो अपने श्रेष्ठों का आदर रहा। क्या हुआ, सब लड़ मरे। मदिरा पीने लगे थे। तुम लोग मदिरा तो नहीं पीते?'

'जी नहीं! हम खेतिहर हैं, हमें कहाँ मिले है मैरेयक मदिरा!'

'मदिरा की मात्रा का ज्ञान आवश्यक है। ये नहीं कि पीते जाओ तब तक, जब तक बुद्धि काम करना बन्द न करे। वैसे छोड़ो! अच्छा है तुम सब वंचित हो।...मैं बूढ़ा हो गया हूँ साथियो! और बूढ़े के साथ रहना कौन चाहता है—कोई नहीं, न पुत्र न पुत्री।

आपका गाँव बहुत सम्मानित है कि बूढ़े आदर पा रहे हैं। आप बताइए कि यदि मैं सनक गया, मेरी बुद्धि ने कार्य करना धीमा कर दिया, या मेरा विवेक अब वैसा नहीं है तो क्या मैं जीने लायक नहीं हूँ?...मेरे सामने मेरे अपने सब मर-बिला गए। क्या कर लिया मैंने? कुछ नहीं! आप स्वयं अपने विनाश का उपक्रम करोगे तो कोई क्या करेगा। सब समाप्त हो गया मेरे सामने, मेरी आँखों के आगे। क्या बोया था, क्या काट रहा हूँ! अवश्य ही मेरे बोने में त्रुटि रही होगी। आप त्रुटि न करना, ठीक से समझ कर बोना। हिंसा नहीं करनी है, यह उचित नहीं है। और मैं हिंसा ही देखता रहा, युद्ध करते-देखते ही तो जीवन बीता है। आप अच्छे हैं कि आप प्रजा हैं। इस संसार में प्रजा ही आवश्यक है। राजा तो व्यर्थ है, जिसने राजा की कल्पना की है वह मूर्ख है। राजा युद्ध करता और लड़ता रहता है। उसे मात्र अपनी सुरक्षा का ध्यान है। उसे उसके आगे-पीछे बीस सैनिक घेरे रहते हैं। प्रजा की सुरक्षा का है किसी को ध्यान? प्रजा है तो प्रजा है, कोई राजा नहीं—जाए भाड़ चूल्हे में प्रजा! यह धरती क्या राजा की है! नहीं साथियो! यह आपकी है! आप धरती की सेवा करते हैं। राजा तो रौंदता है भूमि। मुझे अब राजा से, सत्ता से चिढ़ हो रही है। प्रेम तो आपसे है। प्रकृति की सुन्दरता आपसे है। यह संसार आपसे चलेगा और रहेगा भी। आपके पास लोग आएँगे, ठगने का प्रयास करेंगे, शत्रु हो जाएँगे। आपको समझ कर रहना है। किसी के झाँसे-भुलावे में नहीं आना है। किसी की बड़ी-बड़ी बातों में नहीं फँसना है। मुस्कराने का सुख, बड़ा सुख है। हम मुस्कराने का ही यत्न करते रहते हैं। आपने मुझे समझा, पहचाना, मुझे मान दिया, देखिए मेरे मुख पर मन्दहास बिखर गया। इस संसार में क्या है तुम्हारा? कुछ नहीं है। कुछ भी नहीं। और जब कुछ नहीं है तो चिन्ता किस बात की है? लेकिन मैंने कहा था, अभी कहा था कि यह धरती आपकी है, यह संसार आपका है। ये हवा, पानी, वृक्ष, नदी, पर्वत सब आपका है। इसकी रक्षा करना हमारा दायित्व है। समझकर उपभोग करना बुद्धिमानी है। और जब सब अपना है तो चिन्ता किस बात की? तो आइए मुस्कराएँ! मुस्कराएँ कि हम इस संसार में हैं!'

कृष्ण रुके। इतना बोलना इस आयु में कम नहीं है। एक स्त्री जलपात्र ले आई। एक युवक कन्धे सहलाने लगा। रात भागी जा रही है। भोजन का समय तो बीच चुका है। लेकिन लोगों को रात का भान है न भूख है। वे अपने कान्हा बाबा को पाकर आह्लादित हैं।

'मैं ईश्वर नहीं हूँ। ईश्वर का प्रचार बहुत हो रहा है। मुझे ईश्वर मानकर लोग अनैतिक कार्य मेरी आड़ में कर रहे हैं। तो मेरे पुत्रो! मेरे भाइयो! मेरी पुत्रियो! मैं ईश्वर नहीं हूँ। मैं व्यक्ति हूँ आपकी तरह, कहीं भी आपसे भिन्न नहीं हूँ। मेरा नाम लेकर कोई व्यक्ति व्यर्थ बात करे तो मत मानिएगा। साथियो! समाज में दो ही वर्ग हैं एक स्वामी का दूसरा श्रमिक का। स्वामी की क्या आवश्यकता? श्रमिक आवश्यक है। और यदि स्वामी श्रमिक का शोषण करेगा तो श्रमिक एकजुट होकर खड़ा हो जाएगा विरोध में, तब संघर्ष होगा। आपको देखना है कि आपका शोषण कोई तो नहीं कर रहा है। मैं अन्तिम बार कह रहा हूँ श्रमिको! किसानो! एक हो जाओ। जिससे तुम्हारा शोषण कोई न कर सके। अब ईश्वर का सहारा लेकर उसकी आड़ लेकर श्रम करने

वालों को सताएँगे ये स्वामी बने लोग। हाँ मैं कल या परसों चला जाऊँगा। आप किसी से न कहना कि मैं यहाँ आया था।'

'बात रुकती और पचती नहीं कान्हा बाबा! कभी-न-कभी बाहर निकल ही जाएगी।' एक अधेड़ व्यक्ति ने कहा।

'बाबा! आपकी बाँसुरी प्रसिद्ध है। हमें भी सुना दीजिए। हम धन्य हो जाएँगे।' एक युवा हाथ जोड़कर खड़ा है।

कृष्ण मुस्कराए। उनकी आँखें गीली हो गईं। कृष्ण ने बाँसुरी ओठ से लगा ली है—'अब वह बात नहीं है। फूँक नहीं पाता हूँ ठीक से लेकिन सुन लो।' और कृष्ण की बाँसुरी बज उठी।

भाव-विभोर! सुध-बुध खोए बैठे रहे बच्चे, युवा, वृद्ध, स्त्रियाँ। उनके जीवन में ऐसा पल कभी नहीं आया था।

कृष्ण ने बाँसुरी रख दी है। उनके मुख से निकला—

बाँसुरी की वो धुन, मुँह में उलझ गई,
सरगम की वो बात, कहाँ बिसर गई।
अब कौन-सा राग, सुनाऊँ तुझे सखी,
यह फूँक अटक गई, अँगुली खिसक गई।

कृष्ण चुप हो गए। सभी उनके पाँव छू रहे हैं। कृष्ण सबके सिर पर हाथ रख रहे हैं। एक अविस्मरणीय रात धीरे-धीरे आगे बढ़ रही है।

ग्वालिन ने रोटी-दूध एक में सान दिया है। वह अपने कान्हा बाबा को अपने हाथ से खिला रही है। वह पुलकित है। सम्भवत: उसे ऐसा सुख कभी न मिला हो। वह अपने बाबा कान्हा का पाँव भी दबाएगी।

बूढ़े कृष्ण चले जा रहे हैं—लाठी टेकते, झोली लटकाए, बाँसुरी खोंसे।

भूखे-प्यासे कृष्ण को गाँव के लोग भोजन दे देते हैं, दूध पिला देते हैं। वे कहीं भी विश्राम कर लेते हैं और फिर आगे बढ़ जाते हैं। यह यात्रा कहाँ ठहर जाएगी, कृष्ण को भी ज्ञात नहीं है।

सूचना विस्तारित हो गई है कि कृष्ण घूम रहे हैं, कहीं जा रहे हैं। लेकिन अब पहचाने कौन? कहीं-कहीं तो स्त्रियाँ देखकर भाग जाती हैं, जो कभी कृष्ण का सुख पाने के लिए लालायित रहती थीं। कृष्ण जो कभी कर्म ही करते रहे, बाँटते रहे सुख, बटोरते रहे दुख। कृष्ण जो बहुत बोलते रहे बतियाते रहे, मुस्कराते और ठहाके लगाते रहे। कृष्ण जो कभी चक्र चलाते रहे, रथ हाँकते रहे, अश्व दौड़ाते रहे और पैदल भागते रहे। नदी में तैरते रहे तो कभी डूबकर चकमा देते रहे। कभी वंशी बजाते-नाचते रहे, कभी नाटक करते रहे। आज कृष्ण चुपचाप चले जा रहे हैं, एक अपरिचित की तरह इस मार्ग से उस मार्ग, इस गाँव से उस गाँव—चले जा रहे हैं कृष्ण।

कृष्ण चले जा रहे हैं। नदी देखकर प्यास लगती है तो उन्हें याद आती है अपनी

यमुना, कैसे तैरते थे वे! कभी वृक्ष की छाँव में बैठते तो वृन्दावन याद आता, जब गौएँ चराते थे, खेलते थे और चिढ़ाते रहते थे बलराम भैया को। और मथुरा के कंस मामा! ओह! कितने मूर्ख थे सब! समय को समझ नहीं पा रहे थे। व्यक्ति तो समय के अधीन है, लेकिन जो समय को अपने अनुरूप कर ले, साध ले समय, पहचान ले समय, वही तो महान है।

कृष्ण थक गए हैं। वे एक वृक्ष की छाँह में बैठ गए हैं। थोड़ा आराम मिला। वे सोचने लगे—'हम कितने बुद्धिहीन थे। अपनी स्त्री के रहते दूसरी स्त्री के पीछे पड़े रहते थे। अपनी ऊर्जा अन्य पर व्यय करते रहते और अपनी स्त्री को तनाव देते रहते थे। मैंने भी तो कई विवाह किए हैं, क्यों? क्या एक स्त्री सुख नहीं दे पाती? और जिसको एक भी स्त्री न मिली हो, वह क्या नहीं जी रहा है? स्त्री हमारा गोपनीय सुख है, अब तो सभी स्त्रियाँ मेरी बेटियाँ हैं, देखता हूँ तो आनन्दित हो जाता हूँ। इन्हीं से हमारा भविष्य है। और हमारे अच्छे होने का विश्वास।...कोई टिका नहीं मेरे सामने—इन्द्र भी नहीं। मुझे कोई पराजित नहीं कर पाया न युद्ध में न भाषण में न नीति में। पता नहीं कैसे! जब मैं बोलता था तो बातें अपने आप बनती जाती थीं।'

कृष्ण को दूर कहीं तीन-चार स्त्रियाँ दिखाई दीं। सम्भवत: कुआँ था। वे आगे बढ़े। हाँ कूप ही है। 'बहुत शुद्ध-स्वच्छ है यह कूप। अवश्य ही इस कूप का जल मीठा होगा।' कृष्ण मन-ही-मन बोल पड़े।

'पुत्री! पानी पिला दो!' कृष्ण ने पानी माँगा और अँजुरी रोपकर पानी पीने लगे।

'बाबा आपको भूख लगी है तो मैं कुछ ले आऊँ, आप खाएँगे न?'

'हाँ, ले आओ, थोड़ा-सा मीठा भात ले आना।'

'आप कृष्ण बाबा हैं? हमारे कृष्ण बाबा घूम रहे हैं। आज आप मेरे घर विश्राम कर लीजिए। हमारा घर इसी गाँव में है।' दूसरी स्त्री बोली।

'नहीं पुत्री! अभी दूर तक जाना है। अभी साँझ भी नहीं हुई। तुम जाओ मीठा भात ले आओ।'

कैसे कहें कृष्ण कि वे कृष्ण हैं। पहले बहुत जताते थे कि मैं कृष्ण हूँ। वे कूप के आगे बनी वेदी पर बैठ गए। स्त्रियाँ चली गईं।

कृष्ण बाँसुरी बजाना चाहते हैं। वे मुँह तक ले गए, फिर पता नहीं क्या सोचकर झोली में रख ली बाँसुरी।

'अहा! कितना अच्छा वातावरण है।' और फिर सोचने लगे कृष्ण—'अब तो सारी शक्तियाँ समाप्त हो गईं। वे वीर भी नहीं रहे। मैं भी वह नहीं रहा। कुछ योजनाएँ जो मैंने बनाई थीं—धरी रह गईं। अब आएगा नया युग। नए लोग होंगे, युवा होंगे, नई राज्य व्यवस्था होगी। जो रहेंगे, वे करेंगे नए युग का स्वागत। मेरी तो विदा होने की वेला है। भविष्य को नए ढंग से देखने का प्रयास होगा और वर्तमान को अपनी तरह समझने का उपक्रम। पता नहीं नए लोग प्रकृति को किस रूप में देखेंगे, उपभोग करेंगे। नई मुस्कराहट कैसी होगी—क्या पता! मुझे तो लगता है कि एक क्रूर समय चला गया। एक बड़ा युद्ध समाप्त हो गया। लोगों को अब युद्ध से बचना चाहिए—रगड़े-झगड़े से भी बचना आवश्यक है। द्वारका का हाल सबने देखा ही है।'

कृष्ण ठंडी साँस ले रहे हैं। ऊपर बादल के टुकड़े उड़ रहे हैं, लेकिन वे पानी नहीं बरसाएँगे। बादल अभी यात्रा पर हैं, वे ठहरेंगे, एकत्र होंगे, वायु का दबाव बनाएँगे, उमस से चैन नहीं लेने देंगे—तब बरसेंगे। और अभी दूर-दूर तक ऐसा आभास नहीं है।

'अभी तक वह मीठे भात वाली स्त्री नहीं आई। भात पका रही होगी।...चलो प्रतीक्षा का भी एक आनन्द है और भूख के बढ़ते प्रभाव का भी अपना सुख है।' कृष्ण फिर सोचने लगे—'हो सकता है मेरे बाद कोई अहिंसा और शान्ति का सन्देश देने वाला आगे आए और पूरे संसार में अपना सन्देश फैलाए। किसानों, श्रमिकों, शिल्पियों का सम्मान करे, उनकी बात सुने। हो सकता कोई आए और सबकी रक्षा और विकास हेतु प्रयत्नशील हो। आगे आने वाली पीढ़ी कभी रिक्त नहीं रहती, वह व्यर्थ नहीं बैठना चाहती। मैं भी तो कभी आने वाली पीढ़ी रहा हूँ। पीढ़ी विश्वास बनाती है। मुझे भी विश्वास हो रहा है कि आने वाला समय युवाओं का होगा, आडम्बर विरोधी होगा, अन्धविश्वास पर विश्वास नहीं करेगा आने वाला समय। कोई युवा किसानों का नायक होगा, कोई शिल्पियों-श्रमिकों का, और कोई व्यापारियों का। लेकिन यह भी तो हो सकता है आने वाला समय संस्कृति के उतार-चढ़ाव का हो, तमाम विकृतियाँ पैदा हो जाएँ, लोग वर्गों में बँट जाएँ, लड़ाई-झगड़े हों, नई मूर्खताओं और नए अन्धविश्वासों का जन्म हो, आडम्बर रुचिकर लगने लगे, जो व्यर्थ हो वही प्रचलन में आ जाए, कर्म करने वालों का कोई प्रभाव न हो—वे स्वप्न में जीते रहें और व्यर्थ कल्पनाओं को ही वास्तविक मान लें। लेकिन इतना तो अवश्य होगा कि तर्क करेंगे लोग, हर बात विवेचित होगी, मीन-मेख निकालेंगे और विमर्श होगा।'

कृष्ण आँखें मूँदें बैठे हैं वेदी पर। स्त्री मीठा भात लेकर आ गई। स्त्री ने कृष्ण का मुँह धोया, हाथ स्वच्छ किया और पाँव पखार कर वेदी पर आसन बिछा दिया। उस स्त्री के साथ एक और स्त्री है।

'लो! खा लो बाबा! बहुत बढ़िया बना है मीठा भात।' स्त्री अपने हाथ से कृष्ण को खिलाने लगी। कृष्ण बच्चों की तरह कभी कौर लेने से पहले मुँह खोल देते, कभी कौर मुँह तक आने के बाद तक ग्रास का रस लेते रहते। कभी आँख बन्द करते कभी आँखें फाड़कर कौर लेते। स्त्री हँसती रहती।

'मैं अपने बूढ़े बाबा को ऐसे ही कौर खिलाती थी। अब वे इस संसार में नहीं हैं।' स्त्री थोड़ा उदास हुई, फिर मुस्कराने लगी।

कृष्ण स्त्री को निहारते रहे। 'कितनी अच्छी पुत्री है।' उन्होंने मन-ही-मन कहा, और भरपेट मीठा भात खाया।

'आप कृष्ण बाबा हैं न!' स्त्री ने फिर पूछा।

'हाँ मैं तुम्हारा कृष्ण बाबा ही हूँ। लेकिन चुप रहना कुछ कहना नहीं किसी से। आधी घड़ी इसी जगत पर लेटूँगा, फिर आगे चला जाऊँगा। यह उत्तरीय मुझे ओढ़ा दो। और जाओ घर, चिन्ता न करो, मुझे कुछ नहीं होगा।'

स्त्रियाँ चली गईं।

'मैं बहुत प्रसन्न हूँ।' कृष्ण आनन्दित हो रहे हैं—'जीने की इच्छा भले समाप्त हो गई हो, लेकिन यह आनन्द अहा! मन करता है जी लूँ कुछ और! व्यक्ति जन्म

लेता है, बचपन जीता है, खेलता है, सबका प्यारा-दुलारा। और वह किशोर होकर कुछ सीखता है, डाँट खाता है, अपनी देह का परिवर्तन देखता-समझता है अपने युवापन के बोध से परिचित होता है। अपने अंगों को देखकर आश्चर्यचकित होता है। युवा होकर व्यक्ति कर्म करता है, संसार चलाता है, व्यवस्था देता है और स्त्री-सुख प्राप्त करता हुआ संसार की गति को आगे बढ़ाता है। अधेड़ होकर व्यक्ति अपना अनुभव नहीं बाँटता तो उसका जन्म व्यर्थ समझिए, और फिर वृद्ध होकर मृत्यु की प्रतीक्षा करता है। वह दुखी प्राण होकर जीना नहीं चाहता। लेकिन मृत्यु पर किसका अधिकार है भला!

'...लेकिन मुझे सुख मिल रहा है—जीने का सुख। बुढ़ापा जीने का आनन्द—एक मस्त बुढ़ापा, अहा! कितनी मस्ती छाई है—एक बूढ़ी मस्ती। मेरे कन्धे झुक गए हैं। मांस ढीला हो गया है। मेरा स्वभाव है चलने का लेकिन दो कोस चलना भी दूभर है। अरे इस बूढ़ी देह का सुख कहाँ बाँट दूँ?'

कृष्ण पूरी तरह स्वस्थ हैं। गला गड़ रहा था, ठीक हो गया। अब कोई व्याधि नहीं है। पेट भी शुद्ध है।

'अहा! यशोदा मैया मेरे पिछाड़े पर एक चपत लगाती थीं और मेरा रोना सुनकर हँसती थीं। कितने लुभावने दिन थे। मैं अभी जीऊँगा। क्यों न जीऊँ। मरना कोई अच्छी बात तो नहीं है।' कृष्ण ने मन-ही-मन कहा—'मैं बुढ़ापा जीना चाहता हूँ। देखना चाहता हूँ कि अतिवृद्ध होकर कैसा लगता है। मृत्यु के समय जब साँस अटकती है तो कैसी अनुभूति होती है। मैं सारे आनन्द भोगूँगा। बूढ़े होने पर कितना अच्छा लगता है। नाचना, गाना, बजाना जब नहीं होता है, तो कितना सुख मिलता है। सुन्दर स्त्री आती है, और चली जाती है, उसे बस निहारते रहो—कैसा अच्छा लग रहा है न! जब मैं होऊँगा बिना काम का, बिना चेतना का तो! तो क्यों न लूँ इसका सुख? जब सारे अंग व्यर्थ लगने लगें तो उस अनुभूति का आनन्द कोई दे सकता है भला! बूढ़ा न होता तो इसका ज्ञान कैसे होता? कितनी मस्ती छा रही है इस बुढ़ापे में!'

कृष्ण उठे और आगे बढ़ गए।

आगे वन है। वन के भीतर गाँव हैं, खेत हैं और पशुओं की स्वतंत्रता है। कृष्ण आगे बढ़ते ही जा रहे हैं।

आँधी कई बार आई। चली गई। बाढ़ ने अपना प्रभाव दिखाया और ओहर गई। पर्वत ढहा और ठहर गया। समुद्र में ऊँची लहरें उठीं, शान्त हो गईं। वृक्ष उठा, बड़ा हुआ, फल-फूल से लद गया—खाँचीभर। पतझड़ आया सूखे पत्ते झार गया। कृष्ण के आगे एक पका फल लद्द से गिरा। उन्होंने फल उठा लिया। वे इसे खाएँगे, जब कहीं बैठेंगे। कृष्ण के झोले में तीन फल हो गए हैं। कृष्ण का ध्यान थोड़ी देर के लिए भंग हुआ है।

कृष्ण चले जा रहे हैं सोचते हुए—'गरमी आई, तपन बढ़ी, फिर ठंडी पड़ गई

गरमी। वर्षाकाल में मूसलाधार बरस कर चुप हो गया बादल। शीत की ठिठुरन, अग्नि का सहारा, बीत गई हाड़ गलाने वाली शीत-लहर। मैं वैसे का वैसा हूँ! नहीं! मैं भी बीत गया हूँ। कहीं ठहर जाऊँगा। कहीं शान्त होकर सो जाऊँगा सदैव के लिए। कभी तपूँगा, कभी ठिठुर जाऊँगा, हूँ तो मैं भी व्यक्ति ही।...देखो! कैसी पुरवाई चल रही है। देह में पीड़ा हो रही है, अंगड़ाई लेने का मन कर रहा है, लेकिन देह ऐंठ नहीं पा रहा हूँ—अहा! क्या सुख है! देखो तो उस हिरन को! वह हिरणी को दौड़ा रहा है, वह अपनी काम-पीड़ा शान्त करके मानेगा, लेकिन हिरणी चाहेगी तब! अरे यह कोयल भी अपनी मादा के पीछे पीछे... । ये देखो! फिर एक पका फल गिरा, अरे कई गिरे पड़े हैं। अब नहीं चाहिए कोई फल मेरे वृक्ष भाई! अब कुछ खाया नहीं जाएगा भाई! कुछ नहीं। अब तो मुझे ऐसा विश्राम चाहिए, जहाँ कोई व्यवधान न हो।'

कृष्ण थोड़ा विक्षिप्त होने, थोड़ी स्मृति के खोने का आनन्द उठा रहे हैं। वे बहुत बड़बड़ा रहे हैं।

....और ठहर गए कृष्ण। बहुत थक गए हैं—'अब चला नहीं जा रहा है। दोपहर ढल रही है, लेकिन अभी साँझ दूर है। मैं अकेला हूँ। कितना अच्छा है आज का अकेलापन। लेकिन मैं अकेला कहाँ हूँ! ये वृक्ष, ये लताएँ, ये पक्षी, ये दिवस, ये आकाश और यह भूमि सब अपने तो हैं!'

कृष्ण बैठ गए पीपल की छाँव में। कई वृक्ष पीपल के खड़े हैं, जैसे वे कह रहे हों—'आओ कृष्ण! हमें तुम्हारी प्रतीक्षा है।' दूर कहीं किसी गाँव के होने का आभास भी है। आहट हो रही है, कोई निकट ही है।

'यहाँ कौन पहचानता है मुझे भला।' कृष्ण विश्राम की मुद्रा में बैठ गए—एक पैर पर दूसरा पैर चढ़ाकर। कृष्ण ने बाँसुरी निकाली। वे बजाना चाहते हैं। संभवत: एक-दो फूँक देकर कोई मनपसन्द राग निकाल लें कि उनका मुँह खुला ही रह गया। बाँसुरी हाथ से छूट गई। एक बाण उनके तलवे में भीतर तक धँस गया है।

'बाण! कौन यहाँ बाण चला सकता है!' कृष्ण को आश्चर्य हुआ। बाण ऐसे स्थान पर धँसा था कि रक्त का बहना बन्द होना सम्भव नहीं है। बहते रक्त को देखते ही उनके मुँह से निकला—'अहा! कितना लाल रक्त है! बड़े अच्छे से बह रहा है। आज यह सुख भी मिल ही गया कि मैं अपना बहता रक्त देख रहा हूँ।'

कृष्ण लोट गए! रक्त अधिक बह गया है। उन्होंने देखा एक श्यामवर्णी व्यक्ति धनुष-बाण लिए खड़ा है, अचम्भित, डरा हुआ, वह काँपता-निहारता रहा कृष्ण को।

'कौन हो तुम?' कृष्ण ने पूछा।

'मैं व्याध हूँ। मेरा नाम जरा है। निकट ही मेरा गाँव है। आप कौन हैं? मान्यवर मैं समझ न सका। मैं तो हिरन जानकर बाण साध दिया था। अब क्या करूँ, कैसे आपके प्राण बचाऊँ, आप ही कोई उपाय सुझाइए श्रेष्ठ।' व्याध बिलखने लगा।

'मैं कृष्ण हूँ। चलो कोई बात नहीं! मुझे अब जीना भी नहीं है। और तुमने जो मुझे अन्तिम आनन्द दिया है, तुम्हारा धन्यवाद। भला तुम यह कर्म न करते तो मुझे यह सुख कहाँ मिलता। तुम मुझे याद आते रहोगे बन्धु!'

कृष्ण अचेत होते जा रहे हैं—'मैया यशोदा! आप होतीं यहाँ तो मुझे इस दशा में देखकर भों-भों कर रो देतीं।' कृष्ण अस्पष्ट बोलते जा रहे हैं—'मैया गोकुल के माखन की याद रही है...मैया...मैं कृष्ण...तुम्हारा कान्हा हूँ...माँ...माँ!!' कृष्ण का मुँह खुला रह गया।

कृष्ण निहारते रहे निर्निमेष, खुला आकाश! पीपल के वृक्ष कृष्ण को नमन कर रहे हों जैसे, और धरती पाँव सहला रही हो, वायु के झोंके से उनका पीत वस्त्र बिखर गया है। दाढ़ी फहरा रही है। पीपल के पत्ते कृष्ण की देह पर बिखर गए हैं।

आज एक व्यक्ति जो जीवन भर आनन्द बिखेरता, बटोरता, बाँटता रहा—चला गया दूर कहीं यात्रा पर, जहाँ से लौटना नहीं होता।

—इति